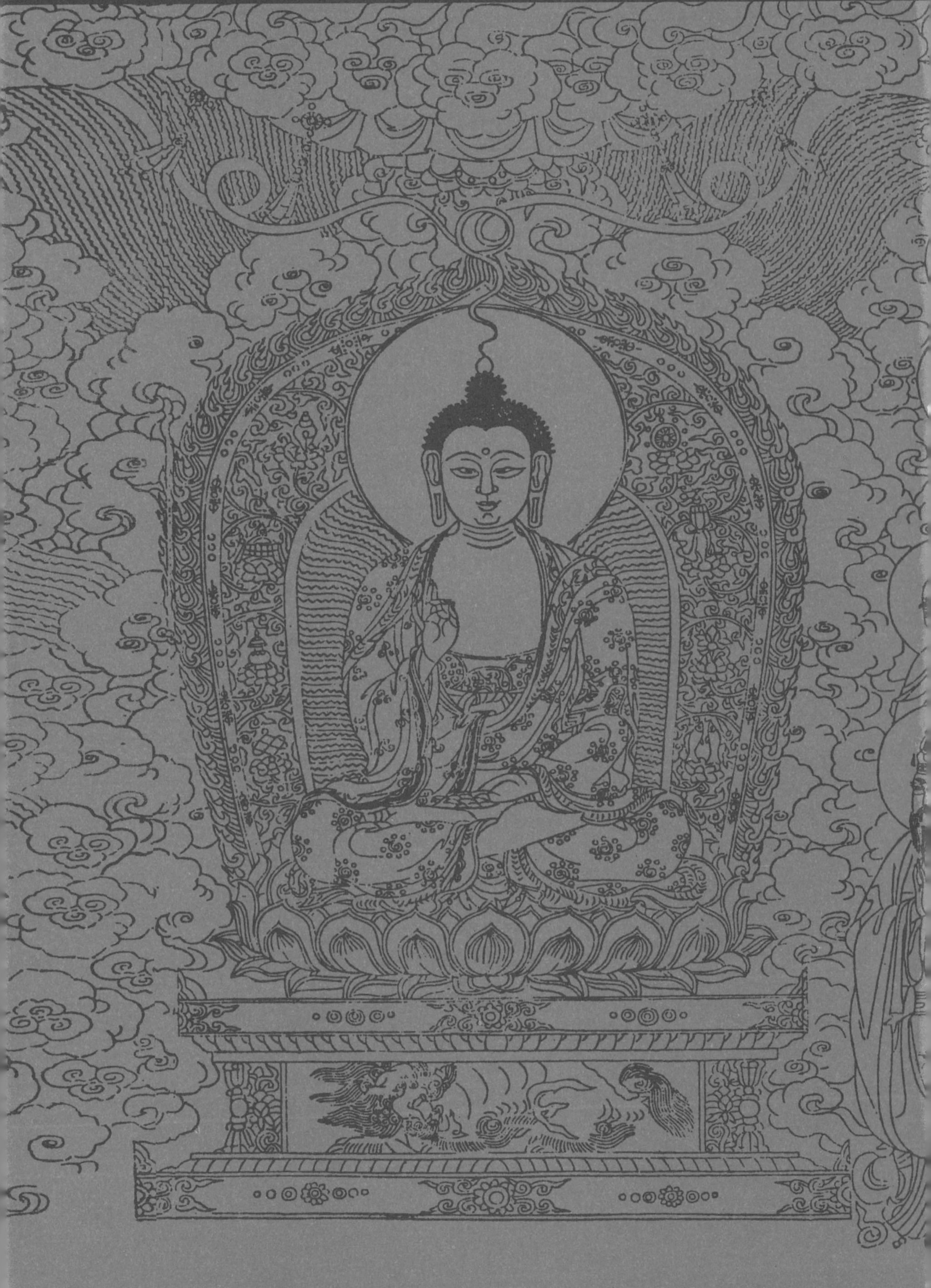

御製

佛光恩照　三千大千　隨緣徧滿
恒沙法界　普度衆生　悉證菩提
身心安泰　年時豐稔　風雨調順
日月升恒　乾坤清寧　百昌蕃熾
上下樂利　中外協和　庶物咸亨
萬善圓成　情與無情　同登正覺
大清雍正十三年四月初八日

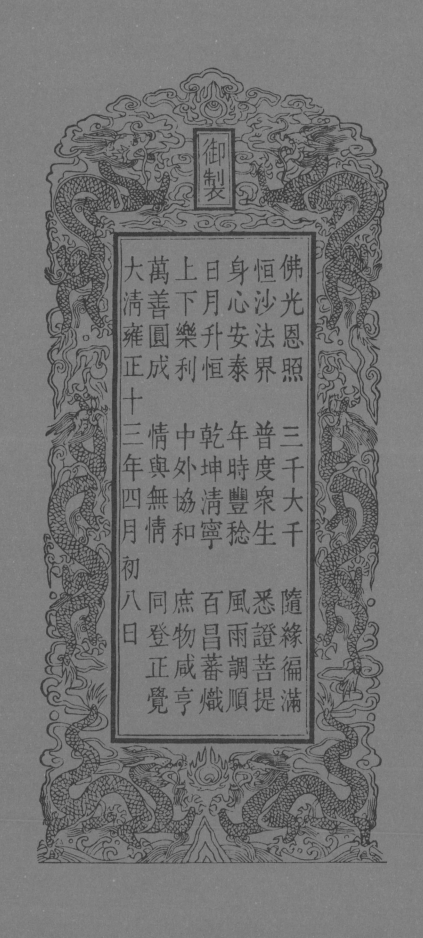

第一一六册 此土著述（六）

廣弘明集

唐終南山釋道宣撰

清刻龍藏佛說法變相圖

廣弘明集卷第二十五上

唐釋道宣集

僧行篇第五之三

福田論

隋東都洛濵上林園翻經館學士沙門釋彥琮

隋煬帝大業三年新下律令格式令云諸僧道士等有所啓請者並先須致敬然後陳理雖有此令僧竟不行時沙門釋彥琮不忍其事乃著福田論以抗之意在諷刺言之者無罪聞之者以自誡也帝後朝見諸沙門並無

致敬者大業五年至西京郊南大張文物兩宗朝見僧等依舊不拜下勑曰條令久行僧等何爲不致敬時明贍法師對曰陛下弘護三寶當順佛言經中不令拜俗所以不敢違教又勑曰若不拜敬宋武時何以致敬對曰宋武虐君偏政不敬交有誅戮陛下異此無得下拜勑曰但拜僧等峙然如是數四令拜僧曰陛下必令僧拜當脫法服著俗衣此拜不晚帝夷然無何而止明日設大齋法祀都不述之後語群公曰朕謂僧中無人昨南郊對答亦有人矣爾後至終畢無拜者其黄巾士女初聞令拜合一李衆連拜不已帝亦不齒問之

論曰昔在東晉太尉桓玄議令沙門敬於王者盧山遠法師高名碩德傷智幢之欲折悼戒寶之將沉乃作沙門不敬王者論設敬之儀當時遂寢然以緝詞隱密援例杳深後學披覽難見文意聊因暇日輙復申叙更號福田論云

忽有嘉客來自遠方遥附桓氏重述前議主人正念久之抗聲應曰客似未聞福田之要吾今相爲論之夫云福田者何耶三寶之謂也功成妙智道登圓覺者佛也玄理幽寂正教精誠者法也禁戒守真威儀出俗者僧也皆是四生導首六趣舟航高拔天人重踰金石譬乎珍寶劣相擬議佛以法主標宗法以佛師居本僧爲弟子崇斯佛法可謂尊卑同位本末共門語事三種論體一致處五十之載弘八萬之典所說指歸唯此至極寢聲滅影盡雙林之運刻檀書葉留一化之軌聖賢

閒起門學相承和合爲群住持是寄金人照於漢殿像法通於洛浦並宗先覺俱襲舊章圖方外而發心棄世間而立德官榮無以動其志親屬莫能累其情衣則截於壞色髮則落於毀容不戴冠而作儀豈束帶而爲飾上天之帝猶恒設禮下土之王固常致敬有經有律斯法未殊若古若今其道無滯推帝王之重亞神祇之大八荒欽德四海歸仁僧尼朝拜非所聞也如懷異旨請陳雅見客曰周易云天地之大德曰生聖人之大寶曰位老子云域中有四大王居一焉竊以莫非王土建之以國莫非王臣繫之以主則天法地覆載兆民方春比夏生長萬物照之以日月之光潤之以雲雨之氣六合則咸宗如海百姓則共仰如辰戎夷革面馬牛迴首蛇尚荷於隋侯魚猶感於漢帝豈有免其編戶假其法門忘度脫之寬仁遺供養之弘造高大自許卑恭頓廢譬諸禽獸將何別乎必能駕御神通得成聖果道被天下理在言外然今空事剃除尚增三毒虛改服飾猶染六塵戒忍弗修定智無取有乖明誨不異凡俗詎應恃宣讀之勞而抗禮萬乘藉形容之別而闕敬一人昔比丘接足於居士菩薩稽首於慢衆斯文復彰厥趣安在如以權道難沿佛性可尊況是君臨罔非神降伯陽開萬齡之範仲尼數百王之則至於謁拜必遵朝典獨有沙門敢爲陵慢此而可忍孰可容乎弊風難革惡流易久不遇明皇誰能刊正忽起非常之變易招無信之譏至言有憑幸垂詳覽主曰吾所立者內也子所難者外也內則通於法理

外則局於人事相望懸絕詎可同年斯謂學而未該聞而不洽子之所惑吾當為辨試舉其要總有七條無德不報一也無善不攝二也方便無礙三也寂滅無榮四也儀不可越五也服不可亂六也因不可忘七也初之四條對酬難意後之三條引出成式吾聞天不言而四時行焉王不言而萬國治焉帝有何力民無能名成而不居為而不恃斯乃先王之盡善大人之至德同霑庶類齊預率賓幸殊草木嗟非蟲鳥戴圓履方俯仰懷惠食粟飲水飽滿銜澤既能矜許出家慈聽入道斷麤業於已往祈妙果於將來既蒙重惠還思厚答方憑萬善之益豈在一身之敬追以善答攝報乃深徵以身敬收利蓋淺良由僧失正儀俗滅餘慶僧不拜俗佛已明言若知可信理當遵立知謂難依事應除廢何容崇之欲求其福甲之復責其禮即令從禮便同其俗猶云請福未見其潤此則存而似棄僧而類民非白非黑無所名也竊見郊禋總祭唯存仰福為尊僧尚鄙斯不恭如何令僧拜俗天地可反斯儀罕乖後更為敘是謂無德不報者也法既漸衰人亦稍末罕有其聖誠如所言雖處凡流仍持忍鎧縱虧戒學尚談智典如塔之貴似佛之尊歸之則善生毀之則罪積猛以始發割愛難而能捨弘願終期成覺迴而能趣斯故剃髮之辰天魔遙慴染衣之日帝釋遙懽妓女聊被無漏遂滿醉人暫翦有緣即結龍子賴而息驚象王見而止怖威靈斯在儀服是同幼未受具對揚佛旨小不可輕光揚僧力波離既度釋子服心尼陀

亦歸匿王屈意乃至若老若少可師者法無賤無豪所存者道然後賢愚之際默語之間生熟相似去取非易肉眼分別恐不逢實信心平等或其值眞纔滿四人即成一衆僧既弘納佛亦通在食看沸水之異方遣施僧衣見織金之奇乃令奉衆僧之威德不亦大矣足可以號良福田之最爲聖教之宗是謂第二無善不攝者也若論淨名之功早昇雲地卧疾之意本超世境久行神足咸歎辯才新學頂禮誠謝法施事是權宜式非常准謂時暫變其例乃多則有空藏弗恭如來無責沙彌大願和尚推先一往直觀悉可驚怪再詳典釋莫匪通塗不輕大士獨興高跡警彼上慢之流設兹下心之拜偏行一道直用至誠既非三慧詎是恒式因機作法足爲希有假

弘教化難著律儀大聖發二智之明制五篇之約廢其爵齒存其戒夏始終通訓利鈍齊仰耆幼有序先後無雜未以一出別業而令七衆普行不然之理分明可見昔妻死歌而鼓盆子葬嬴而襯土此亦匹夫之節豈槩明王之制乎況覺典沖邃聖言幽密局執一邊殊乖四辯是謂第三方便無礙者也且復周之柱史久掌王役魯之司寇已居國宰宗歸道德始曰無名訓在詩書終云不作祖述堯舜憲章文武鞠躬恭敬非此而誰巢許之風望古仍邁夷齊之操擬今尚迴焉似高攀十力遠度四流厭斯有爲之苦欣彼無餘之滅不縈慮於公庭未流情於王事自然解脫固異儒者之儔矣是謂第四寂滅無榮者也至如祭祀鬼神望秩川岳國容盛典書契美談

神輩爲王所敬僧猶莫致於禮僧衆爲神所禮王寧反受其敬上下參差翻爲正法衣裳顛倒何足相方令神擁護今來在僧祈請之至會開呪力竟無拜理是謂第五儀不可越者也本皇王之奮起必眞人之託生上德雖秘於淨心外像仍標於俗相是以道彰緇服則情勤宜猛業隱玄門則形恭應絕求之故實備有前聞國主頻婆父王淨飯昔之斯等咸已克聖專修信順每事歸依縱見凡僧還想崇佛不以跪親爲孝計非不孝之罪不以拜君爲敬豈是不敬之愆所法自殊所法已別體無混雜制從於此是謂第六服不可亂者也謹按多羅妙典釋迦眞說乃云居刹利而稱尊藉般若而爲護四信不壞十善無虧奉佛事僧積功累德然後日精月像之降赤光白氣之感金輪既轉珠寶復懸應天順民御圖握鏡始開五常之術終弘八正之道亦宜覆觀宿命追憶往因敬佛教而崇僧寶益戒香而增慧力自可天基轉高比梵宮之遠大聖壽恒固同劫石之長久然則雷霆勢極龍虎威隆慶必賴兼共使怒及出言布令風行草偃既抑僧體誰敢鱗張但恐有損冥功無資盛業竭誠盡命如斯而已是謂第七因不可忘者也上已略引吾意粗除子惑欲得博聞宜尋大部

客曰主人向之所引理例頗繁僕雖庸闇頗亦承覽文總幽明辯包內外所論祭典尚有迷惑周易云一陰一陽之謂道陰陽不測之謂神竊以昧隱神路隔絕人境欲行祠法要藉禮官本置太常專司太祝縱知鬼事終入

臣伍眞佛已潛聖僧又滅仰信冥道全涉幽
神季葉凡夫薄言迴向共規閑逸相學剃翦
職掌檀會所以加其法衣主守塔坊所以蠲
其俗役纔觸王網即墜民貫既同典祀詎合
稱寶朝敬天子固是恒儀若執強梁定非通
識宋氏舊制其風不遠唯應相襲更欲何辭
主人曰客知其一未曉其二請聽嘉言少除
異想吾聞鬼者歸也死之所入神者靈也形
之所宗鬼劣於人唯止惡道神勝於色普該
情趣心有靈智稱之曰神隱而難知謂之不
測銓其體用或動或靜品其性欲有陰有陽
周易之旨蓋此之故殊塗顯於一氣誠言闕
於六識設教之漸斷可知焉鬼報冥通潛來
容去標以神號特用玆耳嘗試言之受父母
之遺稟乾坤之分可以存乎氣可以立乎形
至若已之神道必是我之心業未曾感之於
乾坤得之於父母識含胎藏彌亘虛空意帶
熏種漫盈世界去而復生如火焰之連出來
而更逝若水波之續轉根之莫見其始究之
豈覩其終濁之則爲凡澄之則爲聖神道細
幽理固難詳矣神之最高謂之大覺思議所
不得名相孰能窮眞身本無遷謝生盲自不
瞻睹託想追於舊蹤傾心翹於遺法若欲荷
傳持之任啓要妙之門賴此僧徒膺玆佛付
假慈雲爲內影憑帝威爲外力立風遠及至
於是乎教通三世衆別四部二從於道二守
於俗從道則服像尊儀守俗則務典供事像
尊謂比丘比丘尼也典供謂優婆塞優婆夷
也所像者尊則未參神位所典者供則下預
臣頒原典供之人同主祭之役吾非當職子

何錯引由子切言發吾深趣理既明矣勿復惑諸在宋之初暫行此抑彼亦乖眞不煩涉論邊鄙風俗未見其美忽遣同之可怪之極客曰有旨哉斯論也蒙告善道請從退歸

問出家損益詔并序

唐高祖太武皇帝

皇唐啓運諸教並興然於佛法彌隆信重捨京舊第置興聖寺自餘會昌勝業慈悲證果集仙等寺架築相尋至於道觀無聞於俗武德四年有太史令傅奕者先是黄巾深忌緇服既見國家別敬彌用疚心乃上廢佛法事一有一條云佛經誕妄言妖事隱損國破家未聞益世請胡佛邪教退還天竺凡是沙門放歸桑梓則家國昌大李孔之教行焉武皇容其小辯朝輔任其放言乃下詔問僧曰棄父母之鬚髮去君臣之服章利在何間之中益在何情之外損益二宜請動妙釋有濟法寺沙門襄陽釋法琳憤激傳詞側聽機候承有斯問即陳對曰琳聞至道絶言豈九流能辨法身無象非十翼所詮但四趣茫茫飄淪欲海三界蠢蠢顛墜邪山至人所以降靈大聖爲之興世遂開解脱之門示以安隱之路於是天竺王種辭恩愛而出家東夏貴遊厭榮華而入道誓出二種生死志求一妙涅槃弘善以報四恩立德以資三有此其利益也毀形以成其志故棄鬚髮變俗以會其道故去君臣華服雖形闕奉親而內懷其孝禮乖事主而心戢其恩澤被怨親以成大順福霑幽顯豈拘小違上智之人依佛語故爲益下凡之類虧聖教故爲損徵惡則濫者自

新進善則通人感化此其大略也

出沙汰佛道詔

唐高祖太武皇帝

門下釋迦闡教澄淨爲先遠離塵垢斷除貪欲所以弘宣勝業修植善根開導愚迷津梁品庶是以敷演經教檢約學徒調伏身心捨諸染著衣服飲食咸資四輩自正覺遷謝像法流行末代陵遲漸以虧濫乃有猥賤之侶規自尊高浮墮之人苟避徭役妄爲剃落託號出家嗜欲無厭營求不息出入閭里周旋闤闠驅策畜產聚積貨財耕織爲生估販成業事同編戶迹等齊人進違戒律之文退無禮典之訓至乃親行劫掠躬自穿窬造作妖訛交通豪猾每罹憲網自陷重刑黷亂眞如傾毀妙法譬茲稂莠有穢嘉苗類彼淤泥混夫清水又伽藍之地本曰淨居栖心之所理尚幽寂近代已來多立寺舍不求閑曠之境唯趣喧雜之方繕築崎嶇甍宇舛錯招來隱匿誘納姦邪或有接近鄽邸鄰邇屠酤埃塵滿室羶腥盈道徒長輕慢之心有虧崇敬之義且夫老氏垂化本貴沖虛養志無爲遺情物外全眞守一是謂玄門驅馳世務尤乖宗旨朕膺期馭宇興隆教法深思利益情在護持欲使玉石區分薰蕕有辨長存妙道永固福田正本澄源宜從沙汰諸僧尼道士女冠等有精勤練行遵戒律者並令就大寺觀居住官給衣食勿令乏短其不能精進戒行有闕者不堪供養並令罷道各還桑梓所司明爲條式務依法教違制之事悉宜停斷

令道士在僧前詔 并表

唐太宗文皇帝

貞觀十一年駕巡洛邑黃巾先有與僧論者聞之於上上乃下詔云老君垂範義在清虛釋迦貽則理存因果求其教也汲引之迹殊途求其宗也弘益之風齊致然大道之興肇於遂古源出無名之始事高有形之外邁兩儀而運行包萬物而亭育故能經邦致治反樸還淳至如佛教之興基於西域逮於後漢方被中土神變之理多方報應之緣匪一洎於近世崇信滋深人冀當年之福家懼來生之禍由是滯俗者聞玄宗而大笑好異者望眞諦而爭歸始波涌於閭里終風靡於朝廷遂使殊俗之典鬱爲衆妙之先諸華之教翻居一乘之後流遯忘返于茲累代今鼎祚克昌既憑上德之慶天下大定亦賴無爲之功宜有解張闡茲玄化自今已後齋供行立至於稱謂道士女冠可在僧尼之前庶敦反本之俗暢於九有貽諸萬葉時京邑僧徒各陳極諫有司不納沙門智實後生俊頴內外兼明携諸夙老隨駕陳表乃至闕口其表略云僧其等言其年迫桑榆始逢太平之世貌同蒲柳方值聖明之君竊聞父有諍子君有諍臣其等雖預出家仍在臣子之例有犯無隱敢不陳之伏見詔書國家本系出自柱下尊祖之風形于前典頒告天下無得而稱令道士等在僧之上奉以周旋豈敢拒詔尋老君垂範治國治家所佩服章亦無改異不立觀寺不領門人處柱下以全眞隱龍德而養性智者見之謂之智愚者見之謂之愚非魯司寇莫之能識今之道士不遵其法所著冠服

並是黃巾之餘本非老君之裔行三張之穢術棄五千之妙門反同張禹漫行章句從漢魏已來常以鬼道化於浮俗妄託老君之後實是左道之苗若位在僧之上誠恐眞僞同流有損國化如不陳奏何以表臣子之情謹録道經及漢魏諸史佛先道後之事如別所陳伏願天慈曲垂聽覽

制沙門等致拜君親勑

唐高宗皇帝

勑旨君親之義在三之訓爲重愛敬之道凡百之行攸先然釋老二門雖理絕常境恭孝之躅事叶儒津遂於尊極之地不行跪拜之禮因循自久迄乎茲辰宋朝暫革此風少選還遵舊貫朕禀天經以揚孝資地義而宣禮奬以名教被茲眞俗而瀬鄉之基克成天構連河之化付以國王裁制之由諒歸斯矣今欲令道士女冠僧尼於君皇后及皇太子其父母所致拜或恐爽其恒情宜付有司詳議奏聞

龍朔二年四月十五日光祿大夫右相太子賓客上柱國高陽郡開國公臣許敬宗宣

大莊嚴寺僧威秀等上沙門不合拜俗表首一

僧威秀等言伏奉明詔令僧拜跪君父義當依行理無抗旨但以儒釋明教咸陳正諫之文列化恢張俱進芻蕘之道僧等荷國重恩開以方外之禮安居率土得弘出俗之心所以自古帝王齊遵其度敬其變俗之儀全其抗禮之迹遂使經教斯廣代代漸多宗匠攸遠時時間發自漢及隋行人重阻靈鷲之風猶鬱仙苑之化尚疎未若皇運肇興提封海

外五竺與五嶽同鎮神州將大夏齊文皇華之命載隆輶軒之塗接軫莫不欽斯聖迹與樹遺蹤罔得梵侶來儀相從不絶令若返拜君父乖異群經便證驚俗之譽或陳輕毀之望昔晉成幼沖庾冰矯詔桓楚飾詐王謐抗言及宋武晚年將隆虐政制僧拜主尋還停息良由事非經國之典理越天常之儀雖曰流言終纒顯議况乃夏勃勑拜納上天之怒魏燾行誅肆下厲之責斯途久列備舉見聞僧等奉佩憧惶投庇失厝恐絲綸一發萬國通行必使寰海望風方弘失禮之譽悠哉後代或接効尤之傳伏惟陛下中興三寶慈攝四生親承付囑之旨用勵學徒之寄僧等內遵正教固絶跪拜之容外奉明詔令從儒禮之敬俯仰惟咎慚懼實深如不陳請有乖臣子之喻或掩佛化便陷調君之罪謹列衆經不拜俗文輕用上簡伏願天慈賜垂照覽則朝議斯穆終遵途於晉臣委略常談畢歸度於齊后塵黷威嚴惟深戰戢謹言

龍朔二年四月二十一日上

時京邑僧等二百餘人往蓬萊宮伸表上請左右相云勑令詳議拜不拜未定可待後集僧等乃退於是大集西明相與謀議共陳啓狀聞諸僚宷云

西明寺僧道宣等上雍州牧沛王論沙門不應拜俗啓一首

僧道宣等啓自金河徙輙玉關揚化歷經英聖載隆良輔莫不拜首請道歸向知津故得列刹相望仁祠棊布天人仰福田之路幽明懷正道之儀清信之士林蒸髙尚之賓雲結

是使教分三法垂萬載之羽儀位開四部布五乘之清範頃以法海宏曠類聚難分過犯滋彰有塵御覽下非常之詔令拜君親垂惻隱之懷顯踈朝議僧等荷斯明命感悼涕零良由行缺光時遂令上霑湣憂被且自法教東漸亟涉宂隆三被屏除五遭拜伏俱非休明之代並是暴虐之君故使布令非經國之謨乖常致良史之誚事理難返還襲舊津伏惟大王統維京甸攝御機衡道俗來蘇繁務攸静令法門擁閉聲教莫傳據此靜障拔難之秋拯溺扶危之日僧等叫閽難及徒鶴望於九重天階罕登終栖遑於百慮所以干冒陳欸披露冀得俯被鴻私載垂提洽是則遵崇付囑清風被於九垓正像更興景福光於四海不任窮塞之甚具以啓聞塵擾之深唯知慚惕謹啓

龍朔二年四月二十五日

西明寺僧道宣等上榮國夫人楊氏請論沙門不合拜俗啓一首（夫人帝后之母也敬崇正化大建福門造像書經架築相續入出宮禁榮問莫加僧等詣門致書云爾）

僧道宣等啓自三寶東漸六百餘年四俗立歸戒之因五衆開福田之務百王承至道之化萬載扇唯聖之風故得寰海知歸生靈迴向然以慧日既隱千載有餘正行難登嚴科易犯遂有稊稗涉青田之穢少壯懷白首之徵備列前經聞于視聽且聖人在隱凡僧程器後代住持非斯誰顯故金石泥素表眞像之容染衣剃髮擬全僧之相依而信毀因果兩分背此繕修俱非正道又僧之眞僞生熟難知行德淺深愚智齊惑故經陳通供如海

之無窮律制別科若涯之有際宗途既列名教是依設出俗之威儀登趣眞之圓德故使天龍致敬幽顯歸心弘護在懷流功不絕比以時經濁染人涉凋訛竊服飾詐之徒叨倖憑虛之侶行無動於塵俗道有翳於憲章上聞御覽布君親之拜乃迴天睠垂朝議之勑僧等內省慚懼如灼如焚相顧失守莫知投厝仰惟佛教通囑四部幽明敢懷竊議夫人當斯遺寄況復體茲正善崇建爲心垂範宮闈威明道俗今三寶淪溺成濟在緣輒用諮陳希垂救濟如蒙拯拔依舊住持則付囑是歸弘護斯在輕以聞簡追深悚息謹啓

龍朔二年四月二十七日

西明寺僧道宣等敘佛教隆替事簡諸宰輔等狀

列子云周穆王時西極有化人來反山川移城邑千變萬化不可窮極穆王敬之若聖此則佛化之初及也朱仕行釋道安經錄云秦始皇時西域沙門十八人來化始皇始皇弗從禁之夜有金剛丈六人破獄出之始皇稽首謝焉漢書云武帝元狩中開西域獲金人率長丈餘列之甘泉宮帝以爲大神燒香禮拜後遣張騫往大夏尋之云有身毒國即天竺也彼謂浮圖即佛陀也此初知佛名相云成帝都水使者劉向云向檢藏書往往見有佛經此即周秦已行始皇焚之不盡哀帝元壽中使景憲往大月氏國因誦浮圖經還于時漢境稍行齋戒據此曾聞佛法中途潛隱重此中興後漢明帝永平中上夢金人飛行殿前乃使秦景等往西域尋佛法遂獲三寶

東傳洛陽畫釋迦立像是佛寶也翻四十二章經是法寶也迦竺來儀是僧寶也立寺於洛城西門度人開化自近之遠展轉住持終於漢祚魏氏一代五主四十五年隆敬漸深不聞拜毀吳氏江表四主五十九年孫權創開佛法感瑞立寺名爲建初其後孫皓虐政將事除屏諸臣諫之乃止召僧而受五戒蜀中二主四十三年于時軍國謀猷佛教無聞信毀晉司馬氏東西立政一十二主一百五十六年中朝四帝崇信之極不聞興議唯東晉成帝咸康六年丞相王導太尉庾亮薨後庾冰輔政帝在幼沖爲帝出詔令僧致拜時尚書令何充尚書謝廣等建議不合拜往反三議當時遂寢爾後六十二年安帝元初中太尉桓玄以震主之威下書令拜尚書令桓謙中書王謐等抗諫曰今沙門雖意深於敬不以形屈爲禮迹充率土而趣超方内是以外國之君莫不降禮（如育王等禮比丘之事也）良以道在則貴不以人爲輕重（如魏文之軾干木漢光之遇子陵等）尋大法東流爲日諒久雖風移政易而弘之不異豈不以獨絕之化有日用於陶漸清約之風無時害於隆平者乎玄又致書廬山遠法師序老子均王侯於三大遠答以方外之儀不隷諸華之禮乃著沙門不敬王者論五篇其事由息及安帝返政還崇信奉終於恭帝有宋劉氏八君五紀雖孝武大明六年暫制拜君尋依先政齊梁陳氏三代一百一十餘年隆敬盡一信重逾深中原魏氏十有餘君一百五十五年佛法大行備見魏收良史唯太武眞君七年聽讒滅法經於五載感癘而崩

還興佛法終於靜帝自晉失御中原江表稱帝國分十六（謂五涼四燕三秦二趙夏蜀也）斯諸僞政信法不虧唯赫連勃勃據有夏州兇暴無厭以殺爲樂佩像背上令僧禮之後爲震死尋爲北代所吞妻子刑刻具如蕭子顯齊書高齊在鄴六帝二十八年信重逾前國無兩事宇文周氏五帝二十五年初武帝信重佛法後納張賓之議便受道法將除佛教有安法師著二教論以抗之論云九流之教教止其身名爲外教三乘之教教靜其心或名爲內教老非教主易謙所攝帝聞之存廢理乖遂雙除屏不盈五載身歿政移隋氏承運二帝三十七年文帝崇信載興佛法海內置塔百有餘州皆發休瑞具如圖傳煬帝嗣籙改革前朝雖令致敬僧竟不屈自大化東漸六百餘年三被誅除五令致拜既乖經國之典又非休明之政刳斮之虐被於亂朝抑挫之儀揚於絕代故使事理乖常尋依舊轍良以三寶爲歸戒之宗五衆居福田之位雖信毀交貿殃咎推移斯自人有汙隆據道曾無興廢所以千餘大聖出賢劫之大期壽六萬年住釋門之正法況乃十六尊者行化於三洲九億應供護持於四部據斯以述曆數未終焉得情斷同符儒典且易之蠱爻不事王侯禮之儒行不臣天子在俗四位尚有不屈之人況棄俗從道而便責同臣子之禮又昊天上帝嶽瀆靈祇君人之主莫不祭饗而下拜今僧受佛戒形具佛儀天龍八部奉其道而仰其容莫不拜伏於僧者故得冥祐顯徵祥瑞雜沓聞之前傳豈復同符老氏均王侯於三大者

哉故沙門之宅生也財色弗顧榮禄弗縻觀時俗若浮雲達形命如陽燄是故號爲出家人也故出家不存在家之禮出俗無霑處俗之儀其道顯然百代不易之令典者也其流極廣故略述之

廣弘明集卷第二十五上

音釋

臝力果切赤體也　襯初覲切　闤闠闤胡關切市垣也闠胡對切市外門也　稂魯當切草名也　莠與久切薉草也　燾徒到切　寀倉宰切同地爲寀也　刳苦胡切剖也　斮職畧切斬也

廣弘明集卷第二十五下

唐　釋　道　宣　撰

令列佛經論明沙門不敬俗者

梵網經下卷云出家人法不禮拜國王父母六親亦不敬事鬼神涅槃經第六卷云出家人不禮敬在家人四分律云佛令諸比丘長幼相次禮拜不應禮拜一切白衣佛本行經第五十三卷云輸頭檀王與諸眷屬百官次第禮佛已佛言王令可禮優波離等諸比丘王聞佛教即從座起頂禮五百比丘新出家者次第而禮薩遮尼乾經云若謗聲聞辟支佛法及大乘法毀呰留難者犯根本罪今僧依大小乘經不拜君親是奉佛教令乃令違佛教拜跪俗人即不信佛語犯根本罪又謗無善惡業報不畏後代自作教人堅住不捨是名根本重罪大王若犯此罪不自悔者燒滅善根受無間苦以王行此不善重業故梵行羅漢諸仙聖人出國而去諸天悲泣諸善鬼神不護其國大臣輔相諍競相害四方賊起天王不下龍王隱伏水旱不調死亡無數時人不知是過而怨諸天訴諸鬼神是故行法行王爲救此苦不行此過廣如經說更有諸論文多不載

僧道宣等白朝宰群公伏見詔書令僧致敬君父事理深遠非淺情能測夫以出處之迹列聖齊規眞俗之科百王同軌干木在魏高枕而謁文侯子陵居漢長揖而尋光武彼稱小道尚懷高蹈之門豈此沙門不秉開放之美但以三寶嚮位用敷歸敬之儀五衆陳誠載啓福田之道今削同儒禮則佛非出俗之人下拜君父則僧非可敬之色是則三寶通

廢歸戒絶於人倫儒道是師孔經尊於釋典在昔晉宋備有前規八座詳議足爲龜鏡僧等荷國重寄開放出家奉法行道仰承聖則忽令致拜有累深經俯仰栖遑罔知投庇謹列内經及以故事具舉如前用簡朝議請垂詳採敬白

至五月十五日大集文武官僚九品已上并州縣官等千有餘人總坐中臺都堂將議其事時京邑西明寺沙門道宣大莊嚴寺沙門威秀大慈恩寺沙門靈會弘福寺沙門會隱等三百餘人并將經文及以前狀陳其故事以伸厥理時司禮太常伯隴西郡王博乂謂諸沙門曰勑令俗官詳議師等可退時群議紛紜不能畫一隴西王曰佛法傳通帝代既遠下勑令拜君親又許朝議今衆人立理未可通遵司禮既曰職司可先建議同者署名不同則止時司禮大夫孔志約執筆述狀如後令主事大讀訖遂依位署人將太半左肅機崔餘慶曰勑令司别立議未可輙承司禮請散可各隨别狀送臺時所送議文抑揚駮雜今謹依所司上下區以别之先列不拜之文次陳兼拜之狀後述致拜之議善惡咸録件之如左焉

中臺司禮太常伯隴西王博乂大夫孔志約等議一首

竊以凡百在位雖存敬上之道當其爲師尚有不臣之義况佛之垂法事超俗表剃髮同於毁傷擁錫異乎簪紱出家非色養之境離塵豈榮名之地功深濟度道極崇高何必破彼玄門𡌴斯儒轍披釋服而爲孔拜處俗塗

而當法禮存其教而毀其道求其福而屈其
身再三研覈謂乖道理又道之爲教雖全髮
膚出家超俗其歸一揆加以遠標天構大啓
皇基義籍尊嚴式符高尚並仍舊貫無黷彝
章如必改作恐非稽古雖君親崇敬用軫神
衷道法難虧還留睿想既奉詢芻之詔敢罄
塵嶽之誠懼不愜允追深戰惕謹議

司元議一首

胥形二氣嚴父稱莫大之尊資用五材元后
標則天之貴至於擎跪曲拳之禮陶化之侶
同遵服勤就養之方懷生之倫共紀凡在君
父理絕名言而老釋二門出塵遺俗虛無一
旨離有會空瑞見毗耶闡慈悲之偈氣浮函
谷開道德之篇處木鴈之間養生在慮罷色
聲之相寂滅爲心執禮蹈儀者靡窮其要妙
懷忠履孝者未酌其波瀾理存太極之先事
出生靈之表故尊其道則異其服重其教則
變其禮爰自近古迄乎末葉雖沿革暫乖而
斯道無墜洎哀纏雙樹慟結三號防後進之
虧風約儒宗以控法故當輔成舊教豈應裁
制新儀誠宜屈宸扆之嚴伸方外之旨委尊
親之重縱寰中之遊愚管斟量遵故爲允謹
議

司戎議一首

臣聞三災變火六度逾凝二字爲經百成攸
緬是以白毫著相闡一乘於萬劫紫氣浮影
混萬殊於一致爰有儒津復軔殊軫秀天地
陰陽之稟禮君臣父子之穆故知循名責實
矩跡端形則教先於闕里齊心力行修來悔
往則化漸於連河釋爲內防雅有制於魏闕

儒爲外檢不能括其靈臺別有玄宗素範振
蕩風物翺鵬迅鶡促椿遼菌無爲無事何得
何失然則道佛二教俱爲三寶佛以佛法僧
爲旨道以道經師爲義豈直攝生有託陶性
通資信亦爲政是基禪聲濃化而比丘未諭
先生多僻恃出俗而浮逸以矜傲而誇誕處
匹夫之賤直形骸於萬乘忘子育之恩不降
屈於三大固君父所宜華乃臣子所知非遂
降綸璽是改其弊雖履孝居忠昌言改轍而
稽古愛道參酌群情懷響者谷不銷聲撫塵
者山無隔細必備輿人之頌以貢芻蕘之說
何則杜史西浮千有餘祀法流東漸六百許
年雖曆變市朝而事無損益唯庾冰責沙門
之拜桓玄議比丘之禮幸有何充進奏慧遠
陳書事竟不行道終不墜是知大易經綸三
聖蠱象不事王侯大禮充物兩儀儒行不臣
天子亦有嚴陵踞謁光武亞夫長揖漢文介
冑豈曰觸鱗故人不爲纓綱惟舊詎先師道
法侶何後戎昭上則九天眞皇十地菩薩下
則南山四皓淮南八公或順風而禮謁或御
氣而遊處一以貫之靡得而屈十室忠信亦
豈無其人哉五刑之設闕三木者不拜豈五
德之具居三服者拜之罪之不責恭肅德之
誠足容養然則含識之類懷生之流莫不致
身以輸忠彼則不臣王者莫不竭力而遵孝
彼則不敬其親雖約弛三章律輕三尺有一
於此三千其大而不被以嚴誅寘於巨責者
豈不道釋與堯孔殊制傷毀與禮教正乖蓮
華非結綬之色貝葉異削珪之旨人以束帶
爲彝章道則冠而不帶人以束髮爲華飾釋

則落而不容去國不爲不忠辭家不爲不孝出塵滓割愛於君親奪嗜欲棄情於妻子理乃區分於物類不可涯檢於常塗生莫重於父母子則不謝施莫厚於天地物則不荅君親之恩事絶名象豈稽首拜首可酬萬分之一者歟出家之於君父豈曰全無輸報一念必以人王爲顧首四諦則於父母爲弘益方祛塵劫永離死生豈與夫屈膝爲盡忠色養爲純孝而已矣必包之俗境處之儒肆屈其容降其禮則不孝莫過於絶嗣何不制以婚姻不忠莫大於不臣何不令稱臣妾以袈裟爲朝服稱貧道而趨拜儀範兩失名稱兼舛深恐一跪之益不加萬乘之尊一拜之勞式彰三服之墜則所不可而豈然乎王者無父事三老無兄事五更君人之尊亦有所敬法

服之敬不敬其人若屈其敬則卑其道敬而可卑道則云缺矣豈若存敬於已存道於物敬存則已適道在則物尊尊道所以敬於物敬物亦所以尊於已也況復形猶身也道若影焉身既如聲道亦如響形動則影隨聲揚則響應道崇則形寵身替則道息豈可使居身之道屈於道外之身豈可使方外之人存於身中之敬又彼守一居道不雜塵俗若可拜之是謂俗之道而可俗俗又參道則一當有二而道不専行矣安可以區道俗之常域保専一之至誠哉據僧祇律敬袈裟如敬佛塔謂袈裟爲福田衣衣名銷瘦取能銷瘦煩惱鎧名忍辱取能降伏魔軍亦喻蓮華不染泥滓亦爲諸佛之所幢相則袈裟之爲義其至矣夫若損兹佛塔壞彼幢相將輕忍辱更

貶福田甚用危疑終迷去取解服而拜則越俗非章甫之儀整服而趨則緇衣異朝宗之典故禪幽舍衛之境步屏高門之地理絕朝請事乖榮謁豈不謂我崇其道所以彼請其來請而卑之復何爲者廬山爲道德所居不在搜簡之例甘棠爲聽訟所息式致勿翦之思山與樹之無心且以德而存物法與道之有裕豈崇道而遺人語曰人能弘道則道亦須人而行也王人雖微位在諸侯之上行道之輩焉復可卑其禮若謂兩爲欺詭則可一而寢之寢之之道則芟薙之之謂是則所奪者多何止降屈而已若謂兩爲濃助則崇之崇之之道則尊貴之之謂豈可尊貴其道而使其恭敬哉假以金翠爲眞儀不以金翠而增肅以芻狗而尊像不以芻狗而加輕肅敬終寄於道輕重不係於物物之不能遷道亦猶道之恒隨於物矣沙門橫服於己資法服而爲貴莫不敬其法服而豈係於人乎不拜之典義高經律法付國王事資持護法爲常也常行不易一隅可革千門或爽通有護法之資塞有墜法之慮與其墜之咎若護之何必屈折於僧容盤辟於法服使萬國歸依者居蔕芥於其間哉語曰因人所利而利之則利之之術亦可因其精詣而爲利矣洎乎日光上照皇運攸宗海接天潢枝連寶構藉無上之道闡無疆之業別氏他族敬猶崇往神基靈泒道豈攜今此爲甚不可一也月氏東國寶祈斯侯定水玄波法雲彩潤高解脫之慶演常住之福前王後帝昔尚感攸遵主聖臣良胡寧此變臣愚千慮萬不一得儻緣斯

創造無益將來於恒河沙劫有毫氂之累雖率土碎首群生粉骨何以塞有隱之責躅不忠之罪此爲甚不可二也臣所以汲汲其事區區其誠搔首捫心隳肝瀝膽伏願聖朝重興至教恒春柰苑永轉法輪心歡録其人百祚遠光於帝宇則雖死猶生朝夕可矣竊惟詔旨徽婉義難適莫天情晝一則可使由之眷想傍求則誰不竭慮臣以庸昧何足寓言以兩教爲無則崇之於聖運聖而崇之則非無矣以兩教爲有則筆削明時時而削之恐非有矣斯所以岐路徘徊兩端交戰道宜存跡理未厭心管豈天窺蛙焉海測理絶庶幾之外事超智識之表自可懷鉛閣筆扣寂銷聲而欲鳥處程言竿中竊吹將聾聽而齊俗與瞽視而均叟雖有罄於心靈終不詣於聞見也直以八風迴扇萬籟咸貢其音兩曜昇暉千形不匿其影玆焉企景是庶轉規就日心葵輸消驛露而靦顔漿夏履薄冰春兢惕已甚赧畏交集謹議

司刑太常伯劉祥道議一首

竊以朝廷之敘肅敬爲先生育之恩色養爲重釋老二教令悉反之抗禮於帝王受敬於父母而優容自昔迄乎今代源其深致蓋有以然諒由剃髮有異於冠冕袈裟無取於章服出家故無家人之敬捨俗豈拘朝廷之禮至於玄教清虚道風遐曠高尚其事不屈王侯帝王有所不臣蓋此之謂國家既存其道所以不屈其身望准前章無違舊貫謹議

議拜者明沙門應致拜也昔皇覺御宇尚開信毀之源豈唯像末不流弘約之議頃以法

海宏曠類聚難分有穢玄猷頗聞朝聽致使拘文之士廢道從人較而言之未曰通方之巨唱也余所以考諸故實隨而彈焉庶崇佛君子或能詳覽

議沙門兼拜狀合三首

左威衛長史崔安都録事沈玄明等議狀一首

竊以紫氣騰真玄牝之風西被白虹沉化涅槃之藴東流轡羽驤霞影玉京而凝衆妙津慈照寂啓金園而融至道義冠空有理洞希夷祛濟塵蒙薰滌因累神道裨教茲焉有徵坦躅業已遵從流弊義資懲革（彈曰守法高尚稱爲流弊違經拜俗謂之懲革即事不可其如理何也）原夫在三之敬六德峻尊卑之象百行之本四始旌罔極之談本立然後道生敬形於焉禮穆寔王化之始乃天地之經佛以法爲師帝以天爲則域中有四大王者居一焉王道既其齊衡天法固乃同貫身爲法器法唯道本黄冠慕道緇裳奉佛致敬君父眇契玄波（彈曰佛法乃寰外之尊帝天爲域中之大教存而令屈折不覊還類編人此乃法水壅而不流何玄波之眇契耶）且夫戒籙纔高猶盡肅於膜拜況乎貴賤懸邈頓遺恭於屈膝（彈曰王謚云沙門以上下相敬而抗禮寔居者良以宗致既同則長幼咸序津途有隔則義無降屈誠哉是言可爲龜鏡矣）必以山林獨往物我兼忘混親疎齊寵辱惠我不爲是損巳詎稱非自當泯若無情湛然恒寂安假仰迦維而頓顙覲天尊而雅拜塵容不異俗致敬未乖真（彈曰沙門落髮披緇道俗懸隔拜違佛教具顯經文而言敬未乖真容不異俗此乃指南爲北反白成玄）且伯陽緒訓於和光不輕演教於常禮妙叶謙尊之德遠符隣照之規（伯陽誕自姬周身充柱史爲官則王朝之一職言道則儒宗之一流拜伏君親固其宜矣至若

不輕之禮四衆乃權道之一時其猶文命入裸俗而解裳不可例率土以爲模楷矣又三極之中師居其末末猶展敬本何疑哉彈曰釋衆所以師資相敬正以教義不殊故耳非是約本末而言何孟浪之甚也若以袈裟異乎龍黼穀巾殊於鷩弁服既戎矣拜何必華各循其本無爽彝式其有素履貞遯清規振俗神化肹蠁戒行精勤藻掞桐鸞梵清霄鶴錦旌徵獸瓊符御靈德秀年耆躅其拜禮自餘初學後進聲塵寂寥並令盡敬君父請即編之恒憲彈曰若以不拜爲非則德秀年耆詎宜蠲免若以不拜爲是則後進初學無宜令拜進退矛盾去取自乖請即編之恒憲何所見之短乎如此則進德修業出塵之軌彌隆苦節棲壇入道之心逾勵玄風斯遠國章唯緝庶可以詳示景則靜一訛弊彈曰以乖宗爲景則謂守法爲訛弊約斯以驗餘何可觀自我作古奚舊之拘夫鏡非常之理必藉非常之照天鑒玄覽體睿甄微探象外之遺宗極寰中之幽致雖則暫駭常聽抑亦終寘大道謹議

右清道衛長史李洽等議狀一首

竊以道教沖虛釋門秘寂至於昭仁濟物崇義爲心乃睠儒風理將無異彈曰儒教所明不踰寰域釋宗所辨高出見聞故魏東陽王丕曰佛法沖洽非儒墨者所知今言不異何多謬耶至若宿德耄齒戒律無虧栖林遯谷高尚其事若斯儔輩可致尊崇其有弱齓蒙求薰修靡譽背真混俗心行多違以此不拜義難通允彈曰夫稱沙門者何也謂紹法像賢發蒙啓化儀之搢紳之飾教殊廊廟之規求宗故所以直骸孰可分其德業矯俗故由茲抗禮寧容隔以尊卑但在家在國事親事君不拜之儀何可以訓彈曰誠哉奉君親者無宜不拜沙門不事王侯背恩天屬以拜爲訓似未之思望請勤拜垂憲於後謹議

長安縣令張松壽議狀一首

竊惟佛道二門虛寂一致縱不能練心方外
擯影人間猶須迹與俗分事與時隔然今出
家之輩多雜塵伍外以不屈自高內以私謁
爲務徒有入道之名竟無離俗之實彈曰不料簡懲
屈者奉法而然私謁者誠違教義只可峻其波不逞之流寧容縱火崑崗而欲俱焚玉石
耶至若君親之地禮兼臣子孝敬所宗義深
家國不有制度何以經綸望請僧尼道士女
冠等道爲時須事因法會者雖在君后聽依
舊式捨此已往並令讚拜若歸覲父母子道
宜伸如在觀寺任遵釋典彈曰夫僧尼合拜則無宜不拜不合
豈簡時方何得剃髮同是一人約處便開異禮法服始終無二據事遂制殊經此乃首鼠
兩端要時妄立也庶其以卑屈爲恥稍屛浮競以道
德自尊漸弘教法輒進愚管伏增慚戰謹議
中臺司禮太常伯隴西王博乂執議狀
奏一首司禮議僧尼道士女冠等拜君親等

事
一千五百三十九人議請不拜
右大司成令狐德棻等議稱竊以凡百在位
咸隆奉上之道當其爲師尚有不臣之義況
佛之垂法事越常規剃髮同於毀傷振錫異
乎簪紱出家非色養之境離塵豈榮名之地
功深濟度道極崇高何必破彼玄門牽斯儒
轍披法服而爲俗拜踐孔門而行釋禮存其
教而毀其道求其福而屈其身詳稽理要恐
有未愜又道之爲範雖全髮膚出家超俗其
歸一揆加以遠標天構大啓皇基義藉尊嚴
式符高尚唯此二教相沿自久爰曁我唐徽
風益扇雖王猷遐暢實賴天功而聖輪常轉
式資冥助今儻一朝改舊無益將來於恒沙
之劫起毫塵之累則普天率土灰身粉骨何

以塞有隱之責蹈不忠之罪與其失於改創不若謬於修文孔子曰因人所利而利之老子曰聖人無常心以百姓心爲心二教所利弘益多矣百姓之心歸信衆矣革其所利非因利之道乖其本心非無心之謂請遵故實不拜爲允伏惟陛下德掩上皇業光下問君親崇敬雖啓神衷道法難虧還留睿想既奉詢芻之旨敢罄塵嶽之誠懼不折衷追深戰惕謹議

三百五十四人議請拜

右兼司平太常伯閻立本等議稱臣聞剛折柔存扇玄風之妙旨苦形甘辱騰釋路之微言故能開善下之源弘不輕之義是以聲聞降禮於居士柱史委質於周王此乃成緇服之表綴立黃冠之龜鏡自茲已降喪其宗軌歷代溺其眞理習俗守於迷途一人有作萬物斯覩紐維天地驅駕皇王轉金輪於勝境搆王京於玄域遂使尋眞道士追守藏之遐風落髮沙門弘禮足之綿典況太陽垂曜在天標無二之明大帝稱尊御宇極通三之貴且二教裁範雖絶塵容事止出家未能逃國同賦形於姒鏡皆仰化於姚風豈有抗禮宸居獨高眞軌然輕尊傲長在人爲悖臣君敬父於道無嫌考詳其義跪拜爲允

前奉四月十六日勑旨欲令僧尼道士女冠於君親致拜恐爽於恒情宜付有司詳議奏聞者件狀如前伏聽勑旨

今上停沙門拜君詔一首

東臺若夫華裔列聖異軫而齊驅中外裁風百慮而同致自周霄隕照漢夢延輝妙化西

移慧流東被至於玄牝邃旨碧落希聲具開六順之基偕叶五常之本而於愛敬之地忘乎跪拜之儀其來永久罔革茲弊朕席圖登政崇眞導俗凝襟解脫之津陶思常名之境正以尊親之道禮經之格言孝友之義詩人之明准豈可以絶塵峻範而忘恃怙之敬拔累貞規迺遺溫凊之序前欲令道士女冠僧尼等致拜將恐振駭恒心爰俾詳定有司咸引典據兼陳情理沿革二塗紛綸相半朕商搉群議沉研幽賾然箕穎之風高尚其事遐想前載故亦有之今於君處勿須致拜其父毋之所慈育彌深祗伏斯曠更將安設自今已後即不宜跪拜主者施行龍朔二年六月八日西臺侍郎弘文館學士輕車都尉臣上官儀宣

京邑老人程士顒等上請表一首

臣言臣聞佛化所資在物斯貴良由拔沉冥於六道濟蒙識於三乘其德既弘其功亦大所以佛爲法主幽顯之所歸依法爲良藥煩惑由之清蕩僧爲佛種弘演被於來際遂使歷代英主重道德而護持清信賢明度子女而承繼固得僧尼遍於區宇垂範導於無窮伏惟陛下慈濟九有開暢一乘愛敬之道克隆成務之途逾遠近奉明詔令僧跪拜父毋斯則崇揚孝始布範敬源但佛有誡教出家不拜其親欲使道俗殊津歸戒以之投附出處兩異眞俗由之致乖莫非心受佛戒形具佛儀法網懸殊敬相全別且自高尚之風人主猶存抗禮豈惟臣下返受跪拜之儀俯仰撫循無由啓處意願國無兩敬大開方外之

迹僧奉内教便得立身行道不任私懷之至謹奉表以聞塵黷威嚴伏增戰越謹言

直東臺舍人馮神德上

一道士僧尼請依舊僧尼在前此一條在貞觀十一年因今合上

一僧尼請依舊不拜父毋

臣聞秘教東流因明后而闡化玄風西運憑至識以開宗故知弘濟千門義宣於雅道提誘萬品理塞於邪津只可隨聖教以抑揚豈得逐人事而興替沙門者求未來之勝果道士者信有生之自然自然者貴取性真絕其近偏之跡勝果者意存杜漸遠開趨道之心誘濟源雖不同從善終歸一致伏惟皇帝陛下包元建極御一飛貞乘大道以流謙順無爲而下濟因心會物教不肅成今乃定道佛之尊卑抑沙門之拜伏拜伏有同常禮未是出俗之因尊卑物我之情豈曰無爲之妙陛下道風攸闡釋教載陳每至齋忌皆令祈福一依經教二者何獨乖違陛下者造化之神宗父毋者人子之慈稱陛下以至極之重猶停拜敬之儀所生既曰人臣何得曲伸情禮捨尊就愛棄重違經緣情猶尚不通據教若爲行用陛下統天光道順物流形形物尚不許違淨教何宜改作願陛下因天人之志順萬物之心停拜伏之新儀遵尊卑之舊貫庶望金光東曜不雜塵俗之悲紫氣西暉無驚物我之貴即大道不昧而得相於明時福業永貞庶重彰於聖日謹言

西明寺僧道宣等上榮國夫人楊氏請論拜事啓一首

僧道宣等啓竊聞紹隆法任必歸明哲崇護眞詮良資寵望伏惟夫人夙著熏修啓無疆之福早標信慧建不朽之因至於佛教威儀法門軌式實望特垂恩庇不使陵夷自敕被僧徒許隔朝拜誠當付囑之意寔深荷戴之情然於父母猶令跪拜私懷徒愜佛教甚違若不早有申聞恐遂同於俗法僧等翹注莫敢披陳情用迴惶輒此投訴伏乞慈覆特爲上聞儻遂恩光彌深福慶不勝懇切之至謹奉啓以聞塵擾之深唯知悚息謹啓

大莊嚴寺僧威秀等上請表一首

謹録佛經出家沙門不合跪拜父母有損無益文如左

梵網經云出家人不向國王父母禮拜順正理論云國君不求比丘禮拜玄教東漸六百餘年上代皇王無不依經敬仰洎乎聖帝遵奉誠教彌隆故得列刹相望精廬峙接人知慕善家曉愚愆僧等忝在生靈詎忘忠孝明詔頒下率土咸遵恐直筆史臣書乖佛教萬代之後蕪穢皇風僧威秀等言竊聞眞俗異區桑門割有生之戀幽顯殊服田衣無拜首之容理固越情道仍舛物況挺形戒律鎔念津梁酬恩不以形骸致養期於福善而令儀不改釋拜必同儒在僧有越戒之愆居親有損福之累臣子之慮敢不盡言伏惟陛下匡振遠猷提奬幽㬎既已崇之於國亦乞正之於家足使捨俗無習俗之儀出家絶家人之敬護法斯在褆福莫先自然教有可甄人知自勉不勝誠懇之至謹奉表以聞塵黷扆旒伏增戰越

玉華宮寺譯經沙門靜邁等上拜父母有損表一首

沙門靜邁言竊言策係告先尊父屈體於其子形章攸革介士不拜於君親伏以僧等揚言紹佛嗣尊之義是同故愛敬降高乃折節於其氣容服異俗形章之華不殊致使沙門亦不肢屈於君父窮慈內外雖復繼形變則而心敬君親敢有怠哉至如臣服麤君以日易月形雖從吉而心喪三年是知遏密八音其於三載循于心敬其來尚矣若令反拜父母則道俗俱違佛戒顛沒枉坑輪迴未已況動天地感鬼神者豈在於跪伏耶但公家之利知無不爲恐因今創改萬有一累則負聖上放習法之洪恩彌劫粉身奚以塞責伏惟陛下廣開獻書之路通納芻言之辯輕塵聽覽伏增戰汗謹言

襄州禪居寺僧崇拔上請父母同君上不令出家人致拜表一首

沙門崇拔言伏聞道俗憲章形心異華形則不拜君父用顯出處之儀心則敬通三大以遵資養之重近奉恩勑令僧不拜君王而令拜其父母斯則隆於愛敬之禮闕於經典之教僧寶存而見輕歸戒沒而長隱豈有君開高尚之迹不背佛言臣取下拜之儀面違聖旨可謂放子爲求其福受拜仍獲其辜一化致疑二理矛盾伏願請從君敬之禮以通臣下之儀輕黷扆旒彌增隕越謹言

論曰威衛司列等狀詞則美矣其如理何感不惟故實昧於大義苟以屈膝爲敬不悟亡脅之禍內經稱沙門拜俗損君父功德及以

壽命而抑令俯伏者胡言之不認輕發樞機哉雖復各言其志亦何傷之太甚而威衛等狀通塞兩兼司列等狀一途冰執或訪二議優劣余以爲楚則失矣齊亦未爲得也然兩兼則膚腠冰執乃膏肓故升威衛於乙科退司列於景第至若範公質議則旨贍文華朧西執奏言約理舉既而人庶斯穆龜筮叶從故得天渙下覃載降高尚之美慈育之地更弘拜伏之仁時法侶名僧都鄙耆耋僉曰叶私志矣違教如何於是具顯經文廣陳表啓匪朝伊夕連訴庭闕但天門邃遠伸請靡由奉詔求宗難爲去取易曰羝羊觸藩羸其角方之釋侶豈不然歟

讚曰威衛之流議雖通塞以人廢道誠未爲得司列等狀抑釋從儒拜傷君父詎曰忠謀質議道華敷陳簡要天人叶允爰垂璽詔恭承明命式抃且歌顧瞻玄籍有累如何法俗疇咨咸伸啓表披瀝丹款未紓黃道進退惟咎投措靡由仰希神禹疏玆法流

沙門不應拜俗總論

釋彦琮曰夫沙門不拜俗者何蓋出處異流内外殊分居宗體極息慮忘身不汲汲以求生不區區以順化情超宇内迹寄寰中斯所以抗禮宸居背恩天屬化物不能遷其化生生無以累其生長揖君親斯其大旨也若推之人事稽諸訓詁則所不應拜其例十焉至如望秩山川郊祀天地欲其利物君罄廼誠今三寶住持歸戒弘益幽明翼化可略言焉斯神祇之流也爲祭之尸必叶昭穆割牲薦熟時爲不臣今三寶一體敬僧如佛備乎内

典無俟繁言斯祭主之流也杞宋之君二王之後王者所重敬爲國賓今僧爲法王之胤王者受佛付囑勸勵四部進修三行斯國賓之流也重道尊師則弗臣矣雖詔天子無北面焉今沙門傳佛至教導凡誘物嚴師敬學其在茲乎斯儒行之流也禮云介者不拜爲其失於容節故周亞夫長揖漢文也今沙門身被忍鎧戢剪欲軍掌握慧刀志摧心惑斯介冑之流也著代筵賓尊先冠作毋兄致拜以禮成人今沙門以大法爲己任拯群生於塗炭敬導遺躅祖承嫡胤斯傳重之流也堯稱則天不屈潁陽之高武盡美矣終全孤竹之潔今沙門高尚其事不事王侯蟬蛻囂埃之中自致寰區之外斯逸人之流也犯五刑闕三木被箠楚嬰金鐵者不責其具禮今沙門剃毛髮絕胤嗣毀形體易衣服甚刑之流也又詔使雖微承天則貴沙門縱賤禀命宜尊況德動幽明化霑龍鬼靜人天之苦浪清品庶之炎氛功既廣焉澤亦弘矣豈使絕塵之伍拜累君親開放之流削同名教而已余幼耽斯務長頗搜尋採遺烈於青編纂前芳於汗簡重以感淪暉於佛日罄爝火以興詞庶永將來傳之好事又古今書論皆云不敬據斯一字愚竊惑焉何者敬乃通心曲禮稱無不敬拜唯身屈周陳九拜之儀且君父尊嚴心敬無容不可法律崇重身拜有爽通經以拜代敬用將爲允故其書曰不拜爲文遠公有言曰淵壑豈待晨露哉蓋自伸其罔極也此書之作亦猶是焉達鑒通賢儻無譏矣

廣弘明集卷第二十五下

音釋

薙託計切刈也　隳許規切毀也　靦他典切慙也　牝毗忍切　鷩必列切赤雉也　肸蠁肸許訖切蠁許兩切肸蠁布貌　棼符分切　耋徒結切年之至也　羝都奚切牡羊　蓍章移切蓍屬用之以筮也

廣弘明集卷第二十六上

唐 釋 道 宣 撰

慈濟篇序

若夫慈濟之道終古式瞻厚命之方由來所重故蠢蠢懷生喁喁噍類莫不重形愛命增生惡死即事可覩豈待言乎然有性涉昏明情含嗜欲明者恕已爲喻不加惱於含靈昏者利已爲懷無存慮於物命故能安忍苦楚縱蕩貪癡以多殘爲聲勢以利欲爲功德是知坑趙六十餘萬終伏劍於秦邦膳必方丈爲常窮刑戮於都市至如禍作殃及方悔咎原徒思顧復終無獲已然則釋氏化本止殺爲先由斯一道取濟群有故慈爲佛心慈爲佛室慈善根力隨義而現有心慈德通明起慮而登色界況復慈定深勝兵毒所不能侵慈德感徵虵虎爲之馴擾末代門學師心者多不思被忍辱之衣示福田之相縱恣饕餮以酒肉爲身先飲啖異於流俗践陟同於賢聖經誥明示不得以佛爲師譏醜塵點滅法在於斯矣況復蠶衣肉食聞沈侯之極誡醖釀屠宰見梁帝之嚴懲觀其勸勗之文統其慇懃之至足令心寒形慄豈臨履之可擬乎故上士聞之足流涕而無已下愚詳此等長風之激空林且夫生死推遷匪旦伊夕隨業受報淪歷無窮不思形神之疲勞而重口腹之快利終糜碎於大地何所補於精靈乎所以至人流慟常慘慼於狂生大士興言慨怨魂於煩惱撫膺弔影可不自憐一旦苦臨於何逃責既未位於正聚何以抵於三途行未登於初地終有懷於五怖輒舒事類識者思

之
慈濟篇第六
究竟慈悲論
與何胤書論止殺
斷殺絕宗廟犧牲詔并表請
誡殺家訓
斷酒肉文
究竟慈悲論　沈休文
釋氏之教義本慈悲慈悲之要全生為重恕巳因心以身觀物欲使抱識懷知之類愛生忌死之群各遂厥宜得無遺夭而俗迷日久淪惑難變革之一朝則疑怪莫啓設教立方每由漸致又以情嗜所深甘腴為甚嗜深於情尤難頓革是故開設三淨用伸權道及涅槃後說立言將謝則大明隱惻貽厥將來夫肉食蠶衣為方未異害命夭生事均理一淪蘊爛蛾非可忍之痛懸庖登俎豈偏重之業而去取異情開抑殊典尋波討源良有未達漁人獻鮪肉食同有其緣枲妾登繇蠶衣共頒其分假手之義未殊通閉之詳莫辯訪理求宗未知所適外典云五畝之宅樹之以桑則六十者可以衣帛矣雞肫犬彘勿失其時則七十者可以食肉矣然則五十九年巳前所衣宜布矣六十九年巳前所食宜蔬矣輕煖於身事既難遣甘滋於口又非易忘對而為言非有優劣宜枲麻果菜事等義同攘寒實腹曽無一異偏通繒纊當有別途請試言之夫聖道隆深非思不洽仁被群生理無偏漏拯麤去甚教義斯急繒衣肉食非已則通

及晚說大典弘宣妙訓禁肉之旨載現于言黜繒之義斷可知矣而禁淨之始猶通蠶革蓋是敷說之儀各有次第亦猶闡提二義俱在一經兩說參差各隨教立若執前迷後則闡提無入善之途禁淨通蠶則含生無有頓免之望難者又以闡提入道聞之後說蠶革宜禁曾無槩理大聖弘旨義豈徒然夫常住密與傳譯遐阻泥洹始度咸謂已窮中出河西方知未盡關中晚說厥義彌暢仰尋條流理非備足又按涅槃初說阿闍世王大迦葉阿難三部徒衆獨不來至既而二人並來唯無迦葉迦葉佛大弟子不容不至而經無至文理非備盡昔涅槃未啓十數年間廬阜名僧已有蔬食者矣豈非乘心闇踐自與理合者哉且一朝裂帛可以終年熱牢待膳亘時引日然則一歲八蠶已驚其驟終朝未肉盡室驚嗟拯危濟苦先其所急敷說次序義實在斯外聖又云一人不耕必有受其飢者故一人躬稼亦有受其飽焉桑野漁川事雖非已炮肉裂繒咸受其分自涅槃東度三肉罷緣服膺至訓操槩彌遠促命有殫長蔬靡惓秋禽夏卵比之如浮雲山毛海錯事同於腐鼠而繭衣纊服曾不懷疑此蓋慮窮於文字思迷於弘旨通方深信之客庶有鑒於斯理斯理一悟行迷克反斷蠶肉之因固蔬枲之業然則含生之類幾於免矣

與何胤書論止殺

梁周顒

普通年中何胤侈於味食必方丈後稍欲其甚者使門人議之學士鍾岏曰䱇之就脯驟

於屈伸蟹之將糖躁擾彌甚仁人用意深懷如怛且不悴不禁曾芻蕘之不若無馨無臭與瓦礫其何筭有汝南周顒貽胤書曰丈人所以未極遐蹈惑在於不全菜耶㓷折之升鼎俎網罟之興載册其來寔遠誰敢干議觀聖人之設膳羞乃復爲之品節蓋以茹毛飲血與生民共始縱而勿裁將無崖畔善爲士者豈不以恕已爲懷是各靜封疆罔相陵轢況乃變之大者莫過死生生之所重無過性命性命之於彼極切滋味之於我可賒而終身朝晡資之以永歲彼就怨酷莫能自伸我業長久吁哉可畏且區區微卵脆薄易矜㪚彼弱麑顧步宜愍觀其飲啄飛沉使人憐悼況可甘心撲褫加復恣意呑嚼至乃野牧成群閑豢重圈量肉揣毛以俟支剥如土委地僉謂常理可爲愴息事豈一途若云三世理誣則幸矣良快如使此道果然而受形未息一往一來生死常事雜報如家人天如客過客日少在家日多吾修信業未足長免則傷心之慘行亦自念丈人於血氣之類雖不身殘至於昇鼂沉鯉不能不取備屠門財貝之一經盜手猶爲廉士所棄生性之一啓鸞刀寧復慈心所忍騶虞雖飢非自死之草不食闘其風豈不使人多愧恥胤獲書納之遂絶血味注百論十二門論行於法俗

斷殺絶宗廟犧牲詔 并表請

梁高祖武皇帝

梁高祖武皇帝臨天下十二年下詔去宗廟犧牲修行佛戒蔬食斷欲上定林寺沙門僧祐龍華邑正栢超度等上啓云京畿既是福

地而鮮食之族猶布筌網並驅之客尚馳鷹犬非所以仰稱皇朝優洽之旨請丹陽琅琊二境水陸並不得蒐捕勑付尚書詳之

議郎江貺以爲聖人之道以百姓爲心仁者之化以躬行被物皇德好生恊于上下日就月將自然改俗一朝抑絕容恐愚民且獵山之人例堪跋涉捕水之客不憚風波江寧有禁即達牛渚延陵不許便往陽羨取生之地雖異殺生之數是同空有防育之制無益全生之術

兼都令史王述以爲京邑翼翼四方所視民漸至化必被萬國今祈寒暑雨人尚無怨況去俗入眞所以可悅謂斷之爲是

左丞謝幾卿曰不殺之禮誠如王述所議然聖人爲教亦與俗推移即之事迹恐不宜偏斷若二郡獨有此禁更似外道謂不殺戒皆有界域因時之宜敬同議郎江貺議尚書臣亶僕射臣昂全瑩巳下並同貺議帝使周舍難貺曰禮云君子遠庖廚血氣不身翦見生不忍其死聞聲不食其肉此皆即目興仁非關及遠三驅之禮向我者舍背我者射於是依王述議遂斷又勑太醫不得以生類合藥公家織官紋錦並斷仙人鳥獸之形以爲褻衣裁剪有乖仁恕至遹祈告天地宗廟以去殺之理被之含識郊廟皆以麵爲牲牷其饗萬國用菜蔬去生類其山川諸祀則否乃勑有司曰近以神實愛民不責無識所貴誠信非尚血膋凡有水旱之患使歸咎在上不同牲牢止告知而巳而萬姓祈求謟黷爲事山川小祇難期正直晴雨或乖容市民怨愚夫

滯習難用理移自今祈請報答可如俗法所用以身賽咎事自依前

前臣曰夫神道茫昧求諸不一或尚血腥之祀或歆藴藻之誠設教隨時貴其爲善其誠無忒何往不通若祭享理無則四代之風爲爽神明實有三世之道爲弘語其無不待牲牷之潔據其有宜存去殺之仁周文禴祭由來尚矣苟有明德神其吐諸而以麪爲牲於義未達方之紋錦將不矛盾乎

誡殺家訓

北齊光禄顏之推

儒家君子離庖廚見其生不忍其死聞其聲不食其肉高柴曾晳未知内教皆能不殺此皆仁者自然用心也含生之徒莫不愛命去殺之事必勉行之見好殺之人臨死報驗子孫殃禍其數甚多不能具録耳且示數條於末梁時有人常以雞卵白和沐云使髪光每沐輒破二三十枚臨終但聞髪中啾啾數千雞雛之聲○江陵劉氏以賣鱓爲業後生一兒頭具是鱓自頸已下方爲人耳○王克爲永嘉郡有人餉羊集賓欲讌而羊繩解來投一客先跪兩拜便入衣中此客竟不言之固無救請須臾宰羊者爲炙先行至客一臠入口便下皮肉周行遍體痛楚號叫方復說之遂作羊鳴而死○梁時有人爲縣令經劉敬躬亂縣廨被焚寄寺而住民將羊酒作禮縣令以牛繫刹屏除形像鋪設牀座於堂上接賓未殺之頃牛解徑來至階而拜縣令大笑命左右宰之飲噉飽酒便卧簷下投醒即覺體痒爬搔癮疹因爾成癩十餘年死○楊思

達爲西陽郡值侯景亂時復旱儉飢民盜田中麥思達遣一部曲守視所得盜者輙截手腕凡戮十餘人部曲後生一男自然無手○齊國有一奉朝請家甚豪侈非手殺牛則瞰之不美年三十許病篤大見牛來舉體如被刀刺叫呼而終○江陵髙偉隨吾入齊凡數年向幽州淀中捕魚後病每見群魚齧之而死

斷酒肉文

梁高祖武皇帝

弟子蕭衍敬白諸大德僧尼諸義學僧尼諸寺三官夫匡正佛法是黒衣人事迺非弟子白衣所急但經教亦云佛法寄囑人王是以弟子不得無言今日諸僧尼開意聽受勿生疑閉内懷忿異○凡出家人所以異於外道者正以信因信果信經所明信是佛說經言行十惡者受於惡報行十善者受於善報此是經教大意如是若出家人猶嗜飲酒噉食魚肉是則爲行同於外道而復不及何謂同於外道外道執斷常見無因無果無施無報今佛弟子酣酒嗜肉不畏罪因不畏苦果即是不信因不信果與無施無報者復何以異此事與外道見同而有不及外道是何外道各信其師師所言是弟子言是師所言非弟子言非涅槃經言迦葉我今日制諸弟子不得食一切肉而今出家人猶自噉肉戒律言飲酒犯波夜提猶自飲酒無所疑難此事違於師教一不及外道又外道雖復邪僻持牛狗戒既受戒已後必不犯今出家人既受戒已輕於毀犯是二不及外道又外道雖復五

熱炙身投淵赴火窮諸苦行未必皆噉食衆生今出家人噉食魚肉是三不及外道又外道行其異學雖不當理各習師法無有覆藏今出家人噉食魚肉於所親者乃自和光於所疎者則有隱避如是爲行四不及外道又外道各宗所執各重其法乃自高聲大唱云不如我道眞於諸異人無所忌憚今出家人或復年時已長或復素爲物宗噉食魚肉極自艱難或避弟子或避同學或避白衣或避寺官懷挾邪志崎嶇覆藏然後方得一過噉食如此爲行五不及外道又復外道直情徑行能長已徒衆惡不能長異部惡今出家人噉食魚肉或爲白衣弟子之所聞見內無慚愧方飾邪說云佛教爲法本存遠因在於即日未皆悉斷以錢買肉非已自殺此亦非嫌白衣愚癡聞是僧說謂眞實語便復信受自行不善增廣諸惡是則六不及外道又外道雖復非法說法法說非法各信經書死不違背今出家人噉食魚肉或云肉非已殺猶自得噉以錢買肉亦復非嫌如是說者是事不然涅槃經云一切肉悉斷及自死者自死者猶斷何況不自死者楞伽經云爲利殺衆生以財網諸肉二業俱不善死墮叫呼獄何謂以財網肉陸設罝罘水設網罟此是以網網肉若於屠殺人間以錢買肉此是以財網肉若令此人不以財網肉者習惡律儀捕害衆生此人爲當專自供口亦復別有所擬若別有所擬向食肉者豈無殺分何得云我不殺生此是灼然違背經文是七不及外道又復外道同其法者和合異其法者苦治令行禁

止莫不率從今出家人或爲師長或爲寺官自開酒禁噉食魚肉不復能得施其教戒裁欲發言他即譏刺云師向亦爾寺官亦爾心懷內熱默然低頭面赤汗出不復得言身既有瑕不能伏物便復摩何直爾止住所以在寺者乖違受道者放逸此是八不及外道又外道受人施與如已法受烏戒人受烏戒施受鹿戒人受鹿戒施烏戒人終不覆戒受鹿戒施鹿戒人終不覆戒受烏戒施今出家人云我能精進我能苦行一時覆相誑諸白衣出即飲酒開衆惡門入即噉肉集衆苦本此是九不及外道又外道雖復顛倒無如是衆事酒者是何臭氣水穀失其正性成此別氣衆生以罪業因緣故受此惡觸此非正眞道法亦非甘露上味云何出家僧尼猶生耽嗜

僧尼授白衣五戒令不飲酒令不妄語云何翻自飲酒違負約誓七衆戒八戒齋五篇七聚長短律儀於何科中而出此文其餘衆僧故復可可至學律者彌不宜爾且開放逸門集衆惡本若白衣人甘此狂藥出家人猶當訶止云某甲汝就我受五戒不應如是若非受戒者亦應云檀越酒是惡本酒是魔事檀越今日幸可不飲云何出家人而應自飲尼羅浮陀地獄身如段肉無有識知此是何人皆飲酒者出家僧尼豈可不深信經教自棄正法行於邪道長衆惡根造地獄苦習行如此豈不內愧猶服如來衣受人信施居處塔寺仰對尊像若飲酒食肉如是等事出家之人不及居家何故如是在家人雖飲酒噉肉無犯戒罪此一不及居家人在家人雖復飲

酒噉肉各有丘窟終不以此仰觸尊像此是二不及居家人在家人雖復飲酒噉肉終不吐泄寺舍此是三不及居家人在家人雖復飲酒噉肉無有譏嫌出家人若飲酒噉肉使人輕賤佛法此是四不及居家人在家人雖復飲酒噉肉門行井竈各安其鬼出家人若飲酒噉肉臭氣熏蒸一切善神皆悉遠離一切衆魔皆悉歡喜此是五不及居家人在家人雖復飲酒噉肉自破財產不破他財出家人飲酒噉肉自破善法破他福田是則六不及居家人在家人雖復飲酒噉肉皆是自力所辦出家人若飲酒噉肉皆他信施是則七不及居家人在家人雖復飲酒噉肉是常業更非異事出家人若飲酒噉肉衆魔外道各得其便是則八不及居家人在家人雖復如此飲酒噉肉猶故不失世業大耽昏者此則不得出家人若飲酒噉肉若多若少皆斷佛種是則九不及居家人不及外道不及居家略出所以各有九事欲論過患條流甚多可以例推不復具言今日大德僧尼今日義學僧尼今日寺官宜自警戒嚴淨徒衆若其懈怠不遵佛教猶是梁國編戶一民弟子今日力能治制若猶不依佛法是諸僧官宜依法問京師頃年講大涅槃經法輪相續便是不斷至於聽受動有千計今日重令法雲法師爲諸僧尼講四相品四中少分諸僧尼常聽涅槃經爲當曾聞此說爲當不聞若已曾聞不應違背若未曾聞今宜憶持

佛經中究竟說斷一切肉乃至自死者亦不許食何況非自死者諸僧尼出家名佛弟子

云何今日不從師教經言食肉者斷大慈種何謂斷大慈種凡大慈者皆令一切衆生同得安樂若食肉者一切衆生皆爲怨對同不安樂若食肉者是遠離聲聞法若食肉者是遠離辟支佛法若食肉者是遠離菩薩法若食肉者是遠離菩提道若食肉者是遠離佛果若食肉者是遠離大涅槃若食肉者障生六欲天何況涅槃果若食肉者是障四禪法若食肉者是障四空法若食肉者是障戒法若食肉者是障定法若食肉者是障慧法若食肉者是障信根若食肉者是障進根若食肉者是障念根若食肉者是障定根若食肉者是障慧根舉要爲言障三十七道品若食肉者是障四眞諦若食肉者是障十二因緣若食肉者是障六波羅蜜若食肉者是障四弘誓願若食肉者是障四攝法若食肉者是障四無量心若食肉者是障四無礙智若食肉者是障三三昧若食肉者是障八解脫若食肉者是障九次第定若食肉者是障六神通若食肉者是障百八三昧若食肉者是障一切三昧若食肉者是障海印三昧若食肉者是障首楞嚴三昧若食肉者是障金剛三昧若食肉者是障五眼若食肉者是障十力若食肉者是障四無所畏若食肉者是障十八不共法若食肉者是障一切種智若食肉者是障無上菩提何以故若食肉者障菩提心無有菩薩法以食肉故障不能得初地以食肉故障不能得二地乃至障不能得十地以無菩薩法無菩薩法故無四無量心無四無量心故無有大慈大悲以是因緣佛子不

續所以經言食肉者斷大慈種諸出家人雖復不能行大慈大悲究竟菩薩行成就無上菩提何爲不能忍此臭腥修聲聞辟支佛道鵄鵶嗜鼠蝍蛆甘螮以此而推何可嗜著至於豺犬野犴皆知嗜肉人最有知勝諸衆生近與此等同甘臭腥豈直常懷殺心斷大慈種凡食肉者自是可鄙諸大德僧諸解義者講涅槃經何可不慇懃此句令聽受者心得悟解又有一種愚癡之人云我止噉魚實不食肉亦應開示此處不殊水陸衆生同名爲肉諸聽講者豈可不審諦受持如說修行凡食肉者如前說此皆是遠事未爲近切諸大德僧尼當知噉食衆生者是魔行噉食衆生是地獄種噉食衆生是恐怖因噉食衆生是斷命因噉食衆生是自燒因噉食衆生是自煑因噉食衆生是自炮因噉食衆生是自炙因噉食衆生是自割因噉食衆生是自剥因噉食衆生是斷頭因噉食衆生是斷手因噉食衆生是斷足因噉食衆生是破腹因噉食衆生是破背因噉食衆生是刳腸因噉食衆生是碎髓因噉食衆生是抉目因噉食衆生是割鼻因噉食衆生是截耳因噉食衆生是貧窮因噉食衆生是下賤因噉食衆生是凍餓因噉食衆生是醜陋因噉食衆生是聾因噉食衆生是盲因噉食衆生是瘖因噉食衆生是瘂因噉食衆生是跛因噉食衆生是蹇因噉食衆生是瘡因噉食衆生是瘍因噉食衆生是疥因噉食衆生是癬因噉食衆生是瘤因噉食衆生是瘿因噉食衆生是癘因噉食衆生是疵因噉食衆生是癰因噉食衆生

是癧因噉食衆生是痔因噉食衆生是疽因噉食衆生是瘻因噉食衆生是癩因噉食衆生是致蚤因噉食衆生是致虱因噉食衆生是致蚊因噉食衆生是致虻因噉食衆生是遭毒蟲因噉食衆生是遭惡獸因噉食衆生是病瘦因噉食衆生是寒熱因噉食衆生是頭痛因噉食衆生是心痛因噉食衆生是腹痛因噉食衆生是胷痛因噉食衆生是背痛因噉食衆生是手痛因噉食衆生是足痛因噉食衆生是髓痛因噉食衆生是腸痛因噉食衆生是筋縮因噉食衆生是胃反因噉食衆生是脉絶因噉食衆生是血流因噉食衆生是咽塞因噉食衆生是喉痛因噉食衆生是風病因噉食衆生是水病因噉食衆生是四大不調適因噉食衆生是五臟不調適因噉食衆生是六腑不調適因噉食衆生是癲因噉食衆生是狂因噉食衆生乃至是四百四病一切衆病因噉食衆生是熱因噉食衆生是惱因噉食衆生是受壓因噉食衆生是遭水因噉食衆生是遭火因噉食衆生是遭風因噉食衆生是遭偷因噉食衆生是遭劫因噉食衆生是遭賊因噉食衆生是鞭因噉食衆生是杖因噉食衆生是笞因噉食衆生是督因噉食衆生是駡因噉食衆生是辱因噉食衆生是繫因噉食衆生是縛因噉食衆生是幽因噉食衆生是閉因噉食衆生是生苦因噉食衆生是老苦因噉食衆生是病苦因噉食衆生是死苦因噉食衆生是怨憎會苦因噉食衆生是愛别離苦因噉食衆生是求不得苦因噉食衆生是五受陰苦因噉食

衆生是行苦因噉食衆生是壞苦因噉食衆生是苦苦因噉食衆生是想地獄因噉食衆生是黑繩地獄因噉食衆生是衆合地獄因噉食衆生是呌喚地獄因噉食衆生是大呌喚地獄因噉食衆生是熱地獄因噉食衆生是大熱地獄因噉食衆生是阿鼻地獄因噉食衆生是八寒八熱地獄因乃至是八萬四千鬲子地獄因乃至是不可說不可說鬲子地獄因噉食衆生乃至是一切餓鬼因噉食衆生乃至是一切畜生因當知餓鬼有無量苦當知畜生有無量苦畜生暫生暫死爲物所害生時有無量怖畏死時有無量怖畏此皆是殺業因緣受如是果若欲具列殺果展轉不窮盡大地草木亦不能容受向來所說雖復多途舉要爲言同一苦果但苦中自有輕重所以今日致衆苦果皆由殺業惱害衆生略舉一隅粗言少分○諸大德僧尼諸義學僧尼諸寺三官復當應思一大事若使噉食衆生父衆生亦報噉食其父若噉食衆生母衆生亦報噉食其母若噉食衆生子衆生亦報噉食其子如是怨對報相噉食歷劫長夜無有窮已如經說有一女人五百世害狼兒狼兒亦五百世害其子又有女人五百世斷鬼命根鬼亦五百世斷其命根如此皆是經說不可不信其餘相報推例可知○諸大德僧尼諸義學僧尼諸寺三官又有一大事當應信受從無始已來至于此生經歷六道備諸果報一切親緣遍一切處直以經生歷死神明隔障是諸眷屬不復相識今日衆生或經是父母或經是師長或經是兄弟或經

是姊妹或經是兒孫或經是朋友而今日無有道眼不能分别還相噉食不自覺知噉食之時此物有靈即生忿恨還成怨對向者至親還成至怨如是之事豈可不思暫爭舌端一時少味永與宿親長為怨對可為痛心難以言説白衣居家未可適道出家學人被如來衣習菩薩行宜應深思○諸大德僧尼諸義學僧尼諸寺三官又復當思一事凡噉食衆生是一切衆生惡知識是一切衆生怨家如是怨家遍滿六道若欲修行皆為障難一理中障難二事中障難何者是理中障難以業因緣自生障難令此行人愚癡無慧不知出要無有方便設值善知識不能信受設復信受不能習行此是理中障難事中障者此諸怨對或在惡鬼中或在毒獸中或在有大力神中或在大力龍中或在魔中或在天中如是處處來作留難設令修行遇善知識深心信受適欲習行便復難起或引入邪道或惱令心亂修戒修定修慧修諸功德常不清淨常不滿足皆是舊怨起諸對障此是事中障難如是之事又宜深思但以一噉食衆生因緣能遠離一切佛法有如是種種過患貪毒亦如是瞋毒亦如是癡毒亦如是三毒等分皆同過患相與宜深自覺察善思方便

廣弘明集卷第二十六 上

音釋

喁 魚凶切衆口向上貌 噍 在笑切嚼食之類也 瀹 以灼切湯中薄熟出之也 繭 古典切蠶衣也 豘 徒渾切小豕也 彘 直例切豕也 枲 胥里切有子麻也 鱓 常演切魚名 轢 郎擊切車相践也 歂 視專切 搋 丑皆切拳加物也 豢 胡慣切圈穀養獸也 蒐 所留切春獵也索也 膋 力彫切腸中脂也

禴以灼切祭名臠力兖切塊切肉也爬蒲巴切癮疹癮音隱疹章忍切癮疹皮小起也齧五結切噬也蛆子魚切蝍蛆蟲名螮丁計切瘍音羊傷頭瘡也瘤力周切疣也瘑古禾切禿瘡

廣弘明集卷第二十六下

唐　釋　道宣　撰

斷酒肉文之餘

弟子蕭衍又復敬白諸大德僧尼諸義學僧尼諸寺三官北山蔣帝猶且去殺若以不殺祈願輒得上教若以殺生祈願輒不得教想今日大衆已應聞知弟子已勅諸廟祝及以百姓凡諸群祀若有祈報者皆不得薦生類各盡誠心止修蔬供蔣帝今日行菩薩道諸出家人云何反食衆生行諸魔行一日北山爲蔣帝齋所以皆請菜食僧者正以幽靈悉能鑒見若不菜食僧作菜食往將恐蔣帝惡賤佛法怪望弟子是諸法師當見此意弟子蕭衍又敬白大德僧尼諸義學者一切寺三官弟子蕭衍於十方一切諸佛前於十方一切尊法前於十方一切聖僧前與諸僧尼共伸約誓今日僧衆還寺已後各各檢勒使依佛教若復有飲酒噉肉不如法者弟子當依王法治問諸僧尼若披如來衣不行如來行是假名僧與盜賊不異如是行者猶是弟子國中編戶一民今日以王力足相治問若爲外司聽察所得若爲寺家自相糺舉不問年時老少不問門徒多少弟子當令寺官集僧衆鳴揵槌捨戒還俗著在家服依涅槃經還俗策使唯最老舊者最多門徒者此二種人最宜先問何以故治一無行小僧不足以改革物心治如是一大僧足以驚動視聽推計名德大僧不應有此設令有此當依法治問其餘小僧故自忘言今日集會此是大事因緣非直一切諸佛在此非直一切尊法在此

非直一切聖僧在此諸天亦應徧滿虛空諸仙亦應徧滿虛空護世四王亦應在此金剛密迹大辯天神功德天神韋馱天神毗紐天神摩醯首羅散脂大將地神堅牢迦毗羅王孔雀王封頭王富尼跋陀羅伽王阿脩羅伽王摩尼跋陀羅伽王金毗羅王十方二十八部夜叉神王一切持呪神王六方大護都使安國如是一切有大神足力有大威德力如是一切善神徧滿虛空五方龍王娑竭龍王阿耨龍王難陀龍王跋難陀龍王伊那滿龍王如是一切菩薩龍王亦應徧滿在此天龍夜叉乾闥婆王阿脩羅王迦樓羅王緊那羅王摩睺羅伽王人非人等如是一切有大神足力有大威德力八部神王皆應在此今日土地山川房廟諸神亦應冈塞虛空如是幽顯莫不鑒觀唯無瑕者可以戮人唯自淨者可以淨人弟子今日唱言此事僧尼必當有不平色設令刳心擲地以示僧尼丐數片肉無以取信古人有言非知之難其在行之弟子蕭衍雖在居家不持禁戒今日當先自爲誓以明本心弟子蕭衍從今已去至于道場若飲酒放逸起諸婬欲欺誑妄語噉食衆生乃至飲於乳蜜及以酥酪願一切有大力鬼神先當苦治蕭衍身然後將付地獄閻羅王與種種苦乃至衆生皆成佛盡弟子蕭衍猶在阿鼻地獄中僧尼若有飲酒噉魚肉者而不悔過一切大力鬼神亦應如此治問增廣善衆清淨佛道若未爲幽司之所治問猶在世者弟子蕭衍當如法治問驅令還俗與居家衣隨時役使願今日二部僧尼各還本寺

匡正佛法和合時衆皆令聽經法者如說修行不可復令斷大慈種使佛子不續若有犯法破戒者皆依僧制如法治問若有容受不相舉治者當反任罪

又僧尼寺有事四天王迦毗羅神猶設鹿頭及羊肉等是事不可急宜禁斷若不禁斷寺官任咎亦同前科别宣意是義論竟宣意如此

弟子蕭衍敬白諸大德僧尼諸義學僧尼諸寺三官向已粗陳魚肉障累招致苦果今重復欲通白一言閻浮提壽云百二十至於世間罕聞其人遷變零落亦無宿少經言以一念頃有六十刹那生老無常謝不移時暫有諸根俄然衰滅三途等苦倏忽便及欲離地獄其事甚難戒德清淨猶懼不免況於毁犯安可免乎雖復長齋菜食不勤方便欲免苦報亦無是處何以故爾此生雖可不犯衆罪後報業强現無方便三途等苦不能遮止況復飲酒噉食衆生諸僧尼必信佛語宜自力勵若云菜食爲難此是信心薄少若有信心宜應自强有決定心菜食何難菜蔬魚肉俱是一惑心若能安便是甘露上味心若不安便是臭穢下食所以涅槃經言受食之時令作子肉想如俱非惑豈須此法且置遠事止借近喻今已能蔬食者猒惡血腥其於不能蔬食者猒惡菜茹事等如此宜應自力迴不善惑以爲善惑就善惑中重爲方便食菜子想以如是心便得決定凡不能離魚肉者皆云菜蔬冷令人虛乏魚肉温於人補益作如是說皆是倒見今試復粗言其事不爾若久食菜人榮衛流通凡如此人法多患熱榮衛

流通則能飲食以飲食故氣力充滿是則菜蔬不冷能有補益諸苦行人亦皆菜蔬多悉患熱類皆堅强神明清爽少於昏疲凡魚爲生類皆多冷血腥爲法增長百疾所以食魚肉者神明理當昏濁四體法皆沉重無論方招後報有三途苦即時四大交有不及此豈非惑者因心各有所執甘魚肉者便謂爲溫爲補此是倒見事不可信復有一種人食菜以爲冷便復解素此是行者未得菜意菜與魚肉如水與火食菜纔欲得力復噉魚肉魚肉腥臊能滅菜力所以惑者云菜爲性冷凡數解素人進不得菜蔬之力退不得魚肉邪益法多羸冷少有堪能是諸僧尼復當知一事凡食魚肉是魔境界行於魔行心不決定多有留難內外衆魔共相嬈作所以行者思念魚肉酒是魔漿故不待言凡食魚肉嗜飲酒者善神遠離內無正氣如此等人法多衰惱復有一種人雖能菜食恃此憍慢多於瞋恚好生貪求如是之人亦墮魔界多於衰惱又有一種人外行似熟內心麤惡見人勝已常懷忩嫉所行不善皆悉覆相如是等人亦行魔界雖復菜蔬亦多衰惱若心力決正蔬食苦到如是等人多爲善力所扶法多堪能有不直者宜應思覺勿以不決定心期決定人諸大德僧尼有行業已成者今日已去善相開導令未得者今去皆得若已習行願堅志力若未曾行願皆改革今日相與共爲菩提種子勿怪弟子蕭衍向來所白

寺官三百六十八人　宿德二十五人

義學五百七十四人　導師三十九人

右牒衆僧合一千六人
寺官三百六十九人　義學六十八人
導師五人
右牒合尼僧四百四十二人
并右牒僧尼合一千四百四十八人並以五
月二十二日五更一唱到鳳莊門
二十三日旦光宅寺法雲於華林殿前登東
向高座爲法師瓦官寺慧明登西向高座爲
都講唱大涅槃經四相品四分之一陳食肉
者斷大慈種義法雲解釋輿駕親御地鋪席
位於高座之北僧尼二衆各以次列坐講畢
耆闍寺道澄又登西向高座唱此斷肉之文
次唱所傳之語唱竟又禮拜懺悔普設中食
竟出
二十三日會其後諸僧尼或猶云律中無斷
肉事及懺悔食肉法其月二十九日又勑請
義學僧一百四十一人義學尼五十七人於
華林華光殿使莊嚴寺法超奉誠寺僧辯光
宅寺寶度等三律師升高座御席地施座餘
僧尼亦爾○制旨問法超等三律師曰古人
云止沸莫若去薪息過莫若無言弟子無言
乃復甚易但欲成人之美使佛種相續與諸
僧尼共弘法教兼即事中亦不得默已故今
集會於大衆前求律中意聞諸僧道律中無
有斷酒肉法又無懺悔食肉法諸律師從來
作若爲開導使人致有此疑法超奉答律教
是一而人取文下之旨不同法超所解律雖
許噉三種淨肉而意實欲永斷何以知之先
明斷十種不淨肉次令食三種淨肉末令食
九種淨肉如此漸制便是意欲永斷法超常

日講恒作如此說。制又問僧辯法師復作若爲開導僧辯奉答僧辯從來所解大意亦不異法超但教有深淺階級引物若論噉三種淨肉理當是過但教旣未極所以許其如此。制又問寶度法師復若爲開導寶度奉答愚短所解只是漸教所以律文許噉三種淨肉若涅槃究竟明於正理不許食肉若利根者於三種淨肉教即得悉不食解若鈍根之人方待後教。制又問法超法師向答是文外意若依律文作若爲判奉答常日解義只作向者所說。制問僧辯法師意復云何同超法師不奉答同法超所解。制問法超法師從來作此解律諸律師並皆噉肉爲不噉肉法超奉答不知餘人並若爲法超從來自不食肉。制問僧辯法師復食肉不僧辯奉答昔恒不食肉中年疾病有時暫開。制問寶度法師復云何奉答本住定林末移光宅二處不得進肉若在餘處爲疾病亦不免開。問講律時噉肉不奉答講時必有徒衆於徒衆中不敢。問不敢有兩義爲不敢食爲不敢不食。制又問僧辯法師常日講律時爲當許徒衆食肉爲當不許若不許噉肉有食肉者應驅遣去若許者作若爲說奉答若約教解不全言不許若論其意未甞開許。問今正問約教時爲許爲不許答約教不遮。問不遮是許爲是不許答引其向理許其得食三種淨肉。問見殺亦可不見聞殺亦可不聞疑作若爲得免答若見因緣不假疑聞因緣亦不假疑唯遇得者疑。問以錢買魚肉是疑不答若理中理自是疑。問不

得以理中見答若理中爲論衆僧不應市魚肉今所問事中是疑不答若約教非疑○問市中人爲誰殺答乃爲買者殺但買者不作此想○問買肉者此人既不昏亂豈得不知是爲買者殺而不作此想答于時作現死肉心○問爲自死詺作死爲殺詺作死答此旨是理中言約教辯只得如此○問法師既爲人講說爲人明導爲人法城云何言只得如此但問作意使人買時作若爲意答買自死者意○問若自死者處處應有寺中亦應有自死者何假往屠肉家買答理中居然是疑○問若理中居然是疑者云何得不疑肉食僧辯無復對○制又問此肉爲當作肉味爲當作菜味僧辯奉答猶作肉味問爲是慈心故食肉無慈心故食肉答此非慈心問若非慈心豈得非殺耶答理中常應不得約事故如此○問律教欲使人出離不答令人出離○問食肉得出離不答不得○問若爾云何令食肉答爲淺行者說引其令深問爲具足戒者說爲不具者說答爲具足者說問既爲具足者說不爲童蒙云何令答食肉而是引其令深答初教如此非是極教問云何初教教具足戒人答僧辯所解正自齊此○制又問律教起何時僧辯奉答起八年已後至涅槃○問若如此涅槃經有斷肉楞伽經有斷肉央掘摩羅經亦斷肉大雲經縛象經並斷肉律若至涅槃云何無斷肉事答律接續初教所以如此○問律既云接續初教至於涅槃既至涅槃則應言斷肉答若制教邊此是接續初教通於五時不言一切皆同僧辯解

正齊此○問法師既是大律師爲衆開導今日大衆取判法師不得言齊此齊此亦不得住不齊此亦不得住只問此是優波離律不答是○問佛般泥洹時優波離既親在座云何律文不斷食肉答此是接續前近教問若言接近教近教亦不明食肉且涅槃前迦葉已持修行不食肉法律若異此則非優波離律是異部家律云何用此講說以化群僧僧辯不復奉答○制問寶度法師說既同德同行云何解此語寶度奉答若律中事是優波離所出經事悉是阿難所出○問若爾律中事便當皆不出經答若經中事牽律律中事牽經○問佛說經時有所制約便集以爲律何處方復牽律若經皆牽律是則說經應在律後答只言經中有明戒處愚謂應相關涉○問若論相涉三藏義何嘗不相涉修多羅中亦有毗尼與毗曇毗尼中亦有修多羅與毗曇毗曇中亦有修多羅與毗尼不言無此義但問法師今所講律是優波離律義不違經不答今所講是優波離律與經不違○問若是優波離律不違經者則斷肉義不應異涅槃答涅槃經顯斷肉律文雖不明而優波離意未嘗開肉○問律既是具教優波離既不開肉律何得無文法師此解殊爲進退只可爲寺中沙彌式叉摩尼說不得以此答弟子答寶度愚解止自極此○制又問下座諸律師復云何解龍光寺道恩奉答律文不斷涅槃經方斷肉○問法師所講是誰律答是佛律○問所引乃極弘曠只未知此律是優波離律不答優波離仰述佛律○問優波離

悉集佛所説不答集前四時不集涅槃時。問若爾迦葉那得語阿難道佛從何處説法至涅槃時集修多羅藏語優波離道佛從何處説法至涅槃時集毗尼藏云何得言唯取前四時不取涅槃答涅槃時不復制戒。問涅槃云夫食肉者斷大慈種我從今日制諸弟子不得復食一切肉一切悉斷及自死者如此制斷是戒非戒道恩不復奉答。制又問諸律師親自講律諸大法師盡講大涅槃經云何有時解素素是何義若不解是素解則非素素若使得不素戒既是淨亦可得使淨爲不淨不諸經律師親違此教外書所云自踰短垣竊簡書法正是此義宣武寺法寵奉答閑穢門稱爲素閑穢門稱不素。問若爾衆僧云何開穢門答實自不應得開但貪欲情深所以如此。問云何懺悔答懇惻至心是爲懺悔若能懺悔是大丈夫。問諸學人即時懺悔不故如弟子請諸法師動至千數導師唱導令懺悔者于時諸法師懺悔已不答那得不懺。問若懺竟出寺更食肉不答居然不食但其中有無明多者或亦不免更食。問出寺更食何如發初作者輕重答一種。問云何一種初直爾而食後已經於諸佛前誓方復更噉云何一種答初人無慚愧後人有慚愧乃得有勝初人義。問若爾但先道慚愧痛打前人而道我慚愧汝我打汝我慚愧汝我食汝答如大邪見人無慚愧其既知慚愧故知差不慚者。問先道慚愧而猶噉食此是知而故犯非謂慚愧若使先時不知或是過誤後方起愧乃是慚愧豈非

知而故犯其罪大於不知又復慚愧不得重犯如其重犯復是違破初心論此爲罪所以彌大答經有成文耆婆云汝有慚愧故罪可滅慚愧即是清白法○問法師是得經言不得其意此明若作罪後方知慚愧此爲白法不言發初慚愧而故作罪以爲白法答經又道慚愧爲上服若爾便有非上服義問義亦如此若正作罪雖云慚愧終無所益若作罪後能生慚愧者乃是上服法寵無復答法寵奉答事畢三律師並下又勑始興寺景猷升高座讀楞伽央掘摩羅經所明斷肉經文今載如左

大般涅槃經四相品上第七（此品今月二十三日會已唱此文法雲法師解說今二十九日不復重唱）

爾時迦葉菩薩白佛言世尊食肉之人不應施肉何以故我見不食肉者有大功德佛讚迦葉善哉善哉汝今乃能善知我意護法菩薩應當如是善男子從今日始不聽聲聞弟子食肉若受檀越信施之時應觀是食如子肉想迦葉菩薩復白佛言世尊云何如來不聽食肉善男子夫食肉者斷大慈種迦葉又言如來何故先聽比丘食三種淨肉迦葉是三種淨肉隨事漸制迦葉菩薩復白佛言世尊何因緣故十種不淨乃至九種清淨而復不聽佛告迦葉亦是因事漸次而制當知即是現斷肉義迦葉菩薩復白佛言云何如來稱讚魚肉爲美食耶善男子我亦不說魚肉之屬爲美食也我說甘蔗粳米石蜜一切穀麥及黑石蜜乳酪酥油以爲美食雖說應畜種種衣服所應畜者要是壞色何況貪著是

魚肉味迦葉復言如來若制不食肉者彼五種味乳酪酪漿生酥熟酥胡麻油等及諸衣服憍奢耶衣珂貝皮革金銀盂器如是等物亦不應受善男子不應同彼尼乾所見如來所制一切禁戒各有異意故聽食三種淨肉異想故斷十種肉異想故一切悉斷及自死者迦葉我從今日制諸弟子不得復食一切肉也迦葉其食肉者若行若住若坐若卧一切衆生聞其肉氣悉生恐怖譬如有人近師子已衆人見之聞師子臭亦生恐怖善男子如人噉蒜臭穢所惡餘人見之聞臭捨去設遠見者猶不欲視況當近之諸食肉者亦復如是一切衆生聞其肉氣悉皆恐怖生畏死想水陸空行有命之類悉捨之走咸言此人是我等怨是故菩薩不習食肉爲度衆生示現食肉雖現食之其實不食善男子如是菩薩清淨之食猶尚不食況當食肉善男子我涅槃後無量百歲四道聖人悉復涅槃正法滅後於像法中當有比丘似像持律少讀誦經貪嗜飲食長養其身其所被服麤陋醜惡形容憔悴無有威德放畜牛羊擔負薪草頭鬚髮爪悉皆長利雖服袈裟猶如獵師細視徐行如猫伺鼠常唱是言我得羅漢多諸病苦眠卧糞穢外現賢善内懷貪嫉如受瘂法婆羅門等實非沙門現沙門像邪見熾盛誹謗正法如是等人破壞如來所制戒律正行威儀說解脱果離不淨法及壞甚深祕密之教各自隨意反說經律而作是言如來皆聽我等食肉自生此論言是佛說互共諍訟各自稱是沙門釋子善男子爾時復有諸沙門

等貯聚生穀受取魚肉手自作食執持油瓶寶蓋革屣親近國王大臣長者占相星宿勤修醫道畜養奴婢金銀瑠璃硨磲碼碯玻瓈眞珠珊瑚琥珀璧玉珂貝種種果蓏學諸伎藝畫師泥作造書教學種植根栽蠱道呪幻和合諸藥作倡妓樂香花治身摴蒲圍碁學諸工巧若有比丘能離如是諸惡事者當說是人眞我弟子爾時迦葉復白佛言世尊諸比丘比丘尼優婆塞優婆夷因他而活若乞食時得離肉食云何得食應清淨法佛言迦葉當以水洗令與肉別然後乃食若其食器爲肉所汙但使無味聽用無罪若見食中多有肉者則不應受一切現肉悉不應食食者得罪我今唱是斷肉之制若廣說者則不可盡涅槃時到是故略說是則名爲能隨問答

楞伽阿跋多羅寶經第四卷

爾時大慧菩薩以偈問言

彼諸菩薩等　志求佛道者　酒肉及與葱
飲食爲云何　唯願無上尊　哀愍爲演說
愚夫所貪嗜　臭穢無名稱　虎狼所甘嗜
云何而可食　食者生諸過　不食爲福善
唯願爲我說　食不食罪福

大慧菩薩說偈問已復白佛言唯願世尊爲我等說食不食肉功德過惡我及諸菩薩於現在未來當爲種種希望肉食衆生分別說法令彼衆生慈心相向得慈心已各於住地清淨明了疾得究竟無上菩提聲聞緣覺自地止息已亦得速成無上菩提惡邪論法諸外道輩邪見斷常顛倒計著尚有遮法不聽食肉況復如來世間救護正法成就而食肉

耶佛告大慧善哉善哉諦聽諦聽善思念之當爲汝說大慧白佛唯然受教佛告大慧有無量因緣不應食肉然我今當爲汝略說謂一切衆生從本已來展轉因緣常爲六親以親想故不應食肉驢騾駱駝狐狗牛馬人獸等肉屠者雜賣故不應食肉不淨氣分所生長故不應食肉衆生聞氣悉生恐怖如旃陀羅及譚婆等狗見憎惡驚怖群吠故不應食肉又令修行者慈心不生故不應食肉凡愚所嗜臭穢不淨無善名稱故不應食肉令諸呪術不成就故不應食肉以殺生者見形起識深味著故不應食肉彼食肉者諸天所棄故不應食肉令口氣臭故不應食肉多惡夢故不應食肉空閑林中虎狼聞香故不應食肉令飲食無節故不應食肉令修行者不生猒離故不應食肉我常說言凡所飲食作食子肉想作服藥想故不應食肉聽食肉者無有是處復次大慧過去有王名師子蘇陀娑食種種肉遂至食人臣民不堪即便謀反斷其俸禄以食肉者有如是過故不應食肉復次大慧凡諸殺者爲財利故殺生屠販彼諸愚癡食肉衆生以錢爲網而捕諸肉彼殺生者若以財物若以鉤網取彼空行水陸衆生種種殺害屠販求利大慧亦無不殺不求不想而有魚肉以是義故不應食肉大慧我有時說遮五種肉或制十種今於此經一切種一切時開除方便一切悉斷大慧如來應供等正覺尚無所食況食魚肉亦不教人以大悲前行故視一切衆生猶如一子是故不聽令食子肉爾時世尊欲重宣此義而說偈言

曾悉爲親屬　鄙穢不淨雜　不淨所生長
聞氣悉恐怖　一切肉與葱　及諸韮蒜等
種種放逸酒　修行常遠離　亦常離麻油
及諸穿孔牀　以彼諸細蟲　於中極恐怖
飲食生放逸　放逸生諸覺　從覺生貪欲
是故不應食　由食生貪欲　貪令心迷醉
迷醉長愛欲　生死不解脫　爲利殺衆生
以財網諸肉　二俱是惡業　死墮叫呼獄
若無殺想求　則無三淨肉　彼非無因有
是故不應食　彼諸修行者　由是悉遠離
十方佛世尊　一切咸訶責　展轉更相食
死墮虎狼類　臭穢可猒惡　所生常愚癡
多生旃陀羅　獵師譚婆種　或生陀夷尼
及諸肉食性　羅刹猫狸等　徧於是中生
縛象與大雲　央掘利摩羅　及此楞伽經
我悉制斷肉　諸佛及菩薩　聲聞所訶責
食已無慚愧　生生常癡冥　先說見聞疑
已斷一切肉　妄想不覺知　故生食肉處
如彼貪欲過　障礙聖解脫　酒肉葱韮蒜
悉爲聖道障　未來世衆生　於肉愚癡說
言此淨無罪　佛聽我等食　食如服藥想
亦如食子肉　知足生猒離　修行行乞食
安住慈心者　我說常猒離　虎狼諸惡獸
恒可同遊止　若食諸血肉　衆生悉恐怖
是故修行者　慈心不食肉　食肉無慈慧
永背正解脫　及違聖表相　是故不應食
得生梵志種　及諸修行處　智慧富貴家
斯由不食肉

央掘摩羅經第一卷

上座迦葉捨種種甘膳之食捨肉味食受持

修行不食肉法

第二卷云文殊師利白佛言世尊因如來藏故諸佛不食肉耶佛言如是一切衆生無始生死生生輪轉無非父母兄弟姊妹猶如伎兒變易無常自肉他肉則是一肉是故諸佛悉不食肉復次文殊師利一切衆生界我界即是一界所食之肉即是一肉是故諸佛悉不食肉文殊師利白佛言世尊珂貝蠟蜜皮革繒綿非自界肉耶佛告文殊師利勿作是語如來遠離一切世間如來不食若言習近世間物者無有是處若習近者是方便法若物展轉來者則可習近若物所出處不可習近若展轉來離殺者手則可習近文殊師利白佛言今此域中有一皮師能作革屣有人買施是展轉來佛當受不復次世尊若自死牛牛主從旃陀羅取皮持付皮師皮師用作革屣施持戒人此展轉來可習近不佛告文殊師利若自死牛牛主持皮用作革屣施持戒人爲應受不若不受者是比丘法若受者非慈悲然不破戒

唱經竟制又語諸僧道諸小僧輩看經未徧互言無斷肉語今日此經言何所道所以唱此革屣文者本意乃不在此正爲此二十三日法雲法師講涅槃斷肉事于時僧正慧超法寵法師難云若經文究竟斷一切肉乃至自死不得食者此則同尼乾斷皮革不得著革屣若開皮革得著革屣者亦應開食肉法雲法師乃巳有通釋而二法師難意未了于時自仍通云若是聖人故自不著此物若中行人亦不著此著此皆是下行人所以不同

尼乾者語有所含若無麻紵之鄉亦有開皮華義論有麻紵處大慈者乃實應不著但此事與食肉不得頓同凡著一華屣經久不壞若食噉衆生就一食中便害無量身命況日日餐咀數若恒沙亦不可得用華屣以並斷肉于時諸僧乃無復往復恐諸小僧執以爲疑方成巨弊所以唱此不受華屣文正欲釋一日所疑非關前制凡噉肉者是大罪障經文道昔與衆生經爲父母親屬衆僧那不思此猶忍食噉衆生已不能投身餓虎割肉貿鷹云何反更噉他身分諸僧及領徒衆法師諸尼及領徒衆者各還本寺宣告諸小僧尼令知此意

制說此語竟僧尼行道禮拜懺悔設會事畢出其晚又勑員外散騎常侍太子左衞率周捨曰法寵所言慚愧而食衆生此是經中所明羅刹婦女云我念汝我食汝法寵此心即是經之羅刹

又勑捨云僧辯所道自死肉若如此說鵄鵶鳩鴿觸處不死那不見有一自死者麞鹿雉兎充滿野澤亦不曾見有一自死者而覓死肉其就屠殺家覓死魚必就罾網處若非殺生豈有死肉經言買肉與自殺此罪一等我本不自爲正爲諸僧尼作離苦因縁又勑捨云衆生所以不可殺生凡一衆生具八萬戶蟲經亦說有八十億萬戶蟲若斷一衆生命即是斷八萬戶蟲命自死衆生又不可食者前所附蟲雖已滅謝後所附蟲其數復衆若煑若炙此斷附蟲皆無復命利舌端少味害無量衆生其中小者非肉眼能覩其中大者

灼然共見滅慈悲心增長惡毒此實非沙門
釋子所可應行
又勑捨云衆僧食肉罪劇白衣白衣食肉乃
不免地獄而止是一罪至於衆僧食肉既犯
性罪又傷戒律以此爲言有兩重罪若是學
問衆僧食肉者此爲惡業復倍於前所以如
此既親達經教爲人講說口稱慈悲心懷毒
害非是不知知而故犯言行既違即成詭妄
論學問人食肉則罪有三重所以貴於解義
正爲如說修行反復噉食魚肉侵酷生類作
惡知識起衆怨對墜墮地獄疾於瓚矛善惡
報應必也不亡凡出家人實宜深思
又勑捨云聲聞受律儀戒本制身口七支一
受之後乃至睡眠悶等律儀恒生念念得未
曽有律儀所以爾者睡眠等非起惡心故不
損不失乃至常生若起欲殺心於聲聞法雖
不失身口戒而於戒有損非唯損不殺戒亦
兼汙餘戒至於手挾齒齧動身口業則失身
口戒爾時律儀無作即斷不續既失不殺戒
亦損汙餘戒所以爾者旃陀羅人爲屠肉時
爲何等人殺正爲食肉者若食肉者即有殺
分於不殺戒即成有缺若謂於善律儀受殺
生分於不殺戒無所缺者是不善律儀人持
八戒齋是惡律儀猶應相續若惡律儀人持
八戒齋惡律義不復相續者是知善律儀人
受諸殺分是不殺戒即時便缺別解脫戒不
復解脫惡律儀人無論持八戒齋但起一念
善心惡律儀即斷若一念不斷多念亦應不
斷若多念斷是知一念時斷善律儀人其事
亦爾無論受諸殺分有少殺分不殺律儀即

時亦斷菩薩人持心戒故自無有食衆生理
若鈌聲聞戒終不免地獄等苦

廣弘明集卷第二十六下

音釋

糺吉酉切彈也 犍槌梵語也此云鐘或云磬隨有瓦木鐵石鳴者皆曰犍槌犍巨寒切槌音椎 刳空胡切剖也 嬈爾紹切苛擾也 詺彌正切辨別物名也 蓏魯果切蔓生曰蓏 蠱果五切蠱道左道惑人也 摴抽居切摴蒱戲也 屣所綺切 貿莫候切 穳祖管切鋋也 齧倪結切

廣弘明集卷第二十七上

唐　釋　道宣　撰

戒功篇序

夫群生所以久流轉生死海者良由無戒德之舟艥者也若乘戒舟鼓以慈棹而不能橫截風濤遠登彼岸者無此理也故正教雖多一戒而爲行本其由出必由户何莫由斯戒矣是以創起道意先識斯門於諸心境籌度懷行其狀如何故論云夫受戒者慈悲爲務於三千界内萬億日月上至非想下及無間所有生類並起慈心不行殺害或盡形命或至成佛長時類通統周法界此一念善功滿虚空其德難量惟佛知際不殺既爾餘業例然由斯戒德故能遠大所以上天下地幽顯聖賢莫不憑祖此緣用爲基趾經不云乎戒如大地生成住持出有心發是曰生也聖道良資是曰成也法延六萬是曰住也保任三業是曰持也諸餘善法蓋闕此功有入此門便稱聖種乖斯妄立是謂凢流長没苦海出濟無日自法移東夏千齡過半在魏嘉平方聞戒法自爾迄今道俗流布然大聖垂教知幾厥先故使俗士憲章則有具有缺道人律儀有小有大所以五戒八戒隨量制開對境無非戒科約分任其力用是謂接俗之化不可定其時緣出家據道異於俗流備足時緣無開階級雖復位分大小兩學就行齊均上下五衆約過品類乃殊結正同存一戒戒者警也常御在心清信所存闡諸視聽故撮舉數四知奉法之有人焉

戒功篇録

與隱士劉遺民等書

晋廬山釋慧遠

彭城劉遺民以晉太元中除宜昌柴桑二縣令值廬山靈邃足以往而不反遇沙門釋慧遠可以服膺丁母憂去職入山遂有終焉之志於西林澗北别立禪坊養志閑處安貧不營貨利是時閑退之士輕舉而集者若宗炳張野周續之雷次宗之徒咸在會焉遺民與群賢遊處研精玄理以此永日遠乃遺其書每尋疇昔遊心世典以爲當年之華苑也及見老莊便悟名教是應變之虚談耳以今而觀則知沉冥之趣豈得不以佛理爲先苟會之有宗則百家同致君諸人並爲如來賢弟子也策名神府爲日已久徒積懷遠之興而乏因籍之資以此永年豈所以勵其宿心哉意謂六齋日宜簡絶常務專心空門然後津寄之情篤來生之計深矣若涂翰綴文可託興於此雖言生於不足然非言無以暢一詣之感因驥之喻亦何必遠寄古人於是山居

道俗日加策勵遺民精勤偏至具持禁戒宗張等所不及專念禪坐始涉半年定中見佛行路遇像佛於空現光照天地皆作金色又披袈裟在寶池浴出定已請僧讀經願速捨命在山一十五年自知亡日與衆別已都無疾苦至期西面端坐斂手氣絶年五十有七先作篤終誡曰皇甫謐遺論佩孝經示不忘孝道蓋似有意小兒之行事今即土爲墓勿用棺槨子雍從之周續之等築室相次各有芳績如别所云

梁元帝

與蕭諮議等書

蓋聞圓光七尺上映眞珠之雲面門五色旁臨珊瑚之地化爲金案奪麗水之珍變同珂雪高玄霜之彩豈不有機則感感而遂通有神則智智而必斷故碧玉之樓升堂未易紫紺之殿入室爲難必須五根之信以信爲首六度之檀以檀爲上故能捨財從信去有即空率斯而談良可知矣竊以瑞像放光倏將旬日蹈舞之深形於寤寐抃躍之誠結於興寢稍覺十字之蒸嗤何曾之饌五鼎之味笑主偃之辭鼋羹麟脯空聞其說羊酪猩脣曷足云也困于酒食未若過中不餐螺蚳登俎豈及春蔬爲淨欲吾子三日潔齋自寅至戌一中而已自有米如玉鋭鹽類虎形雲夢之芹遼東之藻十斤之梨千樹之橘青筍紫薑固栗霜棗適口充腸無索弗獲八功德水並入法流四王俱至偕讓弘道同志爲友豈不感歟蕭繹疏

答湘東王書

梁簡文

十八日晚於華林閣外省中得第九月一日書甚慰懸想秋節淒清比如常也州事多少無足疲勞濠梁之氣不異恒日差盡怡悅時有樂事遊士文賓比得談賞終宴追隨何如近日注漢功夫轉有次第思見此書有甚飢惄吾蒙受菩薩禁戒遣預大士此十二日便於東城私懺十七日旦早入寶雲壁門照日銅龍吐霧紅泉含影青蓮吐芳法侶成群金山滿座身心快樂得未曾有昨旦平等寺法會中後無礙受持天儀臨席睟容親證拜伏雖多疲勞頻遣剃頂之時此心特至心口自謀併欲剪落無疑馬援遣蝨之談不辭應氏赤壷之諷僧璡典議不異昔日竟日問璡殊均子路探鉤取名名曰因理皇情印可令便奉行昨晡後方還所住徐摛庾吾羌恒日夕鏡遠在直時來左右但不得倜儻殊異盤下之時稍習節文欲避酒泉之職尹王相去既爾彌伸欵對臨汝侯比多屬疾來宮小稀其問信使差得其簡曄兼詹事睞爲洗馬時伸話言數語論辯句之侯東撫復成離闊衡山九嶷尋應引邁臨岐有歎望水興嗟但吾自至都已來意志忽悅雖開口而笑不得真樂不復飲酒垂二十旬次公醒狂自成無理知者艾數信述吾經過適憶途遵江夏路出西浮日月易來已渉秋暮而韋述有長沮之弊必笑之灾術異葛仙形均荀彦弟復資其粮餽特爲經管轉禍爲福事均北叟分別已來每增慨憶歎因月積想逐時旋每有西郵事同撫胜相見之期未知何日贍言玉嶺靜對

金闕懷勞之深未常弭歇善自保惜及此不
多綱跡
與梁朝士書
瑗律師
光宅寺曇瑗白竊惟至人垂誨各赴機權故外設約事三千內陳律儀八萬誠復楷訓異門無非懲惡孔定刑辟以詰姦宄釋敷羯磨用擯違法二聖分教別有司存頃見僧尼有事每越訟公府且內外殊揆科例不同或內律為輕外制成重或內法為重外網更輕凡情偭俛肆其阿便若苟欲利己則捨內重而附外輕若在陷他則棄內輕而依外重非唯穢黷時宰便為頻乖理制幸屬明令公匡弼社稷和爕陰陽舟檝大乘柱石三寶遐邇向風白黑兼慶貧道忝居僧例頗曾採習毗尼累獲僧曹送事訪律詳決尋佛具切戒國有憲章絓僧家諍執未審依何折斷謹致往牒佇奉還旨庶成約法永用遵模釋曇瑗呈
與瑗律師書并答
釋慧津
慧津和南竊聞尋師萬日以禮見知而津伏奉未淹過蒙優接昔鄱陽上書乃可引為上客宋王陳賦則賜以良田且復康會來吳才堪師表摩騰入漢行合律儀者哉故知道寄人弘德不孤立儔今訪古並非其例豈可虛佩寵靈坐安隆渥便是名踰分外譽超身表但法輪初啓請業者如雲非直四海同風天下慕義遂令負笈之徒排肩自遠歸仁之士繼踵來儀華陰成市曾何足云舉袂如帷豈得獨高前代況乃闡禪定之初門開智慧之

燈炬信實傾河倒海宣説不窮先進者陷於金城後生者摧其利齒可號熏修戒善能令十地瓔珞守持身行則使八正莊嚴允穆聖凡叶和幽顯加有懷鈆握錐之好聚螢流麥之勤或剖蜯求珠開河出寶而慧津一介無取内外靡聞學謝懸鍾言慚散扮同斯曲木空廁直蘭類此蒹葭謬參玉樹乃知滄溟汪濊不待毫滴之珠華嶽穹崇寧俟遊塵之壤譬茲秋鳳如彼春林墜獨葉不預百枝落一毛何關六翮正言身名仰委觸途憑累區區寸誠喻如皎日不意三邊有務四郊多壘致使虧贊講筵請益成廢及言悲鯁寧可具披所冀難靜障除更敦諮受不任戀結行遣祇承慧津和南

瑗律師答

信來枉告良用撫然余學慚技癢人非准的中間雖曾講授不異管内闚天豈足作範後昆踵武前哲蓋身疾弗瘳門人引去一師威業廢而莫傳五十之年忽焉將至長夜永懷惆悵何已每有好事者日相請逼遂以罷老復成自勵如法師數子本出名家洛下竒才當今利齒必欲探覈論部任持律藏方爲美噐日見絶塵復有海表竒僧聚中開士皆學無常師不遠而至訪道質疑足稱一時之樂不意胡兵犯蹕虜馬飲江塔廟焚如義徒道殣即日京華故老倚席不談乃復爰訪幽阿令其訓導久廢無次何以誨人故乃荆棘生乎口中雌黄謬於舌杪矣煎水求冰未足爲喻佇能近顧方陳寸欵瑗白

隋煬帝與智者顗禪師書 缺

隋煬帝於天台山顗禪師所受菩薩戒文

弟子基承積善生長皇家庭訓早趨胎教夙漸福履攸臻妙機須悟恥崎嶇於小徑希優遊於大乘笑息止於化城誓舟航於彼岸開士萬行戒善為先菩薩十受專持最上喻造宫室先必基址徒架虚空終不能成孔老釋門咸資鎔鑄不有軌儀孰將安仰誠復能仁奉為和尚文殊冥作闍棃而必藉人師顯傳聖授自近之遠感而遂通波崘罄髓於無竭善財亡身於法界經有明文非徒臆説深信佛語幸遵時導禪師佛法龍象戒珠圓淨定水清澄因靜發慧安無礙辯先物後已謙挹成風名稱遠聞衆所知識弟子所以虔誠遥注命檝遠迎每慮緣差值諸留難亦既至止心路豁然及披雲霧即銷煩惱以年月日於揚州金城設千僧會敬受菩薩戒戒名為孝亦名制止方便智度歸宗奉極作大莊嚴同如來慈普諸佛愛等視四生猶如一子云云既受戒已便舉法名諮帝為總持菩薩也帝頂受已白曰大師禪慧内融導之以法澤可奉名為智者斯同梁高舉約法師之徽號矣天台智者禪師與煬帝書

文多不載備所撰續高僧傳

統略淨住子淨行法門序

終南太一山釋　道宣

夫淨住之來其流尚矣祖述法王開化導達之方統引群生履信成濟之務也是以正法存没畢乘信毀之功神用昏明終藉惰勤之力竊聞輪王興運肇於有劫之初法主膺期開於濁惑之始其故何耶良有以也諒由淳

薄結於夙心故使機感隆於視聽自教流震土六百餘年道俗崇仰其蹤可悉至於知機明略弘贊被時垂清範於遺黎導成規於得信者斯文在斯可宗鏡矣昔南齊司徒竟陵王文宣公蕭子良者崇仰釋宗深達至教注釋經論鈔略詞理掩邪道而闢正津弘一乘而揚士衆世稱筆海時號智山或通夢於獨尊諡天王之喜稱或冥授於經唄傳神度之英規其德難詳輒從蓋闕以齊永明八年感夢東方普光世界天王如來樹立淨住淨行法門因其閑衍言淨住者即布薩之翻名布薩天言淨住人語或云增進亦稱長養通道及俗俱禀修行所謂淨身口意如戒而住故曰淨住也子者紹繼爲義以三歸七衆制御情塵善根增長紹續佛種故曰淨住子也言淨行法門者以諸業淨所以化行於世了諸法門故有性相差別始於懷鉛終於絶筆凡經七旬兩袠都了遂開筵廣第盛集英髦躬處元座談叙宗致十衆雲合若赴華陰之墟四部激揚同謂靈山之會咸曰聞所未聞清心傾耳故江表通德體道秉權綜而習之用開靈府陳平隋統被及關河傳度不虧備于藏部後進學寡識昧前修曾不披尋任情抑斷號曰僞經相從捐擲斯徒衆矣可爲悲夫余以暇景試括檢之文寔菁華理存信本矣故知今所學教全是師心心何可師一至如此是以智度論云佛滅度後凡所製述弘贊佛經者並號阿毗達磨即十二部經之所攝也聖教明訣理絶凡謀但以初學惑昧未能瞻及輒又隱括略成一卷撮梗概之貞明摘

扶踈之茂美足以啓初心之跬步標後銳之前蹤又圖而讚之廣于寺壁庶使愚智齊曉識信牢强萬載之道遐開七衆之基成立敬而信者是稱淨行之人宗而行之不亡淨住之目貽厥諸友知其意焉

淨住子淨行法

南齊文宣公

皇覺辯德門第一

九十六種道而佛道爲最上勝者非無其義夫立名所以表德非德無以顯名有名未必具德有德名非虛唱是知名有眞假德有虛實豈可道俗混同竊名假實而不辯析者乎今覩殊教異軌分衢舛迹未甞不有其名而闕其德不無其稱而求其用是知有名無德者外道也有德有名者佛道也譬若濟海託舟踐途寄足故經云直心是道場無虛假故發行是道場能辦事故如是四弘六度俱稱道場籍如此之勝因獲若斯之妙果所以解脫去其累般若窮其照相好表其容法身顯其德語其至仁則三念齊想言其自在則無畏獨步談其累功則十力爲用仰其妙極則不共之法神通方便無量法門洞達三世了照萬有卓然明顯英聖超群故號如來十號具足旣自覺於生死昏夜又復起於未覺悟者斯可謂有其名德無不包具其美德無不備故知形端則影直聲調則響和未見貌醜鑒鏡有恱目之華體矬照水發濫群之觀書云不登山無以知天之高不測水無以知地之厚也凡如斯之異學皆漏於佛之大道矣故經云世間亦有常樂我淨出世亦有常樂

我淨世間者有名無義出世者有名有義故
六師結誓經問佛名德佛答云

最正覺自得　不染一切法　一切智無畏
自然無師保　至獨無等倫　自獲於正道
如來天人尊　一切智無畏

今各既知至德有歸邪正異趣善惡分逕凡聖路隔幸得信因果悟非常順智流入正道諸聖並能悼川上之不追悟交臂之潛往病生滅之無窮慕我淨之恒樂凡我咸已仰風餐化剖愛辭榮豈得不懍然增到形命相競者乎故當清和其性哀愍有形等心存濟以法惠施不犯不取有求不逆常志大乘内外相副是名具足清淨度門

辯德門頌

南齊祕書丞王融

紫實昧朱狂斯濫哲舛逕揚鑣分源競枻晨景或幽澄舒每缺水激波生煙深火滅情端徒總理向空徹不有明心誰驅聖轍

開物歸信門第二

如來愍念衆生愛同一子何常不以善權方便弘濟益之津乎所以垂形丈六表現靈儀隨方應感法身匪一及其金容託體相好莊嚴顯發衆生欣樂瞻覩行則大千震動衆魔懾伏住則洞達諸定外道歸化坐則演示方等釋梵諮仰卧則開一實道三乘稟德言則三塗靜苦笑則四生受樂聞聲者證道見形者解脫當此之時豈不感哉今者雖稟精靈昏惑障重進不覩分衛國城退不聞八音辯說將由罪業深厚煩惱牢固非唯恐不見前佛後佛來聖近賢深憂惡道無由可絶發如

此意實有切情之悲運如是想不覺痛心之苦豈容順默駛流旻安苦海沉淪沸火而不自拔者乎當須慷慨凛厲挫情折意生增上心懺悔滅罪去諸塵累乃可歸信自不堅强其志亡身捨命捍勞忍苦銜悲惻愴者將恐煩惱熾火無由而滅無明重闇開了未期譬如牢獄重囚具嬰衆苦抱長枷牢大械帶金鉗負鐵鎖拲撲其軀膿瘡穢爛周遍形骸臭惡纏帀而欲以此狀求見國主貴臣雖復一心無怠懇誠嘉到恐升高殿踐王筵亦無由而果假令愍念欲覩爲難何以故以其具諸罪惡不離苦具故若去枷脱鎖洗垢嚴服王不我礙自然而現今欲歸信亦復如斯將見如來相好光明者先當淨身口意洗除心垢六塵愛染永滅不起十惡重障淨盡無餘業累既除表裏俱淨方可運明想於迦維標清心於寶刹去諸塵勞入歸信門必然仰覩法身無礙如囚脱枷鎖自然見於王我今除煩惱亦必覩諸佛若不如是雖復慇懃倍切直恐障礙難通豈可不五體投地如太山崩一心歸信無復疑想奉爲至尊皇太子七廟聖靈龍神八部一切劇苦衆生敬禮十方一切三世諸佛求哀懺悔既悔巳後常行柔軟調和心堪受心不放逸心寂滅心真正心不雜心無貪悋心勝心大心慈悲安樂心善歡喜心度一切心守護衆生心無我所心如來心發如是等廣勝妙心專求多聞修離欲定奉戒清淨念報恩德常懷悦豫不捨衆生

歸信門頌

生浮命舛識罔情違業雲結影慧日潛暉透

進修道極夜無歸登山小魯泛海難沂參珉見璧辯礫知璣迷其未遠匪正何依

滌除三業門第三

身口意三禍患之首故經云有身則苦生無身則苦滅既知其患苦則應挫而滅之滅苦之要莫過懺悔懺悔之法先當潔其心靜其慮端其形整其貌恭其身肅其容內懷慚愧鄙恥外發書云禮無不敬敖不可長又曰過而能改是謂無過經云於一切衆生敬之如親想各自省其過然後懺悔衆等從無始世界已來至於此生由於身意造諸苦業並緣愚癡多違至教遂乃憍慢懈怠形用不恭眠坐放逸行動輕傲或入出僧坊登上堂殿禮拜旋繞形不卑恭或於父母師長上中下座善友知識前服用不端動止乖法非禮而觀用違體製或盜三寶財及親屬物一切他有抄掠強奪欺誑增減非分相陵或婬佚恣縱非時非處罔隔禽獸不避親族或造五逆水火焚澆攻略坑陷加毒無罪或刳劓刖刵考掠斫射傷毀斬截殘害剥裂屠割炮燒煮炙焬瀹諸如此罪或爲婬欲或爲財利或爲慳貪或爲癡我無慚賢愚不愧聖達今思此過若影隨形怖懼慚愧悲惻懺悔痛苦懺悔已有相加害者從今已去爲眞善友生生相向以法示誨願十方佛特加攝念悔身業障永更不造○次懺口業此是患苦之門禍累之始書曰一言可以興邦一言可以喪國又曰言行君子之樞機樞機一發榮辱之主經云不得離間惡口妄言綺語諂曲華詞構扇狡亂故知有言之患招報實重廣如自愛經彰

斯業相又如經云失命因緣尚不妄語何況戲笑構扇是非常以直心懺悔口業○次懺意業意爲身口之本罪福之門書云檢七情務九思思無邪動必正七情者喜怒憂懼憎愛惡欲者也九思者視思明聽思聰色思温貌思恭言思忠事思敬疑思問忿思難見利思義此皆所以洗除胷懷去邪務正經云不得貪欲瞋恚愚癡邪見故知萬惡川流事由心造何以知其然若瞥緣心起故口發惡言言由意顯便行重罪今欲緘其言而正其身者未若先挫其心而次折其意故經云制之一處無事不辦既心會於道身過不遏而止意順於理口失不防而滅然身口業麤易可抑絕意造細微難可豁盡廣如諸經說其相狀

懺悔三業門頌

樂由生滅患以身全業資意造事假言答利衰畢倚榮辱玆纏蘱驥匪躡周錯徒鐫慼端夙緒愛境旋懸不勤一至何階四禪

修理六根門第四

經云罪無定相隨因緣造既是因緣而生今亦隨因緣而滅前已懺其重惡則三業俱明又欲莊嚴容體則須六根清淨同知心之驅役諸識亦猶君之總策諸臣故書云君人者懔乎如朽索之御六馬言其畏敬御物不及於亡驗之此事曉然俱了但以萬境森然感發內外更相因倚構接心識故經云心王若正則六臣不邪須各慚愧制馭根識如法句經心意品說昔有道人河邊學道但念六塵曾無寧息龜從河出水狗將噉龜龜縮頭尾

四脚藏於甲中不能得便狗去還出便得入水道人因悟我不及龜放恣六情不知死至輪轉五道皆由意根故須總明六根罪業我從無始已來眼根因緣隨逐諸色見勝美之事不能修學見不善之業隨順履行獲此雙眼其淨甚少惟見無慚無恥之色不見賢聖神通方便作用之色雖有雙目與盲不異是大可恥一也

我從無始已來耳根因緣隨逐外聲聞說正善信忠勸美不能修學反生憒結聞邪惡事歡然順行緣此因故唯聞一切不善音聲不聞清淨正法之聲十方諸佛常說妙法我今不聞生聾不異是大可恥二也

我從無始已來鼻根因緣若聞正教戒德妙香初不樂聞反生妨礙聞諸惡欲邪媚之香深心耽著由此業故墮大地獄生在邊地不聞賢聖五分之香不聞三乘四攝等香使我輪迴常與善隔是大可恥三也

我從無始已來舌根因緣造過特多貪著厚味不淨說法致此罪緣常淪生死是大可恥四也

我從無始已來身根因緣多造衆罪自重輕他增長癡愛由此業故得下賤報於佛勝緣無由攀附是大可恥五也

我從無始已來意根因緣備造衆惡至人經教拔苦出要心不希行更生違拒乃學異論規圖罪種致無正信求名求利增長我見乖僻尤重臨死之時方悔虛過此大可恥六也

清淨六根門頌

傾都麗佳繞梁之曲肥馬輕裘蕙肴芳醁晦

黑滋生昏嚚競欲貌蕩魂浮身甘意觸靈龜攝根情葵衛足蟲草或虞人如不勗

生老病死門第五

尋夫遠刼已來三業所纏六根所惑染愛潤業沉没迄今生老病死實爲大苦故經云一身死壞復受一身生死無數盡天下草木斬以爲籌計吾故身不能數矣所以達人與猒高升界繫之表愚夫貪生恒淪死生之獄故須識過可得長辤如胞胎經云衆生受胎冥冥漠漠狀若浮塵在胎十月四十二變識微苦毒楚痛難忍臭處迫迮劇於牢獄飢渴寒熱過於餓鬼毋飽急塞毋飢悶絶食冷如冰食熱如火飲多如漂大海行急如墮險谷坐久如土鎮笮立久如懸廁屋下熏上壓無時不苦及將欲生倍復艱難如赤身赴刃叫聲震烈雖具此苦復多不全若一日百日一月十月或在胞胎墮落或出生母子喪命當思此生實是大苦次思老苦經云年耆相熟形變色衰坐起苦極餘命無幾涅槃經云譬如燈炷唯賴膏油膏油既盡光炷非久人亦如是唯賴壯膏壯膏既盡衰老之炷何得久住又如折軸無所復用如遭霜花人不欲視又經云是日已過命亦隨減如少水魚斯有何樂當思此老復爲大苦次思病苦皆由風寒冷熱食飲不節四時變改則水石乖扶況此假合之體危脆之形望免四大不虧百一無惱豈可得也及至苦患切身心煩愁塞求生不差求死不絶痛楚百端窮憂自結屎尿臭處妻子爲之改容形骸不攝傍人爲之變色況單身寄病誰肯提攜故經云慈父孝子至

病死時不能相救此至言也實爲大苦次思死苦經云死者盡也氣絶神逝形體蕭索人物一統無生不終又經云去處懸遠而無伴侶無所破壞見者愁毒等經又云獨生獨死身自當之幽冥幽冥會見無期是以聖人以身爲患豈復以死更受生乎往來五道勞我精神誓斷貪源絶其生本是故死苦實由此身如來出家立言此意

生老病死門頌

穠華易遷繁蕉不實星髮鮐肌鄰光悒日二豎潛言十至空術生之往矣高松蕭瑟即化翻靈從緣墜質噬臍有識嗟然何泪

剋責身心門第六

身爲苦本自所造集於生死中復增惡業不能改悔隨順佛語是故特須深自剋責經云見人之過口不得言已身有惡則應發露書云聞人之過如聞父母之名耳可得聞口不得言又云君子顯其過經云讚人之善不言已美書云君子揚人之美不伐其善經云恕已可爲譬勿殺勿行杖書云已所不欲勿施於人今以經書交映內外之教其本均同正是音殊名異若使理乖義越者則不容有此同致所以稱內外者本非形分但以心表爲言也經云佛爲衆生說法斷除闇惑猶如良醫隨疾授藥書云天道無親唯仁是與若出家之人觀空無常猒離生死行出世法是則爲內乖此爲外在家之人歸崇三寶持戒修善奉行禮義是則爲內乖此爲外今內外道俗共知內美之稱由心外惡之名在行豈得不捨外惡勤修內善若欲修行先自剋責當

知求進是假名退檢是實法欲涉千里者必褁粮衞足而致也欲升彼岸者必聚智粮具戒足而登也所以能果者實由退檢覺察校試輕重故能却斷無明退截老死愚闇滅則慧光發四相遷則戒德顯故知廉退者進之兆也貪進者退之萌也夫求而獲者虛則實愛情深故有傾危墮墜之苦此外道之法也退而獲者實則意無深戀故得常安涅槃之樂斯佛道之法也今者但應退檢不及以自責躬若志求進必損我傷物退察檢失則彼我兼利當知剋責心口是八正之路檢察身行是解脫之蹤是故如上善自剋責則無善而不歸也

剋責心行門頌

瞻彼進德莫敢惑違顧洛小智徒以太康豈無通術跋此榛荒雖有重離迹照螢光循情內負撫事外傷層羅一舉空念高翔

檢覆三業門第七

剋責之情猶昧審的之旨未彰故以事檢心校所修習既知不及彌增悚悪何謂檢校檢我此身從旦至中從中至暮從暮至夜從夜至曉乃至一時一刻一念一頃有幾心幾行幾善幾惡。幾心欲摧滅煩惱。幾心欲降伏魔怨。幾心念三寶四諦。幾心念苦空無常。幾心念報父母恩慈。幾心願代衆生受苦。幾心發念菩薩道業。幾心欲布施持戒。幾心欲忍辱精進。幾心欲禪寂顯慧。幾心欲慈濟五道。幾心欲勸勵行所難行。幾心欲超求辦所難辦。幾心欲忍苦建立佛法。幾心欲作佛化度群生上

已檢心次復檢口如上時刻從旦已來已得演說幾句深義○已得披讀幾卷經典○已得理誦幾許文字○已得幾過歎佛功德○已得幾過稱菩薩行○已得幾過稱讚隨喜○已得幾過迴向發願次復檢身如上時刻○已得幾過屈身禮佛幾拜○已得幾過屈身禮法禮僧○已得幾過執勞掃塔塗地○已得幾過燒香散華然燈○已得幾過拂除塵垢正列供具○已得幾過懸旛表剎合掌供養○已得幾過遶佛恭敬幾十百帀○如是檢察會理甚少違道極多白淨之業裁不足言煩惱重障森然滿目閡礙轉積解脫何由如上檢察自救無功何有時閑議人善惡故須三業自相訓責知我所作幾善幾惡

檢校行業門頌

渾風緬沒旅俗膠加競文內疾誰覡心瑕再惟情反三省身華貴危窮濫貧懾豪奢邅迴六蔽紛綸七邪不圖厥始逸馬難罝

訶詰四大門第八（四大謂地水火風也）

上已檢校所行多諸廢惰由此四大招致懈怠是故訶詰令其覺悟夫三界遐曠六道繁滋莫不依因四大相資成體聚則為身散則歸空然風火性殊地水質異各稱其分皆欲求適求適非一所以乖忤易動故一大不調四大俱疾乍增乍損痾疹續生風輕而地重水冷而火熱互相煎惱無時得安經喻四蛇信哉可患又此四大無慚無恥無恩無義我今恐其不安所以資給所須然彼四大初無愧感何以知之至如悲風霜殞嚴冬雪零便須綿纊衣裘卧褥溫室若季夏鬱蒸熇赫炎

烈復須輕絺廣室風扇牙簟春秋改節氣候清爽復須輕輭服御乃至食則甘肥珍饍充滿飲則瓜果湿漿冷水隨時資給安苦求樂此皆四大所須而我供贍未曾拒逆而此四大求索無慚不知有無有則充給不猒無則恐迫令得如飢須食不可暫闕脫致乖違内愁外戰增發火大不知我艱辛不恕我空乏唯欲貪求無有休息是名無慚云何無恥汝之所須無窮我隨給汝不少雖然當受初無愧容我既役智盡謀以相資贍而汝初無矜念於我於少日中不須衣食云何無恩今既得我如此供給未嘗為我造作善事獲我衣食飽暖怡懌反更思念作一切惡少時禪誦禮拜即生懈怠云何無義此四大身不可期懷不可委信我今為汝種種供須反復横起種種愛著驅逼於我行殺盜婬我既愚癡不能制華還相隨順生諸疾病或遭王法牢獄鞭杖為汝所招我既嬰苦汝亦無利猶復不知更求更索從今日去不復隨汝流轉老病生死大海汝當隨我行道作諸善業方可給汝隨病衣食趣得支身以除飢渴汝當善自驅策令我早得五分法身常化遊行自在無礙

訶詰四大門頌

迅矣百齡綿茲六入出没昏疑興居愛習矻矻予求營營爾給匪德曰歸惟殃斯集貪人敗類無猒自及昭回不希玄墟何泣

出家順善門第九

上乜檢校所行知乖道實遠剋責自咎則進趣有途前雖道俗總論混知其過然在家罪

重出家罪輕但出家之人行業階差生熟難辯然阡陌而觀亦粗見其迹今出家者未登聖境而期望之人恒引聖責凡良由大教勝遠尊之者責重法律精微信之者望深何以知然今欲見雅形妙相之體當覩儀容端麗之人欲觀仁義盛德之風當尋有禮有義之行何常見衆多之口競譏棄諸外道正以不足及言所以息議在於衆僧動爲論端實由我法清勝嫉之者多我法高遠毀之者衆書云城高則衝生道尊則魔盛今乍聞詰誚之言乃足驚惋就理而尋非無義而發試爲檢其所修比其所習福之深濃罪之厚薄可加意察之

夫父母是孝戀難遣而能辭親○妻子恩深難奪而能割愛○勢位物情所競而能棄榮○飢苦是人所難忍而能節食○滋味是人所貪嗜而甘猒蔬澀○翹勤是人所猒怠而能精苦○七珍是人所悋惜而能捨離○錢帛是人所蓄聚而能棄散○奴僮是人所資侍而自給不使○五色是人所欣覩而棄之不顧○八音是人所競聞而絶之不聽○飾玩細滑人所保著而能精麤無礙○安身養體人所共同而能忘形捨命○眠臥是人所不免而晝夜不寢爲業○恣口朋遊人所恒習而處靜自檢○白衣飲饌不知紀極而進食如毒○白衣日夜無所不甘而已限以晷刻虛腹○白衣則華屋婉偶而已塚間離著○又行住坐臥如是法○禮拜圍遶如是法○讀誦講説如是法○食飲便利如是法○受供行施如是法○修道習行如是法○略

說如上無非有法數則三千威儀廣則說不
可盡餘如出家功德經說

出家生善門頌

澡身浴德晦迹埋名將安寶地誰留化城道
場曠謐禪逕閑清風瓢弗響震鞭徒驚嘯傲
焉慮脫落何營長捐有結永寘無生

廣弘明集卷第二十七上

音釋

艥即涉切舟櫂也謐莫橘切抃毗面切拊手也嗤抽知切笑也猩
師庚切猩猩能言獸也蚳丈飢切蛤屬惄乃歷切飢餓也睟雖遂切潤
澤貌璡子鄰切擿抽知切倜他歷切倜儻卓異也嶷疑其切九嶷山
名餼於既切饋客芻米也郵疑求切境上行書舍也䏶部禮切股也

懲持陵切戒也宄古委切姦在內為宄僶音閔僶俛謂心力所不堪勉强
為之也黷徒谷切垢濁也燮悉協切和也絓胡卦切枌符分切榆
也濊烏廢切汪濊深廣貌覈下華切謂考之使實也殣渠吝切餓殍也
諡神至切誄行之號以易名也袠直質切書卷編次也髦謨袍切俊也
菁咨盈切菁華精英也跬犬蘂切半步也鑣悲嬌切馬銜也懾質涉切懼
也逶迤逶邑危切迤音移逶迤委曲貌剠渠京切墨刑也劓疑器切刑
鼻也刖魚厥切斷足也刵而志切斷耳也燖徐廉切湯中瀹肉也瀹弋約
切肉菜湯薄熱出之也瞥匹蔑切過目也鍇口駭切九江謂好鐵為鍇鐫
遵全切刻也筰陟格切壓也愒許葛切又去例切巫微夫切巫祝也
靦他典切慚也邅張連切行不進貌罝咨邪切兔網也疹丑刃切
熇虛驕切炎氣也矻古骨切矻矻勞也晷矩鮪切日影也媲匹詣切配
也

廣弘明集卷第二十七中

唐 釋 道宣 撰

在家從惡門第十

南齊文宣公蕭子良

俗士每言談之次或問白衣歸向何法無不答云釋氏純臣縱復實心錯背亦羞言其乖各所以爾者寔由大法精勝不欲與善相違故也既言其信當事與言同若言事相反者便是矯僞諛諂側佞邪媚天下所驚嗟四海所駭歎若欲真實期於三世者見沙門之過當知凡劣形服雖異喜怒何殊便思其理可崇本不在人何得以鄙悋之行用廢大道乎且其積習勝業已積塵連沙喻可不深思今諸士女試自檢察實自多過

瞋恚不避尊貴　惡駡無復高卑

貪求不計毀辱　慳悋不知禮節

婬欲不擇禽獸　黜退不避親族

加以憍慢放逸貢高懟恨諍訟邪命詐現異相以利求利惡求多求無有恭敬不隨教誨身見有見及以無見未嘗省退以禮自制一何苦哉唯恐我不勝人人莫及我經說起慢此業熾盛燒滅宿世所種善根又云爲惡雖少後苦無邊如毒在身終爲重患諸俗人等唯欲營生不知顧死然生不可保死必奄至尋此危命非朝則夕俄頃之間究變無常如佛爲愚癡富老公說偈

汲汲憂子財　非我何所有　愚人多預慮

莫知當來變

廣文如彼何得不思貪求積聚終必散失身死名滅唯業相隨又觀女人所起患毒倍於

男子經云
女人甚深惡　難與爲因縁　恩愛一縛著
牽人入罪門　女人有何好　但是諸不淨
何不審諦觀　爲此發狂亂

郁伽長者經云在家修道當觀女人生猒離想非常久想不淨潔想臭穢惡想羅刹惡鬼恒敢人想貪色難飽無止足想惡知識妨淨行想三惡道增憂苦不斷目面脣口惑人之具人爲所惑破家滅國殺親害子衆禍之本皆由女色

在家男女惡門頌
石磨則磷玉生雖堅維居必徙豈曰能賢冰開春日蘭敗秋年教隨類反習乃情遷命符三漏生偕十纏兹焉遂往憂畏方延

沉冥地獄門第十一

萬法雖差功用不一至於明昧相形唯善惡二途而已語善則人天勝果差别於目驗述惡則三途劇苦皎然而非虛而愚惑之夫好起疑異多言人天是妄造地獄非實說以不覩故便不知推因以測果由不了故復不知驗果以尋因既因果未分空扇是非疑途亂起明在何日無論未來其事難了但以即今善惡是驗冥漠非妄夫有形則影現有聲則響應未見形存而影滅聲續而響乖故知善惡相資亦復如是幸各明信無厝疑心何謂地獄經中廣說此洲地下八大地獄最下阿鼻四萬由旬鐵城四周表裏火徹銅狗黒虵哮吼嚼咋甚可怖畏諸小獄者散在鐵圍山間海渚空野衆處備受寒熱難可具說獄各有主牛頭阿傍其性殘虐無一慈忍見受苦

者唯憂不苦唯憂不毒或問獄卒衆生受苦甚可憐愍而汝無慈常懷毒害獄卒答曰諸受苦者由是不孝父母謗佛法僧罵辱親踈毀陷一切破壞和合瞋恚殺害貪婬欺詐邪命邪求及以邪見憍慢懈怠放逸怨恨迷没聲色耽著酒食犯所受戒不知慚愧具足惡業來此受苦受苦既畢恒加諫喻此是惡處今已得脫勿復重來然此衆生初無改悔今日得出俄頃復來勞我形力加毒於彼今觀此輩既不修善往趣泥洹則是無知不識避苦所以倍痛害之何由得生慈忍又經云有十惡業殺生偷盜能令衆生墮於地獄畜生餓鬼無量劫數乃得爲人還受短命貧窮等報又感外報棘刺沙礫水草少味不如意等且身口意此三發業之始自作教人見作隨喜此三成業之由現報生報後報此三感業之所故論云三三合九種從三煩惱生然前九位業通善惡受三塗報唯在三毒是故行人先須觀彼於此人身可有出理

地獄門頌

冥津殊復曉高聽亦能卑陰牆雖兩密幽夜有四知炎山翻烈火冰澗帀寒澌羅城振雲幕鋒樹鬱霜枝茹荼非云苦集木豈稱危求仁曾已得長歎欲何爲

出家懷道門第十二

自大聖已還性體未圓三相所遷四山作固所以如來智周域外尚假苦切之言令諸有生得入律行今居在凡愚善惡雜糅何能免點累之愆愛染之失若聞所說當深歎悼何時免離若斯之過不得內懷驚疑增其忿憾

也然則起忿之來誠由著我如經所説執我見者生死大患第一破戒且舉一我無人不患自非正聚誰不弊之出家本意爲滅此惑故諸行者常須遮制積功不已漸得出有迷此不修還同無始徒在僧倫更招苦業今聞出家之美不得便言無惡又聞俗人之惡不可便言無善故通述之宜各警策夫出家者猶信故入道也當去愛著順佛語則出世之行成也若於行有虧則非謂之信也内既無信則翦落納衣瓶鉢等於身無用略引數條不得自恣

已去憒鬧得空閑　已離俗愛無攀緣
已出馳動入寂定　已離染著得無礙
已捨苦境得無惱　已離妻子無纏縛
已棄飾好猒華侈　已絶聲色滅貪求
已斷榮辱去我見　已向八正趣道門
已披弘誓忍辱鎧　已服解脱涅槃衣
已望畢竟空寂舍　已登慈悲喜捨堂
已見迴向之大利　已聽多聞自覺音

佛見出家之利樂如此所以勸奬誡勵修學故經云蓋聞沙門之爲道也捨家妻子捐棄愛欲斷絶六情守戒無爲其清淨一心者則萬邪滅矣一心之道者聲色不能汙榮位不能動免離憂苦存亡自在塊然獨立捨五慳除兩穢二堅縛二障法二種垢二雹二癰瘡二燒法二種病四破戒者一謂三業不淨二謂聞空怖畏三謂不爲泥洹四謂貪著我見又如經説菩薩修行先除四失謂捨欺誑重報恩決嫌疑滅諂心如是備行諸度妙行清淨廣大安住寂靜

出家懷惡門頌

韞石諒非眞飾瓶信爲假竊服阜門上濫吹溜軒下鳳祀徒驚心騖文終好野實相豈或照浮榮未能捨迹殊冠冕客事襲驅馳者巳矣歇鄭聲無然亂周雅

在家懷善門第十三

前已聞其惡深自鄙悼今顯其善悦以進道何以知之自非貪欲情厚染愛性深富貴意重勢利心濃者則不容安處累縛黑闇所纏故知在家者衆患之本矣故使室家妻子宗親眷屬周旋來往朋友遊處奉上接下皆須將意意不獨往其應筐篚筐之用非求不至旣馳求事廣財念無窮惟念多蓄不顧無常擁積腐壞靡知分散是爲欲不慳貪便不能得旣眷屬纏繞百心不同不加鞭罰則爲惡者衆雖曰止惡要由意瞋起是爲欲不瞋恚亦不能得爲此資生校計馳求萬方以利縈心不知患害水火盜賊艱苦備經或夭身命殘殺無辜宴集歡樂非此不濟起貪癡心謂我加爾飲噉之後暢快莫思是爲欲不起癡而不能得當知白衣與善相違故曰所作之事與地獄對門又云

居處如牢獄　妻子如枷鎖　財物如重擔
親戚如怨家

而今在窮苦之地繫縛憂厄艱辛纏累備諸苦惱不親三寶不近正法窮迷闇障劇苦之內而能一日一夜守持淸禁六時行道兼修六齋年三長齋或持一戒二戒三戒乃至五戒八戒十戒菜蔬節味檢身口意又率妻子內外眷屬迴向崇善建菩提因或撤父母之

供妻子之分財貨衣服甘珍餚果窮其所有
敬供精潔合室營奉晨昏趨注或爲疾病患
危急縣官牢獄或親族崩亡祈福䰟路或生
善滅罪始發信心崇仰沙門在聖無別由其
隨順佛正教故所以順佛語故出離生死若
違佛語必墮惡道是故常應堅發正願願受
化生自在飛行一切佛刹隨所感見應接群
生學佛威儀入如來室著如來衣坐如來座
巧便大慧開悟解脫於諸法中究竟無障盡
虛空際大誓莊嚴

在家勸善門頌

處塵貴不染被褐重懷珠美玉曜幽石曾蘭
挺叢芻四氏不爲侶三界豈能渝諒茲親愛
染寧以財利拘煩流捨智寶榛路坦夷途萬
物竟何匹烈火樹紅芙

三界内苦門第十四

夫三界牢獄四圍輪轉在家出家未斷我倒
無得免者既爲生死所纏身心勞累遷變無
窮無非是苦故經云三界皆苦何可樂者而
衆生常惑謂言世間是常是樂出世樂因無
常是苦何其沉迷頓此顛倒纔驗刺身即覺
苦受何得云樂略引數條證知唯苦○若謂
飲食爲樂者則應多所餐進身和心悅何意
小乖分度便成疹患○若謂衣服爲樂者則
應春夏一服愛心無猒何意寒暑異服明不
甘樂所以苦本○若謂室宇爲樂者何意不
常一處既致馳動明知避苦○若謂妻子眷
屬爲樂者則應長相歌笑何意俄爾無常悲
號哽噎當知眷屬實是苦本○若謂妙色以
爲樂者則應長悅心目永慰形骸何意須更

顏皃變改髮白面黑傷痛少年華美之艷故知此色本自是苦不是外來○若謂好聲以爲樂者則應絲竹繁會觀聽無猒何意小久便致昏倦耳不樂聞當知是苦○若謂酣酒以爲樂者則應適意遣憂長無惱患何故神昏心悶骨節慘痛或因此事鞭杖鎖繫喪身夭命破家亡國受苦無量○若謂朋遊爲樂者則應終日遊散不知猒極何意每一登臨少時便倦後更相攜無復行意○若謂婬佚爲樂者則應血氣剛强眼明神爽少而不老壯而不變何意恣情逞欲輒有疲困抽腦徹髓頭眩眼亂心驚氣迫筋骨緩縱口燥脣焦四肢振掉抽拔五藏由此夭命當知婬佚實是苦本○若謂榮位爲樂者則應始終不變無恥無辱何意黜陟之間憔悴立至已上諸條大舉而言然此六塵五情遊心之處無非是苦所以大聖覺察三界牢獄知苦不迷解脫生死

三界內苦門頌

心怨動紛遶情怡輒遷互歡愛一離遠傷憂坐衰暮連愰結清陰高臺起風露腐毒緣芳旨夭伐寔修嫭欲網必虧生緐罝或全兔眇眇夜何期悠悠終肯悟

出三界外樂門第十五

佛世尊說三界世間總是苦聚非唯一苦而已又是無常無我不淨終歸於空出世之外則有常樂我淨具八自在而衆生長迷妄謂爲樂一何可悲且說一苦隨相有八何謂八苦所謂生苦老苦病苦死苦愛別離苦怨憎會苦求不得苦五盛陰苦於一苦中更有諸

苦故諸行人策勵行道節身口意翹勤匪懈
群小無知謂之爲苦大聖圓照三達洞了知
此小苦大樂正因雖有勞頓所期者大非謂
爲苦故引諸行相用簡有心
若捨身命憐愍衆生得佛金色身光明洞徹
行住坐卧震動大千相若禮拜父母師長賢
聖得佛頂相高明若不誑衆生讚揚其德得
佛眉間毫相若行慈愛仁救衆生得佛紺青
螺髮相若以光燈供養施人得佛項出日光
相若以慈意視衆生者得佛淨目上下眴相
若絶滋味十善化人得佛四十齒齊密相若
說慈善志意堅强得佛四牙白淨相若絶口
四過得佛方頰車廣長舌相若行施平等得
佛果時七處合滿相若忍苦行決定無亂得
佛師子臆相若行正淨醫藥救人得佛身方
正相若行慈仁不杖衆生得佛脩臂指長相
若視地行不踐蟲命得佛行不蹈地相若手
扶接有苦衆生得佛手内外握相若行四攝
攝取衆生得佛手足網相若以淨心供養善
人得佛手足輪千輻理相若施衣服隱過蔽
惡得佛陰馬藏相若說除患死法得佛鹿腨
腸相若善莊嚴不解衆生肢節得佛鉤鎖骨
相若柔和順塔右遶從人得佛右旋毛相若
平治道去棘刺得佛一孔一毛相若不服華
綺沐浴於人得佛皮膚細軟相若掃塔除穢
得佛身不受塵相若修萬行常願具足得佛
胷卍字相若捨國城妻子得佛淨土眷屬賢
聖相若自節食上味施人得佛上味相若常
讀誦不惡口加人得佛總持口香氣相若說
法引接衆生得佛面無飢渴滿口光辯才相

若持戒無鈌得佛法身圓備相若在山間頭陀苦行得佛塵累都盡相若捨華堂幽林禪思衆生謂苦不能行之菩薩志意堅强所期者大不以爲苦故得自然宮殿七寶房舍早得成佛衆生猶自流轉生死海中豈非爲顛倒惑纏之所致也故當勤加精進修行此行便出三界

三界外樂門頌

端襟測煩海矯步寫埃氛三受猶絶兩八苦若浮雲輪心仰圓極罄質委方墳朝遊淨國侶暮集靈山群燈祇開遠照香宇薦嘉薰俛首睇人俗信矣靜爲君

斷絶疑惑門第十六

夫因果感應影響相生必然之道理無差舛而衆生業行不純善惡迭用以不純故報有精麤或貴或賤或美或惡其事迹匪一不了本行故致疑惑何者如精進奉戒應得長生子孫熾盛親族榮顯而返見身命夭促門族衰殄屠害之人應嬰促壽眷屬殘滅而反延年壽考宗强援廣清廉之行應招富足而見貧苦貪盜之人應見困窘而覩豐饒此乃緣其福故現世輕受如金剛般若云由持經故爲人輕賤是人先世罪業應墮惡道以今輕賤故先世罪滅所以致有此疑者由其無明惑故妄起顛倒不能解了三世業相今略出數條世人惑事用以懲誡庶有識者識以除疑智人以生爲苦所以不忍愚夫貪生以生爲樂是一惑也○智人以不生則不死故云涅槃寂滅之樂而愚夫惡死不知遠死之方是二惑也○智人以居家爲苦譬之牢獄書

云割情在於驕奢而愚夫染著以爲榮樂是三惑也○智人知妻子之累故比之枷鎖書云割情在於所愛而愚夫以恩愛爲懽欣是四惑也○智人以眷屬是繫縛之本放之如讎而愚夫繫戀以爲勝適是五惑也○智人以榮利是自滅之筌書云割情在於速達而愚夫不計讒害取貴是六惑也○智人以色聲香味爲苦本書云割情在於嗜欲而愚夫爲之沉溺迷醉且列如前不容致惑是以智人當勤自勉自生老病死不離其身勿生疑惑一生空過今更出之以顯疑相見布施者疾患早亡便起疑心慳悋○見持戒人過中不食致患懷疑自養○見忍辱人檢心攝形致患懷惱勸令開意○見誦經人旦夕緣理致患勸息○見菜蔬人致患瘦弱勸噉肥美○見坐禪者致患勸卧閑語引進便稱本情懈怠自恣隨順流俗曾不思量朝聞夕死如救頭然何有情賴更習常俗以死自誓方曰有志

斷疑惑門頌

生塗非一理識緒固饒津徒駭東陵富空嗟北郭貧國生曾巳戾顏氏信爲仁逢尤昭往業習善會茲身勤憂永夷泰晏安終苦辛令名且云重豈若樹良因

十種慚愧門第十七

既巳同知在家男女之惡又見出家僧尼瑕累又聞疑惑顛倒之門退自思省實可慚愧經云慚愧得具足能滅闇障故又云慚如鐵鉤能制人非法若無慚愧與諸禽獸無相異也涅槃經云有二白法能救衆生一慚二愧

慚者自不作惡愧者不教他作慚者內自羞恥愧者發露向人有慚愧故則能恭敬父母師長懷慚愧故罪則除滅顯相如此各須慚愧順清白法事乃無量略舉十條以爲綱要

第一慚愧諸佛如來往昔欲令我等離苦獲安所以發心行菩提道忍苦忍辱令成法身常以正法爲我解說而我不能如說修行

第二慚愧父母哀哀父母生我劬勞長養教詔常懷憂惕旣爲人子不相誨約反學凶强陵蔑貴賤旣乖諍子上失令名深爲可愧

第三慚愧諸子然彼實能晨昏定省色養無虧而終貧煎無物賑給故使諸子無由得立又闕教導使子愚昏實爲可愧

第四慚愧師僧然我父母生育訓誨不能使我出生死海今此師僧教我出家受增上戒懷羅漢胎得羅漢果而我違犯深爲可愧

第五慚愧弟子旣能晨夕依教策修而反固遮有違聖說致使道業寸尺無功一生空過無法制奉顧斯負累亦可深愧

第六慚愧帝王恒以十善化導天下故國土安寧五穀豐熟所以百姓安家復業出家之人泰然安樂任其禪誦而今懈惰深是可愧

第七慚愧檀越出家所懷解脫爲本形骸資待衣食爲先所以諸俗爲道興福供給資緣故隆正業而惑不全失於敬重亦可深愧

第八慚愧良友知識化導見佛因緣令具梵行大經唱示而我聞諫反以爲讎背逆三歸禮向神俗迷著善導故違正誨深可爲愧

第九慚愧所化諸人由我無德久不種緣致使開悟莫能津濟故令聽者徒枉功夫縱聞

雜善不獲純淨內心自疾深可慚愧
第十慚愧天龍神鬼護法冥祇我本發心誓
度一切故諸天龍擁護無惱而我愆缺情志
不恒唯知負恩但增慚愧
慚愧門頌
神膏施唯重玄酒恩未隆明璣隋水上潤玉
藍田中稟天性所極資敬道攸崇羽毛共以
勢輪軌相爲通報德愴前雅酬言愛餘風遵
途每多舛顧省能無忡
極大慚愧門第十八
慚愧之義以不及爲本若於正行悉能遵奉
則無假慚愧書云內省不疚何憂何懼又曰
心苟無瑕何恤無家今既理妙難精觸向乖
背一念之間造過無量過無量故慚愧亦應
無量前已略舉大致其中枝派不可縷悉更
立此門使尋文求旨知理無不攝也夫衆生
以我見故不能推美於物引惡在己而於萬
善不能修習見人勝行意欲陵之無慚之甚
何得不見今列位顯之庶可斂迹
若見直心行慚愧人我不能行順彼不作見
行布施持戒人開解脫門願其早止見行忍
辱精進人自不能行願早退沒見多聞修定
者自不能行不欲使作見行慈悲喜捨者不
能讚勉欲其不行見菜蔬一食者自不行故
勸令退敗見行伏心人應慚愧法乃勸不行
乖八正道見學問誦經人自無此行不使彼
作見圍遶禮拜者自嬾惰故嫉令不行見有
唱導梵音者自不及彼願不爲之見經行頭
陀者既不能行反謗毀滅
今據叔世設法開化以此爲高義當生信滅

罪祈福弘道而今登無畏座開廣笑謔之端飾詞自麗之美高言輿色誹誚往還儀容傲佷初無謙遜永不退省我解未深唯詰諂者尋經有謬故經云若爲利養名譽我心愛黨而說法者是名非說若利於彼增信心故滅煩惱故起淨業故知慚知愧開八正路是名善說如過去世有苦岸比丘說有衆生我人壽命違於佛語命終入阿鼻地獄仰卧伏卧左右脇卧各九百萬億歲爾後更歷諸餘地獄自外徒黨受苦難言故知不依佛教毀謗正法其罪實重當知法師實亦爲難其善則致福無量其惡則獲罪亦重是故法師應須極大慚愧然居在世間養生之急在於衣食由此衣食勞亂極深所須縉纊皮革無不損生殘命著他皮肉還養肉身乃至食啖一粒之食非用功夫無由入口推度前功商量我腹上入下出常流不止而於其中選擇精肥進納輭滑貪嗜美味無羞無恥須臾變改臭不可近將行將坐如廁不殊何有智者於食生貪若生貪者大須慚愧與彼畜獸復何取別

極大慚愧門頌

冬狐理豐毳春蠶緒輕絲形骸翻爲阻心識還自欺華容䳺卅日生平少年時驅車追俠客酌酒弄妖姬但念目前好安知身後悲愓然一以愧永與情愛辭

善友勸奬門第十九

夫能了除疑惑內發慚愧勸奬之功善知識也今欲修習萬行非善知識無由進道經云如栴檀葉在伊羅林其葉則臭伊羅臭葉在

栴檀林其葉則香書云與善人居如入蘭芷之室久而偕芳與惡人居如在鮑魚之肆與之俱臭又云近墨必緇近朱必赤故知善友能作佛事是大因緣是同梵行善知識者令能將我得升淨土惡知識者令能陷我墜於地獄當知善恩不可酬報夫善惡之理皎然明白但以任情適道則進趣之理遲善友勸奬便勇猛之心疾經有奬課之文書有勸學之說當知要行實由勸成故經云菩薩自身布施亦勸他人令行布施自行持戒忍辱精進一心智慧亦勸他人令行此事然則勝美之事欣樂羨仰物之恒情令若徒有願樂之心不行願樂之事未見其果猶若絶粮思味其於飢渴終無濟益故略引數條戚行要事以相警誡。今有財富室温家給人足不勞營覓自然而至復有貧苦飢弊形骸勞悴終日願於富饒而富饒未嘗暫有以此苦故勸其布施力厲修福。若有衣裘服翫鮮華充備又有尺布不全垢膩臭雜是以勸奬令施衣服及以室宇若見甘味珍羞連几重案又有藜藿不充困於水菜所以勸奬令施飲食若見榮位通顯乘肥衣輕適意自在復有卑陋猥賤人不齒錄塗炭溝渠坐卧糞穢此苦可猒勸令修福除滅憍慢奉行謙敬豈可他人常貴我常在賤。若見形貌端正吐言廣利又有面狀㼿陋所言險暴此苦可捨勸令忍辱。若見意力彊幹少病登勞行道無礙有人多患不安所行莫濟見有此苦勸施醫藥令其進趣故法句經云四時行道得度衆苦一者少年有力勢時二者有財物時三者

遇三寶福田時四者當計萬物必離散時常行此四必得道跡應自督課不待他勸

善友勸獎門頌

蘭室攺蓬心栴崖變伊草丹青有必渝絲皪豈常皓曲轅且繩直詭本遂彫藻一簣或成山百里倦中道隆漢乃王臣失楚信元保勉矣德不孤至言匪虛造

戒法攝生門第二十

前已勸獎於他我今自加課勵凡論課勵要必託境行因若心志浮蕩則進趣無寄然託境行因戒爲其始可謂入聖之初門出俗之正路如乖此訓永處三塗人天長絕是以經云譬如大地長生萬物戒亦如是能生衆生人天華果故經云若無此戒諸善功德皆不得生良以三塗苦報罪障所纏人天勝果堪爲道器欲感勝果非戒不生是以聖人先明此教然三歸五品戒法兩科七衆小學要以三歸爲宗一乘大教必崇三聚爲本並如經律具顯規猷卓爾憲章行業明逾鑒鏡今粗舉其大致用光恒俗所以發戒之原須依三寶者蓋由佛法僧寶天人所尊歸依生信必能出有若歸邪神反增苦趣故經說云歸佛清信士不歸諸天神故須先定邪正方識逆順經云信爲道元功德之母智是解脫出有之因誠至言也若無此信心志浮虛歸戒不得是以發足立信爲先何謂三歸謂佛法僧此三可重故名爲寶何謂爲佛自覺覺彼無師大智五分法身也何謂爲法能軌能正滅諦涅槃清淨無相也何謂爲僧能和和衆無學功德自他滅處也何謂爲歸可憑可向也

何謂爲寶能招利樂正心依仗近獲人天遠登無學此則三寶區別之門若論極教理唯一統照無不周照周等覺謂之佛寶體無非法謂之法寶至德常和謂之僧寶此乃體一義三同性三寶衆生解悟信知佛性離此生死招興利樂是故一切無不歸憑

第一翻邪三歸○第二五戒三歸○第三八戒三歸○第四十戒○第五具戒○第六十善戒○第七大菩薩戒此之七戒所防過境近約大千世界之内一切六根六大並是戒境廣如常說

戒門頌

金山巖寶仞瓊畹烈瑶荑牆狐議不窟檐鷀豈能栖淨花莊思亭慧沼盥身倪六群黨未一七衆固恒齊端儀有直景正道無傾蹊維宮起以悟褱野竟何迷

廣弘明集卷第二十七中

音釋

懟徒對切怨也　磷良刃切薄石也　厝倉故切置也　咋陟格切齧也　澌相支切流冰也　荼同都切苦草也　哽噎哽古杏切噎一結切聲塞也　嫭胡故切美好貌　腨市兖切腓腸也　窘巨隕切窮迫也　謔迄却切戲也　佷下懇切不聽從也　詰契吉切問也　繒慈陵切帛也　纊苦謗切絮也　毳此芮切細毛也　丱古患切束髮也　惕他歷切懼也　皪狼狄切的皪白貌　簣求位切土籠也　畹委遠切畹畮也　蹊弦雞切徑路也

廣弘明集卷第二十七下

唐　釋　道宣　撰

自慶畢故止新門第二十一

從前發心已來知至德可歸檢校剋責滅諸惡門疑惑既遣慚愧續修勸獎兼行戒德又顯得捨如是之罪障餐聽若斯之勝法豈得不踊躍歡喜嗟抃自慶者乎經云八難難度一地獄難二餓鬼難三畜生難四邊地難五長壽天難六雖得人身盲聾瘖瘂不能聽受難七雖得人身六情完具而世智辯聰信邪倒見不信三寶肆意輕侮此身死已便在三途隨業沉没久乃得出時在人道還不正信家生第八前後佛間不覩正法徒生一世增長邪見具造衆罪尋爾徒死是故經云徒生徒死甚可憐愍奉法行人先崇此意生死大事不可自寬

今略出自慶數條繫在心首

佛言地獄難免而今同得免離此苦一自慶也○佛言餓鬼難脱而今同得遠於此苦二自慶也○佛言畜生難捨而今同得不樹此因三自慶也○佛言生在邊地不知仁義今在中國修習禮智四自慶也○佛言生長壽天不知植福福盡命終還墮惡道而今不以世樂自娛迴以供養五自慶也○佛言人身難得一失不返有過盲龜浮木之譬今得人身六自慶也○佛言六根難具今無缺損七自慶也○佛言丈夫男身難得我已得也○佛言女人身者須知佛性則是丈夫我已知也○佛言邪辯難捨我今歸正法也○佛言佛前佛後是為大難我今相與慷慨立志既

見色像又聞正法則同鹿野滅惑不殊也○佛言見佛爲難我今頂禮佛所記像功用等倫也○佛言聞法爲難我今備得聞也○佛言出家爲難我今具隨衆也
佛言出家專信倍復爲難我今一心無敢二見敬法愛法以法爲師經中偈言
惟念過去世　供養爲輕微　蒙報歷遐劫
餘福值天師　淨慧斷生死　癡愛銷無遺
佛恩流無窮　是故重自歸
自慶畢故不造新頌
春非我春秋非秋一經長夜每悠悠陶形練氣住元造啓蒙夷阻出重幽榮公三樂非爲曠箕生五福豈能求靈姿妙境往難集微言至道此云修年逢生幸曾以慶盈愆貳過儻知憂畢故斷新別苦海希賢庶善憑智流

大忍惡對門第二十二
夫道從苦生不由樂果德憑功建非情所集故經云忍辱第一道於諸衆生心無礙故以其在苦則多礙多惱起不善業今所以得無礙者良由在礙而修無礙故礙而不爲礙旣於礙而無所礙豈非忍力之所致乎經云娑婆世界五濁之剎五痛五燒具諸惡報是故發大乘者多來此土以救苦爲資粮以拔惱爲要行此土一日修善勝於他方淨國百千萬劫所以爾者良由極苦之地心不及善而能於劇苦之中卓然發意忍苦受辱豈不奇哉所謂火中生蓮華此實爲希有他方淨土無修福地所以不及此土何者淨國七財豐溢不假布施攝貧窮也淨國律儀圓淨不假持戒攝毀禁也淨國則無辱無忍穢土無事

非辱在辱能忍勝他方也淨國精進如救頭然不假翹勤攝懈怠也淨國之人入法流水念念修順無出入觀不假寂定攝亂意也淨國智慧明滿不假才巧說攝愚癡也又淨國之人非無弘誓但弘誓之功不及淨土四攝四等例同無用淨國樂故則救苦之心薄惡土苦故則進善之心猛故經云行於非道通達佛道也夫欲發廣大心行菩薩行自非履危涉險備受艱難蹈熾火歷冰霜嬰苦切甘楚毒於萬苦中而能忍受者則道場可踐若無此惱忍何從生藉此煩惱起我諸善所謂塵勞之儔爲如來種當知忍者有力大人功德之本所謂忍痛癢忍思想忍疾病忍飢苦忍疲勞忍寒暑忍憂悲忍熱惱忍惡罵無恥辱忍撾打無恚礙忍貪欲無愛著忍憍慢無背道忍所難忍忍所難行忍所難作忍所難辦能行此者真可謂大忍辱矣

大忍門頌

春山之下王抵禽漢水之陽璧千金清業神居德非重潔已愚侶道已深愛憎喜怒生而習榮華芳旨世所欽鴻才巨力萬夫敵誰肯制此方寸心逸驥狂兕獷不御繁羈密柙儻能禁遣情遺事復何想寂然無待恣幽尋

緣境無礙門第二十三

經云在俗則謂之爲縛在道則謂之爲解解即無礙所致縛即資待所招今若欲有待於無待則有待更煩無待於無待則有待自遣有待既遣則無礙之門可入若志在於資養便覩縛纏更重但衆生凡類觸向多阻不資於物則自濟無方資於物者累之重也生累

纏繞解脫何由令既深知其累累實爲苦何以知之

今欲陸行非車轝人馬不動一累礙也○今欲水遊非舟航不移二累礙也○今欲養身非衣裘屋宅則無所憑託三累礙也○今欲養命非粳粮黍粟五味柔輭則無所資待四累礙也○今欲修習一慧髣像無向五累礙也○今欲求見一佛及一淨土發奇特心冥漠不見六累礙也○今欲徹視十方障礙滿目七累礙也○今欲求佛聖智以除障惑近是衆生心行而我不覩八累礙也○今欲披文尋義雖課心力近在淺言不達意旨九累礙也○今欲誦習經典受已忘漏十累礙也

凡此累礙其事無量聖人所無礙自在者由何而致實由遠諸塵勞自策爲本是所資待莫不勤役自辦不假於他而他爲我用所謂讓而得者則其理通求而獲者則其理滯菩薩不求自利但欲利益衆生是以其利在已而得無礙衆生常利我忘彼所以恒縛而無解聖是可求而得非是永隔無津今若欲學聖捨凡者當遵聖人所習雖其途無量然津濟要趣唯一解脫耳故經云若自無縛欲解彼縛斯有是處今欲學菩薩道必須棄凡夫縛凡夫縛者唯願得五欲縱意自在實大縛也菩薩行人棄之不顧經云不得畜養奴婢畜生當自翹勤出離生死若假於他他還縛我無解脫期今云無奴不立無婢不辦此乃氣力強梁之時一旦臥牀百事同棄自救不暇何憂及人宜自勉勵則解脫之門易可登耳

無礙門頌

怳象惚物終不名龍舉鸞集竟誰辯絶智亡身孰爲礙韜名戢曜故能顯匪日匪月灼以懸安飛安翔虛而踐壁石無間潒出没水火有性任舒卷敷教應俗鶩泉流現迹依方迅風轉大哉超世莫與群希轢慕舜宜自勉

一志努力門第二十四

從初辯德極於無礙善惡二途凡聖苦樂明了審諦斯言備矣唯應努力勤而行之經云感傷世間貪意長流没於愛欲之海吾獨欲反其源故自勉而特出是以世世勤苦不以爲勞經云我與阿難空王佛所共發菩提心我常勤精進所以速成正覺又云得正法智已以無疲猒心爲衆生說斯可謂努力矣夫衆生流轉三有觸苦相纏所以情識闇弱慮淺多迷每一修善怯退遑擾念念之間百變乖舛自非勸之以努力奬之以剛幹則勇鋭驍果之心不發經云衆生與無明怨賊鬬戰亦不異世間剋敵相禦世間則須金鉦壯其氣鼓鍾激其忿鬱怫增其怒決烈成其力不資此發勇不假此振威何能摧鳴條之戰拉牧野之師乎今與煩惱共戰當集無漏之智命無畏之師控道品之衆禦六度之侶建道場之旛擊甘露之鼓著弘誓鎧冑被忍辱袍甲握智慧弓刀執堅固箭盾精進督怠惰翹勤課不及發行登懽喜稅駕頓法雲種智斷其勇方便運其略於是無明老死之賊協附四魔之軍影響波旬因倚天女憑帶鬼神億千萬衆擔山吐火雷電四繞欲入闇惑之旅退金剛之師由乎菩薩忍調無想積德久善

魔怨稽伏一念努力豁然大明非法王壞正法王勝此並經中之威事若不努力何由辦也如人營家晨起夜寐劬勞督課便自室內盈實飢寒不切但能努力無所不濟出世妙行事不殊俗若小努力微復加意三明六通不足爲難更運方便重課心形信順之忍漸深自至豈得空捨一生虛過三途切己力無所施方復生悔何嗟及矣所以努力一門貫通前後位心極行唯此而已願幽明聖鑒照覽窮途故敢發言託文現意

努力門頌

像北二山尚有移河中一洲亦可爲精誠必至霜靡下意氣所感金石離有子刺掌修名立王生擢髮美譽垂自來勤心少騫墜何不努力出憂危勝旛法鼓縈且擊智師道衆紛以馳有常無我儼既列無明有縛孰能窺

禮舍利寶塔門第二十五

大聖詮化隨機感益譬若一音說法各得其解是故應以現生蒙利者所以降神毋胎誕聖王宮應以出家蒙利者所以捨金輪位剃除鬚髮應以相好蒙利者所以現成正覺坐菩提樹應以實相蒙利者所以三轉法輪十二部經應以滅度蒙利者所以雙樹潛輝現於涅槃良由衆生障業煩多是故聖化隨應不一然則現於涅槃者復是增發悲戀之心以悲慕故善心濃到凡禮拜像塔皆宜感發悲心潸然思慕慘切其情追想正法我不餐仰泣想如來不覩音旨如入祖禰之廟覩靈若在歔欷無顏如來慇懃令我等具諸苦行而我違背自墮惡道在於像末未蒙解脫以

苦報故憶如來恩是以今各歸心於此像塔
嗚咽涕零慚顏哽慟至心奉爲
至尊○皇后○皇太子○七廟聖靈今日信
施龍神八部廣及一切劇苦衆生
敬禮十方三世一切諸剎土中所有如來形
像靈廟
敬禮釋迦如來一切現在靈骨舍利
敬禮如來現在頂骨舍利
敬禮如來現在髑髏蓋舍利
敬禮如來現在眼睛舍利
敬禮如來現在一切紺髮紅爪舍利
敬禮如來現在一切指骨舍利
敬禮如來現在一切牙齒舍利
敬禮如來現在衣鉢水瓶錫杖衆具
敬禮過去四佛生地幷行坐遺迹
敬禮如來得道樹寶塔
敬禮如來轉法輪處寶塔
敬禮如來般涅槃處寶塔
敬禮如來滅後阿育王造八萬四千塔
敬禮阿育王所造無量諸佛像
敬禮天上人間海中龍宮一切像塔
敬禮此國諸州諸瑞聖像
敬禮此國諸寺諸山無量靈像
敬禮天上人間海中無量形像
願一切衆生不在佛前佛後常見佛生常見
佛出家常見佛得道常見佛涅槃能建立是
無量像塔盡於來際佛事不絶
禮舍利像塔門頌
越人鑄金誠有思魏后粃木亦云悲中賢小
節猶可戀去聖彌遠情彌滋祇樹蕭條多宿

楚王宫寂寞尠遺基設像居室若有望開儀駐景暧如之連卿共日獨先後道悠命舛將無時傾懷結想惻以慕垂靈寫照拂塵疑

敬重正法門第二十六

諸法本空寂滅無説以因緣故現有文字當知文字經典本在破病滅惑爲先惑既八萬四千故使教門亦有八萬四千法藏至於病銷惑遣藥亦隨亡如栰喻者可以情悉然群生沉罔隨言封滯由此見故教藥常陳所以金簡盈於寶殿玉軸煥於神宫辯析空有於假實表發權智於無方故如來一代四十九年隨緣示教種種説法及於涅槃但有聲教計隨言説必致淪亡然以義理談玄正宗無昧言雖得喪金旨難乖故立法依用永刊定天魔外道莫敢侵陵自慧日已沉法雲遐布非夫簡册無由獻功尊大迦葉法門英儁擊鐘聲告召集無學千僧一夏撰結遺言十二義求三藏文攝多羅葉典其量莫思蘊積西夏將及千載時運漸淙東翻漢朝汎彼至今年垂六百雜録正經七千餘卷詞義明敏談味無遺近則安國利人遠則超凡證聖備如卷部智者尋之至心奉爲

至尊○皇后○皇太子○七廟聖靈天龍八部乃至十方一切劇苦衆生

敬禮一切眞如正法藏

敬禮十方一切諸佛所説法藏

敬禮過去一切諸佛法藏

敬禮賢劫初佛拘樓孫如來天龍宫法藏

敬禮拘那含牟尼佛天龍宫中法藏

敬禮迦葉佛天龍宫中一切法藏

敬禮釋迦如來天龍宫一切法藏
敬禮西印度黑蜂山寺一切法藏
敬禮沮渠國大乘十二部法藏
敬禮北印度石壁八字捨身法藏
敬禮神州大國一切衆藏經典
敬禮易州石經朔州恒安石窟經像
敬禮一切受持三藏諸法師等
敬禮一切禪師律師讀誦經典諸行人等
願一切含靈入如是法門常能總持廣説教
化通達無礙

法門頌

出不自户將何由行不以法欲焉修之燕入
楚待駿足陵河越海寄輕舟仁言爲利壯已
博聖道弘濟邈難求通明洞燭焕曾景深凝
廣潤湛淵流翼善闢賢敷教義照蒙啓惑滌
煩憂功成弗有名弗居淡然無執與化遊

奉養僧田門第二十七

僧稱福田群道宗尚斯何故耶良由發蒙俗
之幽心啓正道之遐趣拯沉淪而將濟於三
有御法網而弘護於萬齡由是道被天下德
光四俗能生善種號曰福田德響揵槌又稱
應供心乖理義行越法科則顯乖剃落之容
幽受空樹之譬及與施主爲讎隙與骨肉爲
瘡疣熱血之相可尋后女之倫不遠僧護佛
藏明言不迷智論大經清範攸屬固當日須
三省事必九思念念策心無時寧舍方可入
三乘之一位預三寶之一員威德可觀六道
歸依而出有高行難擬七衆相從爲福田豈
非形寄域中情超域外者也流俗纏紲封附
昏迷處處生著何能遠出是以樹立僧寶爲

俗良田令興福力得出生死不徒設也然佛
趣累表作軌區中爲物受供而實不受法在
除惑清淨非情供養感果自隨生業僧含凡
聖形繫往因縱成無學猶嬰善報身謝無餘
方出諸有令以形累有緣多須資待故凡施
者教多在僧然供養於僧備有三寶故佛有
言隨順我語供養佛也爲解脱故供養法也
衆僧受用供養僧也有斯理義故名衆僧良
福田矣奉爲
至尊○皇后○皇太子七廟聖靈天龍八部
乃至十方一切劇苦衆生
敬禮十方一切僧寶
敬禮當來下生佛兜率天彌勒菩薩僧
敬禮遊方大士文殊師利菩薩僧
敬禮救苦大士觀世音菩薩僧
敬禮護法大士普賢菩薩僧
敬禮滅罪大士虚空藏菩薩僧
敬禮十方一切行大道心菩薩僧
敬禮十方一切行緣覺心辟支佛僧
敬禮十方一切行下乘者諸聲聞僧
敬禮賓頭盧闍住法萬載諸聲聞僧
敬禮佛子羅睺羅住法萬載諸聲聞僧
敬禮剡州山海九億萬住法萬載諸聲聞僧
敬禮三千界内見在一切諸凡聖僧
願一切含靈當與賢聖同乘正道開智生福
不墜惡趣生生遭遇爲善知識拔除煩惱得
出諸有
僧門頌
五王已潤談而信八桂雖芳風乃掃妙理至
言唯聖實不自伊人孰弘道照空觀法識遷

流撫俗贍光猒生老絶滅情嗜斷懽怡縱落豪縈棄彫藻親愛倏忽信風煙財利悠悠若塵草測以龍雲豈曰高濯足江漢更慚皓

勸請增進門第二十八

勸請者慇懃之至意也由發慇懃之意則願善之情深矣是故於一切纖微之善咸須慇懃勸請增進令生慧行不容中廢然勸請有二勸請衆生修行戒善具諸德本勸請諸佛救護衆生説法久住

十方四惡趣　我今悉勸請　修持諸戒行
獲得於人身　十方一切人　我今悉勸請
令修十善業　得生於天上　十方諸天人
我今悉勸請　登立正定聚　得離於惡道
十方諸學人　我今悉勸請　覺察諸煩惱
速證無學地　十方阿羅漢　我今悉勸請
知非究竟位　唯有一佛乘　十方辟支佛
我今悉勸請　成就大悲智　教化諸衆生
人天二乘衆　我今悉勸請　體覺如來藏
修習菩薩行　一切諸菩薩　我今悉勸請
修行十度行　速登於十地　兜率天菩薩
我今悉勸請　常轉不退輪　速下度群生
菩薩智未明　我今悉勸請　金剛滅塵累
顯發眞實相　十方一切佛　初成正覺者
我請轉法輪　安樂諸衆生　十方一切佛
若欲捨壽命　我今歸命請　願久住於世
如是佛菩薩　我今皆勸請　發此慇懃心
是故稽首禮

勸請門頌

俟河之清逢聖朝靈智俯接一其遥白日馳光不流照葵藿微志徒傾翹遍盈空有盡三

界綿塞宇宙罄八遼德光業遂升至覺寂寞
常住獨能超煎灼欲火思雲露沉汨使水望
舟橋弘慈廣度昔有誓法輪道御且徐驥

隨喜萬善門第二十九

衆生以愚惑故多懷嫉妬增上之心是以見人行善則興惡想摧毀破壞不令成就然彼前人未必損行而此嫉者妄增惱熱增長惑業生死不絕是以聖人調心制意行此隨喜亦復勸請衆生如說奉行

十方一切衆　所有微細善　仁義及禮智
孝養謙恭敬　慈和及愛敬　廉貞清潔行
若有如是善　我今悉隨喜　離欲在家人
奉修如來戒　三歸五八戒　十善菩薩戒
清淨諸律儀　離惡名聞者　如是諸功德
我今悉隨喜　飯僧施法衣　浴除煩惱垢
救攝諸貧窮　飢寒窮塞者　疾病艱危苦
施藥悲憐業　如是等功德　我今悉隨喜
曠路作好井　橋船度人物　園林池花果
施佛并供僧　渴乏除熱惱　其福實無量
如是等功德　我今悉隨喜　造經流法教
然燈發慧明　習誦及轉讀　決了諸義趣
若復爲人說　倍增歡喜心　如是諸功德
我今悉隨喜　建立諸塔廟　堂殿及寶剎
彩畫及木像　金銀銅石等　傳寫諸相好
顯示於法身　如是諸功德　我今悉隨喜
若有造僧坊　牀帳及卧具　令彼息心者
安意於禪林　出入苦空門　次第寂滅觀
如是諸功德　我今悉隨喜　如來大慈悲
善說諸法門　發生隨喜行　令我等修學
隨喜諸聲聞　忍苦度生死　隨喜諸菩薩

不捨惡道受　隨喜十方佛　無畏天人尊
能於三界獄　引出諸衆生　願令衆生類
悉得於佛道　是故我隨喜　稽首禮諸佛

隨喜門頌

聞善若巳燭良書見賢思齊美通諧感幽動地孝有誠殞首流腸忠爲操振禮擒文弘憲則機謀飈勇靜姦暴明白人素志沖閑高論窮微契神奥捐軀濟物不邀名輕財貴義豈期報百行萬善紛塗軌求誠罄想畢歡蹈

迴向佛道門第三十

言迴向者以不著爲義原一切衆生備修萬行捨身命財所以不得解脫生死者皆緣耽著果報不能捨離若能不執其心修行攝度隨有微福迴施群生向於佛道者則於果報不復生著便於生死蕭然解脫故經云如所說修行迴向爲大利是以一切所作善業皆應迴向兼勸衆生不著果報何者即此身形果報之本終日養飼莊嚴彫飾要必當死徒爲保著自非愚闇所以貪受此身少有慧明何得無時不猒以是智者撫臆論心不容貪著迴流生死

十方諸衆生　所行微善業　仁孝及謙敬
慈愛柔和等　忠正修禮智　矜逮賑孤窮
如是世俗善　悉迴向佛道　一切諸外道
種種勤苦行　五熱炙其身　投巖赴水火
反縛塗灰等　無量諸邪見　今皆爲迴向
同歸正覺道　一切清信士　歸戒行十善
乃至諸女人　亦能修福德　又能善說法
開化衆妙福　迴向施群生　共成無上道
一切弟子衆　聞聲即解悟　善來成比丘

乃至四道果　方便及初觀　苦空非常想
亦迴施群生　共向無上道　十方諸辟支
自然成緣覺　深悟在别世　曉了因緣法
隱顯化衆生　獨處樂善寂　如是兼一切
盡迴向佛道　十方諸菩薩　讀誦於經法
入禪出禪者　勸總行衆善　如是等三善
一切衆德本　亦迴施衆生　歸向無上道
一切諸善等　乃至賢聖果　解空未能窮
有無不雙盡　悉令與一切　同入眞妙境
著迴有相心　皆向解脱道　如是諸菩薩
我今勸迴向　發此無著心　是故稽首禮

迴向門頌

悠悠九土各異形擾擾四俗非一情驅車秣馬徇世業市交鬻義衒虛名三墨紛紜殊不會七儒委鬱曾未并吉凶拘忌迺數術取與離合實縱横朝日夕月竟何取投巖赴火空捐生咄嗟失道爾迴駕沔彼流水趣東瀛

發願莊嚴門第三十一

原衆惡所起皆緣意地貪瞋癡也自害害他勿過於此故經號爲根本三毒能煩能惱勞擾身心於緣起惡三三九種然此九種義通善惡三善根生名善業道三不善根生名惡業道是故行人常一其心不令動亂微起相見即自覺察守護六根不令塵染常發弘願以自莊嚴願一切衆生皆從今日乃至菩提眼常不看貪婬邪艷惑人之色不看瞋恚醜狀屠裂愚癡疑闇倨慢邪衆之色願見一切十方常住法身之色菩薩下生八相之色如來相好聖衆和會善集之色願一切衆生耳常不聞悲啼愁嘆聲地獄苦楚聲餓鬼畜生

受苦聲八苦交對聲四百四病起發聲八萬四千塵勞聲願耳常聞諸佛說法八音聲八萬四千波羅蜜聲三乘聖果十地功德如是等聲願一切衆生鼻常不聞殺生滋味飲食之氣三十六物革囊之氣發欲羅綺脂澤之氣五辛能薰九相尸氣願鼻常聞十方世界諸樹草木之香五戒八戒十善六念諸德香學無學人十地五分十力八萬四千諸度無漏之香十方諸佛說法之香願一切衆生舌恒不嘗衆生有命身肉雜味能生煩惱滋味願舌恒嘗甘露不死之味天自然食在其舌根變成上味諸佛所食之味法喜禪悅之味解脫泥洹最上勝味願一切衆生身常不覺邪婬細滑生欲樂觸不覺鑊湯寒冰之觸餓鬼畜生諸苦惱觸四百四病寒熱風霜蚉蝱蚤虱飢渴困苦等觸願身常覺清涼强健心悟安隱證道飛行八自在觸願一切衆生皆從今日乃至菩提意常覺知九十八使八萬四千塵勞之法十惡五逆九十六種邪師之法三塗可猒生死大苦願意常知一切衆生皆有佛性佛爲醫王法爲良藥僧爲看病者爲諸衆生治生死患令得解脫心常無礙空有不滌

發願門頌

心所期兮彼之岸何事浮俗久淹遣照慧日兮駕法雲騰危城兮出塵館芳珠𤊹兮聞歲時寶樹飋兮警昏旦清露摶甘永以挹喜園流釆常爲玩無待殷鼎方丈羞安用秦箏纖指彈勤誠欵願長不渝習苦塵勞從此捍

廣弘明集卷第二十七下

音釋

兕序姊切野牛也　柙轄夾切檻也　鶩亡遇切亂馳也　驍堅堯切健也　鉦諸盈切　拉落合切摧也　潸師姦切涕流貌　歔欷歔休居切欷香依切悲泣氣咽而抽息也　剡時染切州名　驃悲嬌切正作鑣馬銜也　鬻余六切賣也　衒黃絹切自矜也　沔彌兗切流滿貌　逭胡玩切逃也　飀力求切高風也

廣弘明集卷第二十八上

唐 釋 道宣 撰

啓福篇序

福者何耶所謂感樂受以安形取歡娱以悅性也然則法王立法周統識心三界牢獄三科檢定一罪二福三曰道也罪則三毒所結繫業屬於鬼王論其相狀後篇備列福則四弘所成我固屬於天主道則虛通無滯據行不無明昧昧則乘分小大智涉信法明則特達理性高超有空斯道昌明如别所顯今論福者悲敬爲初悲則哀苦趣之艱辛思拔濟而出離敬則識佛法之難遇弘信仰而澄神緣境乃涉事情據理惟心爲本故虛懷不繫則其福不回於自他倒想未移則作業有乖於事用故綿古歷今相從不息王者識形有之非我與住持於塔寺餘則因於不足多行施以周給是知爲有造業未曰超升多由起過重增生死故云爲有造罪一向須捨爲有起福雖行不著由斯意致位行兩分滯則增生捨則增道道據逆流出凡入聖福則順生與倒結業故啓福本擬歷賢明

啓福篇第八 懺罪篇附

北代南晉前秦前燕南燕後秦諸帝與太山朗法師書 并答

晉王洽與林法師書

南齊皇太子禮佛願疏

沈休文捨身願疏

南齊南郡王捨身疏

沈約千僧會願文

梁簡文四月八日度人出家願文

皇帝敬問太山朗和尚承妙聖靈要須經略巳命元戎上人德同海嶽神筭遐長冀助威謀克寧荒服今遣使者送素二十端白氈五十領銀鉢二枚到願納受

晉天子司馬昌明書

皇帝敬問太山朗和尚承歛德光時飛聲東嶽靈海廣淹有生蒙潤大人起世善翼匡時輒伸經略懸稟妙筭昔劉曜創荒戎狄繼業元皇龍飛遂息江表舊京淪没神州傾蕩蒼生荼蓼寄在左衽每一念至嗟悼朕心長驅魏趙掃平燕代今龍旗方興剋復伊洛思與和尚同養群生至人通微想明朕意今遣使者送五色珠像一軀明光錦五十匹象牙簟五領金鉢五枚到願納受

僧朗頓首頓首夫至人無隱德生爲聖非德非聖何敢有喻忝曰出家栖息塵表慕靜山林心希玄寂靈跡難逮形累而已奉被詔命慰及應否大晉重基先承孝治惠同天地覆養無邊願開大乘申揚道味僧朗頓首頓首

秦天子符堅書

皇帝敬問太山朗和尚大聖膺期靈權超逸蔭蓋十方化融無外若山海之養群生等天地之育萬物養存生死澄神寂妙朕以虛薄生與聖會而隔萬機不獲輦駕今遣使人安車相請庶冀靈光迴蓋京邑今并送紫金數斤供鍍形像絹綾三十匹奴子三人可備灑掃至人無違幸望納受想必玄鑒見朕意

僧朗頓首頓首如來永世道風潛淪忝在出家栖心山嶺精誠微薄未能弘匠不悟陛下遠問山川詔命慇懃實感恩旨氣力虛微未

堪跋涉願廣開法輪顯保天祚僧朗頓首頓首蒙重惠賜即爲施設福力之功無不蒙賴貧道才劣不勝所重

燕天子慕容垂書

皇帝敬問太山朗和尚澄神靈緒慈陰百國凡在含生孰不蒙潤朕承藉纂統方夏事膺昔蜀不恭魏武含慨今二賊不平朕豈獲安又元戎剋興征掃暴亂至人通靈隨權指化願兵不血刃四海混伏委心歸誠久敬何已今遣使者送官絹百疋袈裟三領綿五十斤幸爲呪願

僧朗頓首頓首能仁御世英規遐邈光敷道化融濟四海貧道忝服道味習教山林豈惟詔旨諮及國難王者膺期統有六合大能并小自是常倫若葵藿之傾太陽飛步之宗麟鳳皇澤載融群生繫仰陛下高明何思不服貧道窮林蒙賜過分僧朗頓首

南燕天子慕容德書

皇帝敬問太山朗和尚遭家多難灾禍屢臻昔在建熙王室西越賴武王中興神武御世大啓東夏拯拔區域遐邇蒙穌天下幸甚天未忘灾武王即晏永康之始西傾東蕩京華主上播越每思靈闕屏營飲淚朕以無德生在亂兵遺民未幾繼承禄幸和尚大恩神祇蓋護使者送絹百疋并假東齊王奉高山茌二縣封給書不盡意稱朕心焉

僧朗頓首陛下龍飛統御百國天地融溢皇澤載賴善逢高壓惠濟黔首蕩平之期何憂不一陛下信向三寶恩旨殊隆貧道味靜深山豈臨此位且領民戶興造靈刹所崇像福

冥報有所歸僧朗頓首頓首

秦天子姚興書

皇帝敬問太山朗和尚勲神履道飛聲映世休聞遠振常無已已朕京西夏思濟大猷今關未平事唯左右已命元戎剋寧伊洛冀因期會東封巡省憑靈伏威須見指授今遣使者送金浮圖三級經一部寶臺一區庶望玄鑒照朕意焉

晉王洽與林法師書

洽稽首和南夫教之所由必暢物之所未悟物之所以通亦得之於師資雖玄宗沖緬妙旨幽深然所以會之者固亦簡而易矣是以致雖遠必假近言以明之理雖昧必借朗喻以徵之故夫殆墜之旨可得之於千載將絶之趣可悟之於一朝今本無之談旨略例坦然每經明之可謂衆矣然造精之言誠難爲允理詣其極通之未易豈可以通之不易因廣異同之說遂令空有之談紛然大殊後學遲疑莫知所擬今道行指歸通叙色空甚有清致然未詳經文爲有明旨耶或得之於象外觸類而長之乎今衆經甚多或取譬不遠豈無一言昭然易喻古人有云聖人之言可能使人信之不可能是以徵之於文未知所釋今故諮其數事思聞嘉誨以啓其疑洽稽首和南

南齊皇太子禮佛願疏

沈休文

維年月朔日子皇太子諱稽首和南十方諸佛一切賢聖夫至理可祈必憑誠於正覺極妙有感乃歸仰於眞如然後取證現前獲驗

玆日去歲皇帝暫虧御膳小廢乾行四海震惺百司戰悚諱歷劫多幸夙世善緣忝生王家叨守儲嗣臣子心地倍用焦迫禁門旦啓欣問豎之安寢扉早闢訪饍夫之宰祇樹獨園伏膺下拜伽藍精舍繞足頂禮百神儆衞萬福具臻曾不信宿聖躬和愈豈非三寶之弘慈十號之法力旣而天從心欲誠願克果令於崇正殿奉還法會千僧仍留百僧八關行道又度二士同日出家惟願藉此功德奉資皇帝陛下壽與南山共久年將北極俱長道懋農軒德高堯舜上界八萬之劫可期下方七百之祚未擬元良之位長守滕下之懽上嗣之所永保懷袖之愛以玆法田奉中宮皇后殿下福履攸善無思不屆天母之德厚載不能加任姒之風坤儀寧足匹末及諸王妃主宮掖嬪房未來因緣過去眷屬並同玆辰預此慈善又普爲積苦餓鬼受罪畜生三塗八難六道十惡水陸蠢動山藪翾飛濕生化生有想無想皆藉今日慈悲咸遣浣濯人天攝受幽顯證明庶憑衆力共相津濟謹疏

沈休文捨身願疏

優婆塞沈君敬白十方三世諸佛本師釋迦如來安養阿彌陀世尊云云一切衆聖今日道俗諸大賢德夫形非定質衆緣所聚四微不同風火亦異析而離之本非一物燕肝越膽未足爲譬靜念求我無時可得而積此淪昏生生不已一念儵值曾未移時障習相蕩旋迷厥路橫指空呼名之爲有豐己傷物日夜靡休蓄身外之財以充其慾攘非己之分用成其侈豈直溫肌啗腹若此而已哉至於

積篋盈藏未甞登體溢俎充庖既飫斯棄曾不知粟帛所從事非因已悠悠黔首同有其分離多共寡猶或未均我若有餘物何由足仁者之懷不應若此侵他之財世稱爲盜盜之甚者孰過於斯幽顯推求無一或可君仰藉時來久乘休運玉粒晨炊華燭夜炳自此迄今歷年三十遂乃服冕榮國裂土承家潤盈身已慶流僕妾室非懸罄俸有兼金救寒止於重裘而笥委餘襲冬夜既蒙累繭而櫝有贏衾自斯已上侈長非一雖等彼豪家其陋已甚方諸窶室所邁寔多悟此非常事由諸佛有懷捨散宜光道場飢寒困苦爲患乃切布滿州縣難悉經緣其當稱力因事一旦隨年頭目髓腦誠難輕慕虧已贍物未易頓行誓欲廣念深恩積微成著施路檀門冀或能踐以大梁天監之八年年次玄枵日殷鳥度夾鍾紀月十八在於新所創蔣陵皇宅請佛及僧髣髴祇樹息心上士凡一百人雖果謝菴園飰非香國而野粒山蔬可同屬饜兼捨身資服用百有一十七種微自損撤以奉現前衆僧夫室家患苦刀俎非切制除蕭散形質超然蠢彼群生咸有佛性不因翦削此路莫由緣業舛互世諦煩記變形改飾即事爲難故關以八支導彼清信一日一夜同佛出家本弘外教事非僧法而世情乖舛同迷斯路招屈名僧賓之虛室主人高卧取逸閑堂呼爲八關去之實遠雖有供施之緣而非斷漏之業約今謹自即朝至于明旦排遣俗累一同善來分留上德冀成微志藉此輕因庶證來果功德之言非所敢及

南齊南郡王捨身疏

沈約

弟子蕭王上白諸佛世尊道德僧衆夫色因無象觸必歸空三世若假八微終散雖復迴天震地之威窮於寂滅齊冠楚組之麗靡救埃壤而嗜慾易繁每疚心術捨施難弘用迷假照弟子樹因曠劫儵報兹生託景中玹聯華日彩玉組夙紆蕃麾早建蘭池紫燕之乗擾於外閑黼帳翠帷之飾充於中寢徒以心源尚滯情路未昭識謝兼忘理慚獨悟不能叶調五氣綏御六神霜暑或褰風露時舛是以敷襟上寶栖誠妙覺敬捨肌膚之外凡百一十八種當令經衛夙理府給時順萬祉雲翔百妖窮滌望北極而有恒瞻南山而同永又願宸居納祐則天均慶少陽介福儷日承休儲妃闡脩祥之符皇枝廣惟祺之祚敬飾崇甍嚴置寶幄仰延息心旁旅清信朂兹弘誓諮其幽疑庶可以感降禎和招對靈應玄塗匪昧要之無爽

沈約千僧會願文

弟子沈約上白十方諸佛十方諸大聖今日見前衆僧三界非有五陰皆無四倒十纏共相和合一切如電揮萬劫於俄頃丘井易淪終漂況於苦岸迷塗遼遠弱喪忘歸區區七尺莫知其假耳目之外謂爲空談靡依靡歸不信不受生靈一謝再得無期約所以撫心自惻臨践非譬者也至聖凝寂無迹可尋緣應所感事惟拯物持鉢安行出彼祇樹不逾停午以福衆生芳塵餘法峨然未改約以往夏遘羅疴疾帝上哀矜深垂愍慮以月次徂

暑日在丙寅仰會千僧於其私宅隆茲重施弗知所限既已奉祇洪德又思自罄家財一舉盈千力難私辦稍而後滿事或易克草堂約法師於所住山寺爲營八集其一仰憑上定林寺祐法主今月二十九日第十會集百僧於所創田廬福不唐捐聞之經訓心路皎然又過於此凡有涓毫應證來業無巨無細咸歸聖主仰願十方共明此誓豈足少酬天眷蓋以微寄誠心云爾

梁簡文四月八日度人出家願文

弟子蕭綱以今日建齋設會功德因緣歸依十方盡虛空界一切諸佛歸依十方盡虛空界一切尊法歸依十方盡虛空界一切聖僧竊聞涅槃經言身如畫水隨畫隨合是身不淨九孔常流凡夫愚人常行味著愚癡羅剎止住其中又如瑞應經言沙門之爲道也捨家妻子捐棄愛欲斷絕六情守戒無爲其清淨得一心者則萬邪滅矣一心之道謂之羅漢聲色不能染榮位不能屈難動如地以免憂苦故知出恩愛獄薄俗爲難善來比丘其福深重弟子以此因緣今日度人出家願一切六道四生常離愛欲永拔無明根削遣闇惑心修習般若慧足踐輕輪之光口說懸珠之辯被忍辱鎧秉智慧刀乘菩薩車坐如來座結纏披解頂相光明戒因清白後報尊重所有果業皆悉勝出受持法藏爲佛真子一切道行皆悉能行一切大誓不休不息仰願十方盡虛空界一切諸佛仰願十方盡虛空界一切尊法仰願十方盡虛空界一切聖僧咸加證明又仰願十方盡虛空界一切諸天

仰願十方盡虛空界一切諸仙仰願十方盡虛空界一切聰明正直守護一切善神又願今日見前幽顯大衆咸加證明今日誓願使弟子蕭綱得如所願滿菩提願一切衆生皆悉隨從得如所願

梁簡文八關齋制序

夫五宅易昏四流不泊業動心風情漂愛餤自非識達眞空照靈珠於難曉神緣妙境蓄慈根於未化無以卻此四魔登茲十善今列筵肅靜高宇閑邃香吐六銖烟浮五色目對金容耳餐玉韻無容使情緣異染形不肅恭類倚於鴛宮同力於羊角宜制此心虵祛斯醉象立制如左咸勉聽思謹條八關齋制如左睡眠籌至不覺罰禮二十拜擎香鑪聽經三契一出不請刺罰禮十拜二出過三契經不還罰禮十拜三鄰座睡眠維那至而不語者罰禮十拜四鄰座睡眠私相容隱不語維那者罰禮十拜五維那不勤聽察有犯制者不即糺舉爲衆座所發覺者維那罰禮二十拜擎香鑪聽經三契六白黑維那更相糺察若有阿隱罰禮二十拜七聽經契終有不唱讚者罰禮十拜八請刺無次第罰禮十拜九請刺白黑刺有誤者罰禮十拜十

梁簡文爲人作造寺䟽

郢州某甲敬白竊以布金須達表精舍於給園影石仙人造伽藍於離越莫不事表區中心憑眞外但四纏惑惱去善源而無滌五濁重蠒非慧刃而安揮故以愍彼濕薪傷玆滴器今於郢州某山爲十方僧建立招提寺縈負郊原面帶城雉枕倚巖壑吐納煙雲重門

洞啓未創飛行之殿步櫚中霤猶寡密石之功嚴飾之理難階瓶鉢之資已罄道俗儻能微留善念薄獎勝緣則事等觀香義同錫乘昔人修檀手兩七寶前賢薄施掌出雙金福有冥移言無多遜謹疏

梁簡文謝敕賚納袈裟啓三首

臣綱啓殿師吳苗奉宣

敕旨垂賚鬱泥細納袈裟一緣分同妙葉界寫長塍拂石慚華裁金非重是日新染厥惟田服方使幽貞芳杜恥緝芙蓉仙客排雲羞裳飛羽織食凡軀無明暗識叨恩每重荷澤難勝不任銘戴之至謹奉啓事謝謹啓

謝賚袈裟啓

臣綱啓蒙賚鬱泥納袈裟一緣荀鋮秦縷因製緝而成文魯縞齊紈藉馨槳而受彩初開篋笥便覩舍衛田疇不出戶庭坐視南山塍陌竊以三銖輕輭稱美服於淨居千金巨麗得受用於迦葉而湛恩特被萃此愚躬霜降授衣曲澤便及喜溢心崖如從空中所墜忽不自知更謂寶支所出采襮四色事非離世鈎蘭兩葉殊澤實隆不任荷戴之至謹啓事謝聞謹啓

謝敕賚袈裟啓

臣綱啓宣傳左右俞景茂奉宣敕旨垂賚鬱泥眞納九條袈裟一緣精同織縷巧均結毳邁彼良疇成斯妙服雖復貴比千金輕踰二兩無以匹此洪恩方斯殊賚臣卧疾累旬未堪行踐不獲即被新染陪侍寶坊塵緣穢體愧荷相集不任慚悚之至謹啓事謝聞謹啓

梁簡文爲諸寺檀越願疏

菩薩戒弟子蕭綱歸依十方盡虛空界一切諸佛歸依十方盡虛空界一切尊法歸依十方盡虛空界一切聖僧積習長夜輪轉覆灰末劫易危煩流難拯不樹兩門豈修二翼常恐虛蕉染惑永結駛河愛藤懸綱長垂苦岸敢承三寶覺悟之力於幽顯前發弘誓願今願為武當山太平寺并此鎮望楚白塔同安習善延明頭陀上鳳林下鳳林廣嚴等寺皆盡形壽永爲檀越雖七寶四事多謝往賢一念片言庶符般若方類不滅之燈終非起煙之蜜以此功德仰福皇帝春宮家國內外咸同此善乃至天龍八部六道四生普皆蒙福

梁蕭綸設無礙福會教

僚紀大士廣濟義非爲已導弘群生種種方便所以虛已樂靜表之內經確乎難拔著自外典又加獨往斯意足論隱不隔眞乃爲菩薩廬山東林寺禪房智表法師德稱僧傑實號人龍懷道守素多歷年所不爲事屈不爲時伸上下無常一相無相遂能捨彼者闍來遊垢濁興言一面定交杵臼余以薄德謬臨大邦教義未聞貴賢總至昔綺季之出漢年樊許之興唐日茲迺聖主流慈天澤滂被異人間出復在此辰不勝舞蹈帝之恩普也剋今月十日於栖賢寺設無礙會并致敬開士躬諮勝福下筵餐道凡厥民隸爰及庶士罔不率從咸皆請業上答乾慈永同彼岸外依事宣行

梁簡文答湘東王書

暮春美景風雲韶麗蘭葉堪把沂川可浴弟召南寡訟時綴甘棠之陰冀州爲政暫止褰

襜之務唐景薦大言之賦安太述連環之辯盡遊玩之美致足樂耶吾春初卧疾極成委弊雖西山白鹿懼不能瘉子豫赤丸尚憂未振高卧六安每思扁鵲之問靜然四屋念絶修都之香豈望文殊之來獨思吳容之辯屬以皇上慈被率 土甘露聿宣鳴銀鼓於寶坊轉金輪於香地法雷驚夢慧日暉朝道俗輻湊遠邇畢集聽衆白黑日可兩三萬獨以疾障致隔聞道豈止楊僕有關外之傷周南起留滯之恨第十三日始侍法筵所以君長近還未堪執筆敬祖前邁栽欲勝衣每自念此愍然失慮江之永矣寤寐相思每得弟書輕痾遺疾尋別有信此無所伸

梁簡文與琰法師書 二首

五翳消空韶光表節百華異色結綵成春道體何如恒清宜也對玩清虛既在風雲之表遊心入理差多定慧之樂弟子俗務紛糺勞倦特深睠然北嶺欽賢已積會遇之期庶必可偫有緣之儔事等飢渴佇望來儀一日三歲想思弘利益理當無爽指遣此信無述寸衿綱和南

旦來雨氣殊有初寒攝衛已久轉得其力雖他方法界略息化緣祇桓之裏恒有語對眷佇之深無時不積久因倩師頻述方寸不知巧笑之僧頗爲津及不耳前昨已來微事義聚龍象畢同應供皆集慧炬開心甘露入頂聞之善譴特盡歡怡想味之懷轉復無極昔幼年經聞制旨受道日淺北面未深雖異禪那事同花水今攺西下特蓄本心訪理質疑屬在明德不謂般若留難現疾未瘳問津無

地歎恨何已伏承輿駕尋幸伽藍冀於此時得一覲止辯論青豆之房遺惑赤花之舍追往年之宿眷述即日之寸心此事必期冀非爽指遣茲承問佇有還書綱白和南

梁元帝繹與劉智藏書

菩薩蕭法車置郵大士劉智藏侍者自林宗遄反玄度言歸以結元禮之心彌益眞長之歎故以臨風望美對月懷賢有勞寤寐無忘興寢方今玄冥在節歲聿云遒日似青緹雲浮紅蘂清臺炭重北宮井溢想禪悅爲娛稍符九次成誦之功轉探三密山間芳杜自有松竹之娛巖穴鳴琴非無薜蘿之致修德之暇差足樂也昔韓梅兩福求羊二仲鄭林騰名於馮翊周黨傳芳於太原或有百鎰可捐千金非貴松子爲餐蒲根是服未有高蹈眞如歸宗法海梵王四鶴集林蘩而相鳴帝釋千馬經丘園而蹋步有一於此猶或稱奇兼而總之何其盛也故知南臨之水巳類呂梁之川北眺之山彌同武安之嶺豈復還思溆浦尚想彊臺睠彼漢池載懷荒谷以此相求心可知矣僕久猒塵邦本懷人外加以服膺常住諷味了因彌用思齊每增求友常欲登却月之嶺蔭偃蓋之松挹琁玉之源解蓮華之劒藩維有限脫屣無由每坐向誦之牀恒思管寧之榻夢匡山而太息想桓亭而延佇白雲間之蒼江不極未因抵掌我勞如何想無金玉數在郵示弱水難航猶致書於青鳥流川弗遠佇芳音於赤玉鶴望還信以代萱蘇得志忘言此寧多述法車叩頭叩頭

沈約與約法師書

周中書風趣高奇志託夷遠真情素韻水桂齊質自接彩同栖年逾一紀朝夕聯事靡日暫違每受沐言休逍遥寡務何甞不北茨遊覽南居宴宿春朝聽鳥秋夜臨風匪設空言皆爲實事音容滿目言笑在耳宿草既陳楸櫃將合眷往懷人情不勝慟此生篤信精深甘此藿食至於歲時包篚每見請求凡厥菜品必令以薦弟子輒蔪而後與用爲歡詎其事未遠其人已謝昔之諧調倐成悲緒去冬今歲人鬼見分石耳紫菜愴焉興想淚下不禁指遣恭送以充蔬僧一飯法師與周情期契闊非止恒交覽物存舊彌當楚切痛矣如何往矣柰何弟子沈約和南

梁劉之遴與印闍梨書

大喜稽首和南大喜精誠無感奄丁禍罰攀號永往五内屠膾自咎自悼萬殁何補慈母臨終正念不亂繫想諸佛及本師至乎壽盡凡夫戀著母子恩深嬰此長別肝心破潰不能自任遺旨以三十兩上金奉別充道場功德九月二十八日奉營安厝終始永畢不可復希長號悼惱無心苟存伏度闍問理垂哀愍所希運心救拔必使亡靈遊於淨土不圖此啓臨紙崩絶大喜和南

梁王筠與雲僧正書

弟子孤子筠頓首稽首和南弟子疊結幽明備嬰荼蓼攀援崩蹶肌髓糜潰尋繹煩寃肝腸寸斷號天叩地永隔精誠捨命捐軀終無補益思欲仰福廣爲法事以伸罔極之痛少寄追慕之誠鑄像度僧仰遵法教建齋設會務依經典敷說大乘誘度群生其福不淺仰

惟大正法師道心純淑至德凝深智包空有照通眞俗多聞不窮機辯無碍一代師匠四海推崇弟子宿植善因早蒙親眷情同骨肉義等金蘭外書所謂冥契神交内典則爲善友知識敬藉微緣敢陳大願來歲夏中欲仰請講説弘法之情既無彼此眷愛之深特希降屈公私道俗要請既多故預諮聞必願允遂豈圖一旦忽有斯白臨紙崩咽晋言無次弟子孤子王筠頓首頓首稽首和南

梁王筠與長沙王别書

筠頓首頓首高秋淒爽體中何如願比勝納承入東禮拜用深傾仰昔藩后遨遊不無是事或龍舟水嬉或臨川送遠摐金飛旆汎此安流猶復見重良書以爲盛德未有選日簡辰歸誠繫念尋法城之遊逗祇園之聚翹心讚歎無以譬説僕風疾增瘵蹇廢蓬門不獲執離彌深傾遡願敬勗白書不次王筠頓首頓首

梁劉孝綽答雲法師書

孝綽和南辱誨垂示勑旨所答劉太僕思效啓義窮深遠語兼巧便伏聞希有身心踊躍昔戈盾夾車備不虞於周后兵旗引駕防未然於漢君斯皆執心黄屋瑞無紺馬事極寰寓之中理隔天人之外皇上自兹善覺降迹閻浮以住地之心行則天之化故能慈導三有仁濟萬物猶以法藥未周寶船不倦解劒却蓋躬詣道場瑞花承足人觀彫輦之盛金輪啓路物覩重英之飾顯實開權事均祇鷲本無四畏寧慮五怨思効遂膚引梁丘隨劒之説日彈觸瑟之辭何異迴龍象於兔徑注

江海於牛跡聖旨慇懃曲相誘喻豈直淨一人之垢衣將以破群生之暗室某世傳正見幼覩眞言但惑網所縈塵勞自結微因宿植仰逢法教親陪寶座預餐香鉢復得俱聽一音共聞八解庶因小葉受潤大雲猥蒙開示深自慶幸不勝歡喜略附陳誠劉孝綽和南

北齊盧思道遼陽山寺願文

齊興二十有三載區宇又安列聖重光百神受職天平地成禮諧樂暢斂戢亡鑄江海無波皇帝體膺上哲運鍾下武以至德字黔首大明臨赤縣深仁俯漏惠化潛通榮境六幽照穌八表唐旌已立舜輿不遠而至殷網既開肖翹咸遂其所壇凝休氣渚幕榮光玄扈告符翠嵒籙阿閣朝諠棘林夜靜西琯協律南毖迎神衣氣操黿之俗懷音請吏反踵修股之渠膜拜空首四海懾然中外禔福慰候無警書軌大同猶以爲負扆垂旒人世微業功成治定域中小道投心覺海東意玄門手執明珠頂受甘露調御天人不徇巖廊之重明行具足寧屑袞冕之尊十力四心東漸西被日月出矣風雨潤之屠門鮑肆化成嚴淨之所蜉蝣蟪蛄網於仁壽之域參墟奧壤王迹所基密都是宅別館攸在襟帶遐長原隰爽秀高巖鬱起作鎮東偏峯羅群玉鷲頭之狀非美樹列三珠雞足之形可陋洞穴倏風生和雅之曲圓珠積水流清妙之音于時玉燭調年金商在律職方具禮効駕西巡六龍齊鑾七萃按部雷動雲移凝鑾佇蹕乃建仁祠于彼勝地成之不日既麗且康昔周夜初明漢池云鑿事隔荒裔道若存亡哲王馭曆

弘濟區有前聖後聖旦暮爲期以此勝因仰爲武成皇帝及清廟聖靈願西遇彌陀上征兜率雄視三界高臨四衢百年之神俯輕群后一音所導遠同佛日皇太后福踰姜水祉邁塗山壽比太陰業均厚載聖主齊明兩曜合德二儀受録錯於靈河開金簡於仙嶽龍官鳥紀未可匹其光大像天任地焉能喻其長久皇太子德茂元良道高上嗣牢籠啓誦孕育莊丕六宮眷屬諸王昆弟皆智慧莊嚴玉華松茂永侍披香長固磐石以茲博利被於萬品當使法界虛空生靈動植俱沐定水同蔭法雲斯誓或差無取正覺

魏收

北齊武成帝以三臺宮爲大興聖寺詔

門下皇居帝邑揆日瞻星仞雉有常几席斯在雖今古推移文質代變而成世作範義貴適時朕奄家四海作孚萬國當陽負扆深存庇甿濟下利物無忘懷抱昭仁訓俗不遺造次今臨嚮聽朝咸極崇廣宴息之所不足溫華每謂爲之者勞居之者逸至於離宮別館有時遊幸耳目所及聊可忘懷而乃千門洞啓萬柱周架上迫雲漢下臨雷雨巧極金銅麗殫珠璧眷然長想良非宿心三臺並列蕪穢自久天保之末經構甫興仍創棟宇規摹宏博有司過實匠人逞功氓庶勞止糜費難量既非殿寢正所便爲虛衞之地凝華生白經歷歲年不翦茅茨事頗逼下卑其宮室有可庶幾顧茲修麗豈伊寧處自魏朝失政九域崩離人神無主實求明聖我太祖獻武皇帝握茲乾紀執斯地綱懸持日月嘯吒風雲

紀忠貞以成務感靈徵而大造爰以克定之初躬圖道場之業神迹冥果理燭幽明朕嗣膺寶祚永惟家祉仰祇先志尚竦玄門忍展聿修之重念歸喜捨之大肌膚匪恪國城何寶期濟率土至於圓極可以三臺宮爲大興聖寺此處極土木之壯窮丹素之妍奇恠備於刻削光華畢於圖彩顧使靈心肸蠁神物奔會眞覺唯寂有感必通化爲淨土廣延德衆心若瑠璃法輪常轉灑甘露於大千照慈燈於曠劫

後周明帝修起寺詔

制詔孝感通神瞻天罔極莫不布金而構祇桓流銀而成寶殿方知鹿苑可期鶴林無遠敢緣雅頌仰藉莊嚴欲使功侔天地興歌不日可令太師晉國公總監大陟岵大陟屺二寺營造

隋文帝爲太祖武元皇帝行幸四處立寺建碑詔　　李德林

門下風樹弗靜隙影如流空切欲報之心徒有終身之慕伏惟太祖武元皇帝窮神盡性感穹昊之靈膺籙合圖開炎德之紀魏氏將謝躬事經綸周室勃興同心匡贊間關二代造我帝基猶夏禹之事唐虞晉宣之輔漢魏往者梁氏將滅覩尋構禍蕭察稱兵擁衆據有襄陽將入魏朝狐疑未決先帝出師樊鄧飲馬漢濱彼感威懷連城頓顙隋郡安陸未即從風敵人騁輔車之援重城固金湯之守乃復練卒簡徒一舉而尅始於是日遂啓漢東蕭繹往在江陵後梁稱制外通表奏陰有

異圖心迹之間未盡臣節王師薄伐帝旅推鋒誅厥方命繼其絶視有齊未亡凶徒孔熾連山巨防艱危萬重晉水之陽是其心腹於是鳴䕫執鉞假道比隣皮服欽風煙隨霧集懸兵萬里直指參墟左縈右拂麻積草靡雖事未既功而英威大振齊人因以挫衂周武賴以成功尚想王業之勤遠惟風化之始率夷狄而制東夏用偏師而取南國豈徒湯征葛伯周伐崇侯而已哉積德累功福流後嗣俾朕虚薄君臨區有追仰神猷事冥真寂降生下土權變不常用輪王之兵伸至人之意百戰百勝爲行十善故以干戈之器已類香華玄黄之野久同淨國思欲崇樹寶剎經始伽藍增長福因微副幽旨昔夏因導水尚且銘山周曰巡遊有聞勒石帝王紀事由來尚矣其襄陽隋州江陵晉陽並宜立寺一所建碑頌德庶使莊嚴寶坊比虚空而不壞導揚茂實同天地而長久

隋高祖於相州戰場立寺詔

門下昔歳周道既衰群凶鼎沸鄴城之地寔爲禍始或驅逼良善或同惡相濟四海之内過半豺狼兆庶之廣咸憂吞噬朕出車練卒蕩滌妖醜誠有倒戈不無困戰將士奮發肆其威武如火燎毛殆無遺燼于時朕在廊廟任當朝宰德慚動物民陷網羅空切罪已之誠唯增見辜之泣然兵者凶器戰實危機節義之徒輕生忘死干戈之下又聞殂落興言震悼日久逾深永念群生蹈兵刃之苦有懷至道興度脱之業物我同遇觀智俱懸思建福田神功祐助庶望死事之臣菩提增長悖

逆之侶從闇入明並究苦空咸拔生死鯨鯢之觀化爲微妙之臺龍蚍之野永作玻瓈之鏡無邊有性盡入法門可於相州戰地建伽藍一所立碑紀事其營構制度置僧多少寺之名目有司詳議以聞

隋煬帝行道度人天下敕

大業三年正月二十八日菩薩戒弟子皇帝總持稽首和南十方一切諸佛十方一切尊法十方一切賢聖僧竊以妙靈不測感報之理遂通因果相資機應之徒無爽是以初心爰發震動波旬之宮一念所臻咫尺道場之地雖則聚沙蓋鮮實覆簣於耆山水滴已微乃濫觴於法海弟子階緣宿殖嗣膺寶命臨御區宇寧濟蒼生而德化弗弘刑罰未止萬方有罪寔當憂責百姓不足用增壓累夙夜戰兢如臨淵谷是以歸心種覺必冀慈愍謹於率土之內建立勝緣州別請僧七日行道仍總度一千人出家以此功德並爲一切上乃有頂下至無間蜎飛蠕動預稟識性無始惡業今生罪垢藉此善緣皆得清淨三塗地獄六趣怨親同至菩提一時作佛

唐太宗於行陣所立七寺詔

門下至人虛已忘彼我於胷襟釋教慈心均異同於平等是知上聖惻隱無隔萬方大悲弘濟義猶一子有隋失道九服沸騰朕親總元戎致兹明罰誓牧登陑曾無寧歲其有桀大愚惑嬰此湯羅銜鬚義憤終于握節各徇所奉咸有可嘉日往月來逝川斯遠雖復項藉方命封樹紀於丘墳紀信捐生丹青著於圖象猶恐九泉之下尚淪鼎鑊八難之間永

纏冰炭愀然疚懷用忘興寢思所以樹立福田濟其營魄可於建義已來交兵之處爲義士凶徒隕身戎陣者各建寺剎招延勝侶望法鼓所震變炎火於青蓮清梵所聞易苦海於甘露所司宜量定處所并立寺名支配僧徒及修造院宇具爲事條以聞稱朕矜愍之意

破薛舉於豳州立昭仁寺

破霍老生於台州立普濟寺

破宋金剛於晉州立慈雲寺

破劉武周於汾州立弘濟寺

破王世充於芒山立昭覺寺

破竇建德於鄭州立等慈寺

破劉黑泰於洺州立昭福寺

右七寺並官造又給家人車牛田莊

并立碑頌德

唐太宗爲戰亡人設齋行道詔

門下刑期無刑皇王之令典以戰止戰列聖之通規是以湯武干戈濟時靜亂豈其不愛黔首肆行誅戮禁暴戢兵蓋不獲已朕自隋末創義志存拯溺北征東伐所向平殄然黄鉞之下金鏃之端凡所傷殪難用勝紀雖復逆命亂常自貽殞絶惻隱之心追以愴恨生靈之重能不哀矜悄然疚懷無忘興寢且釋氏之教深尚慈仁禁戒之科殺害爲重承言此理彌增悔懼今宜爲自征討已來手所誅翦前後之數將近一千皆爲建齋行道竭誠禮懺朕之所服衣物並充檀捨冀三塗之難因斯解脫萬劫之苦藉此弘濟滅怨障之心趣菩提之道

唐太宗度僧於天下詔

門下三乘結轍濟度爲先八正歸依慈悲爲主流智慧之海膏潤群生翦煩惱之林津梁品物任眞體道理叶至仁妙果勝因事符積善朕欽若金輪恭膺寶命至德之訓無遠不思大聖之規無幽不察欲使人免蓋纒家登仁壽冥緣顯贊大庇含靈五福著於洪範三災終於世界比因喪亂僧徒減少華臺寶塔窺戶無人紺髮青蓮櫛風沐雨眷言凋毀良用憮然其天下諸州有寺之處宜令度人爲僧尼總數以三千爲限其州有大小地有華夷當處所度少多委有司量定務取精誠德業無問年之幼長其往因減省還俗及私度白首之徒若行業可稱通在取限必無人可取亦任其闕數若官人簡練不精宜錄附殿失但戒行之本唯尚無爲多有僧徒溺於流俗或假託神通妄傳妖怪或謬稱醫筮左道求財或造詣官曹囑致贓賄或鑚膚焚指駭俗驚愚並自貽伊慼動挂刑網有一於此大虧聖教朕情深護持必無寬捨已令依附內律參以金科具爲條制務使法門清整所在官司宜加檢察其部內有違法僧不舉發者所司錄狀聞奏庶善者必採惡者必斥伽藍淨土咸知法味菩提覺路絕諸意垢

唐太宗斷賣佛像勑

勑旨佛道形像事極尊嚴伎巧之家多有造鑄供養之人競來買贖品藻工拙揣量輕重買者不計因果止求賤得賣者本希利潤唯在價高罪累特深福報俱盡違犯經教並宜禁約自今已後工匠皆不得預造佛道形像

賫鬻其見成之像亦不得銷除各令分送寺觀令寺觀徒衆酬其價直仍仰所在州縣官司檢校勑到後十日內使盡

與暹律師等書

褚亮

竊伏下風久挹高義有懷靡託於邑良深春暮清和道體休納弟子植生多幸早預法緣近於華嶽創立僧宇此山蘊蓄奇秘控接煙霞削峯累仞靈泉百丈神仙以爲勝地賢哲之所同歸結構雖淹禪誦猶寡厥道興發弘之在人且棟梁三寶必資龍象之力羽儀四衆尤待鵷鷺之群法師等學洞經典譽宣眞俗實宜共化蒼生升於彼岸且遠人屈已存乎應物大德忘名唯在伸教理必弘濟無隔遐邇仰願俯從微請降迹來儀則釋遠禪居遥蹤可擬王珣精舍清塵不沫是所願也是所願也

唐太宗捨舊宅造興聖寺詔門下省 貞觀三年

丹陵啓聖華緒降祥叶德神居克隆鴻業朕丕承大寶奄宅域中遠藉郊禋之慶仰惟樞電之祉思園之禮既弘撫鏡之情徒切而永懷慈訓欲報無從靖言因果思憑冥福通義宮皇家舊宅制度弘敞以崇仁祠敬僧靈祐宜捨爲尼寺仍以興聖爲名庶神道無方微伸凱風之思主者施行

唐太宗爲太穆皇后追福手䟽

貞觀十六年五月御製願文致弘福寺曰聖哲之所尚者孝也仁人之所愛者親也朕幼荷鞠育之恩長蒙撫養之訓蓼莪之念何日云忘罔極之情昊天匪報昔子路歎千鍾之

無養虞丘嗟二親之不待方寸亂矣信可悲夫每痛一月之中再罹難疚興言永慕哀切深衷欲報靡因唯憑冥助敬以絹二百疋奉慈悲大道儻至誠有感冀銷過往之愆爲善有因庶獲後緣之慶

周武帝二教鍾銘

天和五年歳次攝提五月丙寅造鐘一口治昆吾之石練若溪之銅郢匠鴻爐化兹神器雖時屬蕤賓而調諧夷則故春秋外傳曰所以詠歌九則平民無二弘宣兩教同歸一揆金石冥符天人咸契九宮九地遥徹洞玄三千大千遠聞邊際銀閣應供延法侶而尋聲金闕降真候仙冠而聽響式傳萬古迺勒銘云實際遐曠通玄洞微化緣得業造理因機靈圖降彩慧日垂暉金河霧集銀澗雲飛其一九霄仙籙五嶽真文智煙遐照禪林遠熏金鼓入夢瑤鐘徹雲音調冬立響召秋分其二教並興雙鑾同振遠赴天霜遥虧地鎮陜河浮影漢溪傳韻聽響弘法聞聲起信其三般若無底重玄有門長開久暗永拔沉昏不求正覺莫會天尊唯全智海先度黎元其四

唐太宗大興善寺鍾銘

皇帝道叶金輪示居黄屋覆燾萬方舟航三界欲使雲和之樂共法鼓而同宣雅頌之聲隨梵音而俱遠乃命鳧氏範兹金錫響合風雷功侔造化騰驤猛虡負簨業而將飛宛轉盤龍繞乘風而如動希聲旦發揵椎夕震莫不傾耳以證無生入神而登正覺圓海有竭福祚無窮方石易銷願力無盡

唐東宮皇太子西明寺鐘銘

維大唐麟德二年歲躔星紀月次降婁二月
癸酉朔八日庚辰皇太子奉為二聖於西明
寺造銅鐘一口可一萬斤發漢水之奇珍採
蜀山之秘寶虞倕練火晉曠飛鑪帶龍虡而
騰規應鯨桴而寫製聲流九地遐宣厚載之
恩韻徹三天遠播曾旻之德寤群生於覺路
警庶類於迷塗業擅香垣功齊塵劫式旌高
躅敢勒貞金頌其銘曰

青祇薦祉黃離降精渦川毓德瑤嶺飛英吹
銅表性問寢登情興言淨業載啓香城七珍
交鑄九乳圖形翔龍若動偃獸疑驚制陵周
室規踰漢庭風飄旦響霜傳夜鳴仰延皇祚
俯導蒼生聲騰億劫慶溢千齡

廣弘明集卷第二十八上

音釋

賚洛代切賜也　屺岵屺去倚切岵後五切　暹思廉切　蓼朗鳥切荼蓼辛苦之菜　衽如鴆切衣衿也　儆舉影切戒也　翾懁緣切小飛也　造初救切倅也　贏怡成切餘利也　窶郡羽切貧窶也　寘支義切置也　黼匪父切白黑相次文也　塍神陵切畦埒也　襮逋沃切黼領也　確克角切靳固也　襜蚩占切正作幨車幃也　瘉勇主切病瘳也　僝仕限切見也　覯居候切遇見也　遄淳沿切疾也　遒慈秋切迫也　緹田黎切帛丹黃色也　詡火羽切　靳居焮切吝也　衄女六切與衂同敗北也　摐初江切　瘵側界切病也　懣莫困切煩悶也　磾都黎切日磾人名　琯古緩切律管也　鬯丑亮切鬱鬯也　膜蒙晡切膜拜胡人拜也　禔常支切安福也　扆隱豈切畫斧屏風也　甿眉甍切民也　肸蠁肸黑乙切蠁許兩切盛作也　陑如支切地名　愀七小切愀然容色變也　疚居又切病也　豳悲巾切地名　殪於計切死也　櫛側瑟切梳比也　憮罔甫切憮然失意貌　禋伊真切潔祀也　蕤儒追切蕤賓五月律也　簨音荀懸鐘者　虡其呂切與虡同

廣弘明集卷第二十八下

唐　釋　道宣　撰

悔罪篇序

夫福曰富饒罪稱摧折富則近生四趣厚報榮祿滿於目前遠則三聖勝相資用豐於群有至於罪也返此殊途良由沉重貪瞋能獲果登苦楚所以罪業綿亘勞歷聖凡凡惟罪聚不足討論綸網正行事該小學致使須斯二果尚弊於怒癡羅漢漏盡猶遭於碎體是知無始故業逐分段而追徵有爲積障望變易而迴首自古正聖開喻滋彰時張四惑乃三三九品欲使隨念翦撲豈得縱以燎原然以煩惱增繁難爲禁制勃起忽忘早樹根基過結已成追悔無已但以諸佛大慈善權方便啓䟽往咎導引精靈因立悔罪之儀布以自新之道既往難復覆水之喻可知來過易收補浣之方須列遂有普賢藥上之侶分衢而廣斯塵道安慧遠之儔命駕而行茲術至於侯王宰伯咸仰宗科清信士女無虧誡約昔南齊司徒竟陵王制布薩法淨行儀其類備詳如別所顯今以紙墨易繁略列數四開明悔過之宗轄焉

悔罪篇第九

梁簡文謝勑爲建涅槃懺啓

臣綱啓伏聞勑旨垂爲臣於同泰寺瑞應殿建涅槃懺臣障雜多災身穢饒疾針艾湯液每黷天覽重蒙曲慈降斯大福冀慧雨微垂即滅身火梵風纔起私得清涼無事非恩伏枕何答不任下情謹奉啓謝聞謹啓

此無所謝也越勑

梁簡文六根懺文

今日此衆誠心懺悔六根障業眼識無明易傾朱紫一隨浮染則千紀莫歸雖復天肉異根法慧殊美故因見前境隨事起惡今願捨此肉眸俱瞬佛眼如抉目王見淨名方丈之室多寶踊塔之瑞牟尼鷲嶽之光彌勒龍華之始常遊淨土永步天宫

耳根闇鈍多種衆惡悦染絲歌聞勝法善音昏然欲睡聽鄭衛淫靡聳身側耳知勝善之事樂之者希淫靡之聲欣之者衆願捨此穢耳得彼天聰聞開塔闢鑰之聲彈指謦欬之響諸佛所説悉皆總持香風淨土之聲寶樹鏗鏘之響於一念中怳然入悟

鼻根過患彌復頑嚚耽染六蘭流連百和鬱金易著膽蔔難排雖復一薰一蕕叶性難遣空中海上彌不自覺至如彫爐在彼翠霧飛煙識染相牽彌生纖累所以蝍蛆甘帶自謂馨香烏鵶嗜鼠不疑穢惡今願捨此鼻根得彼天受振裳躚步跨栴檀之迥林提囊拭鉢捧香積之寶飯長離穢濁永保清升

舌根障重染惡尤深毒刺爭興惡虵競起既貪五黄六禽之旨又甘九鼎八珍之味所以焚山破卵涸水枯鱗黿臛不斟有染指之過羊羹不及致入陣之苦雖復鴟䐈鹿胃猶不

稱甘鳳肺龍胎更云不美雖羅鼎俎未必皆甞在彼衆生於命已酷或復間朋亂友破俗傷眞變紫奪朱反白爲黑所以讒言三至曾毋投杼端木一說越霸吳亡故知三寸之舌未易可掉駟馬既出於事難追願斷煩惑入清淨境既同阿難乞乳之譏又等淨名寂默之致餐禪悅之六味服法喜之三德形恭心到永趣菩提

身根頑觸唯貪細輭質體塵礙不重戈矛莫不愛我輕他陵人傲物縱此裸蟲不羈醉象六塵四倒自此而生五蓋十纏因斯而致所以象簟清潤遨遊於夏室重衾狐白温煦於冬房結駟廣廈動靜必安鷁首翠樓去來有託所以三業之過出自機關四大假成豈有眞我願捨此畫瓶得彼金色淨寶珠之法飾照瑠璃之慧體長歸五分永等十身

意識攀緣其罪山積險同夢幻譬若猴猨懸鏡高堂一念難靜走丸索上百慮先馳至如二十五有紛繞不息九十八使驚鶩無已所以灰心滅智行拔於三乘風禪露飲道高於六度今願斷此意根袪累斯盡心當恬怕洞照無生一切衆罪悉滅俗門三界異途歸之眞域懺悔已竟誠心作禮

梁簡文悔高慢文

弟子蕭綱又重至心歸依三寶竊聞禮稱弗傲表洙泗之遺文經云不慢驗踰闍之妙典故一遇恒神陵伽尚生餘習上賓天帝淮南猶有誤辭亦有才曰隱倫調唯高俗猶足坐痺晉君立前齊主況復道隆三學法兼五衆如過前殿似出北門而不密室致恭遺弓接

足敢藉勝縁願起弘誓從今日始乃至菩提於諸出家悉表虔敬方欲剷除七慢折制六根賓頭下步庶無厥咎者達棄車方思景慕幽顯大衆咸爲證明

齊沈約懺悔文

弟子沈約稽首上白諸佛衆聖約自今生巳前至于無始罪業參差固非詞象所筭識昧往縁莫由證舉爰始成童有心嗜欲不識慈悲莫辯罪報以爲毛群魪品事允庖廚無對之縁非惻憶所及晨剉暮爚亘月隨年嗛腹填虛非斯莫可兼曩昔蒙稚精靈靡達遨戲之間恣行夭暴蠢動飛沉罔非登俎儻想逢值橫加剿撲却數追念種彙寔蕃遠憶相間難或詳盡又暑月寢卧蚊虻嗜膚忿之于心應之于手歲所殲殞略盈萬計手因怒運命因手傾爲殺之道事無不足迄至于今猶未頓免又嘗竭水而漁躬事網罟牽驅士卒懽娛賞會若斯等輩衆夥非一黨隸賓遊往肯交互或盜人園實或偷人芻豢弱性蒙心隨喜讚悅受分呑贓皎然不昧性愛墳典苟得忘廉取非其有卷將二百又綺語者衆源條繁廣假妄之愆雖免大過微觸細犯亦難備陳又追尋少年血氣方壯習累所纏事難排豁淇水上宮誠無云幾分桃斷袖亦足稱多此實生死牢穽未易洗拔灌志慘舒性所同禀遷怒過嗔有時或然厲色嚴聲無日可免又言謔行止曾不尋研觸過斯發動淪無紀終朝紛擾薄暮不休來果昏頑將由此作前念甫謝後念復興尺波不息寸陰驟往愧悔攢心罔知云厝今於十方三世諸佛前見在

衆僧大衆前誓心剋己追自悔責收遜前愆洗濯今慮校身諸失歸命天尊又尋七尺所本八微是構析而離之莫知其主雖造業者身身隨念滅而念念相生離續無已往所行惡造既由心行惡之時其心既染既染之心雖與念滅往之所染即成後緣若不本諸眞諦以空滅有則染心之累不卒可磨今者與此愧悔磨昔所染所染得除即空成性其性既空庶罪無所託布髮頂禮幽顯證成此念一成相續不斷日磨歲瑩生生不休迄至道場無復退轉又彼惡加我皆由我昔加人若不滅此重緣則來惡彌遘當今斷絕永息來緣道無不在有來斯應庶達今誠要之咸達

陳群臣請陳武帝懺文

江總文

某位某甲稽首和南十方三世一切諸佛十方三世一切尊法十方三世一切賢聖見前大德僧皇帝某諱菩薩睿哲聰明廣淵齊聖心若虛空照窮般若發弘大誓荷負衆生神道會昌膺茲景業百王既季運屬艱難五嶽維塵六軍日動劬勞在念有切皇心既而深悟苦空極信無我寶臺華柱本非實録賊城樓櫓苦具茲多遂坐道場靜居禪室堅固善本具足檀那石壁山河珍車象馬頭目髓腦妻子國城鑾輅龍章翠帳玉机福德所感威惠所及莫不肅然大捨供養三尊便欲拂衣崆峒高步六合到林間而宴坐與釋種而同遊紫微虛宮黄屋曠位上靈聳動厚土怔惶弟子等身纏愛惑業構煩惱天生烝民樹以司牧惵惵黔首非后罔戴豈容至尊居萬乘

而伸獨往之情應在帝王而爲布衣之事且蠻夷猾夏寇賊姦宄燧人警職日照甘泉之火四郊多壘未肆樓船之威若使七聖遂迷窅然汾水之上八駿沃若方在瑤池之濵則天下何依群臣莫奉宗社廟堂有廢弃則弟子不勝狼狽之切謹捨如干錢如干物仰覲三寶大衆奉贖皇帝及諸王所捨悉還本位伏願十方三寶見前大德僧以慈悲力用無礙心坐道放光顯揚宣說歡喜和合趣然降許當使皇帝埿雲望日之姿與南山等固乃神乃聖之德與北極同尊中宮后妃之星金禎王幹之戚窮積善之慶盡萬歲之懽玉鑾迴鑣金門洞啓百辟翹首搢紳並列願塵勞與雲沴俱銷億兆與天地同泰慊慊丹愚敢以死請弟子其和南

梁高祖摩訶般若懺文

菩薩戒弟子皇帝稽首和南十方諸佛及無量尊法一切賢聖觀夫常樂我淨蓋眞常之妙本無常苦空乃世相之累法而苦樂殊見分別之路與眞俗異名計著之情反顛倒我人之所彌見愚癡取捨有無之間轉成專附豈知妙道無相至理絶言實法唯一眞如不二諸佛以慈悲之力開方便之門教之以遣蕩示之以冥滅百非俱棄四句皆亡然後無復塵勞解脱清淨但般若之說唯有五時而智慧之旨終歸一趣莫非第一義諦悉是無上法門弟子頗學空無深知虛假王領四海不以萬乘爲尊攝受兆民彌覺萬幾成累每時不顯嗟三有之洞然終日乾乾歎四生之俱溺常願以智慧燈照朗世間般若舟航濟

渡凡識今謹於其處建如干僧如干日大品懺現前大衆至心敬禮慧命須菩提願諸衆生離染著相迴向法喜安住禪悦同到香城共見寶臺般若識諸法之無相見自性之恒空無生法忍自然具足稽首敬禮常住三寶

梁武帝金剛般若懺文

菩薩戒弟子皇帝稽首和南十方諸佛無量尊法一切賢聖如來以四十年中所說般若本末次第略有五時大品小品枝條分散仁王天王宗源泒别金剛道行隨義制名須眞法才以人標題雖復前說後說應現不同至理至言其歸一揆莫非無相妙法悉是智慧深經以有取之既爲殊失就無求也彌見深乖義異去來道非内外遣之又遣之不能得其眞空之以空之未足明其妙眞俗同棄本迹俱冥得之於心然後爲法是以無言童子妙得不言之妙不說菩薩深見無說之深弟子習學空無修行智慧早窮尊道克已行法方欲以家刑國自近及遠一念之善千里斯應一心之力萬國皆歡恒沙衆生皆爲法侣微塵世界悉是道場今謹於其處建如干僧如干日金剛般若懺見前大衆至心敬禮釋迦牟尼佛金剛般若禮長老須菩提願諸佛菩薩以般若因縁同時集會哀憐萬品護念群生引入慧流同歸佛海得金剛之妙寶見金牒之深經頂戴奉持終不捨離速得已利盡諸有結心行自在無復塵勞稽首敬禮常住三寶

陳宣帝勝天王般若懺文

菩薩戒弟子皇帝稽首十方諸佛無量尊法

一切賢聖自鶴林滅迹鷲嶺凝神瓶寫總持遺文不墜傳燈流布法輪踰廣方軌弘宣旣昭著於西域分鑣顯說亦漸移於東土而周朝徵應止見夜明漢帝感通不過宵夢香象所載虎觀寂而未聞龍宮所藏麟閣闕其無取山海爲隔傳授蓋微華夷不同翻譯何幾天王所問止得經名金剛之經纔見一品歷魏啓而未備經宋齊而恒闕我皇帝承家建國光前絕後道格天地通被幽微大啓慈悲廣開智慧施造化以仁壽濟蒼生於解脫異世界而承風殊剎土而響應眞人間出法寶傳通粵以天嘉六年外國王子月婆首那來遊匡嶺慧解深妙靡測聖凡奉持勝天王般若經一部於彼翻譯表獻京師某校彼前名冥合符契總三乘之通教貫六度之淵海如開暗室以照優曇十方衆生若貧人之獲寶四部弟子等力士之得珠金牒寶印始茲辰而一啓智慧實法洎爾時而方具故知如來付囑必俟仁王般若與隆期於聖運弟子纂承洪緒思弘大業願此法門遍諸幽顯今謹於某處建如干僧如干日勝天王般若懺見前大衆至心敬禮本師釋迦如來禮般若波羅蜜禮勝天王願一切衆生勤求般若不避寒暑如薩陀波崙不愛身命如精進力菩薩得般若之性相與般若而相應攝諸萬有住安隱地含靈有識悉獲歸依稽首敬禮常住三寶

陳文帝妙法蓮華經懺文

菩薩戒弟子皇帝稽首和南十方諸佛無量尊法一切賢聖竊以前佛後佛種種因緣已

說當說各各方便莫非真語悉爲妙法理無二極起必同歸但因業因心稟萬類之識隨見隨著異群生之相品位分淺深覺悟有遲速法雨一味得之者參差法雷一音聞之者差別是以小乘頓教由此各名聲聞菩薩因斯分路至如鹿苑初說羊車小乘灰斷涅槃分段解脫以諸佛之善巧會衆庶之根機是曰半字未稱三點及夫會三歸一反本還源說大乘經名無量義滅化城於中路駕寶車於四衢衣裏明珠隱而還見髻中真寶於焉始得出寶塔於虛空踊菩薩於大地見希有事證微妙法最勝最尊難逢難值弟子以因地凡夫屬符負荷方欲憲章古昔用拯黎元竊以羲皇結網深失大慈成湯解羅猶非妙善揚旌丹水異道樹而降魔執玉塗山非實坊之大集所以憑心七覺繫念四勤住菩薩乘顯無三之教學如來行開不二之門汲引群迷導示衆惑今謹於其處建如干僧如干日法華懺見前大衆至心敬禮釋迦如來多寶世尊禮妙法華大乘經典禮普賢菩薩妙光法師願多寶如來從地涌出普賢菩薩乘象空來並入道場證明功德擊大法鼓轉妙法輪震動世間覺悟凡品令使盡空法界無復聲聞無邊衆生皆爲菩薩總持性相同到無生稽首敬禮常住三寶

陳文帝金光明懺文

菩薩戒弟子皇帝稽首和南十方諸佛無量尊法一切賢聖尋夫靈鷲山間自有常住之相白鶴林處本無變易之法故知真解脫者誰辯去來實智慧者非有生滅而顛倒迷愚

不曉三點之理無明覆蔽空有八十之疑於是四佛世尊百千菩薩俱會信相之室顯説釋迦之壽明稱歎之妙偈出懺悔之法音是曰經王微妙第一以種智爲根本以功德爲莊嚴能照諸天宫殿能與衆生快樂能銷變異惡星能除穀貴饑饉能遣怖畏能滅憂惱能却怨敵能愈疾病如法修行功德巳甚弟子以兹寡昧纂承洪業常恐王領之宜不符正論御世之道有乖天律庶績未康黎民弗乂方願歸依三寶憑藉冥空護念衆生扶助國土今謹於某處建若干僧如千日金光明懺見前大衆至心敬禮釋迦如來四佛世尊金光明經信相菩薩願諸菩薩久住世間諸天善神不離土境方便利益增廣福田映慈悲雲開智慧日作眼目導爲依止所成就菩提之道場安住不動之境國稽首敬禮常住三寶

陳文帝大通方廣懺文

菩薩戒弟子稽首和南十方三寶竊以諸佛刹土不可言説如來稱號無有限量或過去見在共取頗羅之姓或同時異世俱有釋迦之名或明王十億或然燈三萬去來三界遍滿十方聞名者離塵受持者得道其爲功德難用思議釋迦如來以無礙力遊娑羅之淨道止吉祥之福地寶池化生金花自踊説大通方廣出三寶名號譬如六天總歸一乘弟子用慈悲之心修平等之業常以萬邦有罪責自一人四生未安理爲重任所以熏修在巳日夜忘勞精進爲心夜分未息菩薩行處皆願受持諸佛法門悉令如説欲使普天率

土無復怖畏之塵蠕動蜎飛永得歸依之地今謹依經教於其處建如干僧如干日行方廣懺悔讀誦百遍右遶七帀塗香末香盡莊嚴之相正念正觀罄精懇之心見前大衆至心敬禮本師釋迦如來禮方廣經中所說三寶名字願諸佛菩薩尋聲赴響放淨光明照諸暗濁施清涼水滅玆渴愛登六度舟入三昧海總萬有而會眞如齊三界而登實法稽首敬禮常住三寶

陳文帝虛空藏菩薩懺文

竊以菩薩之於衆生是大依止觀察性相隨機濟拔一人未度不證道果往古今來行願如一而虛空藏菩薩最爲勝上爲衆中之幢王爲大明之尊主具諸佛之智慧得如來之祕密至因夢見形隨緣示相一聞稱號水火不能焚溺一心稱名刀杖不能傷害壽命財產之願念而必諧色聲味觸之須求而皆遂身心疾惱憐愍療治牢獄怖畏方便解釋此蓋隨從世法安樂衆生及夫動神變相去香集之境放淨光明來閻浮之界入三昧定除煩惱熱說陀羅尼破惡業障五濁惡世一時清涼五根本罪並皆解脫此則開世間之眼示涅槃之路弟子承如來之教稟諸佛之慈國被菩薩之功家行大士之業方願十方剎土悉有一乘十方衆生皆修十地今謹於其處建如干僧如干日虛空藏菩薩懺見前大衆至心敬禮本師釋迦文佛禮勝花敷藏如來禮陀羅尼神呪禮虛空藏菩薩願虛空藏菩薩尋聲應赴現神通力開智慧光以種種身遊諸國土度脫衆生不乖誓願稽首敬禮

常住三寶

陳文帝方等陀羅尼齋懺文

竊以三世諸佛以誓願因縁十方如來以智慧方便縱無礙之辯開無盡之門法流派别宗源無限法本分散枝條不極非直摩訶般若獨有八萬四千至於陀羅尼門亦有九十二億處處宣說種種名稱功德無量威神不測至如婆藪之拔地獄波旬之發菩提花聚之獲神通雷音之脱掩蔽莫不因斯章句承兹業力亦有四部弟子十方衆生聞一句而發心聽一說而悟道故知一切諸法無非真妙弟子側身修行所學者菩提旰食夙興所行者濟度一心之力攝取衆生一念之頃遍諸法相如來種智皆願總持諸佛功德悉欲流布今謹於法典本之經教見前大衆至心敬禮釋迦牟尼佛禮陀羅尼章句禮雷音比丘禮華聚菩薩願承此功德調伏衆生滅三毒心破十惡業四百之煩惱自然清淨八萬四千塵勞一時解脱得神呪之力具法印之善入陀羅尼門觀諸佛境界頓銷獄火永盡無餘稽首敬禮常住三寶

陳文帝藥師齋懺文

竊以諸行無常悉爲累法萬有顛倒皆成苦本熱燄鏡像知變易之不停漂草爨茅見生滅之奔迅隨業風而入苦海逐報障而趣幽塗去來三界未見可安之所輪迴五道終無暫息之期藥師如來有大誓願接引萬物救護衆生導諸有之百川歸法海之一味亦能施與花林隨從世俗使得安樂令無怖畏至如八難九横五濁三災水火盜賊疾疫饑饉

怨家債主王法縣官憑陵之勢萬端虔劉之法千變悉能轉禍爲福改危成安復有求富貴須禄位延壽命多子息生民之大欲世間之切要莫不隨心應念自然滿足故知諸佛方便事絶思量弟子司牧寡方庶績未乂方憑藥師本願成就衆生今謹依經教於某處建如千僧如千日藥師齋懺現前大衆至心敬禮本師釋迦如來禮藥師如來慈悲廣覆不乖本願不棄世間興四等雲降六度雨滅生死火除煩惱箭十方世界若輪燈而明朗七百鬼神尋結縷而應赴障逐香然災無復有命隨旛續漸登常住遊甚深之法性入無等之正覺行願圓滿如藥師如來

陳文帝娑羅齋懺文

尋夫眞解脱者本自不生實智慧者今亦無滅故知鶴林變色非變易之文鷲山常在實常住之法但世界不一應赴所以不窮衆生無邊方便所以無際隨念隨著種種法門因業因心各各示見或八十小劫端坐之相未移方八十年無餘之機已及熈連河側晨朝之色忽明娑羅樹間中夜之聲便寂最後功德是曰茲辰弟子有緣閻浮囑當重任愍群生之顛倒嗟庶類之愚迷常願造六度之舟濟之於彼岸駕一乘之御驅之於中道今謹於太極殿設無礙大會百僧一夕娑羅大齋願法雨法雲清涼三界之火慧燈慧炬照朗百年之室常住二字人天共聞伊字三點凡聖並悟無勞迦葉之問不待須跋之疑一切種智而爲根本無量功德以自莊嚴意樹開解脱之花身田含定慧之水居處吉祥之地

枕藉福德之場與二氣而俱貞隨四時而納祐日月天子照合璧於大千星辰宫殿散連珠於百億慈悲輕雨與祥風而並飛菩提寶雲共飛煙而合彩六合四海無復塵勞六道四生俱蒙清淨

無礙會捨身懺文

陳文帝爲皇太后大捨寶位竊覩雅誥典義皇王興在予之言禮經令典聖人揚罪已之說故亡身濟物仁者之恒心克已利人君子之常德況復菩薩大士法本行處應赴三界攝受四生運無量之四心修平等之六度國城妻子僶俛哀荒承祖宗之大業扶曳喘息當天下之重任黎民弗乂庶績未凞御朽履冰無忘兢業又以世相泡影有爲露電愛河奔迅欲海飛騰禀識同焚含靈共溺垂瑱憑玉還覺萬乘非尊當宁負扆翻以萬機成累夕惕若厲思弘汲引每旦丕顯奉爲七廟聖靈奉爲皇太后聖御奉爲天龍鬼神幽冥空有三界四生五道六趣若色若想若怨若親若非怨親遍虚空滿法界窮過去盡未來無量名識一切種類平等大捨弟子自身及乘輿法服五服鑾輅六冕龍章玉几玄裘金輪紺馬珠交纓絡寶飾莊嚴給用之所資待生平之所玩好並而檀那咸施三寶令謹於前殿設無礙大會奉行所願并諸功德具列于前願諸菩薩冥空幽顯俱到證明開智慧日映慈悲雲樹寶幢於大千擊法鼓於百億震動世界覺悟群生放三昧之淨光流一味之法雨引愚癡於火穽拔煩惱於棘林出輪轉河到無生岸

廣弘明集卷第二十八下

音釋

謦欬謦棄挺切欬口溉切逆氣也小口聲大曰欬 躧所綺切曳履行也 臛黑各切肉羹也 鴇補抱切鳥也 䐿於告切鳥胃也 煦吁句切氣以溫之也 爚弋約切爇也 嗛苦簟切銜也 剿子小切絕也 噆作答切 殲將廉切盡也 怔之成切懼也 惵徒頰切恐懼也 沴郎計切陰陽氣亂也 慊苦簟切不滿也 閴苦昊切靜也 瑱陟刃切玉充耳也 宁直呂切門屏之間也

廣弘明集卷第二十九上

唐　釋　道宣　撰

統歸篇序

廣弘明者言其弘護法網開明於有識也自上九篇隨時布現籌度理路其緣頗悉然於志之所之未備詳覩如不陳列頌聲何寄故次編之殷鑒遐邇且法王御寓歌頌厥初梵王天王聲聞菩薩咸資偈讚用暢幽誠無經不有彰于視聽東夏王臣斯途不惑擬倫帝德國美無不稱焉所以寫送性情統歸總亂在于斯矣然晉宋已來諸集數百餘家信重佛門俱陳聲略至於捃拾百無一存且列數條用塵博觀

統歸篇第十上

淨業賦并序

梁高祖武皇帝

少愛山水有懷丘壑身羈俗羅不獲遂志舛獨往之行乖任縱之心因爾登庸以從王事屬時多故世路屯蹇有事戎旅略無寧歲上政昏虐下豎姦亂君子道消小人道長御刀應勑梅蟲兒茹法珍俞靈韻豐勇之如是等

多韋誌公所謂亂戴頭者也誌公者是沙門寶誌形服不定示見無方于時群小疑其神異乃羈之華林外閣公亦怒而言曰亂戴頭亂戴頭各執權軸人出號令威福自由生殺在口忠良被屠馘之害功臣受無辜之誅服色齊同分頭各驅皆稱帝主人云尊極用其詭詐疑亂衆心出入盤遊無忘昏曉屏除京邑不脫日夜屬纊者絕氣道傍子不遑哭臨月者行產路側毋不及抱百姓懍懍如崩厥角長沙宣武王有大功於國禮報無報酷害奄及至於弟姪亦罹其禍遂復遣桓神與杜伯符等六七輕使以至雍州就諸軍帥欲見謀害衆心不與故事無成後遣劉山陽灼然見取壯士貔虎器甲精銳君親無校便欲束身待戮此之橫暴出自群小畏壓溺三不弔

況復茲豎乎若默然就死爲天下笑俄而山陽至荊州爲蕭頴胄所執即遣馬驛傳道至雍州乃赫然大號建牙豎旗四方同心如響應聲以齊永元二年正月發自襄陽義勇如雲舳艫翳漢竟陵太守曹宗馬軍主殷昌等各領騎步夾岸迎候波浪逆流亦四十里至朕所乘舫乃止有雙白魚跳入艄前義等孟津事符冥應雲動天行雷震風馳郢城剋定江州降欵姑孰甲冑望風退散新亭李居士稽首歸降獨夫既除蒼生甦息便欲歸志園林任情草澤下逼民心上畏天命事不獲巳遂膺大寶如臨深淵如履薄冰猶欲避位以俟能者若其遜讓必復魚潰非直身死名辱亦負累幽顯乃作賦曰日夜常思惟循環亦巳窮終之或得離離之必不終負扆臨朝冕

旒四海昧旦乾乾夕惕若厲朽索御六馬方此非譬世論者以朕方之湯武然朕不得以比湯武湯武亦不得以比朕湯武是聖人朕是凡人此不得以比湯武但湯武君臣義未絶而有南巢白旗之事朕君臣義已絶然後掃定獨夫爲天下除患以是二途故不得相比朕布衣之時唯知禮義不知信向烹宰衆生以接賓客隨物肉食不識菜味及至南面富有天下遠方珍羞貢獻相繼海内異食莫不必至方丈滿前百味盈俎乃方食輟筯對案流泣恨不得以及溫清朝夕供養何心獨甘此膳因爾蔬食不噉魚肉雖自内行不使外知至於禮宴群臣餚膳按常菜食味習體過黄羸朝中班班始有知者謝朏孔彦頴等屢勸解素乃是忠至未達朕心朕又自念有天下本非宿志杜恕有云刳心擲地數片肉耳所賴明達君子亮其本心誰知我不貪天下唯當行人所不能行者令天下有以知我心復斷房室不與嬪侍同屋而處四十餘年矣于時四體小惡問上省師劉澄之姚菩提疾候所以劉澄之云澄之知是飲食過所致答劉澄之云我是布衣甘肥恣口劉澄之云官昔日食那得及今日食姚菩提含笑搖頭云唯菩提知官房室過多所以致爾于時久不食魚肉亦斷房室以其智非和緩術無扁華黙然不言不復詰問猶令爲治劉澄之處酒姚菩提處丸服之病逾增甚以其無所知故不復服因爾有疾常自爲方不服醫藥亦四十餘年矣本非精進既不食衆生無復殺害障既不御内無復欲惡障除此二障意識

稍明内外經書讀便解悟從是已來始知歸向禮云人生而静天之性也感物而動性之欲也有動則心垢有静則心淨外動既止内心亦明始自覺悟患累無所由生也乃作淨業賦云爾

觀人生之天性抱妙氣而清静感外物以動欲心攀縁而成眚過恒發於外塵累必由於前境若空谷之應聲似遊形之有影懷貪心而不猒縱内意而自騁目隨色而變易眼逐貌而轉移觀五色之玄黄翫七寶之陸離著華麗之窈窕耽冶容之逶迤在寢興而不捨亦日夜而忘疲如英媒之在摘若駿馬之帶羈類白日之麗天乃歷年之不虧觀耳識之愛聲亦如飛鳥之歸林既流連於絲竹亦繁會於五音經昏明而不絶歷四時而相尋或亂情而惑慮亦惛耳而堙心至如香氣馞起觸鼻發識婉娩追隨氤氲無極蘭麝夾飛如鳥二翼若渴飲毒如寒披裘舌之嗜味衆塵無有大苦鹹酸莫不甘口噉食衆生虐及飛走唯日不足長夜飲酒悖亂明行罔慮幽咎身之受觸以自安怡美目清揚巧笑蛾眉細腰纖手弱骨豐肌附身芳潔觸體如脂狂心迷惑倒想自欺至如意識攀縁亂念無邊靡懷善想皆起惡筌如是六塵同障善道方紫奪朱如風靡草抱惑而生與之偕老隨逐無明莫非煩惱輪迴火宅沉溺苦海長夜執固終不能改迍亢相隨災異互起内懷邪信外縱淫祀排虚枉命蹠實横死妄生神祐以招福祉前輪折軸後車覆軌殃國禍家亡身絶祀初不内訟責躬反已皇天無親唯與善人

外清眼境內淨心塵不與不取不愛不嗔如王有潤如竹有筠如芙蓉之在池若芳蘭之生春淤泥不能汙其體重昏不能覆其真霧露集而珠流光風動而生芬爲善多而歲積明行動而日新常與德而相隨恒與道而爲隣見淨業之愛果以不殺而爲因離欲惡而自修故無障於精神患累已除障礙亦淨如久澄水如新磨鏡外照多像內見衆病既除客塵反還自性三途長乖八難永滅止善既修行善無缺清淨一道無有異轍唯有哲人乃能披襟如石投水莫逆於心心清冷其若冰志皎潔其如雪在欲結其既除懷憂畏其亦滅與恩愛而長違顧生死而永別覽當今之逸少想後來之英童懷荆玉而未剖藏神器而存躬修聖行其不已信善積而無窮永劫揚其美名萬代流於清風豈伏強而稱勇乃道勝而爲雄

孝思賦太常卿劉之遴注文多不載

梁高祖武皇帝

想緣情生情緣想起物類相感故其然也每讀孝子傳未嘗不終軸輟書悲恨拊心嗚咽年未髫齓內失所恃餘喘竛竮妳媪相長齒過弱冠外失所怙限職荆蠻致闕晨昏江途遼夐家無指信髣髴行路先君體有不安書則輟食夜則廢寢方寸煩亂容身無所便投刺解職以遵歸路于時齊隋郡王子隆鎮撫陝西頻煩信命令停一夕明當早出江津送別心慮迫切不獲承命止得小船望星就路夜冒風浪不遑寧處途次定陵船又損壞于時門賓周仲連爲鵲頭戍主借得一舸奔波

兼行屢經危險僅而獲濟及至戾止已無逮及五內屠裂肝心破碎便欲歸身山下畢志墳陵長兄哀愍未許獨行續有北問狡虜冦邊朝廷以先君遺愛結民咸思在昔故舊部曲猶有數千武慶宗將領留防彼鎮時便有旨使扞壽春王事靡盬辭不獲免刺史崔慧景志懷翻覆遠招逋逃多聚姦俠大猾凶醜莫不雲集至如彭盆韓元孫等不可稱數倍道電邁奄至淮淝凶徒疑駭相引離散臺軍主徐玄慶房伯玉等欲襲取慧景乃固禁之方得止息是歲齊明作相疑論未決密馳表䟽勸徵慧景折簡而召必不違拒即重遣還以安其心姦渠既出緣邊無虞旬朔之間慧景反鎮即便解甲以歸京師因爾驅馳不獲停息數鍾百六時會雲雷撥亂反正遂膺四海念子路見於孔丘曰由事二親之時常食藜藿之食爲親負米百里之外親沒之後南遊於楚從車百乘積粟萬鍾累茵而坐列鼎而食願食藜藿之食爲親負米不可復得每感斯言雖存若亡父母之恩云何可報慈如河海孝若涓塵今日爲天下主而不及供養譬猶荒年而有七寶飢不可食寒不可衣永慕長號何解悲思乃於鍾山下建大愛敬寺於青溪側造大智度寺以表罔極之情達追遠之心不能遺蓼莪之哀復於宮內起至敬殿竭工匠之巧盡世俗之奇水石同流芳樹雜沓限以國事亦復不能得朝夕侍食唯有朔望親奉饋奠雖復得薦珍羞而無所瞻仰內心崩潰如焚如灼情切於衷事形於言乃作孝思賦云爾

感四氣之變易見萬物之化成受天和而異命禀地德而齊榮察蟭螟於蚊睫觀鯤鵬於北溟彼含識而異見同有色而殊形雖萬類之衆多獨在人而最靈禮義别於飛走言語異於鸚猩念過隙之倏忽悲逝川之不停踐霜露而悽愴懷燧穀而涕零掩此哀而不去亦靡日而弗思仰由念枯魚而永慕丘吾感風樹而長悲雖一至而捨生奉二親而何期思因情生情因思起導情源以流澍引思心而無已旣懷憂以終身亦銜恤而沒齒常閑居以永念獨拊膺而自傷徒升岵而靡瞻空陟屺其何望涕縱橫以交流血沸涌而沾裳覽地義以自然懼滅性之乖方仰太極以長懷乃告哀於昊蒼冀皇天之有感何報施之茫茫曉百碎於魏闕夜萬斷於中腸心與心而相續思與思而未央晨孤立而縈結夕獨處而徊徨氣塞哀其似噎念積心其若狂至如獻歲發暉春日載陽木散百華草列衆芳封樂時而無歡乃觸目而感傷朱明啓節白日朝臨木低甘果樹接清陰不娛悅於懷抱但罔極而纏心蒹葭蒼蒼白露爲霜涼氣入衣淒風動裳心無迫而自切情不觸而獨傷若乃寒冰巳結寒條巳折林飛黄落山積白雪旅鴈鳴而哀哀朔風鼓而飂飂目觸事而破碎心隨感而斷絶無一息而緩念與四時而長切年揮忽而莫反時瞬睒其如電想慈顔之在昔哀不可而重見痛生育之靡答顧報復而無片悲與恨其俱與涕雜血其如霰鷉青春而差池鴻素秋而翱翔去來候於節物飛鳴應於陰陽何在我而不爾與二氣而

乖張常茹酷而輪迴歷日夜而不忘既視丹而成緑亦見白而爲黄擾性情以翻覆汨神慮而迷荒想鳴鶴而魂斷聽孤鷄而心死慟終天而無怙號畢世而靡恃覩休屠之日磾豈教義之所及見甘泉之畫像每下拜而垂泣忽心動而不安遽入侍於帝室值何羅之作難乃捨之以投瑟趁王臣之稱首冠誠勇而無匹士行已之多方見石他之有權身雖死而名揚乃忠孝而兩全顧丁蘭其何人家河内之野王時舞象而方及始成童而親亡刻木毋以供事常朝夕而在傍劉鎮就養而不暇常遠汲而力寡苦節感於幽靈醴泉生於竈下顧長沙之臨湘有古初之道始時父没而未葬遇隣火之卒起乃伏棺而長號雨暴至而火死又何琦其亦然獨柩屋而全止至如王祥黄雀入帳隗通横石特起感彦之開毋目邢渠之生父齒覽斯事而衆多亦難得而具紀靈虵銜珠以酬德慈烏反哺以報親在蟲鳥其尚爾況三才之令人治本歸於三大生民窮於五孝置天地而德盈横四海而不撓履斯道而不行吁孔門其何教

遊七山寺賦

梁宣帝

此山川之寥廓時天高而氣靜路閑曠而清華地幽栖而特挺窮浙右之標絶極宇中之勝境承興序而陟涉聊盤桓而騰驍盡登臨之雅致悦諠囂之蹔屏因茲連鑣結駟並幔方舟萬騎齊列千檝爭浮皆東南之俊異並禹穴之琳球差池集侶容與儔儔巷無服馬路寡遺輈窮周章而歷覽盡娛翫而遨遊爾

乃傍林横出輕舠上泝歷秦王之舊陌縁越地之昔路望塗山而斜繞逕南湖而迴渡連天台之華嶺引若耶之長注乍汎瀁而瞻望或陵峯而一顧於是歷樂林而南上升法華而望西有磕磕之奔澗復亹亹之長溪既皎絜而如鏡且見底而無泥塗嶮峭而巉絶路登陟而如梯既攀藤而挽葛亦資伴而相提窮羊腸之詰屈極馬嶺之高低霧昏昏而漫漫風颸颸而凄凄瞻洪川其如帶望巨海其如珪執玉帛於兹地會諸侯而赴稽想跳柯之茂葉憶大骨之昏迷傳盛美於斯嶽播遺範於氓黎既迺瞰往賢之舊跡美高尚之餘風踐逹草之蕪没撥蓁莽之彌蒙名嶽峩而峙立峻谷杳而虛沖春林漂而皆碧秋沼淨其如空既連綿而相接兼隱軫而無窮信英奇之攸止實翔集之所崇傍高巒而建刹亦帶壠而成宫神靈更其肸蠁仙聖互其交通巖雰霏而起霧樹布濩而抽叢嘉卉生其前後善草植其西東瞻朱扉之赫奕望寶殿之玲瓏擬大林之精舍等重閣之講堂既爽塏之禪宇亦顯敞之華房跨曲澗而爲室繞紆岊而修牆夕雲生於窻牖朝日照於簷梁諒隟曲而成麗蓋照景而生光流清梵之宛轉響桴磬之鏗鏘構造精密華麗無方清流四繞吐溜悠長邐迤闈閣峻絶堦隍水碓併於金谷飛樓似於建章其徒衆則乍遊乍處或賢或聖並有志於頭陀俱勤心於苦行競假寐而誦習咸夙興而虔敬識苦空之迅流惜朝陰之奔競潛深窟而學六通隱閑蕪而修入正或燒體而爲功或灰身而入定熏名香

之氛氳或飛錫而相映或振塵而高談或閑居而坐聽禪衆疑於漆木智士同於懸鏡既釋教之興華乃法輪之宣咸寺既憑山而構造山亦因寺而有七蓋靈瑞之所臻亦奇士之所出產龍劒之遺溪遊鹿杌之餘術謝鳳來而容與鄭風反而蕭颸既清澗之漣漪亦飛流之涌溢奇樹蓊而成林珍果榮而非一植山海之雙榴種丹盧之兩橘梅華皎而似霜黃甘壯其如日或曄曄而夏開也離離而冬實山多寶玩地出瓊珍金玉生其陽琰石出其陰神簣岧岧而獨立仙的皎皎而孤臨孰知歲之豐儉覩玄白而皆諶刻石記於嬴德披圖悟於禹心懸崖百仞擢榦千尋岩嶤兮闊達嵺峗兮嶔崟樹脩聳而巖峻泉流激而水深仰瞻增其隱隱側眺覩其沉沉眇然兮無際邈爾兮無邊遠山崔嵬而間出近樹蘢蓯而相牽巖將穨而未墮峯入漢而猶懸望蟬聯而蔽日視慌恍而連天有石帆之異狀擬瀑布之飛泉實逢巖而聚霧乃觸石而成煙既嵯峩而蔭映亦嶤岏而芊綿既遠控於江海兼近接於村田反瞰城邑傍眺市鄽稱神州之鎮嶺實天下之名川至若蓬萊遊於聖迹巫岫表於神仙衡陽聞於夏貢嵩嶽重於周篇曾何比麗詎此同妍復有標奇神井萬載澄渟汲之不竭添之不盈雖頻撓而不濁徒屢攪而終清涉隆冬而溫燠經歊暑而泠泠異成都之飛火寧疎勒之表誠匹醴泉之蠲疾同淄水之鑒形亦有孤潭道士焦里夫人獨居味道寂絕朋賓餐霞永日靜坐千春衢無行迹路產荆榛既勤劬而向道亦

蕭灑而忘塵或逍遙而諷詠或擁膝而長吟同董生之垂帷學梁子之明箴將松喬而共侶與嚴衞而相親其林藪彌密羽族爭歸猨連臂而下飲鳥比翼而群飛鴻鵠集而相映白鷳皛而生輝拂霜毛之奕奕鼓素翮之霏霏兼有奇禽猛獸偃息溪圻虎懷仁而不害熊隱木而生肥巨象數仞雄虵十圍麀鹿易附狎兔俱依同彭鏗之仙室異海鳥之知機藥卉叢生消痾駐老地出長齡墟多壽考似南山之溪谷匹井中之埋寶送劉五者何殊四皓復有牛膝鷄腸雀頭鷰草甘菊辛夷苦參酸棗紫苑赤箭黃蓍白蒙天門地骨肉芝石腦神農是嘗仙經是造白兔服而通靈鹿皮餌而得道其果則有木瓜木棗楊桃楊梅朱橘冬茂黃薗秋開楂梨並牡柿柰爭瓌枳椇列植而爲藪懸鉤觸草而徘徊林檎侔於萍實甘棠擬於帝臺紅梅蘡薁車李胡頹綠棎冬獻紫芋秋來半夏成圃春就群栽枇杷梨豆椎栗兼該或炫炫之丹實或靡靡之青荄禦疾風而彌艷中嚴霜而不摧既蓊鬱之梧桐亦檀欒之脩竹篠箭亂其形類筋桂異其品族映櫓牖而交加繞房廊而郁毓抽葉蔭於清泉結根攢於幽谷靈木之所自生瑞鳥之所栖宿實散賞之佳地信開心而醒目至如涼秋九月百卉飄零氣淒淒而恒勁風颯颯而常生秋蟬吲於南壠塞鳥吟於北庭蟋蟀哀嘶而遠聞孤猨叫嘯以騰聲鴻鴈嗈嗈而夜響鵾鷄啁哳而悲鳴增逸民之放曠動遊士之滯情咸有志於獨往俱栖心於濯纓信達人之良會蓋可伸其遊矚故孝先往

而成眞慶緒經而離俗憑恠石而爲枕因滄浪而洗足蓋往賢之所同亦先儒之高學余宿昔之心期常有懷於遐邈屢徘徊於閬圃頻留連於名嶽念家國之隆恩緩獨往之遺躅欲抽簪而未從聊寄美於斯曲

宿山寺賦

梁王錫

脂車秣駟薄暮來遊入界道而遼朗息祇樹而淹留惟基構之所處實顯敞而高居延層軒之迢遰屬廣廡之踟躕差纚栭而反宇列緹柱而承隅爾乃陟飛陛於峻岥登步櫚於絶頂既中天而升降亦攀雲而遊騁宇陰陰而怡曠階肅肅而虛靜朗華鍾之妙音曜光燈之清影其房則開窻木末浮柱山叢引含光之澄月納自遠之輕風因明兮目極憑迴兮望通平原兮無際連山兮不窮識生煙於岫裏眄列樹於巖中樹陵危而秀色煙出遠而浮空情迢遙於原野心放曠於簾櫳夜悠悠而何期露瀼瀼而漸落翫一葉之流螢聆九野之鳴鴉盥泉兮藉芳杜入谷兮佩滋蘭靜嘯兮疏煩想獨往兮恣遊盤信一致之易息豈萬物之能干就薄帷而安夜寢適高枕而極星闌

詳玄賦

梁仙城山釋慧命

惟一實之淵曠嗟萬相之繁雜眞俗異而體同凡聖分而道合承師友之遺訓藉經論之垂芳罄塵庸之小識請輿言於大方何群類之蠢蠢處法界之茫茫性窮幽而彌曉理至寂而逾彰既非空而非有又若存而若亡談

祕密於慈氏歎杳冥於伯陽湛一虛而致極總萬有以爲綱雖即事而易迷亦至近而難識非名言之所顯豈情智而能測口欲辯而詞喪心將緣而慮息故雖一音隨類之能三轉任機之力莫不停八正於寂泊之門輟四辯於恬惔之域尋其體也谿乎無際眇乎無窮源乎無始極乎無終解惑以兹齊貫染淨於此俱融該空有而閒寂括宇宙以通同論其用也一而能多靜而能亂挺萬類之殊形吐群情之別觀結五住之盤根起十纏之羈絆隨迷悟而通塞逐昏明而集散四流因之漂蕩六道以之悠漫三賢十聖曖以聯綿二智五眼曄而輝煥渾升沉而共壑泒違順以分岐體無非而不是用無相而不爲若純金不隔於環玔等積水不憚於漣漪故令名用諠雜集起紛馳事若萬軫殊轍理則千輪共規觀無礙於緣起信難思於物性猶寶殿之垂珠若瑤臺之懸鏡彼此異而相入紅紫分而交映法無定於心境人靡隔於凡聖物不滯於自他事莫擁於邪正何巨細之殊越遂參互而容持隣虛含大千之界剎那總三際之時懼斯言之少信借帝網以除疑蓋普眼而能矚豈惑識以知之覿九會之玄文覽萬聖之遺則睠常啼於東市慕善財於南國歷多城而進解訪衆師而遣惑始承命於文殊終歸宗於妙德雖遊形於法界未動足於祇園嘆一王之似虐嗟五熱之非暄握手入和修之舍彈指開阿逸之門聞一音之常韻覩極聖之恒存三九於兹絶聽二七自此亡塊斯甚深之境界亦何易而詳論悼稟識之多

迷慨群生之少慧保一異之四邪執斷常之雙計怖夢虎於長眠翫空華於久翳縈結纏而未解任漂流而莫濟背七覺而逾昏染六慾而方滯何理通而志隔既法是而情非忽呤㟼而獨往久逃逝而亡歸埋寶藏於窮舍匿明珠於弊衣抱一眞而不識縈萬惱以歔欷嗟余既已傷於悟晚且又悲乎命局藉五部之流耀蒙四依之睠録涉講肆以開愚託禪林而遣慾猴著鎻而停躁虵入筒而改曲涉曠海以戒舟曉重幽以慧燭絕諍論於封想息是非於妄情創歛緣於有覺終寂慮於無生顯眞宗之實相達世用之虛名道莫遺於始行暗弗拒於初明擬六賊其方潰冀十軍之可平昏雲聚而還散心河濁而更清性海無增減行月有虧盈疑兔足之致淺懼鴻毛之見輕爲山託於始簣庶崑崙之可成

玄圃園講賦

梁蕭子雲

曰天監之十七屬儲德之方宣惟玉帛之光盛信昌符之在焉於是上照天下漏泉輪囷之氣吐煙日月之景揚員乃聖武之龍飛載爲家於天下思承規於景數遂長發而明社若重光於有周似二英於皇夏方前星而列曜播洪鍾於胤雅去茲永福來即東朝文物是紀聲明是昭發玄章於粉繢靡青綏於翠翹鑾納那而垂藻笳和鳴以承籥載錫其光令聞令望察情幄帳護酋虞庠性與天道言爲珪璋詩史遙集禮易翱翔義華洛水文麗清漳昔七覺之吐華高人天而爲長道西被乎日用法東流而未朗故授神莂於文昌寄

寶舩於明兩異昔談而同世亦千年而影響
闡填填之法雷見慧雲之初爽眞如之軌既
接發揮之功已躡開金泥剖玉牒削柰栗之
簡採羅樹之葉石室靈篇南宮神篋所以一
音不已而待規重矩疊者矣惟至人之講道
必山林之閑曠彼柰園與杏壇深淨名與素
王模清遊之浩瀁擬樂賢之隆壯膺情杳然
是焉供帳乃高談玄圃之苑張樂宣猷之上
觀夫靈圃要妙總禁林之𠮦寥稟華道之三
星躔离宮之六曜寫溟滲沼方華作峭其山
則峛崺狎豸硱磳詛詭坂墀巀嶭夏含霜雪
下則谿壑泓澄虹蝃降升上則青霄丹氣雲
霞鬱蒸金華琳碧燭銀碝石藻玉摛白丹瑕
流赤周以玉樹灌叢紫桂香楓負當舍人桃
枝育蟲妙草的皪靈果垂蔓長卿寒翠簡子

秋紅崖戴雲而吐雨木鳴條而起風中有蘭
渚華池渌流瀺灂激水推移彌望杳溟倒飛
閣之嵯峨漾釣臺而浮迴張翠帷於鴻船泛
羽旂於雀艇鳥則杉鷄鷫質木容錦章戴勝
吐綬鷃鶓鷗香壁䴔紫鷟鸕鷈鴛鴦風鳴日
思高廣浮長内則錢荇菱華菡萏散葩硉矶
巨石瀆漇碧砂離簁比目累綺紅蝦漂青綸
之蓑折蕩碧組之鬖髿銅龜受水而獨涌石
鯨吐浪而戴華所以藉園籞之壯觀將髣像
於毗耶於是清宮廣闢宿設宵張華燈熠燿
火樹散芒斂閃六尺籠叢九光潁若流金之
出沙嶼桀若列宿之動天潢朝曦朗而戒旦
雲依霏而卷簇輕輦西園齊宮北闥文衞濟
濟僧徒肅肅法鼓朗而震音衆香馝而流馥
亦有百獸攱攱彥彥雲車九層芝駕四鹿呉

姬楚艷胡笳燕筑常從名倡戲馬蹋鞠巡少陽渡紫複繞崇賢瞰承禄揚散華之飄颻響清梵於林木燈王歸而贈筵香積來而獻熟似衆聖之乘空若能仁之在目既而俄軒有睟肆筵授几高殿肅而神嚴微言欣而奏理煥嘉語於丹青得親承於音旨智周物而爲心情研幾而畫諦言超超而出象理亹亹而踰繫類炙兩娱心之談未足云晉儲眞假之理豈能逮史臣乃載筆撰功請事其職賦金相玉式世既聞甘露之言民已登仁壽之域矣將奉瑤宫之軼陪雲樓之軾福穰穰委如山長莫長永無極

鹿苑賦

魏高允

啓重基於朔土系軒轅之洪裔武承天以作主熈大明以御世灑靈液以滂沱扇仁風以遐被踵姬文而築苑包山澤以開制植群物以充務躅四民之常税曁我皇之繼統誕天縱之明叡追鹿野之在昔興三轉之高義振幽宗於已永曠千載而可寄於是命匠選工刊茲西嶺注誠端思仰模神影庶眞容之髣髴燿金暉之煥炳即靈崖以構宇竦百尋而直正絙飛梁於浮柱列荷華於綺井圖之以萬形綴之以清永若祇桓之瞪對孰道場之塗逈嗟神功之所建超終古而秀出寔靈祇之協贊故存貞而保吉鑿仙窟以居禪闢重階以通術澄清氣於高軒佇流芳於王室茂華樹以芬敷涌醴泉之洋溢祈龍宫以降雨侔膏液於星畢若乃研道之倫行業貞簡慕德懷風杖策來踐守應眞之重禁味三藏之

淵典或步林以經行或寂坐而端宴會衆善以並臻排五難而俱遣道欲隱而彌彰名欲毀而逾顯伊皇興之所幸每垂心於華囿樂在茲之閑敞作離宮以營築固爽塏以崇居枕平原之高陸恬仁智之所懷眷山水以肆目玩藻林以遊思絕鷹犬之馳逐眷耆年以廣德縱生生以延福慧愛內隆金聲外發功濟普天善不自伐尚諸賢以問道詢芻蕘以補闕盡敬恭於靈寺遵晦望而致謁奉請戒以畢日兼六時而宵月何精誠之至到良九刧之可越資聖王之遠圖豈循常以明教希縉雲之上升羨頂生之高蹈思離塵以邁俗涉玄門之幽奧禪儲宮以正位受太上之尊號既存亡而御有亦執靜以鎮躁覩天規於今日尋先哲之遺誥悟二乾之重蔭審明离之並照下寧濟於兆民上兙光於七廟一萬國以從風總群生而爲導正南面以無爲永措心於仲妙夫道化之難期幸微躬之遭遇逢扶桑之初開遘長夜之始曙顧衰年以懷傷惟負忝以危懼敢布心以陳誠効鄙言以自著

大乘賦 并序

魏李顒

大乘者蓋如來之道場也故緣覺聲聞謂之小乘言法駕之通馳如舟車之致遠也夫合抱興於毫末九層作於累土從淺以高大理妙在於不有迹麤由乎不無舉有以希無則無無以暢忘無以統有則有有以通無無以暢則乘斯小矣有有以通則乘斯大矣夫總福祐之會者莫尚於法身宣一切之知者莫

貴乎如來故神禀靈照以觀三達之權思周深妙以入四持之門知色之空任而不敗起滅無崖終始無際形寄於宇宙之中而心包乎二象之外目察於芥子之細而識鑒乎須彌之大美哉淵乎其源固不量也嗟嘆不足遂作賦曰

建大乘之靈駕兮震法鼓之雷音除行蓋之欲疑兮餐微妙以悅心滿覺意之如海兮演般若之淵深平八道之坦蕩兮遊總持之苑林定禪思於三昧兮滅色想於五陰執抵羅之引弓兮操如意之喻琴破衆網之將裂兮剗貪垢而絕淫危泡沫之暫結兮焉巧風之足欽或明行而善逝兮積功勳以迄今收薩云之空義兮運十萬而魔擒開止觀之光燄兮消邪見之沉吟閉必固之垣牆兮同影響之難尋

夢賦

隋釋眞觀

昨夜眠中意識潛通類莊生之覩胡蝶如孔氏之見周公雖夢想之虛僞亦心事而冥同爾乃見一奇賓傲岸驚人無名無姓如鬼如神姿容閑雅服翫光新入門高揖詣席誇陳余乃問曰夫邪不干正惡無亂善清濁異流升沉各踐吾身披法鎧心遊妙典六賊稍降四虵方遣大乘巳駕小魔宜剪君是何人欲來何辯客乃對曰久承名行未遑修敬常深注仰每軫翹詠忽覩光儀良有嘉慶欲伸諮請頗垂高命夫人生假借一期如擲倏虹電之驚天迅白駒之過隙豈不及年時之壯美取生平之歡適或走名驥於長阡或駕飛輪

於廣陌坐西園而召友敞南齋而對客出野外而操琴入閨中而撫石或復合罇促坐傳觴舉白重之以笑歌伸之以燔炙至如學富門昌德重名揚江東獨步日下無雙心為義窟身是智囊貂金仕漢佩玉遊梁高車駟馬桂戶蘭房列燕姬而滿側湊秦女而盈堂聞弦管之寥亮聽絲竹之鏗鏘何則一生之快樂亦千載而流芳豈能栖栖獨處傍無笑語剃髮除鬚違親背主形容憔悴衣裳襤褸既闕田蠶復無商估等碎繒之百結似破襖之千補至如玉露朝團金風夜寒老冉冉而行至歲忽忽而將闌牀空帳冷覆薄眠單絕子孫於後胤罷賔從之來歡欲以斯而為道亦得道之量難余乃聽然含笑略陳心要徐而答曰省來說之矯張遂引誘於邪方欲以井蛙共海鯤而論大爝火與日月而爭光無異鷦鷯之比鵬翼培塿之匹崐崙既昏懵於生死亦耽染於玄黃唯知酣酒嗜慾峻宇彫牆豈識多財之被害寧信懷璧而為殃佳味爽口美食爛腸貪婬致患渴愛成狂人生易盡物理無常朝歌暮哭向在今亡忻歡暫有憂畏延長且世間紛擾竟無閑賞五苦競來百憂爭往妻子翻為桎梏親愛更如羅網私里恒弊巑岏公事徒勞鞅掌榮華有同水沫富貴實如山響然自沉淪倒惑恒懷酸毒不孝不慈無道無德胷襟儱悷心腑讒賊自火憍奢志能苛剋詎識仁義誰論典則無趣損傷非理貪慝見利爭往臨財苟得失位失名亡家亡國命繩溘斷身城倒匐業繫其頭鬼穿其肋冰池向践火山方冐忍痛自知銜悲

誰告爾乃刀林擁聳劔樹嵯峨爐飛猛燄鑊湧驚波稜層鐵網碌礫灰河頭逢鋸解骨被磨摩舉身星散合體滂沲凡諸苦難次第經過一朝鍾此萬恨如何若夫正法弘深妙理難尋非生非滅非色非心浩如滄海鬱似鄧林隨機即赴逐感便臨內宣萬德外啓八音感降醉象影攝驚禽形如滿月色似融金遂令尼揵脫屣梵志抽簪然而出家之爲道也則蕭散優遊無欲無求不臣天子不事王侯似無瑕之璧如不繫之舟聲樂不能動軒冕不能留無爲無欲何懼何憂戒忍雙習禪慧兼修天人師範豪庶依投若夫爲學日益爲道日損損之則道業踰高益之則學功踰遠故形將俗人而永隔心與世情而懸反所服唯是三衣所餐未曾載飯從師則千里命駕慕法則六時精懇濯慮於八解之池怡神於七淨之苑至如道安道昱慧遠慧持赤髭法主青眼律師弘經辯論講易談詩開神悅耳析滯祛疑並皆揚名後代擅步當時或與秦王而共輦乍將晉帝而同輿遂使桓玄再拜而弗暇郗超千斛而無辭爾乃行因已正方享餘慶四梵爭邀六天俱聘封畿顯敞國土華淨寶樹瓊枝金蓮玉柄風含梵響泉流雅詠池皎若銀地平如鏡妙香紛馥名華交映近感樂身遠招常命若夫六度修成十地圓明靈智既湛種覺斯盈寂寥虛豁皎潔澄清非起非作無造無營法眼不闚其色天耳不聽其聲惡言不能加毀美譽無以爲榮質非質礙之質名非名相之名水火衝天而不懼雷霆震地而不驚雙林現滅而不滅王宮示

生而不生既窮天下之至妙誰敢與之抗衡於是前來君子聞斯語已合掌曲躬斂眉彈指蒐飛氣懾神萎志否蹴踖無顏逡巡驚起自陳孤陋未知臧否追用感傷實懷慚恥今日奉教謹從命矣

廣弘明集卷第二十九上

音釋

馘古獲切斷耳也　貙春俱切似貍能捕獸者　舳艫舳仲六切船尾也艫龍都切船頭也　艓音榻大舟也　朏妃尾切　慆他刀切　堙伊眞切塞也　孛蒲没切香香也　否部鄙切閑塞也　蹠之石切足履践也　妳媪妳女蟹切媪烏皓切妳媪乳母也　夐虚政切遠也　盬果五切不堅固也　睫即涉切目旁毛也　休屠休音朽屠陳如切休屠匈奴王號　泝蘇故切逆流也　磕克合切石聲也　䬁以律切大風也　蓁音臻草盛貌　艿而證切草新生也　峊于結切山之陙隅高處也　篢古紅切　嵒魚咸切山也　諶時任切誠諦也　𡾊峗𡾊力每切峗五罪切𡾊峗山高貌　嶔崟嶔音

欽崟音吟嶔崟峻也　巃嵸龍盧東切嵸祖叢切巃嵸山高貌　嵓胡了切明也　圻疑巾切岸也　麀於求切牝鹿也　藲孚陸切茱也子可食　椇俱禹切枳椇木名　蘡薁蘡於盈切薁於六切蘡薁草名　㯃時占切果名似柰而酸者　栭如支切屋枅上標也　緌儒追切冠纓也　窱他弔切深遠也　峛崺峛力紙切崺移尔切峛崺山卑長貌　貏豸貏蒲買切豸宅買切舊音獸名今取山勢高低之貌　硱磳硱丘興切磳助陵切硱磳石貌也　葼子公切木細枝直幹也　濎濘濎的領切濘奴定切　鸀株玉切鸀玉鳥名　鶞式容切鳥名　鸊鷉鸊步覓切鷉天兮切鸊鷉水鳥也　硉矹硉郎兀切矹五忽切硉矹危石也　濆滙濆徒罪切滙徒可切濆滙水往來貌　筑張六切似箏十三弦　絙居鄭切張也　瞪澄應切直視也　巑岏巑徂丸切岏吾官切巑岏山貌　磣初錦切　㦬悷㦬力莖切悷郎計切㦬悷多惡不調也　苛寒歌切煩也　懕惕德切惡也　溘渇合切奄忽也

廣弘明集卷第二十九下

唐 釋 道宣 撰

統歸篇第十之二

梁江淹傷弱子賦

江淹無爲論

元魏懿法師伐魔詔并書檄文及魔答

唐蒲州普救寺沙門行友平心露布文

梁江淹傷弱子賦

江芃字胤卿僕之第二子也生而神俊必爲美器惜哉遘閔涉歲而卒悲至躑躅迺爲此文

惟秋色之顥顥心結縎兮悲起曾憫憐之慘悽痛掌珠之愛子形惸惸而外施心切切而內圯日月可銷兮悼不滅金石可鑠兮念何已緬吾祖之赫羲帝高陽之玄胄惜衰宗之淪沒恐余人之弗構覬三靈之降福訏弱子之擢秀酷柰何兮胤卿那逢天兮不祐爾誕質於青春攝提貞乎孟陬謂比芳於右列望齊英於前修遰高行之美迹弘盛業之清猷白露奄被此百草爾同凋於梧楸憶朱明之在節顧岐嶷之可貴睨鑪帳而多怊瞻户牖而有慰奚在今之寂寞失音容之髣髴姊目中而下泣兄嗟季而飲淚感木石而變哀激左右而隕欷奪懷袖之深愛爾母氏之麗人屑丹泣於下壤傃愍憂於上旻視徃端而擗慄踐遺緒而苦辛就深悼而誰弭歸末命兮何陳我過幸於時私爰守官於江潯悲薄暮而增甚思纁黄而不禁月接日而爲光霞合雲而成陰霧籠籠而帶樹月蒼蒼而架林嗟

柰何兮弱子我百艱兮是尋驗纖帶之夜緩察葆鬢之朝侵惟人生之在世恒歡寡而慼饒雖十紀之空名豈百齡之能要迅朱光之映夜湛白露之凝朝指兹譬而取免排此理以自銷然則生之樂兮親與愛内與外兮長與稚傷弱子之冥冥獨幽泉兮而永閟余無愆於蒼祇亦何怨於厚地信釋氏之靈果歸三世之遠致願同升於淨刹與塵習兮永棄

江淹無爲論并

吾曾迴向正覺歸依福田友人勸吾仕吾志不攺故註無爲論焉

有奕葉公子者聯蟬七代冠冕組望多素紈黼衣繡裳負長劒而耿耿佩鳴玉而鏘鏘時遊稷下或客於梁間英雄而豹變聽利害以龍驤乃動朱履而馳寳馬振玉勒而曜金羈之無爲先生之門問曰先生智德光融嵩華無得以方其峻道義清遠溟海不足以喻其深無學不窺無事不達容儀閑靜言笑温雅至如釋迦三藏之典李君道德之書宣尼六藝之文百氏兼該之術靡不詳其津要而採摭沖玄煥乎若覩於鏡中炳乎若明於掌内余聞天地之大德曰生何以聚人曰財是故老聃以爲柱史莊周以爲園吏東方持戟而不倦尼父執鞭而不恥實萬古之師範一時之高士先生嘉遁卷迹養德不仕乃列子之所待非通天下之至理雖江海以爲榮實搢紳之所鄙先生倏爾笑而應之曰富之與貴誰不欲哉乃運而不通也夫忠孝者國家之急務也申生伍員不得志也懷道抱德玄風之所尚楊雄東方其職未高也其大學者不

過儒墨亦栖栖遑遑多有不遂也子所引之士者情雖欲之志不行也憂喜不移其情故可爲道者也過此已往焉足言哉吾聞大人降迹廣樹慈悲破生死之樊籠登涅槃之彼岸闡三乘以誘物去一相以歸眞有智者不見其去來有心者莫知其終始使得湛然常住永絕殊塗無變無遷長袪百慮恬然養神以安志爲業欲使自天祐之吉無不利舒卷隨取進退自然遁逸無悶幽居永貞亦何榮乎亦何鄙乎子其得之吾何失之塵內方外於是乎著公子恧然而有慚德逡巡而退

伐魔詔

元魏懿法師

慰勞魔書　檄魔文　魔主報檄

破魔露布　平魔赦文

伐魔詔并序

夫生在三界恒爲四魔所嬈沉淪生死遍在六趣若一得人身及聞經法譬見優曇喻值浮孔尋惟聖教實開心目懿身處下流元希彼岸直因生有惡此漏身心去志恭徒然無補略因愚管除剿四魔昔在年幼嘗作破魔露布文雖鄙拙頗爲好事者所傳自遷都之後寓在洛陽忽於故塔之中得此本文時值今國都法師尚在金剛般若寺講勝鬘經輒以呈示法師學涉內外甚好文彩乃更披經卷賜示魔事兼得擬符氏時釋道安檄魔文共尋翫之復竭愚淺修改舊文更作平魔赦重薦法師更無嫌也但安公檄文直推天魔凡爲世患經列有四且天魔權變非浮情所測煩惱陰死爲患寔深輒更起伐魔詔慰勞

文冠之於初是以前後不同文頗繁重冀信心君子兩得行之輒并編安法師檄文爲次合爲一卷

門下僞魔逋誅于茲曠劫鷹跱四山狼顧五道心頑縱毒常懷返噬固守一隅擁隔聲教自大通已降爰曁賢劫雖百王繼踵千聖相尋威懷百塗獎導千計猶不能遏彼邪心息此異見得使貪競相緣瞋癡互舉常結四生終歸六趣眷言斯瘼實用傷懷今原燎方遖浸潤有漸無宜自寬以致顛覆可簡將練卒隨機殛撲勿使蒼生懷予復之歎主者告下時速施行

臣信相等言奉被詔書如右臣聞見機者則承風以先附守迷者必威加而後降是以舜舞干戚有苗自縛於王庭目連援弓則金地相國之日故能斬伏心王塞靜樓觀身被忍鎧手挈浮囊棄所保之貨賄設禪悅之名餚宴彼奇將集此雄勇志有所規則無往不摧心之所向則無思不服四魔區區焉足以規慮哉但今聚結未散事須平蕩輒依分處星言宿駕謹重申聞請可付外施行謹啓

慰勞魔書

告三界五道有識群生等夫曦和迭駕盲者尚迷其光雷霆震響聾者猶惑其聽雖照屬理均而禀受道異致今法音擁於殊聞慈光蔽於異見昏痼相仍長迷永夜劫石有磷此緣無竭故我高祖愍此横流心存拯溺體韞殊光口含異響開宏基於未前廓玄覺於有始故一闡洪猷則巨搏競馳再擇道教則羊鹿服御證無生於胷襟戢寂滅於懷抱但年

德推移心存靜定爰命皇儲紹隆大業先帝藉此洪資纂我前緒積德三大累功塵劫心變冥機遊神赴會身固舟囊淩波拯接出沒任情權旨自在故能超彼九劫降此四天跨據一方威攝萬國八十年中刑措不用但時不我與聖上遷化教迹道殊人懷異念卿等或是日種輪王世跨四域或是月性高良忠貞不貳享三界之名宦保一時之榮禄但爵命難恒時有否泰或因憍慢而喪家或由貪殘而失國故令後胤波流奄然忘返遵彼邪源汎此慾海而使天魔承釁作患於上方煩惱因茲侵淫於下國或縈中陰於未生或馳五衰以告老終疲升降長勤往沒幕府因機傑起英略超群緯文經武體眞練俗承百王之洪規稟萬代之遺則履道居彼龍象扣此

津門方當馳光上下候騎八維總括群邪羅絡萬有籠三界於一身抗百綱於無外摧拔須彌翻波巨海顛倒宇宙迴易日月使人天倒懸水陸燋沸然復塞其必我之心開其子來之路扇清風於塗炭布同愛於無間平蕩三塗攝茲四有威以動之福以綏之蕞爾小醜焉足以語哉卿等既爲所悞沉淪日久宜藉此時機早建良圖夫時難得而易失機尚速而後悔若得時也則福禄競臻如失機也則敗捷爭及故竇融享爵事歸於先覺公孫嬰戮取敗於後機此皆往事之高鑒當今之軌轍且智者處危以謀安愚者臨成以致敗成敗安危在於時機非降自天抑亦人謀今三車竚駕寶藏初開懸重爵以俟功設天官以命哲正是大士縱橫之秋智勇獻功之日

與卿等同發遐原枝流異土追惟在昔猶或依依言念四魔不覺撫劒故先遣白書略陳成敗曾改迷徒尋光赴命相與齊轡道場比肩輪下諮稟未聞受教君子友朋好合不亦善乎無宜大安斯趣盤桓遊逸恐此生滅相尋有無繼作若三毒一馳則義無怨親四凶互出則天壽俱翦雖欲保全其可得哉今善芽已建六軍啓塗出彼火宅尋討未服梟斬之期非旦即夕幸體往意時作出計勿懷猶豫濫嬰斯禍臨路遣書怨怨無盡

檄魔文

彌天釋道安頓首魔將軍輪下相與雖復玄徒殊津人天一統宗師雖異三界大同每規良集仲其曩積然標牓未宣所以致隔今法王御世九服思順靈網方仲宏網彌布大通有期高會在近不任翹想並伸預意釋道安頓首

夫時有通塞否終則泰千聖相尋萬師迭襲昔我高祖本元天王體化應符龍飛初域仗權刑以部萬邦奮慧柯以伏六合咸蕩四邪掃清三有方當抗宏網於八區亘靈網於宇宙夷靜七荒寧一九土但冥宗不弔眞容凝靜重明寢輝虛舟覆浪故令虵蟻煩興梟獍競起翳染眞徒塵惑清衆虐被蒼生毒流萬劫恠道有情異心同忿我法王體運應期理物上藉高貴下託群心秉玄機以籠三千握聖徒而隆大業雲起四宮鸞翔天竺降神迦夷爲法城塹撫育黎元善安卿士匠導群賢慰喻有疾嚴慧柯於胷中被神鉀於身外慜十八之無辜哀三空之路絶志匡大業情必

平難百域千邦高伏風化承君久抱惑心重迷自覆深執愚懷固守僞見狼據欲天梟鳴神闕畔換壇場抗拒靈節謂天位可登洪規可改覽茲二三遠爲歎息何者大通統世則群方影從而僞癡天魔不遵正節忏忤聖聽塵撓神心領卒塞虛奇形萬變精鉀曜曦霜戈拂日靈鼓競鼕響衝方外高步陸亮自謂强威而王師一奮群邪殄喪衆迷革心望風内附况君單將僥然一介土無方尋衆不成旅而欲背理違常陵墟華邑簒奪靈權勝常取信以僞忝眞可不謬乎今釋迦統世道隆初劫妙化堂堂神羅遠御智士邕邕玄筭蓋世武夫龍趍捉鞬千隊恊略應眞奇謀超拔故命使持節前鋒大將軍閻浮都督歸義侯薩陀波崙獨禀天姿義陳玄覺神高須彌猛志籠世善武經文忠著皇闕領衆四十萬億揚鑣路首故命使持節威遠大將軍四天都督忉利公導師曇無竭武勝群標文超隨夏宏謀絶塵心栖夢表每憂時忘身志必匡世領衆百億虎眄須彌故命使持節征魔大將軍六天都督兜率王解脫月妙思虛玄高步塵表略並童眞功侔九地悼愍三塗忿君縱害援劒慷慨龍迴思奮領衆五百萬億鸞鳴天衢故命使持節通微將軍七天都督四禪王金剛藏朗志虛玄金顏遐矚恩殊九錫力傾山海左顧則瀁氾飛波右眄乃扶桑落曜德無不施威無不伏領衆七百萬億雲迴天門故命使持節鎮城將軍九天都督十地大王維摩詰奇筭不思法柯遠震體合神姿權像萬變呼吸則九服雲崩叱吒則十方風靡

威被下愚愍辜酸楚領衆九百億飲馬靈津故命使持節鑒復大將軍十九天都督十住大士文殊師利承胄遐元形暉三耀身自金剛神高體大應適千途玄筭萬計群動感於一身衆慮靜於一念深抱慈悲情兼四攝領衆塵沙翱翔斯土故命使持節匡教大將軍十九天都督録魔諸軍事群邪校尉中千王觀世音智略淵深慧綱遐網明達六通朗鑒三固或託跡群邪耀奇鋒起或權形二九息彼塗炭揮手則鐵圍摧巖嘘吸則浮雲頽崿能爲十方作不請之益領衆不思風吟虎嘯故命使持節撫化大將軍十方三界大都督補處王大慈氏妙質從容天姿標朗體踰金剛心籠塵表猛志衝天慧柯遠奮無生轉於罔中權智應於事外志有所規無往不就威恩雙行眞俗並說領衆八百萬億嚴駕待命勇士之徒充盈大千金剛之士彌塞八極咸思助征席卷六合乘諸度之寶軒守八正之修路跨六通之良馬捉虛宗之神轡彎四禪之良弓放權慧之利箭鳴驥浩浩輕步矯矯撫劒飛戈長吟命敵而將軍累世重光匡濟帝業歷奉聖庭曽無有闕貴郎導師身子五百幽鑒天命秉受王化聖上開襟皆授名爵封賞列土功侔舊臣聲蓋萬域而君何心橫生異見偃蹇邊荒頑顧帝位毒害勃於蒼生災禍流於永劫可不哀哉可不謬哉君昔因愆賢達尚失久謂君覽智返愚歸罪像魏東身抽簪同遊群儁以道自娛崇名終始仍執愚守惑偷安邪位託癡山以自高恃見林以

遊思耽六欲之穢塵翫邪迷以娛性建憍慢之高幢列無明之凶陣闊步長塗輕弄神器盜篡天宮抗拒日月恐不畏舉手欲障三光抱土而填四海打鼓與雷爭音把火共電競耀雖擬心虛標事難就矣然將軍植德玄津原承彌遠暉華眪然群下矚目望貴之基易登由來之功可惜可改往修來翻然倈順誅過朱門與道齊好家國並存君臣俱顯取名獲安曉目達觀眷屬晏然可不美歟大師剋舉萬方矯轡手提法蠡齊撫慧劒道柯輝耀於前驅靈鼓震音於後隊神鍾一扣則十方遍覆海浪飛波則原陸湯沸當爾之時須彌籠爲微塵天地迴爲一粟無動安於左襟妙樂握於右掌神力若斯豈可當哉然我法王體大仁慈未欲便襲權停諸軍暫頓靈轡臨路遣書庶迴迷駕君可早定良圖面縛歸闕委命王庭逍遥閑境上方宰任非君而誰夫聖人上智識機明責免禍窮而知返君子所美此乃轉福之高秋取功之良節昔夏桀無道殷王致伐商紂首亂周武建師此則古今之常軌將軍之明誡相與雖復形乖於當年風流於道味人天崎嶇何足致隔想便霍然隨書投命所以切痛其辭委曲往久者不欲令芳蘭夏凋翠柯摧潁深思至言善從良計勿使君身傾匡三槃勿使六天深生禾莠迅目仰眺助情暢然臨紙多懷文不表意釋道安頓首頓首

魔主報檄

大夢國長夜郡未覺縣寱語里六自在主他化皇帝報檄於高座大將軍南閻浮提道綏

撫大使佛尚書安法師節下音耗自遠喜同
暫接尋覽句味良用欣然方見大國之臣禮
義高矣承將軍虛心谿達密行淵玄襟帶山
河牢籠宇宙慮深宗廟憂及生民秀氣千尋
眞心萬仞諒疾風之勁草也亂世之忠臣也
冀道遇則隣彼我非隔俯從人事聊此報章
昔周室既衰六國鼎沸漢朝運滅三分天下
或外夷侵叛毒被中原或內禍潛作殃及良
善應期鵲起達時豹變有之自古豈止今日
惟蒼生疊積上天降禍釋迦皇帝奄然登遐
哀纏臣妾悲浹率土皇太子彌勒養德心宮
滿月停山深叢隱藥數鍾百六之世將虧九
五之君諸侯姦猾猜忌相處一十八部教軌
參差九十六道鑮俎迴互狼噬海濱梟鳴山
曲左不記言右不記事國憲朝典與霜露而
凋零天璽帝璧同冰消而葉散臣怨民怒衆
叛親離逃逝無歸跉跰長往竊謂數屬太平
沐浴朝化時逢亂世濟難干戈蓋乃通人之
權變也謹率義兵發憤忘食並登山拉虎臨
河斬龍緯武經文輕身重義社稷是所不圖
也天位非所傾望也直以心城無主邪戲塵
勞沓滟慾流將心源而共遠惚恍大夢與永
夜而俱長還因假寐弔民伐罪先遣聚沫大
將軍黃玄侯率空華之卒策陽燄之馬即乾
城之隅結浮雲之陣戈甲昱爍弓戟參差鋒
刃未交服兵先敗次命接嚮大將軍綵竹公
領宮商之衆據傳聲之谷隨聞隨翦次命百
和大將軍蘭麝伯領馨香之旅乘風抒陣千
里無雲次命六味大將軍領肥美之卒爲面
門都督守滄溟之口呑噬無遺次命七觸大

將軍領細滑之衆戰鼓纔擊身城瓦解五軍前討百戰恒捷自天是祐罄無不宜朕慮未窮巢穴躬行問罪戎衣既整出自空窟發淵泉之智動山嶽之威承妄想之兵數盈兆載並潛神識海隱影心山命將元帥按劒城旅徵兵士卒擎刀結陣排空塞迴煙飛霧集莫不雄氣衝天吐妄雲於眞際高風駭地驚塵浪於性海擊道品官軍霜夜抒鞞一心既沒還源彌遠六愛已然宅火逾盛縱橫翦掠腹背羅討六奇三略先蘊胷襟百步千策本無橫陣遂雲消霧卷吾道興焉於是分官置職行我風化

勑無廉驃騎虎踞貪山性溢將軍龍蟠慳海贍恤之士水陸無寄

勑繫地郎將置陰陽之府情塵駙馬觀伉儷之兵愛水暫流身城被漬欲火纔發天廟遭燒繕性將軍已從焚溺勑咆勃校尉弓劒隨身鴆毒鷹揚戈戟在手嚴毅士卒警固賄城使平忿將軍銷聲剗跡

勑正勤御史且停監察隨眠武侯安撫朝猷放蕩無明縱恣有待使精進一馬罷行四勤之路迦留二箭不射三空之門勇猛將軍風煙歇滅

勑覺觀大司馬置府初禪邪思惟都尉列陣三有以心原未靜頻被風波禪枝欲茂再遭霜雪安靜將軍埋身亂境勑我見行高鎮陀那之嶺惑山萬仞疑戍百重討返還迷問津天路使觀身實相伸如羊角緣寂妄業密若魚鱗故毒動狂子酒醒醉客覆眞金藏隱肥膩草博通將軍兀焉如醉斯則率土之賓皆

吾民也今十軍意氣五將英雄乘機廢立成國宗廟朕俛仰即位臨軒御宇纂承王業握圖受命因弱之輪無際足擬金輪心與駿駃有餘聊充紺馬衣冠統二車書巳一方扇長風於火宅奮高車於門外解釋甲冑與民更始將軍士卒並亡智力俱喪路窮箭盡棄馬焚舟螗蜋舉臂良可愍也良可恥也豈盜跖率卒侵暴諸侯孔丘冒陳流汗反府即將軍之明誡也

皇太子彌勒代邸龍飛朕汗馬歸朝銜罪庭闕將軍見徵未敢聞命也情深筆短不能多白冀歸高君子相期於言外焉波旬頓首死罪

破魔露布文

廣緣將軍流蕩校尉都督六根諸軍事新除惡建善王臣心賑惠將軍善散子都督廣濟諸軍事監軍臣施繕性將軍剋欲界都督攝志諸軍事司馬臣戒平忿將軍蕩恚侯都督洪裕諸軍事司空公臣忍勇猛將軍勤習伯都督六度諸軍事行臺臣進安靜將軍志念都尉都督觀累諸軍事攝散侯臣禪博通將軍周物大夫都督洞達諸軍事監照王臣智行宮謹案臣等聞治靜泰平兇徒有時以興化清去殺逆黨因之而作是以文命引狩於九圍遇死魔於塗山頂生騰輪於六合値貪賊於忉利故使身滅知威魂散閻越淪蕩他鄉退失尊位良由內挾姦邪外樹塵軌賞差信功罰乖臣惡故也自世宗釋迦文皇帝晏駕固林倏餘千載太子慈氏阿逸多有事兜率未遑紹襲法城暫空梵輪無主塵域外叛

沙州弗貢遂使三界風驚六天烽起邪徒詭說翻成異俗僞自在天主賊王波旬禀質昏精體襲邪氣我慢在心愛結盈慮矯奪慧命竊弄神器放縱欲界闚闇皇境且其正教陵替内外相違姊妹同姦千子貳志三女邪蕩邀我上宫姿態未施自貽伊耋又波旬既習小道頗有才辯愎諫飾非好是㬥怒不用順子之言專從佞臣之計伺國間隙乘釁來侵僞結使大將諸煩惱等因聖道消運鍾八百光音無間十纏斯作遂陳欲兵於愛海策疑馬於高原控轡於二見之域馳騁於無明之境值聖則卷跡高栖遇惡則馳據中區負險重關覬時而設或志求榮利假寐權門或含忿威衆專行毒害意氣稜層固守方寸憍慢邊隅未識正朔方復假遣七使傳車三障詭宣六條以致殊俗愚者承教而濯纓智人棄之而澗飲畜卒俟前儲烽候進僞四天大都督五陰魔等置宅於無始之原卜居於有形之裏浮游於苦海之中放逸於火宅之畔竊號躬身假署六腑偷榮瞬息耽樂時顔元首未幾徒役無筭飢兵始卒流川遍野怖士愁人亘山滿谷同惡相求輯結一方異類群聚阻兵三界僞署行臺有生賊王死觀兵五道置卒三途在生逆命處老作寇五衰告期四生應世壅塞泉源杜絶飄炎業力咆勃不丁危脆以先馳三毒趑趄策群有而長逝安忍無親禍連九族威怒互行戮及忠孝方乃忽聖誣賢欺眞枉正陷穽黎元羅絡凡庶妄計苦空以爲巳有驟驚之勢謂固同金石者也以正月三十日黄昏時有一人姓善字知識

從道場來告云賊去此不遠宜急翦撲不爾當爲大患臣聞此語未迷敬信單駕羊車轉軍化城深修壍柵自備而巳賊方於後夜遣一使來多貢珍異求結和好臣知此賊勢若泡餤智計莫出意怯狂勃難可親近弗與之言抱恨而去方多設詭計欲來侵逼即以月七日向晨出方便門頓解脫處馳信郵以深入徵群迷以出海纂集三昧以致一壍冀蕩除五陰戒清諸有賊方恃固一川拒抗皇威其水彌漫黃深難際又值旋嵐傾勃雹霰瀉注擊浪揚波海神競涌七等雜類或飛或沉夜叉守途羅剎決津洑瞽流聾覆没善財其欲溯泳鮮不沉溺又臨圻阻涘大築城壘壁立隍峻險閣唯有一門四垂幽谷一人執戈萬夫懾思四果怯憚辟支戰慄遂集衆唱識規望進擊驟度能僉曰或可即勒軍士爲渡水故備取諸草木編以爲栰附令抱踏横波直進臣等手按浮囊泝流而往固護無非遂登彼岸部分將士修備兵車齊心戮力驅馳往撲即遣安靖將軍領觀累之卒據散亂之原又使平忿將軍率洪裕之兵塞怒谷之口復令賑惠將軍引廣濟之衆截慳貪之路更勒慱通將軍整洞達之士守狂癡之徑督師羅張四面交侵積戰告捷不月而三行臺恐衆懈怠不得競進乃催厲六軍置阿惟越地而餘燼遊魂偷安他化驅率犬羊欲來拒戰乃假虎兕以爲威招熊羆而自衛異首别面之徒吐風火而待發擔山戴樹之類方蟻聚以齊衡希進皇家膺符受命啓土塵劫疊聖重光享祚無窮先帝鼎湖之日顧命慇懃專

令文德已來不許戰爭而致幕府受詔之初依勑而行略設六奇斷截而已但狂竪輈張散亡逆節雖遣逸多曉喻都無悛心乃更命將大權徵兵十萬嘗未浹辰大淨邦土資無畏以嚴身兼衆好而獨拔龍蟠道樹虎視娑婆十號一宣則四八應期言教暫設則二九雲集遂擊法鼓而出三空建慈幢以臨八難講武大千曜威萬域神戈暫指則魔徒失膽慧劒一揮則群邪俱斃現道身而斬死魔因般若以戮煩惱摧波旬於不動之林滅五陰於計性之境然後蹙巢守宂於不到處巡伏隱身者唯一人而已遠處膏肓非勇力攻及也遂乃竄生死於寂滅之原流老病於常樂之境排三障於六通之衢投十使於薩婆之域元兇既梟首徒黨伏誅自餘從者並不追問諸有誠心先欵者悉令解甲去鋒編戶民例授以遠號移之樂土爲拔五箭并以善醫療除垢病施慧湯藥于時業風息吹六塵弗起祥雲四舒靈禽翥翼引八部而自娛嚴四士以守衛垂拱閑堂無爲而已大覺天王等好尚風軌志存拔擢援昔舊謨慇懃諫諍辭不獲免黙許敷奏爾乃開甘露門出八正道千輻雲迴來儀鹿苑四天獻器於高掌二商薦肴於兩謂故緣行録勲則陳如先封眞諦開賞則耶舍繼襲或朋類蒙榮或兄弟感澤揖不肖於初果表有德於十地依准古禮巡省方嶽振旅六城治兵八國理怨於三天之上問罪於九地之下徵英傑於十中會萬國於鷲嶽華萇剋臻異士勇出於是啓寳藏以賑貧窮出三車以給諸子撫納黔黎寧堵復

業乃身安一乘心固盤石據林昕水宣揚皇澤依恒說逸召集未賓仁風帀宇道光遐照四面交通化流無外聽訟於中路之域決判於寶山之所無量之威遠震城嶽無礙之智洞徹山河故土無二統車書一軌日月重光天地清朗六萬之衆解長圍以從正十仙之徒棄大河以就秩不動之賢不遠千里意樂之哲應感而至工人率箪食於尸城捷獸奉壺漿於長源內外剋清表裏咸泰寔由道音四敷餘波東訓主上至心群僚深敬禀承神規殄茲兇醜豈臣智力所能剋感也冀憑此一勳漸望更進方事前計凱旋未日並露布以聞臣等死罪死罪

平魔赦文

門下首區同源因泒異緒窪隆代興信背千途故智勝標宗歷塵劫而尚三燈明啓教經九中而未一況乃邪徒僞見駕刺犢於自然之原結賊妄根御形色於顛倒之境以茲偏師抗衡中道眷言二三良用憮然自先帝升遐寶曆無主淳風漸虧靈教異設僞魔乘間充斥神邑假變真容妄談空有驅役四生周還六趣畔渙欲天狼戾愛地毒被邊荒虐流華夏雖獫狁之侵宗周匈奴之陵炎漢未爲喻也朕以神昧主自塵劫幼齒參玄弱冠從政班名於大通之年驅驟於賢劫之下荷百億之重任忝三界之特尊人天樂推無所與讓遂陟靈壇受茲封禪顧唯多闕有慚庶政明發孜孜不遑啓處常恨邪境未清正教無一致使群生沉淪魔境每一撫念用廢寢食遂命將徵兵以清時難上藉三昧之士下憑

六度之師控清方夏大戡荒服故六軍雷動
則三有雲消慈施電馳則四凶面縛降附若
塵生擒萬計唯波旬一人單馬奔迸百道截
羅組繼不久且令五道告清宇外咸一思與
天下同茲福慶可大赦天下與同更始改像
教之號爲即眞之歲自二月八日昧爽已前
繼組見徒悉皆原放若爲四魔所誤浮游三
界犯十惡五逆毀經壞像三世所作一切衆
罪能改過自新者不問往愆若亡命慾山俠
藏姦器百劫不自首者伏罪如初其殺父害
君傷兄烝毋隨時投竄以息後犯其闡提一
人不在赦書擯罪逸責神速可乘意驛遍告
十方主者施行

即眞元年二月八日中書令補處王

臣逸多宣

臣文殊等言奉被詔書如右臣聞毀忠謗善
經千葉而不無邪臣逆子歷百代而常有是
以三監流言伏罪於明時五世背道甘誅於
聖世故王威必震慶當於周邦正教暫加福
歸於露鼓伏惟陛下慈兼百王智齊千聖秉
瑞靈津握圖玄化出沒動於大千馳騁應於
群有服微形以引愚迷吼法音以警聾俗至
乃刎身志道釘體求經析骸貿禽委命降獸
捨塵劫之危體收一生之妙質龍潛四天利
見閻浮輕彼七寶重此一乘撤翫深宮減膳
河側去寶冠於苦林貿法衣於獵士故能駕
御四禪時乘六度殄服群邪乃於返掌三界
無熾然之警四生絕深溺之憂方復情存解
網志尚宥愆十八來穌萬國幸甚謹重申聞
詔可付外施行謹啓

即眞元年二月八日

侍中臣文殊師利　侍中臣薩陀波崙

黄門臣師子吼　黄門臣舍利弗

黄門臣須菩提

平心露布文

擬唯識道行軍府

謹奏平心露布事

擬使持節儀同三司領十二住大將軍唯識道行軍元帥上柱國晉國公臣般若等言臣聞四魔放命歷代以之爲鯁五住遊魂含識因其致患是以三明聖智十力雄尊莫不屬動偏師頻行薄伐伏惟陛下乘大慈而啓運應冥感而赴期奄宅神區光臨法海述前王之令典演衆妙於圓音考列聖之玄謨會群生於淨國三千刹土共禀威靈百億類洲同遵聲教唯有僞心主阿黎耶識擅假名器叨竊生民跨有乾城綿歷年祀遂窮迷於夢境長夜不歸縱極亂於空華終年如醉權攀緣爲蕃屏之任引戲論爲帷幄之臣陷溺黎元干擾鋒鏑陛下應眞理物調俗御民念此鯨鯢愍斯塗炭遂詔臣揚旌色野問罪心庭臣敢効庸虛禀承奇略去四月十六日軍次心境即以其夜初更與賊相見臣於是潛機密會玄契冥馳集戈船於六度之津命戎車於一乘之轍屯營三月揚清梵以伸威列陣九句擊鳴鍾而作氣阿黎耶識固重昏而莫曉執窮計而不移譬螳螂之拒輪等蜂蠆之含毒乃遣僞恒行大將軍阿陀那識率無明之子弟恃無賴之胷襟據守乾城與臣抗敵又遣僞自性大都督迦毗羅仙僞執此大將軍

迦旃延子招引烏合聚結蟻徒搖蕩邊陲激揚聲勢臣遂分布諸將指麾籌策遣擬使持節拔塵大將軍領四念處諸軍事率道品縣開國公臣求知擬使持節寧境大將軍領八正道諸軍事通眞縣開國公臣如實知部勒驍雄星流電轉從方便諸道靜緣邊之界臣求知等尋名討義躡影追蹤乍橫行於密室之間或轉戰於鄰虛之隙事窮理絶域盡途殫冥宗所以冰消數論於斯瓦解迦毗羅等知大乘之有在識玄統之所歸各將羸卒數千咸來請命臣哀其晚悟許以自新即令慈悲觀道士畢無緣隨便安養僞諫議大夫郅諦懷逸群之思負出世之奇將全國以効忠反危身而被繫臣以此月十五日夜俠中軍之勇氣乘外敵之離心手抗干戈躬先士卒

爰命擬使持節兜率大將軍娑婆道招慰大使上柱國翅頭末開國公臣阿逸多擬使持節閻浮大將軍天竺大都督天竺諸軍事上柱國富婁沙開國公臣婆藪槃豆並以道邁三空神遊四辯使其招揚勝負曉喻是非又遣擬使持節平等大將軍兼行軍長史上柱國清涼縣開國公臣正念擬使持節遍滿大將軍兼行軍司馬上柱國常樂縣開國公眞如與臣表裏玄同更相應接于斯時也邊秋氣爽塞月光寒旌旗共雲漢齊高鋒鍔與霜天比淨披弘誓駕圓通起兩觀而爭前排千門而並入雖生死無際一念覩其濆涯塵勞有儔須臾見其崩潰僞丞相陳顯僞僕射慮思無計求生闔門自縊僞司空師子鎧僞司隸達磨多羅各擁餘師自嬰深壘狐疑競起

猜詐萌生忍顛危而不見扶遂淪亡而莫能濟阿陀那與其僞主外無强援內寡深謀師旅困窮城池陷露君臣失色進退無依銜璧叩頭輿櫬待罪臣即梟陀那之首釋郅謕之囚廢彼昏王立其賢嗣方使宗祧不絕永爲茅土之君世德相承恒修職貢之禮於是氛祲開蕩若和氣之泮春冰醜穢殲夷似涼風之卷秋蘀六根超絕不開亭障之虞三界寂寥無復風塵之警斯乃威光遠被士衆齊心豈臣微劣所能致此不勝慶快之至謹遣厚德府別將臣隰重知奉露布馳驛以聞

廣弘明集卷第二十九下

音釋

芄胡官切 緡古忽切結不解也 惸葵榮切惸憂也 慱 陬將侯切孟陬正月艮東北隅也 遰大計切 怊敕橋切悵恨也 聃他甘切老子名 恧女六切慙也 剿子小切絶也 殛訖力切誅也 犉儒純切黃牛黑脣也 蕞在會切蕞尒小貌 獍居慶切獸名食父者 鞙戶犬切刀鞙也 濛汜濛謨蓬切汜序姊切濛汜日入處也 倈郎才切至也 莠以九切草似苗者 駃余質切馬行疾也 闚闟闚缺規切闟容朱切闚闟私視也 耋徒結切八十曰耋 愎弼力切戾也 奰披義切怒也 趑趄趑七私切趄七余切趑趄行不進也 壍七豔切坑也 汓力求切水行也 泝蘇故切逆流而上也 輈音舟輈張誑也 悛七緣切改也 翥章恕切飛舉也 秩直質切 窪烏瓜切汙下也 獫狁獫虛撿切狁庾準切獫狁匈奴別號也 戡枯含切克也 鏑丁歷切矢鋒也 蠆楚懈切毒蟲也 郅職日切 縊於計切經也 祲子鴆切氛祲妖氣也 蘀闥各切木葉也 隰席入切

廣弘明集卷第三十上

唐　釋　道宣　撰

統歸篇第十之三

四月八日讚佛等詩共一十八首

東晉沃州山沙門支道林

三春迭云謝首夏含朱明祥祥令日泰朗朗
玄夕清菩薩彩靈和眇然因化生四王應期
來矯掌承玉形飛天鼓弱羅騰擢散芝英綠
瀾頹龍首縹蕊翳流泠芙蕖育神葩傾柯獻
朝榮芳津霧四境甘露凝玉瓶珍祥盈四八

玄黄曜紫庭感降非情想恬怕無所營玄根
泯靈府神條秀形名圓光朗東旦金姿艷春
精舍和總八音吐納流芬馨跡隨因溜浪心
與太虛冥六度啓窮俗八解濯世纓慧澤融
無外空同忘化情
大塊揮冥樞昭昭兩儀映萬品誕遊華澄清
凝玄聖釋迦乗虛會圓神秀機正交養衛恬
和靈知溜性命動爲務下尸寂爲無中鏡
眞人播神化流渟良有因龍潛兕術邑漂景
閻浮濵佇駕三春謝飛轡朱明旬八維披重
藹九霄落芳津玄祇獻萬舞般遮奏伶倫渟
白凝神宇蘭泉渙色身投步三才泰揚聲五
道泯不爲故爲貴忘奇故奇神
緬哉玄古思想託因事生相與圖靈器像也
像彼形黄裳羅帕質元服拖緋青神爲恭者
惠跡爲動者行虛堂陳樂餌蔚然起奇縈疑
似垂巖微我諒作者情於焉遺所尚肅心擬
太清

五月長齋詩一首

炎精育仲氣朱離吐凝陽廣漢潛涼變凱風
乗和翔令月肇清齋德澤潤無疆四部欽嘉
期潔已升雲堂靜晏和春暉夕惕厲秋霜蕭
條詠林澤恬愉味城傍逸容研沖賾緜緜運
宮商匠者握神標乗風吹玄芳淵汪道行深
婉婉化理長亹亹維摩虛德音暢遊方罩窂
妙傾玄絶致由近臧略略微容簡八言振道
綱掇煩練陳句臨危折婉章浩若驚飆散冏
若揮夜光寓言豈所託意得筌自喪霑濡妙
習融靡靡輕塵亡蕭索情牖頹寥朗神軒張
誰謂冥津遐一悟可以航願爲海遊師櫂柂

入滄浪騰波濟漂客玄歸會道場

八關齋詩三首并序

間與何驃騎期當爲合八關齋以十月二十二日集同意者在吴縣土山墓下三日清晨爲齋始道士白衣凡二十四人清和肅穆莫不靜暢至四日朝衆賢各去余既樂野室之寂又有掘藥之懷遂便獨住於是乃揮手送歸有望路之想靜拱虛房悟外身之眞登山採藥集巖水之娱遂援筆染翰以慰二三之情

建意營法齋里仁契朋儔相與期良晨沐浴造閑丘穆穆升堂賢皎皎清心修窈窕八關客無楗自綢繆寂默五習眞亹亹勵心柔法鼓進三勸激切清訓流悽愴願弘濟闔堂皆同舟明明玄表聖應此童蒙求存誠夾室裏三界讃清休嘉祥歸宰相藹若慶雲浮

三悔啓前朝雙懺暨中夕鳴禽戒朗旦備禮寢玄役蕭索庭賓離飄飄隨風適踟蹰歧路嵎揮手謝内析輕軒馳中田習習陵電擊息心投佯步零零振金策引領望征人悵恨孤思積咄矣形非我外物固已寂吟詠歸虛房守眞玩幽賾雖非一往遊且以閑自釋

靖一潛蓬廬愔愔詠初九廣漠排林篠流飈灑隙牖從容遐想逸採藥登崇阜崎嶇升千尋蕭條臨萬畝望山樂榮松瞻澤哀素柳解帶長陵岐婆娑清川右冷風解煩懷寒泉濯温手寥寥神氣暢欽若盤春藪達度冥三才怳惚喪神偶遊觀同隱丘愧無連化肘

詠懷詩五首

傲兀乘尸素日往復月旋弱喪困風波流浪

逐物遷中路高韻溢窈窕欽重玄重玄在何
許採眞遊理間荀簡爲我養逍遙使我閑寥
亮心神瑩含虛映自然亹亹沉情去彩彩沖
懷鮮踟躕觀象物未始見牛全毛鱗有所貴
所貴在忘筌

端坐鄰孤影眇罔玄思劬偃蹇收神轡領略
綜名書涉老咍雙玄披莊玩太初詠發清風
集觸思皆恬愉俯欣質文蔚仰悲二匠徂蕭
蕭柱下迴寂寂蒙邑虛廓矣千載事消液歸
空無無矣復何傷萬殊歸一塗道會貴冥想
罔象掇玄珠悵怏濁水際幾忘映清渠反鑒
歸澄漠容與含道符心與理理密形與物物
踈蕭索人事去獨與神明居

晞陽熙春圃悠緬歎時往感物思所託蕭條
逸韻上尚想天台峻髣髴巖階仰冷風灑蘭
林管瀨奏清響霄崖育靈藹神踈含潤長丹
沙映翠瀨芳芝曜五爽苕苕重岫深寥寥石
室朗中有尋化士外身解世網抱朴鎮有心
揮玄拂無想隗隗形崖頹冏冏神宇敞宛轉
元造化縹瞥鄰大象願投若人蹤高步振策
杖

閑邪託靜室寂寥虛且眞逸想流巖阿朦朧
望幽人慨矣玄風濟皎皎離染純時無問道
睡行歌將何因靈溪無驚浪四嶽無埃塵余
將遊其嵎解駕輟飛輪芳泉代甘醴山果兼
時珍脩林暢輕跡石宇庇微身崇虛習本照
損無歸昔神曖曖煩情故零零沖氣新近非
域中客遠非世外臣憺怕爲無德孤哉自有
隣

坤基葩簡秀乾光流易頽神理速不疾道會

無陵騁超超分石人握玄攬機領余生一何散分不諧天挺沉無冥到韻變不楊蔚炳冉冉年往逡悠悠化期永翹首希玄津想登故未正生途雖十三日已造死境願得無身道高栖沖默靖

述懷詩二首

翔鸞鳴崑崿逸志騰冥虚惚怳迴靈翰息肩棲南嵎濯足戲流瀾採練銜神蔬高吟漱芳醴頡頏登神梧蕭蕭椅明翮眇眇育清軀長想玄運夷傾首俟靈符河清誠可期戢翼令人劬

髣角敦大道弱冠弄雙玄逡巡釋長羅高步尋帝先妙損階玄老忘懷浪濠川達觀無不可吹累皆自然窮理增靈薪昭昭神火傳㷰怡安沖漠優游樂靜閑膏腴無爽味婉變非雅絃恢心委形度亹亹隨化遷

詠大德詩一首

遐想存玄哉沖風一何敞品物緝榮㷰生塗連惚怳既喪大澄眞物誘則智蕩昔聞庖丁子揮戈任神往苟能嗣沖音攝生猶指掌乘彼來物間投此默照朗邁度推卷舒忘懷附罔象交樂盈胷襟神會流俯仰大同羅萬殊蔚若充甸綱寄旅海漚鄉委化同天壤

詠禪思道人

孫長樂作道士坐禪之像并而讚之可謂因俯對以寄誠心求參焉於衡梔圖巖林之絶勢想伊人之在兹余精其制作美其嘉文不能默巳聊著詩一首以繼于左其辭曰

雲岑竦太荒落落英岊布迴巒佇蘭泉秀嶺攢嘉樹蔚薈微遊禽崢嶸絶蹊路中有沖希

子端坐摹太素自強敏天行弱志慾無欲音腧
玉質陵風霜淒淒厲清趣指心契寒松綢繆
諒歲暮會秉兩息間綿綿進禪務投一滅官
知攝二由神遇承蜩纍危丸累十亦凝注懸
想元氣地研幾華麤慮冥懷夷震驚怕然肆
幽度曾筌攀六淨空同浪七住逝虛乘有來
永爲有待馭

詠山居一首

五嶽盤神基四瀆涌蕩津動求自方智默守
標靜仁苟不宴出處託好有常因尋元存終
古洞往想逸民玉潔其巖下金聲瀨沂濵捲
華藏紛霧振褐拂埃塵跡從尺蠖屈道與騰
龍伸峻無單豹伐分非首陽眞長嘯歸林嶺
蕭灑任陶鈞

念佛三昧詩集序

晉廬山釋慧遠

序曰夫稱三昧者何專思寂想之謂也思專則志一不分想寂則氣虛神朗氣虛則智恬其照神朗則無幽不徹斯二乃是自然之玄符會一而致用也是故靖恭閑宇而感物通靈御心惟正動必入微此假修以凝神積習以移性猶或若茲況夫尸居坐忘冥懷至極智落宇宙而闇蹈大方者哉請言其始菩薩初登道位甫闚玄門體寂無爲而無弗爲及其神變也則令脩短革常度巨細互相違三光迴景以移照天地卷而入懷矣又諸三昧其名甚衆功高易進念佛爲先何者窮玄極寂尊號如來體神合變應不以方故令入斯定者昧然忘知即所緣以成鑒鑒明則內照交映而萬像生焉非耳目之所暨而聞見行

焉於是覩夫淵凝虛鏡之體則悟靈相湛一清明自然察夫玄音之叩心聽則塵累每消滯情融朗非天下之至妙孰能與於此哉以茲而觀一覿之感乃發久習之流覆豁昏俗之重迷若以疋夫衆定之所緣固不得語其優劣居可知也是以奉法諸賢咸思一揆之契感寸陰之頹影懼來儲之未積於是洗心法堂整襟清向夜分忘寢夙宵惟勤庶夫貞詣之功以通三乘之志臨津濟物與九流而同往仰援超步拔茅之興俯引弱進垂策其後以此覽衆篇之揮翰豈徒文詠而已哉

念佛三昧詩 四首并佛菩薩讚共九首

瑯瑘王齊之

妙用在茲涉有覽無神由昧徹識以照麤積微自引因功本虛泯彼三觀忘此毫餘寂漠何始理玄通微融然忘適乃廓靈暉心悠緬域得不踐機用之以沖會之以希

神資天凝圓映朝雲與化而感與物斯群應不以方受者自分寂爾淵鏡金水塵紛

慨自一生夙乏慧識託崇淵人庶藉冥力思轉毫功在深不測至哉之念注心西極

薩陀波崙讚 因畫般若臺隨變立讚等

密哉達人功玄曩葉龍潛九澤文明未接運通其會神疎其轍感夢魂交啓茲聖哲

薩陀波崙入山求法讚

激響窮山憤發幽誠流音在耳欣躍晨征奉命宵遊百慮同冥叩心在誓化乃降靈

薩陀波崙始悟欲供養大師讚

歸塗將啓靈關再闢神功難圖待損而益信道忘形歡不期適非伊哲人孰探玄策

曇無竭菩薩讚

亹亹淵匠道玄數盡譬彼大壑百川俱引涯不俟津塗無旋軫三流開源於焉同泯

諸佛讚因常啼念佛為現像靈

妙哉正覺體神以無動不際有靜不隣虛化而非變象而非摹映彼眞性鏡此群麤

法樂辭十二章

齊王元長

天長命自短世促道悠悠禪衢闊遠駕愛海亂輕舟累塵曾未極心樹豈能籌情埃何用洗正水有清流

右歌本起

百神肅以虔三靈震旦越恒曜捹芳宵薰風動蘭月丹禁藻玉墀翠羽文朱闕皓毛非虛來交輪豈徒發

右歌靈瑞

韶年春巳仲明星夜未央千祀鍾休曆萬國會嘉祥金容涵夕景翠鬢佩晨光表塵維淨覺凡俗乃輪王

右歌下生

襲氣變離宮重櫟警層殿曼響感心神修容展驩宴生老終以縈病死行當薦方爲淨國遊豈結危城戀

右歌在宮

春枝多病夭秋葉少欣榮心骸終委滅親愛暫時生長風吹北隴迅瀑急東瀛知三既情暢得一乃身貞

右歌四遊

飛策辭國門端儀偃郊樹慈愛徒相思中閨空戀慕夙隸乖往塗駿足獨歸路舉袂謝時

人得道且還去

右歌出國

明心弘十力寂慮通四禪青禽承逸軌文驪鏡重川鷲巖標遠勝鹿野究清玄不有希世寶何以導濛泉

右歌得道

亭亭宵月流朏朏晨霜結川上不徘徊條間函渝滅靈智湛常然俯應有盈缺感運復來儀且眹人間世音泄

右歌雙樹

春山玉所府檀林芳所棲引火歸炎燧挹水自清隄菴園無異輸祇舘有同儕比肩非今古接武豈燕齊

右歌賢衆

昔爾輕歲月茲也重光陰閨中屏鉛黛闕下挂纓簪禪悅兼芳旨法喜忘清琴一異非能辯寵辱誰爲心

右歌學徒

峻宇臨層穹遙遝踈遠風騰芳清漢裏響梵高雲中金華紛蕣若瓊樹鬱青葱貞心延淨境遂業嗣天宮

右歌供具

影響未嘗隔晦明殊復親弘慈迫已遠睿后扇高塵區中禔景福宇外沐深仁萬祀流國祚億兆慶唐民

右歌福應

栖玄寺聽講畢遊邸園一首應司徒教

齊王融

道勝業茲遠心閑地能隙桂橑鬱初裁蘭墀坦將闢虛檐對長嶼高軒臨廣液芳草列成

行嘉樹紛如積流風轉還逕清煙泛喬石日泊山照紅松映水華碧暢哉人外賞遲遲春將夕

述三教詩一首

梁武帝

少時學周孔弱冠勤六經孝義連方冊仁恕滿丹青踐言貴去伐爲善在好生中復觀道書有名與無名妙術鏤金版真言隱上清密行遺陰德顯證在長齡晚年開釋卷猶月映衆星苦集始覺知因果方昭明示教唯平等至理歸無生分別根難一執著性易驚窮源無二聖測善非三英大椿徑億尺小草裁云萌大雲降大雨隨分各受榮心想起異解報應有殊形差別豈作意深淺固物情

開善寺法會詩一首

梁昭明太子

栖烏猶未翔命駕出山莊詰屈登馬嶺迴互入羊腸稍看原藹藹漸見岫蒼蒼落星埋遠樹新霧起朝陽陰池宿早鴈寒風催夜霜茲地信閑寂清曠唯道場玉樹琉璃水羽帳鬱金牀紫柱珊瑚地神幢明月璫牽蘿下石磴攀桂陟松梁澗斜日欲隱煙生樓半藏千祀終何邁百代歸我皇神功照不極叡鏡湛無方法輪明暗室慧海渡慈航塵根久未洗希霑垂露光

望同泰寺浮圖等詩并和三首

梁簡文

遙看官佛圖帶壁復垂珠燭銀踰漢女寶鐸邁昆吾日起光芒散風吟宮徵殊露落盤恒滿桐生鳳不鷁飛旛雜晚虹音絳晝烏狎晨梟

梵世陵空下應眞蔽景趨帝馬咸千轡天衣盡六銖意樂開長表多寶現金軀能令苦海渡復使慢山踰願能同四忍長當出九居

王訓奉和

副君坐飛觀城傍屬大林王門雖八達露塔復千尋重櫨出漢表層栱冒雲心峴山彫潤玉麗水瑩明金懸盤同露掌垂鳳似飛禽月落簷西暗日去柱東侵反流開睿屬搦翰動神襟願託牢舟友長免愛河深

王臺卿奉和

朝光正晃朗踊塔標千丈儀鳳異靈烏金盤代仙掌積栱承彫桷高簷挂珠網寶地若池沙風鈴如積響刻削生千變丹青圖萬象煙霞時出沒神仙乍來往晨霧半層生飛旛接雲上遊蜺不敢息翔鵾詎能仰讚善資哲人流詠歸明兩願假舟航未彼岸誰云廣

庾信奉和

迢迢陵太清照殿比東京長影臨雙闕高層出九城栱積行雲礙旛搖度鳥驚鳳飛如始泊蓮萼似初生輪重對月滿鐸韻擬鸞聲畫水流泉注圖雲色半輕露晚盤猶滴珠朝火更明雖連博望苑還接銀沙城天香下桂殿仙梵入伊笙庶聞八解樂方遣六塵情

夜望浮圖上相輪

梁簡文

光中辯垂鳳霧裏見飛鸞定用方諸水持添承露盤

賦詠五陰識支詩

梁簡文

澆淳混神因心形復依色欲浪逐情飄愛網

隨心織鑄金雖改狀斬籌方未極鴿觀既無
辯猨攀此焉息
賦詠百論捨罪福詩
劉孝綽
尋因途乃異及捨趣猶井苦極降歸樂樂極
苦還生豈非輪轉愛皆緣封著情一知心相
濁樂涂法流清
蒙華林園戒詩
梁簡文
庸夫耽世樂俗士重虛名三空既難了八風
恒易傾伊余久齊物本自一枯榮弱齡愛箕
潁由來重伯成非爲樂肥遯特是猒逢迎執
珪守蕃國主器作元貞昔日書銀字久自悪
宗英斯焉佩金璽何由廣德聲居高常慮缺
持滿每憂盈茲言信非矯丹心良可明舟航

奉睿訓接引降皇情心燈朗暗室牢舟出愛
瀛是節髙秋晚沉寥天氣清郊門光景麗祈
年雲霧生紅蕖間青瑣紫露濕丹楹葉疎行
徑出泉溜遠山鳴緑衿依浦伐絳纈拂林征
庶蒙八解益方使六塵輕脫聞時可去非悋
捨重城
蒙預懺直䟽詩并和三首
梁簡文
皇情矜幻俗聖德慇重昏制書開攝受絲綸
廣慧門時英滿君國法侶盛天園倶銷五道
縛共蕩四生怨三修祛愛馬六念静心猿庭
深林彩艶地寂鳥聲喧上風吹法鼓垂鈴鳴
畫軒新梅含未發落桂聚還翻早煙藏石隥
寒潮浸水門一朝蒙善誘方願遣籠樊
梁武帝和

玉泉漏向盡金門光未成云云

王筠應詔并序

奉和皇太子懺悔詩仍上皇宸極聖旨即䟽
降同所用十韻私心慶躍得未曾有捃採餘
韻更題鄙拙

一聖智比明帝德光四海荷負誠攸屬度脫
實斯在懺說濟蒙愚推心屏欺詒名僧引定
慧朝纓列元凱還迷依善導反心由眞宰和
鈴混吹音勝旛榮雪彩早蒲欲抽葉新篁向
舒䈡翅懃諒懇到歸誠信兼倍睿艷似煙霞
欄干若珠琲善誘雖欲繼含毫愧文采

講席將訖賦三十韻詩依次用

梁昭明

法苑稱嘉柰慈園羨脩竹靈覺相招影神仙
共栖宿慧義比瑤瓊薰染等蘭菊理玄方十
筭功深似九築巫水驚銀舟方衢列金軸微
言絕已久煩勞多累蓄因茲闡慧雲欲使心
塵伏八水潤焦芽三明啓群目寶鐸旦參差
名香晚芬郁暫捨六龍駕微祛二鼠慼意樹
發空花心蓮吐輕馥喻斯滄海變譬彼菴羅
熟妙智方縟錦深辭同霧縠善學同梵爪眞
言異銅腹逶迤合蓋城葳蕤布金郁珠華蔭
八溪王流通九谷青禽乍下上雲鴈飛翻覆
高談屬時聽寡勇聞終自恖日麗鴛鴦瓦風度
蜘蛛屋落藹散香霏浮雲卷遙族曠濟同象
園中乗如佇獨後餤難堅明初心易驚縮應
當離華水無令乖漆木投巖不足貴棘林安
可宿器月希留影心灰庶方撲視愛同採蜂
遊善如原菽八邑仙人山四寶神龍澳藥樹
永繁稠禪枝詎凋撼以茲悅聞道庶此優馳

逐願追露寶車脱屣親推轂
旦出興業寺講詩
梁簡文
沐芳肅朝帶駕言抵淨宮羽旗承去影鉼吹雜還風吴戈夏服箭驥馬緑沉弓水照柳初碧煙含桃半紅由來六塵縛宿昔五纏嚎見鶴徒知謬察象理難同方知悪四辯奚用語三空
和劉尚書侍五明集詩
梁元帝
帝德洽區宇垂衣彰太平黄唐慚懋實子姒悪嘉聲治家陳五禮功成奏六英汲引留宸鑒舟航動睿情諸王唯一法無生信不生因因從此見果果自斯明元良仰副后含一震鴻名龜藏踰啓筮魯史冠春卿日宮佳氣滿月殿善風清綺錢敞西觀緹幔卷南營金門練朝鼓玉壺休夜更宮槐留曉合城烏侵曙鳴露光枝上動霞影水中輕虚薄今何事徒知戀法城
昭明太子鍾山解講詩 闕
陸倕和
終南鄰漢闕高掌跨周京復此虧天嶺穹隆距帝城當衢啓珠館臨下構山楹南望窮淮溆北眺盡滄溟步簷時中宿飛階或上征網戶圖雲氣龕室畫仙靈副君憐世網廣命萃人英道筵終後説鑾轡出郊坰雲峯響流吹松野映風旌睿心嘉杜若神藻茂琳瓊多謝先成斂空頒後乘榮
蕭子顯奉和
嵩嶽基舊宇盤嶺跨南京叡心重禪室遊駕

陟層城金輅徐旣動龍驂躍且鳴塗方後壓
合地迴前笳清邐迤因臺榭參差憩羽旌髙
隨閶風極勢與元天并氣歇連松遠雪升秋
野平徘徊臨井邑表裏見淮瀛祈果尊常住
渴慧在無生暫留石山軌欲知芳杜情鞫躬
荷嘉慶瞻道聞頌聲

劉孝綽和

御鶴翔伊水策馬出王田我后遊祇鷲比事
實光前翠蓋承朝景珠旗曳曉煙樓帳縈巖
谷緹組曜林阡況在登臨地復及秋風年喬
柯變夏葉幽澗潔涼泉停鑾對寶座辯論悅
人天淹塵資海滴昭暗仰燈然法朋一已散
笳鍚儼將旋邂逅逢優渥託乘侶才賢摛辭
雖竝命遺恨獨終篇

劉孝儀和

韶樂臨東序時駕出西園雖窮禮遊盛終爲
壓俗喧豈如弘七覺揚鑾啓四門夜氣清簫
管曉陣爍郊原山風亂彩旄初景麗文轅林
開俞騎騁逕曲羽旌屯煙壁浮青翠石瀨響
飛奔迴情下重閣降道訪眞源談空足泉涌
綴藻邁絃繁輕生逢過誤竝作輩龍鴳餖已
同偏爵何用挹衢樽

廣弘明集卷第三十上

音釋

亹武斐切亹亹不倦意也　窂音勞與牢同　驃毗召切驃騎官名　頡頏頡奚結切頏寒剛切頡頏鳥飛貌　椅於宜切　蔚薈蔚紆胃切薈烏外切蔚薈草木盛也　崢嶸崢仕耕切嶸胡盲切崢嶸山高峻貌　蠖屋郭切尺蠖屈伸蟲也　欜他各切擊欜以宿衛之也　儕鉏佳切等輩也　禔常支切安

福盧晧切**橑**也 **搦**昵角切按也 **箎**徒敢切竹萌也 **䕼**爲詭切華榮也

摵色責切隕落也 **毦**而志切羽飾也

廣弘明集卷第三十下

唐　釋　道宣　撰

統歸篇第十之四

首

高宗遊京師大慈恩寺詩并和

常州宣法師詠高僧詩二首

宣法師遊東山寺尋殊曇二法師

梁皇太子等八闗齋夜賦四城門詩并和

庾集吾同作

第一賦韻東城門病

伏枕憂危光痾纏生易折無因雪岸草慮反
砬山穴徐防

消渴滕腸脨疼蹇嬰肢節如何促齡内憂苦
無暫缺孔壽山

南城門老

虛蕉誠易犯危藤復將齧一隨柯已微當年
信長訣諸葛璔

已同白駒去復類紅華熱妍容一旦罷孤燈
行自設君

西城門死

緩心雖殊用滅景寧優劣一隨業風盡終歸
虛妄設王臺卿

五陰誠爲假六趣寧有截零落竟同歸憂思
空相結李鏡遠

北城門沙門

俗幻生影空憂繞心塵曀於玆排四纏去矣
求三涅殷下

下學輩流心方從窈冥別已悲境相空復作
泡雲滅中庶府君

第二賦韻東城門病

空痾誠易愈有病故難痊徒知餌五色終當
悲九泉王臺卿

已無雲山草沉痗竟誰憐復悲淪苦海何由

果淨天諸葛璯

南城門老

昔類紅蓮草自翫淥池邊今如白華樹還悲明鏡前殿下

壯心欲何在餘日乃西遷清鐏不復樂蓬鬢豈還妍徐防

西城門死

高堂信逆旅懷業理常牽玉匣方委櫬金臺不復延中庶府君

挽聲隨逕遠薤影帶松懸詎能留十念唯應逐四緣君

北城門沙門

經行林樹下求道志能堅既有神通力振錫遠乘煙李鏡遠

一登四弘誓至道莫能先不貪曠劫壽無論延促年孔燾

第三東城門病

纏痾緬百年自傷無五福長縈畫篋蛇不值仙人鹿殿下

習染迷晝瓶卧起求栖宿羅襦豈再歡臨岐方土木中庶府君

南城門老

少年愛紈綺衰暮慚羅縠徒傷歳冉冉陳詩非郁郁王臺卿

鶴髮辭軒冕鮐背烹葵菽松栢稍相依懽愛時睦睦李鏡遠

西城門死

追念平生時遨遊土苑囿一没松栢下春光徙儵昱孔燾

結根素因假枝葉緣骨肉自應螻蟻驅值此

風刀逐諸葛璯

北城門沙門
俗繭猒纏絲因田抽善穀長披忍辱鎧去此

纖羅服徐防
願引三塗衆俱令十使伏珠月猶沉首金鉀

未挑目君

第四東城門病
紫紈未可得漳濵徒再離一逢犬馬病賁育

罷驅馳李鏡遠
巳無九轉術復闕萬金奇不看授躧掌唯夢

蓮花池君

南城門老
盛年歌吹日領步惜容儀一朝衰朽至星星

白髮垂孔燾
巳傷萬事盡復念九門枝垂軒意何在獨坐

鏡如斯庶中府君

西城門死
一息於今罷平生詎可規天長曉露促千齡

誰復知殷下
華堂一相捨松帳杳難窺萬祀藏珠應千年

罷王羈徐防

北城門沙門
深心不可染正道亦難歆方除五欲累長辭

三雅卮王少卿
依空處難靜習善路猶彌没身竟靡託單盂

詎待貲諸葛璯

正月八日然燈詩應令
藕樹交無極華雲衣數重織竹能爲象縛荻
巧成龍落灰然蘂盛垂油濕畫峯天宮儻若
見燈王願可逢

梁簡文遊光宅寺詩應令

陪遊入舊豐雲氣鬱青葱紫陌垂清柳輕槐
拂慧風八泉光綺樹四柱暧臨空翠網隨煙
碧丹華共日紅方欣大雲溥慈波流淨宮

梁簡文被幽述志詩

梁簡文於幽縶中援筆自序云

有梁正士蘭陵蕭綱立身行已終始若一風
雨如晦雞鳴不已非欺暗室豈況三光數至
於此命也如何

又爲連珠三首

一曰吾聞有古富而今貧可稱多而賑寡是
以度索數下獨有衰神松栢橋南空餘白社
二曰吾聞言可覆也仁能育物是以欲輕其
死有德必昌兵踐於義無思不服
三曰吾聞道行則五福俱泰運閉則六極所
鍾是以麟出而悲豈唯孔子途窮則慟寧止
嗣宗

又爲詩曰

恍忽煙霞散颸飀松栢陰幽山白楊古野路
黄塵深終無千月命安用九丹金闕里長蕪
沒蒼天空照心

十月弒於永福省年四十九崩崩時太清
五年也

宋謝靈運臨終詩一首

龔勝無遺生季業有窮盡嵇叟理既迫霍子
命亦殞淒淒後霜栢納納衝風菌邂逅竟無
時脩短非所愍恨我君子志不得巖上泯送
心正覺前斯痛久已忍唯願乘來生怨親同
心朕

梁沈隱侯臨終遺表

臣約言臣抱疾彌留迄今即化形神欲離月巳十數窮楚極毒無言以喻平日健時不言若此舉刀坐劍比此爲輕仰惟深入法門厲茲苦節内矜外恕寔本人情伏願聖心重加推屬微臣臨途無復遺恨雖慚也善庶等嗚哀謹啓

陳沙門釋智愷臨終詩

千月本難滿三時理易傾石火無恒燄電光非久明遺文空滿笥徒然昧後生泉路方幽噎寒隴向凄清一隨朝露盡唯有夜松聲

陳尚書令江總遊攝山栖霞寺一首并序

壬寅年十月十八日入攝山栖霞寺登崖極峭頗暢懷抱至德元年癸卯十月二十六日又再遊此寺布法師施菩薩戒甲辰年十月二十五日奉送金像還山限以時務不得恣情淹留乙巳年十一月十六日更獲禮拜仍停山中宿永夜留連棲神竦聽但交臂不停薪指俄謝率製此篇以記即目俾後來賞者知余山志

靜心抱冰雪暮齒迫桑榆太息波川迅悲哉人世拘歲聿皆採穫冬晚具嚴枯濯流濟入水開襟入四衢茲山靈妙合當與天地俱石瀨乍淺深崖煙迹有無鈌碑橫古墄盤木卧荒途行行備履歷步步轥嵗紆高僧迹共遠勝地心相符樵隱各有得丹青獨不渝寺猶有朗詮二師居士明僧紹治中蕭眎塑圖像遺風佇芳桂比德喻生芻寄言長往客悽然傷鄙夫

至德二年十一月十二日升德施山齋三宿決定罪福懺悔詩

四知無矯志二施啓幽心簡通避人物偃息

還山林曲澗停驂響交枝落幔陰池臺聚凍
雪欄牖噪歸禽石彩無新故峯形詎古今大
車何杳杳奔馬遂駸駸何以修六念虔誠在
一音未泛慈舟遠徒令願海深
五言攝山栖霞寺山房夜坐簡徐祭酒周尚
書并同遊群彦
江令公
澡身事珠戒非是學金丹月磴時橫枕雲崖
宿解鞍梵宇調心易禪庭數息難石澗水流
靜山窗葉去寒君思北闕駕我惜東都冠翻
愁夜鍾盡同志不盤桓
徐孝克仰同令君攝山栖霞寺山房夜坐六
韻
徐孝克
戒壇青石路靈相紫金峯影進歸依鴿餐迎

守護龍晨朝宣寶偈寒夜斂疎鍾雞蘭靜舍
握仁智獨從容五禪清慮表七覺蕩心封願
言於此處攜手屢相逢
陳主同江僕射遊攝山栖霞寺
時宰磻溪心非關狎竹林鷲嶽青松曉雞峯
白日沉天迴浮雲細山空明月深摧殘枯樹
影零落古藤陰霜村夜馬去風路寒猨吟自
悲堪出俗詎是欲抽簪
江總遊攝山栖霞寺并序
禎明元年太歲丁未四月十九日癸亥入攝
山展慧布法師憶謝靈運集還故山入石壁
中尋曇隆道人有詩一首十一韻今此拙作
仍學康樂之體
霡霂時雨霽清和孟夏肇栖宿綠野中登頓
丹霞杪敬仰高人德抗志塵物表三空豁已

悟萬有一何小始終情所寄冥期諒不少荷衣步林泉麥氣涼昏曉乘風面泠泠候月臨皎皎煙崖憩古石雲路排征鳥披逕憐森沉攀條惜杳裊平生忘是非朽謝豈矜矯五淨自此涉七塵庶無擾

江總靜卧栖霞寺房望徐祭酒

絕俗俗無侶修心心自齋連崖夕氣合虛宇宿雲霾卧藤新接戶欹石久成階樹聲非有意禽戲似忘懷故人市朝狎心期林壑乖唯憐對芳杜可以爲吾儕

徐孝克仰和令君

上宰明四空迴卓入道中洞涼容麥氣巖光對月宮香來詎經火華散不隨風澗松無異聒樿桂兩分叢虛薄誠爲累何因偶會同暫此乖山北猶可向牖東

禎明二年仲冬攝山栖霞寺布法師只爾待終余以此月十七日宿昔入山仰爲師氏營涅槃懺還途有此作

可否同一貫生死亦一條況斯滅盡者豈是俗中要人道離群愴冥期出世遲留連入澗曲宿昔涉巖椒石溜冰便斷松霜日自消向崖雲霢霂出谷霧飄飄勿言無大隱歸來即市朝

庚寅年二月十二日遊虎丘山精舍

江令公

縱棹憐迴曲尋山靜見聞每從芳杜性須與俗人分貝塔涵流動華臺偏領芬蒙籠出簷桂散漫繞窻雲情幽豈徇物志遠易驚群何由狎魚鳥不願屈玄纏

江令公集云廬山遠法師未出家善弩射嘗

於鶴㝫射得鶴鶵後復伺鶴母見將射之鶴不動翔觀之已死於窠中疑其愛子致死破視心腸皆寸絶法師於是放弩發菩提心

宋初有法瓊尼南方人不知因緣所出辟穀食棗栗不著綿帛戒德甚尊嚴禪定多所感通會稽恭子張使君莅廣州便供養之隨使君還吴又隨出入尼自剋亡日捨命後勿棺殮但以乞鳥鳥至破崗如期而終使君依旨送林野間停再七日七夕鳥獸不敢侵乃放殯焉亡祖親使君之第四女也就瓊尼受戒勑余記録之

陳江令徃虎窟山寺詩

塵中喧慮積物外衆情捐茲地信爽塏墟壟曖芊綿藹藹車徒邁飄飄旌旄懸細松斜繞逕峻嶺半藏天古樹無枝葉荒郊多野煙分華出黄鳥挂石下新泉翁鬱均雙樹清虚類八禪栖神紫臺上從意白雲邊徒然嗟小藥何由齊大年

治中王冏奉和

美境多勝迹道場實茲地造化本靈奇人功兼製置房廊相映屬堦閤並殊異高明留睿賞清淨穆神思豫遊窮領歷藉此芳春至野華奪人眼山鶯紛可喜風景共鮮華水石相輝媚像法無塵染真僧絶名利陪遊既伏心聞道方刻意

記室參軍陸罩奉和

雞鳴動睟駕柰苑睠晨遊朱鑣陵九達青蓋出層樓歲華滿芳岫虹彩被春洲葆吹臨風遠旌羽映光浮喬枝隱脩逕曲澗聚輕流徘徊華草合瀏湸鳥聲道金盤響清梵涌塔應

嗚桴慧雲方靡靡法水正悠悠實歸徒荷教
信解愧難詶
前臣刑獄叅軍孔燾
聖情想區外脂駕出西南前驅聞鳳管後乘
躍龍驂爰遊非逸豫幽谷有靈龕兼覿息心
者宴坐臨清潭禪食寧須稼雲衣不待蠶纇
荇綠澗壑蘿蔦蔓松楠鶯林嚮初囀春畦藥
欲含慼心隨教遣法味與恩覃庶憑八解力
永滅六塵貪
州民前吏刑獄參軍王臺卿
我王宗勝道駕言從所之輜軒轉朱轂驪馬
躍青絲清渠影高蓋遊樹拂行旗賓徒紛雜
沓景物共依遲飛梁通澗道架宇接山基叢
華臨迴砌分流繞曲墀誰言非勝境雲山獨
在茲塵情良易著道性故難緇承恩奉教義
方當弘受持
西曹書佐鮑至從駕虎窟山寺
神心睠物序訪道絕塵囂林疎蓋影出風去
管聲遙息徒依勝境稅駕止山椒年還節已
仲野綠氣方韶短葉生喬樹疎華發早條遠
峯帶雲沒流煙雜雨飄復茲承乏者頒名廁
末僚願藉連阿澗庶影慧燈照一知衣內寶
方慚茲地遼
陳從事何處士春日從將軍遊山寺
蘭庭猒俗賞柰苑矚年華始入香山路仍逢
火宅車慈門數片葉道樹一林華雖悟危藤
鼠終悲在篋蛇
別才法師於湘還郢北
乘杯事將遠捧袂忽無聊南楚長沙狹西浮
郢路遙離亭華已散別戍馬新驕明日分手

里相思非一條

敬詶解法師所贈

道林俗之表慧遠廬之阿買山即高世乗杯且渡河法雨時時落香雲片片多若爲將羽化來濟在塵羅

通士人篇

龍宫既入道鳳闕且辭榮禪龕八想淨義窟四塵輕香蓋法雲起華燈慧火明自然忘有著非止悟無生

陳沈炯從遊天中天寺應令

福界新開草名僧共下延楊枝生拱樹錫杖呪飛泉石座應朝講山龕擬夜禪當非舍衛國責地取金錢

同庾中庶肩吾周處士弘讓遊明慶寺

鷲嶺三層塔菴園一講堂馴烏逐飯磬狎獸繞禪牀摘菊山無酒然松夜有香幸得同高勝於此瑩心王

北齊盧思道從駕經大慈照寺詩并序

皇帝以上叡統天大明御極彈壓九代驅駕百王至德上通深仁下漏威稜西被聲教東漸布政合宫考儀太室張樂洞野會計苗山天不愛寶神靡遺貺鱗羽郊異山澤薦祉華裔率從幽顯咸秩八政惟序六府告平猶且棲志窅冥凝神空寂俯陋區域顧遺形有救精民於苦器拯欲界於危城身心澄淨樂之境生靈仰調御之力中宫厚德載物正位儷天道冠邵陵業踰妊姒慧雲朝起四生佇其寸合慈燈夜爇九服照其餘光乃睠參墟實唯唐舊山川周衞襟帶巖埛東郊勝地爰搆寶坊儼若化成瞬如踊出既而景躔西陸氣

中南吕商飈振野白露威寒聖主御辯巡方
順時育物六龍進駕七聖齊軫翠旗揚旆雕
玉徐輪問百年而拜華朝萬靈以桉節熊渠
佽飛之輩入參中壘虎殿金門之侶迴望屬
車將届下都邁兹淨域兼悦鷲山之觀共喜
龍宫之遊接足栖心俱展誠敬課虚引寂仍
發詠歌雖事比擊轅義同叩角亦以雍容感
烈述讚休美豈若皐朔文辭甫陳男祝王谷
蟲篆纔譬女工作者二十六人其詞云爾
玄風冠東戸内範軼西陵大川開寶匣福地
下金繩繡栭高可映畫栱疊相承日馭非難
假雲師本易憑陽室疑停燧陰軒類鑿冰迴
題飛星没長楣宿露凝旌門曙光轉輦道夕
雲蒸山祇効靈物水若薦休徵薄命叨恩紀
微軀竊自陵優游徒可恃周賚永難勝

周沙門釋亡名五苦詩

生苦

可患身爲患生將憂共生心神恒獨苦寵辱
横相驚朝光非久照夜燭幾時明終成一聚
土强覓千年名

老苦

少時忻日益老至苦年侵紅顔既罷豔白髮
寧久吟階庭唯仰杖朝府不勝簪甘肥與妖
麗徒有壯時心

病苦

拔劒平四海横戈却萬夫一朝牀枕上迴轉
仰人扶壯色隨肌減呻吟與痛俱綺羅雖滿
目愁眉獨向隅

死苦

可惜凌雲氣忽隨朝露終長辭白日下獨入

黄泉中池臺既已没墳隴向應空唯當松栢
裏千年恒動風
愛離
誰忍心中愛分爲别後思幾時相握手嗚噎
不能辭雖言萬里隔猶有望還期如何九泉
下更無相見時
五蔵陰附
先去非長别後來非久親新墳將舊冢相次
似魚鱗茂陵誰辯漢驪山詎識秦千年與昨
日一種併成塵定知今世土還是昔時人焉
能取他骨復持理我身

陳姚察遊明慶寺詩遇見蕭祭酒書明慶寺禪房詩覽之愴然憶此寺仍周蕭韻述懷

地靈居五淨山幽寂四禪月宫臨鏡石華簪
繞峯蓮霞暉間播影雲氣合爐煙迴松高偃
蓋水瀑細分泉含風萬籟響裛露百華鮮宿
昔尋眞趣結友亟留連山庭出藿靡澗沚濯
潺湲因斯事熏習便得息攀緣何言遂雲雨
懷此悵悠然徒有南登望會逐東流旋

陳張君祖詠懷詩

運形不標異澄懷恬無欲座可栖王侯門可
迴金轂風來詠逾清鱗萃淵不濁斯乃玄中
子所以矯逸足何必翫幽閑青衿表離俗百
齡苟未遐昨辰亦非促曦騰望舒映曩今迭
相獨一世皆逆旅安悼電往速區區雖非黨
兼忘混礫玉悋神罔叢穢要在夷心曲
靈飈起回浪飛雲騰逆鱗苟擢南陽秀固集
三造賓緬懷結寂夜味藻詠終晨延佇時無
遘誰與拂流塵眇情寄極眄蕭條獨遨神相
忘東溟裏何睎西潮津我崇道無廢長謡想

義人
遙遯播荆衡杖策憩南郢遭動逶浪迹遇靖恬夷性拊卷從老話揮綸與莊詠遐眺獨緬想蕭神颷塵正時無喜惠偶絶韻將誰聽習子茂芳標有欣徽音令頴敷陵霜倩葩熈三春感拂翮期霄翔豈與桑榆競我混不材姿遺情忘彫映雖非嶧陽椅聊以翮泗磬

贈沙門竺法頵三首
沙門竺法頵遠還西山作詩以贈因亦嘲之
省其二經聊爲之讚

鬱鬱華陽岳絶雲抗飛峯峭壁溜靈泉秀嶺森青松懸巖廓崢嶸幽谷正寥籠丹崖栖奇逸碧室禪六通泊寂清神氣綿眇矯妙蹤止觀著無無還淨滯空空外物豈大悲獨往非玄同不見舍利弗受屈維摩公

至人如影響靈慧陶億刹應方恢權化兆類蒙慈悦冥冥積塵寐永在巖底閉廢聰無通照遺形不洞滅明哉如來降豁矣啓潛穴幽精淪朽壤孰若阿維察遥謝睎玄疇何爲自矜潔

邈邈慶城標峨峨浮雲嶺峻蓋十二山嶽獨秀閻浮境丹流環方基瑶堂臨峭頂澗滋甘泉液崖蔚芳芝頴翹翹羨化倫眇眇陵巖正肅拱望妙覺呼吸睎齡永苟能夷沖心所憩靡不靜萬物可逍遥何必栖形影勉尋大乘軌練神超勇猛

道樹經讚
峨峨王舍國鬱鬱靈竹園中有神化長空觀體善權私呵睎光景豈識真迹端恢恢道明玄解發至神權飄忽淩虚起無云受慧難

三昧經讚

迹超十二燒戒由三昧成賢行極妙住道志慧以明九本既殊動四禪不同冥淵哉不起滅始自無從生借問道氣倫安測泥洹靈觀均有無蟬蛻豁朗明逍遙衆妙津栖凝於玄冥大慈順變通化育昌常停幽閑自有所豈與菩薩并摩詰風微指權道多所成悠悠滿天下孰識秋露情

詩序

省贈法頵詩經通妙遠亹亹清綺雖云言不盡意殆亦幾矣夫詩者志之所之意迹之所寄也忘妙玄解神無不暢夫未能冥達玄通者惡得不有仰鑽之詠哉吾想茂德之形容雖栖守殊塗標寄玄同仰代答之未足盡美亦各言其志也其辭曰

張君祖

茫茫混成始豁矣四天朗三辰環須彌百億同一像靈和陶氤氳會之有妙長大慈濟群生冥感如影響蔚蔚沙彌衆粲粲萬心仰誰不欣大乘兆定於玄曩三法雖成林居士亦有黨不見虬與龍灑鱗淩霄上沖心超遠寄浪懷邈獨往衆妙常所晞維摩余所賞苟未體善權與子同彷彿悠悠誠滿域所遺在廢想

庚僧淵答詩

真朴運既判萬象森巳形精靈感冥會變化靡不經波浪生死徒彌綸始無名捨本而逐末悔吝生有情胡不絕可欲反宗歸無生達

庚僧淵答

遙望華陽嶺紫霄籠三辰瓊巖朗壁室玉潤

灑靈津丹谷挺樛樹李頴奮暉薪融飈衝天籟逸響互相因鸞鳳翔迴儀虬龍灑飛鱗中有沖漠士耽道玩妙均高尚凝玄寂萬物息自賔栖峙遊方外超世絶風塵翹想睎眇蹤矯步尋若人咏嘯舍之去榮麗何足珍濯志八解淵遼朗谿冥神研幾通微妙遺覺忽忘身居士成有黨顧眄非疇親借問守常徒何以知反眞

隋煬帝遊方山靈巖寺詩

梵宮既隱隱靈岫亦沉沉平郊送晚日高峯落遠陰迴旛飛曙嶺踈鍾響晝林蟬鳴秋氣近泉吐石溪深抗迹禪枝地發念菩提心

諸葛頴應教奉和方山靈巖寺詩

名山鎮江海梵宇駕風煙晝栱臨松蓋鑿牖對峯蓮雷出階基下雲歸梁棟前靈光辯書夜輕衣數劫年一陪香作食長用福爲田

隋煬帝正月十五日於通衢建燈夜升南樓一首

法輪天上轉梵聲天上來燈樹千光照華燄七枝開月影凝流水春風含夜梅旛動黃金地鍾發瑠璃臺

諸葛頴應教奉和通衢建燈

芳衢澄夜景法炬爛參差逐輪時徙燄桃華生落枝飛煙繞定室浮光映瑤池重閣登臨罷歌管乘空移

隋煬帝捨舟登陸示慧日道場玉清玄壇德衆一首

天淨宿雲卷日舉長川旦颸灑林華落逶迤風柳散孤鶴近追群啼鶯遠相喚蓮舟水處盡晝輪途始半江涯各自遙東西並興歎巳

熏禪慧力復藉金丹捍有異三川遊曾非四門觀於焉履妙道超然登彼岸

隋著作王胄臥疾閩越述淨名意

余臥疾閩海彌留旬朔善友顒法師勸余以淨名妙典調伏身心力疾粗陳其意敬簡法師云爾

客行萬餘里眇然滄海上五嶺常炎鬱百越多山瘴兼以勞形神遂此嬰痾恙桓雷邈已遠砭石良難訪抱影私自怜霑襟獨惆悵毗城有長者生平夙所尚復藉大因緣勉以深迴向心路資調伏於焉念實相水沫本難摩乾城空有狀是生非至理是我皆虛妄求之不可得誰其受業障信矣大醫王茲力誠無量

薛道衡入鳳林寺詩

淨土連幽谷寶塔對危峯林栖丹穴鳳地邇白沙龍獨巖樓迴出複道閣相重洞開朝霧斂石濕曉雲濃高篠低雲蓋風枝響和鍾簷陰翻細柳澗影落長松珠桂浮明月蓮座吐芙蓉隱淪徒有意心迹未相從

梁開善寺藏法師奉和武帝三教詩一首

心源本無二學理共歸眞四執迷叢藥六味增苦辛資緣良雜品習性不同循至覺隨物化一道開異津大士流權濟訓義乃星陳周孔尚忠孝立行肇君親老氏貴裁欲存生由外身出言千里善芬爲窮世珍但空非即有三明似未臻近識封岐路分鑣疑異塵安知悟云漸究極本同倫我皇體斯會妙鑒出機神眷言總歸轡迴照引生民顧惟慚宿殖邂逅逢嘉辰願陪入明解歲暮有攸因

唐太宗文皇帝遊并州大興國寺詩

迴鑾遊福地極目翫芳晨梵鐘交二響法日轉雙輪寶刹遥承露天華近足春未珮蘭猶小無絲柳尚新圓光低月殿碎影亂風鈞對此留餘想超然離俗塵

文帝詠佛殿前旛

拂霞疑電落騰虛狀寫虹屈伸煙霧裏低舉白雲中紛披乍依迴掣曳或隨風念兹輕薄質無翅强摇空

唐高宗遊大慈恩寺詩并和

日宫開萬仞月殿聳千尋華蓋飛團影旛虹曳曲陰綺霞遥籠帳叢珠細網林寥廓煙雲表超然物外心

大慈恩寺沙門和

皇風扇祇樹至德茂禪林仙華曜日彩神旛曳遠陰綺殿籠霞影飛閣出雲心細草希慈澤恩光重更深

常州弘善寺宣法師奉和竇使君同恭法師詠高僧二首

竺佛圖澄

大誓慨塗炭秉機入生死中州法既弘葛陂暴亦止乳孔光一室掌鏡徹千里道感呪蓮華災生吟棘子埋石緣雖謝流沙化方始

釋僧肇

般若唯絶鑿涅槃固無名先賢未始覺之子唱希聲秦王嗟理詣童壽揖詞清徽音聞廬岳精難動中京適驗方袍裏奇才復挺生

唐宣法師秋日遊東山寺尋殊曇二法師

木落樹蕭槮水清流漻寂屬此悲哉氣復兹覊旅感奚用寫煩憂山泉恣遊歷萬丈窺深

澗千尋仰絶壁傍嶺竹參差緣崖藤羃䍥行行極幽邃去去逾空寂果值息心侶喬枝方挂錫圍逵悉栴檀純良豈沙礫妙法誠無比深經解怨敵心歡即頂禮道存仍目擊慧刀幸已逢疑網於焉析豈直袪煩惱方期拯沉溺

廣弘明集卷第三十下

音釋

痗莫佩切病也 漳諸良切水名 縶陟立切羈也 颼飂颼踈鳩切飂力求切颼飂高風也 菌苦隕切地蕈也 隧徐醉切墓道也 騶淄尤切廐御也 駸千尋切駸駸馬疾行也 霢霂霢莫白切霂莫卜切霢霂小雨也 霾謨皆切晦也 瀏湸瀏力求切湸音亮瀏湸清徹聲也 嫀姒嫀蘇臻切國名姒序姊切太姒也 軼弋質切侵軼也 栱古甬切栱枓也 靃息委切靃靡草木花敷貌 頵俱倫切 樛居尤切高木下曲也 羃䍥羃莫狄切䍥郎狄切羃䍥煙覆貌

陀羅尼雜集

未詳撰者今附梁録

清刻龍藏佛說法變相圖

陀羅尼雜集卷第一

未詳撰者今附梁錄

七佛所說大陀羅尼神呪并八菩薩所說神呪合十五首

第一惟衛佛說有一萬八千病以一呪悉已治之此陀羅尼名蘇盧都訶此言梵音決定

支波晝支波晝　呼奴波晝呼奴波晝　浮流波晝　浮流波晝　支波晝　支波晝　阿若波晝　阿若波晝　都呼那波晝　肴摩奴波晝　胡修帝那波晝　窨者呼那波晝伊呼帝那波晝　彌梨耆帝帝那波晝　娑若帝帝那波晝　窨若奴帝那波晝　鬱遮兜帝那波晝　莎訶

誦呪三徧黃色縷結作十四結一句一結繫項此陀羅尼力悉能摧伏移山斷流乾竭大海摧碎諸山猶如微塵若日月失度能使正

行悉能禳灾風雨失時能使時節穀米不登能使豐熟鄰國侵境悉能禳却大臣謀反惡心即滅疫病劫起悉能禳之疫鬼入國能驅遣之刀兵劫起能摧滅之此陀羅尼力禳災消恠無量無邊若廣說者窮劫不盡

第二所說陀羅尼能使第一願者得作佛在兜率天上無所不畏者令一切衆生如此

第二式佛所說陀羅尼名胡蘇多此言除一切鬱烝熱惱此陀羅尼句七十二億諸佛所說

陀魔帝那　遮波兜帝那　奢副奢副帝那　烏蘇多烏蘇多帝那　浮浮奢浮浮奢帝那　阿輸帝阿輸帝帝那　尼梨遮尼梨遮帝那支波晝支波晝帝那　蘇呵兜蘇訶　兜帝那　耶無奢耶無奢帝那　奢破不帝那　漚耆不帝那　蘇奢不帝那　莎訶

誦呪三徧黄色縷結作三結繫項

此陀羅尼神力能使三千大千世界六種震動山河石壁距踊涌沒其中衆生悉發無上菩提之心能除七十七億生死重罪衆生一切病苦悉皆消滅無有遺餘其中衆生書寫讀誦此陀羅尼一句名者百千萬億恒河沙世重惡罪業摧滅無餘

第三隨葉佛所說神呪名蜜耆兜此言金皷衆生所有業障報障垢重煩惱悉能摧滅無餘

浮律帝那　若無兜醯那　安耆兜醯那　若無兜醯那　遮浮浮醯那　若無兜醯那　烏奢呼呼醯那　若無兜醯那　睒婆咻咻醯那　究梨吒咻咻醯那　遮都波醯那

若畫那醯那　烏奢咻咻醯那　遮兜梨那
醯那　莎訶
誦呪七徧黃色縷結作四結繫項
此陀羅尼句恒河沙等諸佛所說其有書寫
讀誦此陀羅尼者此人恒河沙等劫所有重
惡殷重報障業障及以五逆一闡提罪悉滅
無餘衆生所有重病障道罪垢及以業垢聞
其所說悉滅無餘其有書寫讀誦之者所至
到處國邑聚落山林丘塚其中衆生得聞說
此陀羅尼名一經耳者命終已後悉得往生
阿閦佛國乃至成佛不墮三塗行此呪法於
四月十六日在東向塔内一日繞塔八十帀
於塔西壁下東向立誦呪二十四徧乃至七
日七夜不得睡眠須胡麻油燈若麻油燈七
枚安置塔四角頭淨潔洗浴著新淨衣不食
酒肉五辛連中一食我於爾時當現其人前
放大光明以金色手摩其頂上即與授決此
人所有業障罪垢悉滅無餘
第四拘留秦佛欲說大陀羅尼名金剛幢并
能療治三界五滓衆生諸惡煩惱瘡疣重病
一切業障及以報障諸垢煩惱悉能消滅禪
那兜醯吒此言拔衆生苦令出欲淤泥聞者
脫三垢貪欲瞋恚慢
阿若那晝婆若醯晝　伊那波梨帝那醯晝
耆菩阿若帝那醯晝　奢富磨醯晝　若無
不醯晝　烏奢欽摩醯晝　耆浮摩醯晝
遮兜梨那醯晝　浮梨帝那醯晝　阿呼呼
若醯晝　浮梨帝醯晝　禪那牟梨帝此言大豐
飽滿　耆浮牟牟咻　抱吒牟牟咻牟梨兇浮
浮咻　婆若兜浮浮咻　支不破浮浮咻

鶩耆奴浮浮咻　不梨帝那浮浮咻　莎訶
誦呪一徧縷黄色結作十三結繫項
上來所説陀羅尼句及我所説悉是過去九十九億諸佛所説其有讀誦書寫之者現身當得金剛幢三昧所有結使摧滅無餘濟拔衆生苦如上所説神力自在不可限量
第五拘那含牟尼佛欲説大陀羅尼名畢多耆呵毙此言聲震十方莫不歸伏覺悟衆生猶如雷震無明衆生令得慧眼此陀羅尼句乃是過去七十二億諸佛所説我今説之
禪那波羅帝囊　阿那囊耆呵囊　烏奢耆呵囊　陀無耆呵囊　不梨帝耆呵囊　又耶囊耆呵囊　欽波羅帝囊耆呵囊　蜜耆帝囊耆呵囊　阿蘭耆帝囊毗呵囊　呼娑帝囊耆蘭囊　蜜耆兜帝囊若無呵帝囊　烏烏烏烏呵帝囊　支不破帝囊　莎訶
誦呪三徧黄色縷結作三結痛處繫
此陀羅尼力能令三千大千世界六反震動其中所有一切衆生得聞説此陀羅尼句一經耳者百千萬億巨億姟劫所有重罪誹謗五逆悉滅無餘其有衆生修行讀誦七日七夜減省睡眠其人現身得師子王定三昧百千諸佛現前授記又其國土鄰國强敵欲來侵嬈國王爾時與諸群臣淨潔洗浴著新淨衣於高樓上隨其方面先禮十方佛然後禮我拘那含牟尼佛三稱我名燒香散華爾時即説陀羅尼句以此陀羅尼威神力故大梵天王帝釋四天大王於虚空中悉雨刀劍四面大黒風起令其兵衆皆悉不得見日月之光諸夜叉衆吸其精氣應死者死自然退散

大陀羅尼威神之力乃至如是
第六迦葉佛欲說大陀羅尼名初摩梨帝此言拯濟群生出生死苦
阿若提婆梨帝　遮富摩提婆梨帝　烏奢那提婆梨帝　娑婆波羅帝提婆梨帝　呼娑都波羅帝提婆梨帝　那呼波羅帝提婆梨帝　那支富波羅帝提婆梨帝　那呼多羅帝提婆梨帝　婆若不羅帝提婆梨帝那波都羅帝提婆梨帝　奢若蜜都羅帝提婆梨帝　莎訶
誦呪七徧黄色縷結作六結痛處繫
此陀羅尼句乃是過去七十七億諸佛所說
此陀羅尼力能令百佛世界六種震動所有山河石壁皆悉摧碎猶如微塵通爲一佛世界其中所有一切萬物皆作金色浩瀚滉瀁悉不復現唯見金色更無餘色此陀羅尼力故能令百佛世界衆生宿業重罪及三塗苦悉皆消滅無有遺餘其中衆生修行讀誦此陀羅尼者未發無上菩提之心者皆使發心至不退轉先已發心者修行此陀羅尼者超過七住乃至十住此陀羅尼金剛三昧大空解脫門菩薩從初發心修行此三昧直至道場菩提樹下入金剛定莫不由是
第七釋迦牟尼佛欲說大陀羅尼名烏蘇耆晝腻多此言金光照曜除三界衆生幽冥隱滯拔其厄難此陀羅尼句乃是過去九十九億諸佛所說我今說之
耆路不帝那罝　畢耆帝那罝　烏蘇多帝那罝　耆牟多帝那罝　若不都帝那罝
阿若娑若兜帝那罝　若波都帝那罝　耆

牟波若帝那罝　烏奢副帝那罝　蜜耆蘇

帝那罝　耶蜜者帝那罝　破如彌帝那罝

畢梨帝吒帝那罝　莎訶

誦呪十四徧黄色縷結作十四結痛處繫

此陀羅尼力能令三千大千世界六種震動其中衆生宿命罪垢纒裹縛束處在幽隱闇此陀羅尼一音經耳悉得往生忉利天上有諸行人受持讀誦書寫此陀羅尼者未發心者咸使發心到堅固地先發心者入法流水中八住齊階疾至佛地以此陀羅尼力故一踊超過菩提樹下乃至佛地坐於道場此三昧名金光明王定覺悟群生踊出三界拔衆厄難超衆群聖疾成佛道若有衆生欲修行此陀羅尼者欲得現身四沙門果欲除過去億百千劫障道五逆犯四重禁現世除滅令無遺餘應當修行此陀羅尼三七二十一日護持禁戒猶如明珠一日一夜六時行道懺悔十方淨潔洗浴著新淨衣用七色華三種名香供養奉敬釋迦牟尼佛於舍利塔前五體投地悔過自責爾時當誦此陀羅尼句八十一徧日日常爾乃至七日一七日不得復至七日乃至三七日億百姟劫所有重罪悉滅無餘十方諸佛放大光明來觸其身是人爾時心意熈怡猶如比丘得第三禪爾時當有大梵天王釋提桓因四天大王即時授與四沙門果

文殊師利菩薩所説陀羅尼名閻摩兜此言解衆生縛現在病苦悉得消除能却障道拔三毒箭九十八使漸漸消滅度三有流現身得道

支不　多捺帝　闍浮支捺帝　蘇車不支
捺帝　杌耆不支捺帝　烏蘇多支捺帝
婆遮不支捺帝　闍摩賴長支捺帝　阿恕
波賴長支捺帝　恕波帝支捺帝　莎訶
誦呪三徧結五色縷作二結繫項
此陀羅尼四十二億諸佛所說若諸行人有
能書寫讀誦此陀羅尼者現世當爲千佛所
護此人命終不墮惡道當生兜率天上面覲
彌勒又有衆生能修行此陀羅尼者斷食七
日純服牛乳中時一食更無雜食一日一夜
六時懺悔十方佛前悔先所作億千姟劫所
有重罪一時都盡分部破戒亦悉都盡五逆
殃惡及一闡提殷重悔過悉得滅除於六時
中一時十徧空閑淨室若在塔中此人心若
淳厚我於爾時當往其所此人以見我故心
轉淳厚心淳厚故得見千佛手摩其頭即與
授記宿世殃惡永滅無餘
我虛空藏菩薩欲說大陀羅尼名阿那耆晝
寧此言拔衆生苦三界挺特無比若有衆生
迴波六趣無能救者我以救之令得脫難
阿那耆晝蘇　不梨帝耆晝蘇　若波晝耆
晝蘇　畢梨帝那耆晝蘇　如波毙耆晝蘇
烏奢帝那耆晝蘇　若波晝耆晝蘇　阿若
呼婆耆晝蘇　莎訶
誦呪五徧縷五色結作十四結繫兩手
此陀羅尼乃是過去七十二億諸佛所說我
今已說欲護正法欲度衆生故成諸行人得
從萬行故諸聲聞人未證果者令得果故令
緣覺人度十二因緣大河拯濟群萌故令諸
菩薩從初發心乃至十地願果成故說此陀

羅尼又此陀羅尼力能令三千大千世界其中衆生處在幽隱及三塗苦聞此陀羅尼一經耳處得宿命智乃至十四生悉得解脱若有善男子善女人欲修行此陀羅尼者應當三七二十一日淨潔洗浴著新淨衣若於制刹中若清淨地於夜後分明星出時語此大明星爲我語虚空藏菩薩如是三説除我根本罪如是三説除我障道罪如是三説與我四沙門果如是三説我於爾時即往其所住其人前授與四沙門果我誓當與如是三説燒沉水香若夢得阿摩勒果若得訶梨勒果若得頻婆果若毗醯勒果若杏等爾時當勤精進若雞子等若拳等爾時即得明星出時誦呪七徧若心好時誦七十徧虚空藏菩薩常遊諸國爲諸行人得從萬行是爲得從萬行我觀世音菩薩欲説大陀羅尼名阿那者不知究梨知那此言大拯濟普及十方無邊衆生

烏奢帝那　者那知帝那　不迦兜帝那　那殊不梨帝那　阿摩殊不梨帝那　烏奢呼呼吒帝那　者浮浮帝那　羞都晝帝那　若浮慕那賴帝那　漚究那賴帝那　支波副那賴帝那　闍浮浮賴帝那　莎訶

誦呪五徧五色縷結作二十四結繫項此陀羅尼句乃是過去九十九億諸佛所説九十九億諸佛爲諸行人修行六度者未發心者若諸聲聞人未證果者若三千大千世界内諸神仙人未發無上菩提心者皆使發心有諸凡夫未得信心我以種子令生法芽以此陀羅尼威神力故及我方便威神力故

令其所修悉得成辦及三千大千世界內幽隱黒闇滯礙及三塗衆生又聞我此陀羅尼者又諸菩薩未階初住者令得初住次第令得乃至十住已得階初十住地者已得此陀羅尼勢力故於一念頃直至佛地三十二相八十種好自然成就若聲聞人聞此陀羅尼一經耳者讀誦書寫修行此陀羅尼以質直心如法而住四沙門果不求而得以此陀羅尼力故三千大千世界山河石壁四大海水能令涌沸須彌山及鐵圍山令如微塵其中衆生有諸菩薩聲聞修行之者障道滯礙患苦嬰身我悉救之令得脫難令其所修悉得成辦若有衆生現世求所願者修行陀羅尼者於三七二十一日淨持戒地一日一夜六時行道燒衆名香散五色華懺悔十方自責罪咎從生死際至生死際自責慚愧爾時三稱我觀世音菩薩燒香散華叩頭求哀悔過自責億百千劫所有重罪於一念頃悉得消滅淨身口意爾時當誦此陀羅尼三七二十一徧日日六時從初一日乃至七日乃至三七二十一日其鈍根者未得初果者我於爾時授與初果第二第三乃至第四果隨其利鈍階差所應若諸菩薩欲趣證地滯礙不進如法行者即得證地如前法同我今說此陀羅尼句三千大千世界內其中諸佛諸大菩薩釋梵四天王諸神仙人及諸龍王皆悉證知大誓成就願果不虛眞實如是

我救脫菩薩欲說大陀羅尼名阿那耆知羅此言救諸病苦消衆毒藥拔濟衆生出於生死未度者度未安者安未得涅槃者令得涅

槃此陀羅尼句乃是過去七十七億諸佛所
說我欲說之
陀摩賴帝　阿那婆賴帝　究支那帝　者
摩那帝　究吒婆賴多帝　阿奢摩梨難帝
婆若不梨那帝烏奢欽帝　沙吒羅奢帝
烏蘇那婆賴帝　陀摩賴帝　莎訶
誦呪三徧縷五色結作六結繫兩肩
我今說此陀羅尼句時三千大千世界其中
所有一切衆生所有罪垢殃惡重病以我法
音聲震三千散入一切衆生毛孔六情諸根
現在病苦鬱蒸毒氣及過去業諸結惱熱一
切消盡令無遺餘又諸行人猒離三界欲求
出要而不能得我當爲設無量方便令其所
求各得成辦如其國土有諸隣敵欲來侵淩
我當救之令得脫難爾時國王應當慚愧悔
過自責歸謝萬民淨潔洗浴著新淨衣若高
樓上若宫殿中燒香散華禮十方佛爾時當
三稱我名救脫菩薩我今歸依如是三說爾
時即當誦此陀羅尼三七二十一徧隨其方
面有賊來處爾時當有八部鬼神雨沙礫石
放大黑風雷震霹靂猶如天崩震動天地爾
時怨賊自然退散我救脫菩薩拔濟衆生神
力如是
我跋陀和菩薩欲說大陀羅尼此陀羅尼句
乃是過去七十七億諸佛所說我今欲說有
陀羅尼名阿那者罝盧此言度脫衆生老病
死苦及三塗苦衆生現在病苦悉皆拯濟
阿那支波晝　求守羅波晝　支富盧波晝
阿那蘇呵兜波晝　烏奢欽波羅伽波晝
者復那波晝　呵若呼帝奴波晝　者摩浮

梨帝那波晝　烏蘇帝樓波晝　耆波晴波晝　阿娑婆羅帝那波晝　呼娑都波晝耆摩梨帝波晝　莎訶
誦呪五徧縷六色結作五結痛處繫
此呪能令地作水相水作地相風作火相火作風相三千世界作微塵相色作空相空作色相下至金剛際上至淨居天變爲非色相若三千世界內有諸行人四大不調行道滯礙五不調適我以金手摩其頂上授與湯藥令其所患消滅無餘行道進德四大輕便有諸衆生爲宿業垢纏裹縛束在三界獄無復出要我時當以智慧火及禪定水燒然洗澤令出三界以薩婆若膏漬潤令濕令生法芽拔其毒足咸各使發無上菩提道心若諸衆生於今現身欲求所願者欲求尊貴欲求聰明欲求總持欲求智慧欲求見十方諸佛面對共語得受記莂欲見我跋陀和菩薩授與四沙門果欲得命終生兜率天上面見彌勒欲生他方淨佛國土現在佛前當書寫讀誦修行此陀羅尼當少欲知足淨持戒地常當慚愧修質直行於一日一夜六時之中精進不闕五辛酒肉不得過口如是精進一百一十四日內外明徹面對十方諸佛面對授記善男子汝過如是若干刧數當得作佛國土如是弟子衆數壽命如是若聲聞人欲求四果者亦當如是修行此陀羅尼功用正等無異隨根利鈍所證差別我跋陀和菩薩所説陀羅尼句神力如是誠諦不虛
我大勢至菩薩欲説大陀羅尼名阿那耆置盧此言救諸病苦斷諸疑網拔四毒箭令出

三界

者富支那帝　阿輸波羅帝　者晝盧波羅帝　阿輸多波羅帝　烏那呼波羅帝　若牟耶波羅帝　圖故晝波羅帝　若牟耶波羅帝　莎訶

誦呪三徧縷三色結作三結繫項

此陀羅尼呪七十七億諸佛所說我今說竟此陀羅尼力能令三千大千世界地皆震裂其中衆生自然踊出我時即以大智力一時接取安置一處即以禪定清涼法水洗澤塵垢摩抆拂拭安慰其心譬如比丘入第三禪然後我當隨根利鈍應得阿耨多羅三藐三菩提者隨其階次悉皆給與若聲聞人應得四沙門果者次第給與令滿其願有諸行人書寫讀誦此陀羅尼句現在身中四百四病破戒五逆及障道罪宿世微殃悉皆消滅無有遺餘我大勢至菩薩威神力故令此行人所修轉勝悉得成辦有諸行人在所生處得宿命智百生千生百千萬億生通達無礙如視掌中阿摩勒果欲得聞持旋持總持欲得四辯說法無礙欲得佛十力四無所畏欲得修佛三十二相八十種好速得成辦欲得金剛三昧超過十地入佛正位應當書寫讀誦修行此陀羅尼晝夜六時曾不廢忘淨持戒地五辛酒肉悉不食之少欲知足修質直行此陀羅尼故無有非人能觸惱者我時當與釋梵四天王往詣是人所住之處安慰其心令其所修日日增廣

我得大勢菩薩欲說大陀羅尼名烏蘇波置樓此言救諸病苦拔濟群生出於三界令諸

行人得從萬行
阿那耆置樓　波羅帝那耆置樓　若摩陀羅置耆置樓　阿輸陀羅尼耆置樓　烏蘇波置那耆置樓　胡盧波置那波置樓　遮波副波置樓　若無梨置波置樓　耆浮呼梨那波置樓　若無阿遮不梨帝那　莎訶
誦呪五徧縷三色結作三結繫項
此陀羅尼句乃是過去四十億恒河沙等諸佛所說我今已說此陀羅尼力能令十佛世界六種震動其中所有一切衆生以此陀羅尼法音光明入其毛孔塵勞垢集一切消除以我得大勢威神力故及此陀羅尼威神力故此諸衆生命終已後悉得往生兜率天上面覲彌勒若諸行人欲求解脫而爲業障之所滯礙懈怠懶墮三業不勤我時即以智慧火禪定水燒然洗澤業垢障道令其惺悟皆使令發菩提之心有諸行人四大不調病苦殃身有能讀誦此陀羅尼者我時當與八部鬼神四大天王往是人所即時授與阿伽陀藥如意寶珠令無所乏是善男子善女人以我神力及陀羅尼力轉倍精進以精進故即得大果
我堅勇菩薩欲說大陀羅尼名阿那耆置樓此言拔濟衆生出生死苦拯濟三界貧窮衆生如寶掌菩薩亦如國王解髻中明珠施與貧人猶如慈父示子寶藏此陀羅尼力亦復如是
若無呼婆置樓　烏蘇多置樓　若無耆置樓　烏蘇呼那置樓　若物殊置樓　毗梨帝那置樓　烏奢欽置樓　遮不呼蘇多置

樓　若無蜜多置樓　阿支不置樓　毗梨帝那置樓　莎訶

誦呪三徧縷三色結作七結痛處繫

此陀羅尼句乃是過去七十七億諸佛所說我今說之有諸國王其國土境水旱不調穀米不登爾時應當誦此陀羅尼七十七徧三稱我名堅勇菩薩我時當勑阿耨大龍娑伽羅龍使諸小龍給足其水令國豐實若其國內疫病流行有諸衆生病苦殃身我時當往詣是人所隨其徧發療治救濟有諸衆生乏於財物我當給施令無所乏若諸國王欲求所願應當修行此陀羅尼若在塔中若空閑地淨潔洗浴著新淨衣七日七夜受持八戒六時行道於一一時中七徧誦此陀羅尼若其國王心淳厚者三日三夜即得如願極到七日無不尅果燒黑沉水香白栴檀香散五色華然胡麻油燈於月八日十四日十五日是時三稱我名堅勇菩薩我時當與天龍八部往是人所與其所願是人若於夢中若惺悟心或得珍寶或見白象或得果實爾時當知即得所願

陀羅尼雜集卷第一

音釋

鬱於物切　距踧距普火切踧音我距踧傾側搖動貌　醯呼雞切　姟古哀切十京曰姟　杌五忽切　霹靂霹普擊切靂郎擊切霹靂雷之急激者　瞢莫公切　漬疾智切浸也　記莂莂必列切記莂謂授將來成佛之記劫國名號之莂也　抆武粉切拭也

陀羅尼雜集卷第二

未詳撰者今附梁録

釋摩男呪

釋摩男今欲說神呪擁護諸衆生國土虛弱事刀兵及寇賊疫病悉皆消滅所說大神呪功用力如是

曇無呼蘇兜流一曇蜜耆兜流二曇蜜卑梨兜奢副都兜流三莎訶

誦呪一徧八色縷結作四結繫兩脚

此呪力能令百閻浮提千閻浮提萬閻浮提六反震動一佛境界悉能爲之其中諸王統理民物不以節度故使隣國兵刀競起天龍

恚怒水旱不調國王爾時責已修德慈惠天下寬縱民物徵善捨惡寬饒衆生懺悔慚愧與民更始從今日夜萬惡都息衆善普集天龍歡喜雨澤以時五穀熟成疫氣消滅王於爾時日日三時應當讀誦此陀羅尼所願成熟眞實不虛我釋摩男菩薩勸勵諸王

阿難比丘所說神呪

名支富敷梵語此言生死長眠令得醒悟

烏啄支富敷梵語此言衆生五欲淤泥中卧提拔令出三界　甲梨帝囊支富敷梵語此言衆生爲無明貪欲瞋恚所中我今拔出

此呪能令衆生心得解脱畢竟一乘不隨小乘畢竟清淨圓滿具足有諸衆生迷於大乘以呪力故還得決定猶如濁水置諸神珠以珠力故水則湛清此陀羅尼勢分所及衆生蒙祐悉得解脱此陀羅尼呪三千世界須彌山王皆悉動揺不安其所帝釋天王驚怖出宫是誰神變乃至如是諸龍王宫皆悉震動懎懎不安如動華樹諸龍驚走逃竄孔穴諸神仙人心息惱轉山山相博不安其所四大海水爲之涌沸魚鼈黿鼉藏竄孔穴此大神呪力如是其有讀誦書寫竹帛此人現身得佛光三昧能除七百七十億劫生死重罪悉滅無餘阿難比丘說此陀羅尼竟

普賢菩薩所說大神呪

名支波啄(此言決定)　毗尼波啄(此言斷結)　烏蘇波啄(此言生盡)

此呪能令衆生心得解脱滅三毒病却障道罪他方怨賊悉皆摧滅境内所有怨家盜賊悉能禳之若行曠野惡獸毒蟲聞此陀羅尼

句口噤不開今此神呪乃是過去四十億諸佛所説我今説之其有行此陀羅尼者願果不虛今故略説

我文殊師利今欲説神呪拔濟衆生除其婬欲本有呪名烏蘇吒此言除婬欲却我慢

句梨句梨帝那一憂拙憂拙帝那二度吁度吁帝那三究吒究吒帝那四若蜜都若蜜都帝那五究吒吁究吒吁帝那六憂守憂守帝那七耶蜜若耶蜜若帝那八度吁吒究吒多九莎訶

誦呪三徧結縷作七結繫脚

是呪能令諸失心者還得正念滅婬欲火心得清涼除其我慢滅結使火三毒垢障悉得消除若諸女人及善男子精神處在無明重淵下久處於生死不能得出要迴波生死流沒溺婬欲海莫能覺之者莫知求出要嗚呼甚可傷若善男子善女人心得醒悟還猒婬欲應當與此陀羅尼令其讀誦婬欲之火漸漸消滅婬欲滅已慢心自滅慢心滅已其心則定其心定已結使都滅結使滅已心得解脱心解脱已即得道果是則名爲大神呪力誠諦不虛神力如是斷酒五辛七七四十九日諸不淨肉悉不得食若善男子行者九九八十一日若女人行者七七四十九日復晝夜六時勤心讀誦燒沉水白栴檀香散華供養十方諸佛六時讀誦曾不廢忘日數足已結使即滅其心泰然無復婬欲

我文殊師利菩薩今欲説大神呪消諸精魅鬼并及妖邪蠱有呪名漚帝蔸囊此言消衆生病淨其五臟六腑三焦以禪定水洗濯令

淨
胡摩若帝晝一胡蘇摩帝晝二烏殊甲梨帝晝三具殊𡨥帝晝四烏舍彌帝晝五耆毗若帝晝六烏睽殊帝晝七𡨥耆都帝晝八具若烏蘇多帝晝九維滌𡨥耆都烏蘇多帝晝十毗梨帝囊帝晝十一莎訶
誦呪三徧結縷作七結繫脚
此大神呪能令行人心得清淨離諸疾病心得解脫慧得解脫消衆毒藥無衆惱患衆邪妖魅悉皆消滅如爲一人衆多亦然應當讀誦極令通利在在處處我爲閻浮提諸衆生故結此神呪治諸蠱魅消衆毒藥當令流布徧閻浮提末法衆生薄福所置莫不爲此衆邪所惱勤敎讀誦普使令知
我定自在王菩薩今從妙樂世界來爲此娑婆世界五滓衆生故爲除禪定障拔其無明闇開其慧眼目暘其禪定水蕩滌心垢障種以菩提芽漸漸鬱茂長開闡三乘門示其果實相有呪名求稚𡉏此言名照明却黑闇罪除慧眼垢
若𡨥帝都一烏殊那帝都二具若帝都三胡摩樓帝都四胡摩樓帝都五烏葉彌帝都六胡蘇富多帝都七烏耆彌帝都八胡耆那帝都九烏輸求提帝都十莎訶
誦呪三徧縷五色結作三結繫脚
此大神呪勢分所及徧閻浮提若諸行人欲修禪定或爲天魔衆邪蠱魅之所惱者以魔惱故衆緣事起外惡知識競來侵嬈以侵嬈故內惡復起求名利養諂曲妬嫉憍慢貢高來集其心行人爾時應當自責我爲不善爲

魔所縛慚愧自責低頭愧耻諸佛及衆聖我於往劫墮大地獄畜生餓鬼迴波六趣數受生死今得人身鈍根少智欲修禪定而不能得爲諸結使之所覆蔽我今寧當破身如塵終不爲此結使所蔽作是誓已五體投地歸命十方現在諸佛多陀阿伽度阿羅訶三藐三佛陀捨我過咎滅除我罪洗我慧眼令得明淨以慈悲水蕩滌心垢照明我身內外清徹作是悔已復更投地如是三返復起叩頭悔已却坐淨身口已誦此神咒二十一徧爾時當三稱我名定自在王菩薩悔過懺咎如是三說一心禪思於一一時悔過自責隨其根利鈍億百姟劫重惡之業障道黑闇衆邪蠱魅天魔罪垢悉皆消滅無有遺餘我時當與大菩薩衆往是人所隨根利鈍示其證相我定自在王菩薩所說神咒誠諦不虛神力如是

我妙眼菩薩今從日月燈明王佛國來至此娑婆世界爲大阿羅漢欲得初禪三明六通今欲說神咒令其速成辦除其習結垢幷及微薄障淨其天眼通宿命智習氣他心智明了未來一切事國土之名號及以弟子衆壽命劫多少及諸神通事耳根通徹聽百佛世界事身能通飛行石山無罣礙以滅度受想行徧盡今說竟有神咒名漚耆波置盧此言衆累都盡具足三明及六神通及八解脫

民若婆呵帝盧一烏蘇吒帝盧二耶蜜帝盧三烏蘇帝盧四波支呵帝盧五波蘇呵帝盧六烏若蜜帝盧七究晝帝盧八莎訶

誦咒三徧縷三色結作六結繫項

此大神呪能令行人斷除習氣障道垢洗澤三明六通令淨應當諷誦極令通利我功德相嚴菩薩令從阿彌陀佛國來令説勸助遂成菩薩教以巧妙方便遂成福德令速得初住具諸相好故以美方便教令行之何等美妙一者其德弘廣普慈衆生二者蔭覆一切如毋愛子不見其過三者積德行善不計其勞四者精勤修習捨慧精進轉以化人五者行十善行轉教衆生六者猶如明珠内外明徹無有瑕塵七者身口意業所出言教以慈悲爲本八者所作事業拯濟爲先九者當以微妙方便爲衆説法和顔悦色不違其意十者當遊諸國爲大國師荷負衆生包含一切心無疲倦是名菩薩欲登初住始發心時十大妙行如是十十是名百福成一相好我今略説今欲説呪令速成辦有呪名陀摩盧具低此言成就相好莊嚴功德斷除習結滅障道垢

阿提陀摩盧一具多陀摩盧二支富陀摩盧三波晝陀摩盧四烏奢陀摩盧五耆蜜陀摩盧六烏吒陀摩盧七若彌陀摩盧八烏晝陀摩盧九胡蘇彌佉陀摩盧十波守波守陀摩盧十一漚周漚周帝陀摩盧十二波瘦波瘦帝陀摩盧十三令柒比令柒比呵摩盧十四耆毗兜耆毗兜陀摩盧十五莎訶

誦呪五徧結青緑二色結作三結繫腰是呪能令行人莊嚴功德具諸相好必登初住勤令讀誦極令通利晝夜諷誦心莫暫捨轉教他人

我善名稱菩薩令從北方善寂月音王佛國

來到此娑婆世界佛法欲滅人多造惡貪著利養更相是非無有君臣父子之義亦無師徒弟子之禮五濁鼎沸三災熾盛皆是前世不修德行積習衆惡令得此身雖受人身心似畜生羅刹鬼心人身畜心示同人類哀哉大苦千載欲末其中或有若一若兩行跡衆生耳今欲說呪以救接之令其本行還得如初有呪名雲若蜜兠此言拔諸行人罪垢根本摩洗拂拭令得鮮白

烏富波羅帝那一殊求波羅帝那二喻若蜜波羅帝那三烏瘦都四支波都五具若都六耶蜜都七究吒都八舒波都九莎訶

誦呪三徧縷黃白二色結作三結繫項此大神呪猶如大蓋蔭覆一切亦如大雨潤澤一切亦如橋船運度一切三界群萠無不蒙賴道俗殊異稟味是一蒼生萬品會歸一空菩薩所以權方適化爲於群品度脫之耳今說此呪爲行人故救濟拯拔令其速得三乘聖果勑諸行人勤心讀誦誠諦不虛

我寶月光明菩薩今欲說神呪除諸禪定罪及去諸垢障五陰四大病一切皆除却衆生無量劫不得修禪定是故久流轉沒在生死海洄澓生死流莫能覺之者我愍此等故今欲說神呪除其三毒垢拔其愚癡足照以智慧鏡賜其禪定水生長菩提芽令到涅槃岸有呪名烏耆此言除禪定垢却障道罪諸魔邪鬼悉能滅之

耆摩帝晝一烏帝晝二具若帝晝三奢帝晝四耶蜜帝晝五烏囊帝晝六莎訶

誦呪三徧縷黃紫二色結作八結繫痛處

是呪能令諸失心者還得正念億百姟劫所有重罪悉能摧滅無有遺餘若有衆生欲修禪定心亂䵝闇不見境界煩惱數起睡眠所覆是人爾時應作是念我宿罪蔭蓋所覆應當慚愧懺悔自責然燈續明燒香散華供養諸佛供養佛已别復供養我寶月光明菩薩然七枝燈燒沉水香七日七夜減省睡眠晝夜六時深自尅責說悔先罪多陀阿伽度阿羅呵三藐三佛陀知人見人明見弟子所犯罪相及十方諸大菩薩釋梵四天王悉皆證知明見我所犯罪相我今懺悔亦悉證知願滅我罪令無遺餘於一一時中懺悔已竟誦此神呪七徧乃止誦七徧已黙然而坐一心禪思如是罪垢漸漸當除其心轉定境界明了其利根者三日四日乃至七日即得見我寶月光明菩薩除障滅罪授果與之其鈍根者二三七日極鈍根者七七四十九日乃得心定有得果者終不虛過此大神呪其力如是

我北辰菩薩名曰妙見今欲說神呪擁護諸國土所作甚奇特故名曰妙見處於閻浮提衆星中最勝神仙中之仙菩薩之大將光目諸菩薩廣濟諸群生有大神呪名胡𤇆波此言擁護國土作諸國王消災却敵莫不由之

具低帝屠蘇吒一　阿若蜜吒二　烏都吒三　具耆吒四　波賴帝吒五　耶彌若吒六　烏都吒七　拘羅帝吒八　耆摩吒九　莎訶

誦呪五徧縷七色結痛處繫

此大神呪乃是過去四十恒河沙諸佛所說我於過去從諸佛所得聞說此大神呪力從

是已來經七百劫住閻浮提為大國師領四天下衆星中王得最自在四天下中一切國事我悉當之若諸人王不以正法任用臣下心無慚愧暴虐濁亂縱諸群臣酷虐百姓我能退之徵召賢能代其王位若能慚愧改惡修善若能任善退諸惡人其心弘廣普慈一切容受拯濟猶如橋船包含民物猶如父母國有賢能當徵召之敬賢尊聖如視父母王自躬身臨朝斷事不枉民物猶如明鏡若其國王能修是德改往修來悔先所作慚愧自責鄙悼懺咎自悔責已當修三德一者恭敬三尊二者憐愍貧窮國土孤老當撫恤之三者於怨親中心常平等稱理怨枉不枉民物若能修行上來諸德我時當率諸大天王諸天帝釋伺命都尉天曹都尉除死定生滅罪增福益筭延壽白諸天曹差諸善神一千七百邏衛國界守護國土除諸災患滅其姦惡風雨順時穀米豐熟疫氣消除無諸強敵人民安樂稱王之德是王若能兼行讀誦此陀羅尼譬如轉輪聖王得如意寶珍是珠神氣消伏災禍我今以此大神呪力上來諸德悉能辦之消災滅惡亦復如是當知是大神呪力如王寶珠亦復如是

我太白仙人今欲說神呪我是五通仙本修菩薩行五星中最勝我於神仙中神通光明勝統領四天下及諸人天事國土災害變壽命延縮短陰陽及運變圖書讖記等姦偽質直事禳災消姦惡其所盈縮者悉是我所知我愍諸衆生今欲說神呪并護其國土有呪名阿那呼吒盧此言欲護國土及閻浮提十

方衆生故

波吒呼娑盧一闍摩呼娑盧二炎摩兕呼娑盧三烏耆那呼娑盧四炎彌呼娑盧五烏晝呼娑盧六具耆呵呼娑盧七胡若兕呼娑盧八莎訶

誦呪三徧縷二色黄白結作二結繫項

此大神呪乃是過去三恒河沙諸佛所説我於過去從諸佛所得聞是呪從是已來已經百劫所修功德於神仙中無能及者内祕菩薩大乘戒行外現神仙清妙法身菩薩六度諸波羅蜜具足修竟外現方便處神仙中雖共和光不同其塵是名菩薩烏和拘舍羅方便處身若閻浮提諸國王等前身薄福處在末法微末善根得爲人王身無福力心悶少智復值五滓鈍濁衆生譬如癡人破車遲牛欲過險道甚難可過我見此已慈心憐愍爲度没溺難苦衆生爲欲携持令得出難并濟其王遲牛之厄故我今日説此神呪若其國王聞此語已心生慚愧自知薄福改往修來發弘廣心慈悲臨覆愍苦衆生忍惡修善不枉民物建護正法任賢用智徵善退惡與民更始其王若能修是諸德復能讀誦此陀羅尼晝夜專念恒不廢忘心王爾時轉當聰辯志性和柔不念諸惡諸天善神漸來親附增其智慧益其神力以天護故轉當精進以精進故我等諸天日月五星二十八宿咸來擁護求願與願遣諸龍王給其雨澤穀米豐熟疫氣消除諸災消滅善徵日生當知悉是大神呪力

我熒惑仙人今欲説神呪擁護諸國土拔濟

諸群生除其我慢心消滅諸非姦猷鎮諸毒藥一切諸非法無不消伏者我是五通仙消伏諸姦鬼一切國土事世間之災祥兵刃及疫氣飢饉豐儉等隣國惡心生大臣欲謀反如是諸災禍我皆悉知之天子衰忌事隱沒及覆蓋滅筭及增壽悉是我所知欲得消災者我亦能辦之却敵及姦非我亦能猷之除却災祥變一切皆由我我於五星中聰明利智勝捷疾機關辯神通猛利勝於四天下中神通捷疾勝我於四天下無能及我者是故我今日欲說大神呪名具吒呼盧兜此言擁護國土濟拔諸王難消伏諸姦非療治衆生病猷禱及毒氣

呼都帝晝盧一　阿支不晝盧二　闍浮摩帝晝盧三不梨帝囊帝晝盧四烏蘇兜帝晝盧五具帝帝晝盧六耶摩蜜耆帝晝盧七烏奢不梨帝晝盧八究守波帝晝盧九莎訶

誦呪三徧縷一色緋結作七結痛處繫

此大神呪能令諸國王等及諸國土皆安隱消災禳禍莫不由是一切行人及疾病者悉應讀誦皆令通利若欲修行陀羅尼者一者斷酒二者斷肉三者斷辛於三七日中香湯澡浴著新淨衣若於塔中若空靜處安置佛像燒香散華離衆憒閙於六時中勤心讀誦懺悔十方慚愧自責淨身口已應當讀誦於一一時中三七二十一徧誦已默然專心念我熒惑仙人　五住菩薩我今歸依如是三說如是說已默然而坐我於爾時當往其所令其所求皆得成辦亦當授與如意寶珠滅結使火國土災祥豐儉疫氣皆悉禳之當知是

此大神呪力
我大梵天王欲説大陀羅尼以護衆生有陀羅尼名呼盧鉢都此言治衆生病覆育三界濟説貧窮
闍摩吁蘇都一伊波都二闍摩吁蘇都三摩闍蜜呼蘇都四優波帝那吁蘇都五莎訶
誦呪三徧縷二色青緑結作七結繫兩乳此大神呪乃是過去諸佛所説我今愍念諸衆生故爲令解脱拔濟三界勤苦本故爲欲弘廣佛正法故慈念衆生猶如慈父此陀羅尼神力盡一日月所照之處四天下中無不蒙賴此陀羅尼力能使四海涌沸須彌山碎如微塵及七寶山四大海水江河淮濟入一毛孔四天下中悉能爲之若諸國土疫病劫起其王爾時應當精進七日七夜受持八戒應當淨心六時行道爲萬民故調伏其心勑其境内一切人民以慈悲心勸令行十善其王爾時於宫殿内然百千燈以救民命請召十方諸大菩薩梵釋四天三自歸依叩頭求哀十方諸佛大菩薩衆釋梵四天王諸來大士救我民命如是三説如是説已當誦此陀羅尼三七二十一徧誦此陀羅尼已王與群臣夫人婇女默然而坐禪思一心我大梵天王爾時當與梵衆釋衆四天大王諸大龍王八部鬼神飲其毒氣悉得消除王於爾時於禪思中得見我身大梵天王釋提桓因四天大王以見我故倍復精進已精進故其國土境舊住鬼神惱人民者我又當遣四天大王驅令出界以我大梵天王慈悲力故其國土境悉得安隱

我大自在天王今欲説神呪有陀羅尼名呵利樓此言拔衆生苦濟衆厄難

阿若娑梨樓一毗梨帝那娑梨樓二遮婆晝娑梨樓三彌梨帝那娑梨樓四殊訶兜五支波晝六莎訶

誦呪三徧一線緑色結作四結繫項

是呪乃是過去十萬億諸佛所説此陀羅尼威神力故四天下中晝一日月所照之處能爲光明貧窮者能施寶藏盲冥衆生施其慧眼病苦之者與法藥療治若諸衆生欲求三乘聖果者我能佐助令得成辦若在幽隱受三塗苦以此陀羅尼力三塗命終生忉利天若諸行人書寫讀誦此陀羅尼者得宿命智慧憶十四生事來今往古如現目前欲修禪定者陰蓋所覆者當誦此陀羅尼其心則定睡眠速除欲修學問者其心散亂不能專一觸事滯礙不得義味當修行此陀羅尼欲得聞持者當修行陀羅尼欲得十方諸佛所説大菩薩所説大天王所説一聞歷耳恒持不忘即得義理百千義理自然現前持而不忘應當讀誦此陀羅尼晝夜六時恒不廢忘精勤修習助佛道法是人爾時當於夢中即得見我大自在天王坐白蓮華臺往是人所其人以見我故心大歡喜我時授與如意寶珠以珠力故所願自在百千諸佛當隨護助此大陀羅尼神力如是

我化樂天王欲説大陀羅尼名阿那耆富盧此言法忍柔順法忍堪任荷負三界衆生譬如大海其量難知我天王心亦復如是悉能救接漂流衆生度三界海

那耆富盧一憂多羅富盧二龍若呼娑富盧三憂稗入富盧四陀摩耆富盧五毗梨帝那富盧六憂殊智富盧七莎訶

誦呪三徧五色縷結作一結繫項

此大神呪乃是過去百千萬億諸佛所說愍念衆生故今欲說之此大神呪勢分所及三天下中唯鬱單越獨不得聞力所至處其中衆生三種毒箭自然拔出得音響忍法音悉明入毛孔中所有鬱烝三垢重罪自然踊出此諸衆生命絶已後悉得徃生忉利天上若諸行人三垢覆蔽久處生死纒綿難解爲業垢河之所漂流我時當乗大乗法船撈接救拔以智慧火燒其結使以禪定水洗澤令淨以烏和拘舍羅拂拭摩搓教以六度布以四禪令出三界若諸行人欲得金身欲得音響忍欲得柔順忍欲得無生忍當修行此陀羅尼淨持戒地減省睡眠忍辱柔和少諸緣務心意質直見修功德者讃歎其德見貧窮者及疾病者慈心憐愍如已無異如是修行調其心已復欲增上果所願者當於三七二十一日過中不食白食酥酪得食若鮮潔處在塔中六時行道於一一時中禮十方佛懺悔宿罪燒衆名香散華供養栴檀熏陸諸雜華香三稱我名化樂天王我是五住菩薩爾時於一一時中誦此陀羅尼二十一徧從初一日乃至七日極鈍根者三七二十一日我於爾時徃是人所隨根利鈍授與法忍應得音響忍者授與諸音響忍應得柔順忍者授與柔順忍應得無生法忍者授與無生法忍悉授與之眞實不虚

我兜率陀天王欲說大陀羅尼名者蜜屠蘇兜此言救諸病苦賑給貧窮令諸行人速得三乘聖果如天降雨令諸農夫多收果實

支畢度蘇兜一民若度蘇兜二畢梨帝那度蘇兜三呵支都鄙那度蘇兜四那度蘇兜五究吒呼度蘇兜六若富那度蘇兜七烏兜莎呵兜度蘇兜八蜜若無度蘇兜九莎訶

誦呪六徧縷五色結作三結繫兩手

此大神呪力能令此閻浮提所有地種碎如微塵弗婆提瞿耶尼悉能爲之海水枯涸須彌山崩令如微塵復能還復如本無異令諸行人諸結重病塵勞垢習爲渴愛河之所漂流沒溺生死無能覺者我今神呪力撈接救拔令出三界以大乘河滅結使火禪定膏油潤漬令濕種植無上菩提根芽令諸衆生收諸果實此陀羅尼力亦復如是若諸衆生現身欲修此陀羅尼得宿命智濟四百生未來世事亦四百生悉能知之現在世事知他人心所緣識境界天文地理圖書讖記知諸衆生死此生彼至四百生悉能知之應當受持讀誦此陀羅尼應當精進淨持戒地少欲知足修質直心晝夜六時少其睡眠精進修之節食少語乃至六年畢得剋果先得宿命智次得無生智後得他心智來今往古未然之事靡不通達得此智已陀羅尼力故得智慧如五住菩薩無有異也

我餤摩天王今欲說大神呪名求低胡蘇多此言美妙音聲

波罝呼盧多一烏吒句呼盧多二耶無呼盧多三不梨帝那呼盧多四烏奢副呼盧多五

莎訶

誦呪三徧縷五色結作五結繫項

是名異法性海美妙音聲此大神呪乃是過去十恒河沙等諸佛所説是呪能令小千世界悉皆震動其中衆生以大神呪威神力故三毒病惱纏勞垢習自然涌出法音光明從毛孔入鬱烝之熱自然清涼小千世界其中衆生聞此陀羅尼美妙音聲和雅柔軟有得音響忍者有得柔順忍者有得大無生法忍者有能堪任久住度衆生者有得畢法性海四辯無礙者有得大總持神通自在常遊諸國以美妙音聲而爲衆生演説法要悉是大神呪威神力故能辦此事

我忉利天王愍念衆生故欲説大神呪名胡蘇兜那此言去除垢穢慈悲拯濟拔衆生苦

支不帝梨那 一 阿支不帝梨那 二 彌耆帝梨那 三 烏蘇帝梨那 四 若副多帝梨那 五 驅蘇帝梨那 六 莎訶

誦呪三徧白色縷結作六結繫項

此大神呪乃是過去十恒河沙諸佛所説我忉利天王以大神呪力於四天下中得大神力觸事無礙盡日月所照之處悉能爲之衆生等壽命帝王暴虐兵刀寇賊飢餓疾疫大臣窂相佞諂不忠國家衰忌星宿失度雨澤不時晚雨旱霜比丘懈怠三業不勤故使世界三災並起若其國王放逸著樂縱諸群臣貪濁自恣多取民物枉殺無辜民怨天怒故使國界兵刀競起有諍奪之心行此惡行欲求長生終不可得若其國王心生慚愧悔過自責虛負萬民空煩不及謙下自卑惠下利

民退惡任善尊聖敬德拯濟貧窮如其國王改往修來遵修此德可得長生延年益壽復能讀誦此陀羅尼修行信順上來所說諸惡災恠悉得消滅無有遺餘

陀羅尼雜集卷第二

音釋

懎 所力切悲恨也 啄 竹角切 睒 失冉切 熒 余傾切 險 虛儉切
猒 衣檢切 稗 蒲拜切 撈 郎刀切沉水取之曰撈 搓 七何切搓挪也
賑 章忍切賙也 涸 下各切水竭也 侫諂 侫乃定切諂丑琰切

陀羅尼雜集卷第三

未詳撰者今附梁録

摩醯首羅天王呪一首

八臂那羅延天呪一首

大功德天呪一首

八龍王呪八首 并諸菩薩天王龍王發願説偈

摩醯首羅天王呪

我摩醯首羅天王今欲説神呪愍念諸衆生爲除苦本除其我慢心令修忍辱行有呪名句多吒呪此言慈悲忍辱

殊呼多一烏者多二句多吒三烏蘇蜜多四提梨帝吒五若蜜殊吒六句喻吒七烏蘇蜜者吒八句那吒九耶蜜者吒十烏蘇帝梨吒十一莎訶

誦呪五徧縷一色線結作十二結繫兩手

此大神呪乃是過去七恒河沙諸佛所説又我過去從諸佛所得聞説此大神呪名從是已來神通自在徧領三千大千世界一切鬼王皆悉屬我我有神力悉能摧伏我今説此陀羅尼呪如王解髻明珠與人譬如强力轉輪聖王威勢自在無有前敵未摧伏者力能摧伏已調伏者增加守護所須之物令無所乏之時轉輪王威伏百姓復能養育增加守護猶如慈父等無有異我今大摩醯首羅天王神力自在亦復如是典領三千大千世界鬼神諸王養育守護亦復如是摧伏外道及諸邪見悉令靡伏安住正法復以神通遊騰十方遊諸佛國佐佛揚化守護正法亦復如是我今以此大神呪力六道化身度脱衆生現作鬼王降伏諸鬼摧滅邪見内修菩薩清淨

戒行久以得處法流水中八住齊階功勳成就當知皆是大神呪力其諸行人欲得現世離衆患難欲護正法欲得安隱欲得國土無諸災疫豐實安樂其王應當勤心讀誦研精修習此陀羅尼亦當勸勵后妃婇女諸王子等勤心修習晝夜讀誦極令通利於月八日十四日十五日離常住處在空靖地淨潔洗浴妙香塗身著新淨衣於夜後分明星出時燒香散五色妙華三種名香供養十方佛已然後三稱我名摩醯首羅大天王滿我所願如是三說令我所求皆得吉祥作是願已默然而坐我於爾時當往其所王於爾時即當誦此陀羅尼呪二十一徧默然而坐其王爾時若於夢中若惺悟心得見我身在虛空中處白蓮華臺放大光明照觸王身王見光已即得清淨解脫無垢光三昧得是三昧已心大歡喜心歡喜故所願悉得我時當遣八部鬼神守護國土國界清夷無諸災橫當知是此大神呪力

八臂那羅延今欲說神呪名阿波盧耆兜帝梨置此言護助佛法消諸姦惡摧滅邪見建立法幢

度呵兜一支波兜二若勿兜三波羅帝兜四度呵兜五究吒兜六阿若勿兜七耶蜜兜八究吒兜九度呵兜十莎訶

誦呪五徧縷青一色結作四結繫項

此大神呪乃是過去八恒河沙諸佛所說我於過去從諸佛所聞是神呪是故今日得此奇特威猛德力神通無礙三界奇挺人無等雙移山住流手轉日月能接須彌擲置他方

還置本處令此四天王帝釋諸天都不覺知令此須彌入芥子中四天王宮忉利諸天悉皆不知已之所入令四天下洲合爲一洲各還本處如本無異其中衆生不知往來神通自在遊騰十方歷事諸佛守護正法當知皆是大陀羅尼力若諸國土諸人王等欲護己身及國土者是王應當建立佛法當修十德何等爲十一者以慈悲心養育民物二者怨親平等心無憎愛三者治國正法不枉民物四者退惡任善識賢別愚五者謙下自卑不輕賢士六者有來求者不違其意隨其所求悉皆給與七者於三寶所其心純厚八者拯濟貧窮愍諸孤老九者國有賢士當徵召之十者普慈人民捨恨念舊猶如慈父愛念其子溫潤漬流若諸人王能行是德當知是王諸佛所護我等諸天亦護是王不令隣敵來侵是界有諸善人福德賢士皆集其國雨澤順時不被災霜人民安樂惡龍攝毒無病苦者是王若能修十善德復能兼誦此陀羅尼專念在心而不廢忘常於月八日十四日十五日於正殿上若高樓上香湯沐浴著新淨衣正東而坐日未出時燒香散華供養十方諸佛然後禮我八臂那羅延天王神力自在令我所求皆得如願爾時即誦此陀羅尼二七徧已默然而坐經一食頃我於爾時當往其所住虛空中身出光明照觸王身其王爾時見光明已轉復精進以精進故所求皆得隨其所願無不剋獲當知此皆是大神呪力我大功德天王今欲說神呪名兜樓呼帝盧此言護助正法愍苦衆生

耆摩羅呼帝盧　烏晝呼帝盧　句呼那呼帝盧　若蜜耆帝盧　莎訶

誦呪三徧縷六色結作六結繫項是大神呪乃是過去七恒河沙諸佛所說我於過去從諸佛所得此神呪今得此身端正殊妙光明照曜諸天中勝神智通達靡所不知得他心智來今往古如在目前得宿命通具足三明八解脫事亦悉備足功德備舉如初住菩薩等無有異爲度衆生現作天女見諸衆生迴波六趣沒溺苦海無能覺者我今愍此諸衆生故以此神呪欲擁護之若諸行人欲求所願病者求差貧者求富賤者求貴若諸國王惡賊侵境雨澤不時所種不收疫病流行爾時應當勤心讀誦修行此陀羅尼七日七夜六時不廢燒香散華供養十方諸佛供養佛已爲我大功德天敷好妙座以三種妙華莊嚴此座赤白紫色三種妙漿蒲萄石蜜安石榴漿以待於我若在塔中若於靜室於一一時中勤心讀誦此大神呪七徧乃止默然而坐我時當與天衆龍衆往是人所受其供養受供養已與其所願是人爾時若於夢中若醒悟心即得見我大功德天威顏相貌光明挺特見已歡喜轉復精進以精進故所求皆得當知是此大神呪力

我難陀龍王欲說一頭陀羅尼名耆那膩置此言護諸衆生拔其四毒箭

若不帝梨那　伊帝帝梨那　伊無帝梨那若晝令帝梨那　伊不帝梨那　耆呼吒帝那　莎訶

誦呪五徧黃色縷結作六結繫項

此大神呪乃是過去十恒河沙諸佛所説我難陀龍王已得大神呪力故常遊諸國十方佛前神通自在無有罣礙諸佛所説悉能總持爲衆生説如聞而行拔其毒足傳智慧膏以薩婆若水洗除垢穢拂拭摩搓令心調淨我難陀龍王常遊諸國觀察衆生有病苦者隨其偏發療治救濟令得脱難乃至於王後宮變爲女身爲諸女人演説法要女人姿態多諸過惡皆使令發菩提之心猒惡女身皆因此大神呪力得階十地六道和光現龍王身雖示龍身不同其塵當知悉是大神呪力日誦七徧煩惱結使悉得消除現在病苦悉得消滅欲得如上所説大智慧方便自利利人勤修讀誦此大神呪誠諦不虛

我婆難陀龍王欲説一頭陀羅尼名陀摩羅提此言守護國土滿衆生願

阿支不陀摩羅提　烏蘇兜那陀摩羅提

破殊呵陀摩羅提　烏蘇兜那陀摩羅提

若寋者陀摩羅提　烏蘇呵陀摩羅提

罝者呼奴陀摩羅提　支兜梨那陀摩羅提

莎訶

誦呪五徧縷七色結作十四結繫項

此大神呪乃是過去九十九億諸佛所説我於過去值遇諸佛從諸佛所得此陀羅尼有大神力神通自在常遊諸國度脱衆生在所國土若諸國王欲以正法治國土者以天位治世不枉人物欲得國家無諸災禍欲得隣敵不生惡念國王爾時應當深心敬重三寶恩惠貧窮謙敬仁義恩德普覆尊聖敬德退惡任善謙敬理信如其國王行此德者十方

諸佛常隨護念釋梵四天王等龍王當隨護助爲消災害滿其所願求願與願不違其意是王爾時欲滿願故應當讀誦此陀羅尼於宫殿内若正殿上於月八日十四日十五日日未出時正南而坐香湯澡浴著淨潔衣於其國内諸人民等及諸隣敵起慈悲心憐愍之心爾時應當誦此陀羅尼二十一徧燒殊妙香栴檀沉水及熏陸香散七色華先當供養十方諸佛釋迦如來應正徧知諸大菩薩天龍八部然後三稱我名娑難陀龍王燒香供養滿我所願如是三說我時當與天龍八部隨其所願即得當與之是王爾時即滿所願云何當知得果其願若於夢中若惺悟時見白龍象及白蓮華在虚空中當前而住當知爾時即得所願

我娑伽羅龍王今欲說神呪名阿那耆置盧此言普雨法雨於四天下中無不蒙潤除諸衆生鬱烝熱惱諸渴乏者令得豐足

烏耆都波梨那　耆摩都呼那　蘇耆蜜都呼那　阿支不奴都呼那　烏哆呵都呼那　毗梨帝那都呼那　温耆不都呼那　莎訶

誦呪三徧駝毛縷結作八結繫項是大神呪乃是過去十恒河沙諸佛所說我娑伽羅龍王於七百阿僧祇劫已來常修行此陀羅尼以是之故於諸龍王最上最勝端正殊妙神通自在能以神力聲震三千極佛境界無不蒙益一四天下小千世界四天下中三千大千世界無不蒙潤慈悲普覆等雨法雨能令衆生增長鞠育菩提根芽若諸衆生處在三惡三垢覆蔽爲開慧眼令覩光明

若諸國王渴乏須雨我能給足令其豐實四天下中普皆令等而其國王欲得豐實無他怨賊欲來侵境於其國內熾然正法恩惠普覆斷理怨枉賑諸貧窮有孤老者生憐愍心若其國王能行是德十方諸佛諸大菩薩釋梵四天王天龍鬼神常隨護助求願與願無不獲果王於爾時應當修行此陀羅尼於淨潔處離大憒閙於七日中不食酒肉五辛白淨素食酥酪聽食香湯洗浴著白淨衣七日七夜受持八戒燒衆名香梅檀沉水及熏陸香散五色華供養十方諸佛我釋迦如來應正徧知爾時應當三稱我名娑伽羅龍王即便誦呪三七徧於六時中從初一日國王爾時心轉淳厚一日二日乃至七日便見我身在其前住若白龍象像若轉輪聖王像隨其所求能滿其願爲除宿罪令得道果

我和修吉龍王今欲說神呪名支富提梨那此言愍若衆生令出三界

憂波支兜那　如波帝支兜那　蜜若兜支兜那　提梨帝那支兜那　烏蘇欽帝支兜那　莎訶

誦呪三徧殺羊毛縷結作十四結繫項

此大神呪乃是過去八恒河沙諸佛所說我於過去從諸佛所得此陀羅尼句不與諸龍同其事業常遊諸國修菩薩行面覲諸佛諮受教誨愍念衆生佐佛化愚常以正法攝持守護於生死海拔濟令出身爲大船口爲法橋心爲大海出慈悲水溉灌衆生枯槁福田悉令生長菩提根芽我所饒益其喻如是若諸國王欲求所願欲令國土豐實安樂欲令

無有他方怨賊欲使國土無諸疫病怨家雠對自然殄滅衆官承法不復惱人其王爾時於其國内熾然正法率諸群臣以正法教溫良恭儉孝養父母慈悲憐愍孤窮衆生躬自迴駕供養三寶於三寶所不生疑悔生父母師長想朋友知識想於身命財生不堅想我及國土如幻如化愍傷衆生如視赤子若其國王能修是德復能讀誦此陀羅尼於月八日十四日十五日淨潔洗浴著新淨衣於正殿上若高樓上正東而坐日未出時散三色華三種名香栴檀沉水熏陸香等供養十方佛已應當爲我和修吉龍王敷置法座正南而坐以青氍覆我座上三種華三種漿蒱萄石蜜安石榴漿燒黒沉水以待於我其王爾時正東而坐叉手合掌誦此陀羅尼二十一徧誦呪已訖其王即出與諸群臣默然而坐我和修吉龍王當與諸天龍神八部八萬四千到是王所於虛空中默然而受其王供養王於爾時若於夢中若惺悟心得見我身如轉輪聖王七寶侍從見已歡喜轉更精進以精進故我及天龍八部鬼神便當勤心守其國土求願與願不違其意眞誠如是我德叉迦龍王我欲説神呪度脫諸衆生有呪名蘇富羅此言度脫衆生

阿低帝者晝　支富屠蘇羅若蜜者晝　烏睛都呵晝　畢梨那者毗若蜜烏都晝　莎訶

誦呪五徧縷紫白二色結作十二結繫項是大神呪乃是過去七恒河沙諸佛所説是呪能令諸失心者還得正念度五逆津獲諸

神通具足三明超出三界獨步無畏我於往古從諸佛所得聞讀誦此大神呪雖現龍身而無龍業遊諸佛國修菩薩行遊騰十方度脱衆生出生死海迴波六趣悉能救接扶持携將到涅槃岸又我過去於閻浮提作國王女王於爾時國土褊狹人民單索恒畏怨敵來侵其境又復薄福水旱不調穀米湧貴人民飢饉我於爾時在宫殿内父王爾時愁憂不樂語諸群臣當設何計令國豐實人民還復群臣爾時默無荅者我時見父愁憂如是我念過去曾從諸佛受持讀誦此大神呪是神呪力譬如大蓋能覆三千況此一國普雨法雨無不蒙益枯木石山皆能生華强者能伏弱者能佐作是念已即詣王所禮覲問訊問王所憂王時荅我非汝所知我時荅王有智慧者不問男女行之即是王時歡喜言説之我時荅王我念過去九十九億諸佛所説大神呪王設其功力如上所説王於爾時躬自讀誦精誠剋勵七日七夜受持八戒六時不廢於一一時中懺悔十方散七色華燒三種名香一一時三七徧誦王於爾時悔過自責薄福不肖謬得爲王孤負天下慚愧自責以慚愧故十方諸佛大菩薩衆釋梵四天王八部鬼神諸大龍王風伯雨師皆悉來集至其國界雨大法雨枯木石山枯泉河井悉皆盈滿先逃人民還其本土他國人民聞國豐實亦來投歸爾時隣敵悉來歸伏拜爲大王八方靡伏遂致太平我念往古大神呪力神通自在乃致如是若諸人王欲求所願皆應如是修行此德

阿那婆達多龍王今欲說神呪名婆差盧比言美音讚歎三寶長衆生信擁護正法震大法之雷生長衆生菩提根芽鞠育我成就令得成辦悉皆令得無上佛果

支波晝提梨那　阿若盧波晝提梨那　和婆盧波晝提梨那　阿那盧波晝提梨那　阿支不提梨那　若蜜耆耶兜提梨那　胡蘇波吒兜提梨那　蘇副蜜耆阿支副烏奢支　莎訶

誦呪三徧縷青黃二色結作六結繫項

此大神呪乃是過去七十七億諸佛所說是呪能令諸失心者還得正念無智慧者令得智慧無辯才者令得辯才無陀羅尼者令得陀羅尼狂者得正瘂者呪其舌根乃至七日還得能語盲瞎者呪其眼根三七二十一日日初出時病者東向坐心念口言令我眼根隨日而生呪師爾時日日呪之一日三呪日初出時日正中時日欲入時乃至三七二十一日眼根還生遂還得眼若諸衆生手脚攣躄呪已還復如本無異有諸比丘懈怠不勤觸事滯礙闇鈍矇瞢爲諸罪垢之所覆蔽當知是人曾於過去或殺父母或殺和尚阿闍梨或殺發心菩薩眞人阿羅漢或殺時君國政破塔壞僧此人或曾於大衆中作大妄語輕毀衆僧或時在俗輕秤小斗欺劫百姓見孤窮者輕毀淩蔑爲子不孝爲臣不忠見人行善輕毀憎嫉見諸惡人防護佐助造此衆惡自纏其身其人命終入阿鼻獄動經劫數罪畢乃出還得爲人諸根闇鈍示同人類如是罪人若得值遇善知識者得聞說此陀羅

尼一經耳者復能讀誦修行逼利慚愧自責悔先罪咎謙敬自卑敬諸比丘孝順父母恭敬師長耆舊宿長生謙敬心愛語和順鄙悼自卑慚愧低頭或時諸人施與飲食當持此食色香美味施與諸佛和尚阿闍黎我之鄙惡不消此食餘殘滓惡我能敢受施衣裳湯藥亦復如是不自高身卑下他人恒自改悔無數劫罪勤心讀誦此陀羅尼於四十八日在空閑處六時行道供養禮拜十方諸佛於一一時中七徧誦此陀羅尼精誠改悔莫生疲猒散五色華三種名香栴檀沉水及熏陸香滿四十八日已罪垢滅盡無有遺餘隨其前世根有利鈍其利根者即得道果第二第三終不能得阿羅漢果其根鈍者正得滅罪不墮地獄我今所說饒益衆生分別罪福令其惺悟善惡報應是名護法美妙功德今已說竟

摩那斯龍王今欲說呪名陀摩叉帝此言爲護法故拯濟群萌拔生死苦令得脫難

陀無梨陀尼帝　阿支晝尼梨帝　毗梨帝那尼梨帝　烏支晝尼梨帝　胡梨帝那尼梨帝　莎訶

誦呪三徧白氎結作七結繫項

是大神呪乃是過去七恒河沙諸佛所說我於往昔在閻浮提作大國王十六小國皆悉屬我我有威猛大策謀力降伏諸國三十六國悉來屬我我時得病命垂欲終薄福少兒正有三子最大太子闇鈍少智中者尫弱其最小子聰明勇拰博學多聞策謀威勇見我欲終悉皆來集一萬大臣亦悉來集一萬夫

人亦悉來集王時欲終語諸群臣言我三子中誰中爲王諸群臣言任大王意王時荅言不應任我我去之後治國之法覇王之事汝等當知云何任我諸臣咸言善哉大王慈悲臨覆心無憎愛一萬大臣同聲唱言第三王子堪任爲王一萬大臣言已辭退時王正殿身體疲懈語諸子言我今欲卧第三王子抱父王頭中者捉脚第一王子捉父王手時王仰卧即便命終群臣聞之號哭來集一萬夫人亦悉號哭舉身投地第三王子見父背喪呼號懊惱自投於地良久乃穌第一太子默然不坐第二王子坐啼脚頭諸群臣言諸王子等相貌有異有一大臣是王叔父大王在時恒以國事付此大臣宰相念言大王在時恒以國事付囑於我今此王子意志有異我宜問之即前問言今王背喪諸群臣等皆悉已集人父子之情不應如是默然而坐而不涕泣王子荅言我與父王都無因緣第三王子獨是王子我等二人猶如賔客暫來相過大臣荅言不應如是國是汝有非兄則弟第三王子號咷宛轉前抱兄足我小幼稚不應爲王願兄臨顧紹父王位兄時答言父王臨終告勑於汝我徒先生不見告勑是父王過非汝僣咎我等二人且當入山精誠剋勵求神仙道言已即去精誠不久獲得五通移山住流手挽日月第三王子塟送父訖得紹王位統領諸國四十八年其後漸漸貪濁心起人民猒賤諸小國王及諸群臣咸皆思念山中神仙無貪之性及得爲仙我等往昔咸皆愚癡聰聖王子以爲愚癡貪濁王子以爲賢

聖作是念已咸相謂言我等諸人當共入山勸請神仙以爲大王兼有神化威伏諸國作是念已一萬大臣皆共入山推覓求索會遇見之一萬大臣拜覲問訊神仙尊者我等頑愚不識正眞爲此貪王之所惱亂人民逃迸國將空虛唯願尊仙垂顧留眄慈悲普覆令國還復仙人答言我無是事諸臣答言實不得止仙人答言我寧此死終不戀國還爲人王一萬大臣咸相謂言我若返國亦皆當死貪王所教不如住此求道神仙飲水食果清閑寂寞精誠不久皆獲五通飛騰清虛靡不周徧爾時貪王心生慚愧即捨王位出家學道開父王藏欲大布施見一金櫃七處印印之以手開櫃得陀羅尼是過去諸佛所說如前無異得陀羅尼又開父王藏著四衢道頭恣其人民擔負而去我於爾時得此陀羅尼已即入靜室七日七夜精勤修習漏盡意解即獲五通爾時國王福德少故隣國侵境風雨不時人民飢餓是時國王即請比丘以爲國師共我治化比丘是時即受其請愍衆生故爲作國師敎其國王治化正法不貪爲本慈悲爲性賞善罰惡尊敬道德慈愍人民如視赤子爾時敎王此陀羅尼句王於爾時精誠至故七日七夜精進不懈以精進故十方諸佛諸大菩薩釋梵四天王二十八部諸大鬼神諸大龍王擁護國土集其國界雨澤時節穀米豐熟人民安樂以安樂故諸小國土皆悉歸屬當知皆是大神呪力威神乃爾若諸國王於釋迦牟尼佛千載末頭欲求所願必應如是古者國王等無有異

我漚波羅龍王今欲說神呪名伊提姤摩此言稱衆生心不違其意譬如大海七珍具足取者皆得其不取者非龍王咎

烏都胡盧都　支波都　宿佉都　耆摩都　烏吒都　若蜜者都　畢梨帝那都　烏蘇都　莎訶

誦呪三徧縷紅白二色結作八結繫項

此大神呪乃是過去二十恒河沙諸佛所說我從諸佛得此陀羅尼從是已來百阿僧祇劫有大神力神通自在遊騰十方歷事諸佛常以愛語軟語利益同事調伏衆生於諸衆生猶如慈父心意寬弘猶如大海含受衆生無所不包堪任荷負無量重擔愍苦衆生施其安隱若諸衆生來求索者隨其所願不逆其意求官職者令得職爵求大富者施其寶藏疾病者施其安隱若諸國王欲求所願我悉與之不違其意求長壽與長壽欲令國土無災害雨澤時節不旱不澇正得其中無諸災害穀米豐熟人民安樂疫毒不行滿其所願終不違意是王爾時復能讀誦上來所說陀羅尼句兼以十善化諸人民如我上說所修功德其王亦應如是修行修行得已兼復讀誦此陀羅尼曩劫所作極重惡業皆悉消滅無有遺餘是王爾時罪垢滅已其心泰然無衆惱患怨憎平等無有親愛常以月八日十四日十五日沐浴受齋於清旦時日光未出若正殿上若高樓上正東而坐七徧誦此陀羅尼呪燒白栴檀及沉水香散七色華供養十方佛已爾時應當三稱我名漚波羅龍王滿我所願如是三說即尋誦此陀羅尼句

七徧乃止是王爾時巳精誠故十方諸佛諸大菩薩釋梵四天王八大龍王我漚波羅龍王以慈悲蓋覆其國土以甘露水灑其國界令其疾病疫毒惡氣悉得消滅是名大神呪力滿願不虛

文殊師利菩薩我欲說有四弘誓何等爲四一者覆育一切衆生猶如橋船度人無倦二者包含萬物猶如太虛三者願使我身猶如藥樹其有聞者患苦悉除四者願我當來得成佛時所度衆生如恒邊沙是爲菩薩曠濟之心

虛空藏菩薩我欲樂說菩薩摩訶薩修行浮土清淨妙行有四事何等爲四一者損巳利人拯濟群生二者利衰毀譽不生憂慼三者貞潔不婬戒行清淨如白蓮華四者我當來世得作佛時國土所有一切衆生妙行成就人天無别是爲菩薩莊嚴淨土清淨妙行

觀世音菩薩復欲樂說菩薩有四攝法何等爲四一者菩薩修行六波羅蜜兼以化人拯濟一切二者生慈悲心育養群生三者自利利人彼我兼利四者見病苦者其心憐愍如視赤子是爲菩薩四攝法攝取衆生菩薩廣利衆生攝取淨土妙善功德

救脫菩薩復欲樂說有四弘誓不與聲聞辟支佛共何等爲四一者願使我心猶如大地一切草木叢林萌芽因之增長地無憎愛二者願使我心猶如橋船運度衆生無有疲猒三者願使我心猶如大海容受一切百川衆流投之不溢四者願使我身猶如虛空包含萬物猶如法性是爲菩薩四大弘誓不與聲

聞辟支佛共
跋陀和菩薩我欲樂說菩薩妙行有八事何
等爲八一者菩薩處於五滓世界拔濟衆生
不生疲猒二者見諸衆生興起福事營護佐
助不生穢心三者見人爲惡敎喻訶諫令得
捨離四者有患難者拯濟憐愍如母愛子五
者有來求者不惜身命六者有患難處扶持
携接令得脫難七者見邪見人憐愍敎喻令
得正見八者鞠育衆生猶如赤子所有功德
悉持施與共用迴向無上菩提是爲菩薩八
事利益無量衆生
大勢至菩薩復欲樂說菩薩有四事利益衆
生心無疲倦何等爲四一者菩薩摩訶薩自
捨已樂施與衆生見他受苦如已無異慈心
流惻痛徹骨髓二者菩薩摩訶薩於没溺處
設大橋船運度衆生無有疲猒三者菩薩摩
訶薩於生死海中衆生洄澓自手牽接令達
彼岸四者知諸衆生往古來今猶如幻化雖
達此理度人無猒是爲菩薩四事利益拯濟
群生
得大勢菩薩復欲樂說誰能於釋迦牟尼佛
遺法中作佛事者我等八人常當擁護略說
有四事何等爲四一者憶無量苦見衆生苦
如我無異二者我等所持戒功德悉捨施與
衆生共用迴向無上菩提三者能忍苦事荷
負一切衆生到於彼岸四者發舉一切衆生
心猶如慈父念子無異是爲菩薩自利利人
清淨妙行
堅勇菩薩復欲樂說菩薩妙行有四事何等
爲四一者願我常生無佛世界喻如日月行

閻浮提爲其除冥二者如以金鉀抉其眼瞙令覩光明三者作大藥樹一切衆生得聞香者病苦消除四者常演說法如澍法雨萌芽生長成就果實悉發無上菩提之心是爲菩薩四大弘誓

我文殊師利　今欲說妙偈　令此經流布
衆生無疑心　七佛菩薩衆　所說深妙法
諸天龍王神　言辭甚奇特　純說妙行呪
護國及行人　書寫讀誦者　必共千佛會
虛空藏菩薩　今欲說半偈　美歎書寫者
書寫讀誦者　上來賢聖歎　稱揚轉教人
言辭婉約美　妙好無窮盡　猶如大海水
深廣叵窮盡　此人之功德　億倍過於彼
我文殊師利今欲說偈
一切衆生類　迴波婬鬼界　無能覺之者
唯我能救拔　永斷生死本　普處寂滅樂
梵天王所說二偈
我常修行四無量　今來至此聞妙言
濟拔衆生生死苦　永以無復憂惱患
兜率天王今欲說三偈
我於往昔值諸佛　得昇兜率爲天王
今以得聽一妙言　決了心瞙開慧眼
其有衆生一經耳　不墮三塗昇梵天
他化自在天王欲說一偈半
聞此閻浮提　諸大菩薩等　演說微妙義
我心大歡喜　永拔生死種　得昇泥洹堂
化樂天王所說二偈半
我聞閻浮提　菩薩大士等　各各說妙行
四攝及弘誓　我聞此句已　心眼霍然開
願使諸天衆　得此淨眼根　永斷生死流

普得昇泥洹

燄摩天王欲說一偈如意珠

我等久處於天宮　猒離三界生死苦
何時如蛇脫故皮　永得寂滅涅槃樂

忉利天王欲說一偈半

久處於生死　猒離欲淤泥　興起大慈悲
濟拔生死苦　永脫生死苦　得入涅槃城

提頭賴吒天王欲說四偈

四大天王中　我最爲第一　我雖作天王
不脫鬼神苦　我作鬼神王　已經五百歲
東西常馳騁　濟度諸群生　哀哉過去世
曾作人中王　治化不以理　今作鬼神王
有願諸國王　正治於國事　莫作貪濁行
復受鬼神身

毗樓博叉天王欲說一偈半

我念過去世　生於閻浮提　豪富得自在
諂曲不端直　今雖作鬼王　猶受鬼神苦

毗樓勒叉天王欲說三偈

我今作鬼王　得離三塗苦　涉歷四天下
救諸病苦者　憶念過去世　曾作人中王
放逸著五欲　今受鬼王身　又願人中王
謹慎不放逸　度脫諸衆生　普得涅槃樂

毗沙門天王欲說一偈半

我於往昔修菩提　爲衆生故作鬼王
衆生久處無明闇　我以金錍開其眼
慧眼既開度生死　生死既脫昇泥洹

難陀龍王欲說二偈半

我現處龍宮　欲度諸龍衆　聞諸菩薩衆
各各說妙行　諸天龍神等　咸皆側耳聽
天衆及龍衆　歡喜不自勝　我及諸眷從

得脱諸龍身

婆難陀龍王今欲説一偈半

我處於龍宫　猶如蠶處繭　願得智慧力

壞此無明闇　濟拔衆厄難　超度生死海

娑伽羅龍王欲説二偈

我念過去世　曾作人中王　慳悋於寶藏

今受龍王身　人願諸國王　慈惠普拯濟

治化以正法　莫復受龍身

和修吉龍王欲説二偈半

我雖受龍身　不受熱沙苦　又於過去世

曾作人中王　貪濁著世樂　今受龍王身

又願諸國王　猒離於世樂　如囚猒於獄

超出三界門

德叉迦羅龍王欲説二偈半

又我於過去　曾作人中王　妻子及奴婢

悉皆用布施　坐以一瞋故　今受龍王身

又願諸國王　謙敬以仁義　莫復自豪貴

後受龍王身

阿那婆達多龍王欲説四偈

我念過去世　曾於閻浮提　曾作國王女

端正無等雙　父王甚愛重　名曰白蓮華

嫁與隣國王　不得適其意　瞋恚自害死

經歷三塗苦　今受龍王身　又願諸女人

猒惡女姿態　莫復懷妬忌　後受毒龍苦

難得脱苦時

摩那斯龍王今欲説二偈半

久處於龍宫　猒患諸龍臭　腥臊如溷豬

處厠不覺苦　三界諸人天　皆亦復如是

樂在三界獄　如豬不猒厠　哀哉甚可傷

不知求解脱

漚波羅龍王今欲說五偈半

我於過去世　曾於閻浮提　婆羅門家生
聰明甚黠慧　時有隣國王　女來娉我妻
此女不貞良　私外共人通　我時伺捕得
斬之於都市　我時惡得此　送之歸本國
思惟欲懺惡　出家行正道　復遇惡知識
不值好同學　引置諸婬女　時我惋歎恨
持刀自刎死　經歷三塗苦　從是受龍身
甚苦不可言

胡蘇低羅龍王今欲白一事

我於閻浮提　典主十六國　餘國皆易化
唯此國難教　群臣皆諂僞　貪濁多姦詭
旱澇不均平　莫不由此事

陀羅尼雜集卷第三

音釋

羖羊（羖公戶切扗羊也）漑灌（漑古代切沃也灌古玩切澆也）氎（徒協切毛布也）攣躄（攣呂負切手拘攣也躄必益切足不能行也）疉瞢（疉徒亘切瞢毋亘切疉瞢不明也）尪（烏光切羸弱也）洄澓（洄戶恢切澓房六切洄澓水漩流也）鉀（正當作鎞邊迷切金鉀掠帚也）抉（古穴切挑也）瞙（慕各切目病也）溷（胡困切豕所居處也）黠（胡八切慧也）

陀羅尼雜集卷第四

未詳撰者今附梁録

阿彌陀鼓音聲王陀羅尼一首
發菩提心陀羅尼一首
日藏菩薩陀羅尼一首
護諸童子陀羅尼呪經 三藏菩提留支譯
金剛祕密善門陀羅尼七首
華聚陀羅尼一首
最勝燈王如來所遣陀羅尼一首
阿逸多王菩薩説饒益善利色力名譽陀羅尼一首
文殊師利菩薩説饒益善利色力名譽陀羅尼一首
釋迦牟尼佛説大饒益陀羅尼一首
四天王説護持前呪者陀羅尼一首
救阿難伏魔陀羅尼一首 出大涅槃經
正語梵天説應現滿願陀羅尼一首
摩尼跋陀天王説稱願陀羅尼一首
婆視羅仙人説救一切病種種方法陀羅尼一首

阿彌陀鼓音聲王陀羅尼經

如是我聞一時佛在瞻波大城伽伽靈池與大比丘衆五百人俱爾時世尊告諸比丘今當爲汝演説西方安樂世界今現有佛號阿彌陀若有四衆能正受持彼佛名號以此功德臨欲終時阿彌陀即與大衆往此人所令其得見見已尋生慶悦倍增功德以是因縁所生之處永離胞胎穢欲之形純處鮮妙寶蓮華中自然化生具大神通光明赫弈爾時十方恒沙諸佛皆共讚彼安樂世界所有佛

法不可思議神通現化種種方便不可思議若有能信如是之事當知是人不可思議所得業報亦不可思議阿彌陀佛與聲聞俱如來應正徧知其國號曰清泰聖王所住其城縱廣十千由旬於中充滿刹利之種阿彌陀佛如來應正徧知父名月上轉輪聖王其母名曰殊勝妙顏子名月明奉事弟子名無垢稱智慧弟子名曰賢光神足精勤名曰大化爾時魔王名曰無勝有提婆達多名曰寂靜阿彌陀佛與大比丘六萬人俱若有受持彼佛名號堅固其心憶念不忘十日十夜除捨散亂精勤修習念佛三昧知彼如來常恒住於安樂世界憶念相續勿令斷絕受持讀誦此鼓音聲王大陀羅尼十日十夜六時專念五體投地禮敬彼佛堅固正念悉除散亂若能令心念念不絕十日之中必得見彼阿彌陀佛并見十方世界如來及所住處唯除重障鈍根之人於今少時所不能覩一切諸善皆悉迴向願得往生安樂世界垂終之日阿彌陀佛與諸大衆現其人前安慰稱善是人即時甚生慶悅以是因緣如其所願尋得往生佛告諸比丘何等名爲鼓音聲王大陀羅尼吾今當說汝等善聽唯然受教於時世尊即說呪曰

多姪哋一 婆離二 阿婆離三 娑摩婆離四 尼地奢五 眤闍多祢六 眤茂邸七 眤茂爾八 闍羅婆羅車馱禰九 宥佉波啼眤地奢十 阿彌多由婆離十一 阿彌多蛇伽婆眤呵𥎞十二 阿彌多蛇波羅娑陀禰十三 涅浮提十四 阿迦舍眤浮陀十五 阿迦舍眤提奢十六 阿迦舍眤闍帝十七 阿

迦舍夂舍離十八阿迦舍達奢尼十九阿迦舍提咃儞二十留波昵提奢二十一遮埵唎達摩波羅娑陀禰二十二遮埵唎阿利蛇娑帝二十三蛇波羅娑陀禰二十四遮埵唎末伽婆那波羅娑陀禰二十五婆羅毗梨耶波羅娑陀禰二十六達摩呻他禰二十七夂舍離二十八夂舍羅昵提奢二十九夂奢羅波羅啼咃禰三十佛陀夂奢離三十一毗佛陀波羅波斯三十二達摩迦羅禰三十三昵專啼三十四昵浮提三十五毗摩離三十六毗羅闍三十七羅闍三十八羅斯三十九羅娑岐四十羅娑伽羅婆離四十一羅娑伽羅陀地咃禰四十二夂舍離四十三波羅啼夂舍離四十四毗夂舍離四十五咃啼四十六修陀多至啼四十七修波羅舍多至啼四十八修波羅啼癡啼四十九修離五十修目企五十一達咩五十二達達咩五十三離婆五十四遮婆離五十五阿毚舍婆離五十六佛陀迦舍昵裘禰五十七佛陀迦舍裘禰五十八娑婆呵五十九

此是阿彌陀鼓音聲王大陀羅尼若有比丘比丘尼清信士女常應至誠受持讀誦如說修行行此持法當處閑寂洗浴其身著新淨衣飲食白素不噉酒肉及以五辛常修梵行以好香華供養阿彌陀如來及佛道場大菩薩衆常應如是專心繫念發願求生安樂世界精勤不怠如其所願必得往生於彼佛世界時阿彌陀佛與諸大衆坐寶蓮華其土叢林華果鮮敷間錯嚴飾復有樹王香風翻扇出和雅音純說無上不思議法復有妙香名曰光明若干塗香亦是寶香阿彌陀佛於大寶華結跏趺坐有二菩薩一名觀世音二名大勢至是二菩薩侍立左右無數菩薩周帀

圍繞於此衆中若能深信無狐疑者必得往生阿彌陀國其地眞金七寶蓮華自然涌出若有四衆受持讀誦彼佛名號乃至無有水火毒藥刀杖之怖亦復無有夜叉等怖除有過去重罪業障極至七日必果所願佛説是阿彌陀鼓音聲王陀羅尼時無量衆生皆悉發願志求生彼極樂世界於時世尊讚言善哉善哉如汝所願必得生彼聞佛説已天龍八部歡喜踊躍作禮奉行

發菩提心陀羅尼

怛那耶哆婆迦羅目呿一阿迦羅目佉二阿尼摩目呿三阿婆羅闍目呿四薩咀羅闍目呿五阿那遊呵目呿六婆婆埵闍目呿七阿秕數肥八奢吒伐奢九慕馳吒伐奢十多吒阿那由阿貿　尼摩吒　婆阿波羅　憍翅那末斗呵吒泜羅囊　迦福掘之舍那修娑呿摩羅阿單利　呪坭梨嵬堀囉嗃娑呿吒阿流那遮羅波呧呼浮阿那叉耶　那茶䘰闍　摩利之婆羅居頭致叉吒菴蒱利䘰闍藪羅舍羅梨婆婆呿　呾流之肥呿咀遮羅賒呧　梨勒那波婆　牟尼提耶　多婆迦破鬪羅尌跋　脾闍摩尼那羅延那供波那羅延弩娑婆因陀半弩　吒迦目呿　婆呧婆羅　摩尼肥攘目呿牟　尼三小小呵吒婆迦摩沙羅尼呧　摩訶摩訶　尼啎阿射　利摩利遮　呵吒喉喉摩尼　阿吒闍曇摩　呵㗅蓙曇摩肥　利闍牟尼陀闍顯奢兜沙訶侈啎啎彌耶　闍波波摩啎肥闍耶貿貿吒羅那恩陀引也貿貿呵吒肥羅闍肥尼啎肥貿闍肥莎羅訶訶貿尼伏羅界

娑何耶飯那娑何利沒闍娑何莎訶
佛說此陀羅尼時三千大千世界六種震動
天於空中作天妓樂而雨種種香華珍寶供
養於佛菩薩大衆於時九十那由他天人發
菩提心若出家在家善男子善女人欲發菩
提心者應當書寫讀誦此陀羅尼十方諸佛
即見此人聞其讀誦發願迴向遥見此人生
歡欣心即與授記必當作佛若其四衆爲佛
道故應淨洗浴著新淨衣敷種種淨座於阿
練兒處離閙無貪瞋恚煩惱又離憍慢嫉妬
之心一向繫念十方佛令如目前晝夜三時
懺悔諸罪讀誦此陀羅尼於七日善心淳志
當見十方佛若其不見復二七日三七日中
專心不住無量諸佛當現其前而爲說法與
其授記當得作佛一切業障悉皆消滅若造
五逆重罪犯重根本毀謗正法不得現見諸
佛者若夢中見亦得滅除無量諸罪復當更
三十日勤加三七日勤加精進必得見一切
諸佛此陀羅尼功德說不可盡略說一麻矣
至心一心如法修行如願必得
曰藏菩薩陀羅尼
哆揶哆　尼羅那脾蛇蛇　式叉脾蛇蛇
彌力提脾蛇蛇　波羅呵那脾蛇蛇　栗提
脾蛇蛇　因地利脾蛇蛇　婆羅脾蛇蛇
伽脾蛇蛇　三摩提脾蛇蛇　陀羅尼脾蛇
蛇　叉提脾蛇蛇　蛇蛇那脾蛇蛇　阿由
波脾蛇蛇　阿尼遮那脾蛇蛇　摩力伽脾
蛇蛇　阿脾若脾蛇蛇　波羅提三　邪丑
蛇蛇　摩訶訶蜜多羅脾蛇蛇　摩訶迦留
那脾蛇蛇毘栗癡　比脾蛇蛇　薩埵脾蛇

蛇　曇摩脾蛇蛇　舀摩脾蛇蛇　阿路伽
脾蛇蛇　波羅提波斯脾蛇蛇　波羅首六
迦脾蛇蛇　伽伽那脾蛇蛇　摩留多脾蛇
蛇　眴涅哋脾蛇蛇　希多脾蛇蛇　阿耨
蜜多脾蛇蛇　憍沙脾蛇蛇　勒者那脾蛇
阿比娑婆　阿耨那阿奴那　阿波呵耆遮
耆遮羅　者比牟　者毗遮閦者比羅比
牟　脾蛇比牟　叉蛇比牟　阿三慕陀者
羅比牟　車陀比牟　阿伽舍比牟　比功
波合摩比牟　阿那娑婆比牟　阿呵呵比
牟　阿羅波　羅比牟　優波摩波利比牟
莎訶

若有四衆書寫讀誦至心專志如法修行者能滅恒河沙劫所作五逆十惡一切重罪根本悉能除滅若善男子善女人受持書寫至心讀誦七日七夜或一月或一歲晝三時夜三時整衣服偏袒右肩合掌向佛右膝著地如是佛前誦此陀羅尼滅一切諸罪獲一切福欲求何等所求何物所欲求者如願必得至心一念受持讀誦此陀羅尼者爲恒河沙世界一切諸佛之所歡欣護念爲一切諸大菩薩歡欣護念爲一切諸天神王之所擁護爲一切天龍鬼神之所護念滅一切惡業是人非人不能得便能至命終一切諸佛菩薩競來迎接與其受記今生往生所欲求者無不如願此陀羅尼功德說不可盡略一麻矣在人一心專志願則從心

佛說護諸童子陀羅尼呪經　三藏菩提流支譯

爾時如來初成正覺有一大梵天王來詣佛所敬禮佛足而作是言

南無佛陀耶　南無達摩耶　南無僧伽耶
我禮佛世尊　照世大法王　在於閻浮提
最初說神呪　甘露淨勝法　及禮無著僧
已禮牟尼足　即時說偈言　世尊諸如來
聲聞及辟支　諸仙護世王　大力龍天神
如是等諸衆　皆於人中生　有夜叉羅刹
常喜噉人胎　非人王境界　强力所不制
能令人無子　傷害於胞胎　男女交會時
使其意迷亂　懷妊不成就　或歌羅安浮
無子以傷胎　及生時奪命　皆是諸惡鬼
爲其作嬈害　我今說彼名　願佛聽我說

第一名彌酬迦　第二名彌伽王
第三名騫陀　第四名阿波悉魔羅
第五名牟致迦　第六名摩致迦
第七名閻彌迦　第八名迦彌尼
第九名梨婆坻　第十名富多那
第十一名曼多難提　第十二名舍究尼
第十三名揵吒波尼尼
第十四名目佉曼荼　第十五名藍婆

此十五鬼神常遊行世間爲嬰孩小兒而作於恐怖我今當說此諸鬼神恐怖形相以此形相令諸小兒皆生驚畏

彌酬迦者其形如牛　彌伽王者形如師子
騫陀者形如鳩摩羅天
阿波悉魔羅者形如野狐
牟致迦者形如獮猴
摩致迦者形如羅刹女
閻彌迦者其形如馬　迦彌尼者形如婦女
梨婆坻者其形如狗　富多那者其形如豬
曼多難提者形如猫兒

舍究尼者其形如烏
揵吒波尼尼者其形如雞
目佉曼茶者其形如獵狐
藍婆者其形如蛇
此十五鬼神著諸小兒令其驚怖我今當復
說諸小兒怖畏之相
彌酬迦鬼著者小兒眼睛迴轉
彌伽王鬼著者小兒數數嘔吐
騫陀鬼著者小兒其兩肩動
阿婆悉魔羅鬼著者小兒口中沫出
牟致迦鬼著者小兒把拳不展
摩致迦鬼著者小兒自嚙其舌
闍彌迦鬼著者小兒喜啼喜笑
迦彌尼鬼著者小兒樂著女人
梨婆坻鬼著者小兒現種種雜相
富多那鬼著者小兒眠中驚怖啼哭
曼多難提鬼著者小兒喜啼喜笑
舍究尼鬼著者小兒不肯飲乳
揵吒波尼尼鬼著者小兒咽喉聲塞
目佉曼茶鬼著者小兒時氣熱病下痢
藍婆鬼著者小兒數噫數噦
此十五鬼神以如是等形怖諸小兒及其小
兒驚怖之相我皆已說復有大鬼神王名栴
檀乾闥婆於諸鬼神最爲上首當以五色線
誦此陀羅尼一徧一結作一百八結并書其
鬼神名字使人賫此書線語彼使言汝今疾
去行速如風到於四方隨彼十五鬼神所住
之處與栴檀乾闥婆大鬼神王令以五縛縛
彼鬼神兼以種種美味飲食香華燈明及以
乳粥供養神王

爾時大梵天王復白佛言世尊若有女人不生男女或在胎中失壞墮落或生已奪命此諸女等欲求子息保命長壽者當常繫念修行善法於月八日十五日受持八戒清淨洗浴著新淨衣禮十方佛至於中夜以少芥子置已頂上誦我所說陀羅尼呪者令此女人即得如願所生童子安隱無患盡其形壽終不中夭若有鬼神不順我呪者我當令其頭破爲七分如阿梨樹枝即說護諸童子陀羅尼呪

嗟婭他　阿伽囉伽泥　那伽伽泥　娑樓隸祇隸　伽婆隸　鉢隸　不隸　羅收禰脩羅俾　遮羅俾　婆陀尼　波囉　呵曷利　沙尼　那易　彌那易　蘇婆訶

世尊我今說此陀羅尼呪護諸童子令得安隱獲其長壽故

爾時世尊一切種智即說呪曰

嗟婭他　菩陀菩陀菩陀　兜摩帝菩提菩提　摩隸　式叉夜　娑舍利　娑達禰娑囉地　頭隸　頭隸　婆臘多頭隸　舍摩膩收𦔖收隸　波臘帝　收藍舍彌帝槃陀　槃絺　婆呵膩　祇摩膩　陀波膩蘇婆呵　膩婆囉膩　蘇婆呵

此十五鬼神常食血肉以此陀羅尼呪力故悉皆遠離不生惡心令諸童子離於恐怖安隱無患處胎初生無諸患難誦此呪者或於城邑聚落隨其住處亦能收彼嬰孩小兒長得安隱終保年壽南無佛陀成就此呪護諸童子不爲諸惡鬼神之所嬈害一切諸難一切恐怖悉皆遠離蘇婆呵時此梵天聞說此

呪歡喜奉行

金剛祕密善門陀羅尼

如是我聞一時世尊安住菩提樹下與大弟子舍利弗目揵連等而爲上首復有無量諸大菩薩摩訶薩其名曰金剛幢菩薩金剛藏菩薩彌勒菩薩賢劫大士亦爲上首爾時金剛密迹菩薩承佛威神發如是言唯願世尊分別演說善門陀羅尼當爲世間作大照明除滅怨害惡友毒心若天龍夜叉羅刹鳩槃茶人及非人諸大鬼神噉人精氣方道蠱毒怨家詐諂伺人短者如是無有救護之處如來大慈當爲除滅怖畏等事安止衆生於清淨地行住坐卧乃至夢中常當守護不令憂惱有是利故我今勸請大悲調御當爲說之亦當救護大乘人心令其堅固功德智慧不退之行悉除怨害命不中夭爾時金剛密迹菩薩勸佛已瞻仰尊顏心有顧念爾時世尊大悲導師發大雷音聲徧世界讚歎密迹菩薩善哉善哉善男子汝今眞是菩薩之人能爲衆生得安樂故發如是問我今亦爲一切衆生當說此善門陀羅尼爾時密迹喜未曾有唯願矜愍善分別之於時世尊告大士諦聽諦聽善思念之吾當爲汝演暢其義密迹言唯然受教即說呪曰

多姪他　漚究　牟究　摩比尼　摩陀尼　槃囉遮　吟那休　休休利　跋多　莎訶

爾時世尊說此灌頂陀羅尼已復更宣說陀羅尼曰

多姪他跋闍跋闍　跋闍達梨跋闍　波泜　跋闍毗泜　跋闍大地　遮迦羅跋時　遮

迦羅　達梨　達梨　達梨　跋梨　牟梨
遮隸　休休梨　波伽頻毗梨　梨梨尼
留留志　遮梨　周梨　牟梨　曼荼梨
此持名善能除滅一切過惡亦除一切四百
諸疾復能令人命不中夭
多姪他　摩荼尼　伽伽羅尼　牟荼尼
僧波羅牟荼尼　那奢尼　那奢尼　婆陀
尼　蚩眞兠　蚩眞兠毗梨　摩梨　呵多
尼　跋梨婆梨　婆地毗　地毗梨　留沙
梨奢羅　濘羅和濘　羅和那荼蛇跋羅
摩遮梨那　伊他羅　婆泯　地地羅蛇尼
那無摩醯　奢婆羅　梨師婆摩　呼尼
坡波闍　摩呼尼　迦羅婆地　呼地婆地
蘇摩婆泯　蘇摩婆羅鞞　莎訶　多姪他
呵羅　呵羅　唏羅　伊大摩婆遮婆伽婆

莎訶　迦緻多　阿覺那　阿梨闍婆尼
迦伽大尼　阿多荼呵尼　末伽毗　盧呵
尼　休娑婆泯　呼婆婆泯　唏利唏利
蛇他時　蛇他祁尼　蛇他波嚫遮　蛇他
婆　炎蛇他婆　嵐蛇他希利躭　莎訶
爾時世尊說此金剛祕密善門陀羅尼欲令
人天獲大饒益永離苦難常處安樂如是持
者過去諸佛已說教化未來今佛亦共宣說
佛告金剛密迹菩薩善男子大悲愍念一切
衆生故我今說之爾時世尊說此持時於其
肉髻無見頂上出大人相光明赫弈徧照十
方無量世界時諸佛土亦復自然踊出光明
艷色希有殄滅一切所有幽冥時十方人天
異類咸覩是相生希有心皆作此念有何因
緣而現是相光徧世界爾時諸佛告衆會曰

善男子諦聽有佛世界名曰娑婆佛號釋迦牟尼如來大悲憐愍一切衆生令安樂故說是善門陀羅尼是時衆會聞其佛說釋迦威德力皆同發聲讚歎釋迦希有善哉能於娑婆生大悲心爲安天人故說是持此持希有乃是無相眞實智慧之所宣說我等願樂勤修行之得是持已亦當如是出生大悲教化衆生諸佛讚言善哉善哉善男子欲行此善門陀羅尼者常於晨朝嚼木澡漱燒香散華攝心讀誦不令馳騁於諸境界所以者何此持乃是三世諸佛持說教化汝等應當憶念如說修行五辛酒肉所不經口梵行居心除捨緣務於寂靜處然後讀誦能令行者得大功德無邊智慧欲行善門陀羅尼者當發誓願乃至成佛莫令廢忘恒於晨朝讀之一徧若求現願七日七夜勤而行之無不果遂唯除過去有重罪者於今少時不能令盡其餘諸業無不除滅修一切諸善乃至涅槃悉皆能得具足二十功德之利何等二十所謂長命盡壽名稱資生色力無病勇猛精進諸佛護念其心調柔諸天護助願行善行思其深義精勤不息光顔怡悅相好具足辯才無畏增滿善根是故世尊說此金剛祕密深奧善門陀羅尼汝應憶念至誠修行所以者何如比持者於諸持中最爲吉祥

爾時金剛密迹菩薩白佛言世尊我今愍念擁護一切衆生令得安樂除諸衰惱不令諸惡得其使也

多姪他　尼企尼企　志志志志　婆婆婆婆　留留留留　時時時時　伽羅　伽羅

伽羅　伽羅　唏利唏利唏利唏利　破破
破破　摩摩摩摩　呵那呵那呵那呵那
大呵大呵大呵大呵　婆毙阿伽耶唏帝利
莎訶
爾時世尊讚金剛密迹言善哉善哉大士乃能說此大威神呪擁護一切皆得安隱益其精氣不令諸惡人非人奪其精氣者得其便也爾時大梵天王及諸眷屬即從座起偏袒右肩合掌白佛言世尊我今亦欲隨喜佐助受持讀誦善門陀羅尼者增長衆生壽命色力除其衰患使無伺求得其便者唯願世尊加哀護助得如所願
多姪他　唏利　彌利　泜利　莎訶　跋嵐呵摩　富梨　莎訶　跋嵐摩甲　婆羅羯裨　弗波僧多梨　莎訶

若有善男子善女人欲行　持者常於晨朝清淨澡漱已至心讀誦
爾時釋提桓因即從座起偏袒合掌白佛言世尊我今亦欲擁護一切衆生不令諸惡人非人奪精氣得其便也即說陀羅尼句
多姪他　毗尼婆羅呪婆大羅摩陵持挃致置瞿梨乾陀梨　婆羅摩囉泜　呵那摩躭多羅尼　大羅摩利尼　遮迦羅婆翅　睒婆梨　睒婆梨　莎訶
行之法常於晨朝清淨已至心讀誦
爾時四天王即從座起偏袒右肩合掌向佛而作是言我等亦欲擁護一切衆生不令諸惡人及非人伺其惡者得其便也
多姪他　弗羆修弗羆　頭摩波梨　呵離阿利夜波羅　泜羶　泜踶目泜　末伽梨

𠘑泜𠘑　莎訶
此呪常於晨朝清淨已至心讀誦
爾時釋迦牟尼佛即舉右手讚歎梵釋四天王言善哉善哉汝等善能宣說諸佛所持陀羅尼句爾時世尊告金剛密迹菩薩善男子若有得聞善門陀羅尼心無疑惑能於晨朝清淨三業已至心讀誦所得功德不可稱計
華聚陀羅尼
多姪他　度羅尼　達羅尼　達羅尼　末泜波羅婆薩尼　悉地栴地那牟志涅呵梨盧伽跋泜　佛陀婆泜帝梨　烏迦羅致佉伽羅致羅殊波伽泜帝闍婆泜　比舍囉佛題　達摩婆婆斯呵　叉蛇迦牟迦囉婆泜阿勿多迦毗　休多舍呢　帝闍跋泜　膩多夜婆摩唏泜　帝殊伽羅婆泜　伊地蛇佛題　陟拏佛題　莎訶
若有善男子善女人欲行此持者於二月三月若八月從八日至十五日淨潔洗浴著新淨衣於清淨處造佛形像懸繒旛蓋香華供養禮拜懺悔晝夜六時讀誦此持若坐若行莫令心亂滿七日已當得見佛若不見佛復更七日二七日三七日專心讀誦必得見佛坐蓮華而爲說法是時即得自識宿命念力堅固得陀羅尼無礙辯才若求多聞若求禪定若求智慧若求辯才若求醫方若求呪術若求工巧若求文藝如是種種隨心所願悉皆得之乃至成佛終不忘失除其四諦一切大衆聞佛所說歡喜奉行
佛說最勝燈王如來所遣陀羅尼句此有兩本前後翻不同

如是我聞一時佛在舍衛國祇陀林中給孤獨精舍與大比丘衆千二百五十人大菩薩衆四萬人俱娑婆世界主梵天王釋提桓因四大天王提頭賴吒天王毗樓勒迦天王毗樓博叉天王毗沙門天王將二十八部鬼神大將如是等諸天八萬四千呵利多將其子及眷屬悉來在會爾時去此佛世界過十萬億佛土有世界名衆華佛號最勝燈王如來應供等正覺今現在說法遣二菩薩一名大光二名無量光而告之言善男子汝持此陀羅尼句至娑婆世界與釋迦牟尼佛此呪多所饒益能令衆生長夜安隱獲得善利色力名譽即說呪曰

多姪他　闍婆吟　摩訶闍婆吟　闍婆利呢　阿企摩爾　三末泜摩呵三末泜　娑曼泜摩呵　娑曼泜　娑移沙羅咩　莎訶

時二菩薩從佛受持陀羅尼已猶如壯士屈伸臂頃從衆華國沒到舍衛國祇陀林中給孤獨精舍時二菩薩前詣佛所頭面禮足却住一面白佛言世尊去此世界過十萬億佛土有世界名衆華佛號最勝燈王如來應供等正覺今現在說法遣我等來問訊世尊無病少惱諸弟子衆不爲天龍夜叉羅刹浮多鳩槃茶富單那毗舍遮餓鬼阿修羅迦樓羅軒人鬼犍陀鬼狂人鬼亂人心方道鬼起屍鬼若一日發病若二日三日四日如是等諸患所惱亂最勝燈王如來遣陀羅尼句來與世尊亦欲令此娑婆世界衆生長夜安隱獲大善利色力名譽說呪如上

佛告阿難汝當受持讀誦通利爲他解說書

寫供養此持所以者何佛出世難聞持此呪亦復甚難阿難若有受持讀誦通利爲他解說書寫供養此陀羅尼者火不能燒水不能漂毒亦不入怨不能害王亦不殺梵釋諸天不嫌恚之能自憶念七世生事阿難此持過去七十七億諸佛所說若違犯此呪及持呪者奪其精氣爲作衰惱則爲侵毀違逆是諸佛也

爾時阿逸多菩薩從座起正衣服偏袒合掌前白佛世尊我今亦欲說陀羅尼句饒益衆生令得善利色力名譽即說呪曰

多姪他　阿致婆致　那致究那致　阿嵬婆泜　波羅帝婆泜　兜留咩　留留咩

阿那迦斯　坡那迦斯　迦斯　摩訶迦斯

阿嵬多　婆羅紐多　佉歧摩呵佉歧

悉荼稗唏吟　多荼稗唏吟　帝吟尸吟呼柂　摩訶呼施　呼呼柂　呼奢婆泜　莎訶

佛告阿難汝當受持讀誦通利爲他解說書寫供養此持所以者何佛出世難聞持此呪亦復甚難若有受持讀誦爲他解說書寫供養此陀羅尼者能自憶念十二生事阿難此呪過去八十二億諸佛所說若違犯此呪及持呪者奪其精氣爲作衰惱則爲違逆是諸佛也

爾時文殊師利法王子從座起正衣服偏袒右肩合掌叉手白佛言世尊我今亦欲說陀羅尼句用饒益衆生令獲善利色力名譽即說呪曰

多姪他　阿企摩企　那企　那祈尼　那

伽娑離婆羅泥吟　闍唏吟　闍唏囉婆泜
闍提吟　闍提囉婆泜　莎訶
佛復告阿難汝當受持讀誦通利爲他解說書寫供養此持所以者何佛出世難聞持此呪亦復甚難若有受持讀誦爲他解說此陀羅尼句者自憶念十三生事阿難此持過去九十九億諸佛所說若違犯此呪及持呪者奪其精氣爲作衰惱則爲侵毀是諸佛也
爾時釋迦牟尼佛告諸比丘我今亦當說陀羅尼句用饒益衆生令獲善利色力名譽即說呪曰
多姪他　阿致　波致　那致　究那致
卓翅卓荼翅　羅留咩　留留咩　莎離
摩訶莎離差咩　摩訶差咩　盧吟樓盧吟
唏吟　彌吟泜吟尸利　祁利　阿荼婆綴
究那阿　婆破斯　坡那波泜　阿迦斯
摩迦斯　迦娑迦斯　破斯　破娑破斯
摩訶破娑破斯　伊禰彌禰　多埵　多多
埵　莎呵　多姪他　阿致婆致　卓翅
卓荼翅　卓翅　卓留摩泜　兜留末泜
修羅都離　修離婆唏利　彌利　帝利
莎訶　多姪他　阿婆移　婆蛇比伽泜婆
蛇波梨輸　達尼　阿婆蛇大地　尼留
波迦羅咩　阿那比吟　阿比擁比　守題
阿比伽羅奚　阿比婆地　阿拘箍阿哮泜
守婆泜　耆帝闍婆泜　摩訶泜祇　唏
訶泜祇憂波　舍咩　彌多羅婆泜　度沙
舍摩　尼薩多夜　大梨奢　阿毗留　緹
娑憂多梨梯　阿羅吔　娑啼泜　阿勿多
波羅鞞　莎離莎羅婆泜　悉題守題　守

鞞　優婆娑婆泜　三摩波羅榆歧　三摩
質泜　阿毘多離　佛陀提凝泜尸攞　比
守題　阿鞞地　阿叉移　阿闍泜　波羅
鞞闍泜　比守陀移　阿那帝迦　羅摩尼
移　阿三阿梨移　尼伽利啼泜　薩婆末
羅跋嗌波羅視躭　薩婆泜梨他夜　波羅
時羅利多達摩尉囉迦僧伽利　啼躭達摩
大南　莎訶

佛告阿難汝當受持讀誦通利爲他解說書寫供養此陀羅尼所以者何佛出世難聞持此呪亦復甚難若有受持讀誦通利爲他解說書寫供養者能自憶念十四生事阿難此陀羅尼句過去九十九億諸佛所說若違犯此呪及持呪者奪其精氣爲作衰惱則爲侵毀是諸佛也佛告阿難若入賊中當念此呪若入水火欲入王宮亦當念此呪若有種種疾病怖畏之處亦當念此呪此呪神力皆得解脫阿難若有讀誦通利爲他解說書寫供養此陀羅尼句者若王賊水火若天龍夜叉若浮多若究槃茶若富單那若毗舍遮若餓鬼若軒人鬼若揵陀鬼若瘦鬼若使人狂鬼若亂人心鬼若一日二日三日至四日發病鬼若日月星宿若師子虎狼毒蛇蝙蝠人若非人而來怖畏惱害者無有是處阿難若有善男子善女人受持讀誦通利書寫供養歡喜信樂廣令流布此陀羅尼者火不能燒水溺不死刀刃不傷毒不能害不中方道阿難若以此呪繫枯樹上求哀救護還生華葉何況人也唯除宿業已定果報若求現願七日七夜至心修行無不果遂

爾時四天大王從座起正衣服偏袒右肩右膝著地合掌叉手白佛言世尊若有受持讀誦爲他解説者我當守護是人即説呪曰

多婭他　大但持　大但持　鞞大持　多荼虵婆濘吒致　吒吒致　吒吒吒吒吒吒彌　究吒彌　究吒彌　究吒彌　摩訶究吒彌達摩吟　嵬摩吟　莎訶

佛説救阿難伏魔陀羅尼句出大涅槃經

爾時佛在娑羅林中告文殊師利法王子阿難比丘今去此會十二由旬爲六萬四千億魔之所惱亂汝可往彼發大聲言一切諸魔諦聽諦聽如來今説大陀羅尼句天龍夜叉乾闥婆阿修羅迦樓羅緊那羅摩睺羅伽人與非人山神樹神河神海神舍宅等神一切善聽即説呪曰

多婭他　何末吟　毗末吟　涅末吟曹伽吟　奚蘭若羅　多那伽俾　跋提吟　修跋提吟　迦棞三曼那　跋隄吟　薩婆羅他　娑大尼　婆羅摩他　薩大尼　摩那斯　摩訶摩那斯　阿嘷泯　阿嵡泯　阿浮泯　阿多羅　遮浮泯　毗闍移　毗摩吟　婆嵐咩　摩訶婆嵐咩　波利不嘍弩　摩奴羅梯比目泯　修比目泯　莎訶

爾時文殊師利法王子從佛受此陀羅尼已至阿難所在魔界中作如是言諸魔眷屬諦聽我所説大陀羅尼句魔王聞已悉發阿耨多羅三藐三菩提心捨於魔業即放阿難聞是持名無不恭敬受持之者此持過去十恒河沙諸佛世尊所共宣説能轉女身自識宿命當受持五事一者梵行二者斷肉三者斷

酒四者斷五辛五者樂在寂靜至心信受書寫讀誦此陀羅尼者當知是人則得超越七十七億弊惡之身

正語梵天所説陀羅尼

正語梵天現女身白佛言世尊若四部弟子淨潔洗浴著新淨衣燒沉水香三日斷食誦此呪者我若不至其所滿其所願者我爲欺誑十方諸佛亦莫令我得阿耨多羅三藐三菩提若有人惡心向此人者心即乾燥舉眼視者眼開脱出若口道説者身生艾白瘡若依水住者他方狂風吹至他方世界

那無佛陀夜　那無達摩夜　那無僧伽夜　多姪他　盧遮那　盧遮那　波吒致　波吒致　烋留休留　屯豆屯豆　呿吒呿吒毗　莎訶

若有善男子善女人欲修行此持者一如前法

摩尼跋陀天王陀羅尼句

伊吼摩夜　收盧多咩　迦悉泜　三摩夜婆伽吼　舍羅婆悉鍮　兜呵羅泜悉摩視多婆禰　阿那他比茶　達施羅咩　呵他佉露　摩嬭跋度盧　摩呵夜叉　斯那波泜　移那婆伽吼　悉泜怒波　僧迦嚧多憂波僧迦嚧多　婆伽婆大波導　失羅婆濘槃地埵婆　伊迦泜　禰師大提迦多禰山拏　阿他佉樓　摩嬭妖度　度呵夜叉斯那　波泜婆伽吼多咩咩多大菩哳　移翅支跋但　多脾闍婆脾闍尼婆　憂波娑居婆　憂波肆迦婆　阿呵羅呵　摩摩侯利提炎　地婆　泜利使託　婆羅妬盧泜

利使託　埵婆蘇曼那　婆訶利沙　夜泜
多拖舍　薩泜那怒　吠途婆兜嘍夜吽薩
婆羯摩　薩婆利貪遮拖　薩陀夷沙　夜
吽波男菩闍男　跋悉躭奚囒途　修波利
男達　男陀逾遮拖　大寫吽　薩婆薩埵
遮拖　跋尸迦禰沙夜吽　薩婆眞帝擔柒
拖　迦梨沙夜吽　悉他　波夷　埵婆
迦謨波三奚擔娑跋唊　薩夜利癡唊　奚
利摩孋跋陀羅　奚利奚利摩　孋跋陀羅
翅利摩孋跋陀羅　翅利翅利摩孋跋陀羅
吽利摩孋跋陀羅　吽利吽利摩孋跋陀羅
至利摩孋跋陀羅　至利至利摩孋跋陀羅
注路摩孋跋陀羅　注路注路摩孋跋陀羅
据路摩孋跋陀羅　据路据路摩孋跋陀羅
薩婆梨他彌娑陀夜　不多禰修羅斯修摩
禰　奚利吽利　娑不多　陀祂悉破唅勿
利唊　仳大達羅拖　眞帝檐婆　阿迦羅
摩捺陀　伊奚　居禰　使翅　莎訶

行此持法要用白月十五日淨住夜於佛像前然二酥燈供養如來及天王誠心誦此陀羅尼一百八徧所求從心無願不果天王亦自來語人善惡

一法晨朝清淨已誦三徧暮夜時亦誦三徧遮一切惡

婆視羅仙人大神呪

那蒙阿利夜　婆盧翅泜　奢婆羅夜　薩婆肇吽奢婆羅夜　那蒙薩婆喏夜　那蒙薩婆佛陀男不嘍沙沙婆男　那蒙薩婆盧迦波羅婆斯奢婆羅斯　摩訶夜叉斯那波泜波羅　嘜羅　婆羅陀　摩訶薩埵斯

阿那地尼陀那斯摩呵大厠尼夜斯 薩婆
菩地薩埵男 比帝利嘍羅陀斯 嘍梨使
吒斯 薩婆薩埵 那蒙悉巳利多 不是
多斯 薩呵夜叉斯那鉢泯 婆視羅斯
那斯 鞞路鞞路 步路步路 牟留牟路
注留注路 呼留呼路 婆視羅斯那也
莎訶 摩呵斯那也 莎訶 修斯那也
莎訶 薩婆羯摩大也 莎訶 薩婆修佉
大也 莎訶 薩婆羅他 薩肇那也 莎
訶 薩婆羯摩嘍羅羯摩 婆羅大也 莎
訶 那蒙婆視羅 斯那也 莎訶 薩婆
羯摩大也 莎訶 薩婆修佉大也 莎訶
薩婆羅他薩肇那也 莎訶 薩步沙地
嘍那 悉波多易 莎訶 毗利叉 牟
羅收若伽羅提 婆多頣 莎訶 羅闍迦

沙拏跋尸迦羅拏也 莎訶 波羅帝其利
拏摩羅叉摩 薩婆羯摩大薩婆羯摩彌不
羅也 莎訶 伊啖遮彌迦利究留 莎訶
陀呵陀呵 波遮波遮 阿鼻奢尼鼻奢
夜叉地鉢泯 那蒙修升泯 莎訶 薩
夜癡啖 至利至利 注路注路 据路究
樓据貯据貯 兜貯兜貯 莎訶 那蒙摩
呵地毗也 悉纏兜 曼多羅波陀 莎訶
多姪他 奚利 毛利 燒利 摩登祇
旃荼利 佉吒 傍祇 悉纏兜 曼多羅
波陀 莎訶
行此呪法要須清淨於食前呪白縷二十一
徧作二十一結自繫左臂除滅一切毒害毒
腫毒蟲所螫皆悉消滅若龍毒若水火盜賊
惡鬼魍魎熱病惡瘡持此呪者無不消滅若

人消瘦長病誦此呪三十徧平復如本若入
王宮以呪力故王見恭敬奉迎欲行呪法當
畫作金剛軍菩薩像諸鬼神圍繞須華香供
養其香安悉胡荾子陀羅他大麥迴香子百
華菖蒲根樹提華根舍多跋利合五物等分
擣末純火上燒此和香清淨佛塔所若無塔
但令處淨任力設供養若呪一切病時以柳
打之早起誦呪三徧燒香華亦燒之上至三
十徧下三徧一切所求悉得若求多聞若求
眷屬若求金銀七寶錢財穀帛一切如意極
少福者不過七日夢見色像於諸衆中無礙
自在見者歡喜無不伏從滅一切惡獲一切
利無願不果所求如意此金剛軍菩薩威力
略說如是若廣說者則不可盡

陀羅尼雜集卷第四

音釋

眤尼質切 咩米爾切 秕補履切 泜丈脂切 哯埿哯於佳切
坭奴禮切 跋房越切 呧多禮切 邠峀邠初牙切峀得何切 獻狐
獻許去切狐戶吾切獻狐即訓狐鵂鶹也 齩五絞切 噦於月切 噫於界
切 鞞駢迷切 挃竹栗切 蚩赤脂切 吟力丁切 呼甫休切
簁所皆切 啰音季 緹他禮切 浲居恚切 烋許交切 吼音梵
鐱音劒 哳陟鎋切 途音徒 柒親吉切 螫施隻切行毒也

陀羅尼雜集卷第五

未詳撰者今附梁録

佛説除一切恐畏毒害伏惡魔陀羅尼一首

佛説止女人患血至困陀羅尼一首

佛説除産難陀羅尼一首

佛説除灾患諸惱毒陀羅尼一首

佛説多聞陀羅尼一首

佛説治瘧病陀羅尼一首

觀世音説除熱病邪不忓陀羅尼一首

四天王説呪莒蒲舍之令他人歡喜陀羅尼一首

觀世音菩薩心陀羅尼一首

請觀世音自護護他陀羅尼一首

觀世音説求願陀羅尼一首

佛説乞雨陀羅尼一首

那羅延天説治瘧病陀羅尼一首

佛説滅除十惡陀羅尼一首

觀世音説治五舌喉塞呪土塗之陀羅尼一首

佛説小兒中人惡眼陀羅尼一首

佛説滅罪得入初地陀羅尼一首

佛説若欲誦讀一切經典先誦此呪一首

結帶禁兵賊陀羅尼一首

呪牙齒痛陀羅尼一首

降雨并繫龍陀羅尼二首 出大雲經

觀世音説諸根不具呪草摩之陀羅尼一首

尼乾天説令人易産陀羅尼一首

呪穀子種之令無災蝗陀羅尼一首

呪蛇蠍毒陀羅尼一首

呪卒得重病悶絶者陀羅尼一首

除一切恐畏毒害伏惡魔陀羅尼

那磨薩　利婆啫也　伏陀彌帝利　那磨拕咩　娑無多波彌　摩訶婆易迦羅奚婆陀彌喇婆舍兜樓嘮遮　尼婆羅呢　多絰夜他　伲咩伲咩　伲民陀吟　帝利盧迦盧迦伲　奚翅伲　薩利婆浮多嘮夜地婆嚂薩利婆伏陀侽　摩囉多侽遮　夜地婆嚂薩肇利摩拕遮　坻祇那　薩利鞞闍婆咩　波跛迦　莎婆呵

行此呪法以白綫爲繩誦呪二十一徧爲二十一結自繫左臂皆吉稱願

佛説止女人患血至困陀羅尼

那模薩利婆　伏陀侽　鼻悉　侈梨弩哆地夜他　至利彌　注路彌　彌離跛彌離莎婆呵　帝使任兜　路地嚂　婆帝釼裨帝釼絁離沙咩釼　婆彌波帝釼　薩利婆伏陀侽　坻祇那　帝使任兜　路地嚂磨娑羅婆兜　末伽羅兜　摩婆呵兜　莎婆呵

行此呪法用緋綫爲繩呪七徧作七結繫腰血即止治宣下血

佛説婦人產難陀羅尼

目多修利夜　赦尸伽羅　悉修　囉侯失栴陀羅　波羅目至也兜　目多薩婆婆婆佛圖那梨　伽羅婆　波羅目遮也兜　多絰他　阿吒毗莎呵　婆吒毗　莎呵　阿吒婆　婆吒毗　莎呵　慕遮因地利夜伽多孏　毗舍厲夜　婆婆兜　伽鞞尼莎呵

移遮陀　露摩夜　舍利夜　移遮舍　阿
餘摩夜　伊咩遮　摩怒沙　舍盧夜　薩
鞞舍盧　波羅目遮兜　莎呵
行此呪法者呪油七徧塗產所即易生下

佛說除灾患諸惱毒神呪

咥吼摩夜　輸盧多咩　迦悉民　三摩夜
婆伽吼　舍羅婆悉翎　兜呵囉坻悉摩衹
多婆禰　阿那他比茶　達拖囉咩　多多
羅婆伽吼　毗閦楞　曇多羅坻悉摩　活
其囑奚拏多婆　摩難大伊嘍沙茶叉梨翎
毗淡陀羅夜　婆遮夜　毗羅呵夜　鉢梨
夜不那鉢梨於遮　毗悉侈梨拏　三婆羅
迦舍耶　多地夜他睒鞞離啖鞞離　吒吒
支　吒吒支　莎婆呵
行此法用黑羊毛繩呪七徧繫左臂若無羊毛用皂線若熱病三四日呪黑線繫左臂若頭痛誦呪七徧摩之眼痛呪白線繫耳若患耳呪土七徧塞之牙痛呪楊枝七徧嚼之腹痛呪鹽湯七徧服之產難呪黑線七徧繫其咽則易若宿食不消以手呪摩即便吐下亦能護身不畏水火刀兵毒獸一切悉不能害

佛說多聞陀羅尼

浮多弗婆　摩難肇　頞帝收盧　那摩似
枝達邏囉闍　婆浮婆娑伊曼　仳枝波羅
頭使迦梨使　哆地夜他　悉地　那薩
坻頞三坻　迦致鼻迦致　不祚押　夜囉
坻　阿伽坻　三摩奚坻　悉地三摩比坻
佛告阿難汝取婆羅彌支多翅（白阿梨勒）畢鉢和三物合清晨呪一千徧以酥蜜和服即得一聞受持

佛說瘧病陀羅尼
那蒙佛陀斯　那蒙達摩斯　那蒙僧伽斯
那蒙薩婆多他揭多南　三藐三菩陀南
薩耆羅婆　迦波羅汦迦佛陀南帝衫
那摩訖利迦　埵伊曼毗經夜　波羅俞
闍咩　阿闍咩　兠陀三咩達兠　寫經他
曇　迦羅目企　安陀迦離阿遮地　阿遮
囉伽離　佉奢跋汦　佉奢跋汦　毗囉尼
鐵多　毗囉尼　鐵兠牟　囉尼　羅伽利
羅伽羅跋汦　夜那薩汦夜　薩汦婆遮尼
佛　阿瞿嚧佛陀　阿瞿嚧達摩　阿伽羅
僧伽汦那　薩汦夜那　薩汦婆遮尼囊
阿呼伊　槃那末斯　毗沙摩闍婆嵐　波
羅汦筵　達夜咩　牟遮兠伊　槃那末斯
毗沙摩闍婆羅　莎呵

觀世音菩薩說消除熱病諸邪所不能忤大
神呪
那摩羅多那　多羅耶夜　那摩阿利夜
婆嚧吉汦　奢婆羅夜　菩地薩埵夜　摩
呵薩埵夜　摩呵迦留尼迦夜　伊嗄薩利
婆羅他薩陀尼　仳經波羅榆闍　咩伊闍
彌仳枝三咩陀兠　多地夜他阿　囉離羅
離　阿那斯　郁那斯　婆嵐奚咩　婆嵐
奚磨莎吟　不利尼　不利拏摩奴羅梯
阿末吟　毗末吟　尼末吟　奚噺啫伽
利鞞　波羅摩他薩陀禰　夜迦失至地摩
摩利夜婆盧吉汦　奢漢羅婆使躭　仳淡
陀　羅夷沙夜帝　多拖耶嘍祇吼　闍婆
嵐迦移　那迦羅咩沙夜汦　那浮多　鼻
迦嵐　那伽羅呵　鼻迦嵐　那佉區利陀

鼻迦嵐 薩婆婆夜 多羅斯婆 波羅無
叉泜泜那柢那摩阿利夜婆盧支泜 奢婆
羅夜 菩地薩埵夜 摩呵薩埵夜 悉纏
兠曼多羅波陀 莎呵

四天王所說呪以菖蒲含之入門無不歡喜
者

跋羅遮 炮沙陀 絁利使侘也 跋羅遮
薩利婆多羅薩陀尼 羅闍豆婆囉 波羅
比使吒拖 尼盧陀曼多羅 波羅合摩尼
夜地婆濫 夜地婆濫 鼻嘍嗏迦拖 夜
地婆濫 摩嬭跋陀羅拖夜地婆濫 不利
拏跋陀羅拖 夜地婆濫 嘽伽羅婆羅拖
夜地婆濫 旃荼渠波羅拖 闍夜移 莎
波呵 闍夜闍夜移 莎波呵 闍夜迦嘍
拏移 莎婆呵 尸婆移 莎婆呵 尸婆
不多羅移 莎婆呵 那呵伽 伽車伽車
莎破尉癡鞞多峙 肆陀曼多羅多羅帝仳
拔 哆婆嵐奚摩怒摩爾易 莎婆呵

行此持法取菖蒲根呪七徧含之若持之甚
吉良

觀世音菩薩心陀羅尼句

那無佛陀寫 那蒙達摩斯 那蒙僧伽斯
那蒙阿利夜婆盧吉泜 奢婆羅斯 菩地
薩埵斯 摩呵薩埵斯 多拖那摩 悉巳
利兠吼阿利夜婆盧翅泜奢婆羅斯 菩地
薩埵斯 摩呵薩埵斯 摩呵迦嬭迦斯
伊曼阿利夜 婆盧吉泜 奢婆羅斯 菩
地薩埵斯堙醘夜 摩跋侈夷沙夜咩 多
絰他 何羅何羅達羅達羅 遮羅遮羅娑
羅娑羅 豆留豆嘍 周留周路牟路 無

路　堙曦移婆醯伽吼　婆羅帝利　何拏
奚伊曼不闍　夜他舍多　伲鞞陀也　陀
波陀波　遮利遮　遮利遮　達摩達摩婆
羅婆羅　陀泜陀泜　遮泜遮泜留　路途
修修伽羅波羅薩菩地薩埵三摩羅　三
摩夜　婆伽婆　多波肇　收羅牟陀奚利
侈兕吼　奚利肇炎　薩婆薩埵阿耨劒
波夜　毗多那　摩波夜波羅陀舍羅嘍波
羅波大咩　舍帝迦嚂　布使致迦嚂　槃
陀那無遮迦嚂　薩婆視婆　摩眞侈迦薩
婆佛陀　婆羅娑那質侈堙曦奚醯薩多夜
嘍地　兕留兕路　磨仳藍婆御衍拖　羅
叉究留　鉢梨多羅　鉢梨伽羅洽　舍帝
薩婆悉多夜　嘍究嘍　莎呵
若有善男子善女人欲行此持者斷酒肉五
辛齋潔滿七日已淨潔洗浴著新淨衣起慈
悲心於像前燒沉水香若栴檀熏陸香誦一
百八徧一心專念觀世音菩薩三稱名滿我
所願利根者觀世音菩薩於其夢中以所求
如願必得

請觀世音菩薩陀羅尼句

南無佛陀耶　南無達摩耶　南無僧伽耶
南無阿利耶　婆盧翅泜　奢婆囉耶菩提
薩埵耶　摩訶薩埵耶　摩訶迦留尼迦耶
多經他　烏呵尼　無呵尼　闍婆尼躭婆
尼　安荼利　般荼利　尸鞞泜般荼羅
婆私尼　法衍削乾連剃　陀大彌　薩婆
豆使剃闍婆耶彌　躬婆耶咩烏呵耶咩
無呵耶咩那婆乾連剃　那闍　遮泜　南
無阿利耶　婆盧翅泜　奢婆羅耶　多經

他　醯利彌呤泯吟守隸　摩隸呿波隸
呿吒傍衹　呵勒叉　呵勒叉　波移呵勒
叉兠摩　薩婆舍利
此呪於晨朝清淨已誦三徧呪一切病自護
護他呪
觀世音菩薩行道求願陀羅尼句
南無羅多那　哆羅耶耶　南無阿利耶
婆盧吉泜　奢婆羅耶　菩提薩埵耶　摩
訶菩提薩埵耶　摩訶薩埵耶　摩訶迦留
尼迦耶多經他　烏蘇咩沙陀耶　蘇彌婆
帝婆陀耶　守吉利娑陀耶　守鞞娑陀耶
伊斯　彌斯　悉纒呢　波羅耶呾　悉婆
呵
行之法觀世音像前香泥塗地香華供養日
夜六時誦一時中誦百二十徧隨其所求觀
世音以行人應見身令其得見所求皆得如
願
佛說乞雨呪
那無屯豆脾　膩瞿沙夜　多他伽多夜
那無彌伽泜那夜　那無彌伽究桎多夜
那無彌伽三大利奢迦夜　那無彌伽囉囉
夜　那無彌伽比怖吒迦夜　那無彌伽伽
那夜　那無伽薩陀利奢婆多波利波多夜
那無摩訶彌伽　婆悉泜盧呵迦夜　那無
彌伽婆梨移　那無彌伽鞞翅羅迦夜　那
無彌伽奢婆羅夜　那無彌伽大多夜　那
無彌伽比摩大迦夜　那無彌伽那羅夜
那無彌伽鉢視迦夜　那無彌伽尼那地尼
那無彌伽比迦摩夜　那無薩婆跋多
比荼比騰薩奈耶　摩提夜奈　多他伽多

男　那摩薩婆佛陀　菩提薩埵男　薩泯
薩婆薩埵男　悉泯薩婆浮多男　阿婆炎
薩婆泯梨夜男　奢面都薩婆突　伽多夜
那無薩婆尼　婆羅尼　比劒比尼薩提
薩埵夜　悉陀夜泯炎　多他伽多地　薩
婆佛陀　婆盧翅多　比地　多經他　破
吒　破吒　破吒　破吒　破吒　破吒
破吒　破吒　破吒

行之法須青旛二十八枚置四廂七枚大旛一枚竪中央四廂各七青座設七盤餅飯果葡萄石蜜安石榴漿酥酪蜜供養淨洗浴著新淨青衣韡帽燒沉水白栴檀熏陸香多伽留香婆利迦香龍腦香散青華斷食三日中央敷青褥坐上東西讀誦一百八徧乃至千八十徧必得兩專心請求以得爲限若備供具力所不及者任意設供香得一二種亦可但專精誦呪若力不及廂立一旛盤亦一必須青衣

那羅延天王除滅瘧病神呪

那無訖師拏　留陀羅夜　那無陀鞞多留
陀羅夜　那無尸　摩奢那　留陀羅夜
那摩薩婆留陀羅夜　泯於　那摩訖利埵
闍婆羅比淡　波羅婆甯叉彌　因陀那摩
寫利他夜呪病人名　多經他　伊迦侯劒
闍婆嵐呵那咩　地婆地夜劒闍婆嵐　呵
那咩　泯致夜劒　闍婆嵐　呵那咩　左
突　他劒　闍婆嵐　呵那咩　婆泯劒
闍婆嵐　呵那咩　闍泯劒　闍婆嵐　呵
那咩　闍婆嵐　呵那咩　三尼婆地劒
闍婆嵐　呵那咩　漚伽羅　但地那　阿

那咩　漚伽羅呵泜那　呵那咩　多絰他
漚伽羅　漚伽羅　漚伽羅　漚伽羅　波
泜　莎呵　跋視羅　跋視羅　跋視羅
跋視羅　波泜　莎呵　俟吟　俟吟　俟
吟　俟吟　波泜　莎呵　彌吟　彌吟
彌吟　彌吟　波泜　莎呵　泜吟　泜吟
泜吟　泜吟　波泜　莎呵　那無訖師拏
留陀羅夜　那無拖鞞多留陀羅夜　那無
尸摩　奢那留陀羅夜　那無薩婆　留陀
羅夜　悉纏兜　曼陀羅波陀　莎呵

佛說滅除十惡神呪

尉多梨　悉彌地奢婆袛　婆羅拏　波羅
斯陀迦　摩那摩上聲　羅叉斯那　尸比舍
男婆利叉婆三泜　多泜利　婆比那　榆
脾大　婆羅迦伽　伽瞿婆　悉吐氈地盧
婆羅婆多他哩泜三摩　其利娑巳泜薩婆
浮埵摩訶利師　大舍迦摩　迦利　比大
阿闍比大　波羅無挃多　薩利夜聽
曇嚪泜呼蒲袛呼　嚪袛蒲袛浮　泜吟呼
摩泜吟呼　泜羅摩泜吟呼　莎呵

若頭痛呪麻油二七徧塗上眼痛呪黑線二七徧作十四結繫頭項耳痛呪樺皮節塞齒痛呪水二七徧含心腹痛呪鹽水二七徧服婦人產運展髮呪二七徧還結男子小便患白如粉汁者呪其脚跡下土二七徧塗全身若共他諍訟事相言移呪呵梨勒一枚二七徧持行若遭厄難繫閉牢獄者呪白線三七徧作二十一結塞耳

觀世音說治五舌塞喉陀羅尼

南無勒囊囊利蛇蛇　南無阿利蛇　婆路

吉坻　舍伏羅蛇　菩提薩埵蛇　摩訶薩埵蛇　多擲哆　梨蜜梨　梨蜜梨　伽羅梨蜜梨　乾陀梨彌　毗至梨　莎呵

此陀羅尼若人五舌咽喉閉塞舌縮呪七三徧塗痛上即愈

佛說小兒中人惡眼者呪經

南無佛南無法南無比丘僧南無諸佛諸佛弟子南無諸七佛諸七佛弟子南無諸師諸師弟子令我所呪即從如願

羅那多羅　摩羅提離　躭波羅　提利乳牟樓壽　冬闍舉叉　冬闍舉叉（更歸依二如前）

滅罪得入初地陀羅尼

多達吔　牟留羅　牟留羅　阿婆破　牟留羅　毗祇叉夜　莎呵

於三七日捨諸緣務於佛像前晝夜六時五體投地誦此陀羅尼過二十一日已無始已來重罪業障悉皆消滅無有遺餘得入初地

佛說若欲讀誦一切經典先誦此陀羅尼

多嗟他　牟尼但彌　僧迦羅呵但彌　阿毟迦邏呵但彌　毗目多但彌　薩陀阿毟伽羅呵但彌　肥尸邏幕囊但彌　三幕多阿毟波梨伐律多但彌　仇囊伽羅呵僧伽羅呵但彌　薩伐羅毟竭多但彌　薩婆伽邏波梨波羅奢囊但彌　思滅律㖒阿躭波暮沙但彌

若欲讀誦一切經典當先誦此陀羅尼然後讀誦憶念不忘

結帶禁兵賊陀羅尼

優呵　蕪呵　摩利　赤車　舟沙和羅伊㩗　蕪㩗　遮呵　和羅

須我結解乃令後兵及我若逢縣官所捕爲賊所追傍呪二七結衣帶結已傍呪傍將趣得安隱乃解衣帶此呪大驗常清淨一心讀之

呪齒痛陀羅尼

南無佛南無法南無比丘僧南無舍利弗兜樓摩訶目連比丘南無賢者覺意名聞徧十方北方犍陀摩訶衍山彼有蟲王名羞休無得在其牙齒彼當遣使者莫敢食其牙齒及牙根牙中牙邊蟲不即下器中頭當破作七分如鳩羅勒繕梵天勸助是呪南無佛令我所呪即從如願

淨水唅呪一徧吐水器中呪七徧止

降雨陀羅尼出大雲經

爾時世尊神通力故起四黑雲甘雨俱徧興三種雷謂下中上發甘雨聲如天妓樂一切衆生之所樂聞爾時世尊即說呪曰

羯帝　波利羯帝　僧羯帝　波羅僧羯帝　波羅甲　羅延帝　三波羅甲羅延坻　娑羅娑羅　波娑羅　波娑羅　摩閦闍摩閦闍遮羅坻　遮羅坻　波遮羅坻　波遮羅坻　三波羅遮羅坻　比提嘻梨嘻梨　薩隷醯　薩隷醯　富嚧羅嚧　莎訶

若有諸龍聞是呪已不降甘雨者頭破作七分爾時十萬億佛那由他阿僧祇劫等諸佛世界六種震動爾時衆生因是地動各各相見展轉相動乃至淨居淨居動已龍雲俱動龍雲動時降注大雨時閻浮提所有九萬八千大河七寶盈滿一切衆池俱上藥味雨雖七日無所復損衆生快樂如服甘露諸河盈

滿八功德水所謂美泠輕軟清淨香潔飲時調適飲已無患一切水蟲出微妙聲時王舍城者闍崛山七寶徧地無空缺處虛空復雨七寶所成優鉢羅華波頭摩華拘物頭華分陀利華水性之屬悉發阿耨多羅三藐三菩提心畜生衆生咸樂大乘渴仰大乘慈心相向猶如一子比丘同心供養於佛

次說繫龍王陀羅尼出大雲經

多擲哆沙泜　部部吟陀羅　陀羅婆　婆呵波羅失沙呵蔞　伽茶伽伽茶　帝吒婆羅斫茂羅伽羅摩伽　羅摩陀羅　陀羅婆羅　婆羅比婆羅　斫迦羅尼吒　波吒波吒　具陀蛇　婆具陀蛇　帝置帝置留埵泥　畔陀泥　婆婆那三脾茶泥　奢持泥薩𠲜泥　梨迦羅　畔薩毗蹩斫都羅伽莎呵

應疾疾繫用四枚長十二指咕陀羅尼栓以此持呪五色縷四枚一一縷呪二十一徧縷作二十一結以此四縷繫四栓已釘著四方即是繫一切龍竟

觀世音菩薩所說諸根具足陀羅尼

南無阿利蛇　婆路蹄泜舍波羅蛇　菩提薩埵蛇多擲哆　秀彌秀彌乞利乞利　富力濘三富力濘富羅尼藍　阿恒鉗　希男多夢鉗　婆利富囊羅　毗沙提遮陀婆思尼　比利比利蛇　婆藍　鉗菩提　菩提薩埵婆藍　婆利富力囊　摩奴羅癡三波利富囊摩　俞婆拔提　莎呵

此陀羅尼法須燒沉水香若有諸根不具以草呪百八徧諸根即具若脚若手若耳眼若

鼻有鬬少處以草摩之此呪力故悉能護之
令差能得滿足

尼乾天所説產生難陀羅尼呪

南無乾陀天使我呪句如意成吉即説此呪
耆梨耆梨　耆羅鉢陀　耆羅鉢陀悉波呵

呪書樺皮若紙上書呪文燒作灰使婦人水
中服之即得分身

呪穀子種之令無灾蝗陀羅尼

多擲咃　婆羅跋題　那蛇婆提

此陀羅尼若欲種時取種子一斗呪二十一
徧以投著大種子中種之終不蟲食無有灾
蝗若不好者以此陀羅尼呪土一斛二十一
徧以灑散穀上并諸惡鬼不得吸此穀精食
此穀者頭破作七分

南無佛陀蛇　南無達摩蛇　南無僧伽蛇

南無彌留竭脾菩提薩埵坦提咃　躭婆佛
耆比律吒佛耆　具其梨　比律吒佛耆
彌樓闍婆竭晒波佛耆　呼夢阿泥婆佛耆
摩羅阿拔多佛耆　尼夢浮佛耆　莎呵

此陀羅尼應二十一徧呪土以散穀上能除
一切灾蝗諸蟲

呪蠍中毒陀羅尼

南無勒那奄婆羅等拏　多擲咃　休婁浮
泥婁浮　呵梨　呵梨　呵梨　莎呵　南
無居力拏移奄勒那　多擲咃因縷利頻縷
利浮　莎呵

以此陀羅尼呪之三七呪一七徧與水一口
呪三七與水三口即愈欲知人被毒不使溺
銅器中看若灌有膩者是也

呪卒得重病悶絶者陀羅尼

那慕勒囊梨蛇蛇　那慕阿利蛇　婆路⿰革奇
提舍婆羅蛇　菩提薩埵蛇　摩訶薩埵蛇
多擲咃　尼蜜尼　梨蜜梨　薩婆其力
呵尼蜜梨　木叉尼　慕耆尼　那舍尼
毗那舍尼　思提伽梨　思伽梨　莎呵
此呪卒得重病悶絶不自覺以羅差染縷燒
黒堅沉水香誦呪百八徧結一縷結繫病人
身還得惺㾖

陀羅尼雜集卷第五

音釋

喏人者切　彌民卑切　喇昌制切　⿰口男女咸切　呢女夷切　綎徒結切　伲女一切　嚂呼覽切　侽女咸切　哆典可切　仛丑訐切　絁唐何切　吒陟駕切　⿰口履雨几切　⿰口曼莫干切　啖徒敢切　邏魯可切　曼謨官切　仳蒲鄙切　押北買切　瘧魚約切痁病也

嚧音盧　忤五故切逆也　囒郎干切　嘙蒲禾切　炮蒲交切　嘍落侯切　嗏除加切　嬭奴買切　啤斤於切　⿰口待蕩亥切　堙伊真切　嚱許其切　⿰口修息由切　肇直紹切　浛戶紺切　呿祛遮切　呾當達切　桎職日切　枚謨杯切　韡許茄切鞾履也　匍音蒲　⿰口垔烏奚切　⿰口聽他定切　⿰口應於證切　唅胡南切與含同　噠音達　咃湯何切　⿰口提都奚切　揥敕細悌二切　揵巨言切　繕時戰切　⿰足婁郎侯切　⿰足斤丁侯切　⿱殿足音殿　栓其月切與橛同　踦丘奇切　濘乃定切　⿰口廚廚字上聲呼之　涅音泥　⿰革奇判奇切　㾖五故切與寤同

陀羅尼雜集卷第六

未詳撰者今附梁録

觀世音說呪澗底土吹之令毒氣不行陀
　羅尼一首
觀世音說呪藥服得一聞持陀羅尼一首
觀世音說呪五種色菖蒲服得聞持不忘
　陀羅尼一首
觀世音說除病肌生陀羅尼一首
觀世音說呪土治赤白下痢陀羅尼一首
觀世音說呪草拭一切痛處即除愈陀羅
　尼一首
觀世音說隨心所願陀羅尼一首
除腫患陀羅尼
那慕勒囊怛梨蛇蛇　那慕阿梨蛇　婆路
鞧提舍婆羅蛇　菩提薩埵蛇　摩訶薩埵
蛇多擲哆　蕖梨至梨　勇梨至梨比至梨
毗蕖至梨　莎呵

此呪若人身體卒腫用油呪之三徧用土塗
腫上即除腫病
那慕勒囊梨蛇蛇　那慕阿梨蛇　婆路鞧
提舍婆羅蛇　菩提薩埵蛇　摩訶薩埵蛇
多擲哆　希利希利　休樓休樓　那舍尼
那舍尼　薩婆毗蛇提　比目叉尼　阿地
婆比彌　毗摩婆梨栴茶　栴茶婆梨　阿
地婆　毗陀劒婆　阿地躭婆　婆醯羅蛇
阿便多羅蛇　摩憂羅躭婆　婆多首尼躭
其力度婆樓婆　舍利羅劒蒲婆　婆希力
度盧娑　耆路陀駒婆　婆多陀路婆　勒
吒陀路婆　車度路陀路婆　薩婆羅　伽
摩夜彌　婆羅舍　摩蛇彌　舍彌舍彌
彌舍彌舍　彌濘薩波比蛇　婆蛇尼　提
摩尼　莎呵

此呪誦二十一徧呪蓖麻油若胡麻油若身體諸有痛處呪油二十一徧以塗痛處即得除瘥

治熱病陀羅尼

三摩提 摩訶三摩提 何囊伽思 婆囊伽思 伽思伽思 摩訶伽思 伽車 座隸目句都思 莎呵

此呪若縷若水若草誦呪三徧縷結之若草楊枝若水灑之以治熱病一念之頃即得除瘥

治百病諸毒陀羅尼

南無觀世音菩薩 坦提吔 阿羅尼 多羅尼 薩哦豆吒 哦羅尼 薩哦踺吒槃宕彌 耶哦陀梨 南沒遮彌 悉但兕曼吔波陀 莎呵

行此陀羅尼法當用白縷誦一徧結一結誦七徧結七結有病苦者繫著咽下百病諸毒悉得除愈

佛說呪僧伽梨文

佛言令尊者比丘僧甲乙感傷衆生沒溺三塗而無覆護故爲十方一切群萠被僧那鎧令應大法造僧伽梨裁割已訖眞人法服則爲印封入律大神三十二正士應時即至守護法衣中外表裏令衣所至郡國縣邑聚落屋宅周遊十方一切蒙福

欲縫呪文

佛言令尊者比丘甲乙已裁法衣僧伽梨齋戒清淨已具鍼縷令汝當縫納令叙護律大神及四天王護助甲乙令魔鬼不得誤亂偶得次縷治如法令其比丘世慱取薩芸若慧

志强行堅戒無穿漏威相炳然三界蒙度

受法衣文

佛言檀越某甲哀愍群萌七世父母及與內外男女親屬沒生死海而無救濟不能自拔沒於三塗是故減割身口之分以作法衣敬心奉上尊者比丘以求無極最勝之福無上尊人威神擁護當令某甲成三十二相莊校其身功德殊特得大名聞以清淨施廣度眾生願令十方天龍鬼神人與非人普蒙覆蓋歸留七世父母五種親屬怨家債主皆令解脫已離憂苦當令檀越得無盡慈入深法門成最正覺行如菩薩得道如佛廣度一切

佛說呪應器文

佛言尊者比丘憐愍十方五道中人施立福田眞人法器覆則似天仰則似海福度眾生用一切入律大神守護當令鬼神不得犯近若持鉢無多無少無好無醜無麤無細發意喜怒以入鉢器中輙成大福即閉三塗之徑開三脫之門施者得福受者安隱其食此食戒具福全當令此食變成法藥一切蒙度

佛說呪錫杖文

佛言今尊者比丘慈心眾生欲安一切令作錫杖三節仰意制止三毒立三乘進入無極三脫法門入律十二大神降屈守護是眞人法杖安隱三界開導一切皆得度脫

佛說呪獨坐文

佛言令尊者比丘建立清淨令新作坐尼師壇入律上大神守護是坐無令鬼神妄犯近坐是坐一服至鎮安三界安隱三世以安眾生坐如本無坐無所著一切皆安廣度群生

令得正定無轉動心逺是坐者疾成無上正
眞之道
五戒神名
殺戒五神　吒羅　摩那斯　婆睺那　呼
奴吒　頗羅吒
盜戒五神　法善　佛奴　僧喜　廣頟
慈善
婬戒五神　貞潔　無欲　淨潔　無染
蕩滌
欺戒五神　美音　實語　質直　直答
和合語
酒戒五神　清素　不醉　不亂　無失
護戒
三歸神名
歸佛三神　陀摩斯那　陀摩婆羅那　陀
摩流支
歸法三神　法寶　呵責　辯意
歸僧三神　僧寶　護衆　安隱
護僧伽藍神斯有十八人各各有别名
美音　梵音　天鼓　巧妙　歎美　摩妙
雷音　師子音　妙歎　梵響　人音　佛
奴　歎德　廣目　妙眼　徹視　徧觀照
甲　律兜是大鬼神王
觀世音菩薩說燒華應現得願陀羅尼
南無勒囊利蛇蛇　南無阿利蛇　婆路吉
坻　舍伏羅蛇　菩提薩埵蛇　摩訶薩埵
蛇　伊睺孕崩　波羅婆叉彌　佛婆禪摩
比咥室躭　薩埵摩耨鄒波蛇　伊彌慕陀
羅　波羅婆師多　南無阿利蛇　婆路吉
坻　舍伏羅蛇　菩提薩埵蛇　摩訶薩埵

蛇　摩訶迦留尼迦　南無薩婆畔陀那
車陀那　伽羅蛇　南無婆蛇　婆羅舍摩
伽羅蛇　薩婆薩埵蛇　彌多羅質多　耨
劒比多蛇　南無阿利蛇　婆路吉坻　舍
伏羅蛇　伊膢邲地蛇　婆羅婆叉彌　薩
婆薩埵秀弦婆哈　多擲哆　耆羅　耆羅
尼　娑羅　娑羅　毗娑羅　佛陀蛇　菩
提蛇　菩提蛇　薩婆薩埵蛇　悕多耨劒
毗　菩提蛇　菩提蛇　菩提蛇　蜜坻阿
利蛇　婆路吉坻　舍伏羅蛇　思沫羅思
沫羅　三摩娙　薩婆薩埵難　彌多羅質
多蛇　薩婆薩埵那　木叉伽羅　冀利
冀利　冀利　冀利　冀利　冀利　冀利
冀利　冀利　兜流　兜流　兜流　兜利
菩提　菩提　菩提　蛇蜜坻　休流

休流　秀流　秀流　試其林　阿其車
薩婆薩埵　悕多耨劒比　薩婆薩埵耶
迦留尼迦　陀羅饍蛇流波吽　波陀蛇
邲陀蛇　擲悕　擲悕　擲悕　彌婆藍陀
囊　陀囊　伽囊　伽囊　修留彌　修留
彌　摩訶修流彌　莎訶　南無阿利蛇
婆路吉坻　舍伏羅蛇　悉殿兜　慕多羅
波陀蛇　莎訶
行此陀羅尼法應以白淨氎若細布用作觀
世音像身著白衣坐蓮華上一手捉蓮華一
手捉澡瓶使髮高豎行之於觀世音像前於
白月八日至十五日著新淨衣以牛屎塗地
又以香泥塗坌其上生恭敬心盛十二器生
乳以四瓦器盛好香須極好香華十六貫須
瓦燈十六枚燒黒堅沉水香須大瓦垸四枚

盛淨水取種種諸華牒著坑中然乳木薪又須蓮華八百枚誦陀羅尼使音聲相續善心不絕誦一徧投一華著火中時觀世音菩薩從東來現大神光於火上然時觀世音菩薩應於火中如所畫像身著白衣其髮髙竪手捉瓶華於火中現當見之時心無衆怖當知是人即閉地獄餓鬼畜生道門隨其所欲求願悉得若求作貴若求飛空若欲施衆生隨意自在悉皆得之欲求多聞欲求論議欲求入深欲求伏藏欲求服仙膏欲求妙色欲求牛黄欲求天眼欲求天耳滅一切病痛若身體情根不具若有病癩一切病苦乃至身體諸根不具足者悉得除愈并除過去一切重業若男欲求女身女欲求男身如願悉得隨願所求訖還送觀世音菩薩

觀世音說散華供養應沒陀羅尼

南無勒囊利蛇蛇　南無阿利蛇　婆路吉坻　舍伏羅蛇　菩提薩埵蛇　摩訶薩埵蛇　多擲哆　乞梨　乞梨　至梨　至梨　秀留　秀留　伽車　伽車蛇　多宿歎阿利蛇　婆路吉坻　舍伏羅蛇　莎訶

應取好華一掬三徧誦此陀羅尼散觀世音菩薩足下又燒好香供養時觀世音菩薩忽然不現

觀世音說滅罪得願陀羅尼

南無勒囊利蛇蛇　南無阿利蛇　婆路吉坻　舍伏羅蛇　菩提薩埵蛇　摩訶薩埵蛇　多擲哆　兜流　兜流　阿思　摩思摩利尼　氐波摩利尼豆豆脾　那慕那慕莎訶

行此陀羅尼法於觀世音菩薩像前燒沉水香至心懺悔誦此陀羅尼三徧能滅無始已來一切罪業獲大功德欲求願如願必得

觀世音說除一切眼痛陀羅尼

南無勒囊利蛇蛇　南無阿利蛇　婆路吉坻　舍伏羅蛇　菩提薩埵蛇　摩訶薩埵蛇　多擲哆　休休　比之座利　涅摩利輸陀濘　伽遮提蜜羅　薩婆輿厠路　伽舍摩尼　比那舍尼　車陀尼　比車陀尼婆多三慕啞躭　畢多三羅慕啞躭　尼利摩三慕啞躭　散尼波多三慕啞躭　薩婆那舍尼　比那舍尼阿利蛇　婆路吉坻舍伏羅蛇　那扇兜薩比輿厠路伽　莎訶

誦此陀羅尼呪一百八徧自手用摩眼能除眼根一切病痛

觀世音說能令諸根不具足者具足陀羅尼

南無勒囊利蛇蛇　南無阿利蛇　婆路吉坻　舍伏羅蛇　菩提薩埵蛇　摩訶薩埵蛇　多擲哆　秀彌　秀彌　秀彌　乞梨乞梨　乞梨　賁濘　散賁濘　富羅　尼監　闍峘希男　多膢鉗　波利富男　羅毗散提　車陀　車陀　波思尼　比利蛇比利蛇　波濫　菩提　菩提薩埵蛇　婆濫　波利富囊　摩奴羅癡　三波利富那摩愈婆毗坻　莎訶

行法燒沉水香淨心一念呪草一百八徧若諸根不具足若手脚耳眼鼻有闕少之處以呪草摩之以呪力故悉能護之令瘥能令一切滿足

觀世音說治熱病陀羅尼

南無勒囊利蛇蛇　南無阿利蛇　婆路吉坻　舍伏羅蛇　菩提薩埵蛇　摩訶薩埵蛇　多擲哆　痤梨　摩訶痤梨　郁企目企　三鉢濘　摩訶三鉢濘　三鉢坻　摩訶三鉢坻　阿囊伽思　波囊伽思　伽思伽思　摩訶伽思　伽車痤利　目句都思莎訶

此陀羅尼呪法若縷若水若草誦呪三徧若縷結之若草揚之若水灑之以治熱病一念之頃一切熱病即皆除愈

觀世音說除一切顛狂魍魎鬼神陀羅尼

南無勒囊利蛇蛇　南無阿利蛇　婆路吉坻　舍伏羅蛇　菩提薩埵蛇　摩訶薩埵蛇　多擲哆　至利　彌至利　勒叉　勒叉慕　阿利蛇　婆路吉坻　舍伏羅蛇莎訶

此呪能除一切顛狂病若爲一切魍魎鬼神所捉所病以五色縷結作三結呪之三徧結病人頸一切之病皆即除愈若無五色用赤縷亦得

觀世音說除種種怖畏陀羅尼

南無勒囊利蛇蛇　南無阿利蛇　婆路吉坻　舍伏羅蛇　菩提薩埵蛇　摩訶薩埵蛇　多擲哆　目帝　脩目帝　車陀濘　比車陀濘　涅摩利　瞱伽利　修目企　毗目企　薩婆婆蛇　比叉尼　薩婆波陀牢　比叉尼　羅闍婆娗　摩羅那婆娗　末羅婆娗　阿畢利娗　比沙婆娗　貪思多婆娗　輿尼婆娗　郁豆伽婆娗　婆羅者伽婆娗　星那末地蛇　伽都婆　末羅

末地蛇　伽都婆　甑呵末地蛇　伽都婆
脾伽羅末地蛇　伽都婆律叉末地蛇　伽
都婆　脆甲末地蛇　伽都婆　栴茶末力
御末地蛇　伽都婆　訖力使囊末地蛇
伽都婆　尼乾茶畔茶奴　婆伽吒　畔茶
奴婆　栴摩畔茶奴婆　阿闍羅末地蛇
伽都婆　蝎思御末地蛇　伽都婆　三目
陀羅末地蛇　伽都婆　迦頼摩末地蛇
伽都婆　薩婆比蛇散比乎目折提　薩婆
波陀羅比　乎目折提　薩婆婆蛇比　乎
目折提　勒叉慕　阿利蛇　婆路吉坻
舍伏羅蛇蝎坻　尼蝎坻　蝎利　比蝎利
薩婆尌吒波頼偎羅勑迦　目折提　木叉
尼比利蛇尼　莎訶
此陀羅尼能除却能滅世間一切諸大種種
怖畏若遭種種怖畏之時於坐卧行處若水
若土若縷若自衣角誦呪三徧若以縷結作
三結若水土四向灑之即除却解脫

觀世音說除一切腫陀羅尼

南無勒囊利蛇蛇　南無阿利蛇　婆路吉
坻　舍伏羅蛇　菩提薩埵蛇　摩訶薩埵
蛇　多擲哆　冀利　冀利　至利　至利
比至利　比冀利　莎訶
此陀羅尼呪若一切衆生若有腫患若腫若
風腫用油呪三徧用塗腫上一切腫病即皆
除瘥

觀世音說除身體諸痛陀羅尼

南無勒囊利蛇蛇　南無阿利蛇　婆路吉
坻　舍伏羅蛇　菩提薩埵蛇　摩訶薩埵
蛇　多擲哆　希利　希利　休流　休流

那舍尼　那舍尼　薩婆毗蛇蛇　比目
叉尼比嘯　毗摩婆利　栴荼栴荼婆利
阿陀婆毗陀夠婆　阿陀單婆　婆醯羅蛇
阿便多羅蛇　摩優羅單婆　婆多首尼
單婆度其力婆　樓婆舍利羅夠溝婆　希
力豆盧具婆闍路陀　路婆勒吒陀路婆
車度路陀路婆　薩婆伽摩蛇彌　婆羅舍
摩蛇彌　舍彌　舍彌　舍彌　舍彌濘
薩婆比蛇地婆蛇尼　莎訶
此呪誦二十一徧用呪䏓麻油若胡麻油若
人身體諸有病痛處呪油塗上即得除愈
觀世音說除卒腹痛陀羅尼
南無勒囊利蛇蛇　南無阿利蛇　婆路吉
坻　舍伏羅蛇　菩提薩埵蛇　摩訶薩埵
蛇　多擲哆　究之　究之羅之　阿那三
婆陀　尼移　莎訶
此陀羅尼若人卒得腹痛病呪鹽水三徧令
腹痛者飲之腹痛即瘥
觀世音說除中毒乃至巳死陀羅尼
南無勒囊利蛇蛇　南無阿利蛇　婆路吉
坻　舍伏羅蛇　菩提薩埵蛇　摩訶薩埵
蛇　多擲哆　莎梨　莎梨　毗莎梨　毗
莎梨　薩婆毗沙那舍尼　莎訶
此陀羅尼呪若人被毒中毒欲死若巳死以
此呪呪於耳中即瘥死還活
觀世音說除卒病悶絶不自覺者陀羅尼
南無勒囊利蛇蛇　南無阿利蛇　婆路吉
坻　舍伏羅蛇　菩提薩埵蛇　摩訶薩埵
蛇　多擲哆　尼蜜梨　尼蜜梨　薩婆其
力呵　尼蜜梨　木叉尼　慕耆尼　那舍

尼　毗那舍尼　思提伽梨　思伽梨　莎
訶
此陀羅尼若人卒得重病悶絶不自覺知以
羅叉涂縷燒黒堅沉水香誦呪百八徧結繫
病人身即惺悟瘥愈
觀世音說除五舌若喉塞若舌縮陀羅尼
南無勒囊利蛇蛇　南無阿利蛇　婆路吉
坻　舍伏羅蛇　菩提薩埵蛇　摩訶薩埵
蛇　多擲哆　蜜梨　梨蜜梨　伽羅　梨
蜜梨　乾陀梨彌梨　毗至梨　莎訶
此陀羅尼若人五舌咽喉閉塞舌縮呪土三
徧用塗痛上即瘥愈
觀世音說除種種癩病乃至傷破呪土陀羅
尼
南無勒囊利蛇蛇　南無阿利蛇　婆路吉
坻　舍伏羅蛇　菩提薩埵蛇　摩訶薩埵
蛇　多擲哆　修目企　毗目企　休流
休流　修目流　比修目流　輸那濘　毗
輸那濘　摩思多婆兜　摩首羅兜　摩富
坻婆波坻　多婆首沙兜　莎訶
此陀羅尼若人癩病若白癩若赤癩病若狂
齒齒若身瘡病若被箭刀瘡傷破以此呪呪
土塗之即瘥愈
觀世音說呪澗底土吹之令毒氣不行陀羅
尼
南無勒囊利蛇蛇　南無阿利蛇　婆路吉
坻　舍伏羅蛇　菩提薩埵蛇　摩訶薩埵
蛇　多擲哆　置知毗置知　壽彌梨　至
彌梨　邲肥散濘　尼婆闌濘　毗沙那舍
尼摩那私　摩訶摩那私　比利綈利　摩

那私 阿伽坻毗沙散芻婆尼 葉陀伽坻
毗沙 那舍尼 莎訶
此陀羅尼呪以淵底土以藥摩羅時合塗其
上吹之隨其音聲所徹處毒氣不行
觀世音說呪藥服得一聞持陀羅尼
南無勒囊利蛇蛇 南無阿利蛇 婆路吉
坻 舍伏羅蛇 菩提薩埵蛇 摩訶薩埵
蛇 多擲哆 毗犁 毗羅 末坻 提闍
提闍婆坻 婆羅尼 首留多 陀羅尼
蜜力提 陀羅尼 莎訶
此陀羅尼於七日中服婆藍彌毗那耆藥半
兩經七日此藥置乳中後復服此藥當大下
服訖欲食食合乳飯誦此呪二十一徧以呪
藥後服能得一聞持日誦千偈
觀世音說呪五種色菖蒲服得聞持不忘陀
羅尼
南無勒囊利蛇蛇 南無阿利蛇 婆路吉
坻 舍伏羅蛇 菩提薩埵蛇 摩訶薩埵蛇
多擲哆 虔知 富那離 波羅婆離莎訶
此呪於觀世音像前燒沉水香呪白菖蒲根
百八徧服之得聞持不忘
南無勒囊利蛇蛇 南無阿利蛇 婆路吉
坻 舍伏羅蛇 菩提薩埵蛇 摩訶薩埵
蛇 多擲哆 末坻 末坻 坻者 比利
蛇 休流彌 休流彌 呵呵呵 休流彌
居賴囊 休流彌 莎訶
此呪於觀世音像前燒沉水香呪黒菖蒲根
百八徧服之得聞持不忘
南無勒囊利蛇蛇 南無阿利蛇 婆路吉
坻 舍伏羅蛇 菩提薩埵蛇 摩訶薩埵

蛇　多擲哆　阿其尼　阿其尼目企　蘇
彌蘇摩目企　呲梨蛇　呲梨蛇　婆梨思
摩坻　三鉢陀尼坻離　坻離　呲坻離
莎訶
此呪於觀世音像前燒沉水香呪赤菖蒲根
七徧服之得聞持不忘
南無勒囊利蛇蛇　南無阿利蛇　婆路吉
坻　舍伏羅蛇　菩提薩埵蛇　摩訶薩埵
蛇　多擲哆　牟尼　呲牟尼　牟尼　呲
牟尼　梨波坻　尸羅波羅尼　波斯尼
目企　比目企　蜜力坻　婆但濘　蜜力
坻　婆但濘　首羅多　婆但濘　首留多
伽羅尼　莎訶
此呪於觀世音像前燒沉水香呪青菖蒲根
百八徧服之聞持不忘

南無勒囊利蛇蛇　南無阿利蛇　婆路吉
坻　舍伏羅蛇　菩提薩埵蛇　摩訶薩埵
蛇　多擲哆　羅呵濘　慕呵濘　居利舍
邲摩散濘　羅彌濘　呲羅濘　比羅婆信
尼畢多目企　畢多畔濘　置多羅斯　秀
彌　秀彌　呲秀彌　具梨　具梨　之其
梨　蜜力提　婆但尼佛提　婆但婆尼
提者婆但尼　賴尼摩婆但尼　烏者婆但
尼　者那婆但尼　比利蛇婆但尼　首留
尼　沙伽路婆婆坻　莎訶
此呪於觀世音像前燒沉水香呪黄菖蒲根
百八徧服之得聞持不忘
觀世音説除病肌生陀羅尼
南無勒囊利蛇蛇　南無阿利蛇　婆路吉
坻　舍伏羅蛇　菩提薩埵蛇　摩訶薩埵

蛇　多擲哆　烏伽羅濘　波羅伽羅濘
蹎吒首羅多摩思羅婆比利　比利　比比
利　思思利　蹎思吒　阿力奢　陀婆阿
羅　阿力奢　婆希羅阿力奢　仇荼　阿
力奢　娑羅婆　阿力奢　首迦婆阿力奢
婆羅那　阿力奢　瞋那　阿力奢　蜜力
坻　阿力奢　烏荼羅蜜力提　阿力奢
三牧　藍那舍蛇　蜜力提　阿力奢　卑
坻伽　阿力奢　舍利尼　摩伽阿力奢
阿那彌坻　阿力奢　瞋荼彌力坻　阿力
奢　帝利比帝梨　蹎吒摩思羅兜摩　毗
荼蛇兜　摩首羅兜　薩婆蘭那兜摩婆呵
兜　蹎吒兜　阿利蛇　婆路吉坻　舍伏
羅蛇　坻耆那　莎訶
此呪法以白氎縷呪百八徧作百八結隨有
病處繫其痛處又呪土塗又末比跋置水中
服之除人得流肌生無病
觀世音說呪土治赤白下痢陀羅尼
南無勒囊利蛇蛇　南無阿利蛇　婆路吉
坻　舍伏羅蛇　菩提薩埵蛇　摩訶薩埵
蛇　多擲哆　阿羅濘　婆羅孫夢　修修
彌坻毗阿濘　躭婆羅濘　那舍濘　比那
舍濘　蹎吒　蹎吒　阿蹎婆羅　摩思羅
婆兜　摩首羅蛇兜　蹎吒　蹎吒兜　莎
訶
此陀羅尼若人病赤白下痢呪土三徧以塗
大便上瘥愈
觀世音說呪草拭一切痛處即除愈陀羅尼
南無勒囊利蛇蛇　南無阿利蛇　婆路吉
坻　舍伏羅蛇　菩提薩埵蛇　摩訶薩埵

蛇　多擲哆　陀彌　陀彌　舍彌　舍彌
舍彌濘　冀利　冀利毗　冀利　之利
毗之利　彌利毗　冀利　但摩毗冀利彌
尼　毗冀利　蹎吒豆　失力沙路伽　那
多路伽目佉路伽　蹎吒豆　失波莎　蹎
吒豆　其力呵那毗沙摩　蹎吒豆　伽摩
羅蹎吒豆　半荼路伽　蹎吒兜鬱陀婆多
蹎吒兜　居利車　蹎吒兜　勿力多
居利車　蹎吒兜　阿尸　摩利　蹎吒兜
摩思伽　軍荼利　蹎吒兜　阿那呵坻
蹎吒兜　勒多畢多　蹎吒兜　思帝利
那愈尼　比蛇婆陀　蹎吒兜　勒多婆思
羅婆兜　阿利蛇　婆路吉坻　舍伏羅蛇
菩提薩埵蛇　坻闍那　比利蛇那　婆羅
若那　蹎吒兜　摩毗陀蛇兜　莎訶

此陀羅尼人得百病身體有痛呪草三徧拂
拭痛處一切病痛即當除愈

觀世音說隨心所願陀羅尼

南無勒囊利蛇蛇　南無阿利蛇　婆路吉
坻　舍伏羅蛇　菩提薩埵蛇　摩訶薩埵
蛇　南無摩訶迦留尼迦　南無薩婆薩埵
蛇　布多毚劒畢濘　南無薩婆薩埵囊
彌多羅質多蛇　南無薩婆睤蛇散那　木
叉迦羅蛇　南無薩婆槃但侈陀那迦羅蛇
南無薩婆婆蛇睒摩囊迦羅蛇　南無薩婆
比蛇地肥木叉迦羅蛇　南無薩婆薩埵涅
槃　波羅肥舍迦羅　南無摩訶菩提薩埵
蛇　帶寫那摩吉埵囊　伊夢阿利蛇　婆
路吉坻　舍伏羅蛇　希力提蛇　摩拔提
霜彌薩婆羯摩力陀莎陀尼　薩婆比蛇地

波羅 慕羼尼 多擲哆 秀留 秀留
兜流 兜流 希利 希彌利 思利 思
利 思提梨 闍梨 闍梨 闍利濘 郁
䩭利 目䩭利 庭迦斯 具利 乾陀梨
陀羅邲哋 摩蹬祇 福迦羅斯豆離 豆
豆離 曇彌 曇彌 曇彌濘 䆄坻 䆄
多 摩那斯 目帝 比目帝 折移 肥
折移 頡利佫 彌力彌 希利 富旦濘
蘇慕坭 修賴斯 闍彌律坻 闍彌律多
婆但坭 難提 難提目企 栴陀利 栴
陀羅 目企鉢陀哆 半陀莽目企 修陀
迦絺 修利蛇 波羅婆脾 修利蛇 賴
世彌 娑迦律施 婆羅哈咯 婆羅摩莎
離 因陀羅 因陀羅 伽羅佫 婆移
阿賴祇 闍彌坻 摩訶波臘脾 乇豆脾

莎離 摩豆莎離 薩婆薩埵蛇 毚劒波
蛇 沙陀蛇 娑陀蛇 佛馱摩毚沫羅
頡曇摩摩耨 沫羅希 僧伽摩耨沫羅希
佛陀蛇 佛陀蛇 希鼇 提蛇 摩毚沫
羅蛇 菩提蛇 菩提蛇 菩提薩埵蛇
薩婆羯摩彌 婆陀婆 羅陀蛇 莎訶
阿婆羅陀蛇 莎訶 迦留尼迦蛇 莎訶
羯摩咯 莎陀蛇 莎訶 南無阿利蛇
婆路吉坻 舍伏羅蛇 悉纏兜 慕陀羅
鉢陀蛇 莎訶
行此呪法於白月八日至十五日以牛屎塗
地以瓦器新好者盛香汁一瓦器盛乳須一
燈須極好香華貫鬘三日斷食一日三時澡
浴應布草於地於七日中誦八百徧應於觀
世音像前應著新淨衣燒黑堅沉水香三時

誦此呪必吉祥隨心所願必得若呪水若呪土若結縷若呪芥子燒之若呪草隨心所便用治身病要於食前呪之衆病除瘥此隨心所願呪應七夜中行之亦使上來一切呪得行吉此呪是隨心呪是觀世音菩薩所説諸欲所求悉得如意能滅一切怖畏能除一切病苦能解一切繫縛能除一切怨害能除一切蠱毒能除一切熱病能降伏一切怨賊能除顛狂鬼病若欲遠行誦呪自結衣角能除一切衆惡若繫染色縷繫病人身無不除瘥若以水噴灑若以黒縷結之亦能自護并護他人能至墮地獄亦蒙解脱此觀世音菩薩本所誓願拔度一切衆生

陀羅尼雜集卷第六

音釋

疕邊兮切　瘥楚懈切病瘳也　㖀音伐　宕徒浪切　鎧可亥切甲也　鍼諸深切與針同　萠謨耕切　𦗝胡鉤切　頟鄂格切與額同　矒謨蓬切　咥丑栗切　邲毗必切　呟胡犬切　饍時戰切　坻徒古切甁也　𠻳奇飲切　痤才何切　甑子孕切　噋都骨切　倀敕良切　㖷人者切　躓陟利切　聛廷詣切　𡾰楚限切　蹬唐亘切　傎呼結下結二切　佲音名　咯丁可切與哆同

陀羅尼雜集卷第七

未詳撰者今附梁録

觀世音說滅一切罪得一切所願陀羅尼一首
除障滅病至獲道果陀羅尼一首
獲諸禪三昧一切佛法門陀羅尼一首
見一切諸佛從心所願陀羅尼一首
修念佛三昧陀羅尼一首
無盡意菩薩說幢蓋願陀羅尼一首
勝敵安退并治毒齒及腫陀羅尼一首
吉祥神呪一首
佛說旋塔陀羅尼一首
辟賊陀羅尼一首
聞持陀羅尼一首
佛說大七寶陀羅尼一首
佛說大普賢陀羅尼一首
四天王所說大神呪合六十六首

觀世音說滅一切罪過得一切所願陀羅尼

南無勒囊利蛇蛇 多擲哆 颵夢浮 颵夢浮 阿迦奢颵夢浮 婆伽羅颵夢浮 闍婆颵夢浮 呷囉 颵夢浮 婆祇羅颵夢浮 阿路伽 颵夢浮 陀摩颵夢浮 薩多陁 颵夢浮 薩顛涅呵羅颵夢浮 阿婆路伽叉蛇颵夢浮 優婆舍摩颵夢浮 那那亦颵夢浮 婆羅若三目提羅囊颵夢浮 毗尼試利蛇 颵夢浮 舍思多婆颵夢浮 婆蛇吒摩希利陀彌 舍彌 者尼羅斯 者尼羅摩思利 厠利地利其雞 娑婆羅 婆多坻 希利多羅仳 婆羅婆陀坻 羅單坻者遮 者遮希利 彌利

伊伽吔翅　吔丘流　吔梨　吔梨　彌梨
漫茶　單茶　究梨　彌梨　阿叉至多胛
目利　婆羅其利　究吒　閃婆利　澄祇
澄求利　休流　休流　究留兜　彌利
彌利　㮧畔茶　陀呵羅　希利　休流
休流留婆婆羅者　比輸陀尼　莎訶　摩
訶浮多迦留沙　比輸陀尼　莎訶　迦留
沙　烏闍比輸陀尼　莎訶　薩婆羅婆
比輸陀尼　莎訶　迦留來婆　比輸陀尼
莎訶　薩婆阿舍波利　富來㝑　莎訶
薩婆多他　阿提哩坻　莎訶　薩婆菩提
薩埵　阿提哩坻　多那慕提坻　莎訶
於一月中捨諸緣務於明星出時日讀百二
十徧常求三事一者自悔無始以來罪業二
者所修功德願與一切衆生共之三者常願
十方菩薩未得正真者速得之若已得道欲
入涅槃願久住世於一切時作心供養一切
諸佛菩薩又別禮阿利蛇㕑提竭浮菩薩隨
在何方建心念之隨欲求何願若重病不能
得藥即隨意得之若欲懺悔其罪即滅若有
重罪即得滅罪方便又一切心所欲念即得
方便若夢當有沙門形服隨所應現示其方
便有世間之事意欲作者若不知方便隨其
所願能得方便若能如是修行於六度中隨
意能得進力試證道果此陀羅尼若能於一
月身心清淨捨諸緣結無有空行行必有獲
若人於一切稱餘菩薩名字不如一時稱此
菩薩名字供養滅除一切罪過得一切所願
除障滅病至獲道果陀羅尼
婆絲羯絲　波修坻　多羯絲　波波散坻

波羯隸　陀羅毗拔利坻　波羅遮那牟企波羅朱沙那坻　邲陀和　多毗地　因提利蛇　其羅芒　比輸地坭　三摩留波毗竭坻　竭三摩多毗沙尼　陀羅呵坻　修波利延　蛇尼那坻杜　修婆波羅杜　那遮梨坻隸　阿鉢羅由陀那至坻　但摩蛇攘波利富隸　絺那毗奴那坻　莎訶

行法以月八日淨自洗浴著新淨衣淨其心内在佛像前舍利前七日七夜至心念佛誦呪千徧不念世間一切惡法用劫貝縷一百八結用繫結與衆共行惡人不見其形卧無惡夢一心念佛得無生法忍決定得成無上道果爲一切人天之所恭敬四大天王之所擁護除一切三障之業卧睡之中則見十方諸佛菩薩初所未聞法皆悉得聞無四百四病能療衆生一切患苦施於衆生一切快樂獲諸禪三昧一切佛法門陀羅尼

優牟尼　破羅牟尼　究莎闍醯　拘細拔闍　阿波羅牟沙　娑坻毗陀羅私蜜坻迦多迦婆梨　頗頭末坭　娑羅其羅末羅末坻　優咥坻阿㝹私咥坻　薩婆攘芒路那社那坻　毗陀蛇末坻　毗頭末坻　修波羅帝咥坻　阿尼羅泄阿婆吟　蒳羅尼彌蜜坻　呵莎慕篨　莎訶

行此陀羅尼法七日之中於佛像前舍利前誦千徧飲黒蜜蓮華鬚漿一日之中能誦千偈得他心智若有四衆於寂靜處至心如法行此陀羅尼不過七日獲於四禪壞欲界結得十方佛如意證三昧能除衆生三障能燋衆生一切煩惱顛倒等結親近住於賢

聖之道能令無有退轉菩提得一切智不從他因而得一切佛三無礙三無畏三昧法門能除衆生一切諸惡

見一切諸佛從心所願陀羅尼

呾耶哆　娑迦羅目呿　阿迦羅目佉　阿尼摩目呿　阿婆羅闍目呿　薩坻羅闍目呿　阿那遊呵目呿　婆波唾闍目呿　阿祉藪肥奢　哦奢慕　哦奢多哦　阿那遊呵　貿尼摩　哦娑何婆羅憍扇那末升呵哦　安泯羅那迦富拙之　舍那修娑呿摩羅　阿單梨晲羅冨婆　呿哦叉呿哦　阿留囊嘛坻　娑羅波波　睒浮羅囊敦囊蛛蝃呿哦　阿流那遮　波坻㖿浮　阿那叉耶那茶嘅闍　摩利之娑羅　居題嗷叉哦　菴蒱利嘅闍　藪羅舍羅坻梨梨呿咥利勒那波娑　牟尼提耶　多波迦破闘羅㪷哦　脾奢摩尼那羅延　羅哄娑　那羅延孥　娑婆　因陀半孥　哦呿目呿　婆咥婆羅　摩尼肥攘目呿　牟尼系呵哦娑迦摩娑羅尼咥　摩摩咥訶訶尼咥　陀利射　摩利遮呵哦　喉喉摩尼　阿哦闍曇摩　阿嬖施曇摩　肥利闍牟尼　陀奢題奢兜　莎訶　仔咥彌陀闍　波波摩咥肥闍蛇　貿貿貿哦羅那　因提利也貿貿呵哦　肥羅闍　肥尼咥　肥質闍肥沙羅　訶訶貿尼　拔羅茶娑呵　耶飯那莎訶　阿利波闍　莎訶

佛說此陀羅尼時三千大千世界六種震動天於空中作天妓樂雨種種香華珍寶供養於佛菩薩大衆於時九十九億那由他天人

發菩提心若出家在家善男子善女人發菩提心者應當書寫讀誦此陀羅尼十方諸佛即見此人聞其讀誦發願迴向遥見此人生歡喜心即與受記必當作佛若其四衆爲佛道故應淨心洗浴著新淨衣敷種種淨座於阿練若處離憒閙人無貪瞋恚煩惱汙心又離憍慢嫉妬之心一向正念十方諸佛令知目前晝夜三時懺悔諸罪讀誦此陀羅尼於七日中善心湻志當見十方佛若不得見復更二七三七日中專心不住無量諸佛當現其前而爲説法與其受記當得作佛一切障業悉皆消滅若造五逆犯重根本毀謗正法不得現見諸佛若夢中見亦得滅除無量諸罪復更三七勤加精進必使得見一切諸佛此陀羅尼隨四衆心精勤如法所願從心

修念佛三昧陀羅尼

多擲哆　度陀尼　陀羅　䟫羅尼　牟尼　吱婆散濘　悉地扇地　涅牧支涅呵　梨路伽鉢哦　涥陀鉢坻　哦離　伽羅知　郁伽　知頼殊波伽坻　泜耆波竭坻　比舍羅涥提　但摩婆斯　阿叉移　羯甲　羯波娑哦　阿彌勒陀羯甲　休多吶知　泜殊鉢哦　瞻多三摩傾泜　泜殊其羅鉢哦　嗔拏涥提因提利蛇涥提　莎訶

行法於二月三月八月中以白月中初修念佛三昧從八日至十五日當見佛在蓮華上坐當晝夜各三時以好香華供養必見如來蓮華上坐而爲説法得陀羅尼得念慧覺音堅固得宿命智乃至般涅槃一切經一切工巧作業如是等一切盡能攝取能得淨心除

四聖諦何以故此法能攝取有漏受持讀誦此陀羅尼者所生之處常不墮惡趣常值諸佛生生之處常七寶具足不生下賤生生之處常值諸佛菩薩生生之處常不忘菩提之心遊十方世界常見諸佛世尊常得所願

無盡意菩薩說幢蓋願陀羅尼

多摲哆　眤那散受翅　毗眤那比夢脾　伽羅陀勒叉　佛律婆宿卑　遮摩椹脾　阿叵羅差　阿叉路卑　阿折摩坻　彌梨　失梨　多比莎利　鵂仇　闍但爾　闍闍　羅奴斯　阿那摩首提　目呿味勤差　究羅拔知　末力伽婆差　暴婆莎梨　阿佛律提　夢復梨　莎羅吐祇　蜜力提無尼　莎訶

無盡意菩薩於佛前大菩薩衆中唱此幢蓋願大陀羅尼若有衆生能至心書寫受持此陀羅尼於七日七夜中常修定如法誦此陀羅尼十萬徧得大功德大光明大力得度彼岸具足多聞智慧辯才具足如來世尊一切諸戒成就一切諸大功德乃至天王國王下至婆羅門居士一切衆生見者歡欣生信敬心乃至一切所須之具隨願必得爲諸佛所持往生之處與諸佛共會能使一切衆生開智慧眼見一切妙法

勝敵安退并治毒嚙及腫陀羅尼

多摲哆　伊梨　富持利　富倫提呵　唻呼　摩勒浮　婆唻浮　至唻呼　比至唻浮　思坻浮　比思坻浮　摩比提浮　烏思羅娑坻浮　莎訶

此陀羅尼若王者興軍動衆與敵相攻必欲

取勝欲入敵之時當呪土三徧以塗身并塗幢麾旛蓋鼓角妓樂鬪具所向必勝令彼軍衆安隱退還復無傷損若爲毒蟲所嚙若被毒若身有腫呪之塗以青黛傳之皆得除愈

吉祥神呪

南無觀世音　能施無畏力　一切和雅音

勇猛師子音　大梵清淨音　大慈妙法音

天人大丈夫　能施衆生樂　滅除無明使

濟度生死海　今我等歸依　如是大神力

佛說旋塔陀羅尼

那慕佛陀虵　那慕檀摩虵　那慕阿利虵

波路枳底　奢婆羅虵　菩提薩埵虵　摩訶薩埵虵　呿羅婆帝　仇呵婆帝　伽婆帝　伽婆帝　莎訶

辟賊陀羅尼

多擲哆　唏梨　彌梨　摩登歧　眞陀羅莎訶

闍持陀羅尼

那慕婆伽槃　摩拏勿力陀略也　多擲他伊隷　啾隷　彌利　希利　伊利彌利薩婆羯摩尼　莎訶

佛說大七寶陀羅尼

如是我聞一時佛住祇樹給孤獨精舍佛告阿難汝受持此大七寶陀羅尼呪爾時世尊即便說之

寫地也僧曇　祇闍　律提　波羅若　波羅　式叉仇拏　此荼

阿難若有受持讀誦修行此陀羅尼呪盡其形命一切怨仇能令歡喜火不能燒刀不能傷水不能溺無方道鬼魅所持若天龍阿修

羅乾闥婆乃至人非人等阿難此七寶呪若至水火中若怨賊中若食毒若方道毒應念此呪若怖畏毛竪等悉得解脱以毗婆尸佛威德尸棄神力比尸婆智慧拘婁孫佛力迦那牟尼戒迦葉功德釋迦牟尼精進令一切衆生悉除怖畏令得安吉爾時阿難聞佛所説歡喜奉行

佛説大普賢陀羅尼

如是我聞一時佛在舍衛國祇樹給孤獨園時佛告阿難吾今説大普賢呪汝當受持

多擲哆　阿吒　那吒　茶彌茶　遮居梨　居梨茶也　居梨茶也　拔坻　思提　思陀　婆夢坻（音止）　莎訶

阿難此大普賢呪遮滅一切兵刃除一切怨仇諸怨除一切夜叉羅刹富多等畏除一切熱病鬼神病方道蠱毒呪術毗多茶富多那等悉不能違犯此普賢呪能爲一切吉善若善男子善女人所至之處若行道中若水道中若急難處應念此呪無有夜叉復多毗舍遮拘槃茶迦吒富多那羅刹毗多茶等畏又無水火刀仗兵凶毒藥衰害呪術方道一切諸惡人非人等如是諸畏阿難若有恐怖急難應誦念此呪無能作衰惱者復次阿難若有受持讀誦此呪如上天龍鬼神二十八部人非人等不能越犯此呪鐵輪金剛輪當爲作苦患令頭破作七分四方四維上下若有於此人起惡心者悉皆繫其毒心令不發起是善男子善女人應善讀誦執持奉行

四天王所説大神呪合六十六首

赤下鬼名

羅單那　迦羅富單那　波都者　摩訶波
都者　莎訶
誦呪三色縷黄赤緑作二十一結先繫脚後
繫腰却繫手
白下鬼名
浮流　摩訶浮流　烏摩勒呵　慕多　吡
摩呵慕多　波吒羅呵慕多　浮浮呵慕多
莎訶
呪二色縷白黒結作十四結繫項
失音鬼名
項浮流　睺睺摩　波吒羅睺睺摩　波吒
羅睺睺摩　吡摩勒睺睺摩　漢奴睺睺摩
莎訶
呪縷黄赤緑結作三七結繫項
讇語鬼名

畢多羅　波波浮　波波浮　烏摩勒波波
浮　莎訶
呪水七徧洗面洗左耳嗽口噀之各三徧
蔽人目鬼名
支富羅　支富破　支富破　呼奴支富破
波吒羅支富破　莎訶
呪水七徧噀目
瞋鬼名
頗波羅　破波羅睺　破波羅睺　破波羅
睺烏奴破羅睺烏吐睺　莎訶
七徧誦呪之
食吐鬼名
都睺兜睺　烏奴破　兜睺　嗚奴破莎訶
一七徧呪
羅鬼名

阿那波那兜　阿那波那兜　毗摩那兜

莎訶

一七徧呪

障善根鬼名

浮流浮流　睺睺摩浮流　阿那毗那睺浮

流　支兜那毗摩睺那浮流　浮阿那毗摩

睺睺浮流　莎訶

七徧呪水噀之亦七徧

燋渴鬼名

波波睺　浮奴多波波睺　阿那毗那浮奴

多波波睺　浮律多波波睺　莎訶

呪二十一徧五色縷青黃赤白黑結作三七

結

眼上白光鬼名

阿富那　破多奴阿富那　毗摩破多奴阿

富那　浮婆阿富那　莎訶

呪三七徧呪鬱金青黛水常使病人向東方

日月淨明德佛懺悔洗目至七日

不禁鬼名

脩脩羅　波波磨睺脩脩羅　阿那波那脩

脩羅　毗摩呵那脩脩羅　莎訶

用水三升雞子黃許鹽和三徧呪常使病人

向北方德內豐嚴王佛三禮然後服之一升

餘者即以脩脩羅字

烓鬼名

胡兜羅　呵尼那胡兜羅　阿波浮胡兜羅

阿波置胡兜羅　阿波波呼那胡兜羅　耶

無多胡兜羅　莎訶

須七色縷結作二十一結先繫項次繫兩手

後繫腰繫腕

直下鬼名
舍波帝　阿波睺睺奢波帝　毗摩睺睺奢
波帝　浮律多睺睺奢波帝　阿摩奴睺睺
奢波帝　莎訶
須五色氍縷青黄赤白紫結作三七二十一
結繫脚次繫腰復繫手復繫項
惡瘡鬼名
破波羅　睺睺奴破波羅　烏吐浮律多破
波羅　阿奢兜破波羅　阿奢浮兜破波羅
莎訶
呪五升水三徧著半雞子黄許鹽梁上塵釜
衣墨塵墨各一掌煮七迴三徧呪煮竟亦三
徧呪於日初出時七徧洗瘡七徧呪
不得食下鬼名
胡摩兜　烏奢睺睺胡摩兜　阿鳧羯畢胡
摩兜破波羅胡摩兜　莎訶
呪水七徧與病人飲之
腰脚痛鬼名
呼盧兜　波吒羅呼盧兜　毗摩羅呼盧兜
彌梨耆梨畢呼盧兜　莎訶
呪三色縷青黄緑結作七結繫脚腕次繫髀
後繫腰
頭痛鬼名
胡摩兜摩呵迦吒羅　毗摩迦吒羅呼呼羅
迦吒羅　伊呼迦吒羅　伊末迦知迦吒羅
莎訶
七徧呪楊枝打二七下
闇鈍鬼名
呼吒吒　呼律置呼吒吒　阿支弩呼吒吒
浮律置支呼吒吒　伊呼破羅支呼吒吒

私蜜兜伊呼支破羅　莎訶
三七徧呪七日日三徧呪
耳痛鬼名
比膩波　阿制置呲膩波　呼膩置呲膩波
伊呼支膩置呲膩波　耆摩膩置呲膩波
莎訶
於月生一日設使左耳痛南向坐右耳痛北
向東向門病人門内坐呪師門外坐水亦門
外呪二七徧三喺之
淋鬼名
破波羅　浮梨浮梨置破波羅　車慕那破
波羅　呼呼羅車波羅　迦波置車波羅
莎訶
五七徧呪水以葦筒拄陰上以水從筒中七
徧呪之一唾之末後以掬水望面灑之

小便不通鬼名
烏都羅　呼若者梨吒烏都羅都羅呵拏時
律吒　烏都羅　莎訶
取釜下炊湯二升半雞子黄白蜜和與病人
服之正南而坐念日月燈明佛作四拜禮七
過吸半雞子已唾
卒得心腹痛鬼名
蜜耆羅　阿吒膩吒蜜耆羅　支波副尼耆
羅　呼呼那尼耆羅　阿不梨知尼耆羅
支波置尼耆羅　莎訶
呪水三七徧先唾之三過餘者三吸
瘧病鬼名
須蜜多　阿膩吒　迦知膩吒　烏呼那須
蜜多　支波呼睺須蜜多　伊知膩吒吒須
蜜多　莎訶

須五色縷呪作七結痛從頭下先繫項繫脚
繫手設之太急呪水三徧噀之
匿病鬼名
究水水羅　阿知那知水水羅　烏呼吒水
水羅　阿知拏知水水羅　莎訶
須一斤艾一斗水煮取三升呪三徧病人東
向坐服之日服一升三日服
黄病鬼名
呼都盧　阿知那知支波破　阿那者支波
破　呼梨吒支那吒支波破　伊者那知支
波破　莎訶
三七枚瓜子二七枚杏仁一斗水煎得三升
呪七徧日取一升目中著一繭鼻中二繭餘
者服之三日服之已用黄白線呪作七結先
繫頭次繫兩耳繫項繫兩肘後繫手七徧呪

食人腦髓及心肝鬼名
句羅帝　阿吒拏支知　阿若耆遮知　阿
耆嘿遮知　阿奴多遮知　若不那帝遮知
阿多尼遮知　阿睺睺睺睺遮知　阿副
副副遮知　莎訶
三斛熱湯一升白粉和之呪浴一杯飲之呪
三徧日用一斛五升先從頭淋之吉
卒得旋風頭眩轉鬼名
美音呪　多阿睺耆那　不不不睺耆那
阿若若不耆那　莎訶
呪水二十一徧三噀之
嗜酒鬼名
阿羅兜烏那呵　烏那呵　呼律多　呼
律多　若不呵　若不呵　舍摩訶　舍摩
呵　莎訶

若十四日十五日取七井水三粒鹽呪三徧三淋頂上三唾耳三唾鼻餘水飲之此人北向坐

不嗜食鬼名

安多睺　頗棕甲頗棕甲安多睺　烏睺睺睺睺安多睺　波羅私兜若安多睺　遮棕迦知安多睺　阿若羅知安多睺　莎訶

縷二色白黑呪作十四結七徧呪水與使飲之

食少而吐多鬼名

耆多睺　阿若摩若多棕知　跋羅知那知和若知那知　阿若奴摩知那知　阿呵耆那知　莎訶

呪水七徧噀面三過殘水飲之作麻繩常於朝時以用摎項使病人東面向坐一日不瘥乃至七日

聾鬼名

胡樓兜　睺睺睺睺胡樓兜　阿呵呵那胡樓兜　阿若若胡樓兜　阿吒吒胡樓兜莎訶

須三升小豆一斗水煎得三升蜜安半升酥煎得二升挍清取七七徧呪於晨朝時慈箕豆安綿揭取七徧一一稱鬼名

健睡鬼名

浮浮流兜　阿吒膩知浮流兜　睺睺睺睺若浮流兜　蘇摩帝浮流兜　呼呼阿吒那浮流兜　莎訶

三徧呪水唾病人面

支兜那是土公鬼名

副梨副梨支兜那　阿呵呵那　胡律兜支

兜那呼呼呼阿若兜支那　莎訶
病人東向坐三徧呪一盆水七枚楊枝東西
北安置盆上呪竟以此水四方灑之三喺面
三徧飲
注鬼凡二十五種
破梨吒破破破破梨吒　烏呼呼吒破梨
吒　阿睺睺睺破梨吒　阿致鵄鵄鵄破梨
吒　迦梨吒支休那破梨吒　莎訶
呪水七徧唾之五色線結作七結繫項
一切蛇毒鬼名
阿那耆　若帝囊阿那耆　梨帝囊阿那耆
阿若帝那阿那耆　莎訶
呪水二七徧唾五情根及唾瘡并洗三徧
蟽蝲鬼名
摩甲陀羅那帝摩甲奢若陀摩甲　阿
不梨多阿㮈甲　莎訶
呪水七徧唾五情根并以洗瘡
蝦蟇毒鬼名
波奢尼　烏睺琉兜修波舍尼　若波晝波
舍尼　阿若梨知波舍尼　莎訶
呪水三徧唾五情根并洗瘡餘水飲之吉
竈鬼名
破知那　流流兜破知那　車那兜破知那
阿摩耆兜破知那　阿呼梨兜破知那　莎
呵
三升水一掌白粉和之七徧呪吸三口餘者
洗瘡至三日用
猒蠱鬼名
睺睺　奴吒兔睺睺　尼多那睺睺　阿若
兜睺睺　阿吒兔睺睺　毗律多睺睺　奴

吒毱睺睺　莎呵
三升水銅盆上以白練覆上以七枚楊枝縱橫安上呪三七徧用竟棄之厠中
鼠漏鬼名
遮吒尼　波賴帝　遮吒尼　阿若帝遮吒尼　摩賴帝遮吒尼　阿摩賴帝遮吒尼
莎訶
用三束白葱五寸縷束之一升椒二斗水煎得一斗呪三七徧挍取一升飲之餘者洗瘡
赤眼鬼名
烏奴多　阿若兜毱吒烏奴多　牟律帝那烏奴多　若晝毱多烏奴多　者摩帝烏奴多　莎訶
取三升麴一斗水煎得三升挍取二升呪二七徧日取一繭用唾之亦洗眼二七日

齆鼻鬼名
遮波晝　阿若兜遮波晝　浮律多尼遮波晝　浮波律多尼遮波晝　阿若多尼遮波晝　波律多尼遮波晝　莎訶
一斗苦酒三斗水煎得二升呪三七徧日用二繭灌鼻三十一日用
腋臭鬼名
若多奴知　睺睺睺睺多奴知　浮流流流多奴知　摩賴帝多奴知　阿那那那多奴知　莎訶
石灰三升苦酒三升槃上和呪三七徧摶之男先安左腋下女先安右腋下
毗樓勒叉天王所說呪水腫鬼名
胡樓兜寧　奴律帝胡樓兜寧　阿睺睺睺睺胡樓兜寧　若呼胡樓兜寧　波晝寧

胡樓兜寧　莎訶

用三斛水三斗鹽煎得一斛五斗呪三十五徧封以鬼名日服一升

頹鬼名

波置樓　阿尼兜樓吒波置樓　若無波置樓　阿奴梨吒毚波置樓　阿若梨吒奴波置樓　莎訶

用八升水小豆一升鹽一升呪二十一徧煎稠得五升挼取清日服二蔔餘下稠者用作餅大如掌用上向塗之

青盲鬼名

鳩槃荼阿若兜　副梨帝阿若兜　耆蜜帝阿若兜　摩賴帝阿若兜　阿路帝阿若兜　慢耆帝阿若兜　莎訶

用胡椒安石榴子細辛人參薑末小豆麻子各一銖末和蜜漿若蒲萄漿日呪七徧乃至七日用作餅大如錢許用搭眼以水從頭後噏之

疥蟲鬼名

休由　波帝那休由　耆摩帝那休由　手律帝那休由　莎訶

用一斛水著五升鹽呪二七徧煮七迴用洗浴

壁蟎鬼名

睺牟樓帝　毗摩多睺牟樓帝　阿若兜尼睺牟樓帝　浮律多尼睺牟樓帝　莎訶

用三斛水三升艾煮七迴呪三七徧灑四壁及以屋間

鼠鬼名

不利兜　況況況不利兜　妃妃妃不利兜

守守守守不利兜　牛牛牛牛不利兜　餓
餓餓餓不利兜　莎訶
呪灰七徧孔前呪水七徧瀉孔中乃至三日
狗神名
支鼻帝　烏奢支鼻帝　具吒䐈支鼻帝
那𧀰若支鼻帝　烏吒呼支鼻帝　莎訶
黃腫鬼名
耶牟烏都　婆副波烏都　具耆彌烏都
耶牟沙烏都　阿非破帝　烏都　莎訶
以三升鬱金水七徧呪飲之
赤腫鬼名
阿兜耶　蘇區都阿兜耶　闍摩卑阿兜耶
若富摩阿兜耶　究吒兔阿兜耶　莎訶
取方寸赤罽三七徧呪赤處搭之
白腫鬼名

耆蜜卑　波羅帝耆蜜卑　具殊呵帝耆蜜
卑　烏啄若耆蜜卑　呼娑兜耆蜜卑　莎
訶
取一升水半雞子許白粉呪三七徧乃至七
日
丁腫鬼名
俾低　呵號卑柔卑低　呵蜜耆牟卑低
握瘦呼丘卑低　具耆呵蜜卑低　莎訶
誦此呪鬼箭出一呪二十一徧三日呪
匿齒鬼名
胡殊兜　烏啄那胡殊兜　那蜜卑胡殊兜
莎訶
取井華水呪七徧三唅嗞地歲月久者著射
香唅水嗞地澆已射香塗之
猫鬼方道猒蠱毒藥和東畢闍牟丁蘇安曰

鬼觸樓畢受虛牽升印移伐鬼
引猶微苞糠毒扶殊　呵毗畢帝呪水奢蜜
不烏吒由者慕帝　奢波吒　莎訶
三徧呪水噀之吉
頻波索盧鳩槃茶王字
呼羅都羅帝　烏蘇多奢富殊　具者呵
具吒　那支富殊　莎訶
是呪能令鳩槃茶王及其兵衆破如微塵諸
有卒得熱渴心痛及其頭痛手脚煩熱疼痛
得聞是呪尋得清涼呪水三徧已噀痛處
毗沙門父字婆難陀母字蘇富
提頭賴吒父字難陀母字蜜者盧
摶叉天王父字波伽羅母字漚季畢
毗樓羅叉父字和修吉母字漚惙帝
鬼子母夫字德叉伽鬼母大兒字唯奢文中
者字散脂大將小者字摩尼拔陀者首那拔
陀女字功德
𦢊鬼名
扠波彌䭢波羅帝那　扠波彌䭢波羅帝那
鳥晝若扠波彌䭢波羅帝那　莎訶
須黒石蜜漿呪七徧二徧一吸一彈指
舐膿鬼名
阿富具梨帝　具梨帝　莎訶
胡必鬼名
阿富車　阿蜜阿富車　阿蜜阿富車　阿
蜜阿富車　莎訶
我鬼子母字那痳卑令當說神呪擁護衆生
除其邪見令得正見費損家財設餚供餧此
世間魍魎鬼不如祀狗用備守我今為汝說
正真但用華香酥乳糜致意恭敬下天神令

其所求悉皆得

敷宿波敷宿波　阿注波阿注波　究吒波

究吒波　莎訶

鬼子母所說神呪能令衆生拔邪救濟危厄

盜賊王難無不得解所求男女皆悉端正婚

娶産生怨家債主悉得解脫無不安隱

拂至兜　波羅帝囊拂至兜　烏晝拂至兜

莎訶

能令諸鼠散走諸方悉滅無餘三過唾刀冷

灰作緋紫字

大毗樓勒叉天王所說神呪

賓頭樓守　賓頭樓守　摩訶賓頭樓守

莎訶

陀羅尼雜集卷第七

音釋

颼所鳩切　⿰扌知烏駁烏例二切　攘如羊切　⿰口將郎活切　椹食荏切

頊虛玉切　讇丑琰切與諂同　嗽色角切含吸也　㗰蘇困切與潠同含水噴也

矬昨禾切短也　腕烏貫切　眩黃絹切憒亂也　潠蘇困切與㗰同

摎音交束也　挍古巧切　鵄赤脂切　蟽⿰虫賴蟽他達切⿰虫賴郎葛切蟽⿰虫賴蟲名

⿰虫嗇音色蟲名　罽居例切毛布也　惙陟劣切　⿰月嬰於井切與癭同　⿸疒未明祕切

餚何交切葅醢也　餧於爲切飤也

陀羅尼雜集卷第八

未詳撰者今附梁録

佛說六字大陀羅尼經一品

佛說檀持羅麻油述神呪經一品

阿夷騶呪病經一首

佛說呪六字神王經一品

尼乾陀天所說生難呪一首

大自在天王所說名摩醯首羅天呪一首

大自在天及其眷屬所說呪一首

大神仙所說呪一首

阿修羅天神斷注不得還著病人呪一首

大神仙赤眼呪牙齒蝰經一首

梵天呪句文一首

一大梵天女尚衢梨所說呪一首

甘露天說一切毒呪一首

大梵天說甘露呪甘露能使毒氣入地呪一首

甘露梵天女阿婆耆說一切毒呪一首

觀世音菩薩說陀羅尼呪一首

呪瘧病文一首

呪癰腫文一首

佛說摩尼羅亶呪經一品

佛說神水呪經一首

梵天王釋提桓因神呪一首

四天王神呪一首　淨陀羅尼神呪一首

六字大陀羅尼呪經

如是我聞一時婆伽婆住王舍城耆闍崛山中與大比丘衆五百人俱爾時長老阿難爲栴陀梨女呪術所收爾時長老阿難白佛言世尊我今强爲他收去婆伽婆我今强爲他

收去修伽陀爾時婆伽婆告長老阿難言汝
來阿難汝莫驚怖阿難汝當受持六字大陀
羅尼呪爲令四衆利益安隱安樂吉祥行故
而說呪曰
斯(須何切) 地(除餘切) 梯(吐替切) 曇(徒紺切) 安(於軻切) 荼(徒嫁切)
絲般荼(徒嫁切) 絲 葛囉馳(徒奇切) 替由絲
薩帝　婆帝　耶絲婆帝　底闍婆帝　頻
頭摩帝
阿難是呪能令宿食不消尋得消化能除吐
下等病能除風病熱病冷病雜病能滅一切
諸邪呪術能滅起屍能滅一切形像猒蠱阿
難若有人知此神呪姓名者彼人則不怖畏
王難不怖畏怨敵難不怖畏賊難不怖畏火
難不怖畏水難若於城邑聚落及在曠野悉
無所畏亦不爲他人伺求其過無過可說若
食毒藥毒不能害轉爲利益阿難此六字大
陀羅尼呪乃是七三藐三佛陀所說亦是梵
王娑婆主所說釋提桓因四大天王所說亦
皆隨喜破諸呪術消伏起屍一切形像猒蠱
皆悉破壞斷滅長老阿難聞佛所說歡喜奉
行

佛說檀持羅麻油述神呪經

佛在摩竭國因沙舊山中時佛子羅云隨佛
在山中羅云夜卧爲鬼神所嬈驚起明日至
佛所前爲佛作禮却在一面樹下坐羅云以
手扶頰低頭不樂默然不語佛即問羅云何
爲低頭扶頰如恐怖羅云言我昨夜卧爲鬼
神所嬈佛語羅云天下或有山神嬈人或有
道溝邊鬼神嬈人或星死鬼神嬈人或善死
鬼神嬈人來欲試人經道恐人欲知其心堅

軟語羅云汝取佛壁後鬼神呪經後當有鬼神來嬈汝者持是諸鬼神名字以慈念說之

阿波竭　證證竭　無多薩　嘻遲　治波治　波迦羅　雖陵無　因輪無　因提羅脂輪無　波沙無　振輪無　守迦羅　和林羅　波耶　越羅　檀持羅

佛言是爲檀持羅經佛故爲諸弟子結此呪經佛告諸弟子若有急者當讀誦之鬼神儻來嬈人常持慈心淨心哀心還自視五藏佛結是經日月常恐墮地佛語終不有異今佛說是檀持羅經結說已生人欲來嬈人不得山神亦不得嬈人道溝中鬼神亦不得嬈人星死鬼神亦不得嬈人善死鬼神亦不得嬈人聞是語已火爲不然飲食得毒毒爲不行惡人欲來殺害刀爲不傷溺深水中水爲不沒難郡有四子擁護人行空閑處若行縣邑村中若行大國中若對若會若大坐者老中伴侶行步中坐卧中其有蠱道家者向讀是經蠱道爲不復行佛即爲羅云說已使羅云爲諸比丘比丘尼優婆塞優婆夷及諸弟子皆讀誦之便說此偈

摩那叉　阿婆叉　伽羅婆叉　摩摩那叉叉婆叉　摩他叉　那荼叉　那荼睺　毗婆那荼　佉偈那荼　阿荼那荼　拘那荼波利拘薩那　吒那荼　那荼富利　憂多羅那荼　迦毗那荼　軍闍那荼　阿目伽那荼　遮婆婆羅那荼　佉伽婆羅那荼不迦羅那荼　與婆羅律陀那荼　三三摩羅那荼　尸利羅那荼　憍咀吒咀羅摩盧多　佉婆題佛叉婆坻賴殊　隨慢那賴殊

婆訶那弗坻　珊坻邏羅闍　阿摩摩耆婆
阿涅那阿婆訶
阿夷騶呪病經
聽我所說法師行名阿夷騶在一世間皆受我說當歡喜波沙波梨山名爲伊摩惟尼梨有女名爲優梨伊被羅梨有得道者未得道者聞我說者可得解脫有一樹名波阿羅那沙尼時有一道人在樹下坐會諸鬼神使者主諸鬼神惟波阿梨疾去疾去莫疾來還我朝未食莫得惱我日且欲轉我食已後鬼神便死不隨我語者我取卿曹如笮葡萄滓我今坐是樹下當結鬼神名字慢陀波沙摩羅多梨梨汝曹亡如軀日須臾欲轉我持手牽日止住阿須輪叉手向我諸江海神皆恐怖若羅刹若樹神若風神若水神若火神皆言道人假我須臾之間阿梨羅頭著道人足下道人能反覆天地我曹聞道人欲作是曹結說諾受教鬼神當使守地四天王一名毗沙門二者名毗樓勒三者名提頭賴吒四者名毗留博叉此鬼神皆爲道人所使若有病者若有鬼神所燒者若有蠱道鬼神往來者若飲食中毒者火燒者溺水者逢縣官者若怨家所得便者若顛不悟者若蠱道婦人所迷惑者今故淨澡漱說是經時鬼神皆會所犯者無有敢當我者四天王在後護諸鬼神不隨我語者頭破作七分南無佛梵告解脫厄難從佛受是上語大弊急欲讀呪時當齋戒一心讀之不能讀者但懷著懷中持行一心若蠱毒鬼神病者便除去婦女産乳難不産者說之不能說者但把經一心念經即自

易生
佉佉大樓耶　煩大蛇　倪謣務荷
是上三鬼者皆飛行制止得佛語展轉相誡
諸鬼皆受佛語前爲佛作禮言告如佛語
南無薩和十方諸佛梵釋天王及王護五道
鬼神大天王燋頭摩羅毗沙門浮陀摩尼車
匿及諸官屬與佛結要在佛左右當擁護佛
四輩弟子比丘比丘尼優婆塞優婆夷勑諸
鬼神王不得妄嬈風毒火毒朦籠諸毒不得
妄忓若有比丘比丘尼優婆塞優婆夷出行
郡國市利販賣當令得利財物安隱若行遠
出當令盜賊無有及者若行山林空澤中當
令虎狼犲毒及諸山神樹神火神風神不得
妄嬈大天王燋頭摩羅當擁護之毗樓勒叉
擁護瞻視牀上無有病者縣官口舌當消滅
因持羅在第二忉利天上與佛結要當擁護
天下人民不得妄死僧林羅第一天上擁護
天下人民不得妄盡謣林羅在第一天上擁
護天下人受命者衆邪惡鬼不得妄嬈波耶
越羅在第一天上擁護天下在母胞胎者不
得傷墮檀持羅在世間擁護一切作善者此
五王常從諸官屬案行天下無有休息特常
與一切人心中所願求福與福求錢財與錢
財求男與男求女與女浮陀摩尼車匿當擁
護清信女其甲若有懷妊者小兒疾產產者
安隱諸龍王一切鬼神與佛結要令佛雖度
世在泥洹中雖不見佛見有佛舍利有形像
有經法有佛弟子須陀洹斯陀含阿那含阿
羅漢辟支佛皆說佛語如佛在時無有異第
一維衛佛第二式佛第三隨葉佛第四拘樓

秦佛第五拘那舍牟尼佛第六迦葉佛第七
釋迦牟尼佛鬼子母官屬早得泥洹大道陀
羅尼呪
一致　蜜致　䩭致　毗羼提般檀那　莎
訶

佛說呪六字神王經

如是我聞一時佛在舍衛國祇樹給孤獨園
阿難出行道逢旃陀羅女旃陀梨之所迷惑
牽將詣舍爾時阿難不自覺知忽然到旃陀
梨舍一心念婆伽婆云何不見哀愍我爾時
婆伽婆即到旃陀梨女舍告阿難言汝當受
此六字神呪王經過去諸佛之所宣說今我
爲汝說之一切諸邪皆當消滅即說呪曰
安宗育荼梨一那荼梨二羅知三翅油由呪切梨
四知闍跋帝典知切五賓頭跋帝六檀頭梨七陀
但賴切知梨八陀鳩沫帝九修沫帝十安荼羅
十一那荼羅十二檀荼羅十三提兜羅十四阿難延羊見
切十五荼慢陀羅毗提十六阿那阿那耶十七摩頭
摩跋帝十八迦羅賒翅油羅十九浮鄧伽彌二十知
闍跋帝二十一賓頭摩帝二十二羅沙伽羅跋帝
尼二十三毗吒跋帝尼二十四迦吒跋帝尼二十五
脂吒跋帝尼二十六悉波呵二十七
若有人爲其甲造作呪詛方道猒蠱伺候短
者悉令消滅若天若龍若夜叉羅刹若餓鬼
若鳩槃荼若富多那若毗舍闍若阿跋摩羅
若溫摩陀若吉遮若佉他若毗陀羅若質陀
羯磨若沙門婆羅門若刹利若居士若毗舍
若首陀若摩登伽女若旃陀羅旃陀女若男
若女若奴若婢若阿耆婆若婆伽毋若尼乾
陀若尼乾陀女若遮羅伽女之所爲者今我

以此六字神呪王經若在上向作者上向消滅之下向作者下向消滅之若在地中地中消滅之若在屋上屋上消滅之若在城門城門中消滅之若在城中城中消滅之若在道中道中消滅之若在山中山中消滅之若在河邊河邊消滅之若在塚間塚間消滅之若在樹林中樹林中消滅之若在碓磑中碓磑中消滅之若在牀敷衣服飲食中所在之處悉當消滅若成就若未成就悉當消滅還著本主此呪能斷梵釋呪道能斷一切天下放戾日月迷惑人者呪道能斷瞿梨乾陀梨摩登伽旃陀羅呪道若爲其甲造作呪詛猒蠱方道悉當消滅若佉駐陀毗陀羅富多那皆當消滅從此呪斷如垢離衣鮮白淨潔故能洗除一切垢穢今我以此誠實章句使其甲晝夜安隱衆神衛護天地至尊莫過婆伽婆至尊最聖天龍人鬼所不能越故能消滅一切諸邪即說呪曰

迦致彌之切　迦誅迦毗知劒壽劒壽吒知跋帝

若爲其甲造作衆惡呪詛猒蠱方道悉當消滅天龍夜叉一切諸鬼所不嬈近所以然者婆伽婆離欲無垢至尊最正故能消滅一切邪道又說呪曰

迦致迦誅　迦毗知　劒壽劒壽吒　知跋知

婆伽婆衆第一福田九十五道所不能及一切衆生正法之王故能消滅一切邪道又說呪曰

迦知迦誅　迦毗知　劒壽　劒壽吒　知跋知兜提　阿尼帝　阿周帝

若爲其甲造作呪詛方道猒蠱悉當消滅即

說呪曰
摩休附一温摩帝二温摩陀婆羅提灑陀禰
三佉駄提四佉駄提五婆羅提灑陀禰六臏
頭七臏頭摩提八質帝質帝九婆羅提灑陀
禰十阿啤十一破栖切旃陀啤十二阿阿質梨十三呵
呵那彌十四呵呵浮丘陀摩帝十五呵呵浮丘陀
禰濯沙十六呵呵禰呵陀十七因泥泜泥十八蹹蜱
十九破栖切蹹羅埤二十
此六字神呪王經諸佛所說若有人持此章
句假使枯樹呪令還生枝葉可得生茂況於
生人有神識者乎
尼乾陀天所說產難呪
南無乾陀天使我呪句如意成吉即說呪曰
耆梨闍羅鉢陀一耆梨闍羅鉢陀一悉波呵
呪已若樺皮若紙上書呪文燒作灰使婦人
水中服之即得分身
大自在天王所說呪名摩醯首羅天
南無大自在天王及諸眷屬南無四天王南
無二十八夜叉鬼將軍歸依汝等今我欲說
此呪章句使我所願如意成吉一切諸鬼神
各皆明聽上方下方東方南方西方北方四
維住者我今召汝當來集會隨我使令即說
呪曰
伊尼彌尼一彌彌尼二悉波呵
七徧誦之燒白膠香以華散酒上向沛之呪
曰南無婆伽婆專陀召佉也
大自在天及其眷屬即說呪曰
阿梨迦摩梨比梨比致 遮梨羯致 阿比
舍具梨乾陀梨 朱梨 旃陀梨 摩登祇
阿比舍尼 比舍波羅比舍 阿泜讜泥

波婆伽㮴(羅治切)呵阿駒荼夜嘻(呵之切)憘慎
那夜憘　頻那夜嘻　攬婆波夜嘻臓伽羅
夜嘻　識伽羅迦吒鉢吒　呵柰陀呵鉢柘
伽羅迦吒鉢吒　呵柰陀　呵鉢柘伽羅婆
伽羅沙伊蠅(以恒切)伽羅呵栴陀羅南無兜提
却登多伽謗尼伊模(莫甘切)伽羅呵炎摩盧伽
波羅比舍夜嘻　因陀沙　因陀沙　阿
伽吒　比迦吒　波羅伽吒　傍浪摩耶浪
摩耶劒婆耶寔治阿讓婆夜知㮴休陀婆
㮴休陀婆波婆伽羅呵斬(音令)劒跛賜斬陀羅
跛賜　阿顳(若俠切)妬賜婆小婆寔陀那那知
者比多羅知比可(好甘切)波吒耶波吒耶　悉
波呵　比沙門目佉悉波呵　吼持那悉波
呵　塞呵沙叉悉波呵　蠅具迦羅那悉波
羅呵　因陀羅　悉波呵　波羅摩　悉波

呵　波闍波提　悉波呵　伊沙那悉波呵
浮丘提尸　波羅悉波呵　波羅提婆耶
悉波呵　尸婆耶悉波呵　迦羅帝(多迷切)悉
波呵　賓迦羅耶悉波呵　迦欒羅闍帝悉
波呵　尸婆波羅耆羅悉波呵　薩婆浮丘
陀尸　波伽羅那悉波呵　南無婆伽婆寔
陀羅悉治慢陀鉢陀悉波呵　呪欲罷當稱
南無乾陀梨

大神仙又說呪曰

羅娑羅娑羅娑羅娑一比羅娑羅比娑比羅
娑二速去速去三隨汝本來處四摩訶夜叉
五
三七徧誦之七徧如上三句呪水灑之即止
阿脩羅天神斷注不得還著病人呪
波施　波羅波施　沙波施　尼波陀尼伽

[木*蚤]略切馬尼伽[木*蚤]跋知 阿[兆*毛]尼伽知
一切諸邪鬼於此便斷不得還顧若有還者
脚當即處折緋線當爲繩七徧呪之纏鐵釘
埋著交道中著門閫下稱病者名字

大神仙赤眼呪牙齒齲經

東北有山名曰香熏彼中大仙名曰赤眼甚
可畏怖仙人患齒齲即自結此呪曰
呵陀施比知 呵陀旣萬泥 呵陀旣萬泥
賔伽梨 呵陀攣提 呵陀勒提 呵陀因
頭那摩舍薩婆檀陀炎那 悉波呵

梵天呪句文

呼呼流呼呼脩呼呼流呼呼帝吒優比致伽
南無遮羅陀睒波羅等使我呪如意成吉持
三七徧誦之

一大梵天女尚衢梨說一切龍蛇百蟲百草
及人持毒呪及一切癰腫毒藥南無大梵天
南無大智天敬禮一切諸佛使我呪句如意
成吉

哂翅哂翅哂翅哂翅哂翅哂翅 一 尼翅欺翅
欺翅欺翅欺翅欺翅 二 欺尼佉欺佉欺佉欺
三 尼亶提梨比彌比伽梨 四 域祇梨域祇梨
域祇梨域祇梨域祇梨域祇梨 五 域伽羅域
伽羅 六 域祇梨域祇梨域祇梨域祇梨域祇
梨域祇梨 七 伽伽羅伽伽羅 八 波羅伽羅彌
尸梨尸梨尸梨彌闍顧菴彌梨帝爲來切阿大都
切 波娑尸 九
此呪婆修天梵天天帝釋衢梨神仙乾陀利
所結呪邪

甘露天說一切毒呪

阿思摩思迦摩思 鬱帝羅思 沙多比羅

波羅伽思郁帝曾思帝　梨思帝思翅　阿
翅　波翅　遮迦梨婆摩尼　始尸始尸
遮羅遮羅　娑羅娑羅薩婆羅　衢縷流惡
尸比梨比脂比脂
大梵天說甘露呪甘露能使毒氣入地即說
呪曰
哂履伊梨喜履羅　喜履喜履羅　摩提摩提
摩彈禰㝵知㝵知哂摩修知　娑梨羅富修
提　吉薩帝娑羅娑羅毗娑羅伽梨　頭流
伽梨頭流哂比陀羅尼耶　悉波呵
甘露梵天女阿婆耆說一切毒呪
阿由呼　遮迦梨呼比遮迦梨呼　伊三迦
羅摩尼呼　郁波翅呼　翅欺呼　翅欺呼
翅欺呼　比婆比梨呼　伽漏椆呼　惡祇
尼比梨呼　尸梨呼尸梨禰　摟呼比薩難尼
呼　婆羅彌呼　菴彌梨提呼
如上諸呪主龍蛇百蟲傷蛇螫人及毒藥癰
腫持刀垂呪之吉
觀世音菩薩說陀羅尼呪
南無觀世音菩薩　南無一切諸菩薩
今我欲說大陀羅尼神呪使我呪句如意成
吉
阿摩知　波羅摩知　三波羅夜知吉履尼
旨履尼　阿盧哂尼　陀羅尼馱鉢尼　阿
離鉢尼　離波尼　那頗那波那㩧那　那
㩧陀彈禰
呪疫病文
阿三摩三梨佛陀佛吉利底檀摩郁婁佉多
阿親婆比婆阿摩梨醯摩梨　醯摩若竭提
三摩那提惡叉夜檀帝目帝　遮梨阿遮梨

郁鳩梨　摩訶座梨
此呪先以赤土規病人周帀以五尺刀横著
盆水上然四枚燈於患人四角頭如此呪勿
令傍人嗤笑

呪癰腫文三七徧呪之

天上七女授我良藥唾山山崩唾石石裂唾
水水絶唾火火滅唾金金闕唾木木折唾癰
癰死唾腫腫滅海中大魚化爲鼉雷起西南
不聞其音蝦蟇在中食月其心大腫如山小
腫如拳唾一腫千腫死唾一癰千癰上願令
我所呪即從如意

佛說摩尼羅亶呪經

聞如是一時佛在舍衛國祇樹給孤獨園與
摩訶比丘僧俱佛說摩尼羅亶經佛問阿難
言天下人民得不安隱用何等故用天下萬
民多有病故病痛用何等故用生毋腹痛用
死痛用傷心痛用頭痛目眩不能飲食皆魔
所爲今諸比丘大怖懼如是便前白佛言痛
從何所來去至何所人民大憂愁佛會諸比
丘摩訶迦葉阿那律離越摩訶大目犍連舍
利弗阿難因提羅佛說摩尼羅亶經便舉七
佛名字

第一維衛佛　第二式佛　第三隨葉佛
第四拘樓秦佛　第五拘那含牟尼佛
第六迦葉佛　第七釋迦牟尼佛
今說此經皆從諸佛口中出
第一式叉羅　第二揵陀羅　第三律頭羅
第四彌佉羅　第五揵殊羅　第六麻油羅
第七阿須輪　第八隨沙門　第九修孫
第十摟提竭

都盧大小一切人民有得疾病者苦厄者今佛令諸比丘比丘尼優婆塞優婆夷皆當諷誦之有國鬼有山鬼有林鬼有草木鬼有墓鬼有塚間鬼有地上鬼有天上鬼有北斗鬼有虚空鬼有市井鬼有死人鬼有生人鬼有飢餓鬼有道中鬼有道外鬼有堂中鬼有堂外鬼有水中鬼有水邊鬼有火中鬼有火邊鬼有身中鬼有身外鬼有飲食鬼有卧時鬼今佛言若有赤鬼有黒鬼有長鬼有短鬼有高大鬼有卑小鬼有中適鬼有白色鬼有黄色鬼有青色鬼有黒色鬼有夢中鬼有産乳鬼佛言若有瞋恚刀杖起時皆　念是摩尼羅亶經諸鬼神則自破碎

佛告諸比丘若有受持是經者若有病瘦者常當說是經若有頭痛目眩寒熱傷心常當讀是摩尼羅亶經諸鬼神則自破碎若有縣官盜賊水火起時即當讀是摩尼羅亶經諸鬼神不得復嬈害人今是經佛口中所出若有國中鬼一名深沙二名浮丘是二鬼健行求人長短若有頭痛目眩傷心寒熱則當舉是二鬼神名字便當說是摩尼羅亶經是諸鬼神則自破碎若青色鬼黄色鬼白色鬼黒色鬼高大鬼卑小鬼廣長鬼一切大小鬼神喜嬈天下人民者其鬼名金鏝鬼薛荔鬼飢餓鬼慳貪鬼勤苦鬼病瘦鬼有痛痒鬼思想鬼身中鬼身外鬼癃殘鬼跛蹇鬼顛狂鬼癡聾鬼瘖瘂鬼呻吟鬼涕哭鬼癇病鬼虚耗鬼嫉妬鬼魍魎鬼熒惑鬼遊光鬼鎮猒鬼呪詛鬼伏屍疰鬼蜚屍疰鬼癩死鬼注死鬼宫舍鬼軍營鬼停屍鬼獄死鬼囚死鬼水死鬼溺

死鬼火死鬼燒死鬼客死鬼未葬鬼疫死鬼市死鬼道路死鬼渴死鬼盲死鬼凍死鬼兵死鬼血死鬼星死鬼抵死鬼鬪死鬼棒死鬼戮死鬼自連死鬼自刺死鬼怨家鬼强死鬼腐皮鬼斷頭鬼短人毛髮鬼飲人血鬼飛行鬼騎乘鬼駕車鬼步行鬼撿摸鬼山神鬼石神鬼土神鬼海邊鬼海中鬼橋梁鬼溝渠鬼道中鬼道外鬼胡夷鬼羌虜鬼樹木精魅鬼百蟲精魅鬼鳥獸精魅鬼畜生鬼谿谷鬼門中鬼門外鬼戶中鬼戶外鬼井竈鬼汙池神鬼國神鬼方道鬼蠱道鬼不臣屬鬼詐稱鬼一切大小諸鬼神皆不得嬈害其甲身若有鬼神不隨我語者頭破作七分若人得病瘦當舉上諸名字呪病瘦者即得除愈是經皆從釋迦牟尼佛口中出聞是經從今已後病悉破愈佛說已比丘僧比丘尼優婆塞優婆夷諸天龍人民諸鬼神皆受恩教前爲作禮而去

阿佉尼　尼佉尼　阿佉那　尼佉尼　阿皆羅　慢陀多羅　波陀梨　波提梨

若人得熱病結縷七徧呪書此上鬼神名字若紙樺皮練綃上係若縷頭即愈

佛說神水呪經

南無佛　南無法　南無比丘僧　南無過去七佛　南無諸佛　南無諸佛弟子　南無諸師　南無諸師弟子

便舉七佛名字

第一維衛佛　第二式佛　第三隨葉佛

第四拘留秦佛　第五拘那含牟尼佛

第六迦葉佛　第七釋迦文佛

今是呪經皆從諸佛口出
佛告諸弟子十方天下神王山林鬼神阿須
輪龍王各各明聽
佛言今爲某甲神水呪療治百病斷絕衆邪
佛言水在河中爲河水水在井中爲井水水
出河井入佛鉢爲佛水入腹中爲眞水自知
非眞莫當此水以清治濁以正治邪衆邪斷
絕知水爲眞今我治般若波羅蜜威神及首
楞嚴威神勑某甲咽喉胷堂心腹脇腸膀胱
五官六府三焦五臟寒澼宿食下痢衆痛禍
殃蜚屍鬼注妖魅蠱殃慳結癰腫疥癩惡瘡
隨水消除不得留住某甲身中佛行無爲攝
録神光入行無爲道氣自然貫骨徹髓沐浴
衆病邪不干正虛不錯眞疹消病愈知水爲
眞天者影地地者影響響影相應道法當行
道蓋天地光蓋十方衆邪萬物精氣妖殃各
還所屬佛道叵當言絕痛愈千百得當神通
助祐頭禮十方

梵天王釋提桓因神呪

佛在羅閱祇城梵天神王及一切諸天釋提
桓因以人定時來詣佛所稽首作禮洛坐其
位爾時梵王釋提桓因立於佛前而結呪曰
多闍他跋犍遮瀨跋遮　耶檀遮　瀨耶檀
遮波曳　波羅波曳　阿耨波羅波曳　跋
伽波遮　跋伽鞞耨質多羅　須質多羅
阿耨質多羅　質多羅定波帝　質多羅悉
那　伊迦尸佉般遮尸佉　跋伽尸佉　偷
羅尸佉　迦毗羅尸佉　迦波羅尸佉　世
可婆尸佉　弗安帝弗大羅帝弗羅叉　波
跋伽羅　瀨婆跋知　耶世須耶世遮呵耶

世　阿難多　秀波羅　摩訶瀨波羅迦大
遮　傴波迦大遮　毗摩遮　須毗摩遮
是名摩訶曼亶羅呪一切國界營邑村落若
卒得風腫及時氣熱病治不能瘥針藥不加
速誦此呪自然除愈

四天王神呪

佛在舍衛國祇洹精舍爾時四天王來詣佛
所頭面禮足坐於一面最大天王名毗沙門
前白佛言今多有鬼神及以衆氣恐動國人
我爲一切而結呪曰
薩羅耶剃大　薩羅耶大　伊隸彌隸　訖
隸彌隸訖帝侔隸　俟满瀨帝　傴呼帝
周呼帝　豆呼帝　瀨呼帝　伊利　彌帝
窴傴頭侔頭窴　瀨頭頭窴　侔帝　侔帝
侔帝　瀨呵　侔帝　侔帝　侔帝　豆只

默只　迦毗羅只　阿那帝　安那帝　阿
舍伽細　薩羅耶剃　大伊地羅素　摩跋
漏那　波羅闍地帝　波羅豆波上　意霜
曩　栴檀曩　迦摩世梨吒遮訖甯
説是呪已前白佛言是名阿那羅梨呪善男
子善女人能誦此呪一切鬼神天神夜叉惡
氣蠱毒無如之何命不中夭若有惡鬼不信
此言生誹謗心頭破作七分我之誓言終不
虛也

淨陀羅尼神呪

摩那叉　阿婆叉　伽羅婆叉　摩摩那叉
叉婆叉　那茶脧　毗摩那茶　佉竭那茶
阿茶那茶　拘那茶婆梨　拘薩那茶　富
梨優多那茶　迦毗那茶　軍闍那茶　阿
目迦那茶　遮羅婆羅那茶　却伽婆羅那

茶 不伽羅那茶 輿婆羅那茶 二三羅那茶 尸梨羅那茶 憍怛吒怛羅摩嚧多却婆提弗叉 婆提賴殊 隨縵那賴殊波呵摩弗砥 珊坻羅 羅闍阿摩摩耆婆阿涅羅娑婆訶

陀羅尼雜集卷第八

音釋

騶側留切 笮側格切壓也 諤羽俱切 忏古安切犯也 磑五對切磨也 駈豈俱切 蹫徒合切 樺胡化切木名 齲驅雨切齒病朽鈌也 疐都計切 椆之究切 蝦蟇蝦胡加切蟇莫霞切 鏝母官切 癇戶間切 痓之戍切 ⿸疒尔章刃切 摓音逢 ⿰扌吳音誤 ⿰歹羊似羊切

陀羅尼雜集卷第九

未詳撰者今附梁録

阿吒婆拘上佛陀羅尼一品有三首
佛說陀隣尼鉢經一品有三首
佛說集法悦捨苦陀羅尼一首
觀世音說隨願陀羅尼一首
乞夢知吉凶陀羅尼一首
除一切顛狂病陀羅尼一首
除怖畏陀羅尼一首
結藥界陀羅尼一首
復有求夢陀羅尼一首
佛說呪時氣病陀羅尼一首
行住隨方面歸依稱十方佛名號一首
佛說偈令人誦得長壽一首
滅一切惡吉祥陀羅尼一首

佛說大小乘觀别出觀佛三昧經一段

阿吒婆拘鬼神大將上佛陀羅尼

如是我聞一時佛在王舍城迦蘭陀竹林中爾時王舍城內有一比丘爲賊所劫爲蛇所螫爲鬼所嬈受大苦惱爾時鬼神大將阿吒婆拘見是比丘受如是苦心生憐愍即往佛所至佛所已頭面禮足在一面立白佛言世尊已降伏一切極惡諸鬼神等我今憐愍一切衆生故爲降伏一切諸惡鬼神及一切惡人惡毒等故上佛世尊極嚴惡呪以用降伏諸鬼神等若有讀誦是呪之者其人威德乃至力能降伏梵天何況餘惡爾時佛告阿吒婆拘鬼神大將我不須此極嚴惡呪儻能傷害諸衆生等爾時阿吒婆拘重白佛言世尊後惡世之中惡鬼增盛惡人衆多惡毒蟲獸

侵害衆生或值諸難所謂王賊水火刀兵恐畏怨憎惡鬼等難若佛弟子出家在家若住寂靜乞食道人塚間樹下四部等衆若行曠野山林道中若在城邑村里巷陌當爲救護不令遇惡世尊慈矜願垂納受善逝世尊願垂顧録爾時世尊聞是語已默然受之爾時阿吒婆拘見佛默然心懷喜悦即於佛前而説呪曰

豆留咩　豆留咩　陀咩　陀咩　豆留咩豆留咩　豆留咩　豆留咩　豆彌絲　尼利　尼利　尼利　那羅　那羅　那羅尼利　尼利　尼利　尼利　那羅　毚富尼利　豆留荼濘　豆留荼濘　摩訶豆留荼濘　豆留荼濘　究吒濘究吒濘　摩訶究吒濘　究吒濘多吒濘　多吒濘　摩訶多吒濘　多吒濘　吒吒吒吒吒吒吒吒摩訶吒吒吒吒　阿毗阿毗　摩訶阿毗阿毗　阿毗利　阿毗利　摩訶阿毗利阿毗利　阿婆阿毗　阿婆阿毗　阿婆阿毗阿婆毗　律師律師　摩訶律師律師　梨濘梨濘　摩訶梨濘梨濘　首婁首婁　摩訶首婁首婁　仇婁仇婁　摩訶仇婁仇婁
留仇牟　留仇牟　留仇牟　留仇牟
仇摩仇摩　仇摩仇摩　唏梨唏梨　唏梨唏梨　伊持　伊持　伊持　伊持　比持比持　比持　比持　呵羅　呵羅　呵羅呵羅　唏泥　唏泥　唏泥　唏泥　休泥休泥　休泥　醯泥　醯泥　呵那　呵那呵那　呵那　牟尼牟尼　牟尼牟尼　摩訶牟尼牟尼　婆羅婆羅　婆羅婆羅　尸

利假究那切路迦遮利蛇　時那時那　時那
時那　無沙婆　那暮蛇　修迦都多牟尼
迦羅摩迦羅摩　迦羅摩　闍竭提　多
蛇　奢摩陀摩　奢摩陀摩　闍摩陀摩
闍摩陀摩　闍摩陀摩　奢摩目多彌提
那婆羅闍奢那咩　富留沙多摩牟尼　那
毗闍那彌　修伽都多牟尼　那毗闍那咩
莎訶

世尊此陀羅尼句爲一切衆生作護作救護持是人悉皆令得安隱寂靜令離衰惱滅諸惡毒離諸苦惱王難賊難怨憎之難若天龍鬼神羅刹夜叉鳩槃荼復多那阿跋漆羅呿屈陀如是等所觸惱者所侵損者悉得除滅又復世間一切諸毒若草若木根華果衣裳飲食世間之物及蟲鳥禽獸諸能爲毒惡傷人者悉令消壞不能爲惡又復虛空日月星辰旋嵐風輪鬼神起風欲來害人或來傷人諸鬼神等欲來求食吸人精氣食人肉血者令人疫病熱病若一日二日三日四日乃至七日或令冷病風病濕病寒冷等病若身內若身外一切衆病若七日若十六日悉令消滅不能爲害是等諸鬼神若以手若以口若以脚若以舌若以心欲惱人者及以惡人欲爲人作惱害者先當誦此呪力能禁持令彼惡人惡鬼噤碎失念不令爲惡世尊我今當更說神呪以守護之

阿車阿車瞋彌切牟尼牟尼　摩訶牟尼牟尼
簸烏刀切尼休休　摩訶那迦休休　鬪伽那
知阿呼　阿伽那知　阿多那知　阿吒阿
吒那吒　那吒　留豆　留豆　豆留　休

休豆留　希泥希泥　唏泥唏泥　郁仇摩
仇摩　仇摩　仇摩　唏梨唏梨　唏梨泥
唏梨泥　尼利尼利　摩訶尼利　莎訶
此陀羅尼爲受持讀誦者作護若有鬼食人精氣若損人資產耗人財物如是一切衆怖怨等悉爲結界令爲某國某甲合家無量作大擁護今當重說防諸惡鬼即說呪曰
留牟留牟　留摩留摩　唏梨唏梨　唏梨
唏梨　唏梨唏梨　仇那仇那　仇那仇那
仇那仇毚仇毚　仇毚　仇毚　仇留仇留
仇留仇留　休婁休婁　休婁休婁　休婁
唏梨　暮休暮休　暮休暮休　暮唏梨
暮唏梨　暮唏梨　暮唏梨　休牟休牟休
牟　休摩　休咩提　摩咩思摩　阿提迦
羅咩　兜　莎訶

世尊此呪極有神力如上所說莫令持是呪者有王畏賊畏火畏水畏風毒畏刀兵等畏日月星辰鬼神等畏或有餘惡知識心生忿妬意生惡害欲相侵惱者當先誦此呪爲其結界當令彼惡鬼惡人仇怨之人心生侵惡者令其愚癡迷悶噤碎自遇衆惡不越此界不能侵犯誦此呪者世尊若有善男子善女人誦此呪者一切天龍阿修羅諸惡鬼神人非人等悉皆隨侍擁護不令遇惡世尊我是鬼神大將力能降伏一切諸鬼若有誦此呪者我當將諸鬼神晝夜不離擁護其人令不見惡不令惡鬼惡人得其便也若侵損惱害誦此呪者我當以千輻輪轢碎其頭令諸鬼神爲作衰害世尊此呪極有神力極有威德唯願流布施衆安樂世尊誦此呪者其人德

力唯佛知之世尊此大神呪應付賢德有智善人若不能誦者應以好紙書寫盛以綵囊著種種香常持隨身若有憂怖恐難常當念此呪無不消滅世尊若有事難憂怖怖惡鬼神惡夢欲令消滅者先當結界使諸惡不起令彼惡人惡鬼惡賊自受其殃身體燋枯心意狂亂欲結界之時應淨洗浴著淨衣服好淨塗地安七器漿飲二器著少鹽飲二器著種種漿飲然八燈燒熏陸香運心供養我將諸鬼神至其邊施其所願其人應誦此呪結赤縷然後持行即能消除一切諸難爾時佛告阿難此呪極有大神力能消除諸惡擁護衆生多所利益汝好受持廣令流布若有城邑村落誦此呪者莫不蒙利若有國王大臣誦此呪者其人境土無有惡賊怖難災橫疾疫水旱風霜若遇惡賊應誦此呪若繫著高幢頭賊見此幢賊尋退散降伏阿難此呪極有神力極有大德應令四衆善誦持之爾時衆會聞佛所說歡喜奉行牛屎作場外灰繞竪二刀十二隻箭

請婆拘法餘如前都誦三徧結縷十二結

佛說陀鄰尼鉢經

聞如是一時佛在舍衛國祇樹給孤獨園與大比丘衆千二百五十人菩薩萬人俱爾時去是佛剎百千億拘利佛剎過爾所佛土其剎世界名阿難陀拘蠶此言華積彼佛號伊迦波提羅耶此言最上天王如來至真等正覺今現在遣兩菩薩一名阿彌陀佉此言無量光明二名摩訶佉此言大光明爾時二菩薩來到佛所前以頭面禮佛足長跪叉手白佛言世尊從是間過百千億拘利佛剎世界

名曰華積彼佛號最上天王如來至眞等正覺今現在遣我來問訊世尊說法安隱受者增進皆無他不得不爲天龍閱叉鬼神若薜荔若鳩洹鬼神若羅刹鬼神若虎若狼若人非人所嬈害彼世尊如來至眞等正覺今遣我持陀鄰尼鉢來爲一切故欲令安隱得名聲遠聞色貌端正有氣力有筋力强如是

闍離　摩訶闍離　闍蘭尼　郁倚　目企

三波提　摩訶三波提

是時佛告阿難陀言汝受是陀鄰尼鉢持諷誦讀有佛世尊甚難得值陀鄰尼鉢亦難得聞若善男子善女人受持讀誦識七世生宿命若善男子善女人受持諷誦讀一切鬼神人非人蛇蚖蝮螫皆不能害毒不能中蠱道爲不行不爲刀兵所傷害帝王不能得其便犯不恚之如是阿難陀是陀鄰尼鉢七十七億諸佛所說若有中害者是諸佛語爲有異阿逸多菩薩字彌勒語賢者阿難陀言我亦當復說陀鄰尼鉢所以者何亦欲令一切安隱有名聲德遠聞色貌端正饒氣力其筋力强如是

頞甎　拔甎　滅吱　杈離　勒吱　羅嵐

彌　漏嵐彌　醯離　彌離　提離

爾時佛告阿難陀言汝受是陀鄰尼鉢持諷誦讀有佛世尊甚難得值是陀鄰尼鉢亦難得聞若善男子善女人受是陀鄰尼鉢奉持諷誦讀識十四生宿命若善男子善女人奉持陀鄰尼鉢諷誦讀說終不爲一切鬼神人非人所觸嬈蛇蚖蝮螫諸含毒之蟲所不能害毒不能中蠱道爲不行刀兵不能傷帝王

不能得其便梵釋四天王所共擁護阿難陀
是陀鄰尼鉢八萬四千億佛所說佛告阿難
言我亦復欲說陀鄰尼鉢欲令一切安隱有
名聲德遠聞色貌端正饒氣力其筋力强如
是
頞軝抜軝　涅軝　鳩涅軝　鐵離　抄羅
波提　桉那波提　般那波提　迦偷呢
摩訶迦偷尼
是時佛告賢者阿難陀言受是陀鄰尼鉢持
諷誦讀爲一切廣說若善男子善女人受是
陀鄰尼鉢持諷誦讀識無央數生宿命是陀
鄰尼鉢阿難陀不可稱計億佛所說如是阿
難陀是陀鄰尼鉢若行道若爲賊若爲虎狼
若水中若犯帝王縣官事當念是陀鄰尼鉢
諷誦讀持是陀鄰尼鉢阿難陀繫著枯樹即
便生葉華實何況爲人說病不愈當爲一切
病人呪佛說經已賢者阿難陀及諸會者皆
歡喜奉行
集法悅捨苦陀羅尼經
南無佛陀蛇　南無達摩蛇　南無僧伽蛇
南無毗首陀遮蛇　南無阿伽竭浮遮蛇
南無摩呵薩婆伽利蛇　多擲哆　林彌利
婆斯婆彌　留遮陀　檀摩陀　那闍那唏
知泜利　婆斯婆遮蛇　那蛇波羅薩婆
摩訶唏知泜利　央求知利　黙求知利
比婆薩婆蛇那　毗林婆闍呵　陀舍地輸
薩婆娑羅　三慕鉢泜　波波波利　摩呵
阿那　莎呵
爾時佛告諸大衆言吾本無數劫中處於凡
夫時字遮他陀在伽倫羅國作於商客販賣

治業虛妄無實造諸惡行不可稱計婬曠無道不可具說是時愚癡害父愛毋經由數年舉國人民一皆知之稱聲唱言是遮他陀害父愛毋今經數年吾時思念與六畜無異更無人事時於伽倫羅國夜跳城奔走趣於深澤時此國王名毗闍羅告令國中人民此遮他陀婬曠無道致爲此事其有能得此人者當重賜寶物時此國人各各受募欲捕吾身是時驚怖即出國作沙門在於他國修行十善坐禪學道晝夜泣淚經三十七年以五逆罪障故心不得定憂悲叵處以三十七年中在於山窟常舉聲泣哭苦哉苦哉當以何心去此苦也悲歎下窟乞食時道中地得一大鉢中有一函經更無餘經唯有集法悅捨苦陀羅尼說過去恒河沙諸佛臨泥洹時常在

毗悅羅國說此陀羅尼付諸大菩薩後有人得聞此陀羅尼者此人過去世時修持五戒十善當今得聞有人雖聞而不在心不修習者是名無緣此陀羅尼能除過去百億劫生死五逆大罪若有人受持讀誦者終不墮於三塗地獄餓鬼畜生何以故過去諸佛以欲泥洹時專當說之尊重歎仰稱其功德不可計量付諸菩薩後有衆生得聞此陀羅尼者修習著心福報難計猶如須彌寶海凡夫不能得量若有人作諸惡行竊聞此陀羅尼名不及修習一用在懷墮於地獄中一切地獄中蒙此人恩苦痛不行有人能行現身精勤修習得者覩見百千萬佛剎土得福無量不可具說唯有諸佛與諸菩薩乃能究盡聲聞二乘人者不能得知何以故此陀羅尼非一

佛二佛所説過去恒河沙諸佛所説是時吾得此經已即不乞食歡喜向窟到於窟中燒香禮拜悲淚讚仰於窟中修習讀誦經一年始得以罪業障故不能得入心懷是時吾即以秋月夜洗浴修行經一七日如童子初學憒憒者不少便更行於七日亦如是憒憒無異心中愁惱不知云何意中思惟此陀羅尼字書經於數反心中忽定時吾欣悦如人地得百千斤金人無知者内欣不止吾時亦然修行數年飛行無礙覩見十方三世諸佛後有行者如法行之

觀世音説隨願陀羅尼

南無觀世音菩薩　但提咃　呿羅婆多　呿羅婆多　伽呵婆多　伽婆多　伽哦多　莎呵

行此陀羅尼法應靜處專精禮拜繞塔誦是陀羅尼萬二千徧當見觀世音菩薩一切所願隨意皆得

乞夢即知吉凶陀羅尼

南無三寶　南無摩尼跋陀大鬼神將　摩訶但茶　陀羅尼　尼律師那氷伽梨　呵梨氷伽梨哦　阿跋多蛇　阿跋多蛇　摩尼跋陀林　摩訶乹豆波乹陀　提波

燒香散華佛前誦一百八徧卧去更不共人語若欲所作於夢中見得不得成不成

除一切顛狂病陀羅尼

那暮勒囊怛梨蛇蛇　那暮阿梨蛇　婆路鞞提　舍婆羅蛇菩提薩埵蛇　摩訶薩埵蛇　多擲哆　至梨　彌至梨　勒叉勒叉　摩訶梨蛇　婆路鞞提　舍婆羅蛇　莎

訶

此呪能除一切顛欺狂病者應結縷繫其人頸若五種色縷若無五色應用赤縷以此呪呪之三徧結縷爲三結即能除一切顛狂病

除怖畏陀羅尼

南無佛陀蛇　南無達摩蛇　南無僧伽蛇　南無阿利蛇　波路枳泜　舍婆羅蛇　菩提薩埵蛇　摩訶薩埵蛇　多擲哆　呵梨迦比梨　伽羅冰伽羅瞖　蛇奢茂枳　薩瞖豆　守鍮闍泥　薩瞖豆　烏呵蛇彌慕呵蛇彌　闍婆蛇彌　貪婆　莎訶

若有善男子善女人讀誦此陀羅尼者除一切怖畏若水火盜賊諸惡鬼神虎狼毒獸種種怖畏悉能却之若道路遇賊者取一把土以此陀羅尼呪七徧向賊灑散能肰賊目令不相見順道而去

結藥界陀羅尼

多擲哋　秀咩　秀摩婆帝　婆留支　婆羅婆帝　摩摩利　呵摩利泥　摩帝　迦囉摩　莎訶

應以此持呪童女所作縷呪二十一徧作二十一結以繫十指呿陀羅橛巳釘著地是名繫藥方法竟然後摇身當有種種形像

若得象像者食之繫咽而行師子虎狼等惡獸之類見之馳散不敢繞近若食之得見那伽若與唎交會若百返千返勢力不竭

若得馬像者磨食之若合飲飲之即能律提空中七日行二千餘禪水不没

若得牛像者食之力敵十象壽二百歲不足疑也

若得女像者持之而行於一切刹悉得自在一日之中行百餘禪脚不疲乏所往至處爲人所愛言辭美妙猶如甘露隨有聞者歡喜信受人所樂見好營他事

若得男像者常捉持行於一切處皆得伐尸若飲之壽二百歲身力無比無能勝者端正聰明威德光澤若其生子亦似其父老相悉滅還爲年少一切世事皆悉了知聞十萬偈并義能持肉眼清淨徹見尼提勇健多力

若得羖羝像食之十三月不飢好習色鬭戰無前心性和善身體肥大

若得孔雀像者即自食之食已一切毒皆無能爲能見百餘禪事

若得蛇像持之而行一切世人無能爲也若用塗身得大勢力能與和修吉龍鬭不被毒害若被螫及食惡毒并用塗身皆無所苦若以塗眼得見尼提

若得鹿像者持而行之一切世人無能爲也

若得鹿像共蛇像相纒者又言龜像食之身鞕如石若用塗身身不可壞乃至金剛亦不能壞阿修羅打亦不能壞無大小便若得蝦蟇者持之而行水上不没若入水下亦無所患常使快樂無能勝者

若得貝形似吉祥果持之而行世人見之威光如日若王聞來出百步迎其人心念欲作萬事王悉受用隨其所作皆爲作之一切所願皆悉與之

復有求夢陀羅尼

多嗅他呵梨呵梨　無呵尼三無呵尼　莎訶

此是求夢呪誦七徧卧時誦若無所見至一七日必有所見

佛說呪時氣病經

南無佛　南無法　南無比丘僧　南無過去七佛　南無現在諸佛　南無諸佛

南無諸佛弟子禮是已便說是呪即從如願

阿佉尼　尼佉尼　阿佉那　尼佉尼　阿比羅　慢多梨　尼佉尼　波陀尼　波提梨　南無佛　南無法　南無比丘僧　南無過去七佛　南無現在諸佛　南無諸佛弟子　南無諸師　南無諸師弟子令我所呪即從如願

若人得時氣疾病縷結七過呪文并書此上鬼神名字著紙上繫著縷頭讀呪時當齋戒清淨澡漱燒香正心乃說

行住隨方面歸依稱十方佛名號

東方佛號等行如來至眞等正覺人若東行歸命彼佛南西北方四維亦爾若欲卧時稱下方佛起稱上方佛

南方佛號初發意念離恐畏超首如來至眞等正覺

西方佛號金剛步跡如來至眞等正覺

北方佛號寶智首如來至眞等正覺

東北方佛號壞魔慢步積如來至眞等正覺

東南方佛號初發意不退轉成首如來至眞等正覺

西南方佛號寶蓋照空如來至眞等正覺

西北方佛號開化如來至眞等正覺

下方佛號初發意念斷疑拔欲如來至眞等正覺

上方佛號消冥等超王如來至眞等正覺

佛說偈令人誦得長壽

我慈諸龍王　天上及世間　以我此慈心
得滅諸毒恚　我以智慧聚　用心殺此毒
味毒無味毒　破滅入地去

此偈佛說此恒晨朝時清淨已誦一七徧得無量功德滅一切惡能令人長壽

佛說一切大吉祥滅一切惡陀羅尼

南無佛陀　南無達摩　南無僧伽　南無蛇尼浮彈　娑摩伽檀(呪聲引)鑯歎(癡但切)浮蔓(音暮)阿多婆勒叉　鳩梨槃陀　彌帝梨　娑喉嗟　不梨唔(成切)薩　蛇婆遮囉　嘟嚧吱(針施切)書那提　檀暮

佛說觀佛三昧觀四威儀品中出

復有化佛教諸聲聞數息安般流光白骨白骨流光心淨想心不淨想起結使想滅結使想斷結使支想殺使根想如是諸想九百億塵數如數息安般說是名聲聞法菩薩法者唯有四法一者晝夜六時說罪懺悔二者常修念佛不誑衆生三者修六和敬心不恚慢四者修行六念如救頭然佛告父王如是等名未來世觀佛三昧亦名分別佛身亦名知佛色相亦名念佛三昧亦名諸佛光明覆護衆生

陀羅尼雜集卷第九

音釋

蛰(陟列切蟲行毒也)　轢(郎擊切車踐也)　螫(施隻切蟲行毒也)　鞮(都計切)　偂(則前切)　据(其居切)　賢(石爾切)　羖羝(羖公戶切羝都奚切)(羖羝牡羊也)　鞕(魚孟切堅也)　鑯(千廉切)

陀羅尼雜集卷第十

未詳撰者今附梁録

定志慧見陀羅尼

南無佛陀蛇　南無達摩蛇　南無僧伽蛇

檀摩檀　那闍那　闍梨　闍那婆咩泜

呵羅呢呵羅尼　鬱波多婆蛇　莎呵

此陀羅尼用秋月若十五日月竟日入造化首佛形像以黃華周帀徧敷其地縱廣一步於東方白時至心誦於一千徧亦可覩見十方一切諸佛滅除生死一切罪障行一七日佛像後畫一菩薩名金剛住菩薩前亦誦千徧一日像前一日菩薩前播誦若行此陀羅尼人墮於三塗者無有是處若人遇疾諸惡來覩誦此呪三七徧

八兄弟陀羅尼

如是我聞一時佛在舍衛國祇樹給孤獨園爾時世尊告阿難言有八兄弟陀羅尼汝應受持讀誦爲人演說

阿比毚　拘毗毚　阿鉢梨　無仇目兜

波羅目兜　阿滿毚　乆磨毚　思休　毗

多　尉多邏尉多邏　提浮多

佛告阿難此八兄弟名字若有人知此八兄弟名及聞此陀羅尼者受持讀誦思念在心當知是人毒不能害兵刃不傷火不能燒水不能漂一切惡鬼方道鬼魅夜叉羅刹一切諸惡鬼能爲人傷害恐怖人者并及怨咎鬪諍言訟皆悉消滅此過去諸佛所說

觀世音說應現與願陀羅尼

南無觀世音菩薩　怛提咃　佉羅哦多

呿羅哦多　伽呵哦多　伽哦多伽哦多

莎訶

此陀羅尼法應靜處專精禮拜繞塔誦是陀

羅尼萬二千徧當見觀世音菩薩一切所願隨意皆得

日藏經中除罪見佛陀羅尼

釋迦牟尼佛請十方諸佛在娑婆世界一時同音說是陀羅尼

多擲他　毗時臨婆　毗時臨婆　慰波陀腗也毗時臨婆　綁婆頗羅　阿嵬那多哋多　阿嵬那多哋多　復多拘致　毗時臨婆　莎訶

佛言若四部弟子受持讀誦是陀羅尼當於清淨處淨自洗浴著新淨衣以好華香供養於佛當以月八日修行經三七日除宿殃罪即得面見十方諸佛捨是身已不受生死所行功德爲無有上今略說耳行之人不食酒肉

獲果利神增善陀羅尼

優牟尼　頗羅牟尼　究娑闍醯　究嘶跋衹　阿婆羅慕沙娑濘　比荼囉私繙坻迦多迦跋梨利頻頭摩　濘娑囉其囉末堆羅末優鬱垤鞴　阿嵬唖鞴　薩婆蘘摩曽　那闍那濘　比提蛇摩鞴　比頭摩鞴修波囉甎唖　阿尼囉移　阿婆哶　芻羅尼哶　繙提阿　三慕履　莎訶

若有善男子善女人受持如是陀羅尼句讀誦書寫當於佛前像前塔前舍利前千徧讀誦飲黒石蜜蓮華鬚漿一日中能誦千偈得他心智善男子善女人比丘比丘尼優婆塞優婆夷在寂靜處誠心如法行是陀羅尼是人不過七日獲得四禪壞欲界結見十方佛如法意三昧能化衆生滅一切障所謂業障

煩惱障能淨衆生所有諸根能燒衆生一切
煩惱顛倒等結親近住於賢聖之道亦能令
其不退轉菩提親近一切智不從他因而生
智慧得一切佛三世無礙無畏三昧法門

善護除病陀羅尼

多擲哆　婆梨羅　文禪婆梨羅　文若茂
若阿舊舊　比羅耆比尼摩　比尼摩訶訶
牟尼牟尼治力茶　莎訶　蛇比那　荷呵
阿梨　文者蛇波呵　莎呵

若有人讀誦此陀羅尼者百由旬内惡人及
非人不能得其便若自病若他病誦之即得
除愈

進果獲證修業陀羅尼

多擲哆　牟羅牟羅羅　阿婆破　牟羅羅
毗祇叉夜　莎訶

若人受持讀誦兼修福業者此入初地

結縷除睡蒙護陀羅尼

多擲哆　波梨伽梨　芻修梨　多迦梨
婆散濘波伽梨　陀羅叱伎泯　婆羅半者
那目企婆羅耨　那涅　婆羅濘　波羅濘
⿰阝必　蛇蛇多⿰阝必　奢因地　梨蛇其良那
比輸他濘　三摩留　波比竭坻　三摩多
比沙　陀呵濘　修波梨蛇跏　尼難坻祇
阿　三波羅者　那摩梨那　阿波利蛇
但那至坻　修波利　富梨思那呧　他比
輸陀濘　莎訶

此陀羅尼者是除睡眠持行法用十四日若
眞舍利像前若眞塔前種種香華白氎縷二
尋誦一徧結一結八百結若欲不睡繫著頂
上悉得減損眠欲得睡時解下著淨處燒香

供養恭敬禮拜尊重讚歎諸天善神擁護是人

呪酥除睡不飢益乳陀羅尼

多擲哆　尼彌　尼彌　尼利摩　希扇坻三慕坻　婆迦置比迦知富濘　婆利遮濘三慕希都散提三慕多尼　南無婆迦婆都佛陀寫也　思殿兜　慕陀羅婆陀多羅兜邲地蛇哆多婆羅　哈摩蛇兜　莎訶

若人多睡以此持呪酥千徧用塗眼即無睡以塗足日行十由旬若食之令人不飢若婦女若牛羊少乳呪水千徧用飲之乳即多也

見佛隨願陀羅尼

多擲哆　度羅尼　陀羅尼　陀利尼　牟濘波羅婆散濘　悉提　旃地利　涅呵梨路伽鉢提佛陀鉢　提地梨　郁伽羅提知賴樹波伽提　提耆鉢提　比舍羅佛提曇摩波斯萸叉蛇羯比　羯波啾提　阿媚多羯波　休多舍民　呢多三摩希提　提耆其力呵鉢提　睷拏佛提　因地利蛇佛提　莎訶

若善男子善女人欲行此陀羅尼者淨身澡浴著淨衣服以華香燈明供養佛從月八日至十五日晝夜六時誦陀羅尼一時誦一百八徧是時即得見佛世尊坐蓮華座上而爲說法即與其人隨心所願若求多聞若求宿命智若求珍寶若求淨佛國土若求職位若求工巧若求辯才若求除業障隨其此人所願悉與之行陀羅尼者應三日不食行之若二月三月若八月餘時不得

觀世音現身施種種願除一切病陀羅尼

悉譚那慕佛陀蛇　那慕達摩蛇　那慕僧伽蛇　那慕阿梨蛇　婆路⿰革奇提施婆羅蛇　菩提薩埵蛇　摩訶薩埵蛇　伊矒多崩波羅婆叉彌佛婆禪摩比至室躭　薩埵那摩耨劒波蛇　律彌慕陀羅　波羅婆師多那慕阿利蛇　婆路⿰革奇提施婆羅蛇　菩提薩埵蛇　摩訶薩埵蛇　摩訶伽留尼　伽蛇　那慕薩婆畔陀那車陀那　伽陀蛇那慕婆蛇　婆羅舍　摩伽羅蛇　薩婆薩埵那　彌多羅質多耨劒婆　毗多蛇　那慕阿利蛇　婆路⿰革奇提　舍婆羅蛇　律矒邲地蛇波羅婆叉彌　薩婆薩埵　秀呿婆唅　多擲哆耆羅耆羅尼　娑羅娑羅毗娑羅毗娑羅　佛地蛇　佛地蛇　菩提蛇菩提蛇　薩婆　薩埵怖多耨劒叱　菩提

蛇　菩提蛇　菩提蛇　菩提蛇　蜜提阿利蛇　婆路⿰革奇提　舍婆羅蛇　沫羅沫羅三摩注薩婆薩埵難　彌多羅　質多多蛇薩毗薩埵那木叉伽羅　冀梨　冀梨冀利　冀利　冀利　冀利　冀利　冀梨冀梨　兜流　兜流　兜流　兜流　菩提菩提　菩提蛇　蜜提　休流　休流　秀流　秀流試其林　阿其車　阿其車　薩婆薩埵怖多耨劒比　薩婆薩埵伽留尼伽陀羅　饍蛇　流牛娑陀蛇　娑陀蛇邲地蛇　悕彌娑藍　陀囊　陀囊　伽囊伽囊　修留彌　修留彌　摩呵修留彌莎呵　那慕阿利蛇　婆路⿰革奇提　舍婆羅蛇　悉殿兜　慕多羅波陀　莎訶

此陀羅尼云何修行應以白淨細氎若細布

畫作觀世音像身著白衣坐蓮華座上一手捉蓮華一手捉澡瓶使髮高竪欲行之者於觀世音像前行此陀羅尼行時於白月十五日著新淨衣服以淨牛屎塗地又以香塗泥坌其上生恭敬心盛以十二器生乳以四瓦器盛好香汁須極好香華十六貫須瓦燈十六枚燒堅黒沉水香須大瓦瓨四枚盛淨水取種種諸華條置瓨中然軟木薪又須蓮華八百枚是時應誦此陀羅尼使音聲相續善心不絕誦一徧投一華火中時觀世音菩薩應從東方來現大神光於火盛然時觀世音菩薩於火中現如所畫像身著白衣其髮高竪手捉瓶華於火中現當見之時心無衆怖當知是人即閉地獄餓鬼畜生道門隨其所欲求願悉得若求富貴若求飛空若欲施衆生隨意自在悉皆得之欲求多聞欲求論議欲入海採求伏藏欲服仙膏欲求妙色欲求生王家欲求天眼天耳滅一切病痛若身體諸根不具若有罷病癩病一切病苦乃至身體諸根不具足者悉得除愈并除過去一切重業若男欲求女身女欲求男身如願悉得隨意求願訖應還遣觀世音菩薩也

散華觀世音足下陀羅尼

那慕勒囊利蛇蛇　那慕阿梨蛇　婆路鞊提舍婆羅　多擲哆　乞梨　至梨　乞梨至梨　秀留秀留伽車伽車蛇哆宿歔阿梨蛇　婆路鞊提舍婆羅　莎訶

應取好華一掬三徧誦此陀羅尼即以掬華散觀世音足下又燒好香供養

念觀世音求願陀羅尼

那慕阿梨蛇　婆路鞞提舍婆羅蛇　菩提薩埵蛇　摩訶薩埵蛇　多擲哆　兜流兜流　阿思摩思　摩梨尼　豆律波摩梨尼　豆豆脾　那慕那摩　莎訶

此呪須沉水香誦呪三徧至心念觀世音菩薩此呪吉祥能除過去一切罪業獲大功德欲求願如願必得

誦呪手摩眼除一切痛陀羅尼

那慕佛陀蛇　那慕達摩蛇　那慕僧伽蛇南無勒囊利蛇　那慕阿利蛇　婆路鞞提舍婆羅蛇　菩提薩埵蛇　摩訶薩埵蛇多擲哆　休休　毗之痤梨　比之摩梨涅摩梨　輸陀濘　伽遮提蜜羅　薩婆蕱厠　路伽舍摩尼　毗那舍尼　車陀尼比車陀尼　婆陀三慕啞躭　畢多三慕嚧擔　尸厲摩三慕曌擔　散尼波多三慕嚧擔　薩婆那舍尼　比那舍尼　阿梨蛇婆路鞞提舍婆羅蛇　菩提薩埵蛇　提舍那　那扇兜　薩比蕱厠路伽　莎訶

誦此呪百八徧自手用摩眼能除一切眼根痛病

除腹痛陀羅尼

那慕勒囊利蛇蛇　那慕阿利蛇　婆羅鞞提　舍婆羅蛇　菩提薩埵蛇　摩訶薩埵蛇　多擲哆　究多究之　究究羅之　呵那三婆陀尼移　莎訶

此呪以呪鹽水三徧以飲腹痛人瘥

除卒中毒病欲死陀羅尼

那慕勒囊利蛇蛇　那慕阿利蛇　婆路鞞提　舍婆羅蛇　菩提薩埵蛇　摩訶薩埵

蛇　多擲哆　莎梨莎梨　毗梨毗梨　薩
婆毗沙那舍尼　莎訶
若人被毒欲死若已死以此持呪病人耳中
呪之即瘥若死還活

除瞋陀羅尼出日藏經

多擲哆　蒱伏呵　佛佛羅　伊羅羅婆
伊羅　婆呵呵　縷呵嘍　伽伽那　叉奄
摩咩啄咩啄　斫迦羅跋多帝隸　婆伽羅
帝隸　縷多晞咩晞隸婆呵晞　婆呵晞
那羅闍吒　蛇婆那咩綝　厠帝咩竦婆梨
咩竦試唸咩綝　晞闘羅咩綝呿伽羅咩綝
婆娑菩闍咩綝　薩娑迦羅摩咩綝　摩那
跋多咩綝　跋帝奄婆羅咩綝　莎訶
此陀羅尼能除一切世人瞋恚若欲令一切
人不生瞋恚向已者取贍蔔油以此持七徧
呪之塗手巳眠一切人非人魔龍鬼乃至畜
生瞋恚心除假使滿四天下人及非人天魔
龍鬼若於我所起重瞋恚者應於清旦取一
盂水七徧呪之灑散四方若用洗面一切瞋
者瞋心即除假使四方大海水悉皆擾動以
此灑之尚能令清況復人也

觀世音除業障陀羅尼

南無佛陀蛇　南無達摩蛇　南無僧伽蛇
南無阿利蛇　婆路蹐底　舍波羅蛇　菩
提薩埵蛇　摩訶薩埵蛇　多擲哆　闍婆
毗秪　毗頭畢彌　彌樓擟倚　迦樓棠
賔彌休留若賔秪　散施賔彌菩薩迦伽留
摩叉蛇賔彌　莎訶
此呪能除無始生死受身有識巳來業障之
罪常以月十五日三十日誦之千徧得福無

量此陀羅尼神呪經觀世音菩薩所説能清
旦一徧誦之即却一切惡
南無勒那多來蛇蛇　南無阿梨蛇　婆路
蹄泜　舍婆羅蛇　菩提薩埵蛇　摩訶薩
埵蛇　多擲哆　丘梨　丘梨　多律踋
豆律踋　婆度斯　摩彌婆羅呵律陀莎訶
南無勒那多來蛇蛇　南無阿梨蛇　婆路
蹄泜　舍婆羅蛇　菩提薩埵蛇　摩訶薩
埵蛇　多擲哆　志梨彌志梨勒叉勒叉
摩訶梨蛇　婆路蹄泜舍婆羅蛇　菩提薩
埵蛇　摩訶薩埵蛇
佛説呪泥陀羅尼
多擲哆　伊利　富利　持梨　富倫提
阿唻呼　摩唻呼　婆唻呼　比至唻呼
比思坻呼　摩叱提孚　烏思羅　婆唻呼
莎訶
若有人欲入賊中呪泥三徧以塗身若塗幢
麾旛鼓角妓樂必能得勝若爲毒蟲所齧若
被毒若身有腫處以呪泥塗之以青黛傳之
即得瘥
樂虛空藏菩薩陀羅尼呪
南無佛兜佛多摩訶目揵連莎　多擲哆
倚利吉利　彌利踋利　薩婆伽　倚利彌
利　薩婆伽　彌利　莎訶
此陀羅尼要月十四日十五日明星出時誦
之八百徧燒好沉水香香烟不絶要用黄華
八百枚令人得福若善男子現身安隱求心
中所願無不獲得若是女人化成男子能至
心一日一夜六時行道誦持之者却三劫之
罪永不入惡趣要用春秋涼時三月四月八

月九月

觀世音菩薩陀羅尼

南無觀世音菩薩　多擲哆　丘利丘利

嗷吒頭吒　婆豆斯　摩彌鉢羅　呵囉哆

莎訶

此陀羅尼晨朝至心念佛三徧誦之一切吉

祥

懺悔擲華陀羅尼

南無佛哦竭哦多　摩訶目揵連寫　坦提

他伊利　祇利呧利帝利伊利呧利　婆哦

啹呧利　莎訶

此觀世音菩薩上持陀羅尼常以月十四日

洗浴身體夜三時禮拜懺悔後夜竟誦一徧

擲一華合八百徧擲八百華

除殃病滅毒陀羅尼

呪腫陀羅尼

多擲哆　摩摩慕泥　摩慕泥　摩比尸沙

莎訶

若有腫病者當以此陀羅尼呪之若呪藥一

百八徧塗之亦善

呪癰瘡中惡陀羅尼

多擲哆　唏置摩置　茂伽隸比沙　摩呵

比沙浮　莎呵

先傅此瘡然後以此持日一百八徧呪之經

七日乃瘥

日藏中護眼陀羅尼

多擲哆　斫䝇呿婆　沙羅拏呿嘍　羯磨

呿婆　阿那闍那泥羅呿嘍　波臘多掬摩

泥婆囉拏都蛇　阿醯　梔陀羅壽祇　頻

𨁝守睼羯磨守眠　頗隸守眠　阿鉝芗鉝

多隸旦那隸嘍斯他婆枳　留羅脾　摩呵
留羅脾羅勒那嘍羅坻　莎訶
此陀羅尼用擁護眼晝三時夜三時二十一
徧誦此陀羅尼以手摩眼病瘥於一切衆生
生於慈心當於佛前懺悔諸罪作佛形像書
寫日藏爾時應作眼藥用海沫甘草根呵梨
勒阿摩勒比布舍等合擣以蜜和之復以龜
心上火燒熟令乾合上藥擣和合藥已以此
陀羅尼呪之八千徧於七日中塗眼皮上當
修念佛以是因緣於生死中乃至成佛終不
失眼常得淨目

四天王呪經

四天王常觀察四天下一者名毗沙門天王
二者提頭賴吒天王三者毗樓勒叉天王四
者毗樓博叉天王

優遮摩倚尼　波盧摩尼　波頭多醯　沙
倪闍尼沙
皆能成諸事說是呪有山名卑飢羅修道人
及諸天處中諸道人在彼行道得五通能變
化道人名阿呵得五通能變化善見阿多踰
多抵和牟伽毗皆念是自說此呪言我見諸
佛所生處及諸佛弟子處人民死不時諸天
種從是滅從其中致處哀念欲令疾解脫歸
命於道人大天王王四天下者聽我言我說
呪經用救人民故爲鬼神作㲲槳然乃說呪
梵天護汝頭放髮時舍舍彌護之監當護汝
身月當護汝額日當護汝眼星當護汝臂犍
陀羅當護汝臍阿比尼當護汝尻其梨闍拘
梨當護汝少腹星宿當護汝命其有在四天
下者若善若惡蘇模當護汝脾天當和恩吒

當護之那行者和修提是四大天王主四天下者當護汝家舍伽頭當護汝膝食一切味者當護汝足摩訶伽羅當護汝手莫恐怖於是無懼使吉善

彼毗沙門大天王於一切鬼神羅刹中最尊勑令一切鬼神羅刹便説是呪得呪大呪所行即疾耗亂睡眠得無一切皆不成如是

呵尼呵尼　佉尼佉尼　頭佉尼　佉知佉知　佉知飢飢

提頭賴吒大天王於一切犍陀羅中最尊皆勑令諸犍陀羅便説是呪得呪大呪所行即疾耗亂睡眠得無一切皆不成如是

呵安呵安呵安　波知波知波知　知夷犁和夷和抵　文多尼　波支多尼

毗樓勒叉大天王於一切鳩槃茶中最尊勑令一切鳩槃茶便説是呪得呪大呪所行即疾耗亂睡眠得無事不成如是

阿那尼　阿閈陀羅　閈摩坻摩坻　摩訶摩坻　摩帝摩諦　摩多摩諦　九知九知　毗九知

毗樓博叉大天王於一切龍中最尊勑令諸龍便説是呪大呪所行即疾耗亂睡眠得無事不成如是

摩倚　摩倚　摩倚　摩帝拘知毗　拘知

天王説是呪經時地皆爲動嬈人民者悉恐怖衣毛爲竪其有知是呪王經者無復畏恐不苦頭痛目不眩耳不痛鼻脣口齒舌頰顚臍心亦不痛若腹腫脅腫手痛臍痛髀痛膝痛足痛一切諸所苦痛悉除去若人若非人無能得妄嬈浮陀亦不得嬈天亦不得嬈若

龍若揵陀羅若金翅鳥若仇桓若鬼神若羅刹若鳩槃茶若𡆀邊鬼神若餓鬼若舍舍若烏羅若阿陀摩羅若揵陀樓陀皆不得妄嬈及日月星宿風寒氣皆使除愈擁護其身令其諸邪惡消滅百病除愈南無一切吉善吉祥諸義善精進

南無諸如來無所著等正覺禮足已便說是呪令我所呪即從如願

陀羅尼雜集卷第十

音釋

䋈音那 ⿰糸蜜音蜜 ⿰革眉明秘切 ⿰阝必音秘 薁於六切 睷古言切 唻力皆切 唏許既切 ⿰多來來代切 唸丁念唐練二切 㧺音弥 睼徒兮切 ⿰金氏音匙 ⿱艹多渠寄切 尻苦切切春粱盡處曰尻

法華經安樂行義

陳南嶽思大禪師説

清刻龍藏佛說法變相圖

法華經安樂行義

陳南嶽思大禪師說

法華經者大乘頓覺無師自悟疾成佛道一切世間難信法門凡是一切新學菩薩欲求大乘超過一切諸菩薩疾成佛道須持戒忍辱精進勤修禪定專心勤學法華三昧觀一切衆生皆如佛想合掌禮拜如敬世尊亦觀一切衆生皆如大菩薩善知識想勇猛精進求佛道者如藥王菩薩難行苦行於過去日月淨明德佛法中名爲一切衆生喜見菩薩聞法華經精進求佛於一生中得佛神通亦如過去妙莊嚴王捨國王位以付其弟王及群臣夫人太子内外眷屬於雲雷音王佛法中出家誦法華經專求佛道過八萬四千歲一生具足諸佛神通受記作佛爾時人民壽

命大長八萬九千歲與今閻浮提八十年四百日等於三天下八十四年等今時人壽命短促惡世劫濁苦逼惱多是故於此求道易得觀一切衆生皆如佛想者如常不輕菩薩品中說勤修禪定者如安樂行品初說何以故一切衆生具足法身藏與佛一無異如佛藏經中說三十二相八十種好湛然清淨衆生但以亂心惑障六情暗濁法身不現如鏡塵垢面像不現是故行人勤修禪定淨惑障垢法身顯現是故經言法師父毋所生清淨常眼耳鼻舌身意亦復如是若坐禪時不見諸法常與無常如安樂行中說菩薩觀一切法無有常住亦無起滅是名智者所親近處

欲求無上道　修學法華經　身心證甘露
清淨妙法門　持戒行忍辱　修習諸禪定
得諸佛三昧　六根性清淨　菩薩學法華
具足二種行　一者無相行　二者有相行
無相四安樂　甚深妙禪定　觀察六情根
諸法本來淨　衆生性無垢　無本亦無淨
不修對治行　自然超衆聖　無師自然覺
不由次第行　解與諸佛同　妙覺湛然性
上妙六神通　清淨安樂行　不游二乘路
行大乘八正　菩薩大慈悲　具足一乘行
甚深如來藏　畢竟無衰老　是名摩訶衍
如來八正道　衆生無五欲　亦非斷煩惱
妙法蓮華經　是大摩訶衍　衆生如教行
自然成佛道　云何名一乘　謂一切衆生
皆以如來藏　畢竟恒安樂　亦如師子吼
涅槃中問佛　世尊實性義　爲一爲非一
佛答師子吼　亦一亦非一　非一非非一

云何名為一　謂一切衆生　皆是一乘故
云何名非一　非是數法故　云何非非一
數與及非數　皆不可得故　是名衆生義
問曰云何名為妙法蓮華經云何復名一乘義云何復名如來藏云何名為摩訶衍云何復名大摩訶衍如大品經說摩訶言大衍者名乘亦名到彼岸云何更有大摩訶衍云何復名衆生義答曰妙者衆生妙故法者即是衆生法蓮華者是借喻語譬如世間水陸之華各有狂華虛誑不實實者甚少若是蓮華即不如此一切蓮華皆無狂華有華即有實餘華結實顯露易知蓮華結實隱顯難見狂華者喻諸外道餘華結果顯露易知者即是二乘亦是鈍根菩薩次第道行優劣差別斷煩惱集亦名顯露易知法華菩薩即不如此不作次第行亦不斷煩惱若證法華經畢竟成佛道若修法華行不行二乘路問曰餘華一華成一果蓮華一華成衆果一華一果者豈非一乘一華成衆果者豈非次第答曰諸水陸華一華成一果者甚少墮落不成者甚多狂華無果可說一華成一果者發聲聞心即有聲聞果發緣覺心有緣覺果不得名菩薩佛果復次鈍根菩薩修對治行次第入道登初一地是時不得名為法雲地地地別修證非一時是故不名一華成衆果法華菩薩即不如此一心一學衆果普備一時具足非次第入亦如蓮華一華成衆果一時具足是名一乘衆生之義是故涅槃經言或有菩薩善知從一地至一地思益經言或有菩薩不從一地至一地從一地至一地者是二乘聲

聞及鈍根菩薩方便道中次第修學不從一地至一地者是利根菩薩正直捨方便不修次第行若證法華三昧衆果悉具足問曰云何名衆生妙云何復名衆生法耶答曰衆生妙者一切人身六種相妙六自在王性清淨故六種相者即是六根有人求道受持法華讀誦修行觀法性空知十八界無所有性得深禪定具足四種妙安樂行得六神通父母所生清淨常眼得此眼時善知一切諸佛境界亦知一切衆生業緣色心果報生死出没上下好醜一念悉知於眼通中具足十力十八不共三明八解一切神通悉在眼通一時具足此豈非是衆生眼妙衆生眼妙即佛眼也云何名種種有二一名凡種二名聖種凡種者不能覺了因眼見色生貪愛心愛者即是無明爲愛造業名之爲行隨業受報天人諸趣遍行六道故稱行也相續不絕名之爲種是名凡種聖種者因善知識善能覺了眼見色時作是思惟今見色者誰能見耶眼根見耶眼識見耶空明見耶爲色自見意識對耶若意識對盲應見色若色自見亦復如是若空明見空明無心亦無覺觸不能見色若眼識能見識無自體假托衆緣衆緣性空無有合散一一諦觀求眼不得亦無眼名字若眼能見青盲之人亦應見色何以故根不壞故如是觀時無眼無色亦無見者復無不見男女等身本從一念無明不了妄念心生此妄念之心猶如虛空身如夢如影如燄如化亦如空華求不可得無斷無常眼對色時則無貪愛何以故虛空不能貪愛虛空不斷無

明不生於明是時煩惱即是菩提無明緣行即是涅槃乃至老死亦復如是法若無生即無老死不著諸法故稱聖種凡種聖種無一無二明與無明亦復如是故名爲眼種相妙耳鼻舌身意亦復如是六自在王性清淨者一者眼王因眼見色生貪愛心愛者即是無明一切煩惱皆屬貪愛是愛無明無能制者自在如王性清淨者如上觀眼義中說用金剛慧覺了愛心即是無無明無老死是金剛慧其力最大名爲首楞嚴定譬如健將能伏怨敵能令四方世界清淨是金剛智慧亦復如是能觀貪愛無明諸行即是菩提涅槃聖行無明貪愛即是菩提金剛智慧眼自在王性本常淨無能汙者是故佛言父母所生清淨常眼耳鼻舌身意亦復如是是故般若經說六自在王性清淨故龍樹菩薩言當知人身六種相妙人身者即是衆生身衆生身即是如來身衆生之身同一法身不變易故是故華嚴經歡喜地中言其性從本來寂然無生滅從本已來空永無諸煩惱覺了諸法爾超勝成佛道凡夫之人若能覺此諸陰實法如涅槃中迦葉問佛所言字者其義云何佛告迦葉有十四音名爲字義所言字者名爲菩提常故不流若不流者即是無盡夫無盡者即是如來金剛之身問曰云何名常故不流答曰眼常故名爲不流云何名常無生故常問曰云何無生答曰眼不生故何以故眼見色時及觀眼原求眼不得即無情識亦無有色眼界空故即無斷常亦非中道眼界即是諸佛法界覺知此眼無始無來處亦無無

始猶若虛空非三世攝如般若經中曇無竭菩薩語薩陀波崙言善男子空法不來不去空法即是佛無生法無來無去無生法即是佛無滅法無來無去無滅法即是佛是故當知眼界空故空者即是常眼空常故眼即是佛眼無貪愛愛者即是流流者即是生眼無貪愛即無流動若無流動即無有生眼不生故無來無去無生即是佛眼既無生即無有滅滅者名為盡眼既無滅當知無盡眼既非盡無來無去亦無住處眼無盡即是佛菩薩以是金剛智慧知諸法如無生無盡眼等諸法如即是佛故名如來金剛之身覺諸法如故名為如來非獨金色身如來也得如實智故稱如來得眼色如實智耳聲鼻香舌味身觸意法如實智故名如來金剛之身如法相解如法相說如言無生來言無滅佛如是來更不復去乘如實道故名如來問曰佛何經中說眼等諸法如名為如來答曰大强精進經中佛問鴦崛摩羅云何名一學鴦崛答佛一學者名一乘乘者名為能度之義亦名運載鴦崛摩羅十種答佛一答有二種足二十答今且略說以鴦崛摩羅第五答中乃至第六答以此二處四種答中總說眼等如來義云何名為五所謂彼五根此則聲聞乘非是如來義云何如來義所謂彼眼根於諸如來常決定分明見具足無減修所謂彼耳根於諸如來常決定分明聞具足無減修所謂彼鼻根於諸如來常決定分明嗅具足無減修所謂彼舌根於諸如來常決定分明嘗具足無減修所謂彼身根於諸如來常決定分明

觸具足無減修所謂彼意根於諸如來常決定分明識具足無減修云何名爲六所謂六入處是則聲聞乘非是如來義所謂眼入處於諸如來常明見來入門具足無減修所謂耳入處於諸如來常明聞來入門具足無減修所謂鼻入處於諸如來常明嗅來入門具足無減修所謂舌入處於諸如來常明嘗來入門具足無減修所謂身入處於諸如來常明觸來入門具足無減修所謂意入處於諸如來常決定分明識淨信來入門具足無減修是故初發心新學諸菩薩應善觀眼原畢竟無生滅耳鼻舌身意其性從本來不斷亦非常寂然無生滅色性無空假不沒亦不出性淨等眞如畢竟無生滅聲香味觸法從本已來空非明亦非暗寂然無生滅根塵旣空寂六識即無生三六如如性十八界無名衆生與如來同共一法身清淨妙無比稱妙法華經是故大集中佛告淨聲王汝名曰淨聲當淨汝自界自界眼界空即持戒清淨眼界空寂故即佛土清淨耳鼻舌身意性畢竟空寂是名諸如來修習淨土義問曰云何名爲安樂行云何復名四安樂云何復名二種行一者無相行二者有相行答曰一切法中心不動故曰安於一切法中無受陰故曰樂自利利他故曰行復次四種安樂行第一名爲正慧離著安樂行第二名爲無輕讚毀安樂行亦名轉諸聲聞令得佛智安樂行第三名爲無惱平等安樂行亦名敬善知識安樂行第四名爲慈悲接引安樂行亦名夢中具足成就神通智慧佛道涅槃安樂行復次二種

行者何故名爲無相行無相行者即是安樂行一切諸法中心相寂滅畢竟不生故名爲無相行也常在一切深妙禪定行住坐卧飲食語言一切威儀心常定故諸餘禪定三界次第從欲界地未到地初禪地二禪地三禪地四禪地空處地識處無所有處地非有想非無想處地如是次第有十一種地差别不同有法無法二道爲别是阿毗曇雜心聖行安樂行中深妙禪定即不如此何以故不依止欲界不住色無色行如是禪定是菩薩遍行畢竟無心想故名無相行復次有相行此是普賢勸發品中誦法華經散心精進如是等人不修禪定不入三昧若坐若立若行一心專念法華文字精進不卧如救頭然是名文字有相行此行者不顧身命若行成就即見普賢金剛色身乘六牙象王住其人前以金剛杵擬行者眼障道罪滅眼根清淨得見釋迦及見七佛復見十方三世諸佛至心懺悔在諸佛前五體投地起合掌立得三種陁羅尼門一者總持陁羅尼肉眼天眼菩薩道慧二者百千萬億旋陁羅尼具足菩薩道種慧法眼清淨三者法音方便陁羅尼具足菩薩一切種慧佛眼清淨是時即得具足一切三世佛法或一生修行得具足或二生得極大遲者三生即得若顧身命貪四事供養不能勤修經劫不得是故名爲有相也問曰云何名爲一切法中心不動故曰安一切法中無受陰故曰樂自利利他曰行答曰一切法者所謂三毒四大五陰十二入十八界十二因緣是名一切法也菩薩於是一切法中用

三忍慧一者名爲衆生忍二者名法性忍三者名法界海神通忍衆生忍者名爲生忍法性忍者名爲法忍法界海神通忍者名爲大忍前二種忍名破無明煩惱忍亦名聖行忍聖人行處故名聖行凡夫能行即入聖位是爲聖行大忍者具足五通及第六通具足四如意足面對十方諸佛及諸天王面對共語一念能覺一切凡聖故名大忍於諸神通心不動聖道具足名爲聖忍三忍者即是正慧離著安樂行問曰云何名爲生忍復名衆生忍云何名不動忍復名之爲安答曰生忍名爲因衆生忍者名之爲果因者衆生因果者衆生果因者是無明果者是身行正慧觀於因破無明斷一切煩惱一切法畢竟無和合亦無聚集相亦不見離散是菩薩知集聖諦微妙慧是名生忍若無和合不動不流即無有生衆生忍者名爲身行諸受受爲苦受有三苦受樂受不苦不樂受何以故被打罵時觀苦受打爲身苦罵爲心苦飲食衣服細滑供養名爲身樂及諸摩觸亦名身樂稱揚讚歎名爲心樂卒得好布施眼見未受及其受已亦名心樂觀此無明受及與苦樂受苦時起忍辱慈悲不生嗔心受樂時觀離受心不貪著受不苦不樂時遠離捨心不生無明一切諸受畢竟空寂無生滅故此三受皆從一念妄心生菩薩觀此供養打罵讚歎毀呰與者受者如夢如化誰打誰罵誰受誰喜誰恚與者受者皆是妄念觀此妄念畢竟無心無我無人男女色像怨親中人頭等六分如虛空影無所得故是名不動如隨自意三昧中

說菩薩自於十八界中心無生滅亦教衆生無生滅始從生死終至菩提一切法性畢竟不動所謂眼性色性識性耳鼻舌身意性乃至聲香味觸法性耳識因緣生諸受性鼻舌身意識因緣生諸受性無自無他畢竟空故是名不動自覺覺他故名曰安自斷三受不生畢竟空寂無三受故諸受畢竟不生是名爲樂一切法中心無行處亦教衆生一切法中心無所行修禪不息并持法華故名爲行如鴦崛摩羅眼根入義中說亦如涅槃中佛性如來藏中說安樂行義者衆多非一今更略說一切凡夫陰界入中無明貪愛起受念著絶罪苦行不能自安生死不絶是故無樂名爲苦行一切二乘諸聲聞人陰界入中能對治觀不淨觀法能斷貪婬慈心觀法能斷瞋恚因緣觀法能斷愚癡別名字說名爲四念處是四念有三十七種差別名字名爲道品觀身不淨及能了知此不淨身是無明根本空無生處不淨觀法能破身見男女憎受及中間人皆歸空寂是名破煩惱魔觀十八界三受法外苦受陰内苦受陰知是苦受陰身心所行受念著處一切皆苦捨之不著内樂受外樂受内外樂受觀此樂受心貪著故能作苦因捨之不受知樂受一切皆空苦樂二觀能破世諦心住眞諦初捨苦樂便得不苦不樂以貪著故復是無明復更觀此不苦不樂受無所依止無常變壞何以故因捨苦樂得不苦樂苦樂二觀旣無生處亦無滅處畢竟空寂不苦不樂從何處生如是觀時空無所得亦無可捨旣無可捨亦復不得無可

捨法若無世諦則無眞諦眞假俱寂是時即破陰入界魔觀心無常生滅不住觀察是心本從何生如此觀時都不見心亦無生滅非斷非常不住中道如此觀已即無死魔法念處中觀一切法若善法若不善法若無記法皆如虛空不可選擇於諸法中畢竟心不動亦無住相得不動三昧即無天子魔因捨三受得此解脫名爲苦樂行因果俱名爲聲聞非菩薩道鈍根菩薩亦因此觀無取捨爲異何以故色心三受畢竟不生無十八界故無有內外受取既無受即無可捨觀行雖同無三受間故巧慧方便能具足故是名安樂行安樂行中觀則不如此正直捨方便但說無上道文殊師利菩薩白佛言世尊是諸菩薩於後惡世云何能說是經佛告文殊師利若菩薩摩訶薩於後惡世欲說是經當安住四法一者安住菩薩行處及親近處能爲衆生演說是經云何名爲菩薩行處若菩薩摩訶薩住忍辱地柔和善順而不卒暴心亦不驚又復於法無所行而觀諸法如實相亦不行不分別是名菩薩摩訶薩行處云何名爲住忍辱地略說有三種忍一者衆生忍二者法忍三者大忍亦名神通忍衆生忍者有三種意第一意者菩薩受他打罵輕辱毀呰是時應忍而不還報應作是觀由我有身今來打罵譬如因的然後箭中我若無身誰來打者我今當勤修習空觀空觀若成無有人能打殺我者若被罵時正念思惟而此罵聲隨聞隨滅前後不俱審諦觀察亦無生滅如空中響誰罵誰受音聲不來入耳耳不往取 聲如

此觀已都無瞋喜二種意者菩薩於一切衆生都無打駡恒與軟語將護彼意欲引導之於打駡事心定不亂是名衆生忍衆生若見菩薩忍即發菩提心爲衆生故故名衆生忍第三意者於剛强惡衆生處爲調伏令改心故或與麤言毁呰駡辱令彼慚愧得發善心名衆生忍云何名辱不能忍者即名爲辱更無別法問曰打駡不瞋慈悲軟語可名爲忍剛惡衆生處菩薩是時不能忍耐狀似嗔相打拍駡辱摧伏惡人令彼受苦云何復得名爲忍辱答曰打駡不報此是世俗戒中外威儀忍及觀内空音聲等空身心空寂不起怨憎此是新學菩薩息世譏嫌修戒定智方便忍辱非大菩薩也何以故諸菩薩但觀衆生有利益處即便調伏爲護大乘護正法故不必一切慈悲軟語涅槃中説譬如往昔仙豫國王護方等經殺五百婆羅門令其命終入阿鼻地獄發菩提心此豈非是大慈大悲即是大忍涅槃復説有德國王護覺德法師并護正法故殺一國中破戒惡人令覺德法師得行正法王命終後即生東方阿閦佛前作第一大弟子臣兵衆亦生阿閦佛前作第二第三弟子諸破戒黒白惡人命終皆墮阿鼻地獄於地獄中自識本罪作是念言我爲惱害覺德法師國王殺我即各生念發菩提心從地獄出還生覺德及有德國王所爲作弟子求無上道此菩薩大方便忍非小菩薩之所能爲云何而言非是忍辱覺德法師者迦葉佛是有德國王釋迦佛是護法菩薩亦應如此云何不名大忍辱也若有菩薩行世俗

忍不治惡人令其長惡敗壞正法此菩薩即是惡魔非菩薩也亦復不得名聲聞也何以故求世俗忍不能護法外雖似忍純行魔業菩薩若修大慈大悲具足忍辱建立大乘及護衆生不得專執世俗忍也何以故若有菩薩將護惡人不能治罰令其長惡惱亂善人敗壞正法此人實非外現詐似常作是言我行忍辱其人命終與諸惡人俱墮地獄是故不得名爲忍辱云何復名住忍辱地菩薩忍辱能生一切佛道功德譬如大地生長一切世間萬物忍辱亦復如是菩薩修行大忍辱法或時修行慈悲軟語打罵不報或復行惡口麤言打拍衆生乃至盡命此二種忍皆爲護正法調衆生故非是初學之所能爲名具足忍法忍者有三種意第一意者自修聖行觀一切法皆悉空寂無生無滅亦無斷常所謂一切法觀眼根空耳鼻舌身意根空眼色空聲香味觸法皆空觀眼識空耳鼻舌身意識空無我無人無衆生無造無作無受者善惡之報如空華諸大陰界入皆空三六十八無名號無初無後無中間其性本來常寂然於一切法心不動是名菩薩修法忍第二意者菩薩法忍悉具足亦以此法教衆生觀上中下根差別方便轉令住大乘聲聞緣覺至菩薩三種觀行合同一色心聖行無差別二乘凡聖從本來同一法身即是佛第三意者菩薩摩訶薩以自在智觀衆生方便同事調伏之或現持戒行細行或現破戒無威儀爲本誓願滿足故現六道身調衆生是名菩薩行法忍方便具足化衆生大忍者名神通忍

云何名爲神通忍菩薩本初發心時誓度十方一切衆生勤修六度法施戒忍辱精進禪定三乘道品一切智慧得證涅槃深入實際上不見諸佛下不見衆生即作是念我本誓度一切衆生今都不見一切衆生將不違我往昔誓願作是念時十方一切現在諸佛即現色身同聲讚歎此菩薩言善哉善哉大善男子念本誓願莫捨衆生我等諸佛初學道時發大誓願廣度衆生勤心學道既證涅槃深入實際不見衆生憶本誓願即生悔心顧念衆生是時即見十方諸佛同聲讚歎我亦如汝念本誓願莫捨衆生十方諸佛說是語時菩薩是時聞諸佛語心大歡喜即得大神通虛空中坐盡見十方一切諸佛具足一切諸佛智慧一念盡知十方佛心亦知一切衆生心數一念悉能遍觀察之一時欲度一切衆生心廣大故名爲大忍具足諸佛大人法故名曰大忍爲度衆生色身智慧對機差別一念心中現一切身一時說法一音能作無量音聲無量衆生一時成道是名神通忍柔和善順者一者自柔伏其心二者柔伏衆生和者修六和敬持戒修禪智及證解脫法乃至調衆生瞋恚及忍辱持戒及毀禁皆同涅槃相所謂六和者意和身和口和戒和利和及見和善順者善知衆生根性隨順調伏是名同事六神通攝柔和者名爲法忍善順者名爲大忍而不卒暴者學佛法時不忽忽卒暴取證外行威儀及化衆生亦復如是心不驚者驚之曰動卒暴忽忽即是驚動善聲惡聲乃至霹靂諸惡境界及善色像耳聞眼見

心皆不動解空法故畢竟無心故言不驚又復於法無所行者於五陰十八界十二因緣中諸煩惱法畢竟空故無心無處復於禪定解脱法中無智無心亦無所行而觀諸法如實相者五陰十八界十二因緣皆是眞如實性無本末無生滅無煩惱無解脱亦不行不分別者生死涅槃無一無異凡夫及佛無二法界故不可分別亦不見不二故言不行不分別不分別相不可得故菩薩住此無名三昧雖無所住而能發一切神通不假方便是名菩薩摩訶薩行處初入聖位即與等此是不動眞常法身非是方便緣合法身亦得名爲證如來藏乃至意藏

法華經安樂行義

大乘止觀法門

陳南嶽思大禪師曲授心要

清刻龍藏佛說法變相圖

南嶽大乘止觀序

兩浙路勸農使兼提點刑獄公事朝奉大夫行尚書度支員外郎護軍借紫朱頔撰

鶴林示滅而來賢聖應世者非一咸以六度萬行通達大智安住於法界拔濟於羣迷金文寶軸具載於諸法之藏若夫空一切法證一切性不於三界現其身意達正覺之眞源顯毘盧之實相則見乎南嶽大師之止觀也大師靈山佛會之聖衆三世化緣於衡岫密承佛旨親聽法音總馬鳴龍樹之心要具菩提涅槃之了義故著止觀上下二論遺眞妄於一念明體相之無迹空拳舒手無物可見則止觀之理自是而顯寂照之門由是而入爲出世之宗本作佛種之導師不歷僧祇直階聖位嗟夫斯教雖大顯示啓迪來者而人世未之普聞修者未之普見流于海外逮五

百年咸平中日本國僧寂照以斯教航海而來復歸聖朝天禧四年夏四月靈隱山天竺教主遵式將示生生之佛種咸成上上之勝緣乃俾刻其文又復以序爲請重念如意稱珠已還合浦虛室生白坐見法身顧鑽仰之未至抑稱讚之無取但願一切有學一切信心見者能修修者能證對諸境而不動於諸法而無染一受不退一得永得盡未來際常與南嶽大師俱生行如來事焉

大乘止觀法門卷第一

陳南嶽思大禪師曲授心要

行者若欲修之當於下止觀體狀文中學若有所疑不決然後徧讀當有斷疑之處也又此所明悉依經論其中多有經文論偈不得不淨御之恐招無敬之罪

有人問沙門曰夫禀性斯質託修異焉但匠有殊彫故器成不一吾聞大德洞於究竟之理鑒於玄廓之宗故以策修冀聞正法爾沙門曰余雖幼染緇風少餐道味但下愚難改行理無霑今辱子之所問莫知何說也外人曰唯然大德願無憚勞爲說大乘行法謹即奉持不敢遺忘沙門曰善哉佛子乃能發是無上之心樂聞大乘行法汝今即時已超二乘境界況欲聞而行乎然雖發是勝心要藉行成其德但行法萬差入道非一今且依經論爲子畧說大乘止觀二門依此法故速能成汝之所願也外人曰善哉願說充滿我意亦使餘人展轉利益則是傳燈不絶爲報佛恩沙門曰諦聽善攝爲汝說之所言止者謂知一切諸法從本已來性自非有不生不滅但以虛妄因緣故非有而有然彼有法有即非有唯是一心體無分別作是觀者能令妄念不流故名爲止所言觀者雖知本不生今不滅而以心性緣起不無虛妄世用猶如幻夢非有而有故名爲觀外人曰余解昧識微聞斯未能即悟願以方便更爲開示沙門曰然更當爲汝廣作分別亦令未聞尋之取悟也就廣分別止觀門中作五番建立一明止觀依止二明止觀境界三明止觀體狀四明止觀斷得五明止觀作用就第一依止中復

作三門分別一明何所依止二明何故依止三明以何依止初明何所依止者謂依止一心以修止觀也就中復有三種差別一出衆名二釋名義三辨體狀初出衆名者此心即是自性清淨心又名眞如亦名佛性復名法身又稱如來藏亦號法界復名法性如是等名無量無邊故言衆名次辨釋名義問曰云何名爲自性清淨心耶答曰此心無始以來雖爲無明染法所覆而性淨無改故名爲淨何以故無明染法本來與心相離故云何爲離謂以無明體是無法有即非有以非有故無可與心相應故言離也既無無明染法與之相應故名性淨中實本覺故名爲心故言自性清淨心也問曰云何名爲眞如答曰一切諸法依此心有以心爲體望於諸法法悉虛妄有即非有對此虛僞法故目之爲眞又復諸法雖實非有但以虛妄因緣而有生滅之相然彼虛法生時此心不生諸法滅時此心不滅不生故不增不滅故不減以不生不滅不增不減故名之爲眞三世諸佛及以衆生同以此一淨心爲體凡聖諸法自有差別異相而此眞心無異無相故名之爲如又眞如者以一切法眞實如是唯是一心故名此一心以爲眞如若心外有法者即非眞實亦不如是即爲僞異相也是故起信論言一切諸法從本已來離言說相離名字相離心緣相畢竟平等無有變異不可破壞唯是一心故名眞如以此義故自性清淨心復名眞如也問曰云何復名此心以爲佛性答曰佛名爲覺性名爲心以此淨心之體非是不覺故

說爲覺心也問曰云何知此眞心非是不覺答曰不覺即是無明住地若此淨心是無明者衆生成佛無明滅時應無眞心何以故以心是無明故既是無明自滅淨心自在故知淨心非是不覺又復不覺滅故方證淨心將知心非不覺也問曰何不以自體是覺名之爲覺而以非不覺故說爲覺耶答曰心體平等非覺非不覺但爲明如如佛故擬對說爲覺也是故經言一切無涅槃無有涅槃佛無有佛涅槃遠離覺所覺若有若無有是二悉俱離此即偏就心體平等說也若就心體法界用義以明覺者此心體具三種大智所謂無師智自然智無礙智是覺心體本具此三智性故以此心爲覺性也是故須知同異之義云何同謂心體平等即是智覺智覺即是心體平等故言同也復云何異謂本覺之義是用在凡名佛性亦名三種智性出障名智慧佛也心體平等之義是體故凡聖無二唯名如如佛也是故言異應如是知問曰智慧佛者爲能覺淨心故名爲佛爲淨心自覺故名爲佛答曰具有二義一者覺於淨心二者淨心自覺雖言二義體無别也此義云何謂一切諸佛本在凡時心依熏變不覺自動顯現虛狀虛狀者即是凡夫五陰及以六塵亦名似識似色似塵也似識者即六七識也由此似識念念起時即不了知似色等法但是心作虛相無實以不了故妄執虛相以爲實事妄執之時即還熏淨心也然似識不了之義即是果時無明亦名迷境無明是故經言於緣中癡故似識妄執之義即是妄想所執

之境即成妄境界也以果時無明熏心故令心不覺即是子時無明亦名住地無明也妄想熏心故令心變動即是業識妄境熏心故令心成似塵種子似識熏心故令心成似識種子此似塵似識二種種子總名爲虚狀種子也然此果時無明等雖云各别熏起一法要俱時和合故能熏也何以故以不相離相藉有故若無似識即無果時無明若無無明即無妄想若無妄想即不成妄境是故四種俱時和合方能現於虚狀之果何以故以不相離故又復虚狀種子依彼子時無明住故又復虚狀種子不能獨現果故若無子時無明即無業識若無業識即虚狀種子不能顯現成果亦即自體不立是故和合方現虚狀果也是故虚狀果中還具似識似塵虚妄無明妄執由此義故畧而説之云不覺故動顯現虚狀也如是果子相生無始流轉名爲衆生後遇善友爲説諸法皆一心作似有無實聞此法已隨順修行漸知諸法皆從心作唯虚無實若此解成時是果時無明滅也無明滅故不執虚狀爲實即是妄想及妄境滅也爾時意識轉名無塵智以知無實塵故雖然知境虚故説果時無明滅猶見虚相之有有即非有本性不生今即不滅唯是一心以不知此理故亦名子時無明亦名迷理無明但細於前迷事無明也以彼麤滅故説果時無明滅也又不執虚狀爲實故説妄想滅猶見有虚相謂有異心此執亦是妄想亦名虚相但細於前以彼麤滅故言妄想滅也又此虚境以有細無明妄想所執故似與心異相相

不一即是妄境但細於前以其細故名爲虚境又彼麤相實執滅故説妄境滅也以此論之非直果時迷事無明滅息無明住地亦少分除也若不分分漸除者果時無明不得分分漸滅但相微難彰是故不説住地分滅也今且約迷事無明滅後以説住地漸滅因由即知一念發修已來亦能漸滅也此義云何謂以二義因緣故住地無明業識等漸已微薄二義者何一者知境虚智熏心故令舊無明住地習氣及業識等漸除也何以故智是明法性能治無明故二者細無明虚執及虚境熏心故雖更起無明住地等即復輕弱不同前迷境等所熏起者何以故以能熏微細故所起不覺亦即薄也以此義故住地無明業識等漸已損滅也如迷事無明滅後既有此義應知一念創始發修之時無明住地即分滅也以其分分滅故所起智慧分分增明故得果時迷事無明滅也自迷事無明滅後業識及住地無明漸薄故所起虚狀果報亦轉輕妙不同前也以是義故似識轉轉明利似色等法復不令意識生迷以内識生外色塵等俱細利故無塵之智倍明無明妄想極薄還復熏心復令住地無明業識習氣漸欲向盡所現無塵之智爲倍明了如是念念轉轉熏習故無明住地垂盡所起無塵之智即能知彼虚狀果報體性非有本自不生今即無滅唯是一心體無分别以唯心外無法故此智即是金剛無礙智也此智成已即復熏心心爲明智熏故即一念無明習氣於此即滅無明盡故業識染法種子習氣即亦隨壞

是故經言其地壞者彼亦隨壞即其義也種子習氣壞故虛狀永泯虛狀泯故心體寂照名爲體證眞如何以故以無異法爲能證故即是寂照無能證所證之別名爲無分別智何以故以此智外無別有眞如可分別故此即是心顯成智智是心用心是智體體用一法自性無二故名自性體證也如似水靜内照照潤義殊而常湛一何以故照潤潤照故心亦如是寂照義分而體融無二何以故照寂寂照故照寂順體寂照順用照自體名爲覺於淨心體自照即名爲淨心自覺故言二義一體此即以無分別智爲覺也淨心從本已來具此智性不增不減故以淨心爲佛性也此就智慧佛以明淨心爲佛性又此淨心自體具足福德之性及巧用之性復爲淨業所熏出生報應二佛故以此心爲佛性也又復不覺滅故以心爲覺動義息故説心不動虛相泯故言心無相然此心體非覺非不覺非動非不動非相非無相雖然以不覺滅故説心爲覺亦無所妨也此就對治出障心體以論於覺不據智用爲覺又復淨心本無不覺説心爲本覺本無動變説心爲本寂本無虛相説心本平等然其心體非覺非不覺非動非不動非相非無相雖然以本無不覺故説爲本覺亦無所失也此就凡聖不二以明心體爲如如佛不論心體本具性覺之用也問曰若就本無不覺名爲覺者凡夫即是佛何用修道爲答曰若就心體平等即無修與不修成與不成亦無覺與不覺但爲明如如佛故擬對説爲覺也又復若據心體平等亦

無衆生諸佛與此心體有異故經偈云心佛及衆生是三無差別然復心性緣起法界法門法爾不壞故常平等常差別常平等故心佛及衆生是三無差別常差別故流轉五道說名衆生反流盡源說名爲佛以有此平等義故無佛無衆生爲此緣起差別義故衆生須修道問曰云何得知心體本無不覺答曰若心體本有不覺者聖人證淨心時應更不覺凡夫未證得應爲覺旣見證者無有不覺未證者不名爲覺故定知心體本無不覺問曰聖人滅不覺故得自證淨心若無不覺云何言滅又若無不覺即無衆生答曰前已具釋心體平等無凡無聖故說本無不覺不無心性緣起故有滅有證有凡有聖又復緣起之有有即非有故言本無不覺今亦無不覺然非不有故言有滅有證有凡有聖但證以順用入體即無不覺故得驗知心體本無不覺但凡是違用一體謂異是故不得證知平等之體也問曰心顯成智者爲無明盡故自然是智爲更別有因緣答曰此心在染之時本具福智二種之性不少一法與佛無異但爲無明染法所覆故不得顯用後得福智二種淨業所熏故染法都盡然此淨業除染之時即能顯彼二性令成事用所謂相好依報一切智等智體自是眞心性照之能智用由熏成也問曰心顯成智即以心爲佛性心起不覺亦應以心爲無明性答曰若就法性之義論之亦得爲無明性也是故經言明與無明其性無二無二之性即是實性也問曰云何名此心以爲法身答曰法以功能爲義身

以依止爲義以此心體有隨染之用故爲一切染法之所熏習即以此心隨染故能攝持熏習之氣復能依熏顯現染法即此心性能持能現二種功能及所持所現二種染法皆依此一心而立與心不一不異故名此心以爲法身此能持之功能與所持之氣和合故名爲子時阿棃耶識也依熏現法之能與所現之相和合故名爲果報阿棃耶識此二識體一用異也然此阿棃耶中即有二分一者染分即是業與果報之相二者淨分即是心性及能熏淨法名爲淨分以其染性即是淨性更無別法故由此心性爲彼業果染事所依故說言生死依如來藏即是法身藏也又此心體雖爲無量染法所覆即復具足過恒河沙數無漏性功德法爲無量淨業所熏故

此等淨性即能攝持熏習之氣復能依熏顯現諸淨功德之用即此恒沙性淨功德及能持能現二種功能并所持所現二種淨用皆依此一心而立與心不一不異故名此心爲法身也問曰云何復名此心爲如來藏答曰有三義一者能藏名藏二者所藏名藏三者能生名藏所言能藏者復有二種一者如來果德法身二者衆生性德淨心並能包含染淨二性及染淨二事無所妨礙故言能藏名藏藏體平等名之爲如平等緣起目之爲來此即是能藏名如來藏也第二所藏名藏者即此眞心而爲無明𣪍藏所覆藏故名爲所藏也藏體無異無相名之爲如體備染淨二用目之爲來故言所藏名藏也第三能生名藏者如女胎藏能生於子此心亦爾體具染

淨二性之用故依染淨二種熏力能生世間出世間法也是故經云如來藏者是善不善因又復經言心性是一云何能生種種果報又復經言諸佛正徧知海從心想而生也故染淨平等名之爲如能生染淨目之爲來故言能生名如來藏也問曰云何復名淨心以爲法界答曰法者法爾故界者性别故以此心體法爾具足一切諸法故言法界問曰云何名此淨心以爲法性答曰法者一切法性者體别義以此淨心有差别之性故能與諸法作體也又性者體實不改義以一切法皆以此心爲體諸法之相自有生滅故名虚妄此心眞實不改不滅故名法性也其餘實際實相等無量名字不可具釋上來釋名義竟次出體狀所言體狀者就中復有三種差别一舉離相以明淨心二舉不一不異以論法性三舉二種如來藏以辨眞如雖復三種差别總唯辨此淨心體狀也第一明離相者此心即是第一義諦眞如心也自性圓融體備大用但是自覺聖智所知非情量之能測也故云言語道斷心行處滅不可以名名不可以相相何以故心體離名相故體既離名即不可設名以談其體心既絶相即不可約相以辨其心是以今欲論其體狀實亦難哉唯可說其所離之相反相滅相而自契焉所謂此心從本已來離一切相平等寂滅非有相非無相非非有相非非無相非亦有相非亦無相非去來今非上中下非彼非此非靜非亂非染非淨非常非斷非明非闇非一非異等一切四句法總說乃至非一切可說可念

等法亦非不可説不可念法何以故以不可説不可念對可説可念生非自體法故即非淨心是故但知所有可説可念不可説不可念等法悉非淨心但是淨心所現虚相然此虚相各無自實有即非有非有之相亦無可取何以故有本不有故若有本不有何有非有相耶是故當知淨心之體不可以緣慮所知不可以言説所及何以故以淨心之外無一法故若心外無法更有誰能緣能説此心耶是以應知所有能緣能説者但是虚妄不實故有考實無也能緣既不實故所緣何得是實耶能緣所緣皆悉不實故淨心旣是實法是故不以緣慮所知也譬如眼不自見以此眼外更有他眼能見此眼即有自他兩眼心不如是但是一如如外無法又復淨心不自分別何有能分別取此心耶而諸凡惑分別淨心者即如癡人大張已眼還覓已眼復謂種種相貌是已家眼竟不知自家眼處也是故應知有能緣所緣者但是已家淨心爲無始妄想所熏故不能自知已性即妄生分別於已心外建立淨心之相還以妄想取之以爲淨心考實言之所取之相正是識相實非淨心也問曰淨心之體既不可分別如諸衆生等云何隨順而能得入答曰若知一切妄念分別體是淨心但以分別不息説爲背理作此知已當觀一切諸法一切緣念有即非有故名隨順久久修習若離分別名爲得入即是離相體證眞如也此明第一離相以辨體狀竟次明不一不異以辨體狀者上來離明淨心離一切分別心及境界之相然此

諸相復不異淨心何以故此心體雖復平等而即本具染淨二用復以無始無明妄想熏習力故心體染用依熏顯現此等虛相無體唯是淨心故言不異又復不一何以故以淨心之體雖具染淨二用無二性差別之相一味平等但依熏力所現虛相差別不同然此虛相有生有滅淨心之體常無生滅常恒不變故言不一此明第二不一不異以辨體狀竟次明第三二種如來藏以辨體狀者初明空如來藏何故名爲空耶以此心性雖復緣起建立生死涅槃違順等法而復心體平等妙絕染淨之相非直心體自性平等所起染淨等法亦復性自非有如以巾望兔兔體是無但加以幻力故似兔現所現之兔有即非有心亦如是但以染淨二業幻力所熏故似染似淨二法現也若以心望彼二法法即非有是故經言流轉即生死不轉是涅槃生死及涅槃二俱不可得又復經言五陰如幻乃至大般涅槃如幻若有法過涅槃者我亦說彼如幻又復經言一切無涅槃無有涅槃佛無有佛涅槃遠離覺所覺若有若無有是二悉俱離此等經文皆據心體平等以泯染淨二用心性既寂是故心體空淨以是因緣名此心體爲空如來藏非謂空無心體也問曰諸佛體證淨心可以心體平等故佛亦用而常寂說爲非有衆生既未證理現有六道之殊云何無耶答曰眞智眞照尚用即常寂說之爲空況迷闇妄見何得不有有即非有問曰既言其有何得有此迷妄答曰既得非有而妄見有何爲不得無迷而橫起迷空華之

喻於此宜陳問曰諸餘染法可言非有無明既是染因云何無耶答曰子果二種無明本無自體唯以淨心爲體但由熏習因緣故有迷用以心往攝用即非有唯是一心如似粟麥本無自體唯以微塵爲體但以種子因緣故有粟麥之用以塵往收用即非有唯是微塵無明亦爾有即非有問曰既言熏習因緣故有迷用應以能熏之法即作無明之體何爲而以淨心爲體答曰能熏雖能熏他令起而即念念自滅何得即作所起體耶如似麥子但能生果體自爛壞歸於微塵豈得春時麥子即自作秋來果也若得爾者劫初麥子今仍應在過去無明亦復如是但能熏起後念無明不得自體不滅即作後念無明也若得爾者無明即是常法非念念滅既非常故即如燈燄前後相因而起體唯淨心也是故以心收彼有即非有彼有非有故名此淨心爲空如來藏也問曰果時無明與妄想爲一爲異子時無明與業識爲一爲異答曰不一不異何以故以淨心不覺故動無不覺即不動又復若無無明即無業識又復動與不覺和合俱起不可分別故子時無明與業識不異也又不覺自是迷闇之義過去果時無明所熏起故即以彼果時無明爲因也動者自是變異之義由妄想所熏起故即以彼妄想爲因也是故子時無明與業識不一此是子時無明與業識不一不異也果時無明與妄想不一不異者無明自是不了知義從子時無明生故即以彼子時無明爲因妄想自是浪生分別知義從業識起故即以彼業識爲

因是故無明妄想不一復以意識不了境虛故即妄生分別若了知境虛即不生妄執分別又復若無無明即無妄想若無妄想亦無無明又復二法和合俱起不可分別是故不異此是果時無明與妄想不一不異也以是義故二種無明是體業識妄想是用二種無明自互爲因果業識與妄想亦互爲因果若子果無明互爲因者即是因緣也妄想與業識互爲因者亦是因緣也若子時無明起業識者即是增上緣也果時無明起妄想者亦是增上緣也上來明空如來藏竟次明不空如來藏者就中有二種差別一明具染淨二法以明不空二明藏體一異以釋實有初明淨法中復有二種分別一明具足無漏性功德法二明具足出障淨法第一具無漏性功德者即此淨心雖平等一味體無差別而復具有過恒沙數無漏性功德法所謂自性有大智慧光明義故眞實識知義故常樂我淨義故如是等無量無邊性淨之法唯是一心具有如起信論廣明也淨心具有此性淨法故名不空第二具出障淨德者即此淨心體具性淨功德故能攝持淨業熏習之力由熏力故德用顯現此義云何以因地加行般若智業熏於三種智性令起用顯現即是如來果德三種大智慧也復以因地五波羅蜜等一切種行熏於相好之性令起用顯現即是如來相好報也然此果德之法雖有相別而體是一心心體具此德故名爲不空不就其心體義明不空也何以故以心體平等非空不空故問曰能熏淨業爲從心起爲心外別

有淨法以爲能熏耶答曰能熏之法悉是一心所作此義云何謂所聞教法悉是諸佛菩薩心作諸佛心菩薩心衆生心是一故教法即不在心外也復以此教熏心解性性依教熏以起解用故解復是心作也以解熏心行性性依解熏以起行用故行復是心作也以行熏心果性性依行熏起於果德故果復是一心作也以此言之一心爲教乃至一心爲果更無異法也以是義故心體在凡之時本具解行果德之性但未爲諸佛眞如用法所熏故解等未顯用也若本無解等之性者設復熏之德用終不顯現也如似眞金本有器朴之性乃至具有成器精妙之性但未得椎鍛而加故器朴等用不現後加以鉗椎朴器成器次第現也若金本無朴器成器之性者設使加以功力朴用成用終難顯現如似壓沙求油鑽水覓火鍛冰爲器鑄木爲瓶永不可成者以本無性故也是故論言若衆生無佛性者設使修道亦不成佛以是義故淨心之體本具因行果德性也依此性故起因果之德是故此德唯以一心爲體一心具此淨德故以此心爲不空如來藏也次明具足染法者就中復有二種差別一明具足染性二明具足染事初明具足染性者此心雖復平等離相而復具足一切染法之性能生生死能作生死是故經云心性是一云何能生種種果報即是能生生死又復經言即是法身流轉五道說名衆生即是能作生死也問曰若心體本具染性者即不可轉凡成聖答曰心體若唯具染性者不可得轉凡成聖既並

具染淨二性何爲不得轉凡成聖耶問曰凡聖之用既不得並起染淨之性何得雙有耶答曰一一衆生心體一一諸佛心體本具二性而無差别之相一味平等古今不壞但以染業熏染性故即生死之相顯矣淨業熏淨性故即涅槃之用現矣然此一一衆生心體依熏作生死時而不妨體有淨性之能一一諸佛心體依熏作涅槃時而不妨體有染性之用以是義故一一衆生一一諸佛悉具染淨二性法界法爾未曾不有但依熏力起用先後不俱是以染熏息故稱曰轉凡淨業起故說爲成聖然其心體二性實無成壞是故就性說故染淨並具依熏論故凡聖不俱是以經言清淨法中不見一法增即是本具性淨非始有也煩惱法中不見一法減即是本具性染不可滅也然依對治因緣清淨般若轉勝現前即是淨業熏故成聖也煩惱妄想盡在於此即是染業息故轉凡也問曰染業無始本有何由可滅淨業本無何由得起答曰得諸佛眞如用義熏心故淨業得起淨能除染故染業即滅問曰染淨二業皆依心性而起還能熏心既並依性起何得相除答曰染業雖依心性而起而常違心淨業亦依心性而起常順心也違有滅離之義故爲淨除順有相資之能故能除染法界法爾有此相除之用何足生疑問曰心體淨性能起淨業還能熏心淨性心體染性能起染業還能熏心染性故乃可染業與淨性不相熏相生說爲相違染業與染性相生相熏應云相順若相順者即不可滅若染業雖與染性相順由

與淨性相違故得滅者亦應淨業雖與淨性相順由與染性相違故亦可得除若二俱有違義故雙有滅離之義而得存淨除染亦應二俱有順義故並有相資之能復得存染廢淨答曰我立不如是何爲作此難我言淨業順心故心體淨性即爲順本染業違心故心體染性即是違本若偏論心體即違順平等但順本起淨即順淨心不二之體故有相資之能違本起染便違眞如平等之理故有滅離之義也

大乘止觀法門卷第一

音釋

創楚浪切始造也　椎傳追切擊也　鍛都玩切錬也　鉗其淹切鍛器也　鑽祖官切穿也　鑄朱戍切鎔鑄也

大乘止觀法門卷第二

陳南嶽思大禪師曲授心要

問曰違本起違末便違不二之體即應並有滅離之義也何故上言法界法爾具足二性不可破壞耶答曰違本雖起違末但是理用故與順一味即不可除違末雖依違本但是事用故即有別義是故可滅以此義故二性不壞之義成也問曰我仍不解染用違心之義願爲說之答曰無明染法實從心體染性而起但以體闇故不知自己及諸境界從心而起亦不知淨心具足染淨二性而無異相一味平等以不知如此道理故名之爲違智慧淨法實從心體而起以明利故能知己及諸法皆從心作復知心體具足染淨二性而無異相一味平等以如此稱理而知故名之爲順如似窮子實從父生父實追念但以癡故不知已從父生復不知父意雖在父舍不認其父名之爲違復爲父誘說經歷多年乃知已從父生復知父意乃認家業受父教勅名之爲順衆生亦爾以無明故不知己身及以諸法悉從心生復遇諸佛方便教化故隨順淨心能證眞如也問曰既說無明染法與心相違云何得熏心耶答曰無明染法無別有體故不離淨心以不離心故雖復相違而得相熏如木出火炎炎違木體而上騰以無別體不離木故還燒於木後復不得聞斯譬喻便起燈爐之執也此明心體具足染性名爲不空也次明心體具足染事者即彼染性爲染業熏故成無明住地及一切染法種子依此種子現種種果報此無明及與業果即

是染事也然此無明住地及以種子果報等雖有相别顯現說之爲事而悉一心爲體悉不在心外以是義故復以此心爲不空也譬如明鏡所現色像無别有體唯是一鏡而復不妨萬像區分不同不同之狀皆在鏡中顯現故名不空鏡也是以起信論言因熏習鏡謂如實不空一切世間境界悉於中現不出不入不失不壞常住一心以一切法即眞實性故以此驗之具足世間染法亦是不空如來藏也上來明具足染淨二法以明不空義竟次明藏體一異以釋實有義就中復有六種差别一明圓融無礙法界法門二明因果法身名别之義三明眞體在障出障之理四明事用相攝之相五明治惑受報不同之義六明共不共相識第一明圓融無礙法界法門者問曰不空如來藏者爲一一衆生各有一如來藏爲一切衆生一切諸佛唯共一如來藏耶答曰一切衆生一切諸佛唯共一如來藏也問曰所言藏體具包染淨者爲俱時具爲始終具耶答曰所言如來藏具染淨者有其二種一者性染性淨二者事染事淨如上已明也若據性染性淨即無始以來俱時具有若據事染事淨即有二種差别一者一時中俱具染淨二事二者始終方具染淨二事此義云何謂如來藏體具足一切衆生之性各各差别不同即是無差别之差别也然此一一衆生性中從本已來復具無量無邊之性所謂六道四生苦樂好醜壽命形量愚癡智慧等一切世間染法及三乘因果等一切出世淨法如是等無量差别法性一一

衆生性中悉具不少也以是義故如來之藏從本已來俱時具有染淨二性以具染性故能現一切衆生等染事故以此藏爲在障本住法身亦名佛性復其淨性故能現一切諸佛等淨德故以此藏爲出障法身亦名性淨法身亦名性淨涅槃也然諸一一衆生無始已來雖復各各具足染淨二性但以造業不同故熏種子性成種子用亦即有別種子用別故一時之中受報不同所謂有成佛者有成二乘果者有入三塗者有生天人中者復於一一趣中無量差別不同以此論之如來藏心之內俱時得具染淨二事如一時中一切時中亦復如是也然此一一凡聖雖於一時之中受報各別但因緣之法無定故一一凡聖無始以來具經諸趣無數迴返後遇善友教修出離學三乘行及得道果以此論之一一衆生始終乃具染淨二事何以故以一衆生受地獄身時無餘趣報受天報時亦無餘趣報受一一趣中一一身時亦無餘身報又受世間報時不得有出世果受出世果時無世間報以是義故一衆生不得俱時具染淨二事始終方具二事也一切衆生亦如是是故如來之藏有始終方具染淨二事之義也問曰如來之藏具如是等無量法性之時爲有差別爲無差別答曰藏體平等實無差別即是空如來藏然此藏體復有不可思議用故具足一切法性有其差別即是不空如來藏此蓋無差別之差別也此義云何謂非如泥團具衆微塵也何以故泥團是假微塵是實故一一微塵各有別質但以和合成一

泥團此泥團即具多塵之别如來之藏即不如是何以故以如來藏是真實法圓融無二故是故如來之藏全體是一衆生一毛孔性全體是一衆生一切毛孔性如毛孔性其餘一切所有世間一一法性亦復如是如一衆生世間法性一切衆生所有世間一一法性一切諸佛所有出世間一一法性亦復如是是如來藏全體也是故舉一衆生一毛孔性即攝一切衆生所有世間法性及攝一切諸佛所有出世間法性如舉一毛孔性即攝一切法性舉其餘一切世間一一法性亦復如是即攝一切法性如舉世間一一法性即攝一切法性舉一切出世間所有一一法性亦復如是即攝一切法性又復如舉一毛孔事即攝一切世出世事如舉一毛孔事即攝一切事舉其餘世間出世間中一切所有隨一一事亦復如是即攝一切世出世事何以故謂以一切世間出世間事即以彼世間出世間性爲體故是故世間出世間性體融相攝故世間出世間事亦即圓融相攝無礙也是故經言心佛及衆生是三無差别譬如明鏡體具一切像性各各差别不同即是無差别之差别也若此鏡體本無像性差别之義者設有衆色來對像終不現如彼熾火雖復明淨不能現像者以其本無像性也既見鏡能現像定知本具像性以是義故此一明鏡於一時中俱能現於一切淨穢等像而復淨像不妨於穢穢像不妨於淨無障無礙淨穢用别雖然有此像性像相之别而復圓融不異唯是一鏡何以故謂以此鏡全體是一毛孔

像性故全體是一切毛孔像性故如毛孔像性其餘一一微細像性一一麤大像性一淨像性一穢像性等亦復如是是鏡全體也是故若舉一毛孔像性即攝其餘一切像性如舉一毛孔像性即攝一切像性舉其餘一一像性亦復如是即攝一切像性也又若舉一毛孔像相即攝一切像相如舉一毛孔像相即攝一切像相舉其餘一一像相亦復如是即攝一切像相何以故以一切像相即以彼像性爲體故是故一切像性體融相攝故一切像相亦即相融相攝也以是譬故一切諸佛一切衆生同一淨心如來之藏不相妨礙即應可信是故經言譬如明淨鏡隨對面像現各各不相知業性亦如是此義云何謂明淨鏡者即喻淨心體也隨對者即喻淨心體具一切法性故能受一切熏習隨其熏別現報不同也面者即喻染淨二業也像現者即喻心體染淨二性依熏力故現染淨二報也各各不相知者即喻淨心與業果報各不相知也業者染淨二業合上面也性者即是眞心染淨二性合上明鏡具一切像性也亦如是者總結成此義也又復長行問云心性是一者此據法性體融說爲一也云何能生種種果報者謂不解無差別之差別故言云何能生種種果報也此修多羅中喻意偏明心性能生世間果報今即通明能生世出世果亦無所妨也是故論云三者用大能生世間出世間善惡因果故以此義故一切凡聖一心爲體決定不疑也又復經言一切諸佛法身唯是一法身者此即證知一切諸佛同一

眞心爲體以一切諸佛法身是一故一切衆生及與諸佛即同一法身也何以故修多羅爲證故所證云何謂即此法身流轉五道說名衆生反流盡源說名爲佛以是義故一切衆生一切諸佛唯共一清淨心如來之藏平等法身也此明第一圓融無礙法界法門竟次明第二因果法身名別之義問曰既言法身唯一何故上言衆生本住法身及云諸佛法身耶答曰此有二義一者以事約體說此二名二者約事辨性以性約體說此二名所言以事約體說二法身名者然法身雖一但所現之相凡聖不同故以事約體說言諸佛法身衆生法身之異然其心體平等實無殊二也若復以此無二之體收彼所現之事者彼事亦即平等凡聖一味也譬如一明鏡能現一切色像若以像約鏡即云人像體鏡馬像體鏡即有衆鏡之名若廢像論鏡其唯一馬若復以此無二之鏡體收彼人馬之異像者人馬之像亦即同體無二也淨心如鏡凡聖如像類此可知以是義故常同常別法界法門以常同故論云平等眞法界佛不度衆生以常別故經云而常修淨土教化諸衆生此明約事辨體也所言約事辨性以性約體說有凡聖法身之異名者所謂以此眞心能現淨德故即知眞心本具淨性也復以眞心能現染事故即知眞心本具染性也以本具染性故說名衆生法身以本具淨性故說名諸佛法身以此義故有凡聖法身之異名若廢二性之能以論心體者即非染非淨非聖非凡非一非異非靜非亂圓融平等不可名

目但以無異相故稱之爲一復是諸法之實故名爲心復爲一切法所依止故名平等法身依此平等法身有染淨性故得論凡聖法身之異然實無别有體爲凡聖二種法身也是故道一切凡聖同一法身亦無所妨何以故以依平等義故道一一凡一一聖各别法身亦無所失何以故以依性别義故問曰如來之藏體具染淨二性者爲是習以成性爲是不改之性耶答曰此是理體用不改之性非習成之性也故云佛性大王非造作法焉可習成也佛性即是淨性既不可造作故染性與彼同體是法界法爾亦不可習成問曰若如來藏體具染性能生生死者應言佛性之中有衆生不應言衆生身中有佛性答曰若言如來藏體具染性能生生死者此明法性能生諸法之義若言衆生身中有佛性者此明體爲相隱之語如説一切色法依空而起悉在空内復言一切色中悉有虚空空喻眞性色喻衆生類此可知以是義故如來藏性能生生死衆生身中悉有佛性義不相妨問曰眞如出障既名性淨涅槃眞如在障應名性染生死何得稱爲佛性耶答曰在纏之實雖體具染性故能建生死之用而即體具淨性故畢竟有出障之能故稱佛性若據眞體具足染淨二性之義者莫問在障出障俱得稱爲性淨涅槃並合名性染生死但名涉事染化儀有濫是故在障出障俱匿性染之義也又復事染生死唯多熱惱事淨涅槃偏足清涼是以單彰性淨涅槃爲欲起彼事淨之泥洹便隱性染輪迴冀得廢斯事染之生

死若孤題性染惑者便則無羨於眞源故偏導清升愚子遂乃有欣於實際是故在障出障法身俱隱性染之名有垢無垢眞如並彰性淨之號此明第二因果法身名別之義竟次明第三在障出障之義問曰既言眞如法身平等無二何得論在障出障有垢無垢之異耶答曰若論心體平等實無障與不障不論垢與不垢若就染淨二性亦復體融一味不相妨礙但就染性依熏起故有障垢之名此義云何謂以染業熏於眞心違性故性依熏力起種種染用以此染用違隱眞如順用之照性故即說此違用之暗以爲能障亦名爲垢此之垢用不離眞體故所以即名眞如心爲在障法身亦名爲有垢眞如若以淨業熏於眞心順性故性依熏力起種種淨用能除染用之垢以此淨用順顯眞心體照二用性故即說此順用之照以爲圓覺大智即眞名大淨波羅蜜然此淨用不離眞體故此有即名眞心爲出障法身亦名無垢眞如用說義故若總據一切凡聖以論出障在障不障即眞如法身於一時中並具在障出障之明若別據一一凡聖以論在障出障之義亦即如法身始終方具在障出障二事也然所以垢無垢在障出障之別但約於染淨之以是也非是眞心之體有此垢與不垢障與之義問曰違用既論爲垢障違性應說爲礙染答曰俱是障性垢性亦得名爲性障性垢此蓋平等之差別圓融之能所然即唯一眞心勿謂相礙不融也問曰既言有平等之差別能所亦應有自體在障出障耶答曰亦得有此

義謂據違性而説無一淨性而非染即是自體爲能障自體爲所障自體爲在障就淨性而論無一染性而非淨即是自體爲能除自體爲所除自體爲出障是故染以淨爲體淨以染爲體染是淨淨是染一味平等無有差別之相此是法界法門常同常別之義不得聞言平等便謂無有差別不得聞言差別便謂乖於平等也此明第三在障出障之義竟次明第四事用相攝之相問曰體性染淨既得如此圓融可解少分但上言事法染淨亦得無礙相攝其相云何答曰若偏就分別妄執之事即一向不融若據心性緣起依持之用即可得相攝所謂一切衆生悉於一佛身中起業招報一切諸佛復在一衆生毛孔中修行成道此即凡聖多少以相攝若十方世界内纖塵而不迮三世時劫入促念而能容此即長短大小相收是故經云一一塵中顯現十方一切佛土又云三世一切劫解之即一念即其事也又復經言過去是未來未來是現在此是三世以相攝其餘淨穢好醜高下彼此明暗一異靜亂有無等一切對法及不對法悉得相攝者蓋由相無自實起必依心心體既融相亦無礙也問曰我今一念即與三世等耶所見一塵即共十方齊乎答曰非但一念與三世等亦可一念即是三世時劫非但一塵共十方齊亦可一塵即是十方世界何以故以一切法唯一心故是以别無自别別是一心心具衆用一心是別常同常異法界法爾問曰此之相攝既理實不虚故聖人即能以自攝他以大爲小促長演短合

多離一何故凡夫不得如此答曰凡聖理實同爾圓融但聖人稱理施作所以皆成凡夫情執乖旨是故不得問曰聖人得理便應不見別相何得以彼小事以包納大法答曰若據第一義諦眞如平等實無差別不妨即寂緣起世諦不壞而有相別問曰若約眞諦本無衆相故不論攝與不攝若據世諦彼此差別故不可大小相收答曰若二諦一向異體可如來難今既以體作用名爲世諦用全是體名爲眞諦寧不相攝問曰體用無二只可二諦相攝何得世諦還攝世事答曰今云體用無二者非如攬衆塵之別用成泥團之一體但以世諦之中一一事相即是眞諦全體故云體用無二以是義故若眞諦攝世諦中一切事相得盡即世諦中一一事相亦攝世諦中一切事相皆盡如上已具明此道理竟不須更致餘詰問曰若言世諦之中一一事相即是眞諦全體者此則眞心遍一切處與彼外道所計神我遍一切處義有何異耶答曰外道所計心外有法大小遠近三世六道歷然是實但以神我微妙廣大故遍一切處猶如虛空此即見有實事之相異神我神我之相異實事也設使即事計我我與事一但彼執事爲實彼此不融佛法之內即不如是知一切法悉是心作但以心性緣起不無相別雖復相別其唯一心爲體以體爲用故言實際無處不至非謂心外有其實事心遍在中名爲至也此事用相攝之義雖知我今方便令汝得解汝用我語不外人曰善哉受教沙門曰汝當閉目憶想身上一小毛孔即能

見不外人憶想一小毛孔已報曰我已了了見也沙門曰汝當閉目憶想作一大城廣數十里即能見不外人想作城已報曰我於心中了了見也沙門曰毛孔與城大小異不外人曰異沙門曰向者毛孔與城但是心作不外人曰是心作沙門曰汝心有大小耶外人曰心無形相焉可見有大小沙門曰汝想作毛孔時爲減小許心作爲全用一心作耶外人曰心無形叚焉可減小許用之是故我全用一念想作毛孔也沙門曰汝想作大城時爲只用自家一心作爲更别得他人心神共作耶外人曰唯用自心作城更無他人心也沙門曰然則一心全體唯作一小毛孔復全體能作大城心既是一無大小故毛孔與城俱全用一心爲體當知毛孔與城體融平等也以是義故舉小收大無大而非小舉大攝小無小而非大無小而非大故大入小而大不減無大而非小故小容大而小不增是以小無異增故芥子舊質不改大無異減故須彌大相如故此即據緣起之義也若以心體平等之義望彼即大小之相本來非有不生不滅唯一真心也我今又問汝汝甞夢不外人曰我甞有夢沙門曰汝曾夢見經歷十年五歲時節以不外人曰我實曾見歷涉多年或經旬月時節亦有晝夜與覺無異沙門曰汝若覺已自知睡經幾時外人曰我既覺已借問他人言我睡始經食頃沙門曰奇哉於一食之頃而見多年之事以是義故據覺論夢夢裏長時便則不實據夢論覺覺時食頃亦則爲虛若覺夢據情論即長短各論各謂

爲實一向不融若覺夢據理論即長短相攝長時是短短時是長而不妨長短相別若以一心望彼則長短俱無本來平等一心也正以心體平等非長非短故心性所起長短之相即無長短之實故得相攝若此長時自有長體短時自有短體非是一心起作者即不得長短相攝又雖同一心爲體若長時則全用一心而作短時即減少許心作者亦不得長短相攝正以一心全體復作短時全體復作長時故得相攝也是故聖人依平等義故即不見三世時節長短之相依緣起義故即知短時長時體融相攝又復聖人善知緣起之法唯虛無實悉是心作是心作故用心想彼七日以爲一劫但以一切法本來皆從心作故一劫之相隨心即成七日之相隨心即謝演短既爾促長亦然若凡夫之輩於此緣起法上妄執爲實是故不知長短相攝亦不能演短促長也此明第四事用相攝之相竟

次明第五治惑受報同異所由問曰如來之藏既具一切世法出世法種子之性及果報性若衆生修對治道熏彼對治種子性分分成對治種子事用時何故彼先所有惑染種子事即分分滅也既能治所治種子皆依性起即應不可一成一壞答曰法界法爾所治之法爲能治之所滅也問曰所治之事既爲能治之事所滅者所治之性亦應爲能治之性所滅答曰不然如上已說事法有成有敗故此生彼滅性義無始並具又復體融無二故不可一滅一存也是故衆生未修治道之前雙有能治所治之性但所治染法之性依

熏起用能治淨法之性未有熏力故無用也若修治道之後亦並具能治所治之性但能治之性依熏力故分分起於淨用所治之性無所熏力被對治故染用分分損減是故經言但治其病而不除法法者法界法爾即是能治所治之性病即是所治之事問曰能治所治可爾其未修對治者即無始已來具有一切故業種子此種子中即應備有六道之業又復一一衆生各各本具六道果報之性何不依彼無始六道種子令一衆生俱時受六道身耶答曰不得何以故以法界法爾故但可具有無始六道種子在於心中隨一道種子偏彊偏熟者先受果報隨是一報之中不妨自雜受苦樂之事要不得令一切衆生俱受六道之身後若作菩薩自在用時以悲願力故用彼故業種子一時於六道中受無量身教化衆生也問曰據一衆生即以一心爲體心體之中實具六道果報之性復有無始六道種子而不得令一衆生一時之中俱受六道之報者一切諸佛一切衆生亦同以一心爲體故雖各各自具六道果報之性及六道種子亦應一切凡聖次第先後受報不應一時之中有衆多凡聖答曰不由以一心爲體故便不得受衆多身亦不由以一心爲體故要須一時受衆多身但法界法爾若總據一切凡聖雖同一心爲體即不妨一時俱有一切凡聖若別據一衆生雖亦一心爲體即不得一時俱受六道報也若如來藏中唯具先後受報之法不具一時受報之法者何名法界法門具一切法耶問曰上言據一衆

生即以一心爲體心體雖具染淨二性而淨事起時能除染事者一切諸佛一切衆生既同以一心爲體亦應由佛是淨事故能治餘衆生染事若爾者一切衆生自然成佛即不須自修因行答曰不由以一心爲體故染淨二事相除亦不由以一心爲體故染淨二法不得相除亦不由别心爲體故凡聖二事不得相除但法界法爾一切凡聖雖同一心爲體而不相滅若别據一衆生雖亦一心爲體即染淨二事相除也如來之藏唯有染淨相除之法無染淨不相除法者何名法界法爾具一切法問曰向者兩畨都言法界法爾實自難信如我意者所解謂一一凡聖各自别有淨心爲體何以故以各各一心爲體故不得於一心中俱現多身所以一一凡聖不俱受無量身又復各各依心起用故不妨俱時有衆多凡聖此義即便又復一一衆生各以别心爲體故一一心中不容染淨二法是故能治之法熏心時自巳惑滅以與他人别心故不妨他惑不滅此義亦便何爲辛苦堅成一切凡聖同一心耶答曰癡人若一切凡聖不同一眞心爲體者即無共相平等法身是故經言由共相身故一切諸佛畢竟不成佛也汝言一一凡聖各各别心爲體故於一心中不得俱現多身是故一衆生不俱受無量身者如法華中所明無量分身釋迦俱現於世亦應不得以一法身爲體若彼一切釋迦唯以一心爲法身者汝云何言一心不得俱現多身耶若一心既得俱現多身者何爲汝意欲使一一凡聖各别一心爲體故方得俱

時有凡聖耶又復經言一切諸佛身唯是一法身若諸衆生法身不反流盡源即是佛法身者可言一切衆生在凡之時各各別有法身既衆生法身即是諸佛法身諸佛法身既只是一何爲一一凡聖各各別有眞心爲法身耶又復善財童子自見遍十方佛前悉有已身爾時豈有多心爲體耶又復一人夢中一時見無數人豈可有無數心與彼夢裏諸人爲體耶又復菩薩以悲願力用故業受生之時一念俱受無量種身豈有多淨心爲體耶又復汝言一一凡聖各以一心爲體一心之中不得容於染淨二法故所以能治之法熏心時自已惑滅以與他別心故不妨他惑不滅此義爲便者一人初修治道時此人惑染心悉應滅盡何以故以一心之内不容染淨二法故若此人淨法熏心心中有淨法時仍有染法者此人應有二心何以故以他人與我別心故我修智時他惑不滅我今修智自惑亦復未滅定知須有二心若使此人唯有一心而得俱有染淨二法者汝云何言以一心之内不容染淨二法故淨生染滅耶是故諸大菩薩留隨眠惑在於心中復修福智淨法熏心而不相妨又復隨眠之惑與對治之智同時而不相礙何爲一心之内不得容染淨二法耶以是義故如來之藏一時具包一切凡聖無所妨礙也問曰既引如此道理得以一心爲體不妨一時有多凡聖者何爲一衆生不俱受六道報耶又復修行之人一心之中俱有解惑種子不相妨者有何道理得以智斷惑耶答曰蠓蟲如上已言法界法

爾一心之中具有一切凡聖法界法爾一一凡聖各各先後隨自種子彊者受報不得一人俱受六道之身法界法爾一心之中一時具有凡聖不相除滅法界法爾一切凡聖雖同一心不妨一一凡聖各自修智自斷其惑法界法爾智慧分起能分除惑智慧滿足除惑皆盡不由一心之内不容染淨故斷惑也法界法爾惑未盡時解惑同體不由别有心故雙有解惑是故但知眞心能與一切凡聖爲體心體具一切法性如即時世間出世間事得成立者皆由心性有此道理也若無道理者終不可成如外道修行不得解脱者由不與心性解脱道理相應也法外法爾行與心性相應所作得成行若不與心性相應即所爲不成就此明第五治惑受報不同所由竟次明第六共相不共相識問曰一切凡聖既唯一心爲體何爲有相見者有不相見者有同受用者有不同受用者答曰所言一切凡聖唯以一心爲體者此心就體相論之有其二種一者眞如平等心此是體也即是一切凡聖平等共相法身二者阿梨耶識即是相也就此阿梨耶識中復有二種一者清淨分依他性亦名清淨和合識即是一切聖人體也二者染濁分依他性亦名染濁和合識即是一切衆生體也此二種依他性雖有用别而體融一味唯是一眞如平等心也以此二種依他性體同無二故就中即合有二事别一者共相識二者不共相識何故有耶以眞如體中具此共相識性不共相識性故一切凡聖造同業熏此共相性故即成共相識

也若一一凡聖各各别造别業熏此不共相性故即成不共相識也何者所謂外諸法五塵器世界等一切凡聖同受用者是共相識相也如一切衆生同修無量壽業者皆悉熏於真心共相之性性依熏起顯現淨土故得凡聖同受用也如淨土由共業成其餘雜穢等土亦復如是然此同用之土唯是心相故言共相識又此同用之土雖一切凡聖共業所起而不妨一一衆生一一聖人一身造業即能獨感此土是故無量衆生餘處託生不廢此土常存不缺又雖一一凡聖皆有獨感此土之業而不相妨唯是一土是故無量衆生新生而舊土之相更無改增唯除其時一切衆生同業轉勝土即變異同業轉惡土亦改變若不爾者即土常一定也所言不共相者謂一一凡聖内身别報是也以一一凡聖造業不同熏於真心真心不共之性依熏所起顯現别報各各不同自他兩别也然此不同之報唯是心相故言不共相識就共相中復有不共相識義謂如餓鬼等與人同造共業故同得器世界報及遥見恒河即是共相故復以彼等别業尤重為障故至彼河邊但見種種别事不得水飲即是共中不共也復據彼同類同造餓業故同於恒河之上不得水飲復是共相之義於中復所見不同或見流火或見枯竭或見膿血等無量差别復是共中不共若如是顯現之時隨有同見同用者即名為共相識不同見聞不同受用者即是共不共相識隨義分别一切衆生悉皆如是可知也就不共相中復有共義謂眷屬知

識乃至時顧同處同語同知同解或暫相見若怨若親及與中人相識及不相識乃至畜生天道互相見知者皆由過去造相見知等業熏心共相性故心緣熏力顯現如此相見相知等事即是不共相中共相義也或有我知見他他不知見我者即於我爲共於他爲不共如是隨義分别可知又如一人之身即是不共相識復爲八萬戶蟲所依故即此一身復與彼蟲爲共相識亦是不共中共相義也以有此共相不共相道理故一切凡聖雖同一心爲體而有相見不相見同受用不同受用也是故靈山常曜而覩林樹潛輝丈六金軀復見土灰衆色蓮華妙刹反謂丘墟莊嚴寶地倒言砂礫斯等皆由共不共之致也此明不空如來藏中藏體一異六種差别之義竟上來總明止觀依止中何所依止訖

大乘止觀法門卷第二

音釋

穢　烏廢切汚也　醜　齒九切可惡也　蠓　母總切小蟲似蚋

大乘止觀法門卷第三

陳南嶽思大禪師曲授心要

次明何故依止問曰何故依止此心修止觀答曰以此心是一切法根本故若法依本則難破壞是故依止此心修止觀也人若不依止此心修於止觀則不得成何以故以從本以來未有一法心外得建立故又此心體本性具足寂用二義爲欲熏彼二義令顯現故何以故以其非熏不顯故顯何所用謂自利利他故有如是因緣故依此心修止觀也問曰何謂心體寂用二義答曰心體平等離一切相即是寂義體具違順二用即是用義是故修習止行即能除滅虛妄紛動令此心體寂靜離相即爲自利修習觀行令此心用顯現繁興即爲利他問曰修止觀者爲除生死若令顯現繁興此即轉增流浪答曰不然但除其病而不除法病在執情不在大用是故熾然六道權現無間即是違用顯現而復畢竟清淨不爲世染智慧照明故相好圓備身心安住勝妙境界具足一切諸佛功德即是順用顯現也此明止觀依止中何故依止竟

次明以何依止就中復有三門差別一明以何依止體狀二明破小乘人執三明破大乘人執初明以何依止體狀者問曰以何依止此心修止觀答曰以意識依止此心修行止觀也此義云何謂以意識能知名義故聞說一切諸法自性寂靜本來無相但以虛妄因緣故有諸法然虛妄法有即非有唯一眞心亦無別眞相可取聞此說已方便修習知法本寂唯是一心然此意識如此解時念念熏

於本識增益解性之力解性增已更起意識轉復明利知法如實久久熏心故解性圓明照已體本唯眞寂意識即息爾時本識轉成無分別智亦名證智以是因緣故以意識依止眞心修止行也是故論言以依本覺故有不覺依不覺故而有妄心能知名義爲說本覺故得始覺即同本覺如實不有始覺之異也問曰上來唯言淨心眞心今言本識意有何異答曰本識阿梨耶識和合識種子識果報識等皆是一體異名上共不共相中已明眞如與阿梨耶同異之義今更爲汝重說謂眞心是體本識是相六七等識是用如似水爲體流爲相波爲用類此可知是故論云不生不滅與生滅和合說名阿梨耶識即本識也以與生死作本故名爲本是故論云以種子時阿梨耶識與一切法作根本種子故即其義也又復經云自性清淨心復言彼心爲煩惱所染此明眞心雖復體具淨性而復體具染性故而爲煩惱所染以此論之明知就體偏據一性說爲淨心就相與染事和合說爲本識以是義故上來就體性以明今就事相說亦無所妨問曰熏本識時即熏眞心以不答曰觸流之時即觸於水是故向言增益解性者即是益於眞心性淨之力也是故論云阿梨耶識有二分一者覺二者不覺覺即是淨心不覺即是無明此二和合說爲本識是故道淨心時更無別有阿梨耶道阿梨耶時更無別有淨心但以體相義別故有此二名之異問曰云何以意識依止淨心修觀行答曰以意識知名義故聞說眞心之體雖復

寂靜而以熏習因緣故性依熏起顯現世間出世間法以聞此說故雖由止行知一切法畢竟無相而復即知性依熏起顯現諸法不無虛相但諸凡惑無明覆意識故不知諸法唯是心作似有非有虛相無實以不知故流轉生死受種種苦是故我當教彼知法如實以是因緣即起慈悲乃至具行四攝六度等行如是觀時意識亦念念熏心令成六度四攝慈悲等種子復不令心識爲止所没即是用義漸顯現也以久久熏故眞心作用之性究竟圓與法界德備三身攝化普門示現以是因緣以意識依止淨心修觀行也次明破小乘人執問曰但以意識修習止觀豈不成耶何故要須依止淨心答曰意識無體唯以淨心爲體是故要須依止又復意識念念生滅前非其後若不以淨心爲依止者雖修諸行無轉勝義何以故以其前念非後念故如前人聞法後人未聞後人若聞無勝前人之義何以故俱始一遍聞故意識亦爾前後兩異前雖曾聞隨念即滅後若重聞亦不增勝何以故前後二念俱始一遍聞故又復如似前人學得甲字後已命終後人更學乙字即唯解乙字不識甲字何以故前後人異故意識亦爾前滅後生不相逮及是故不得所修增廣若以淨心爲體意識念念引所思修熏淨心性性依熏起以成種子前念念滅後念起時即與前念所修種子和合而起是故更修彼法即勝於前一念如是念念轉勝是故所修成就若不久熏尚自種子力劣便則廢失所修不成何況全無依止直莫前後相熏

而得成就也以是因緣唯用意識不假依止無有是處問曰小乘法中不明有本識何得所聞所思皆得成就答曰博地凡夫乃至聞教畜生等有所修習得成者尚由本識爲體故成何況二乘但彼自不知此義非彼不假淨心也問曰不聞教畜生豈無淨心爲體答曰造作癡業尤重熏心起報亦即極鈍雖有黠慧之性及有宿生黠慧種子但以現報所障故不得有用故不聞教非是無淨心也次明破大乘人執問曰但用淨心修行止觀即足何用意識爲答曰已如上說由意識能知名義能滅境界能熏本識令惑滅解成故須意識也問曰淨心自性寂靜即名爲止自體照明即名爲觀彼意識名義及以境界體性非有何論意識尋名知義滅自心境界耶答曰若就心體而論實自如此但無始已來爲無明妄想熏故不覺自動顯現諸法若不方便尋名知義依義修行觀知境界有即非有者何由可得寂靜照明之用問曰淨心自知己性本寂即當念息何用意識爲答曰淨心無二復爲無明所覆故不得自知本寂要爲無塵智熏無明盡滅方得念息問曰但息於念心即寂照何故要須智熏寂照始現答曰若無無塵智熏心裏無明終不可滅無明不滅念即叵息問曰我今不觀境界不念名義證心寂處泯然絕相豈非心體寂照眞如三昧答曰汝證心時爲心自證爲由他證爲由他證於他若心自證即是不由功用而得寂靜若爾一切衆生皆不作心求於寂靜亦應心住若言非是自然而證蓋由心自作意自

證名爲自證者作意即是意識即有能所即名爲他云何得成心自證也若非他證但心自止故名自證者若不作意即無能所云何能使心證若當作意即是意識即是他證若言衆生體實皆證但由妄想不知體證故有其念能知心體本性證寂不念諸法故念即自息即是眞如三昧者爲是意識能知本寂爲是淨心能知本寂若是淨心自知本寂不念諸法者一切衆生皆有淨心應悉自知本寂故自息滅妄識自然而得眞如三昧以不修不得故知淨心不得名自知也若言意識能知淨心本證即自息滅故但是意識自滅非是意識能證淨心是故說言心自證者意識知心本證之時爲見淨心故知本證爲不見淨心能知證也若言不見淨心能知證者

不見佛心應知佛證若見淨心故知證者淨心即是可見之相云何論言心眞如者離心緣相又復經言非識所能識亦非心境界以此驗之定知意識不見心也以見與不見無有道理知心本寂故設使心體本證妄念之心不可息也若言妄識雖不見淨心而依經教知心本寂故能知之智熏於淨心令心自知本證即不起後念名爲自證者汝依經教而知若作寂相而知者妄想之相云何名寂知心本寂之時爲作寂相而知爲不作寂相若不作相即心無所繫便更馳散若言作意不令馳散者即有所緣既有所緣即還有相云何得言不作相也若言七識能見淨心故知心本寂知已熏心令心自知本證故不起後念即名爲自證者是亦不然何以故以七

識是我執識故不能見心本寂又復若爲能緣之所緣者即非淨心如上心體狀中已說既所緣非實故熏心還生妄念也以是義故無有道理淨心自證不起後念也若言由他證者是亦不然何以故心體自寂靜故但以有六七識等名之爲他由有此他故說他心不證是故乃可證他何須以他證心也若言心體雖復本寂但以無始無明妄念熏故有此妄念習氣在於心中是故心體亦不證寂故須他證者何等方便能除心中習氣令心證也若言更不起新念故不熏益彼習氣彼即自滅者彼未滅間有何所以不起新念也若無别法爲對治者彼諸習氣法應起念若起念者更益彼力也以是義故由他所證亦無道理若言不須用他證心但證於他以他證故習氣自滅者是亦不然他既有習氣爲根本故念念常起若不先除彼習氣種子者妄念何由可證也又復淨心無有道理能證於他若能證他者一切衆生皆有淨心應悉自然除於妄念也若言妄念前後自相抑止久久即息故名爲證他者爲前止後爲後止前若言前念止後念者前在之時後識未生後若起時前念已謝不相逐及云何能止若言後念止前念者亦復如是不相逐及云何能止若前念起時即自嫌起嫌起之心熏於本識令不起後念者心不自見云何自嫌若後念嫌前故能嫌之心熏於本識令不更起後念者能嫌之心嫌前心時爲知前心是空故嫌爲不知是空故嫌若知是空即是無塵智也汝云何言不須此智又若知是空則應

不嫌若不知前念空者此心即是無明何以故以其前念實空而不能知故又復不知前念空故執有實念而生嫌心即是妄想何以故以其於空妄起實有想故此能嫌之心既是無明妄想故即是動法復言熏心此乃亦增不覺重更益動生起之識於是雲興而言能令後念不起者蓋是夢中之夢未悟覺也故作斯說彷彿不睡者必應不言如此又復若言不作心念諸法故念不起者爲淨心不作心念爲是意識不作心念若是淨心不作心念者本來何因作心念法今忽何因不念法也若是意識不念法者意識即是其念若言意識不作心念法者爲對見法塵而不念爲不對見法塵而不念爲對而不見而不念爲全不對塵名爲不念若不對塵云何說爲

意識何以故以識者必識所識故若對而不見即是頑瞽之法若見而不念爲何所因而得不念爲知空故所以不念謂爲有故所以不念若知是空是無塵之智對而不見見而不念二俱無妨何故汝言不須此智若謂爲有即不能不念又復謂有之時即已是念又復謂爲有故即是無明妄想而復不念譬如怯人閉目入闇道理開眼而入唯有外闇倒生怕怖閉目而入内外俱黑反謂安隱此亦如是念前法時唯有迷境無明而生嫌心不念之時心境俱闇反謂爲善又復若不作意念法心則馳散若作意不念諸法作意即是亂動非寂靜法云何得名證心也但以專心在此不念故即以此不念爲境意識爲此境所繫故於餘境界無容攀緣是故惑者不知

此事便謂於諸法無復攀緣遂更深生實玩將爲眞法是以策意相續不休以晝夜久習熟故不須作意自然而進但不覺生滅常流剎那恒起起復不知無明妄想未遣一毫又不解自身居在何位便言我心寂住應是眞如三昧作如是計者且好不識分量也雖然但以專心一境故亦是一家止法遠與無塵之智爲基近與猨猴之躁爲鎖比彼攀緣五欲遊戲六根者此即百千萬倍爲殊爲勝但非心體寂照眞如三昧耳是故行者爲而不執即是漸法門若欲成就出世之道必藉無塵之智也此明止觀依止中以何依止竟上標五番建立中第一止觀依止訖

次明止觀境界者謂三自性法就中復作兩番分別一總明三性二別明三性所言總明三性者謂出障眞如及佛淨德悉名眞實性在障之眞與染和合名阿梨耶識此即是依他性六識七識妄想分別悉名分別性此是大位之說也所言別明三性者初辨眞實性就中復有兩種一者有垢淨心以爲眞實性二者無垢淨心以爲眞實性所言有垢淨心者即是衆生之體實事染之本性具足違用依熏變現故言有垢而復體包淨用自性無染能熏之垢本空所現之相常寂復稱爲淨故言有垢淨心也所言無垢淨心者即是諸佛之體性淨德之本實雖具法爾違用之性染熏息故事染永泯復備自性順用之能淨熏滿故事淨德顯故言無垢雖從熏顯性淨之用非增假遣昏雲體照之功本具復稱淨也故言無垢淨心然依熏約用故有有垢無

垢之殊就體談眞本無無染有染之異即是平等實性大總法門故言眞實性問曰既言有垢淨亦應稱無垢染答曰亦有此義諸佛違用即是無垢染但爲令衆生捨染欣淨是故不彰也二明依他性者亦有二種一者淨分依他性二者染分依他性清淨分依他性者即彼眞如體具染淨二性之用但得無漏淨法所熏故事染之功斯盡名爲清淨即復依彼淨業所熏故性淨之用顯現故名依他所現即是所證三身淨土一切自利利他之德是也問曰性染之用何謂由染熏滅故不起生死雖然成佛之後此性豈全無用答曰此性雖爲無漏所熏故不起生死但由發心已來悲願之力熏習故復爲可化之機爲緣熏示違之用亦得顯現所謂現同六道示有三毒權受苦報應從死滅等即是清淨分別性法問曰既從染性而起云何名爲清淨分答曰但由是佛德故以佛望於衆生故名此德以爲清淨若偏據佛德之中論染淨者此德實是示違染用問曰既言依他性法云何名爲分別性答曰此德依於悲願所熏起故即是依他性法若將此德對緣施化即名分別性法也問曰無垢眞實性與清淨依他性竟有何異答曰無垢眞實性者體顯離障爲義即是體也清淨依他性者能隨熏力淨德差別起現爲事即是相也清淨分別性者對緣施設爲能即是用也所言染濁依他性者即彼淨心雖體具違順二用之性但爲分別性中所有無明染法所熏故性違之用依熏變現虛狀等法所謂流轉生死輪迴六趣故

言染濁依他性法也問曰性順之用未有淨業所熏故不得顯現雖然在於生死之中豈全無用耶答曰雖未爲無漏熏故淨德不現但爲諸佛同體智力所護念故修人天善遇善知識漸發道心即是性淨之用也問曰一切衆生皆具性淨等爲諸佛所護何因發心先後復有發不發答曰無始已來造業差別輕重不同先後不一罪垢輕者蒙佛智力罪垢重者有力不蒙問曰罪垢重者性淨之用豈全無能答曰但有性淨之體不壞以垢重故更不有能也問曰上言凡聖之體皆具順違二性但由染淨熏力有現不現何故諸佛淨熏滿足而不妨示違之用有力凡夫染業㕘重而全使性順之用無能也若以染重故性淨無能亦應淨滿故染用無力既淨滿而

有示違之功定知染重亦有性順之用答曰諸佛有大悲大願之熏故性違起法界之染德能令機感斯見衆生無厭凡欣聖之習故性順匿無邊之淨用不使諸佛同鑒無淨器可鑒故大聖捨之以表知機有染德可見故下凡尋之明可化也是故淨滿不妨有於染德染重不得有於淨用三明分別性者亦有二種一者清淨分別性二者染濁分別性所言清淨分別性者即彼清淨依他性法中所有利他之德對彼内證無分別智故悉名分別所謂一切種智能知世諦種種差別乃至一切衆生心心數法無不盡知及以示現五通三輪之相應化六道四生之形乃至依於内證之慧起彼教用之智說已所得示於未聞如斯等事悉名清淨分別性法此義云何

謂雖起無邊之事而復畢竟不爲世染不作功用自然成辦故言清淨即此清淨之覺隨境異用故言分別又復對緣攝化令他清淨攝益之德爲他分別故言清淨分別性也所言染濁分別性法者即彼染濁依他性中虚狀法内有於似色似識似塵等法何故皆名爲似以皆一心依熏所現故但是心相似法非實故名爲似由此似識一念起現之時即與似塵俱起故當起之時即不知似塵似色等是心所作虚相無實以不知故即妄分別執虚爲實以妄執故境從心轉皆成實事即是今時凡夫所見之事如此執時即念念熏心還成依他性於上還執復成分別性如是念念虚妄互相生也問曰分別之性與依他性既迭互相生竟有何別答曰依他性法者心性依熏故起但是心相體虚無實分別性法者以無明故不知依他之法是虚即妄執以爲實事是故雖無異體相生而虚實有殊故言分別性法也更有一義以明三性就心體平等名眞實性心體爲染淨所繫依隨染淨二法名依他性所現虚相果報名分別性又復更有一義就依他性中即分別爲三性一者淨分謂在染之眞即名眞實性二者不淨分謂染法習氣種子及虚相果報即是分別性二性和合無二即是依他性也問曰似識妄分別時爲是意識總能分別六塵爲六識各各自分別一塵答曰五識見塵時各與意識俱時而起如眼識見似色時即有一意識俱時分別妄執也餘識亦如是是故意識總能分別妄執六塵五識但能得五塵不生

分別妄執問曰妄執五塵爲實者爲是五意識爲是第六意識答曰大乘中不明五意識與第六別但能分別者悉名意識上來是明第二止觀所觀境界竟次明第三止觀體狀就中復有二番明義一就淤濁三性以明止觀體狀二就清淨三性以明止觀體狀初就淤濁三性中復作三門分別一依分別性以明二約依他性以顯三對眞實性以示對分別性以明止觀體狀者先從觀入止所言觀者當觀五陰及外六塵隨一一法悉作是念我今所見此法謂爲實有形質堅礙本來如是者但是意識有果時無明故不知此法是虛以不知法是虛故即起妄想執以爲實是故今時意裏確然將作實事復當念言無始已來由執實故於一切境界起貪瞋癡造種種業招生感死莫能自出作此解者即名觀門作此觀已復作此念我今既知由無明妄想非實謂實故流轉生死今復云何仍欲信此癡妄之心是故違之彊觀諸法唯是心相虛狀無實猶如小兒愛鏡中像謂是實人然此鏡像體性無實但由小兒心自謂實謂實之時即無實也我今亦爾以迷妄故非實謂實設使意裏確然執爲實時即是無實猶如想心所見境界無有實事也復當觀此能觀之心亦無實念但以癡妄謂有實念道理即無實也如是次第以後念破前念猶如夢中所有憶念思量之心無有實念也作此解故執心止息即名從觀入止也復以知諸法無實故反觀本自謂爲實時但是無明妄想即名從止起觀若從此止徑入依他性觀者即

名從止入觀次明依他性中止觀體狀者亦先從觀入止所言觀者謂因前分別性中止行知法無實故此中即解一切五陰六塵隨一一法悉皆心作但有虛相猶如想心所見似有境界其體是虛作此解者即名爲觀作此觀已復作是念此等虛法但以無明妄想妄業熏心故心似所熏之法顯現猶如熱病因緣眼中自現空華然此華體相有即非有不生不滅我今所見虛法亦復如是唯一心所現有即非有本自無生今即無滅如是緣心遣心知相本無故虛相之執即滅即名從觀入止既知諸法有即非有而復知不妨非有而有似有顯現即名從止起觀若從此止行徑入眞實性觀者此即名從止入觀也次明第三眞實性中止觀體狀者亦先從觀入止所言觀者因前依他性中止行知一切法有即非有故所以此中即知一切法本來唯心心外無法復作是念既言心外無法唯有一心此心之相何者是也爲無前二性故即將此無以爲心耶爲異彼無外別有淨心耶作此念時即名爲觀即復念言無是無法對有而生有尚本來不有何有無法以爲淨心又復無法爲四句攝淨心即離四句何得以此無法爲淨心也作此念時執無之心即滅則名爲止又從此止更入觀門觀於淨心作如是念二性之無既非是心者更有何法以爲淨心又復此心爲可見耶爲不可見耶爲可念耶爲不可念耶作此分別時即名爲觀即復念言心外無法何有能見此心者何有能念此心者若更緣念此心即成境界即有

能緣所緣即是心外有智能觀此心何名爲如又復我覓心之心體唯是淨心何有異法可緣可念也但以妄想習氣故自生分別分別之相有即非有體唯淨心又復設使分別即知正是淨心分別也喻如眼見空華聞言華是眼作有即非有唯有自眼聞此語已知華本無不著於華反更開眼自覓已眼竟不能見復謂種種眼根是已家眼何以故以不知能覓之眼即是所覓眼故若能知華本無眼外無法唯有自眼不須更覓於眼者即不以眼覓眼行者亦爾聞言心外無法唯有一心故即使不念外法但以妄想習氣故更生分別覓於淨心是故當知能覓淨心者即是淨心設使應生分別亦即是淨心而淨心之體常無分別作此解者名爲隨順眞如亦得名爲止門久久修習無明妄想習氣盡故念即自息名證眞如亦無異法來證但如息波入水即名此眞如爲大寂靜止門復以發心已來觀門方便及以悲願熏習力故即於定中興起大用或從定起若念若見若心若境種種差別即是眞如用義也此名從止起觀又復熾然分別而常體寂雖常體寂而即緣起分別此名止觀雙行上來三番明止觀二門當知觀門即能成立三性緣起爲有止門即能除滅三性得入三無性入三無性者謂除分別性入無相性除依他性入無生性除眞實性入無性性就眞實性中所以有四番明止觀者但此窮深之處微妙難知是故前示妄空非實除妄空以明止即是無性性次一顯即僞是眞息異執以辨寂即是無眞性

是故無性性或名無無性或云無眞性也第三一重止觀者即是根本眞如三昧最後第四一重止觀者即是雙現前也又復行者若利機深識則不須從第一分別性修但徑依第二依他性修此依他性亦得名分別性以具有二性義也若不能如是者即須次第從第一性修然後依第二性修依次而進也終不得越前二性徑依第三性修也又復雖是初行不妨念念之中三番並學資成第三番也問曰既言眞實性法有何可除若可除者即非眞實答曰執二無以爲眞實性者即須除之故曰無無性妄智分別淨心謂爲可觀者亦須息此分別異相示其無別眞性可得分別故言無眞性但除此等於眞性上横執之眞非謂除滅眞如之體復更有譬喻能顯三性止觀二門今當說之譬如手巾本來無兔眞實性法亦復如是唯一淨心自性離相也加以幻力巾似兔現依他性法亦復如是妄熏眞性現六道相也愚小無知謂兔爲實分別性法亦復如是意識迷妄執虛爲實是故經言一切法如幻此喻三性觀門也若知此兔依巾似有唯虛無實無相性智亦復如是能知諸法依心似有唯是虛狀無實相性也若知虛兔之相唯是手巾巾上之兔有即非有本來不生無生性智亦復如是能知虛相唯是眞心心所現相有即非有自性無生也若知手巾本來是有不將無兔以爲手巾無性智亦復如是能知淨心本性自有不以二性之無爲眞實性此即喻三無性止門也是故若欲捨離世諦當修止門入三無性若

欲不壞緣起建立世諦當修觀門解知三性若不修觀門即不知世諦所以緣起若不修止門即不知眞諦所以常寂若不修觀門便不知眞即是俗若不修止門即不知俗即是眞以是義故須依幻喻通達三性三無性如幻喻能通達三性三無性其餘夢化影像水月陽燄乾城餓鬼等喻但是依實起虛執虛爲實者悉喻三性類以可知若直以此等諸喻依實起虛故偏喻依他性亦得也但虛體是實即可喻眞實性虛隨執轉即可喻分別性是故此等諸喻通譬三性解此喻法次第無相即可喻三無性也又更分別夢喻以顯三性三無性譬如凡夫慣習諸法故即於夢中心現諸法依他性法亦復如是由無始已來果時無明及以妄想熏習眞實性故眞心依熏現於虛相果報也彼夢裏人爲睡蓋所覆故不能自知已身他身皆是夢心所作即便執爲實事是故夢裏自他種種受用得成分別性法亦復如是意識爲果時無明所迷故不知自他咸是眞心依熏所作便即妄執爲實是故自他種種受用得成也是以經言是身如夢爲虛妄見虛者即是依他性妄者即是分別性此即緣起三性爲觀門也然此夢中所執爲實者但是夢心之相本無有實分別性法亦復如是但是虛想從心所起本來無實即是無相性也又彼夢中虛相有即非有唯是夢心更無餘法依他性法亦復如是自他虛相有即非有唯是本識更無餘法即是無生性也又彼夢心即是本時覺心但由睡眠因緣故名爲夢心夢心之外無別覺

心可得眞實性法亦復如是平等無二但以無明染法熏習因緣故與染和合名爲本識然實本識之外無別眞心可得即是無性性法此即除滅三性爲止門也以是喻故三性三無性即可顯了此明止觀體狀中約染濁三性以明止觀體狀竟次明清淨三性中止觀體狀就中亦有三番一明分別性中止觀體狀二明依他性中止觀體狀三明眞實性中止觀體狀第一分別性中止觀體狀者謂知一切諸佛菩薩所有色身及以音聲大悲大願依報衆具殊形六道變化施設乃至金軀現滅舍利分頒泥木彫圖表彰處所及以經教威儀住持等法但能利益衆生者當知皆由大悲大願之熏及以衆生機感之力因緣具足熏淨心故心性依熏顯現斯事是故唯是眞性緣起之能道理即無實也但諸衆生有無明妄想故曲見不虛行者但能觀察知此曲見執心是無明妄想者即名爲觀以知此見是迷妄故彊作心意觀知無實唯是自心所作如是知故實執止息即名爲止此是分別性中從觀入止也

大乘止觀法門卷第三

音釋

黠 下八切慧也　泯 弭盡切沒也　嫌 賢兼切疑也　闇 烏紺切與暗同

猨猴 猨雨元切猴胡溝切　躁 則到切不安靜也　確 克角切堅也

大乘止觀法門卷第四

陳南嶽思大禪師曲授心要

第二依他性中止觀門者謂因前止門故此中即知諸佛淨德唯心所作虛權之相也以不無虛相緣起故故得淨用圓顯示酬曠劫之熏因即復對緣攝化故故得澤霑細草表起無邊之感力斯乃淨心緣起寂而常用者哉作此解者名爲觀門依此觀門作方便故能知淨心所起自利利他之德有即非有用而常寂如此解者名爲止門此止及觀應當雙行前後行之亦得次明眞實性中止觀門者謂因前止行故即知諸佛淨德唯是一心即名爲觀復知諸佛淨心是衆生淨心衆生淨心是諸佛淨心無二無別以無別故即不心外觀佛淨心以不心外覔佛心故分別自滅妄心既息復知我心佛心本來一如故名爲止此名眞實性中止觀門也上來清淨三性中初第一性中從觀入止復從此止行入第二性中觀復從此觀入止復從此止入第三性中觀復從此觀入止故得我心佛心平等一如即是一轍入修滿足復以大悲方便發心已來熏習心故即於定中起用繁興無事而不作無相而不爲法界大用無障無礙即名出修也用時寂寂時用即是雙現前也乃至即時凡夫亦得作如是寂用雙修此義云何謂知一切法有即非有即是用時常寂非有而有不無似法即名寂時常用是故色即是空非色滅空也問曰既言佛心衆生心無二無別云何說有佛與衆生之異名答曰心體是同復有無障礙別性以有別性故得

受無始已來我執熏習以有熏力別故心性依熏現有別相以約此我執之相故說佛與衆生二名之異也問曰諸佛既離我執云何得有十方三世佛別也答曰若離我執證得心體平等之時實無十方三世之異但本在因地未離執時各別發願各修淨土各化衆生如是等業差別不同熏於淨心心性依別熏之力故現此十方三世諸佛依正二報相別非謂眞如之體有此差別之相以是義故一切諸佛常同常別古今法爾是故經言文殊法常爾法王唯一法一切無礙人一道出生死一切諸佛身唯是一法身此即同異雙論若一向唯同無別者何故經言一切諸佛身一切無礙人若一向唯別不同者何故經言唯是一法身一道出生死以是義故眞心雖復平等而復具有差別之性若解明鏡一質即具衆像之性者則不迷法界法門問曰眞心有差別性故佛及衆生各異不同眞心體無二故一切凡聖唯一法身者亦應有別性故他修我不修體是一故他修我得道答曰有別義故他修非我修體是一故修不修平等雖然若解此體同之義者他所修德亦有益已之能是故經言菩薩若知諸佛所有功德即是已功德者是爲奇特之法又復經言與一切菩薩同一善根藏是故行者當知諸佛菩薩二乘聖人凡夫天人等所作功德皆是已之功德是故應當隨喜問曰若爾一切凡夫皆應自然得道答曰若此眞心唯有同義者可不須修行藉他得道又亦即無自他身相之別眞如既復有異性義故得有自

他之殊者寧須一向倚他覓道但可自修功德復知他之所修即是已德故迭相助成乃能殊勝速疾得道何得全倚他也又復須知若但自修不知他之所修即是已有者復不得他益即如窮子不知父是已父財是已財故二十餘年受貧窮苦止宿草庵則其義也是故藉因託緣速得成辦若但獨求不假他者止可但得除糞之價問曰上言諸佛淨德者有幾種答曰畧言有其二種一者自利二者利他自利之中復有三種一者法身二者報身三者淨土利他之中復有二種一者順化二者違化順化之中有其二種一者應身及摩菟摩化身二者淨土及雜染土此是諸佛淨德問曰利他之德對緣施設權現巧便可言無實唯是虛相有即非有自利之德即是法報二身圓覺大智顯理而成常樂我淨云何說言有即非有答曰自利之德實是常樂我淨不遷不變正以顯理而成故故得如是復正以顯理而成故即是心性緣起之用然用無別用用全是心心無別心心全是用是故以體體用有即非有唯是一心而不廢常用以用用體非有即有熾然法界而不妨常寂寂即是用名爲觀門用即是寂名爲止行此即一體雙行但爲令學者泯相入寂故所以先後別說止觀之異非謂佛德有其遷變又復色即是空名之爲止空非滅色目之爲觀世法尚爾何況佛德而不得常用常寂者哉問曰佛德有即非有不妨常住者衆生亦有即非有應不妨不滅答曰佛德即理顯以成順用故所以常住衆生即理隱以成違

用故所以生滅常住之德雖有即非有而復非有而有故不妨常住生滅之用亦雖有即非有而復非有而有故不妨生滅也此約清淨三性以明止觀體狀竟第三番體狀竟也次明第四止觀除障得益就中復有三門分別一約分別性以明除障得益二約依他性以明除障得益三約眞實性以明除障得益初明分別性中所除障者謂能解不知境虛執實之心是無明妄想故即是觀行成以觀成故能除無明妄想上迷妄何謂迷妄之上迷妄謂不知迷妄是迷妄即是迷也以此迷故即執爲非迷復是妄想此一重迷妄因前一重上起故名迷妄之上迷妄也是故行者雖未能除不了境虛執實之心但能識知此心是癡妄者即是能除癡妄之上迷妄也此是除障以除障故堪能進修止行即是得益又此迷妄之上迷妄更以喻顯如人迷東爲西即是妄執此是一重迷妄也他人語言汝今迷妄謂東爲西此人猶作是念我所見者非是迷妄以不知故執爲非迷者復爲妄想此即迷妄之上重生迷妄此人有何過失謂有背家浪走之過若此人雖未醒悟但用他語信知自心是迷妄者即無迷妄之上迷妄此人得何利益謂雖復迷妄未醒而得有向家之益雖未證知諸法是虛但能知境虛是無明執實是妄想者即常不信已之所執堪能進修止行漸趣涅槃若都不知此者即當隨流苦海增長三毒背失涅槃寂靜之舍也此明分別性中觀行斷得之義所言分別性中止行除障得益者謂依彼觀行作方便故

能知諸法本來無實實執止故即是能除果時迷事無明及以妄想也復於貪瞋漸已微薄雖有罪垢不爲業繫設受苦痛解苦無苦即是除障復依此止即能成就依他性中觀行故無塵智用隨心行故即是得益此明分別性中止行除障得益次明依他性中止觀斷得者初明觀門此觀門者與分別性中止門不異而少有別義此云何也謂彼中止門者必緣一切法是虛故能遣無明無明滅故執實妄心即止然此緣虛之遣即此依他性中觀門更無異法是故彼止若成此觀亦就但彼由緣虛故能滅實執故名爲止此即由知無實故便解諸法是虛因緣集起不無心相故名爲觀彼以滅實破執爲宗此以立虛緣起爲旨故有別也以是義故除障義同得益稍別別者是何謂依此觀方便進修堪入依他性止門又復分成如幻化等三昧故言得益此是依他性中觀行斷得也所言依他性中止門除障得益者謂依前觀行作方便故能知一切虛相唯是一心爲體是故虛相有即非有如此解故能滅虛相之執故名爲止以此止故能除果時迷理無明及以虛相又復無明住地漸已損薄即名除障又得成就如幻化等三昧又無生智用現前復即成就眞實性中觀行即名得益問曰觀門之中亦成就如幻化等三昧此止門中亦成就如幻化等三昧有何別也答曰觀中分得此中成就又復觀中知法緣起如幻化此中知法緣起即寂亦如幻化故有別也此明依他性中止行除障得益次明眞實性中止觀除障

得益者初明觀門此觀門者初與依他性中止門無異而少有別義此云何也謂彼止門必緣一切法唯心所作有即非有體是一心是故得滅虛相之執然此能知諸法唯一心之體即是此中觀門更無異法是以彼止若成此觀即兢不相離也然彼雖緣一心但以滅相爲宗此中雖知虛相非有但以立心爲旨故有別也是故除障義同得益稍別別義是何謂依此觀作方便故堪能勝進入止門也問曰唯心所作與唯是一心爲一爲異答曰唯心所作者謂依心起於諸法非有而有即是從體起相證也唯是一心者謂知彼所起之相有即非有體是一心即是滅相入實證也此明眞實性中觀行斷得也所言止行除障得益者謂依前觀行作方便故知彼一心之體不可分別從本已來常自寂靜作此解故念動息滅即名爲止以此止行能滅無明住地及妄想習氣即名除障大覺現前具足佛力即名得益此明眞實性中止行除障得益也問曰除障之時爲敵對除爲智解熏除答曰不得敵對相除所以者何以惑心在時未有其解解若起時惑先已滅前後不相見故不得敵對相除如是雖由一念解心起故惑用不起然其本識之中惑染種子仍在未滅故解心一念滅時還起惑用如是解惑念念迭興之時解用漸漸熏心增益解性之力以成解用種子即彼解用熏成種子之時即能熏彼惑染種子分分損減如似以香熏於臭衣香氣分分著衣之時臭氣分分而滅惑種亦爾解種分成惑即分滅也以惑種分

分滅故惑用漸弱解種分分增故解用轉彊
如是除也非如小乘說敵對除但有語無義
然彼小乘亦還熏除而不知此道理也問曰
解熏心時爲見淨心故得熏心爲更有所由
得熏心答曰一切解惑之用皆依一心而起
以是義故解惑之用悉不離心以不離心故
起用之時即自熏心更無所由如似波浪之
用不離水故波動之時即動水體是以前波
之動動於水故更起後波也解惑之熏亦復
如是類此可知問曰此三性止觀爲有位地
爲無位地答曰不定若就一相而言十解分
別性中止行成十迴向依他性中止行成佛
果滿足眞實性中止行成若更一解地前分
別性中止行成地上依他性中止行成佛果
眞實性中止行成又復地前隨分具三性止
行地上亦具三性止行佛地三性止行究竟
滿足又復位位行行俱行三止即時凡夫始
發心者亦俱行三性止行但明昧有殊託法
無別也又復總明三性止觀除障得益謂三
性止行成故離凡夫行三性觀行成故離聲
聞行此名除障三性止行成故得寂滅樂爲
自利三性觀行成故緣起作用爲利他此爲
得益斯辨第四止觀斷得竟次明第五止觀
作用者謂止行成故體證淨心理融無二之
性與諸衆生圓同一相之身三寶於是混爾
無三二諦自斯㳟然不二怕兮凝湛淵渟恬
然澄明內寂用無用相動無動相蓋以一切
法本來平等故心性法爾故此則甚深法性
之體也謂觀行成故淨心體顯法界無礙之
用自然出生一切染淨之能與大供具滿無

邊剎奉獻三寶惠施四生及以吸風藏火放光動地引短促長合多離一殊形六道分響十方五通示現三輪顯化乃至上生色界之頂下居兜率之天託影於智幻之門通靈於方便之道揮二手以表獨尊蹈七步而彰唯極端坐瓊臺思惟寶樹高耀普眼於六天之宮遍轉圓音於十方之國蓮華藏海帝網以開張娑婆雜土星羅而布列乃使同形異見一唱殊聞外色衆彰珠光亂彩故有五山永耀八樹潛暉玉質常存權形取滅斯蓋大悲大願熏習力故一切法法爾一心作故即是甚深緣起之用也又止行成故其心平等不住生死觀行成故德用緣起不入涅槃又止行成故住大涅槃觀行成故處於生死又止行成故不爲世染觀行成故不爲寂滯又止

行成故即用而常寂觀行成故即寂而常用又止行成故知生死即是涅槃觀行成故知涅槃即是生死又止行成故知生死及涅槃二俱不可得觀行成故知流轉即生死不轉是涅槃問曰菩薩即寂與用之時三性之中依於何性而得成立答曰菩薩依依他性道理故能得即寂與用兼以餘性助成化道此義云何謂雖知諸法有即非有而復即知不妨非有而有不無似法顯現何以故以緣起之法法爾故是故菩薩常在三昧而得起心憫念衆生然復依分別性觀門故知一切衆生受大苦惱依依他性觀門故從心出生攝化之用依真實性觀門故知一切衆生與已同體依分別性止門故知一切衆生可除染得淨依依他性止門故不見能度所度之相

依眞實性止門故自身他身本來常住大般涅槃又若初行菩薩欲有所作先須發願次入止門即從止起觀然後隨心所作即成何故須先發願謂指尅所求請勝力加故復何須入止謂欲知諸法悉非有故是故於一切有礙之法隨念即通何故即從止起觀謂欲知一切法皆從心作故是故於一切法有所建立隨念即成也若久行菩薩即不如是但發意欲作隨念即成也諸佛如來復不如是但不緣而照不慮而知隨機感所應見聞不發意而事自成也譬如摩尼無心欲益於世而隨前感雨寶差別如來亦爾隨所施爲不作心意而與所益相應此蓋由三大阿僧祇劫熏習淳熟故得如是更無異法也

心性自清淨　諸法唯一心　此心即衆生
此心菩薩佛　生死亦是心　涅槃亦是心
一心而作二　二還無二相　一心如大海
其性恒一味　而具種種義　是無窮法藏
是故諸行者　應當一切時　觀察自身心
知悉由染業　熏藏心故起　既知如來藏
依熏作世法　應解衆生體　悉是如來藏
復念眞藏心　隨熏作世法　若以淨業熏
藏必作佛果　譬如見金蛇　知是打金作
即解於蛇體　純是調柔金　復念金隨匠
得作蛇蟲形　即知蛇體金　隨匠成佛像
藏心如眞金　具足違順性　能隨染淨業
顯現凡聖果　以是因緣故　速習無漏業
熏於清淨心　疾成平等德　是故於即時
莫輕御自身　亦勿賤於他　終俱成佛故

此明止觀作用竟上來總明五番建立止觀

道理訖凡禮佛之法亦有止觀二門所言觀門禮佛者當知十方三世一切諸佛悉與我身同一淨心爲體但以諸佛修習淨業熏心故得成淨果差別顯現徧滿十方三世然一一佛皆具一切種智是正徧知海是大慈悲海念念之中盡知一切衆生心心數法盡欲救度一切衆生一佛既爾一切諸佛皆悉如是是故行者若供養時若禮拜時若讃歎時若懺悔時若勸請時若隨喜時若迴向時若發願時當作是念一切諸佛悉知我供養悉受我供養乃至悉知我發願猶如生盲之人於大衆中行種種惠施雖不見大衆諸人而知諸人皆悉見已所作受已所施與有目者行施無異行者亦爾雖不見諸佛而知諸佛皆悉見已所作受我懺悔受我供養如此解時即時現前供養與實見諸佛供養者等無有異也何以故以觀見佛心故佛心者大慈悲是也又若能想作一佛身相嚴好乃至能得想作無量諸佛一一佛前皆見己身供養禮拜者亦是現前供養何以故以是心作佛是心是佛故問曰前之一番供養實有道理可與現前供養無異此後一番想作佛身者則無道理何以故以實不見佛身假想作見即是妄想相故答曰佛在世時所有衆生現前所見佛者亦是衆生自心作也是故經言心造諸如來以是義故即時心想作佛則與彼現前見佛一也又復乃勝二乘現見佛者何以故以彼二乘所見之佛實從心作由無明故妄想曲見謂從外來非是心作故即是顛倒不稱心性緣起之義是故經言聲聞曲

見又復經言是人行邪道不能見如來所言如來者即是眞如淨心依熏緣起果報顯現故名如來彼謂心外異來故言不能見也我今所見諸佛雖是想心所作但即能知由我想念熏眞心故心中現此諸佛是故所見之佛不在心外唯是眞心之相有即非有非有即有不壞眞寂不壞緣起是故勝彼二乘現前見也又若我以想心熏眞心故眞心性起顯現諸佛而言是妄想者道場會衆皆以見佛之業熏眞心故盧舍那佛在於眞心中現彼諸菩薩亦是妄想若彼菩薩所見之佛實從心起見時即知不從外來非是妄想者我今所見諸佛亦從心起亦知不從外來何爲言是妄想又復彼諸菩薩所修見佛之業悉是心作還熏於心我今念佛之想亦是心作還熏於心彼此即齊是故彼若非妄我即眞實問曰若一切諸佛唯由衆生自心所作者即無有實佛出世答曰不妨一切諸佛出世而即是衆生自心所作何以故謂由一切諸佛一切衆生同一淨心爲體故然此淨心全體唯作一衆生而即不妨全體復作一切凡聖如一衆生是淨心全體所作其餘一一凡聖悉皆如是一時一體不相妨礙是故若偏據一人以論心者此人之體即能作一切凡聖如藏體一異中釋此義也由此義故一切諸佛唯是我心所作但由共相不共相識義故雖是我心能作諸佛而有見不見之理如共相不共相識中具明以是義故若能方便假想者此想即熏眞心與諸佛悲智之熏相應故於眞心中顯現諸佛自得見之此所現

之佛以我假想見佛之業與佛利他之業相應熏心起故此佛即是我共相識也是共相識故即是真實出世之佛爲我所見若無見佛之業與佛利他之德相應熏心者一切諸佛雖是我淨心所作而我常不得見佛是故若偏據諸佛以論淨心即諸佛淨心作一切衆生但佛有慈悲智力熏心故得見一切衆生若偏據衆生以論淨心即衆生淨心作一切諸佛但衆生有見佛之業熏心故得見一切諸佛是故假想熏心者即心中諸佛顯現可見所見之佛則是真實出世之佛若不解此義故謂釋迦如來是心外實佛心想作者是妄想作佛如是執者雖見釋迦如來亦不識也又復行者既如是知一切諸佛是心所作故當知身及供具亦從定心出生以是義故當想自身心猶如香藏王身諸毛孔內流出香烟雲其雲難思議充滿十方剎各於諸佛前成大香樓閣其香樓閣內無量香天子手執殊妙香供養諸最勝或復想自身徧滿十方國身數等諸佛親侍於如來彼諸一一身猶如大梵王色相最殊妙五體禮尊足知身及供具悉是一心爲不生妄想執謂爲心外有復知諸菩薩所有諸供具悉施諸衆生令供養諸佛是故彼供具即是我已有知是已有故持供諸如來以已心作物及施他已者復迴施衆生供獻諸最勝深入緣起觀乃能爲此事此觀門禮佛止門禮佛者當知一切諸佛及以已身一切供具皆從心作有即非有唯是一心亦不得取於一心之相何以故以心外無法能取此心相故若有能取所

取者即是虛妄自體非有如是禮者是名止門復不得以此止行故便廢息觀行應當止觀雙行所謂雖知佛身我身及諸供具體唯一心而即從心出生緣起之用熾然供養雖復熾然供養而復即知有即非有唯是一心平等無念是故經言供養於十方無量億如來諸佛及已身無有分別相此是止觀雙行也凡食時亦有止觀兩門所言觀者初得食時爲供養佛故即當念於此食是我心作我今應當變此疎食之相以爲上味何以故以知諸法本從心生還從心轉故作是念已即想所持之器以爲七寶之鉢其中飲食想爲天上上味或作甘露或爲粳糧或作石蜜或爲酥酪種種勝膳等作此想已然後持此所想之食施與一切衆生共供養三寶四生等食之當念一切諸佛及賢聖悉知我等作此供養悉受我等如是供養作此供養已然後食之是故經言以一食施一切供養諸佛及諸賢聖然後可食問曰既施與三寶竟何爲得自食答曰當施一切衆生共供養三寶時即兼共施衆生食之我此身中八萬戶蟲即是衆生之數故是故得自食之令蟲安樂不自爲已又復想一鉢之食一一米粒復成一鉢上味飲食於彼一切鉢中一一粒米復成一鉢上味飲食如是展轉出生滿十方世界悉是寶鉢盛滿上味飲食作此想已持此所想之食施與一切衆生令供養三寶四生等作此想已然後自食令已身中諸蟲飽滿若爲除貪味之時雖得好食當想作種種不淨之物食之而常知此好惡之食悉是心作虛

相無實何故得知以向者鉢中好食我作不淨之想看之即唯見不淨即都不見淨故將知本時淨食亦復如是是心所作此是觀門止門喫食者當觀所食之味及行食之人能食之口別味之舌等一一觀之各知從心作故唯是心相有即非有體唯一心亦不得取於一心之相何以故以心外無法能取此心相故若有能取所取者即是虛妄自體非有此名止門凡大小便利亦有止觀所言觀者當於穢處作是念言此等不淨悉是心作有即非有我今應當變此不淨令作清淨即想此穢處作寶池寶渠滿中清淨香水或滿酥酪自想己身作七寶身所棄便利即香乳酥蜜等作此想已持施一切衆生即復知此淨相唯是心作虛相無實是名觀門所言止門者知此不淨之處及身所棄不淨之物唯是過去惡業熏心故現此不淨之相可見然此心相有即非有唯是一心平等無念即名止門問曰上來所有淨不淨法雖是心作皆由過去業熏所起何得現世假想變之即從心轉答曰心體具足一切法性而非緣不起是故溷中穢相由過業而得現寶池酥酪無往緣而不發若能加心淨想即是寶池酥酪之業熏心故淨相得生厭惡之心空觀之心即是除滅不淨之緣淨熏心故穢相隨滅此蓋過去之業定能熏心起相現世之功亦得熏心顯妙用也如此於大小便處假想熏心而改變之其餘一切淨穢境界須如是假想熏心以改其舊相故得現在除去憎愛亦能遠與五通爲方便也然初學行者未得事從心

轉但可閉目假想爲之久久純熟即諸法隨念改轉是故諸大菩薩乃至二乘小聖五通仙人等能得即事改變無而現有問曰諸聖人等種種變現之時何故衆生有見不見答曰由共相識故得見由不共相識故不見問曰菩薩神通與二乘神通有何差別答曰二乘神通但由假想而成以心外見法故有限有量菩薩神通由知諸法悉是心作唯有心相心外無法故無限無量也又菩薩初學通時亦從假想而修但即知諸法皆一心作二乘唯由假想習通但言定力不言心作道理論之一等心作但彼二乘不知故有差別也

大乘止觀法門卷第四

南嶽禪師止觀後序

宋天竺沙門遵式述

止觀用也本乎明靜明靜德也本乎一性性體本覺謂之明覺體本寂謂之靜明靜不二謂之體體無所分則明靜安寄體無不備則明靜斯在語體則非一而常一語德乃不二而常二秖分而不分秖一而不一耳體德無名彊名爲萬法之性體德無住彊名爲萬法之本萬法者復何謂也謂舉體明靜之所爲也何其然乎良由無始本覺之明彊照照生而自惑謂之昏無始無住之本隨緣緣起而自亂謂之動昏動既作萬法生焉捏目空華豈是他物故云不變隨緣名之爲心隨緣不變名之爲性心昏動也性明靜也若知無始即明而爲昏故可了今即動而爲靜於是聖人見其昏動可即也明靜可復也故因靜以訓止止其動也因明以教觀觀其昏也使其究一念即動而靜即昏而明昏動既息萬法自亡但存乎明靜之體矣是爲圓頓是爲無作是如來行是照性成修修成而用廢誰論止觀體顯而性泯亦無明靜谿然誰寄無所名焉爲示物旨歸止成謂之解脱觀成謂之般若體顯謂之法身是三即一是一即三如伊三點如天三目非縱横也非一異也是爲不思議三德是爲大般涅槃也嗚呼此法自鶴林韜光授大迦葉迦葉授之阿難阿難而下燈燈相屬至第十一馬鳴鳴授龍樹樹以此法寄言于中觀論論度東夏獨淮河慧文禪師解之授南嶽大師南嶽從而照心即復于性獲六根清淨位鄰乎聖斯止觀之用驗

矣我大師惜之無聞後代從大悲心出此數萬言目爲大乘止觀亦名一乘亦名曲示心要分爲二卷初卷開止觀之解次卷示止觀之行解行備矣猶目足焉俾我安安不遷而運到清涼池噫斯文也歲月遼遠因韜晦于海外道將復行也果咸平三祀日本國圓通大師寂照錫背扶桑杯汎諸夏既登鄮嶺解篋出卷天竺沙門遵式首而得之度支外郎朱公頔冠首序出俸錢模板廣而行之大矣哉斯法也始自西傳猶月之生今復東返猶日之昇素影圓暉終環回於我土也因序大署以紀顯晦耳

音釋

迭徒結切更迭也　怕白各切安靜也　渟唐丁切水止也　恬徒兼切安也　膳時戰切具食也　鄮莫候切縣名　頔亭歷切

法華三昧懺儀

隋瓦官寺沙門釋智顗輒采法華普賢觀經及諸大乘經意撰此法門流行後代

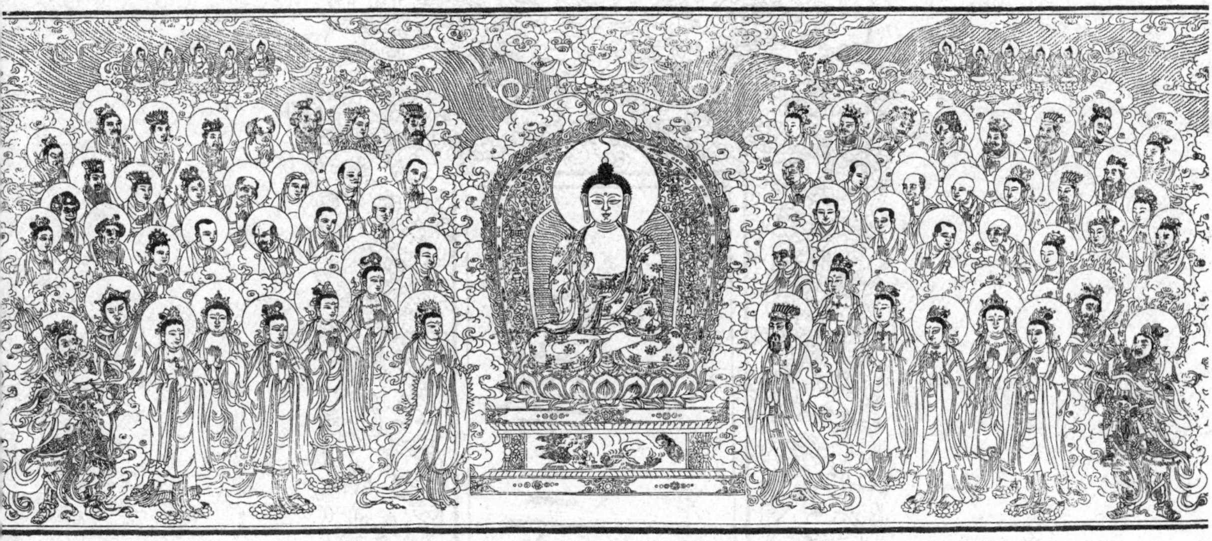

清刻龍藏佛說法變相圖

法華三昧懺儀勘定元本序

宋天竺寺傳天台教觀沙門遵式述

聖教浸遠文句舛錯由傳者浮昧若不校其同異明示得失日增月甚遐喪真味法華三昧儀者天台大師瓦官親筆蓋止觀第三三昧所指別行即其文也若夫啓迪後學爲時所宗破障壞魔入佛境界與夫文殊普賢並驅寶軺遊方至極者實惟斯漸矣患其稍易舊章或亡精要且十科行軌理觀爲主儻一以誤九法徒施有於坐禪觀法加成五句者今列示之文云爲因心故心爲不因心故心爲亦因心亦不因心故心爲非因心非不因心故心（元文）爲非非因心非非不因心故心（近加）且山家凡約句法用觀秖但至四未知五句出自何文又當推檢之際第五句下準何爲

境如何用觀輔行自云彼別行文但推四句故今文中廣修象觀以廣於彼正文輔行況彼象觀猶是歷事而正觀一門全今四句豈應疑誤彼之大體哉而復輒引經文繫乎卷末濫回麤注錯其篇內細碎之失莫得而舉也故今直勘元本刻板印行庶存先制而今而後求三昧者欲傳斯文請固存此序用以區別

法華三昧懺儀

隋瓦官寺沙門釋智顗輒采法華普賢觀經及諸大乘經意撰此法門流行後代

明三七日行法華懺法勸修第一

如來滅後後五百歲濁惡世中比丘比丘尼優婆塞優婆夷誦大乘經者欲修大乘行者發大乘意者欲見普賢菩薩色身者欲見釋迦牟尼佛多寶佛塔分身諸佛及十方佛者欲得六根清淨入佛境界通達無閡者欲得聞十方諸佛所說一念之中悉能受持通達不忘解釋演說無障閡者欲得與文殊師利普賢等諸大菩薩共爲等侶者欲得普現色身一念之中不起滅定徧至十方一切佛土供養一切諸佛者欲得一念之中徧到十方一切佛剎現種種色身作種種神變放大光明說法度脫一切衆生入不思議一乘者欲得破四魔淨一切煩惱滅一切障道罪現身入菩薩正位具一切諸佛自在功德者先當於空閑處三七日一心精進入法華三昧若有現身犯五逆四重失比丘法欲得清淨還具沙門律儀得如上所說種種勝妙功德者亦當於三七日中一心精進修法華三昧所以者何此法華經是諸如來祕密之藏於諸經中最在其上行大直道無留難故如轉輪王髻中明珠不妄與人若有得者隨意所須種種珍寶悉皆具足法華三昧亦復如是能與一切衆生佛法珍寶是故菩薩行者應當不計身命盡未來際修行此經況三七日耶問曰佛道長遠三七日修行當有何益答有三種益在下當說

明三七日行法前方便第二

修行有二種一者初行二者久行數初行者當用此法數久修者依安樂行品

夫一切懺悔行法悉須作前方便所以者何若不先嚴淨身心卒入道場則道心不發行不如法無所感降是故當於正懺之前一七日中先自調伏其心息諸緣事供養三寶嚴飾道場淨諸衣服一心繫念自憶此身已來及過去世所有惡業生重慚愧禮佛懺悔行道誦經坐禪觀行發願專精爲令正行三昧身心清淨無障閡故心所願求悉克果故亦須誦下諸懺悔文悉令通利

明正入道場三七日修行一心精進方法第三

正入道場用六齋日此日太子四天王使者等諸天善神下來人間檢校善惡見修善者即注善簿安慰守護爲現瑞相令行者心生歡喜增益善根故

行者初欲入道場之時應自安心我於今時乃至滿三七日於其中間當如佛教一心精進所以者何若心異念即雜諸煩惱名不清淨心不淨故豈得與三昧正道相應是故自要其心不惜身命一心精進滿三七日問曰衆生心相隨事異緣云何能得一心精進答曰有二種修一心一者事中修一心二者理中修一心事中修一心者如行者初入道場時即作是念我於三七日中若禮佛時當一心禮佛心不異緣乃至懺悔行道誦經坐禪悉皆一心在行法中無分散意如是經三七日是名事中修一心精進二者理中修一心精進行者初入道場時應作是念我從今時乃至三七日滿於其中間諸有所作常自照了所作之心心性不二所以者何如禮佛時心性不生不滅當知一切所作種種之事心

性悉不生不滅如是觀時見一切心悉是一心以心性從本已來常一相故行者能如是反觀心源心心相續滿三七日不得心相是名理中修一心精進法

明初入道場正修行方法第四

行者初入道場當具足十法一者嚴淨道場二者淨身三者三業供養四者奉請三寶五者讚歎三寶六者禮佛七者懺悔八者行道旋遶九者誦法華經十者思惟一實境界行者於三七日中日夜六時初入道場一時之中當具足修此十法於後六時一一時中當略去請佛一法餘九法悉行無異明此十法之中有但說施爲方法有敎運心作念有敎誦文章句口自宣說行者當好善取意而用未必併須誦此文也

第一明行者嚴淨道場法

當於閑靜之處嚴治一室以爲道場別安自坐之處令與道場有隔於道場中敷好高座安置法華經一部亦未必須安形像舍利并餘經典唯置法華經安施旛蓋種種供養具於入道場日清旦之時當淨埽地香湯灌灑香泥塗地然種種諸香油燈散種種華及諸末香燒衆名香供養三寶備於己力所辦傾心盡意極令嚴淨所以者何行者內心敬重三寶超過三界今欲奉請供養豈可輕心若不能拔己資財供養大乘則終不能招賢感聖重罪不滅三昧何由可發

第二明行者淨身方法

初入道場當以香湯沐浴著淨潔衣若大衣及諸新染衣若無當取己衣勝者以爲入道場衣於後若出道場至不淨處當脫去淨衣

著故衣所爲事竟當更洗浴著本淨衣入道場行事也

第三明行者修三業供養法初入道場至法座前先敷尼師壇正身倚立應先慈念一切衆生欲興救度次當起殷重心慚愧懇惻存想如來三寶冡塞十方虛空影現道場是時手執香爐燒衆名香散種種華供養三寶即尋五體投地口自唱言

一切恭敬一心敬禮十方常住佛心隨身口一心頂禮無分散意了知此身如影不實於能禮所禮心無所得一切衆生亦同入此禮佛法界海中總禮十方佛一拜已次當正身威儀口自唱言

一心敬禮十方常住法禮一拜已次當正身威儀口自唱言

一心敬禮十方常住僧禮一拜已用心方法不異上禮佛中說禮三寶竟即當胡跪右膝著地正身威儀一心燒香散華端身王意次當口自唱言

嚴持香華如法供養願此香華雲徧滿十方界供養佛經法并菩薩聲聞緣覺衆及一切天仙受用作佛事次當運心想此香華於念念中徧至十方一切佛土作種種衆寶莊嚴諸臺樓觀上妙諸色作種種妓樂上妙音聲歌唄讚歎作種種栴檀沉水上妙諸香作種種肴膳湯藥上妙衆味作種種衣服瓔珞流泉浴池上妙諸觸作衆禪定智慧清淨實相無量上妙法門悉皆充滿法界以爲佛事供養十方三世諸佛一切三寶願三寶攝受亦熏一切衆生發菩提心於一一佛前悉見已身如此供養等無有異又願六道四生悉入我供養法界海中了知如是供養悉從心生無有自性心不取著此念成已即五體投地口自唱言供養已一切恭敬

第四明行者請三寶方法行者已修三業供養已次應更燒香散華一心正念迴前供養之心奉請三寶請三寶法當運心正對所請口稱名字一一如法奉請不得散亂輕心

一心奉請南無釋迦牟尼佛即知法身猶如虛空無去來相餘一切佛亦復如是隨心想念從耆闍崛山與大衆圍遶來到道場受我奉請殷勤供養

一心奉請南無過去多寶世尊即應心想多寶佛塔從地涌出影現道場受我供養

一心奉請南無釋迦牟尼十方分身諸佛即應

心想分身諸佛悉皆雲集在寶樹下受我供養

一心奉請南無妙法蓮華經中一切諸佛即應心想過去日月燈明佛等現在淨華宿王智佛等未來華光佛等悉皆現前受我供養

一心奉請南無十方一切常住佛即應運心想東方諸佛身黃金色相好具足放大光明與諸大衆前後圍遶來到道場畟塞虛空受我供養南西北方四維上下亦復如是

一心奉請南無大乘妙法蓮華經心想甚深祕密法藏悉現在前受我供養

一心奉請南無十方一切常住法即應運心想十方一切諸佛所有法藏悉現道場中受我供養

一心奉請南無文殊師利菩薩摩訶薩運心想念與無量菩薩圍遶受我供養

一心奉請南無彌勒菩薩摩訶薩亦如前運心想

一心奉請南無藥王菩薩藥上菩薩摩訶薩

一心奉請南無觀世音菩薩無盡意菩薩摩訶薩

一心奉請南無妙音菩薩華德菩薩摩訶薩

一心奉請南無常精進菩薩得大勢菩薩摩訶薩

一心奉請南無大樂說菩薩智積菩薩摩訶薩

一心奉請南無宿王華菩薩勇施菩薩持地菩薩摩訶薩

一心奉請南無下方上行等無邊阿僧祇菩薩摩訶薩

一心奉請南無妙法蓮華經中普賢菩薩等一切諸大菩薩摩訶薩心念普賢菩薩乘六牙白象王以一切衆生所喜見身與無量眷屬來入道場受我供養

一心奉請南無妙法蓮華經中舍利弗等一

切諸大聲聞衆

一心奉請南無十方一切常住僧（運心想一切十方諸大菩薩聲聞緣覺衆放大光明與諸大眷屬圍遶來到道場受我供養）

一心奉請妙法蓮華經中一切天龍夜叉乾闥婆阿脩羅迦樓羅緊那羅摩睺羅伽人非人等一切冥空各及眷屬（如是次第一徧奉請竟即五體投地復更胡跪燒香散華從初次第稱名奉請如是奉請滿三徧已即當口自宣言）

唯願本師釋迦牟尼世尊多寶如來分身諸佛大慈大悲受我奉請來到道場

大乘妙法蓮華經眞淨法門哀愍覆護受我奉請來到道場

文殊師利菩薩彌勒菩薩下方上行等菩薩普賢菩薩等妙法蓮華經中一切諸大菩薩摩訶薩大慈大悲受我奉請來到道場

舍利弗等一切諸大聲聞悉皆慈悲受我奉請來到道場

一切十方三寶憐愍覆護受我奉請來到道場

一切天龍八部等悉生哀愍受我奉請來到道場是諸聖衆願悉證明我於今日欲爲十方一切六道衆生修行大乘無上菩提破一切障道重罪願得法華三昧普現色身於一念中供養一切十方三寶於一念中普度一切十方六道一切衆生令入一乘平等大慧故於三七日一心精進如經所說修行願一切諸佛菩薩普賢大師本願力故受我懺悔令我所行決定破諸罪障法門現前如經所說（行者常自以智力陳說請佛所爲之意）

第五明讚歎三寶方法（行者既奉請三寶已即當五體投地正身

威儀一心倚立而面向法座燒香散華心念三寶微妙功德口自宣偈讚歎并及呪願

容顏甚奇妙　光明照十方　我適曾供養
今復還親覲　聖主天中王　迦陵頻伽聲
哀愍衆生者　我等今敬禮

以此歎佛功德修行大乘無上善根奉福上界天龍八部大梵天王三十三天閻羅五道六齋八王行病鬼王各及眷屬此土神祇僧伽藍內護正法者又爲國王帝主土境萬民師僧父母善惡知識造寺檀越十方信施廣及法界衆生願藉此善根平等熏修功德智慧二種莊嚴同會無生成種智道即當了知身口意業充滿法界讚歎三寶無生無滅無有自性

第六明禮佛方法行者既讚歎竟應當一心正身威儀次第禮佛禮佛之法當隨所禮佛志心憶念此佛法身猶如虛空應物現形如對目前受我禮拜餘一一佛亦復如是用心不得散亂復次行者禮佛之時自知身心空寂無有禮相亦知此身雖如幻不實而非不影現法界一一佛前悉有此身頭面頂禮三七日六時禮佛方法如下所列無異

一心敬禮本師釋迦牟尼佛

一心敬禮過去多寶佛

一心敬禮十方分身釋迦牟尼佛

一心敬禮東方善德佛盡東方法界一切諸佛

一心敬禮東南方無憂德佛盡東南方法界一切諸佛

一心敬禮南方栴檀德佛盡南方法界一切諸佛

一心敬禮西南方寶施佛盡西南方法界一切諸佛

一心敬禮西方無量明佛盡西方法界一切諸佛

一心敬禮西北方華德佛盡西北方法界一切諸佛
一心敬禮北方相德佛盡北方法界一切諸佛
一心敬禮東北方三乘行佛盡東北方法界一切諸佛
一心敬禮上方廣衆德佛盡上方法界一切諸佛
一心敬禮下方明德佛盡下方法界一切諸佛
一心敬禮往古來今三世諸佛七佛世尊賢劫千佛
一心敬禮法華經中過去二萬億日月燈明佛大通智勝佛十六王子佛等一切過去諸佛

一心敬禮法華經中現在淨華宿王智佛寶威德上王佛等一切現在諸佛
一心敬禮法華經中未來華光佛具足千萬光相佛等一切未來諸佛
一心敬禮十方世界舍利尊像支提妙塔多寶如來全身寶塔
一心敬禮大乘妙法蓮華經十方一切尊經十二部眞淨法寶
一心敬禮文殊師利菩薩彌勒菩薩摩訶薩
一心敬禮藥王菩薩藥上菩薩摩訶薩
一心敬禮觀世音菩薩無盡意菩薩摩訶薩
一心敬禮妙音菩薩華德菩薩摩訶薩
一心敬禮常精進菩薩得大勢菩薩摩訶薩
一心敬禮大樂説菩薩智積菩薩摩訶薩
一心敬禮宿王華菩薩持地菩薩勇施菩薩

摩訶薩

一心敬禮法華經中下方上行等無邊阿僧祇菩薩摩訶薩

一心敬禮法華經中舍利弗等一切諸大聲聞衆

一心敬禮十方一切諸尊大權菩薩及聲聞緣覺得道賢聖僧

一心敬禮普賢菩薩摩訶薩三唱此菩薩是法華懺悔主行者當自作心的對此菩薩胡跪說罪懺悔并發願等其餘諸佛菩薩悉作證明三七日中皆悉如是

普爲四恩三有及法界衆生悉願斷除三障歸命懺悔

第七明懺悔六根及勸請隨喜迴向發願方法

行者既禮佛竟即於法座前正身威儀燒香散華存想三寳畟塞虛空普賢菩薩乘六牙白象無量莊嚴眷屬圍遶如對目前一心一意爲一切衆生行懺悔法生重慚愧發露無量劫來及至此生與一切衆生六根所造一切惡業斷相續心從於今時乃至盡未來際終不更造一切惡業所以者何業性雖空果報不失知空之人尚不作善況復作罪若造惡不止悉是顛倒因緣則受妄果是故行者以知空故生大慚愧燒香散華發露懺悔下所說懺悔章句多用普賢觀經意若欲廣知懺悔方法讀經自見若不能廣尋今取意略說以成行法

最初懺悔眼根法

行者一心胡跪正身威儀燒香散華心念改悔我與衆生眼根從昔已來性常空寂顛倒因緣起諸重罪流淚悲泣口宣懺悔下五根懺悔威儀方法例如今說口即自言

至心懺悔比丘某甲與一切法界衆生從無量世來眼根因緣貪著諸色以著色故貪愛諸塵以愛塵故受女人身世世生處惑著諸色色壞我眼爲恩愛奴故色使我經歷三界爲此弊使盲無所見眼根不善傷害我多十方諸佛常在不滅我濁惡眼障故不見今誦大乘方等經典歸向普賢菩薩及一切世尊

燒香散華說眼過罪不敢覆藏諸佛菩薩慧眼法水願與洗除以是因緣令我與一切衆生眼根一切重罪畢竟清淨（懺悔已禮三寶說是語已五體投地普賢觀經中明懺六根悉須三說若時久難行一說亦得但作是言第二第三亦如是說行者當自思憶經於此身眼根所起重罪對普賢發露懺悔下五根皆有此意）

懺悔耳根法

至心懺悔比丘（某甲）與一切法界衆生從多劫來耳根因緣隨逐外聲聞妙音時心生惑著聞惡聲時起百八種煩惱賊害如此惡耳報得惡事恒聞惡聲生諸攀緣顛倒聽故當墮惡道邊地邪見不聞正法處處惑著無暫停時坐此竅聲勞我神識墜墮三塗十方諸佛常在說法我濁惡耳障故不聞今始覺悟誦持大乘功德海藏歸向普賢菩薩及一切世尊燒香散華說耳過罪不敢覆藏以是因緣令我與法界衆生耳根所起一切重罪畢竟清淨（懺悔已禮三寶）

懺悔鼻根法

至心懺悔比丘（某甲）與一切法界衆生從無量劫來坐此鼻根聞諸香氣若男女身香肴膳之香及種種香迷惑不了動諸結使諸煩惱賊卧者皆起無量罪業因此增長以貪香故分別諸識處處染著墮落生死受諸苦報十方諸佛功德妙香充滿法界我濁惡鼻障故不聞今誦大乘清淨妙典歸向普賢菩薩及一切世尊燒香散華說鼻過罪不敢覆藏以是因緣令我與一切衆生鼻根一切過罪畢竟清淨（懺悔已禮三寶）

懺悔舌根法

至心懺悔比丘（某甲）與一切法界衆生從無

數劫來舌根所作不善惡業貪諸美味損害衆生破諸禁戒開放逸門無量罪業從舌根生又以舌根起口過罪妄言綺語惡口兩舌誹謗三寶讃說邪見說無益語鬬構壞亂法說非法諸惡業刺從舌根出斷正法輪從舌根起如此惡舌斷功德種於非義中多端強說讃歎邪見如火益薪舌根罪過無量無邊以是因緣當墮惡道百劫千劫永無出期諸佛法味彌滿法界舌根罪故不能別了今誦大乘諸佛祕藏歸向普賢菩薩及一切世尊燒香散華說舌過罪不敢覆藏以是因緣令我與法界衆生舌根一切重罪畢竟清淨懺悔

已禮三寶

懺悔身根法

至心懺悔比丘某甲與一切法界衆生從久遠來身根不善貪著諸觸所謂男女身分柔輭細滑如是等種種諸觸顛倒不了煩惱熾然造作身業起三不善謂殺盜婬與諸衆生作大寃結造逆破戒乃至焚燒塔寺用三寶物無有羞恥如是等罪無量無邊從身業起說不可盡罪垢因緣未來世中當墮地獄猛火燄熾焚燒我身無量億劫受大苦惱十方諸佛常放淨光照觸我等身根重罪障故不覺但知貪著麤弊惡觸現受衆苦後受地獄餓鬼畜生等苦如是種種衆苦沒在其中不覺不知今日慚愧誦持大乘眞實法藏歸向普賢菩薩及一切世尊燒香散華說身過罪不敢覆藏以是因緣令我與法界衆生身根一切重罪畢竟清淨懺悔已禮三寶

懺悔意根法

至心懺悔比丘某甲與一切法界衆生從無始已來意根不善貪著諸法狂愚不了隨所緣境起貪瞋癡如是邪念能生一切雜業所謂十惡五逆猶如猨猴亦如黐膠處處貪著徧至一切六情根中此六根業枝條華葉悉滿三界二十五有一切生處亦能增長無明老死十二苦事八邪八難無不經歷無量無邊惡不善報從意根生如是意根即是一切生死根本衆苦之源如經中說釋迦牟尼名毗盧遮那徧一切處當知一切諸法悉是佛法妄想分別受諸熱惱是則於菩提中見不清淨於解脫中而起纏縛今始覺悟生重慚愧生重怖畏誦持大乘如說修行歸向普賢菩薩及一切世尊燒香散華說意過罪發露懺悔不敢覆藏以是因緣令我與法界衆生意根一切重罪乃至六根所起一切惡業已起今起未來應起洗滌懺悔畢竟清淨懺悔已禮三寶六時長用若謂語多當取其意自減略之

明勸請法一心胡跪正身威儀燒香散華一心作念請佛菩薩說法度衆生心念口宣下三法亦如是當作是言

我比丘某甲至心勸請十方法界無量佛唯願久住轉法輪含靈抱識還本淨然後如來歸常住勸請已禮三寶說是語已五體投地行者若欲自出意說多少隨心自說下三法亦如是

明隨喜法

我比丘某甲至心隨喜諸佛菩薩諸功德凡夫靜亂有相善漏與無漏一切業比丘某甲咸隨喜隨喜已禮三寶

明迴向法

我比丘某甲至心迴向三業所修一切善供

養十方恒沙佛虛空法界盡未來願迴此福求佛道（迴向已禮三寶）

明發願法

我比丘（某甲）至心發願願命終時神不亂正念直往生安養面奉彌陀值衆聖修行十地勝常樂（發願已禮三寶發願之法行者當於普賢菩薩一切世尊前心念口言心中所有諸願所謂於此身行道無障四魔不起得深三昧入諸法門弘通正法度脫衆生捨命之時正念成就乃至未來世中常值三寶正信家生出家修道供養三寶受持大乘諸波羅蜜悉皆見前與一切衆生成等正覺如是種種隨心中所有諸願悉當隨心自說此逐行者之情不可一一備叙）

第八明行道法（行者既禮佛竟當一心正身威儀右遶法座燒香散華安庠徐步心念三寶次第三徧稱）

南無十方佛南無十方法南無十方僧

南無釋迦牟尼佛　南無多寶佛　南無釋迦牟尼分身佛　南無妙法蓮華經　南無文殊師利菩薩　南無普賢菩薩（如是稱諸佛菩薩摩訶薩名字即當誦經誦經之法在下廣明行者非但覺了誦經音聲性空亦當知身心如雲如影舉足下足心無所得不住行相亦知此身影現十方充滿法界無不普現圍遶諸佛如是旋遶三帀乃至七帀三七帀七七帀百帀無有定數當自斟量若行道欲竟當還如前稱三寶名字燒香正念作契唄唄竟至本禮佛處歸依三寶一心正念當口自唱言）

自歸依佛當願衆生體解大道發無上心（說竟）（作禮復言）

自歸依法當願衆生深入經藏智慧如海（說竟）（作禮復言）

自歸依僧當願衆生統理大衆一切無閡和南聖衆（作禮）

第九重明誦經方法

行者即於前行道中稱諸佛菩薩名字竟一心正念誦法華經但誦有二種人一具足誦二不具足誦具足誦者行者先已誦妙經一

部通利令入道場可從第一而誦一品二品或至一卷行道欲竟即止誦經如前稱諸佛菩薩名三自歸依竟還本坐處若意猶未欲坐禪更端坐誦經亦得多少隨心斟酌但四時坐禪不得全癈事須久坐若人本不習坐但欲誦經懺悔當於行坐之中久誦經疲極可暫歛念消息竟便即誦經亦不乖行法故云不入三昧但誦持故見上妙色二不具足誦者所謂行者本未曾誦法華經令爲行三昧故當誦安樂行一品極令通利若旋遶時誦此品若一徧二三徧隨意多少若兼誦法華餘品亦得但不得誦餘經典籍夫誦經之法當使文句分明音聲辯了不寬不急繫緣經中文句如對文不異不得謬誤當次靜心了音聲性如空谷響雖不得音聲而心歷歷照諸句義言詞辯了運此法音充滿法界供養三寶普施衆生令入大乘一實境界

第十明坐禪實相正觀方法

行者行道誦經竟當就坐處入繩牀中齊整衣服端身正坐閉眼合口調和氣息寬放身心一一如坐禪前方便中說然後歛念正觀破壞罪業云何明正觀如菩薩法不斷結使不住使海觀一切法空如實相是名正觀云何名觀一切法空行者當諦觀現在一念妄心隨所緣境如此之心爲因心故心爲不因心故心爲亦因心亦不因心故心爲非因心非不因心故心爲在三世爲在內外兩中間有何足跡在何方所如是等種種因緣中求心畢竟不可得心如夢幻不實寂然如虛空無名無相不可分別爾時行者尚不見心是

生死豈見心是涅槃既不得所觀亦不存能觀不取不捨不倚不著一切念想不起心常寂然亦不住寂然言語道斷不可宣說雖不得心非心相而了了通達一切心非心法一切皆如幻化是名觀心無心法不住法諸法解脫滅諦寂靜作是懺悔名大懺悔名莊嚴懺悔名無罪相懺悔名破壞心識懺悔行此懺悔心如流水不住法中所以者何一切妄想顛倒所作罪福諸法皆從心起離心之外則無罪福及一切法若觀心無心則罪福無主知罪福性空則一切諸法皆空如是觀時能破一切生死顛倒三毒妄想極重惡業亦無所破身心清淨念念之中照了諸法不受不著細微陰界以是因緣得與三昧相應三昧力故即見普賢及十方佛摩頂說法一切法門悉現一念心中非一非異無有障閡譬如如意寶珠具足一切珍寶如是寶性非內非外行者善觀心性猶如虛空於畢竟淨心中見一切法門通達無閡亦復如是是名行者觀心實相懺悔六根不斷五欲得淨諸根見障外事廣說如法華經普賢觀經中所明

復次行人初入道場一時之中當具足修此十法如是於六時中悉用是法唯除召請三寶於三七日中修於九法行一一法時皆修此觀六時之中一一時中不得於事理有闕是名三七日中一心精進復次行者於三七日中修懺悔時若行若坐若住若出入大小便利掃灑洗澣運爲舉動視眴俯仰應當心心存念三寶觀心性空不得於剎那頃憶念五欲世事生邪念心及與外人言語論議放

逸眠卧戲笑視色聽聲著諸塵境起不善無記煩惱雜念乖四安樂行中說若能如是心心相續不離實相不惜身命爲一切衆生行懺悔法是名三七日中眞實一心精進修也

行法相貌多出普賢觀經中及四安樂行中行者若欲精進修三昧令行無過失當熟看二處經文

略明修證相第五

行者若能如是於三七日一心精進修三昧時於三七日中間或滿三七日已有三種行者證相不同今當略分別之一者下根行者證相二者中根行者證相三者上根行者證相下根證相者所謂三七日中間或三七日滿獲得戒根清淨云何當知就中亦有三品一者下品行者若得種種諸靈異好夢或覺諸根明淨四大輕利顏色鮮潔身有氣力威德巍巍道心勇發是名下品知戒根漸淨相也中品戒根淨相者於三七日中若三七日滿於行道時若坐禪中忽見種種靈瑞所謂光華淨色異妙香氣及善聲稱讃諸如梵網經菩薩戒中說見如是一一靈瑞相已身心慶悅得法喜樂無諸惡相是名中品知戒根淨相也上品戒根淨相者於三七日中若三七日滿於行道及坐禪中雖不證種種法門而身心安樂寂靜於靜心中自見其身戒清淨相所謂見身著淨法服威儀齊整身相端嚴在清淨衆中自見善業之相了了分明三篇戒相次第而現信心開發心得法喜安隱快樂無有怖畏於定心中見如是等一一諸善業相是名上品戒根淨相以是三品相貌驗知戒根漸得清淨也其相衆多不可廣說

若罪重難滅而能用心苦到懺悔不止或時見諸罪相所謂見無頭手及深坑濁水猛火臭穢種種諸惡境界見已心生恐畏當重懺悔懺悔不止於後亦得戒清淨也

云何當知中根行者得證淨相所謂得定根清淨就中亦有三品下品行者若於坐禪時忽覺身心澄靜發諸禪定所謂欲界住及未到地定身心空寂身中諸觸次第而發覺觀分明喜樂一心𪓟然寂靜或緣衆生證慈悲喜捨或復緣佛相好善心開發入諸三昧如是等種種諸定是名下品定根清淨相也中品知定根清淨相者有諸行者於坐禪時身心安定覺出入息長短細微徧身毛孔出入無閡因是見身三十六物了了分明發諸喜樂入種種禪定或見內外身諸不淨白骨狼籍或見白骨皎潔分明厭離世間因是發諸禪定身心快樂寂然正受或緣諸法而生慈悲喜捨或緣諸佛微妙智慧種種功德而生三昧如是等種種諸定開發是名中品定根清淨相也上品定根清淨相者行者於坐禪中身心安靜心緣世間陰入界法即覺無常苦空身受心法悉皆不實十二因緣虛假無主一切諸法不生不滅猶如虛空身心寂然與空無相無願相應而生種種諸深禪定微妙快樂寂靜無爲厭離世間憫念一切無復蓋覆及諸惡法是名上品定根淨相此則略說中根行者得定根清淨相也云何當知上根行者得證之相所謂慧根清淨故就中亦有三品下品慧根淨相者若於三七日中若三七日滿若於行坐之中入諸禪定忽覺身

心如雲如影夢幻不實因是覺心内發智慧分明了達諸法方便巧説無有障閡通達十二部經隨義解釋難問無滯説法無盡是名下品慧根淨相也中品慧根淨相者所謂行者於行坐誦念之中身心寂然猶如虚空入諸寂定於正慧中面見普賢菩薩乘六牙白象與無量菩薩衆而自圍遶以一切衆生所喜見身現其人前是人以見普賢菩薩故即得三昧及陀羅尼其名曰旋陀羅尼百千萬億旋陀羅尼法音方便陀羅尼陀羅尼者即是大智慧也得是大智慧故諸佛所説一聞不忘通達無閡於一句中通達一切義説無窮盡如虚空中風得如是種種諸智慧門是名中品慧根淨相也上品慧根淨相者行者亦於行坐誦念之中身心豁然清淨入深禪定覺慧分明心不動揺於禪定中得見普賢菩薩釋迦多寶分身世尊及十方佛得無閡大陀羅尼獲六根清淨普現色身開佛知見入菩薩位廣説如普賢觀經中是名上品慧根淨相此則略説三根行者得證之相差别不同是三種正相中或有魔事相似若證此法應善分别不得即生著心也是故行者若欲得此大功德利者應當三七日中一心精進修前方法若三七日不得當復加功勿得懈息若得障道罪漸滅而三昧諸深法門未現在前欲常行三昧未必悉依上十法但取安樂行品中所説之意一心修習即自得六根清淨見十方佛獲普現色身開佛知見入菩薩位也當知三七日爲期作如上所説六時而行者爲教新學菩薩未能入深三昧先

以事法調伏其心破重障道罪因此身心清淨得法喜味若欲一心常寂入深三昧即須廢前所行直依安樂行常好坐禪觀一切法空如實相不起内外諸過大悲憐愍一切衆生心無間念即是修三昧也若依前法則事煩爲妨是故行者既得此意當自以智力斟酌一期所説不可全用初學之者未能善巧且依今文用前方法修三昧也

法華三昧懺儀

諸法無諍三昧法門

陳南嶽思大禪師撰

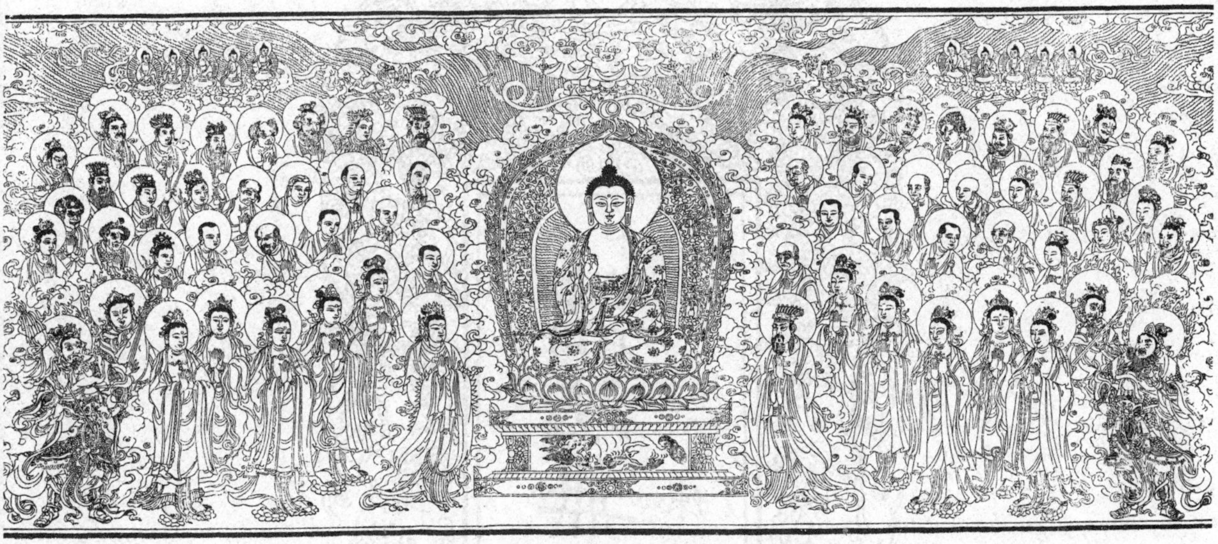

清刻龍藏佛說法變相圖

諸法無諍三昧法門卷上

陳南嶽思大禪師撰

如萬行中說從初發心至成佛道一身一心一智慧欲爲教化衆生故萬行名字差別異夫欲學一切佛法先持淨戒勤禪定得一切佛法諸三昧門百八三昧五百陀羅尼及諸解脫大慈大悲一切種智五眼六神通三明八解脫十力四無畏十八不共法三十二相八十種好六波羅蜜三十七品四弘大誓願四無量心如意神通四攝法如是無量佛法功德一切皆從禪生何以故三世十方無量諸佛若欲說法度衆生時先入禪定以十力道種智觀察衆生根性差別知其對治得道因緣以法眼觀察竟以一切種智說法度衆生一切種智者名爲佛眼亦名現一切色身

三昧亦名普現色身三昧上作一切佛身諸菩薩身辟支佛身阿羅漢身諸天王身轉輪聖帝諸小王身下作三塗六趣衆生之身如是一切佛身一切衆生身一念心中一時行無前無後亦無中間一時說法度衆生皆是禪波羅蜜功德所成是故佛言若不坐禪平地顛墜若欲斷煩惱先以定動然後智拔定名奢摩他智慧名毘婆舍那定有無量總說三種下定名欲界定中定名色界定上定名無色界定復次下定是聲聞定總攬三界中定是辟支佛定上定是如來定及諸菩薩定智有無量說有三一者道智二者道種智三者一切種智慧亦有三一者道慧二者道種慧三者一切種慧復次分別說有十一智何者是耶法智世智他心智宿命智苦智集智

滅智道智盡智無生智如實智復次盡智無生智分別則有十八種智盡智有九無生智有九是名十八智亦得名爲十八心三乘聖人共在四禪諸智慧中問如實道如實智者於一切法總相別相如實能知故名如實智是諸智慧即是一切智亦名無智何以故如先尼梵志問佛經中說先尼梵志白佛言世尊如來一切智慧從何處得佛答先尼無有得處先尼復問云何智慧無有得處佛復答言非內觀中得是智慧非外觀中得是智慧非內外觀中得是智慧亦非不觀得是智慧是故智慧無有得處故名無智如奇特品說一字入四十二字四十二字還入一字亦不見一字唯佛與佛善知字法善知無字法爲無字法故說於字法不爲字法故說於字法

是故四十二字即是無字復次欲坐禪時應先觀身本身本者如來藏也亦名自性清淨心是名真實心不在内不在外不在中間不斷不常亦非中道無名無字無相貌無自無他無生無滅無來無去無住處無愚無智無縛無解生死涅槃無一二無前無後無中間從昔已來無名字如是觀察真身竟次觀身身復觀心身身者從妄念心生隨業受報天人諸趣實無去來妄見生滅此事難知當譬喻說身本及真心譬如虚空月無初無後無圓滿無出無没無去來衆生妄見謂生滅大海江河及陂池溪潭渠浴及泉源普現衆影似真月身身心心如月影觀身然欲甚相似身本真偽亦如是月在虚空無來去凡夫妄見在衆水雖無去來無生滅與空中月甚相似雖現六趣衆色像如來藏身未曾異譬如幻師著獸皮飛禽走獸種種像貴賤男女差别異端正醜陋及老少世間種種可笑事幻師雖作種種變本丈夫形未曾異凡夫雖受六趣色如來藏色不變異身本及真心譬如幻師睡身心無思覺寂然不變易身身及心數如幻師遊戲故示六趣形種種可笑事身身衆生體難解譬喻說如此法性無涅槃亦無有生死譬如眠熟時夢見種種事心體尚空無何况有夢事覺雖了了憶實無有於此凡夫顛倒識譬喻亦如是禪定智慧能覺了餘散心智不能解非但凡夫如夢幻月影現水種種事復次諸佛菩薩聖皆爾從初發心至佛果持戒禪定種種事甚深定心不變易智慧神通幻化異法身不動如空月普現

色身作佛事雖無去來無生滅亦如月影現
衆水何以故如經論中說欲學一切智定必
修諸善心若在定能知世間生滅法相亦知
出世三乘聖道制心禪智無事不辦欲求佛
道持淨戒專修禪觀得神通能降天魔破外
道能度衆生斷煩惱問曰般若經中佛自說
言欲學聲聞當學般若欲學緣覺當學般若
欲學菩薩當學般若復次有六波羅蜜般若
爲前導亦是三世諸佛母汝今云何偏讚禪
不讚五波羅蜜復次如經中說五度如盲般
若如眼汝今云何偏讚度不讚明眼誰能信
者願廣解說除我等疑惑答曰諦聽善思念
之吾當爲汝決定說

三乘般若同一觀　隨證淺深差別異
如大海水無增減　隨取者器大小異
聲聞緣覺及菩薩　如來智慧亦如是
十二因緣四種智　下智聲聞中緣覺
巧慧上智名菩薩　如來頓覺上上智
以無名法化衆生　方便假名差別異
三乘智慧不能知　唯佛世尊獨知耳
如大集經雜四諦　三乘法行同一義
陳如稽首白世尊　十方菩薩大衆集
云何名法行比丘　願佛演說法行義
爾時佛告憍陳如　至心諦聽今當說
若求法行諸比丘　誦如來十二部經
謂修多羅及毘曇　優婆提舍及毘尼
樂爲四衆敷暢說　是樂誦說非法行
若更復有諸比丘　誦如來十二部經
能廣演說思惟義　是樂思惟無法行
若復次有諸比丘　更讀誦十二部經

演說思惟觀其義　是名樂觀無法行
夫法行者三乘同　一觀我今當說者
有比丘能觀身心　心不貪著一切相
謙虛下意不生慢　不以愛水洗業田
不於中種識種子　滅覺觀法境界息
永離煩惱心寂靜　比丘如是觀身心
佛說是人眞法行　如是比丘即能得
聲聞緣覺佛菩提　法行比丘觀三事
觀身觀受及觀心　比丘觀察三念已
一心四禪十八智　復次大智論中說
聲聞緣覺及諸佛　四禪二九十八智
同共證道明闇異　共觀四諦十二緣
隨機感悟種種異　聲聞四諦十六心
辟支獨覺無漏智　菩薩亦解二乘法
獲得無礙十六諦　如諸天共寶器食
飯色黑白各有異　四諦譬喻如鐙品
定如淨油智如炷　禪慧如大放光明
照物無二是般若　鐙明本無差別照
覩者眼目明暗異　禪定道品及六度
般若一法無有二　覺道神通從禪發
隨機化俗差別異

問曰佛何經中說般若諸慧皆從禪定生答曰如禪定論中說三乘一切智慧皆從禪生般若論中亦有此語般若從禪生汝無所知不解佛語而生疑惑作是狂難汝何不見十方諸佛若欲說法度衆生時先入禪定以神通力能令大地十方世界六種震動三變土田轉穢爲淨或至七變能令一切未曾有事悉具出現悅可衆心放大光明普照十方他方菩薩悉來集會復以五眼觀其性欲然後

說法復次般若波羅蜜光明釋論中說有人疑問佛佛是一切智人智慧自在即應說法何故先入禪定然後說法如不知相論主答曰言如來一切智慧及大光明大神通力皆在禪定中得佛今欲說摩訶般若大智慧法先入禪定現大神通放大光明遍照一切十方衆生報禪定恩故然後說法爲破外道執外道六師常作是言我是等智慧於一切常用常說不須入禪定佛爲降伏如是邪見諸外道輩先入禪定然後說法復次如勝定經中所說若復有人不須禪定身不證法散心讀誦十二部經卷卷側滿十方世界皆闇誦通利復大精進恒河沙劫講說是經不如一念思惟入定何以故但使發心欲坐禪者雖未得禪定已勝十方一切論師何況得禪定

說是語時五百論師來詣佛所俱白佛言我等多聞總持十二部經及韋陀論五部毘尼講說無礙十六大國敬我如佛世尊何故不讚我等多聞智慧獨讚禪定佛告諸論師汝等心亂假使多聞何所益也汝欲與禪定角力如盲眼人欲覩衆色如無手足欲抱須彌山王如折翅鳥欲飛騰虛空如蚊子翅欲遮日月光如無船舫人欲度大海皆無是處汝等論師亦復如是欲角量禪定無有是處復次毘婆沙中說若有比丘不肯坐禪身不證法散心讀誦講說文字辨說爲能不知詐言知不解詐言解不自覺知高心輕慢坐禪之人如是論師死入地獄吞熱鐵丸出爲飛鳥猪羊畜獸雞狗野干狐狼等身若復有人不近善知識雖復坐禪獲得四禪定無有轉治

無方便智不能斷煩惱雖得寂靜之樂煩惱不起獲四禪時謂得寂滅涅槃之道便作是念我今已得阿羅漢果更不復生如此比丘實不得道不斷煩惱但得似道禪定不近善知識無方便智謂得實道起增上慢臨命終見受生處即生疑悔阿羅漢者更不復生我今更生當知諸佛誑惑於我作是念時即墜地獄何況餘人不坐禪者重宣此義而說偈言

欲自求度及衆生　普遍十方行六度
先發無上菩提心　修習忍辱堅持戒
晝夜六時勤懺悔　發大慈悲平等心
不惜身命大精進　欲求佛道持淨戒
專修禪智獲神通　能降天魔破外道
能度衆生斷煩惱　從初發心至成佛
一身一心一智慧　爲欲教化衆生故
萬行名字差別異　欲覺一切諸佛法
持清淨戒修禪定　捨諸名聞及利養
遠離憒鬧癡眷屬　念十方佛常懺悔
不顧身命求佛道　獲得百八三昧門
亦得五百陁羅尼　及諸解脫大慈悲
五眼六通一切智　亦得三明八解脫
具足十力四無畏　三十二相八十好
三十七品具六度　十八不共微妙法
視諸衆生如一子　四弘誓願具四攝
四無量心道種智　一切種智四如意
觀察衆生廣法施　入四禪定放光明
徧照十方諸世界　變穢爲淨大震動
現諸奇特希有事　十方菩薩悉集會
三界天王皆在此　端坐瞻仰一心待

同聲三請願聞法　從禪方便三昧起
爲衆隨應演說法　色身香聲種種別
禪定寂然心不異　雖在座坐現法身
十方九道無不遍　淨戒禪定三昧力
十方了了分明見　應可度者如眼前
未可度者即不見　如空月影現衆水
闇室深井即不現　譬如幻師種種變
盲瞎之人則不見　盲瞎睡重者不見
諸佛法身鏡亦爾　三障衆生不能見
若無淨戒禪智慧　如來藏身不可見
如金鑛中有眞金　因緣不具金不現
衆生雖有如來藏　不修戒定則不見
淨戒禪智具六度　清淨法身乃顯現
淨妙眞金和水銀　能塗世間種種像
如來藏金和禪定　法身神通應現往

普告後世求道人　不修戒定莫能強
無戒定智皆不應　忽忽亂心講文字
死入地獄吞鐵丸　出爲畜生彌劫矣
如是衆生不自知　自稱我有大智慧
輕毀一切坐禪人　壞亂正法作魔事
假使講經恒沙劫　都不曾識佛法義
如殺三千世界人　及諸一切衆生類
高心謗禪壞亂衆　其罪甚重過於此
譬如羣賊劫牛乳　高聲唱得醍醐味
不知鑽搖及熮煖　亦失酪漿生熟酥
麤淺薄味尚都失　醍醐上味在何處
不修禪智無法喜　譬喻說言無婦女
不淨亂心執文字　故言皮囊可盛貯
譬如盲狗咬草藪　不見人及非人類
但聞風吹草鳴聲　高聲叫言賊虎至

養一盲狗虎咬故　舉世盲狗叫亂沸
其心散亂都不定　覺觀心語亦如是
讚百千經心常亂　如蛇吐毒與世諍
增見諸非毒轉盛　自言壞常子難生
既見禪智法喜妻　石女無兒難可生
解文字空不貪著　若修定時解無生
禪智方便般若母　巧慧方便以爲父
禪智般若無著慧　和合共生如來子
三乘聖種從是學　故稱一切衆導師
淨戒禪智如大地　能生萬物載羣類
禪智神通巧方便　能生三乘一切智
若能一念在禪定　能報三世佛恩義
三世諸佛坐道場　覺悟衆生皆由此
一切凡夫共一身　一煩惱心一智慧
眞如一像不變易　善惡業影六道異
諸佛菩薩一法身　亦同一心一智慧
一字萬行化衆生　一聖假名四十二
凡聖色藏一而二　方便道中凡聖二
色藏元象無一二　唯佛與佛乃知此
我從無數十方佛　聞此一字無量義
少行法師不能知　文字論師不能解
若人不近善知識　學得有漏似道禪
初禪謂得須陀洹　四禪謂得阿羅漢
起增上慢諸漏盡　謂言斷結不更生
臨命終時見生處　即作是言佛欺我
阿羅漢者不更生　我今云何更受生
身證不了尚如此　何況散心著文字
不知詐知起我慢　顛倒說法誑衆生
身不證法昇高座　死入阿鼻大地獄
身證不了尚生疑　何況不證盲心說

高心亂語謗諸佛　受學之徒皆効此
從地獄出爲畜生　備作種種諸雜類
若人親近善知識　證無漏禪乃明解
具足禪智多聞義　如是導師可依止
禪定深隱難可知
復次禪波羅蜜有無量名字爲求佛道修學甚深微妙禪定身心得證斷諸煩惱得一切神通立大誓願度一切衆生是乃名爲禪波羅蜜立大誓願故禪定轉名四弘欲度衆生故入深禪定以道種智清淨法眼觀察衆生是處非處十力智爾時禪定轉名四無量心慈悲愍衆生拔苦與樂離憎愛心平等觀察爾時禪定轉名慈悲喜捨既觀察已與其同事隨應說法爾時禪定轉名四攝法布施愛語利益同事是名四攝法也復次大慈大悲現如意神通一切色身以神通力入五欲中遍行六趣隨欲度衆生爾時禪定轉名神通波羅蜜亦普現十方一切佛事常在禪定寂然無念復次深大慈悲憐愍衆生上作十方一切佛身緣覺聲聞一切色形下作六趣衆生之身如是一切佛身一切衆生身一念心中一時行無前無後無中間一時說法度衆生爾時禪定及神通波羅蜜轉名一切種智亦名佛眼復次菩薩摩訶薩持戒清淨深妙禪定斷習氣故遠離三世諸愛見故爾時禪定轉名十八不共法復次菩薩摩訶薩以三明智分別衆生爾時禪定轉名十力善知是處及漏盡故復次菩薩摩訶薩色如受想行識如觀一切法始從初學終至成佛斷煩惱及神通盡知十方世界名號亦知三世諸佛

名號及知諸佛弟子名號亦知一切衆生名號及知衆生煩惱名號解脱名號一念一時知及知宿命因緣之事爾時禪定轉名十號也復次菩薩摩訶薩以諸法無所有性一念一心具足萬行巧方便慧從初發心至成佛果作大佛事心無所著總相智別相智辯說無礙具足神通波羅蜜供養十方一切佛淨佛國土教化衆生爾時禪定轉名般若波羅蜜復次行者爲出世間故三界九地名爲八背捨次第斷煩惱欲界未到地禪及中間二禪及四禪空處及非有想最後滅受想於欲界中具五方便一者發大善心求佛道故欲得禪定名善欲心是善欲心能生一切佛法能入一切禪定能證一切解脱起一切神通分別欲界色界無色界五陰三毒四大十二入十八界十二因緣一切諸法無常變異苦空無我亦知諸法無生滅眞實相無名無字無漏無爲無相無貌覺了諸法故名法智未到初禪得金剛智能斷煩惱證諸解脱是名未到地初欲界地及未到地如是二地是佛道初門欲得禪定是名欲心復次初夜後夜專精學禪節食攝心捨離眷屬斷諸攀緣是名精進復次專念初禪樂更無餘念是名念心復次巧慧籌量欲界五欲欺誑不淨是三惡道伴初禪定樂斷諸欺誑得眞智慧是入涅槃伴是籌量是名巧慧心復次專心一處滅諸覺觀境界都息身心寂靜是名一心如是五方便能斷五欲妖媚煩惱滅除五蓋有覺有觀離生得喜樂入初禪名初背捨得入二禪名二背捨入第三禪名三背捨喜樂心

内清淨得四禪名爲入一切處滅一切色相捨第四禪滅有對想入無邊虚空處名爲空一切處第四背捨虚空處定得一切識處定是名識一切處第五背捨復次捨識處定入無所有處定是名第六背捨捨無所有處定得入非有想非無想處定生厭離心是名第七背捨捨非有想非無想處定入滅定受想定心無所著是名第八背捨爾時禪波羅蜜轉名八背捨復次自覺覺他通達無礙得三解脱能破三界一切煩惱爾時禪波羅蜜轉名十一智復次行者總持旋陀羅尼戒定慧三分八聖道破四顛倒獲四真諦爾時禪波羅蜜轉名三十七品起一切神通所謂四念處四正勤四如意足五根五力七覺分八聖道分名爲摩訶衍如四念處品中説轉一切智慧以一神通現一切神通以一解脱作一切解脱轉一名字語句入一切名字語句如是一切名字語句還入一名一字一語一句平等不異是四念處字等語等諸字入門一切佛法盡在其中復次菩薩摩訶薩欲教化衆生令生清淨歡喜信心故與一切聖人建立一聖官階位次第衆生之得大歡喜決定無疑爾時捨願勤修禪定得六神通作轉輪聖王入五道中飛行十方廣行布施須衣與衣須食與食金銀七寶象馬車乘樓櫓宫殿房舍屋宅五欲衆具簫篴箜篌琴瑟鼓吹隨衆生欲盡給與之後爲説法令其得道雖作如是種種法施實無施者無財物無説無示無聽法者譬如幻師幻作幻人四衢道中化作高座廣説三乘微妙聖法又作四衆集共

聽受如是幻師所作幻事無色無心無示無聽無受無聞無得菩薩爾時禪波羅蜜轉名檀波羅蜜何以故施人物時雖知諸法無所有性無施無受無財物相三事俱空雖知空寂勤行布施復次菩薩摩訶薩雖知諸法空罪相不可得持戒破戒如夢如幻如影如化如水中月雖知諸法無生滅堅持淨戒無毀缺亦以戒法爲他人説若人惡心不受戒化作禽獸行禮儀人類見此大羞辱各發善心堅持淨戒發大誓願遍十方不顧身命行戒施常現六道種種形廣説如來清淨戒以宿命智觀察之必令歡喜無瞋害非但爲説戒法亦説攝根定共戒道共戒性寂戒報寂戒爾時禪波羅蜜轉名尸波羅蜜復次菩薩摩訶薩行此財施法施戒施時受者瞋恚來打罵割截手足心不動乃至失命心不悔爾時禪定轉名羼提波羅蜜菩薩行是甚深禪定於一切聖行以法忍故心無所著禪定即是羼提波羅蜜復次菩薩學四念處時獲得四禪復作是念我於身念處未得如意神通受念處未獲宿命神通修心念處未獲他心智不知十方凡聖心故修法念處時如是思惟我今未獲漏盡神通修身念處觀一切色亦未得清淨天眼於受念處未證因緣業報垢淨神通於心念處未得衆生語言三昧作是念已勤精進求乃至成就具六神通爾時禪定轉名精進毘梨耶波羅蜜復次菩薩爲起神通故修練禪定從初禪次第入二禪三禪四禪四空定乃至滅受想定一心次第入無雜念心是時禪波羅蜜轉名九次第定復次

菩薩入初禪時觀入出息自見其身皆悉空寂遠離色相獲得神通乃至四禪亦復如是入初禪時觀入出息見三世色乃至微細如微塵許悉見無礙亦見衆生出没果報差别於無量劫通達無礙是名天眼神通乃至四禪亦復如是入初禪時觀息出入以次第觀聲悉同十方凡聖音聲是名天耳神通乃至四禪亦復如是入初禪時觀入出息住息住舍摩他觀色相貌以毘婆舍那觀他心相善知十方凡聖之心是名他心智神通乃至四禪亦復如是入初禪時觀息入出獲得眼通得眼通已觀於有歌羅邏時五陰生滅乃至無量劫中五陰生滅獲得宿命是名宿命神通乃至四禪亦復如是悉能觀察一切衆生善惡業行差别不同亦復知其發心早晚入道遠近十方三世通達無礙是名道種智慧神通爾時禪定轉名師子奮迅三昧以神通力供養十方佛及教化衆生淨佛國土邊際智滿十地具足變身如佛滿十方學佛神通未得滿足是師子奮迅三昧唯有諸佛乃能具足復次菩薩入重玄門修四十心從凡夫地初發心時所修禪定次第重入乃至最後無垢地修諸禪定學佛神通化衆生法從初禪入乃至滅受想定三禪四禪四空亦復如是是名順超無礙從滅受想定超住散心中超入初禪非有想非無想處無所有處識處空處四禪乃至二禪亦復如是是名逆超自在無礙爾時禪定轉名超越三昧修佛神通得佛智慧餘五波羅蜜亦復如是是少一波羅蜜不名五波羅蜜復次學禪定時修四念

處於欲界中觀內外色入初背捨具足聞慧觀內外假二相不可得故亦非是一如如性故一解脱復次思慧具足觀察內外法內外一切法總相別相異相不可得如如故二解脱復次修慧六觀具足色界五陰空三解脱復次聞慧修慧用巧方便金剛智破四空定無貪著心空五陰不可得故得解脱空處得解脱識處得解脱無所有處得解脱非有想非非想處得解脱觀滅受想定不可得故得是解脱是名八解脱如如性故無縛無脱菩薩爾時禪波羅蜜名八解脱復次菩薩禪定修四念處得三十七品具足佛法何以故是身念處觀色法故一念具足四念處故是身念處用念覺分觀五陰時能斷一切煩惱故觀色陰時是身念處不淨觀九想具足舍摩他能破一切煩惱是名爲定如論偈中說

初觀身念念　繫縛心令定　亦繫縛識定

及除煩惱怨

九想舍摩他欲界金剛定能破五欲如縛賊十想毘婆舍那欲界未到地金剛智能觀五陰畢究盡想不能更生得盡智無生智斷一切煩惱如意利刀斬斷賊頭觀色如受想行識如深觀五陰如如性故即無煩惱可斷亦無解脱涅槃可證何以故色即是空空即是色受想行識即是空空即是受想行識空即是涅槃涅槃即是空煩惱即是空空即是煩惱智慧即是空空即是智慧不可以虛空斷虛空不可以虛空證虛空如論偈說

觀身不淨相　真如性常定　諸受及以心

法亦如是觀

煩惱者六欲心也初死想能斷威儀語言欲
膖脹想壞想散想能斷形容欲青瘀血塗想
膿爛想能斷色欲骨想燒想能斷細滑欲散
想滅盡想能斷人欲如論中說

四蛇同一篋　六賊同一村　及王旃陀羅
分自守根門　六欲妖媚起　愛怨詐爲親
聲香味觸法　六情起諸塵　貪欲如猛火
瞋恚如蛇蚖　愚癡覆心眼　智者當善觀
外想三四塊　身器二六城　中含十二穢
九孔惡露盈　癰疽蟲血雜　膖脹臭爛膿
骨鏁分離斷　六欲失姿容　九想觀成時
六賊漸已除　及識愛怨詐　兼知假實虛
四大共相依　緣習成假名　行者諦觀察
但見骨人形　初觀如珂許　後漸滿一城
骨人遍法界　深生憂猒道　從生至老死
老死復有生　轉輪十二緣　生死如循環
三塗苦難忍　人天亦復然　誰聞六道苦
而不興猒心　妄識本無體　依因寂法生
妄想生妄想　轉輪十二緣　知過三業患
現不造三因　老死更不續　反流盡生源

諸法無諍三昧法門卷上

諸法無諍三昧法門卷下

陳南嶽思大禪師撰

四念處觀身念處觀如音品

觀身不淨時先觀息入出生滅不可得次觀心心相若先觀色麤利難解沈重難輕若先觀心微細難見心空無體託緣妄念無有實主氣息處中輕空易解先觀入息從何方來都無所從亦無生處入至何處都無歸趣不見滅相無有處所入息既無復觀出息從何處生審諦觀察都無生處至何處滅不見去相亦無滅處既無入出復觀中間相貌何似如是觀時如空微風都無相貌息無自體生滅由心妄念息即動無念即無生即觀此心住在何處復觀身內都不見心復觀身外亦無心相復觀中間無有相貌復作是念心息既無我今此身從何生如是觀時都無生處但從貪愛虛妄念起復觀貪愛妄念之心畢竟空寂無生無滅即知此身化生不實頭等六分色如空影如虛薄雲入息氣出息氣如空微風如是觀時影雲微風皆悉空寂無斷無常無生無滅無相無貌無名無字既無生死亦無涅槃一相無相一切衆生亦復如是是名總觀諸法實相如是觀竟欲得神通觀身四大如空如影復觀外四大地水火風石壁瓦礫刀杖毒藥如影如空影不能害影空不能害空入初禪時觀息入出從頭至足從皮至髓上下縱橫氣息一時出入無礙常念巳身作輕空想捨麤重想是氣息入無聚集出無分散是息風力能輕舉自見巳身空如水沫如泡如影猶如虛空如是觀察久修習

竟遠離色相獲得神通飛行無礙去住遠近任意自在是身念處不淨觀法九想十想及觀氣息生滅出入空無障礙亦能獲得如意神通先證肉眼次觀天眼能見無量阿僧祇十方三世微細色等亦見衆生生死出没善惡業報皆悉知之明了無礙總攝十力十八不共法能作大身徧滿十方能作小身細如微塵一能作多多能作一重能作輕輕能作重醜陋作端正端正作醜陋長短大小青黃赤白悉能變化虚空作地地作虚空地作水火水火作地能令變作金銀七寶石壁草木亦復如是皆能變作金銀七寶象馬車乘城郭樓櫓宫殿屋宅房舍燈燭日月大珠及如意珠飲食衣服床榻被褥簫笛箜篌五欲衆具衆生所須盡給與之然後說法令入佛道能自變身作十方佛身名字不同色像差別亦復能令皆作金色三十二相八十種好頂上肉髻光明普徧滿十方間無空處十方遠近如對目前過去未來亦復如是人天交接兩得相見亦復能作菩薩緣覺阿羅漢身釋梵四王諸天身轉輪聖王諸小王身能作四種佛弟子形男變爲女女變爲男亦作六趣衆生之身如是凡聖衆色像一念心中一時行語言音聲亦復如是亦復能作臭爛死屍縛魔波旬令捨高慢遠離魔業求佛正道臭爛屍觀非獨繫縛波旬魔王亦能降伏一切婬女令捨要欲發清淨心信求佛道是禪波羅蜜身念不淨觀法初修行時能斷五欲一切煩惱能除五蓋能斷十纏若人修習如偈所說氣息輕空風火觀飛行十方無障礙皮

肉筋骨不淨觀獲得如意大神通總名八大自在我一切形色能變化總名十四變化心非但變化如上事能令大地六種動變十方穢爲淨土是身念處不淨觀總說如是大功德若廣諸說不可盡三十七品亦在中今已總說身念處種種功德差別法受念處品復次禪波羅蜜中受念處觀如偈說能斷一切受今當更總說斷除三受法一切受亦盡三受者一者苦受二者樂受三者不苦不樂受如十二因緣中說不苦不樂受但是無明有名無色苦樂二受是行識名色六入觸受愛取有生老死滅壞苦憂悲惱如是三受和合共成事不能一一獨生煩惱內受外受內外受內受是六根名爲六情外受是六塵名爲六境內外受名六識亦名爲心思惟分別如是內外有三十種六根六塵六識六觸六受是名三十皆由無明不能了故貪善惡業徧生六趣若能修習戒定智慧淨三毒根名曰六度是故論言智度大道佛從來生死往來故曰大道智慧斷三受故名爲度是故佛言淨於三毒根成佛道無疑一切貪瞋癡三受以爲根破戒是惡趣門持戒是善趣門若修戒定智閉塞諸惡道通達善趣門亦得名爲關閉一切諸惡趣門開佛無上大菩提門六根名爲門心爲自在王造生死業時貪著六塵至死不捨無能制者自在如王是故名爲無上死王譬如世間五月農時雨大惡雹五穀果樹摧折墮落人畜皆死是惡雹雨譬如金剛無能制者斷諸善根作一闡提是故名爲死金剛雨譬如世間金翅鳥王飛行虛空

四大海中擒捉諸龍自在無礙食噉令盡無能制者是故名爲死金翅鳥譬如世間惡轉輪王飛行虚空遍四天下擒捉諸王自在無礙壞他事業無能制者是故復名死轉輪王一切天人王無能制者唯除一人大力神仙幻術呪師智如金剛能伏一切乃能伏此生死心王亦復如是二十五有無能制者唯除菩薩修戒定慧智獲得初禪至第四禪及滅受想定成就四念處法忍具足得大神通乃能降伏生死心王一切凡夫及二乘人不能降伏如是死王爲無常法之所遷故不能降伏唯有法大力菩薩生分盡者乃能降之無習氣故苦受内苦外苦内苦者飢渴悲惱愁憂瞋恚嫌恨宿怨不適意事怨憎會時内心大苦如是等苦名爲内苦復次求物不得若得更失五欲衆具愛别離故父母兄弟妻子眷屬抄劫死亡若遭惡病無藥可治必死無疑憂悲啼哭如是等苦皆名内苦聞外惡聲罵辱機刺内懷忿怒亦名内苦外苦者若爲王法所加鞭杖拷楚牢獄繫閉杻械枷鎖名爲外苦亦名内外苦若師子虎狼諸惡毒獸風雨寒熱如是等比名爲外苦若自身有病諸根不具足名身苦若爲他役使擔負重載若行遠路中間嶮難無止息處如是等苦是名身苦應學慈悲修空忍之不生瞋恚於怨憎處應作是念是我先世惱害彼人今但自責不應瞋他虎狼獅子狂象惡王亦復如是於貪求處應求捨心不應瞋惱觀惡音聲如空中響彼聲不來耳不往受隨聞隨滅誰罵誰受則無瞋恚聞好音聲稱揚讚歎如前觀

之亦不生喜禮拜供養一切樂受應作是念彼自求福便於我處自作功德不聞我事不應歡喜譬如癈田有人耕種自求報故地不應喜復有異人多持糞穢毒刺惡草積種在中掘鑿穿穴高下不平彼人自生如是惡心地亦不瞋亦不念彼徒自苦惱有人問言怨害罵辱能忍不瞋是事可爾禮拜供養讚歎樂受何以不喜答曰彼今雖復供養讚歎於我後若遇惡緣即便瞋我若打若殺不應生喜苦受樂受皆如幻化無有定相不應瞋喜如彼大地無憎愛心菩薩欲求無上佛道應先修學大地三昧亦應學如虛空三昧不苦不樂受亦復如是不應貪著應作是念苦樂中間故有不苦不樂若無苦樂則無不苦不樂一切皆是無常生滅不曾暫停生滅無故無生滅處求不可得如是觀時即無三受得三解脫男女等相亦復如是如幻如化無生無滅不可得故如身念處五陰如相不可得故無十八界故無一切受何以故六根六塵六識空故求不可見名之爲空求亦不得名之空空亦無有空復次禪波羅蜜中觀受念處無生無滅無一切受即是涅槃觀察涅槃亦不可得無名字故即無涅槃如是觀時初學能斷一切煩惱又得一切宿命通自觀已身現在初生五陰歌羅邏時生滅不住亦見過去無量阿僧祇劫五陰生滅以身念處天眼力故住初禪中能見如是宿命神通一切生處壽命長短苦樂受報飲食衣服種性名字生死出没國土世界欲性善惡悉見悉知現在未來宿命因緣及一切事悉見悉知如

過去世亦知諸天六趣衆生三世宿命知已不異亦復能知諸佛菩薩縁覺聲聞一切宿命一念心中稱量盡願明了無礙於一切衆生中得自在壽命隨其所感長短不同爲衆生故現一切身受一切命欲度十方三惡道衆生欲度餓鬼觀受念處住初禪中用如意通施美飲食令其苦息而爲説法欲度畜生時觀受念處入初禪時已入第四禪從四禪起住第二禪用如意神通令諸衆生離畜生業得人天令其歡喜而爲説法欲度地獄衆生時觀受念處入初禪時已入第二禪從二禪起入第四禪從四禪起住第三禪以如意通變化十方阿鼻地獄及諸地獄悉爲天堂一切苦具變爲瓔珞如其苦息如第三禪樂隨應説法欲度福德大力衆生時觀受念處

及三念入初禪初禪起入二禪二禪起入三禪三禪起入第四禪住火一切處放大光明遍照十方住地一切處十方大地六種震動住風一切處戒定慧香遍熏十方住水一切處現月愛三昧十方重病苦惱衆生悉得消除身心安樂住地一切處穢惡世界變爲淨土池流華果七寶莊嚴放眉間光召集十方諸大菩薩悉來集會口光頂光放中間光集三界天王轉輪聖王阿脩羅王及諸小王并諸天人放下光明普及三塗一切衆生集會聽法悉爲受記受記之法凡有九種三乘及六道是名九種差别受記如摩訶般若放光論中説若放頂上肉髻光明徧照十方集大菩薩并集過去多寶佛等又及十方分身應化無量諸佛十方世界爲一切佛土滿中諸

佛移諸天人三塗八難置於他土不令在會無餘雜衆當知此會但說一乘爲一生補處菩薩受如來記若放眉間大光明同頂光中事當知此會爲大聲聞密行菩薩過十地入佛境界者受如來記如法華中說二種放光受記之法但說佛果事一乘佛智慧無餘雜衆故不說九道記問曰佛大慈悲平等說法衆生普聞復何意故說法華時三變世界八方通同爲一佛土初第一變八方五百萬億那由他恒河沙等諸佛世界同於娑婆上下兩方亦復如是第二變化八方各變二百萬億那由他恒河沙等諸佛世界亦同娑婆第三變化八方各二百萬億那由他恒河沙等諸佛世界同於娑婆如是三變各放眉間白毫光明移諸天人阿脩羅等三塗八難置於他方不得聞法當知如來心不平等答曰是事不然如來智慧非汝境界不應難言佛不平等佛以何故妙法華會但說一乘頓中極頓諸佛智慧爲大菩薩受如來記難信難解是故漏盡二乘人新發意菩薩及以不退諸菩薩等疑惑不能解何況餘人譬如世間轉輪聖王莊嚴四天下集諸轉輪王共論聖王事唯有王邊智慧大臣乃能信解得近王座同論王事諸餘惡臣愚闇無智則不堪聞不得同座何況餘小王及諸僕使而近王座如來頓教亦復如是唯有一生補處無垢大士得佛智慧受如來記者乃得聞之此會不說引導之教是故餘人不得在座餘人若聞不解故即生疑謗墮於地獄是故移之置於他土四衆五千亦復如是譬如閻浮提人眼不

得見上界諸天若得見者兩眼雙瞎薄福德故不堪見此諸天光明是故見者兩眼雙瞎天人阿脩羅三塗八難亦復如是尚不得見肉眼眉間受記光明何況聞說受如來記也若得聞者則生誹謗永失信心斷諸善根作一闡提將護彼意不得聞之譬如世間飢餓病瘦絶食來久薄腹者不得一往多食乾麩及以强餅𪍿麨驗酒一往飽食必死不疑五千四衆天人阿修羅三塗八難亦復如是薄福德故不堪得聞受如來記問曰諸佛神通無量方便一音說法隨類得解何故移之置於他土答曰如汝所問他土之音有二義一者本土是如來藏一切衆生不能解故貪善惡業輪迴六趣二者一切衆生無量劫來常在六趣輪迴不離如巳舍宅亦名本土天人阿脩羅等薄福德故不能感見三變座席復不感聞本無如教甚深妙聲是本無如如來如一如無二如本末究竟等唯佛與佛乃能知之餘人不解五千四衆天人阿脩羅三塗八難不聞本無如不得究竟解故是故名爲置於他土復次五千天人阿脩羅及難處異座異聞得解薄少永捨六趣是故復名置於他土實不移却不覺不知不離本座物解不同故言他土欲重宣受念義而說偈言

行者初觀受念時　三種受法難捨離
苦受能生諸怖畏　亦生九惱諸怨害
常懷忿難作方便　得怨便時斷其命
或淨五欲起怨心　或諍名利作怨害
或貪住處獲利養　見勝巳來欲殺害
或加誹謗惡名流　或時顧人令殺害

是苦受法有三種　内受外受内外受
若欲斷除諸苦受　當觀怨家如赤子
亦如父母及兄弟　亦如諸師及同學
生生無不從彼生　是無量劫之父母
我曠劫來曾生彼　一切皆是我赤子
此觀成時瞋恚盡　獲得大慈大悲心
怨家悲歎生悔心　如見父母悉歸命
我往昔曾被受學　一切皆是我大師
或修俗禮及五經　或學出世解脫道
學善法故好名流　忍惱害故得神通
一切皆是我和尚　亦是諸師及同學
應當孝順勤供養　恭敬供養如佛想
若受上妙五欲樂　人天王處自在樂
三界天王人王樂　無常至時皆碎破
一切樂受是苦本　樂報盡故苦報至
貪受榮華謂是常　愛別離時地獄至
苦樂受盡則無苦　不苦不樂則無生
具五方便除五欲　亦除五蓋障道因
五欲五蓋煩惱盡　具足五支入初禪
二禪三禪第四禪　還入初禪觀五陰
見身如泡空如影　出入息如空中風
見過去世無量劫　諸受五陰生滅空
斷五欲故煩惱盡　斷五蓋故獲五通
斷五欲故獲如意　斷五蓋故獲三明
是故諸佛而說偈　言内外怨賊皆已
除無明父亦滅退　若能斷貪諸愛盡
自覺覺他名解脫　諸行魔母既滅盡
無明魔父亦破碎　既斷煩惱獲六通
立大誓願度一切　自能斷除三受已
亦斷衆生一切受　得自在受無量命

亦知一切解脱受　知受凡聖九道記
亦受補處如來記　若欲説法度衆生
先現希有奇特事　深入禪定放光明
普照十方諸世界　變諸穢惡爲淨土
七寶行樹以莊嚴　三塗八難悉解脱
等齊人天來聽法　以受念處觀察之
然後爲其演説法　或令世界淨穢異
衆生各見不相知　形色音聲種種别
衆生各聞皆不同　各見佛同爲説法
都不見他前有佛　雖復差别各各異
能令一時各解脱　隨衆生壽命長短
能自在受種種命　或見短壽入涅槃
或見長壽無量劫　是受念處初學時
能斷苦樂諸繫縛　初觀諸受内外苦
亦觀諸受内外空　不苦不樂受亦空
斷陰界入破無明　觀三受性非空有
則無繫縛無解脱　法性無佛無涅槃
亦無説法度衆生　衆生與佛一如如
本末究竟無差别　坐道場得成佛道
即是導師不便説　如人夢中得成佛
放光説法度衆生　此無佛道無衆生
佛法性相亦復然　衆生迷惑不覺知
深著苦因不暫捨　諸苦所因貪爲本
捨貪求心無相依　見諸受空無生滅
證苦無生苦聖諦　内外假合名爲集
無十八界集聖諦　生滅滅已名寂滅
證無寂滅滅聖諦　陰無縛解無邪正
證平等慧道聖諦　四諦無二是一諦
實無差别四種諦　一諦空故即無諦
無諦巧慧佛三諦　一切衆生從本來

無生無滅無縛解　五陰如性非明闇
凡夫與佛無一二　略說受念處竟
三十七品亦在其中觀受念處多故受念處爲主獨稱其名心念處品復次行者初學禪時思想多念覺觀攀緣如猿猴走不曾暫停假使行者數隨心觀亦不能攝即作是念三界虛妄皆心所作即觀是心從何處生心若在内何處居止遍觀身内求心不得無初生處亦無相貌心若在外住在何所遍觀身外覓心方所都不見心復觀中間亦不見心如是觀時不見内入心不見外入心不見内外入心不見陰中心不見界中心當知此心空無有主無名無字亦無相貌不從緣生不從非緣生亦非自生是名行者能觀心念心念生滅觀念念生滅觀念念相不可得故亦無生滅如觀我心他心亦然復觀心性無有心性無有心性亦無相貌畢竟無心亦無不見心如是觀竟身心空寂次第入禪能起神通復次菩薩摩訶薩觀心念處學得一切禪定解脱起如意神通立大誓願度一切衆生應先觀其心入初禪次第入至第四禪乃至滅受想定還入初禪心觀念處内心外心内外心亦復觀察三毒四大五陰十二入十八界十二因緣如是觀竟觀諸解脱徧一切他心智三昧以他心智如意神通亦入天眼宿命漏盡神通徧觀中如是諸神通已觀七覺分住他心智三昧用念覺分擇分覺分及精進覺分徧觀十方一切衆生心心性欲用十力智分別之一一衆生感聞何法聞何音聲見何色像於何解脱門而得解脱如是觀竟用

喜覺分神通三昧悉令十方六道衆生皆大歡喜用除覺分定覺分捨覺分用如意神通普現色身上中下根隨機說法悉令解脫此心念處初修學時身心得證自斷一切心想妄念諸結煩惱亦能如巳教他人學但未得神通不能明力不識衆生種種根性所念各異不稱其機利益甚少作是思惟但是學時未是說時不應强說非時之言若修禪定獲大神通如意自在得他心智差別三昧一念悉知凡聖差別之心通達無量阿僧祇劫過去未來如現在世如是學竟乃可說法思惟旣竟還入初禪觀於身心空如影息如空風心無相貌輕空自在即得神通住第四禪放大光明一者色光徧照十方凡聖色身二者放於智慧光明徧照十方九道凡聖上下智慧悉能徧知彼是處非處及知宿世因緣果報亦如身念處受念處三昧如是竟現一切身十方遠近如對眼前各爲說法悉令解脫欲說法時現希有事悅可衆生令大歡喜以神通力十方世界穢惡之處變爲淨土金銀瑠璃一切衆寶閒錯其地充滿世界上妙栴檀七寶行樹華果茂盛行列相當臺館樓櫓城邑聚落七寶房櫺如意寶珠光明相照若日月現猶如如來所居淨土諸佛菩薩充滿其中各現神通降伏天魔破諸外道或有諸佛寂然禪定上下身分放大光明猶如段雲徧滿十方光明中現一切佛事或有菩薩現不思議四大海水置一毛孔水性之屬不覺往來須彌王置芥子中亦不迫迮還置本處諸四天王及忉利天不覺不知三千世界置

一毛端亦不傾側一切大衆不覺寬迮如故不異人天交接兩得相見一切人天未得道者及諸聲聞小行菩薩皆得見此不思議事十方諸佛諸四天王及阿脩羅迦樓羅緊那羅摩護羅伽等悉與菩薩對面共語能以一面對一切面如鏡中像面亦不異然後說法悉令聞者一時得道是名菩薩住心念處如意神通如願三昧三十七品一切佛法悉在其中觀心念處本是故心念處爲主獨舉其名宣心議而說偈言

內心外心中間心　一切皆是心心數
心性清淨無名相　不在內外非中間
不生不滅常寂然　非垢非淨非明暗
非定非亂非緣慮　非動非住非來去
非生非死非涅槃　非斷非常非縛解
非如來藏非凡聖　不了名凡了即聖
行者初學求道時　觀察心數及心性
觀察心數名方便　覺了心性名爲慧
初坐禪時觀不淨　觀出入息生滅相
不淨觀及出入息　是心心數非心性
觀心心數斷煩惱　心性即是煩惱性
心數心性平等觀　具足禪慧成大聖
不淨初學斷五欲　久修獲得如意通
初觀息解假名空　久修飛行無障閡
二觀具足成一觀　獲得三明見三世
身念受念及法念　覺了三念由觀心
內假外假內外假　此三假名非實法
心念非假非真實　求了三假當觀心
一名心相二名性　三假由相不由性
從無明緣至老死　皆是心相之所造

此假名身及諸受　善不善法及無記
皆由妄念心所作　觀妄念心無生處
即無煩惱無無明　心性無念不可觀
觀四念處心想盡　煩惱盡故即盡智
若觀心性了四念　解無生法無生智
無妄念心無緣慮　無雜染故無六道
若人隨順妄念心　持戒坐禪欲求道
如雨絲衣其色變　不證無漏著禪味
不得解脱歸四趣　何況破戒無禪定
顛倒亂心著文字　心性清淨如明珠
不爲衆色之所污　譬如清淨如意珠
雜色物裹置水中　能令清水隨色變
青物裹時水則青　黄赤白黑皆隨變
珠色寂然不變異　心性清淨如意珠
善惡業雜緣色雜　十善有漏禪生天
行十惡業生四趣　持戒清淨修禪智
證得無漏解脱道　從生死際至涅槃
心性寂然不變異　譬如世間如意珠
隨人所求皆應現　珠無心相無異念
隨所求念悉周徧　心性無體無名字
隨學者業凡聖現　若人欲求解脱道
具足十善觀三性　心性眼性及意性
具足三信三解脱　觀身心空持淨戒
證眞如解名信戒　觀身如影如化生
觀心無主無名字　觀罪不罪如夢幻
乃至失命不破戒　持戒畢竟證寂滅
速離得相之分别　持戒雖空不雜世
亦不著空隨世法　深入涅槃解脱意
不捨世間十善行　獲得無漏禪智慧
無定亂心定信時　修四念處斷四倒

證四眞諦一諦相　是名般若波羅蜜
諸法如性名慧信　若人具足此三信
是人乃可得法施　信施戒聞慧慙愧
是此七財名導師　若不具足此七法
是人不應昇高座　旣無信證自不知
向衆妄語何所說　此人誑自亦誑他
忽忽亂心謗佛說　如富長者自有財
所行法施名實施　若人修道證解脫
如富長者行實施　受者學者皆効此
先學自證如實說　不應忽忽亂後世
佛意甚深難可知　如教修行證乃解
此性雖空無生滅　隨喜惡業必有報
譬如虛空無明暗　風雲靜亂有明暗
若平旦時無風雲　日出虛空大明淨
若風黑雲暴亂起　虛空塵霧大黑風
是虛空性無垢淨　不爲明暗之所染
衆生心性亦如是　生死涅槃不能染
衆生心性亦如是　不爲斷常之所染
衆生心性若無常　念念滅壞無業報
衆生心性若是常　如空不變無業報
心性亦非非無常　除煩惱故得解脫
生死解脫不失故　若言心性非無常
求道不應得解脫　若捨生死得解脫
當知解脫即無常　若生死性不可捨
當知則無有解脫　若言生死不可捨
此人所說不可捨　若言生死是可捨
此人所說不可依　若言死法不可捨
衆生則不得解脫　是義應然何以故
衆生非是生死法　衆生若是生死法
捨生死則捨衆生　衆生若是自捨者

亦應自捨解脫法　衆生之性即心性
性無生死無解脫　如虛空性無明暗
無有生死無解脫　衆生心性如明珠
生死解脫喻如水　萬惡萬善喻衆色
隨善惡業種種現　顛倒妄念造善惡
隨業受報徧六道　若持淨戒修禪智
法身處處皆應現　雖隨業影種種現
心性明珠不曾變　舍利弗問一比丘
比丘汝今得解脫　比丘答言舍利弗
我今獲得諸煩惱　我今不在於涅槃
亦復不在於生死　若言生死即涅槃
即陰計我是外道　若言生死非涅槃
離陰是我是外道　若言不即不離是
亦非不即非不離　此人具足六十二
悉是邪見外道輩　衆生非是衆生相
亦復非是非衆生　生死涅槃假名說
唯佛與佛乃知此　畧說心義竟

法念處品

復次菩薩初學坐禪觀法念處者善法不善法無記法善法者有二種一者有漏十善道及有漏四禪四空定是世間善法二者出世間善無漏四禪四空定四四定滅受想定三十七品是出世間善法不善法者有二種一者身口意十惡法二者身口意作五逆罪復有一人重於五逆是人學道值惡知識魔鬼入心常說是言我解大乘甚深空義犯四重罪婬欲熾盛飲酒食肉不持齋戒作如是言諸法悉空誰垢誰淨誰是誰非誰作誰受作是念已即便破威儀破正命無量衆生懶墮懈怠不能求道見此易行惡趣空法即便破

戒共相朋黨謗佛謗法罵比丘僧輕毀一切比丘令使疑惑悉皆破戒斷諸佛種罪重五逆命終悉入阿鼻地獄常詐稱言我如善根法師解甚深義餘精進者悉是勝意比丘不如我等如是欺誑壞衆生故但著惡趣空實不識佛法毀三寶故罪重五逆大集經中佛告頻婆娑羅王未來世有諸惡比丘行婬破戒飲酒食肉向四衆說我解如來大乘空義多領無量破戒眷屬四衆無力不能治之佛復語王言我今以此大乘經法付囑國王令治破戒諸惡比丘王若不治死入地獄頻婆娑羅王聞已悉之是名惡法法行比丘則不行此破戒惡法無記法者一非十善二非十惡中間散亂無記之心善惡不攝是名無記復次阿毘曇中色中一可見十則說有對無記謂八種餘則善不善此是十二入色中一可見者眼有二入但見前境善惡衆色不自見眼根覺是名一可見若見人等怨親中人記之妄別經久後得相見時猶故相識我曾某處共居相見餘衆生非衆生色亦復如是皆屬一色入是故說言色中一可見十則說有對者耳對音聲鼻對香臭舌對於味身對衆觸意對法是故說言十則說有對無記謂八種者耳根對聲不能相見不知處所不見色像不能記録亦復不識究親中人及餘音聲非人響聲若眼不見心意不覽悉不能記但能相對譬如有人於說法座下坐心緣外事境外境界眼亦不觀乃至緣座都不曾聞法師語聲鼻舌身根亦復如是不能記録故名無記設有記者悉意等三事和合乃能記

之獨不能記四根對四塵故言八種不能相記是故說言無記謂八種餘則善不善者意法相對悉能記錄善不善事我曾某處作如是功德若干善法我曾某處作若干重罪若干輕罪我於某處不作善惡隨宜而住都無所作我曾某處得若干好物若干不好物善不善法亦復如是然其意根都無處所能懸屬正當五塵之事譬如神龜懸悟客事悉能記錄不名無記但得名爲善不善法心能總覽十二入法六識由心意但少分不能盡知攀緣計校名之爲心屬當受持名之爲意是故大集經中坐禪學道法行比丘但觀三性一者心性二者眼性三者意性此三法輕利用事强故復次法念處内法外法内外法内法者是六情外法者是六塵名爲六境内外法者名爲六識亦名六神名十八界三毒四大五陰十二入十二因緣悉是其中今但總說餘者亦攝一切一切煩惱無明爲主因眼見色生貪愛心愛者即是無明爲愛造業名之爲行至心至念名之爲識識共色行名曰名色六處生貪名爲六入因入求受名之爲觸念色至法名之爲受貪著心者即名爲愛四方求覓名之爲取如是法生名之爲有次第不斷名之爲生次第斷故名之爲死衆苦所逼名之爲惱乃至識法因緣生貪亦復如是如是十二因緣一人一念中心悉皆具足名爲煩惱生老病死十二因緣非是解脫夫解脫者因眼見色生貪愛心名爲無明爲愛造業名之爲行未睹色時名爲獨頭無明亦名無始無明亦名不共無明若眼不對色則

不能生愛無伴共合故無愛行二法不能於中種識種子是故名爲無明獨頭無明不共無明二乘聲聞及諸行人初入道者不能斷此無始無明諸佛菩薩及二乘行人但斷有始共伴無明共愛合故名之爲伴能作行業名爲始生是身初因是故爲無始無明無明爲父愛心爲母行業和合生識種子亦得名爲種識種子種未來身故名爲種名色是芽故名生如是別知乃能斷除求解脱者應觀察生死父母斷令皆盡不令有餘夫觀察者眼見色時應作是念空明根塵意識屬當妄想和合共生眼識覩衆色像假名爲眼復作是念何者是眼空是眼耶明是眼也塵是眼也意是眼也爲當識獨生名爲眼也睚骨是眼也精淚是眼也瞳人是眼也若空是眼無色無對無所見故不應是眼若明是眼無根無覺無所知故不應是眼若根是眼精淚瞳人睚骨白異空明未現覩不見色空明設現精盲之人眼不破不能見色當知空明及根都無有眼若色是明色性無知不能自見空無生處無情無對不與根合當知色塵空無有眼何以故假使根塵對空明不現意不屬當即不見色當知根塵空無眼復作是念意是眼也若意是眼能見色者盲瞎之人意根不壞不能見色當知無眼假使不盲有眼之人眼不對時意根不壞不能見色以是定知意非是眼意空無根無生無滅無名無字眼空無根無有生滅亦無眼名字諸因緣故無集無散無識名如是觀時不見眼始來處無始法亦無求無始法不可得故名曰無始空

無有無始可破故亦無無始空爲世流布故名爲方便慧明解無始空是名方便慧無始空亦無無無性亦無名之爲慧性若破和合共伴無明是方便智若破無始無明名之爲度故名爲智度菩薩母方便慧以爲父一切衆導師無不由是生萬行得藭蔬則生如來家故名不生生更有一解若斷有始和合無明是名無生若知無始無明能斷能知無所斷故是名無生法名之爲慧是名中慧破有始無明名爲盡智慧亦得名爲盡智有爲煩惱盡故名爲盡智斷無始無明名爲無生智若知無無始則無始空名無生法忍無法亦無不見不無無亦不有是觀無明生亦無亦不見無性不見無無性亦非是不見非非無所見無有無所見亦非非無有無所見不名

有所得不名無所得名爲如如性無生法忍慧非智之所及十八種空智所能攝無名可說故亦非是無明是故佛言五陰之法既非是有亦非是無不斷不常不在中道無空無無相亦無有無作不合亦不散名相法亦無既見有衆生不見無衆生涅槃非是有亦復非是無是名法念處雖知諸法爾精進禪定苦行求佛道不墮惡趣空揩度一切衆其心不退轉更畧說復次眼見色時即及觀察内求覓眼誰能見色何者是眼從何處生如是處生如是觀時都不見眼亦無生處亦不見亦無生名無字都無明貌復觀於色從何處生誰使汝來如是觀時不見生處亦無使來者求其生處不可得故如空中影如夢所見如幻化無生無滅即無有色無所得故耳鼻

舌身意亦復如是六識爲枝條心識爲根本無明波浪起隨緣生六識六識假名字名爲分張識隨緣不自在故名假名識心識名爲動轉識遊戲六情作煩惱六識緣行善惡業隨業受報徧六道能觀六根空無主即悟諸法畢竟空觀妄念心無生滅即斷無始無明空解六識空得解脫無六識空無縛解何以故六識非有亦非空無名無字無相貌亦無繫縛無解脫爲欲教化衆生故假名方便說解脫解脫心空名金剛智何以故心不在內不在外不在中間無生滅無名字無相貌無繫無縛無解脫一切結無障礙假名說爲金剛智更總說心作二分名心相二分名心性相常共六識行心性畢竟常空寂無有生滅無三受則無一切諸煩惱復次修行者欲破業障諸煩惱作如是思惟由我有身故諸業聚集生我今此身從何處來本無從何生誰之所作如是觀時即知此身因過去世無明行業和合聚集而來生此我今不能見過去世造業因緣但觀現世從生已來所作善惡比知過去作是念竟觀我現在世殺生偷劫邪婬善惡及無記心先觀婬欲愛境强故我於某處某年某時共某甲誰使我作業在何處業若屬我徧身內外中間觀察都不見業業若在身外在何方所徧觀察之都無處所既不見業觀造業心業若與心俱心念念滅業亦應滅如是觀時亦不見不滅初念見和合觀察即空無念無滅嘿然正定念起即更觀數數重觀察不念見和合念生不復生既無妄念心則無現在世過去亦爾復作是念

心行若無常我亦無業報何以故念念滅盡故心行若是常我亦無業報何以故常法如空不變易故但虛妄念如夢所見無作夢者何況見夢法心相如夢者諸行如夢法無夢無夢法亦無觀夢者夢非是生滅亦非無生滅觀夢者亦然觀察心相及行業不斷不常觀亦爾是名觀心相破一切業障名之爲解脫即觀心性時心性無生滅無名無字無斷常無始無原不可得當知無心無無心亦無心名字如是觀察竟坐禪眼不睡覺觀不復生次第入諸禪觀身如泡影次第發五通獲得如意通揩度衆生是名字脫也

坐禪修覺意

復次修法念處應勤坐禪久久修習得一切定解脫三昧如意神通發願揩度一切衆生

先觀衆生感聞何法而得入道若修多羅若優婆提舍若毘尼若阿毘曇若布施戒忍辱精進禪定智慧若說三毒對治之法若四大若五陰若十二入十八界若十二因緣若四念處若四禪若四眞諦若不說法直現神通若疾是遲是處非處如是各各感聞不同色像音聲名字差別各各不同皆得聖道或有衆生不可教化假使說法神通變化無如之何或有衆生若先說法及現神通不能生信要先同事自恣五欲及餘方便破戒之事欲心得息隨應說法即可得道如是觀竟示諸衆生一切世事應可度者乃能見耳餘人不見如是籌量觀弟子心而爲說法是名好說法不令著機十號中名修伽陀佛如是觀察入初禪初禪起入二禪二禪起入三禪三禪

起入四禪四禪起入四空定四空定入滅受想定滅受想定起住第四禪觀四念處入法念處三昧如意神通十方世界六種震動放大光明徧照十方諸大菩薩三界人天悉來集會四念處力能令大衆各見世界淨穢不等各不相知現不思議神通變化無量種異感見佛身亦復如是於一法門無量名字差別不等現無量身爲衆說法各不相知獨見一佛一念心中一時說法見聞雖復各不同得道無二只是一法是名菩薩法自在三昧法念處成就故三十七品亦在其中但法念處爲主獨稱其名總說法念處竟

諸法無諍三昧法門卷下

釋摩訶般若波羅蜜經覺意三昧

隋天台智者大師說

門人灌頂記

清刻龍藏佛說法變相圖

釋摩訶般若波羅密經覺意三昧

隋天台智者大師說
門人灌頂記

辯法相第一

夫行人欲度生死大海登涅槃彼岸者必須了達妄惑之本善知至道出要妄惑之本是即意之實際至道出要所謂反照心源識之實際即是正因佛性反照心源即了因也而此二因攝一切法罄無不盡譬如清淨虛空之中圓滿日光湛然而照然此空之與日非即非離非住非不住而日善作破暗良緣顯空之要雖復滅暗顯空空無損益理實無損事以推之暗蔽永除性乃無增空界所含萬象皆現而此虛空性雖清淨若無日光則有暗起非以虛空空故自能除暗暗若除者必

假日光日若無空無光無照空若無日暗不自除然此暗性無來無去日之體相亦不生滅但有日照空則乾坤洞曉以智慧日照心性空亦復如是如日非即空亦不離虛空若日即是空虛空何能照若日離於空則不應依空而有照慧日亦如是非即心性空非離心性空若即心性空則不因修而有照若離心性空修亦不能照如日非住空亦非不住空以不住空故能照一切空非不住空故終不墮於空慧日亦如是深觀心性空不住心性空能照一切空非不住空故雖照一切空慧心無動退如日能破暗顯出虛空相慧日亦如是能破無明暗顯發心實相如日雖滅暗顯於虛空相而空無損益慧日亦如是能除無明暗顯發心實相而於心性空不增亦不減如日不損空亦復不益空能除空中暗顯空界萬象慧日亦如是雖於心性空無損亦無益能斷諸煩惱而成就萬行顯現一切法如空雖清淨無日故暗起心性亦如是本來雖清淨以無智慧光則有妄惑起如空雖清淨不能自除暗而暗得除者必假於日光心性空亦爾本來雖清淨不能自除惑而惑得滅者必以智慧照如日若無空則無光亦無照空若無日者則暗終不除慧日亦如是若無心性空則何能有所照若心性空無慧妄惑終不斷如暗無去來日亦不生滅解惑亦如是假名說破惑惑性無所有不來亦不去實亦無所破智慧雖普照其性常寂然不生亦不滅畢竟無所照如有日照空則乾坤洞然曉反觀心性空則一切世間諸法及一

切出世間法朗然圓顯以是義故說智慧照於心性如空中之日若能尋空日十喻達諸法相因此入覺意海是則名為辯諸法相也

釋覺意三昧名第二

問曰云何名為覺意三昧何等是意菩薩覺是意故即得具足三摩提耶且復諸法無量何以但對意用覺以明三昧答曰覺名照了意名諸心心數三昧名調直定行者諸心心數起時反照觀察不見動轉以是義故名為覺意三昧如所問言諸法無量何以但對意用覺以明三昧不論餘者答一切諸法雖復無量然窮其本源莫不皆從心意識造所以然者有人言若初對境覺知異乎木石名為心次籌量分別名曰意了了識達名之識是為心意識之別如是取者即墮心顛倒想顛倒見顛倒中若能了知心中非有意亦非不有意則心中非有識亦非不有識若意中非有心亦非不有心則意中非有識亦非不有識若識中不有意亦非不有意則識中非有心亦非不有心是心意識非一故立三名非三故說一性若名非名則性亦非性非名故不三非性故不一非三故不合非一故非散非合故不有非散故不空非有故不常非空故不斷是故心意識不斷亦不常若不見斷常終不見一異是故說意者即攝於心識義一切法亦然若能深心觀察破意無明則餘癡使亦皆隨滅是諸法雖復衆多但舉覺意以明三昧其義苞含靡所不攝也復次如經中說云何名覺意三昧於諸三昧中得七覺意故名覺意三昧所言諸三昧者一切法皆

是三摩提以諸法本來常寂不動故復次三摩提略說者有三種一者世間二者出世間三出世間上上世間三摩提者所謂欲界散心中十大地定數欲界定未到地定四禪四無量心四無色定出世間三摩提者謂背捨勝處十一切處九次第定師子奮迅超越等行行觀鍊熏修禪乃至慧行三十七品三解脫門四諦十二因緣等三昧出世間上上三摩提者所謂十力種性三昧首楞嚴等百八三昧乃至如十方界微塵等數三昧是爲三種三摩提攝一切法即是一切法故名諸三昧云何得名七覺意七覺意者一擇覺二精進覺三喜覺四除覺五捨覺六定覺七念覺是爲七覺七覺之義乃有多途舉要略明不出六種何等爲六一者因聞七覺二者修行七覺三者會理七覺四者起方便七覺五者入法門七覺六者圓極七覺第一因聞七覺者一切諸法本性空寂畢竟清淨而諸衆生無能知者若遇諸佛菩薩及善知識說一切諸法本來空寂是人聞已即大驚悟因是了達心及諸法一切三摩提畢竟清淨空無所有得七覺意是人因聞發故故名因聞七覺第二修行七覺者若行人雖知心及諸法一切三摩提空無生滅而倒想猶起隨所起念常以七覺調適修心反照觀察以觀行調適故即便豁然覺了心及諸法一切三摩提從本以來不生不滅如大涅槃是則名爲修行七覺也第三會理七覺者若人藉此信法二行因緣悟心及諸法一切三摩提理同一眞如而知眞如亦非眞如若覺悟眞如者則於

眞如之理具七覺意是以不住眞如實際作證是則名爲會理七覺也第四起方便七覺者若行人得理不證憐愍衆生與心萬行隨有所行悉知寂滅雖知無住無行而以七覺善巧修一切自利利他三摩提行如空中種樹是則名爲起方便七覺也第五入法門七覺者菩薩若能如是不依心及諸法一切三摩提若眞若俗卽是具足二空之觀得入中道雙照二諦隨心所念則自然出生一切十力種性諸三昧等而亦不得諸三昧相所以者何諸陀羅尼相空諸三昧諸三昧相空故於一切陀羅尼三昧功德智慧中心無住著是則菩薩七覺分分圓顯故名入法門七覺亦名開佛知見若能開佛知見則心心寂滅自然流入十住十行十迴向十地及等覺清淨禪中是故得名入法門七覺也第六圓極七覺者若菩薩摩訶薩住金剛三昧清淨禪中朗然大悟得一念相應慧寂然圓照一切了了分明是名圓極七覺亦名無上妙覺亦名無學七覺以如是等諸七覺義故菩薩從初發心所有觀行法門終至極果通名七覺意亦名觀心相亦名反照識如是等種種名字無量三昧者秦言調直心亦名常寂定如明鏡不動靜水無波若對衆境影像皆現心亦如是性雖明淨以念動故則無所照了因上修習卽得念無動轉普現法門對此定已心無邪曲名爲三昧故云覺意三昧

釋覺意三昧方便行第三

問曰已知覺意三昧名義如是行者行何方便得此三昧於諸三昧得七覺意入深法性

到大涅槃獲常樂我淨爲一切衆生作無上洲渚答曰行者爲成就大悲度衆生故求無上菩提至眞之道先當立大誓願發志誠心以誓自要若我所學其事不成終不中途有悔生退没心爾時心如金剛决定信知諸法畢竟空寂而不捨無邊衆生故修諸行云何爲修若行者了知心及一切諸法皆無所有不生不滅寂然清淨而能善用六度方便以自調伏虛妄之心妄心旣息三昧自發何等爲六若行者知心及物如夢所見皆無有實是於一切所有悉能捨離常自覺識不令慳著想起亦當迴此清淨捨心徧施衆生是時名修淨施之心因是心故則能趣向檀波羅蜜若行者知心如幻外諸惡法皆不可得雖對衆境常自覺了不令惡念心生是時名修淨戒之心因此心故則能趣向尸波羅蜜若行者知心如餱空無根本外之八法亦皆無實是故利衰毁譽稱譏苦樂常自覺了不生愛恚是名修堅固忍因此心故則能趣向羼提波羅蜜若行者知心如化常自覺了觀行相續不令懈怠放逸心生是時名修精進之心因此心故則能趣向毗梨耶波羅蜜若行者知心如鏡中像一切所緣諸法皆無所有於行住坐卧四威儀中亂想不起假令失念尋即覺知故妄波不起心常寂然是時名修清淨定心因是心故則能趣向禪波羅蜜若行者了知心如虛空六識所緣内外諸法皆無所有畢竟空寂善用無所得心破諸顛倒不得一切法不著一切法了達一切法是時名修正智慧心因是心故則能趣向般若波

羅蜜行者若不修如上六種向道清淨之心則不堪修甚深三昧是故欲修覺意三昧者應須善學如上六度方便此六方便攝一切方便若能善用調伏六蔽麤心令意柔軟然後審諦細心觀察入正慧門是名習學甚深三昧初心方便

釋覺意三昧明心相第四

問曰行者欲入此三昧當對幾心相而觀察之答曰諸經論中辯心相各各不同今不具述是中略明四種心相以爲觀境何等爲四一者未念二者欲念三者念四者念已未念名心未起緣境欲念名心欲起緣境念名緣境心滿住念已名緣境心滿足已謝滅問曰心相衆多何以但舉此四運心相答曰此四運心相攝一切心如緣惡法未念惡法欲念惡法念惡法念惡法已如緣善法未念善欲念善念善念善已緣諸六塵及三毒等一切煩惱乃至行住坐卧言語飲食所作施爲一切諸事皆有如上四相之心及緣一切世間法皆有如此四相之心是故但說四種之相以爲觀境靡所不攝問曰何謂爲相答曰攬而可別名爲相心識之法既無形質若不約此四運之念分別則難可了知若不可了知則不可觀察故須先以四相分別若觀分明了達此相非相即入一相平等問曰觀欲念念二運心相可爾未念未起則爲無心無心故則無相可分別念已已滅亦與無無異無法即無相云何可觀答曰未念雖未起而非畢竟無心所以者何譬如人未作後有緣事即便作作不可以未作故即便無人若定無

人後誰作作以有未作人故則後有作人心相亦應如是因未念故得有欲念若無未念之心何得有欲念心耶是故未念雖未起不得言畢竟無也汝言念已心已滅則不可觀者是亦不然念已雖滅亦可觀察譬如人作竟不得言無人若定無人者後誰更作念已心滅亦復如是不得言永滅無心若心滅已永滅者則是斷見說無因果是故念已雖滅亦可得觀問曰汝云何觀心若觀過去心過去心已過若觀未來心未來心未至若觀現在心現在心不住若離三世則無有別心更觀何等心答曰汝問非也若過去永滅畢竟不可知者云何諸聖人能知一切過去心若未來心未至不有不可知云何諸聖人能知一切未來心若現在心無住不可知云何諸聖人能知一切十方衆生現在念事如世鬼神尚自能知已三世心亦能知他三世之心何得佛法行人而起斷滅見謂無三世心如龜毛兔角不可得知當知三世之心雖無定實亦可得知故偈云諸佛之所說雖空亦不斷相續亦不常罪福亦不失汝勿斷見住無所知不修觀行猶如盲人雖對衆色而無所見汝亦如是於佛法中無正觀眼空無所獲

釋覺意三昧入觀門第五

問曰已知四運心相攝一切心行者云何觀察此心通達實相圓照分明諸三昧具七覺意答曰行者先以大誓莊嚴善修如上六度法門以調其心信知諸法畢竟空寂而我爲無明所覆未能覺了必須勤修正觀行到乃知豈可虛心妄解而自毀傷既能善自調和

然後隨心所起以無所住著之心反照觀察未念欲念念念已之相爾時諦觀未念心爲滅欲念心生未念心爲不滅欲念心生未念心爲亦滅亦不滅欲念心生未念心爲非滅非不滅欲念心生如此於未念四句中觀欲念心生皆不可得若不得欲念心生亦不得不生即於心性而得解脱云何名於未念四句中觀欲念心生不可得一先約未念初句觀欲念心生不可得若謂未念心滅有欲念心生者未念心已滅欲念何處生爲即未念滅生爲離未念滅生若即未念滅生欲念者滅法不應生以生滅性相違故若謂即滅中有生生滅不相違者是事不然若爾應如熟果皮中有核皮爛核出皮非是核核非是皮何得皮即是核心法亦如是即滅不得有生是故即未念滅欲念心生不可得若謂離未念滅有欲念心生者則爲無因而有生是事不然以生無所從生是則不名爲生如虚空無所從生故虚空不名爲生當知離未念滅欲念心生不可得行者如是若即若離中觀未念心滅欲念心生畢竟不可得二明約未念第二句觀欲念心生不可得若謂未念心不滅欲念心生者爲即不滅生爲離不滅生若即不滅生不滅已是生是生何得生若是生能生此生復應有生生則有無窮生若此生生生是事不然若是一體生一中不應有多生如一指中則無多指若是異體生則不應名生生以生體別不能相生故如桃柰體別桃不生柰柰不生桃是故即未念不滅欲念心生不可得若謂離未念不滅有欲念心

生者欲念何處生若生無處生即是無因生若是無因生是則爲非生非生而說生者是事不然以墮無因果過如說石女之子黄門之兒當知離未念不滅有欲念心生不可得行者如是若即若離中觀未念不滅欲念心生畢竟不可得三明約未念第三句觀欲念心生不可得若謂未念心亦滅亦不滅有欲念心生者若是亦滅生何須亦不滅若是亦不滅生何須亦滅以不定因不能有定果故不能根人不能生定根之子若謂亦滅亦不滅體一無異故有欲念心生者是事不然而今亦滅非亦不滅亦不滅非亦滅性相違故不應體一不異能生於欲念如不定根人二根體非一故不能生一子若謂亦滅亦不滅體異二各能生欲念者體異即還是定滅定不滅何名亦滅亦不滅若是定滅定不滅各能生欲念者即應二欲念生今實不爾若二各不生則無欲念生行者如是觀時未念亦滅亦不滅欲念心生畢竟不可得次明約未念第四句觀欲念心生不可得若謂未念心非滅非不滅有欲念心生者若因非滅生不須非不滅若因非不滅生則不須非滅所非各異不應俱以爲因亦是相違之因不能共有一果故如水火互非終不於中而生果實若謂俱因二非而有生者是事不然若二非之處各是有者二有還應生二生今實不爾若二非之處各是無則無能生何能生所若無能生生所生者即生不名爲所生以所生無從生故行者如是觀非滅非不滅欲念心生畢竟不可得復次行者既能如是約初運

未念四句中觀欲念心生不可得已即當還約欲念心生四句轉觀觀未念心滅不可得云何爲觀若謂未念心是滅者爲欲念心生未念心滅爲欲念心不生未念心滅爲欲念心亦生亦不生未念心滅爲欲念心非生非不生未念心滅如是還反約欲念中四句推求未念心滅畢竟不可得（推檢之相還轉用上約未念中四句觀欲念意言句一類細比作自得具作云云）若行者不得未念欲念心生滅則不得不生滅亦生滅亦不生滅非生滅非不生滅但以凡夫顛倒妄於未念欲念及一切法中計有生滅乃至非生滅非不生滅虛誑無實皆不可得但有名字名字之法不在內外兩中間亦不常自有即是無名字若不得生滅等四句名字亦不得無名字不得名字故非假不得無名字故非空不得假故非俗不得空故非真不得俗故非世間不得真故非出世間不得世間故非有漏不得出世間故非無漏不得有漏故非生死不得無漏故非涅槃行者如是觀未念欲念時若不得二邊則不取二邊若不取二邊則不執二邊起諸結業若無二邊結業障覆正觀之心猶如虛空湛然清淨因是中道正慧朗然開發雙照二諦心心寂滅自然流入大涅槃海若觀未念欲念如是餘念念已及一切心法類亦可知是則略說正觀相復次夫修正觀則有二種一者總觀二者歷別觀第一所言總觀者若行人未有大方便力不能一切處中觀察實相故當先於坐中照了心意是則名爲總觀心意第二所以名爲別觀者若行人方便善巧能一切處中常得用心

是歷别觀於心意復次行者欲入三昧要先於坐中而觀心意然後亦當一切處中悉觀心意所以者何四威儀中唯獨坐時身心安隱不沉不浮不異緣生故則心審諦事有觀法故經云端坐念實相是名第一懺是故行者當先於閑房靜室而修三昧云何爲修行者應當善自調和身心等事事如禪法中說此中應廣明行者既能善自調和是時當於坐中正念觀察心意識等四運之義悉不可得觀行破析悉如上說是時名於坐禪中修行三昧行者如是知心意識不見不得復當隨有所作一一諦觀内外心外心名作者内心名受者大集經中說作者受者行人觀於作者凡有六事觀於受者亦有六種内外俱觀有十二種是三昧境能生三昧行者應當隨所起處而觀察之外作六者所謂一行二住三坐四卧五作作六言談内受六者所謂一眼受色二耳受聲三鼻受香四舌受味五身受觸六意緣法是爲十二觀境是三昧門第一若於行時即應觀行中未行欲行行行已心相通達皆不可得雙照分明如前所說復作是念如是行動由心運役故有去來反觀行心不見住處無有生滅一切相貌當知行者畢竟空寂第二若於住時即應諦觀未住欲住住住住已心相皆不可得雙照分明具如前說復作是念如此住者由心制御竪身安立故名爲住反觀住心不見處所況復生滅一切相貌當知住者畢竟空寂第三若於坐時即應諦觀未坐欲坐坐坐已心相皆不可得雙照分明亦如前說復作是念如此坐

者由心迴轉屈脚安身故名爲坐反觀坐心不見生滅亦非内外當知坐者畢竟空寂第四於眠寢時即應諦觀未眠欲眠眠巳心相皆不可得雙照分明亦如上說復作是念如是眠者由心勞乏即便放任六分委卧故名爲眠反觀眠心不見相貌當知眠者畢竟空寂第五若於作時即應諦觀未作欲作作作巳心相皆不可得雙照分明亦如上說復作是念今運身手作諸事業舉手下手由心迴轉得成衆事故名爲作反觀作心不見動轉當知作者畢竟空寂第六行者若於言語讀誦之時即應諦觀未語欲語語語巳心相皆不可得雙照分明亦如上說復作是念如是音聲有所談吐由心覺觀鼓動氣息衝於六處咽喉脣舌齒齶等故有此言談反觀語

心不見蹤跡音聲性空當知語者畢竟空寂是爲行者觀於外心六種事業悉知空寂不見作者有定實相是於菩薩於一切事中修行三昧故般若經中佛告須菩提若菩薩摩訶薩行時知行乃至坐時知坐卧時言語身服僧伽梨時悉知巳不可得故是爲菩薩摩訶衍復次行者觀於内心有六種受知無受者所以者何諸受雖空若不觀察能作無量煩惱生死因緣是故行者應當隨是諸根所受塵時一一觀察云何觀察第一行者眼見色時即應諦觀未見色欲見色見色見色巳四運之相皆不可得雙照分明廣說如上復作是念如是見者即無見相所以者何於彼根塵空明之中各各無見亦無分別和合因緣出生眼識眼識因緣出生意識意識出時

即能分別種種諸色亦依於意識則有眼識眼識因緣能見於色而生貪著是故即當反觀念色之心如是觀時不見此心從外來入而生領納亦復不見心從內出而生分別所以者何外來於我無事若自有不待因緣當知受者畢竟空寂故淨名菩薩云所見色與盲等第二行者耳聞聲時即應諦觀未聞聲欲聞聲聞聲聞聲已四運之相皆不可得雙照分明廣說如上復作是念如是聞聲無有自性但從根塵和合而生是意識想分別故於所聞生諸煩惱及於惡業即當反觀緣聲心識不見體性當知聞者畢竟空寂故淨名菩薩言所聞聲與響等第三行者鼻齅香時即應諦觀未齅香欲齅香齅香齅香已四運之心皆不可得雙照分明廣說如上復作是念如是香者是無知法所有鼻根本亦無知和合生識假名說知虛妄意識得所領納而生分別起諸煩惱生死業行即當反觀意識不見根源及與相貌當知領受者畢竟空寂故淨名菩薩言所齅香與風等第四行者舌受味時即應諦觀未受味欲受味受味受味已四運之相皆不可得雙照分明廣說如上復作是念如是受味實無自性所以者何外六味六味無分別內舌根本無知故但從和合因緣而生舌識此識亦不定在內外兩中間故是中心意強取味相生著分別故有一切諸使煩惱是時即當反觀著味心意識等不見住處況有生滅一切相貌當知分別味者畢竟清淨故淨名菩薩言所食味不分別第五行者身覺觸時即應諦觀未覺觸欲覺

觸覺觸覺觸已四運之相皆不可得雙照分明廣說如上復作是念如是覺者不從內生亦不從外來所以者何冷暖輭滑等悉非外來故離冷暖等無別來法故身頭等六分非是生法故離身六分亦無生法故二和合身識生時即名爲覺而此識性不在內外無所依倚但以心意强作分別謂證諸觸生苦樂想故有愛恚一切煩惱是時即當反觀緣觸心識不見住處況有生滅一切相貌當知能覺觸者畢竟空寂故淨名菩薩言受觸如智證第六行者意緣法時即應諦觀未念法欲念法念法念法已四運之心相皆不可得雙照分明廣說如上復作是念如是意識攀緣諸法悉是虛誑無有實事所以者何法如幻化性無實故心如陽炎無暫停故法無定性不可緣故心無住處誰是能緣若離能緣所緣更無別緣豈知但以虛妄憶想强起分別是法而生諸見一切煩惱生死業行相續不斷是故行者爲破虛妄顛倒想及隨緣境時即當反觀反觀心意識根原諦觀心時不見住止及與生滅一切法相若心無住處生滅諸相當知此心則不可得尚不得心況心數法若無心數一切諸法竟何所依是故經言我心自空罪福無主一切法亦如是無住無壞行者如是觀心意時不得一切法當知所攀緣法畢竟空寂故淨名言知諸法如幻相無自性無他性本自不然今則無滅如是之言當何謂也前破未念欲念心正觀相應以十二事中應當一一分別說行者如是觀察時亦當應識有三種心一者觀亂心二者觀

定心三者觀於觀心云何名爲觀於亂心如上所說種種事中行者初學未了諸法於是境界悉有亂起一心諦觀不見心相則無有亂其心安隱行住坐卧身心寂怕澹然不動即是定心於是定心若不觀察多生染著如淨名菩薩言貪著禪味是菩薩縛是故當觀定心不可得尚無有心定在何處當知此定從顛倒生如是觀時不見於定及與非定不生貪著得脱定縛故淨名經言以方便生是菩薩解是名觀相觀於定心觀定心已行者既未悟於理或計我能觀心是故不見有定亂相當知如是妙慧最爲殊勝著是觀慧即便自高謂他不能解如是念時是名智障同彼外道故釋論說是諸外道愛著觀空智慧不得解脱行者既知計有觀者是大障礙不會泥洹即當反觀能觀之心不見住處亦復無起滅當知畢竟無有觀者及非觀者既無觀者誰觀諸法不得觀心即離觀想故釋論云念想觀已除戲論心皆滅無量衆罪除清淨心常一如是尊妙人則能見般若是名爲觀於心性故大集經亦言觀於心心是三觀者即三三昧也所以者何於初觀中能破一切種種有相不見內外即空三昧也　第二觀中能壞空相是則名爲無相三昧第三觀中不見作者此即名曰無作三昧菩薩行是三昧時則能破壞三倒三毒心意識相及三有流亦能降伏四種魔怨所以者何夫煩惱者悉是亂惑如是觀空能了煩惱性無動轉即是菩提故諸法無行經云貪欲即是道恚癡亦如是如是三法中具一切佛法若煩惱

是菩提何得復以菩提而惱菩提若知煩惱相空即是菩提度煩惱魔餘三魔亦如是所以然者如思益經云愚於陰界入而欲求菩提陰界入即是離是無菩提當知觀空即度陰魔如思益經又云生死是涅槃無退没生故當知觀空即度死魔首楞嚴經云魔界如即是佛界如魔界如佛界如一如無二如是故不出魔界而得佛界當知觀空即度他化天子魔菩薩行三空正觀即時不復恐怖四魔亦不得四魔而能度四魔故釋論云除諸法實相其餘一切皆名魔事若能善修實相即無魔事是故行者善觀此意修行三昧終無魔事若離此觀分別憶想必定墮魔網中故釋論云若分別憶想即是魔羅網不動不分別是則名法印復次行者能善修如上三觀破一切法心無所著雖知衆生空相而常念大悲不捨一切衆生學諸波羅蜜起十力觀察法界種種法門長養一切諸善功德

釋覺意三昧證相門第六

行者如是行時必定當入外凡位中因是位故得入内凡初發心住云何名爲外凡位外凡者是鐵輪菩薩具煩惱性能知如來祕密之藏亦名外凡十住其名云何一名信心二念心三曰精進心四慧心五定心六不退心七迴向心八護心九戒心十願心行者善修三種觀觀於諸法若心安住念想心息時或於入觀或於住禪中或出四威儀中爾時自覺身心豁然空寂如影不實外視諸法似如浮雲亦如幻化必當於此生方便慧解及知諸法不生不滅生死涅槃無有二際若聞十

二部經亦自開解得此慧故自知身中祕密之藏一體三寶與佛無異亦能巧說三乘法要言語無盡雖未證眞相似慧力了了無礙得此證故名曰信心但初信心功德如是況下九心而當可說信因緣故知法實相是第一義萬行之本衆靈之原是故於一切時常念無生破壞種種邪見妄執成就正念安心一相如如之理無所取捨故名念心成就勤行三慧進趣菩提無有懈怠名精進心精進勤行聞思修故因是獲得正智慧眼覺一切法其心轉明能入實相而無所著故名慧心智慧力故破諸亂惑安心理性入深三昧故名定心禪定因緣扶同正慧即得堅固亦能長養大慈善根名不退心心力勇進能遍了諸法悉入無生是時有所作事並趣菩提莊

嚴萬行者普施衆生名迴向心妙善開敷勤心長養不令諸過得入損於善根故名護心既能善遮内非亦當嚴防外惡爲防惡故修二種戒謂性重息世譏嫌微細不犯故名戒心既能内防諸漏外以戒自嚴是時心無覆蓋習理之慧踰成明顯既解了無生觀理之時實不見衆生可度煩惱可斷法門可入佛道可成菩薩爾時恐失大悲墮二乘地即作是念諸法空中當無衆生及與佛果但世俗法中非無衆生乃至佛道而一切衆生以不知空故輪轉五道其爲可愍我當爲是虛妄衆生起大誓願增菩提心作是願言願得無生忍時知衆生空及與不空乃至菩提佛道亦復如是以知空故發大誓願而成就之住是地中能知空故過凡夫地知不空故過聲

聞地若不住空不住不空名爲中道行於中道眞正願故名曰願心菩薩住是十心名鐵輪位名曰外凡是人具煩惱能知如來祕密之藏得相似中道智慧住自性禪善修如是十種心故心得開發豁然意解見如來藏悟一切法獲無生忍爾時始得入發心住住此位中即入内凡名銅輪位亦名聞慧具足亦名習種性亦名伏忍亦名十願亦名發趣亦名道慧亦名不生生亦名開佛知見如是等異名無量所以最初名發心住者行人從初發心已來雖有大慈大悲禪定智慧無量功德而未得實相般若但是發心不名爲住始於此位與理相應故得住名故瓔珞經云入理般若名爲住又解言發心住者發謂開發住名得安止處是始得開發如來藏理得無生安止之處具此二義亦名發心住復次菩薩住是位中具一切禪及與難禪所以者何一切禪者有三種一樂法樂住禪者初位能斷一切三界煩惱永盡無餘故於諸法無愛著所有禪定不生愛見無爲自在二出生三昧禪者入初住位能生無量十力種性諸三昧等三利益衆生禪者入是位中或面見十方三世諸佛具大總持辯才無礙以利衆生或得六通同事度脫是名初住具於三種一切義禪得難禪時亦有三種一入是位中捨此身時雖無生死結業而能起法性生身遍現二十五有種種諸身二入是位中必定越過三乘所證一切法門三入是位時於念念中所有功德悉趣菩提故瓔珞經云三賢菩薩自然流入妙覺大海是名初發心住中具

足三種難禪菩薩具足自性禪一切義禪者是眞初住入理賢人名處在聖胎得無生忍亦復悉知上地法門於一心中具足萬行無量功德不可窮盡其餘九住及十行十金剛十地等覺妙覺是諸佛境界是菩薩所知豈是凡識之所能量是則略說修行覺意三昧最初境界是中行者當善取其意懃而行之

釋摩訶般若波羅蜜經覺意三昧

音釋

苞 班交切與包同　齶 逆各切齒根肉也　齅 許救切以鼻擥氣也

淨土十疑論

隋天台智者大師說

清刻龍藏佛說法變相圖

淨土十疑論序

宋無爲子楊傑述

愛不重不生娑婆念不一不生極樂娑婆穢土也極樂淨土也娑婆之壽有量彼土之壽則無量矣娑婆備諸苦彼土則安養無苦矣娑婆隨業轉輪生死彼土一往則永證無生法忍若願度生則任意自在不爲諸業轉矣其淨穢壽量苦樂生死如是差別而衆生㝠然不知可不哀哉

阿彌陀佛淨土攝受之主也

釋迦如來指導淨土之師也觀音勢至助佛揚化者也是以如來一代教典處處叮嚀勸往生也阿彌陀佛與觀音勢至乘大願船泛生死海不著此岸不留彼岸不止中流唯以濟度爲佛事是故阿彌陀經云若

有善男子善女人聞說阿彌陀佛執持名號若一日乃至七日一心不亂其人臨命終時阿彌陀佛與諸聖衆現在其前是人終時心不顛倒即得往生極樂國土又經云十方衆生聞我名號憶念我國植諸德本至心迴向欲生我國不果遂者不取正覺所以祇洹精舍無常院令病者面西作往生淨土想蓋彌陀光明徧照法界念佛衆生攝取不捨聖凡一體機感相應諸佛心內衆生塵塵極樂衆生心中淨土念念彌陀吾以是觀之智慧者易生能斷疑故禪定者易生不散亂故持戒者易生遠諸染故布施者易生不我有故忍辱者易生不瞋恚故精進者易生不退轉故不造善不作惡者易生念能一故諸惡已作業報已現者易生實慚懼故雖有衆善若無誠信心無深心無迴向發願心者則不得上上品生矣噫彌陀甚易持淨土甚易往衆生不能持不能往佛如衆生何夫造惡業入苦趣念彌陀生極樂二者皆佛言也世人憂墮地獄而疑往生者不亦惑哉晉慧遠法師與當時高士劉遺民等結白蓮社於廬山蓋致精誠於此爾其後七百年僧俗修持獲感應者非一咸見于淨土傳記豈誣也哉然贊輔彌陀教觀者其書山積唯

天台智者大師淨土十疑論最爲首冠援引聖言開決群惑萬年闇室日至而頓有餘光千里水程舟具而不勞自力非法藏後身不能至於是也傑頃於都下嘗獲斯

文讀示所知無不生信自遣酷罰感痞盖
深將廣其傳因爲序引
熙寧九年仲秋述

淨土十疑論

隋天台智者大師說

第一疑

問曰諸佛菩薩以大悲爲業若欲救度衆生秖應願生三界於五濁三塗中救苦衆生因何求生淨土自安其身捨離衆生則是無大慈悲專爲自利障菩提道

答曰菩薩有二種一者久修行菩薩道得無生忍者實當所責二者未得已還及初發心凡夫凡夫菩薩者要須常不離佛忍力成就方堪處三界内於惡世中救苦衆生故智度論云具縛凡夫有大悲心願生惡世救苦衆生者無有是處何以故惡世界煩惱强自無忍力心隨境轉聲色所縛自墮三塗焉能救衆生假令得生人中聖道難得或因施戒修福得生人中得作國王大臣富貴自在縱遇善知識不肯信用貪迷放逸廣造衆罪乘此惡業一入三塗經無量劫從地獄出受貧賤身若不逢善知識還墮地獄如此輪迴至於今日人人皆如是此名難行道也故維摩經云自疾不能救而能救諸疾人又智度論云譬如二人各有親眷爲水所溺一人情急直入水救爲無方便力故彼此俱没一人有方便往取船筏乘之救接悉皆得脱水溺之難新發意菩薩亦復如是如是未得忍力不能救衆生爲此常須近佛得無生忍已方能救衆生如得船者又論云譬如嬰兒不得離母若也離母或墮坑井渴乳而死又如鳥子翅羽未成秖得依樹傅枝不能遠

去翅翮成就方能飛空自在無礙凡夫無力唯得專念阿彌陀佛使成三昧以業成故臨終斂念得生決定不疑見彌陀佛證無生忍已還來三界乘無生忍船救苦衆生廣施佛事任意自在故論云遊戲地獄行者生彼國得無生忍已還入生死國教化地獄救苦衆生以是因緣求生淨土願識其教故十住婆沙論名易行道也

第二疑

問諸法體空本來無生平等寂滅今乃捨此求彼生西方彌陀淨土豈不乖理哉又經云若求淨土先淨其心心淨故即佛土淨此云何通

答釋有二義一者總答二者別答總答者汝若言求生西方彌陀淨土則是捨此求彼不中理者汝執住此不求西方則是捨彼著此此還成病不中理也又轉計云我亦不求生彼亦不求生此者則斷滅見故金剛般若經云須菩提汝若作是念發阿耨菩提者說諸法斷滅相莫作是念何以故發菩提心者於法不說斷滅相二別答者夫不生不滅者於生緣中諸法和合不守自性求於生體亦不可得此生生時無所從來故名不生不滅者諸法散時不守自性言我散滅此散滅時去無所至故言不滅非謂因緣生外別有不生不滅亦非不求生淨土喚作無生爲此中論偈云因緣所生法我說即是空亦名爲假名亦名中道義又云諸法不自生亦不從他生不共不無因是故知無生又維摩經云雖知諸

佛國及與衆生空而常修淨土教化諸群生又云譬如有人造立宮室若依空地隨意無礙若依虛空終不能成諸佛說法常依二諦不壞假名而說諸法實相智者熾然求生淨土達生體不可得即是眞無生此謂心淨故即佛土淨愚者爲生所縛聞生即作生解聞無生即作無生解不知生者即是無生無生即是生不達此理橫相是非嗔他求生淨土幾許誤哉此則是謗法罪人邪見外道也

第三疑

問十方諸佛一切淨土法性平等功德亦等行者普念一切功德生一切淨土今乃偏求一佛淨土與平等性乖云何生淨土

答一切諸佛土實皆平等但衆生根鈍濁亂者多若不專繫一心一境三昧難成專念阿彌陀佛即是一相三昧以心專至得生彼國如隨願往生經云普廣菩薩問佛十方悉有淨土世尊何故偏讚西方彌陀淨土專遣往生佛告普廣閻浮提衆生心多濁亂爲此偏讚西方一佛淨土使諸衆生專心一境即易得往生若總念一切佛者念佛境寬則心散漫三昧難成故不得往生又生求一佛功德與一切佛功德無異以同一佛法性故爲此念阿彌陀佛即念一切佛生一淨土即生一切淨土故華嚴經云一切諸佛身即是一佛身一心一智慧力無畏亦然又云譬如淨滿月普應一切水影像雖無量本月未曾二如是無礙智成就等正覺應現一切刹佛身無有二智

者以譬喻得解智者若能達一切月影即一月影一月影即一切月影月影無二故一佛即一切佛一切佛即一佛法身無二故熾然念一佛時即是念一切佛也

第四疑

問等是念求生一佛淨土何不十方佛土中隨念一佛淨土隨得往生何須偏念西方彌陀佛耶

答凡夫無智不敢自專專用佛語故能偏念阿彌陀佛云何用佛語釋迦六師一代說法處處聖教唯勸衆生專心偏念阿彌陀佛求生西方極樂世界如無量壽經觀經往生論等數十餘部經論文等殷勤指授勸生西方故偏念也又彌陀佛別有大悲四十八願接引衆生又觀經云阿彌陀佛有八萬四千相一一相有八萬四千好一一好放八萬四千光明徧照法界念佛衆生攝取不捨若有念者機感相應決定得生又阿彌陀經大無量壽經鼓音王陀羅尼經等云釋迦佛說經時皆有十方恒沙諸佛舒其舌相徧覆三千大千世界證成一切衆生念阿彌陀佛乘佛大悲本願力故決定得生極樂世界當知阿彌陀佛與此世界偏有因緣何以得知無量壽經云末世法滅之時特駐此經百年在世接引極惡衆生偏有因緣其餘諸佛一切淨土雖一經兩經略勸往生不如彌陀佛國處處經論殷勤叮嚀勸往生也

第五疑

問具縛凡夫惡業厚重一切煩惱一毫未斷西方淨土出過三界具縛凡夫云何得生

答有二種緣一者自力二者他力自力者此世界修道實未得生淨土是故瓔珞經云始從具縛凡夫未識三寶不知善惡因之與果初發菩提心以信爲本住在佛家以戒爲本受菩薩戒身身相續戒行不闕經一劫二劫三劫始至初發心住如是修行十信十波羅蜜等無量行願相續無間滿一萬劫方始至第六正心住若更增進至第七不退住即種性位此約自力卒未得生淨土他力者若信阿彌陀佛大悲願力攝取念佛衆生即能發菩提心行念佛三昧猒離三界身起行施戒修福於一一行中迴願生彼彌陀淨土乘佛願力機感相應即得往生是故十住婆沙論云於此世界修道有二種一者難行道二者易行道難行者在於五濁惡世於無量佛時求阿鞞跋致甚難可得此難無數塵沙說不可盡略述三五一者外道相善亂菩薩法二者無賴惡人破他勝德三者顛倒善果能壞梵行四者聲聞自利障於大慈五者唯有自力無他力持譬如跛人步行一日不過數里極大辛苦謂自力也易行道者謂信佛語教念佛三昧願生淨土乘彌陀佛願力攝持決定往生不疑也如人水路行藉船力故須臾即至千里謂他力也譬如劣夫從轉輪王一日一夜周行四天下非是自力轉輪王力也若言有漏凡夫不得生淨土者亦可有漏凡夫應不得見佛身

然念佛三昧並無漏善根所起有漏凡夫隨分得見佛身麤相也菩薩見微細相淨土亦爾雖是無漏善根所起有漏凡夫發無上菩提心求生淨土常念佛故伏滅煩惱得生淨土隨分得見麤相菩薩見微妙相此何所疑故華嚴經說一切諸佛剎平等普嚴淨衆生業行異所見各不同即其義也

第六疑

問設令具縛凡夫得生彼國邪見三毒等常起云何得生彼國即得不退超過三界

釋曰得生彼國有五因緣不退云何爲五一者阿彌陀佛大悲願力攝持故得不退二者佛光常照故菩提心常增進不退三者水鳥樹林風聲樂響皆說苦空聞者常起念佛念法念僧之心故不退四者彼國純諸菩薩以爲良友無惡緣境外無神鬼魔邪內無三毒等煩惱畢竟不起故不退五者生彼國即壽命永劫共菩薩佛齊等故不退也在此惡世日月短促經阿僧祇劫復不起煩惱長時修道云何不得無生忍也此理顯然不須疑也

第七疑

問彌勒菩薩一生補處即得成佛上品十善得生彼處見彌勒菩薩隨從下生三會之中自然而得聖果何須求生西方淨土耶

答求生兜率一日聞道見佛勢欲相似若細比校大有優劣且論二種一者縱持十善恐不得生何以得知彌勒上生經云行衆三昧深入正定方始得生更無方便接引

之義不如阿彌陀佛本願力光明力但有念佛衆生攝取不捨又釋迦佛說九品教門方便接引殷勤發遣生彼淨土但衆生能念彌陀佛者機感相應必得生也如世間慕人能受慕者機會相投必成其事二者兜率天宮是欲界退位者多無有水鳥樹林風聲樂響衆生聞者悉念佛發菩提心伏滅煩惱又有女人皆長諸天愛著五欲之心又天女微妙諸天耽玩不能自勉不如彌陀淨土水鳥樹林風聲樂響衆生聞者皆生念佛發菩提心伏滅煩惱又無女人二乘之心純一大乘清淨良伴爲此煩惱惡業畢竟不起遂至無生之位如此比校優劣顯然何須致疑也如釋迦佛在世之時大有衆生見佛不得聖果者如恒沙彌勒出世亦爾大有不得聖果者未如彌陀淨土但生彼國已悉得無生法忍未有一人退落三界爲生死業縛也又聞西國傳云有三菩薩一名無著二名世親三名師子覺此三人契志同生兜率願見彌勒若先亡者得見彌勒誓來相報師子覺前亡一去數年不來後世親無常臨終之時無著語云汝見彌勒即來相報世親去已三年始來無著問曰何意如許多時始來世親報云至彼天中聽彌勒菩薩一坐說法旋繞即來相報爲彼天日長故此處已經三年又問師子覺今在何處世親報云師子覺爲受天樂五欲自娱在外眷屬從去已來總不見彌勒諸小菩薩生彼尚著五欲何况凡夫爲此願生西方定得不

退不求生兠率也

第八疑

問衆生無始已來造無量業今生一形不逢善知識又復作一切罪業無惡不造云何臨終十念成就即得往生出過三界結業之事云何可通

釋曰衆生無始已來善惡業種多少強弱並不得知但能臨終遇善知識十念成就者皆是宿善業強始得遇善知識十念成就若惡業多者善知識尚不可逢何可論十念成就又汝以無始已來惡業爲重臨終十念爲輕者今以道理三種校量輕重不定不在時節久近多少云何爲三一者在心二者在縁三者在決定在心者造罪之時從自虛妄顛倒生念佛者從善知識聞說阿彌陀佛眞實功德名號生一虛一實豈得相比譬如萬年闇室日光暫至而闇頓滅豈以久來之闇不肯滅耶在縁者造罪之時從虛妄癡闇心縁虛妄境界顛倒生念佛之心從聞佛清淨眞實功德名號縁無上菩提心生一眞一僞豈得相比譬如有人被毒箭中箭深毒𤻶傷肌破骨一聞滅除藥鼓即箭出毒除豈以箭深毒𤻶而不肯出也在決定者造罪之時以有間心有後心也念佛之時以無間心無後心遂即捨命善心猛利是以即生譬如十圍之索千夫不制童子揮劒須臾兩分又如千年積柴以一豆火焚少時即盡又如有人一生已來修十善業應得生天臨終之時起一念決定邪見即墮阿鼻地獄惡業

虛妄以猛利故尚能排一生之善業令墮惡道豈況臨終猛心念佛眞實無間善業不能排無始惡業得生淨土無有是處又云一念念佛滅八十億劫生死之罪爲念佛時心猛利故伏滅惡業決定得生不須疑也上古相傳判十念成就作別時意者此定不可何以得知攝論云由唯發願故全無有行雜集論云若願生安樂國土即得往生若聞無垢佛名即得阿耨菩提者並是別時之因全無有行若將臨終無間十念猛利善行是別時意者幾許誤哉願諸行者深思此理自牢其心莫信異見自墜陷也

第九疑

問西方去此十萬億佛刹凡夫劣弱云何可到又往生論云女人及根缺二乘種不生既有此教當知女人及以根缺者定必不得往生

答爲對凡夫肉眼生死心量說耳西方去此十萬憶佛刹但使衆生淨土業成者臨終在定之心即是淨土受生之心動念即是生淨土時爲此觀經云彌陀佛國去此不遠又業力不可思議一念即得生彼不須愁遠又如人夢身雖在牀而心意識徧至他方一切世界如平生不異也生淨土亦爾動念即至不須疑也女人及根缺二乘種不生者但論生彼國無女人及無盲聾瘖瘂人不道此間女人根缺人不得生彼若如此說者愚癡全不識經意即如韋提夫人是請生淨土主及五百侍女佛授記

悉得往生彼國但此處女人及盲聾瘖瘂人心念彌陀佛悉生彼國已更不受女身亦不受根缺身二乘人但迴心願生淨土至彼更無二乘執心爲此故云女人及根缺二乘種不生非謂此處女人及根缺人不得生也故無量壽經四十八願云設我得佛十方世界一切女人稱我名號厭惡女身捨命之後更受女身者不取正覺況生彼國更受女身根缺者亦爾

第十疑

問今欲決定求生西方未知作何行業以何爲種子得生彼國又凡夫俗人皆有妻子未知不斷婬欲得生彼否

答欲決定生西方者具有二種行定得生彼一者厭離行二者欣願行言厭離行者凡夫無始已來爲五欲纏縛輪迴五道備受衆苦不起心厭離五欲未有出期爲此常觀此身膿血屎尿一切惡露不淨臭穢故涅槃經云如是身城愚癡羅剎止住其中誰有智者當樂此身又經云此身衆苦所集一切皆不淨扼縛癰瘡等根本無義利上至諸天身皆亦如是行者若行若坐若睡若覺常觀此身唯苦無樂深生厭離縱使妻房不能頓斷漸漸生厭作七種不淨觀一者觀此婬欲身從貪愛煩惱生即是種子不淨二者父母交會之時赤白和合即是受生不淨三者母胎中在生藏下居熟藏上即是住處不淨四者在母胎時唯食母血即是食噉不淨五者日月滿足頭向產門膿血俱出臭穢狼籍即是初生不

淨六者薄皮覆上其內膿血徧一切處即是舉體不淨七者乃至死後胮脹爛壞骨肉縱横狐狼食噉即是究竟不淨自身既爾他身亦然所愛境界男女身等深生猒離常觀不淨若能如此觀身不淨之者婬欲煩惱漸漸減少又作十想等觀廣如經說又發願願我永離三界雜食臭穢膿血不淨耽荒五欲男女等身願得淨土法性生身此謂猒離行二明欣願行者復有二種一者先明求往生之意二者觀彼淨土莊嚴等事欣心願求明往生意者所以求生淨土爲欲救拔一切衆生苦故即自思忖我今無力若在惡世煩惱境強自爲業縛淪溺三塗動經劫數如此輪轉無始已來未曾休息何時能得救苦衆生爲此求生淨土親近諸佛若證無生忍方能於惡世中救苦衆生故往生論云言發菩提心者正是願作佛心願作佛心者則是度衆生心度衆生心者則是攝衆生生佛國心又願生淨土須具二行一者必須遠離三種障菩提門法二者須得三種順菩提門法何者爲三種障菩提法一者依智慧門不求自樂遠離我心貪著自身故二者依慈悲門拔一切衆生苦遠離無安衆生心故三者依方便門當憐愍一切衆生欲與其樂遠離恭敬供養自身心故若能遠三種菩提障則得三種順菩提法一者無染清淨心不爲自身求諸樂故菩提是無染清淨處若爲自身求樂即染身心障菩提門是故無染清淨心是順菩提門二者安

備如無量壽經觀經十六觀等常行念佛念佛衆生又觀彼淨土七寶莊嚴妙樂等一一好放八萬四千光明常照法界攝取光明八萬四千相一一相中八萬四千好心起想緣彌陀佛若法身若報身等金色提心此是願生之意三明欣心願求者希衆生悲智内融定而常用自在無礙即菩常不離佛得無生忍已於生死國中救苦遮菩提門此菩提因何而得要因生淨土處若不作心令一切衆生得畢竟常樂即得大菩提涅槃故菩提涅槃是畢竟常樂順菩提門三者樂清淨心欲令一切衆生離生死苦即違菩提門是故安清淨心是切衆生清淨處若不作心拔一切衆生令清淨心爲拔衆生苦故菩提心是安隱一三昧及施戒修等一切善行悉已迴施一切衆生同生彼國決定得生此謂欣願門也

淨土十疑論終

淨土十疑論後序

人心無常法亦無定心法萬差其本在此信此則徧信華嚴所以說十信疑此則徧疑智者所以說十疑出疑入信一入永入不離於此得究竟處淨土者究竟處也此處有說法之主名無量壽此佛說法未甞間斷疑障其耳則聵而不聞疑障其心則眛而不覺不聞不覺安住惡習讃歎不念隨喜麤心妄指蓮胞以爲虛誕終不自念此分段身從何而得自何而來胎獄穢濁眞實安在信憑業識自隔眞際於一幻境非彼執此生生不靈永絶聖路以如是故釋迦如來起大慈愍於穢濁中發大音聲讃彼淨土上妙之樂於生死中爲大船師載以法船令趣彼岸晝夜度生無有休息然而彌陀之岸本無彼此釋迦之船實非往來譬如一燈分照八鏡鏡有東西光影無二彌陀說法徧光影中而釋迦方便獨指西鏡故已到彼岸者乃可以忘彼此未入法界者何自而泯東西於此法中若未究竟勿滯方隅勿分彼此但當正念諦信而已此二聖之意而智者之所以信也信者萬善之母疑者衆惡之根能順其母能𠝹其根則向之所謂障緣衆生聵可復聞眛可復覺未出生死得出生死未生淨土得生淨土順釋迦之誨往面彌陀隨彌陀之願來助釋迦在此而徧歷十方即西而普入諸鏡自二聖建立以來如是之人如河沙數云何不信云何而疑能自信已又作方便令諸未信無不信者此則智者之

所以爲悲也明智大師中立學智者之道不順其文而順其悲所以又印此論冠以次公之序予乃申廣其說以助其傳元祐八年七月十一日左宣義郎前簽書鎮東軍節度判官廳公事陳瓘序

音釋

筏房越切桴也　跛補火切足偏廢也　磣初錦切　胮脹胮匹降切脹知亮切　耡林魚切與鋤同

觀音義疏

隋天台智者大師說

清刻龍藏佛説法變相圖

觀音義疏卷上

隋天台智者大師説

弟子灌頂記

此文既別出大部有人亦作三段分文謂初問去爲序佛答去爲正持地去爲流通復有云經家序者爲序無盡意白佛去爲正持地去爲流通今師有時亦作三段有時不作三段名但分爲三章一無盡意問二佛答三持地歎或爲四章三如前四者聞品得益或作二段謂前後兩問答也多種分章隨人意用也若作問答分章則有兩問答初問答明觀音樹王實益等義後問答明普門珠王顯益等義就前問答爲二一問二答就問爲四一時節二標人三敬儀四正問一爾時者爾言即也即是説東方妙音弘經已訖次説西方

觀音弘經之時故言爾時或可大衆已聞妙音弘經歡喜已竟宜聞觀音發心生善之時故言爾時或可時衆疑於妙音若爲利益上來說法破衆疑情已竟時衆有疑觀音之德正破此疑之時故言爾時或可時衆機在妙音聞即得道如二土菩薩得道已竟八萬四千悟理之時須聞觀音故言爾時諸佛如來不空說法有四悉檀因緣爾乃爲說正是敷演四悉檀時故言爾時也二標人者即是無盡意也名無盡者非盡非無盡爲對小乘名盡故言無盡小乘明盡爲對盡智無生智滅色取空之盡故名無盡也又云何無盡所謂空不可盡假不可盡中不可盡故言無盡大品經云即色是空非色滅空空故無盡也又大集經釋無盡意東方過十恒沙國微塵世界國名不眴佛號普賢純諸菩薩無二乘名但修念佛三昧不滅不生不出心行平等猶如虛空是爲念佛即見佛時即具六波羅蜜得無生忍所謂不取色即檀除色相即尸觀色盡即羼提觀色寂滅即毗梨耶不行色即禪不戲論色即般若也身子問誰爲汝作字名無盡意答曰一切諸法因緣果報無盡一切諸法不可盡初發無上菩提心已不可盡譬如虛空不可窮盡爲一切智發菩提心豈可盡乎諸佛戒定慧解脫解脫知見十力無畏等無盡因如是等發心故不可盡衆生性無盡教化衆生無盡知一切法性無盡故無盡是名菩薩發心無盡又檀波羅蜜無盡乃至方便無盡凡八十無盡八十無盡悉能含受一切佛法從是得名名無盡意也又淨名

云何謂爲盡謂不盡有爲何謂無盡不住無爲華嚴有十無盡法門如此等經皆就假名分別一切諸法因緣果報以明無盡意又如勝鬘經云如來色無盡智慧亦復然一切法常住又大品經云一切法趣意是趣不過意爲法界意則非盡非無盡如是無盡例如非常非無常是乃爲常又淨名云法若盡若不盡皆是無盡相無盡相即是空空則無有盡與不盡故知非盡非無盡是眞無盡義又大品經云癡如虛空不可盡乃至老死如虛空不可盡色不可盡乃至識不可盡如此等經皆約中道之理以名無盡通達空假中三諦之法不可盡故名無盡意菩薩亦名無盡心智識色受想行等義不可説不可説不能具載菩薩者外國云摩訶菩提質多薩埵此云大道心衆生始心行者爲煩惱所生二乘爲五分法身所生六度菩薩爲福德所生別圓爲中道所生故大品云如來身者不從一因一緣生如來身菩薩爲衆行生故言衆生發心求佛故言爲大道利益一切以法道成他或言成衆生廣釋菩薩義如別記三敬儀者爲三一起二袒三合掌起者禮云請益起請業起菩薩於佛備其二儀故言起也觀釋者菩薩常修遠離行故言起亦是契諸法空空即是座於此空無所染著故言起也又菩薩安住空理理本無起愍衆生故乘機利益故言起又中道之寂非起非不起而能起能不起無起之起起即實相亦起衆生實相故言起也偏袒右肩者外國以袒爲敬露右者示執奉爲便表弟子事師充役之儀是故以袒

爲恭也此方以袒爲慢然古有須覔肉袒謝於張儀露兩髆也此方亦不一向是慢也觀解者覆露表空假二諦又表權實實不可說如覆左表有冥益權於化便如露右表有顯益也合掌者此方以拱手爲恭外國合掌爲敬手本二邊今合爲一表不敢散誕專至一心一心相當故以此表敬也觀解者昔權實不合而今得合又五指表陰仁王經云法性色受想行識此即實智眞身亦有五陰也應化因緣亦有五陰也衆生性德之理亦有五陰也衆生生死果報亦有五陰也聖人爲化衆生示有應身五陰是則權實陰殊若衆生法性理顯聖人亦息化歸眞權實不二合掌表於返本還源入非權非實事理契合故合掌也向佛者表萬善之因向萬德之果也亦是行人分證權實合向於究竟權實合故言向佛也四發問者此下有兩番問答初番問觀世音後番問普門前問爲三一稱歎二標所問人三正問大經云汝具二莊嚴能問是義我具二莊嚴能答是義今無盡意具二莊嚴欲顯觀音二種莊嚴諮發如來如來究竟具二莊嚴當答此義釋論云問有多種不解問試問赴機問今無盡意即是赴機問也世尊者即是稱歎尊號十號具出釋論用彼釋此觀世音菩薩即是標所問之人也具如前釋何因緣者因緣甚多略言境智因緣若就衆生則以善惡兩機爲因聖人靈智慈悲爲緣若就聖人觀智慈悲爲因衆生機感爲緣以是因緣名觀世音如上釋也第二佛答即爲三初總答次別答三勸持就初總答爲二

一明機二明應就機為四一標人數二遭苦三聞名四稱號數者十法界機實自無量而言百千萬億者此乃通途商略業同者如一地獄界大略是同其間優降復有何量如一獄復有百千萬億品格之殊一一品格復有百千萬億罪人是罪業正同所以同受一品罪苦將此意廣歷餓鬼畜生脩羅人天皆亦如是故知此數是標同業之意也所以舉多數者明百千萬億種業遭苦稱名一時有機一時能應皆得解脫何況一人一業一機獨來而不能救此舉境衆機多以顯觀深應大也二明遭苦者即是受諸苦惱也此語成上義上百千是業同此言諸苦惱一苦惱是一業者凡有百千萬億故知有諸百千萬億上明數同下明業別用此意歷十法界萬機之徒不可說不可說也今言受苦惱者正是現遭苦厄也此苦由於結業果多故因亦多此即總答文略而意廣徧該十界不止人道而已後別答中文廣而意狹別舉人間七難而已故此處總答也三聞名者上明遭苦次明生善善惡合爲機此即明文聞有四義如別記若能如是通達四種聞義即聞慧心無所依無住無著即是思慧一心稱名即修慧此文雖窄三慧意顯四稱名者稱名有二一事二理若用心存念念念相續餘心不間故名一心或可如請觀音中繫念數息十息不亂名一念或可無量息不雜異想心想雖長亦名一心一心歸憑更無二意故名事一心也稱名者或可略稱如此文或廣稱如下文南無者歸命之辭皆是事一心稱名也理一心

者達此心自他共無因不可得無心無念空慧相應此乃無一亦無心知聲相空呼嚮不實能稱所稱皆不可得是名無稱是爲理一心稱名也二應者先明應次明解脫應有多種三教之應應不一時圓教觀音一時圓應衆機忌急應速一時聞即稱是機速稱即應是應速皆得解脫者即是蒙應利益也皆者非但顯於多機衆益亦是顯於圓徧之應也或時爲機速應速平等利益速貼文問十法界衆生無量機既無量云何一時令得解脫答譬如父母念子心重多智多才具大勢力衆子在難即能俱拔之菩薩亦如是無緣慈悲重權實二智深聖財無量神通力大十界雖多應有餘裕安樂行云忍辱大力智慧寶藏以大慈悲如法化世即此意也又如毒龍罪報尚能以一眼徧視一切視之皆死何況菩薩種智圓明耶又如磁石亦類明鏡又是入王三昧力一時十番利益一切此義具在大本玄義問一心稱名皆得解脫今見稱唱累年不蒙寸斆何也答經云一心稱名有事一理一二途無取可能感聖譬如臨鏡背視對谷閉口何能致影響耶第二别答爲三一口機感應二意機感應三身機感應就口機爲二初明七難次結口機有人云次第三機者口顯居前音成由意意識成身也通論口機亦脫三種苦但先除果苦次除苦因次滿願與樂問此中明拔苦那忽與樂答少分與樂欲引接之也問何意不與其樂因答因非引接故不與又其文在後爲説法是與樂因問悲門既少分與樂慈門應少分拔苦答前

悲全拔苦已竟後但與樂無苦可拔何論少分有人解七難爲兩雙一隻火水無識爲一雙鬼非類爲一隻王賊是類爲一雙鬼開去來王論輕重故成七難也次第者火水無識爲難則重鬼雖有識非類爲次王賊有識是類故輕然鬼王相間初以鬼比王王輕則鬼重又以王比鬼王重鬼輕此二相似故間出有師以風足爲八難有人彈之文云稱名皆得解脱羅刹之難不道風爲難今明聖人赴機何必如此情卜次第何必不次第今不同前者此本明赴機拔苦那得更以與樂間之今言次第者先入國隨俗赴口機爲初意冥身顯以爲次也若尋經意一時觀其音聲皆得解脱經不云次第觀機那可作次第釋耶他既作七難次第今還復作對之耳入火即有燋身絶命之憂最爲卒重故居初水漂沉浮小緩於火羅刹雖暴如經云有五百羅刹女妻五百飄人生子受樂時節猶長然後頓食此復緩於水王難非即得即戮研罪虛實實刑虛赦不同於鬼一槩併食故復次羅刹也鬼來取者無的所取衰乃逢害逃脱可免不同王法定判死生故復次王難也枷鎖節身不慮失命但有禁固之苦小緩於鬼怨賊覓寶輸寶即畢若能畢辭善巧方便即可免脱此一往次第爾至如兇賊忽發與火燒何異問諸難衆多何意取七耶答此有所表人以六種成身還以六種自害如人共七難同住復以七爲難今通用七難等來表六種也火水風即表身內三種也刀杖枷鎖表地種也鬼賊王等表識種也三千大千世界表空

種也云何空得爲難如人身有内空四大圍之識於中住何異大千界圍地水火風王鬼賊等於中住耶空爲難者空是來難之由如身體堅實外病不侵身若虚踈衆疾逼惱又如人家宅無垣牆盜賊則進能來難故空亦成難識種是難者心識耶計横起愛見毀滅法身慧命如王鬼賊劫奪財寶斷傷壽命故識種是難所以不多取者正應表此假令多舉諸難亦是表此一火難爲四一持名即是善爲機二遭苦即是惡爲機三應四結上總云受諸苦惱未判其相令别答故舉水火等也釋諸難例爲三意一貼文二舉事證三觀行解釋貼文者持者口爲誦持心爲秉持秉持爲理不失雖非口持覺觀亦得是口行故通屬口業機攝若有設有復有皆是不定挑

脱之辭也餘皆難起方稱名此中前持名而遭難此或是前後互出爾今爲火難卒暴須預憶持憶持必無此難設脱有者皆是放捨所持背善從惡稱之爲設如慈童女因緣若能至意修孝不遭火輪違母絶髪受地獄苦此是秉孝不純廣出因緣云行人持名本不應遭難緣差忽忘設入大火若能憶先所持即得免難火難既重機亦須深故先持後脱其義可見威神力是結火難也次約證者晉世謝敷作觀世音應驗傳齊陸杲又續之其傳云竺長舒晉元康年中於洛陽爲延火所及草屋下風豈有免理一心稱名風迴火轉鄰舍而滅鄉里淺見謂爲自爾因風燥曰擲火燒之三擲三滅即叩頭懺謝法力於魯郡起精舍於上谷乞得一車麻於空野遇火法

力疲極小卧比覺火勢已及因舉聲稱觀未得稱世音應聲火滅又法智遇野火頭面作禮至心稱名餘處皆燒智容身所無損又吳興郡吏此皆記傳所明非爲虚說信矣三就觀行釋者火有多種有果報火業火煩惱火果報火至初禪業火通三界煩惱火通三乘人果報火難者從地獄有上至初禪皆有火難如阿鼻鬲子八萬四千内外洞徹上下交炎餓鬼支節煙起舉體燋然畜生燠煑湯炭修羅亦有火難人中焚燒現見故若至劫盡須彌洞然諸天宮殿悉皆都盡初禪已下無免火災凡一十五有衆生百千萬億諸業苦惱持是觀世音名火不能燒何但止就閻浮提人作解耶直就一十五有果報望舊解火誠可笑哉餘九畨非彼所知次明修因惡業火者隨有改惡修善之處若五戒十善多爲惡業所難故經云燒諸善根無過嗔恚雖生有頂頭上火然術婆伽欲火所燒金光明云憂愁盛火今來燒我能破善業退上墮下皆名爲火若能稱名得離惡業故請觀音云破梵行人作十惡業蕩除糞穢令得清淨由斯菩薩威神之力也次明煩惱火若聲聞人猒惡生死見三界因果猶如火宅四倒結業煙炎俱起輪轉墮落爲火所燒生死蔓延晝夜不息勤求方便競共推排爭出火宅稱觀世音機成感應乘於羊車速出火宅入有餘無餘涅槃即得解脱也次明支佛次明六度行次明通教次明别教次明圓教次明變易土鈍根人次明變易土利根人凡有九畨行人修道之時並爲五住煩惱惑火之所燒害各

修方便方便未成火難恒逼稱觀世音方便即成便得解脱一一當其法門細作機感之義問菩薩住何法門而能如是耶答菩薩法門無量不出別圓兩觀本起慈悲故能十番垂應所以者何菩薩元初發菩提心見果報火燒諸衆生即起慈悲誓當度脱受持禁戒亦起慈悲救諸業火修無漏觀白骨流光發火光三昧八勝處中有火勝處十一切處中有火一切處皆起慈悲當爲衆生滅煩惱火又觀諸火悉是因緣所生法體之即空又從火空而觀火假分別因緣又觀火中見火實相如是次第節節皆有慈悲誓當利物今住補處力用無盡以本誓力熏諸衆生未曾捨離隨有機感即能垂應若事火起稱名求救即對本時果上慈悲拔苦與樂惡業火起即用持戒修定中慈悲煩惱火起即用無漏入空入假入中等慈悲節節相關若衆機競起一時牽感慈悲徧應皆得解脱如華嚴第四十云善財詣進求國見方便命婆羅門修苦行求一切智有大刀山四面火聚從刀山上自投於火語善財云能入此者是菩薩行善財生疑言是邪法梵語善財莫作此念此是金剛大智人欲竭愛海自在天云此菩薩五熱炙身令我滅邪見離我心諸魔又云菩薩炙身時我等宫殿猶如聚墨我即發菩提心乃至他化自在天於煩惱中得自在法門乃至龍鬼阿鼻皆發菩提心捨本惡念善財聞空中語已即時悔過登刀山入大火聚未至得菩薩安住三昧入火得菩薩寂靜安樂照明三昧此火山者名爲無盡法門若入此門

能知諸法故舉彼經火法門如此證成觀音火法門慈悲救苦十番利益也次明菩薩本修圓觀所起慈悲者但觀一火具十法界一切諸法入火字門於一火門雖無分別明識一切果報火業火煩惱火等明了通達無緣慈悲徧覆一切是爲火門入王三昧若法界火起菩薩以本地誓願普應衆生如磁石吸鐵雖無分別而分別說者以十五三昧救果報火用二十四三昧救修因火二十五三昧通救二乘通教六度別圓等入空煩惱火還用二十五三昧救別教出假火還用二十五三昧圓救圓教人入中煩惱火雖應入諸火不爲諸火所燒大集經云譬如虛空火災起時所不能燒菩薩亦如是以不思議慈悲普應一切皆得解脫也常途釋七難止解得救人中苦失二十四有及變易中苦止得如幻三昧少分全失二十四三昧廣大之用也第二水難者亦爲三意一貼文二引證三觀釋貼文爲三一遭水是有苦二稱名是善三得淺處是應也問何意言爲大水所漂答小水不成難或戲故入水亦不成難欲論其難故言大水所漂火難所以言入者小火亦能斷命若故入若不故入入則害命今舉其重難重難既救何况其輕是故言其入火不言入水言其大水亦言大火水論其淺即成應火猶少在未成應也二引證者應驗傳云海鹽有溺水同伴皆沉此人稱觀音遇得一石困倦如眠夢見兩人乘船喚入開眼果見有船人送達岸不復見人船此人爲沙門大精進又劉澄隨費淹爲廣州牧行達宫停遭風澄

毋及兩尼聲聲不絕唱觀世音忽見兩人挾船遂得安隱澄妻在别船及他船皆不濟道岡三人乘冰度孟津垂半一人前陷一人次没岡進退冰上必死不疑一心稱觀世音脚如蹋板夜遇赤光徑得至岸此例甚多皆蒙聖力也三約觀解者果報水至二禪惡業水通三界煩惱水通大小乘如地獄鑊湯沸屎鹹海灰河流漂没溺餓鬼道中亦有塡河塞海畜生淹没衝波致患阿脩羅亦有水難人中可知水災及二禪汎瀁無岸是時若不稱名尚不致淺處何況永免耶次惡業水者諸惡破壞善業者悉名惡業波浪愛欲因緣之所毀壞澍入三惡道中忘失正念放捨浮囊見思羅刹退善入惡者即是水漂何必洪濤巨浪耶若能一心稱名即得淺處也次次明

煩惱水者經云煩惱大河能飄香象緣覺觀愛欲之水增長二十五有稠林潦水波蕩惱亂我心暴風巨浪有河洄澓没溺衆生無明所盲而不能出涅槃彼岸何由可登二乘人修三十七品之機運手動足截有生死險岸前途遥遠一心稱名若發見諦三果皆名淺處無學爲彼岸次支佛侵習爲淺處通教正習盡爲彼岸次别教斷四住爲淺處斷無明爲彼岸次明圓教六根清淨爲淺處入銅輪爲彼岸變易中分分是淺處究竟無明方稱彼岸復次初果免見流三果免欲流四果免有流乃至圓教方免無明流菩薩所以徧應水難者皆是本修别圓二觀慈悲今日成就王三昧力所以者何菩薩修别觀時見衆生漂果報水起誓拯濟菩薩修戒定時以善治

惡於諸禪定水光三昧水勝處水一切處皆起慈悲以善攻惡又從水假入空發眞無漏從空出假達水因緣入水中道見水實相節節法門皆起慈悲熏諸衆生令成王三昧寂而常照衆生報水所漂稱名爲機對事慈悲救果報水戒定慈悲救惡業水三觀慈悲救煩惱水一切一時皆得解脫如華嚴三十八明善財至海門國海雲比丘爲說普眼經云十二年來常觀此海漸漸轉深大身居止珍寶聚集如是觀已則見海底生大蓮華無量天龍八部莊嚴華上有佛相好無邊即申右手摩於我頂爲說普眼經千二百歲一日所受阿僧祇品無量無邊若以海水爲墨須彌聚筆書寫此經不能得盡當知水法門攝一切法亦如大品阿字門具足一切義觀音於水法門久已通達故能徧應一切水難復次本修圓觀法門無縁慈悲徧應一切者觀水字門十法界趣水字是趣不過水尚不可得云何當有趣不趣十法界趣水是俗諦水尚不可得即眞諦云何當有趣不趣即雙非顯中道第一義諦如此觀水字十法界三諦之法即起無縁慈悲徧熏三諦十法界衆生故能圓應一切若分别觀者以十六三昧救果報水以二十四三昧救惡業水以二十五三昧救二乘通别圓入空有流等水以二十五三昧救别教出假於有流中令無染濕以二十五三昧救圓教入中無明流水一切一時俱得解脫也第三羅剎難者亦爲三一貼文二約事三觀釋貼文又爲二一明難二結名難中爲五一舉數二明遇難之由三遭苦四

明機五明應人數者但舉百千總數不定判多少明入海求珍結伴無定雖無定數終不可獨往故舉百千也賢愚云田殖百倍商估千倍仕宦萬倍入海吉還得無量倍故入海也次遭風是難由約下文證今若開風爲正難下文云皆得解脫羅刹之難此豈不獨是羅刹難也難由正應無在由者何但由風由風墮難由入海遭風求寶入海由貪求珍寶展轉相由風災難切故風是墮難之由也七寶是正寶珠是僞寶又如意珠寶最上今言等者等上等下諸寶也樓炭云巨海有七種似寶一百二十種眞珠寶黑風者舊云風無色吹黑沙故爾有人彈云沙中無船水中無沙非是吹黑沙乃是吹黑雲爾今還例此難水中無雲雲中無船何得彈沙而取雲風能吹黑雲何意不能吹黑沙請觀音云黑風洄波仁王般若有六色風黑赤青天地火也受陰經明五風阿含亦云有黑風風加以黑怖之甚也羅刹是食人鬼人屍若臭能呪養之令鮮復有噉精氣鬼人心中有七渧甜水和氣精神鬼噉一渧令頭痛三渧悶絶七渧盡即死一人稱名餘者悉脱者同憂慼休否是共雖口不同唱心助冥福故俱獲濟是均若後值賊則同聲者陸地心多不并決須稱號令使齊與水難爲異何意就此結觀音之名此正就一人稱名而賴兼羣黨明慈力廣被救護平等顯觀音之名也二約事證應驗傳云外國百餘人從師子國汎海向扶南忽遇惡風墮鬼國便欲盡食一舶衆人怖稱觀音中有一小乘沙門不信觀音不肯稱名鬼索

此沙門沙門狼狽學稱亦得免脫次觀釋者不但明世界中風黒業名風華嚴云嫌恨猛風吹罪心火常令熾然吹諸行商人墮落惡道失人道善寳及無漏聖財從地獄上至三禪皆有果報風難如僧護經明地獄種種形相疾風猛浪没溺破壞餓鬼所噉若鬼道中寒風裂骨身碎碑磚畜生飛走之類傾巢覆卵何可勝言脩羅亦有風難若風災起時諸山擊摶上至三禪宫殿碎爲微塵當此之時誰能救濟唯當一心稱觀世音菩薩以王三昧力或以手障或以口吸無量方便令得解脫也次明若修諸善惡業風吹壞五戒十善船舫墮三途鬼國及愛見境中大經云羅刹婦女隨所生子而悉食之食子既盡復食其夫急須稱觀世音菩薩以慈悲力能令解脫

次明二乘人採聖財寳爲煩惱風吹慧行船行行舫墮見愛境爲見愛羅刹所害若能稱觀世音得脫見愛二輪永得免二十五有黒業也次明支佛六度行通别圓變易等入煩惱海採一切智寳八倒暴風所吹飄諸行船墮二邊鬼國用正觀心體達諸法不生不滅入實際中即得解脫鬼義合前後章故不重說也法界風難無量一時圓應者皆由别圓慈悲所熏菩薩本修别觀見事中風即起慈悲修戒定見惡業風即起慈悲修三觀時節節慈悲令入風實相王三昧中以事慈悲救果報風以戒定慈悲救惡業風三觀慈悲救煩惱風故能十番拔難若作圓觀論機應者但觀風字門具照十法界三諦宛然通達無礙慈悲徧覆若分别說王三昧者以十七三

昧救果報風以二十四三昧救修因風以二十五三昧救二乘通別圓從假入空煩惱風以二十五三昧救別教出假無知風以二十五三昧救圓教入中無明風變易可解如是徧救法界一切一時皆得解脫也第四明刀杖難者亦爲三一貼文二約證三觀釋貼文爲三一遭難即是苦二稱名即是善三應令言刀杖段段壞者明人執殺具一折一來隨來隨斷彌顯力大問水火何不令再滅耶答刀杖折再來重明聖力水火滅後誰復持來旣無持來滅何所顯今只令絶炎不燒洪流更淺存顯力大各有其意不得一例作難也二約事證者應驗傳云晉太元中彭城有一人被枉爲賊本供養金像帶在髻中後伏法刀下但聞金聲刀三斫頸終無異解看像有三痕由是得放又蜀有一人檀函盛像安髻中値姚萇寇蜀此人與萇相遇萇以手斫之聞頂有聲退後看像果見有痕其人悲感寧傷我身反損聖容益加精進晉太元高簡榮陽京人犯法臨刑一心皈命鉗鎖不復見處下刀刀折絞之寸斷遂賣妻子及自身起五層塔在京縣宋太始初四方兵亂沈文秀牧青州爲土人明僧駿所攻秀將杜賀刑妻司馬氏云三明觀釋者非但世間殺具名爲刀杖惡業亦能傷善業身命煩惱六塵三毒等皆名刀箭從地獄去即有刀山挂骨劍樹傷身鋸解屠膾狼籍痛楚餓鬼更相斬刺互相殘害畜生自有雌雄牙角自相觸突又被剉切剣剥脩羅晝夜征戰龍王降雨變成刀刃人中前履白刃刦怖難誅復有横屍塞外復

有衙刀東市天共脩羅鬪時五情失守皆有刀杖怖畏失命之苦若能稱觀世音若應刑所刀尋斷壞若應戰陣立之等力令得安和次明修諸善因爲三毒刀箭惡業破壞善心割斷戒皮定肉慧骨微妙心髓法身慧命退失墮落失人天道乃至正命登難崩易萬劫不復起怖畏心稱觀世音即蒙救護三毒不傷清昇受樂即菩薩力也次明聲聞人猒患生死即時觀三界見思劇於刀箭故大經云寧以終身近旃陀羅不能暫時親近五陰愛詐親善六拔刀賊趣向正路如爲怨逐大論云譬如臨陣白刃間結賊未滅害未除如共毒蛇同室居如人被縛將去殺爾時云何安可眠五苦章句云十二重城三重棘館五拔刀人守門爾時思惟如此怖畏何由得脫著於正路須一心稱觀世音三業至到機成感徹則能裂生死券度恩愛河不爲煩惱刀杖所害欲主魔王無如之何次明支佛次明六度行次明通別圓變易等五住刀箭傷法身損慧命者若能稱名即蒙聖應免離通別刀杖脫二死地豈非法身慈力耶復次明刀杖機應徧法界者良由本修別圓觀時見諸鋒刃傷毀即起慈悲我當救護修善遮惡時於善惡業復起慈悲若觀刀杖是因緣生法修三觀時復起慈悲願行塡滿今住王三昧中無量神力以本事慈悲對果報刀箭修善慈悲救惡業刀箭三觀慈悲救煩惱刀箭刀杖是質礙屬地字門攝菩薩於質礙地門通達明了如華嚴四十明彌多羅童女於師子奮迅城師子幢王宮中處明淨寶藏法堂不可

思議莊校此堂一瑠璃柱一金剛壁一摩尼鏡諸寶諸鈴諸樹諸形像諸瓔珞中住是一切質礙具內悉見一切如來從初發心行菩薩道乃至成等正覺入滅皆於中現無不明了如於淨水見月影像此法門名般若普莊嚴法門善財入此地法門時能得不可說陁羅尼大慈大悲陁羅尼能作佛事陁羅尼一切法無不具足當知地字門普應一切令得解脫也復次圓觀觀地大質礙之法攝一切十法界三諦宛然明了在地門中圓起慈悲徧於法界寂而常照無機不應若欲分别說之令易解者以十三昧救果報刀杖以二十四三昧救三毒刀杖以二十五三昧救入空煩惱刀杖以二十五三昧救出假無知刀杖以二十五三昧救入中無明刀杖一切一時

皆得解脫第五鬼難亦為三一貼文二約證三觀解貼文為四一標處所二明遭難即是苦三稱名即是善四應三千大千滿中者此假設之辭也若言滿中復更從何處來知是假言爾上水火何不假設滿大千耶鬼有心識相延故滿假設為便水火無心假設為難鬼所以畏者觀音有威有恩若非懷恩則是畏威所以聞名尚不能加於惡眼豈容興害心害心惡眼二俱歇也次約事證者次觀解者若果報論鬼難者地獄道亦應有弊惡大力鬼惱諸罪人鬼道中力大者惱於小鬼畜生道鬼亦噉畜生人中可知諸天既領鬼何容為鬼所惱如阿含中云有大力鬼忽坐帝釋牀帝釋大瞋鬼光明轉盛釋還發慈心鬼光明滅即去天主既為鬼所惱何況四王脩

羅道耶如是等處鬼難怖畏稱觀世音即不能加害也次明修因者自有惡業名爲鬼自有鬼動三毒如阿含云婬亦有鬼鬼入人心則使人婬佚無度或鬼使嗔使邪當知鬼亦破善三毒當體是鬼者婬破梵行嗔破慈悲貪鬼惱不盜戒嗜鬼惱不飲戒乃至十善諸禪亦如是皆爲惡業鬼毀損人天動不動業若能稱名即不加害也次明煩惱鬼者見心爲男鬼愛心爲女鬼若論此鬼即得滿三千大千世界非復假設之言何以故以見使歷三界有八十八愛歷三界合有九十八豈不遍滿此鬼欲來惱二乘人乃至六度通別圓等行人大經云唯願世尊善良呪師當爲我等除無明鬼又云愚癡羅刹止住其中豈非煩惱鬼耶若稱名誦念觀智成就能令見愛塵勞隨意所轉不能爲害也次別圓本觀慈悲機應者別觀菩薩初發心時見諸惡鬼惱亂世間無能救解如訖拏迦羅等惱毘舍離是故菩薩興起慈悲爲作擁護若修諸善爲惡所壞亦起慈悲令善成就若觀此鬼及以業鬼皆是因緣生法從假入空出假入中皆節節慈悲誓願於諸煩惱深達實相成王三昧以誓願熏修法界衆生若遭鬼難能徧法界救護以事中慈悲救果報上鬼修善慈悲救惡業鬼以三觀慈悲救愛見無明等鬼悉令諸鬼堪任乘御不能爲惡眼視之如華嚴四十三迦毗羅婆城婆婆陁夜天於日沒後見處虛空見其身上有一切星現一毛孔中見所化衆生或生天上或得二乘或修菩薩行種種方便皆悉見聞爾時夜天告善財言

我於惡衆生發大慈心不善衆生發大悲心於聲聞緣覺發安立一切智道心我見衆生遠離正道趣於邪徑著諸顛倒虚妄迷惑受衆苦惱我見此已無量方便除諸邪惑安立正見故知法身菩薩以夜叉鬼身能作如此安立衆生觀音菩薩於此鬼神法門豈不通達普應一切令得無害若圓觀識種是愛見鬼門一切法趣此識種鬼法門十法界三諦具足無緣慈悲普被一切即是鬼門王三昧力徧應法界若分别說者以十三昧救事鬼二十四三昧救惡業鬼以二十五三昧救二乘通别圓入空鬼乃至入中道一切一時俱不加害第六枷鎖難亦爲三一貼文二約證三觀釋貼文爲四一標有罪無罪二遭難三稱名四應上臨當被害此定入死目此明有罪無罪或是推檢未定或可判入徒流若判未判俱被禁節明聖心等本救其囚執不論有罪無罪也在手名杻在脚名械在頸名枷連身名鎖此則三木一鐵之名也繫名繫礙撿是封撿繫未必撿撿必被繫繫而具撿憂怖亦深鳥死聲哀人死言善若能稱觀世音者重關自開鐵木斷壞次引事證者應驗傳云蓋護山陽人繫獄應死三日三夜心無間息即眼見觀音放光照之鎖脱門開尋光而去行二十里光明方息張暢爲譙王長史王及暢繫廷尉誦經千徧鎖寸寸斷不日即散虚丞相云三觀釋者地獄體是囹圄鬼及畜生亦有籠繫修羅亦被五縛北方及天上自在應無此難降是已還無免幽厄若能稱名皆得斷壞也次明修因惡業即名枷鎖也諸

業雖有力不逐不作者若有造業果終不失故云不失法如劵若人修習諸善被惡業覆如大山映覆於心使善敗壞更增惡業惡業即招果縛無由可解若欲脫此業者因時可救急稱觀音能令三惡業壞故經云妻子以爲鎖械錢財以爲牢獄王法以爲獄籍遮礙行人不得修道望現在是果報縛望過去是業次明聲聞者凡夫及三果皆是有罪羅漢是無罪大品云摩訶那伽雖有罪無罪同在三界獄中五陰繩所縛三相無常檢束印封之權實上惑名杻定慧上惑名械中道上惑名枷法身上惑名鎖如是等束縛行人不能得脫稱名繫念必蒙靈應若發定慧是械斷若發權實是杻斷若破無明是枷斷法身顯現是鎖斷入無餘涅槃是縛斷免三相是離檢出三界是出獄此復有通別意次明支佛六度行通別圓若論枷鎖猶是地質礙別圓本觀所起慈悲徧應之義不異於前若三千大千以表空種王賊鬼等以表識種論其十沓普應此亦如前論其本觀今當說菩薩見衆生以空識成果報身還爲空識所惱修諸善時空識之業亦能壞善觀空識有三諦之障有三諦之理如是節節皆起慈悲悲欲拔衆生苦慈欲與衆生樂故淨名云菩薩觀四大種空種識種皆空空故無四大無空無識是爲入不二法門成王三昧能徧十法界垂應以事中慈悲救果報空識難以修善慈悲救惡業空識難以三觀慈悲救煩惱空識難故知觀音於空識法門而得自在華嚴三十九善住比丘於虛空中大作佛事若作圓觀

觀空種因緣性相本末究竟等則一切十法界悉趣空門識亦如是起無緣慈悲熏諸衆生十法界有機即能一切一時而得解脱第七怨賊難亦爲三一貼文二約證三觀釋貼文爲四一標難處二標遭難人三明有機四明應難處者先明處即是大千國土次明難即滿中怨賊滿中假設之辭也國曠賊多聖力能救顯功之至也怨者此難重也賊本求財怨本奪命今怨爲賊必財命兩圖若過去流血名怨現在奪財名賊如此怨賊徧滿大千尚能護之輕者豈不能救也二標遭難人者即商主也此又爲四一明主二有從三懷寶四涉險商者訓量此人擇識貴賤善解財利商量得宜堪爲商人之主既有商主即有將領諸商人既涉險遠所齎者必是難得之貨故言重寶也險路者或可曠絶幽隘名爲除路或值怨賊衝出之處名爲險路者也機者亦四先明一人安慰二勸稱名三歎德四衆人俱稱所以安慰者止其恐怖也所以勸稱名者設其上策也所以歎德者弉今定膽也若不安慰則怖遽慞惶雖安慰止怖若不設計唐慰何益故勸稱名雖勸稱名若不歎德設計則心不定膽亦不勇所以歎德故知此菩薩決定能施無畏決果依憑三義既足俱時稱唱機應即得解脱也南無云歸命亦稱爲救我次結口機也今言觀音勢力既大加護亦曠豈止七難而已當知徧法界皆能救護故言巍巍巍者重明高累之辭也明觀音之力出於分段之外豎應二土故言重明載沐神應故言高累以是義故故言巍巍

如是也二約事證者應驗傳云慧達以晉隆安二年北隴上掘甘草于時羌餓捕人食之達爲羌所得閉在栅中擇肥者先食達急一心稱名誦經食餘人稍盡唯達并一小兒次擬明日達竟夜誦猶冀一感向曉羌來取之忽見一虎從草透出咆哮諸羌散走虎因齧栅作一穴而去達將小兒走叛得免又裴安起從虜叛還南至河邊不能得過望見追騎在後死至須臾於是稱觀世音見一白狼安起透抱一擲便過南岸即失狼所追騎共在北岸望之歎惋無極道明於武原劫奪船道往徑遇賊難等三觀釋者若果報論怨賊者從地獄至第六天皆有鬬諍如阿含云忉利戰不如修羅索援至第六天如此怨會稱名得脫也次修善時惡多是怨猶如冰炭稱名惡退善業成就如闇滅明生次明煩惱爲怨賊者一切煩惱是出世法怨商主是三師羯磨受戒人是商人無作戒是重寶五塵是怨賊或法師是商主商人是徒衆理教是重寶兩遇魔事是怨賊或心王是商主心數是商人正觀之智是重寶覺觀爲怨賊或般若是商主五度萬行是商人法性實相是重寶六蔽是怨賊將此意歷諸教義自在作悉成稱名即得解脫也復次約怨賊難結成別圓慈悲應例前可解云云

觀音義疏卷上

音釋

眴音舜與瞬同　袓徒旱切脱去衣袖也　胛音甲肩膊也　窄側格切狹也　燥先到切乾也　鬲古核狼狄二切　燠乙六切熱也　溺尼的切没也　冏居永切　踼徒闔切踐也　汎瀁汎孚梵切瀁餘亮切汎瀁謂汎溢蕩瀁也　潦魯皓切霪雨也　洄澓洄胡魁切澓房六切洄澓水旋流也　殖丞職切種殖也　渧音滴與滴同　舶薄陌切大船　狼狽狼魯堂切狽音貝狼狽猝遽貌　⿰石妻且對切磓也　擊搏搏伯角切搏擊也　萇仲良切　鉗鑠鉗甘廉切以鐵有所劫束也鑠蘇果切與鎖同　絞古巧切絞縊也　剉倉卧切剉斫也　㓟剝㓟疋美切剝百各切　劇奇逆切甚也　譙昨焦切國名　囹圄囹盧經切圄偶許切囹圄獄名　杻械杻敕九切械下戒切　隘烏懈切狹也　掘其月切斸也　柵測革切編木爲柵　咆吼咆蒲交切吼許口切　齧奴結切咬也　惋烏貫切驚歎也

觀音義疏卷下

隋天台智者大師說

弟子灌頂記

第二從若有衆生多於婬欲去是明意機也釋此爲二初貼文二觀解貼文爲二初正明意機次結意機意機約三毒爲三章章各有三一明有苦二默念此兩即是明機三明離即是明其應三也通稱毒者侵害行人喻之如毒但名有單複有人解云三毒多者不知其是過故不求觀音少者念觀音梵行之德所以能感意謂此解乖文文云若有衆生多於婬欲念即得離云何對面違經耶今明三毒多者能念觀音菩薩有力令多得離何況少相此則以多況少爾大論云女人違戒垢謗法餘殃不擇禽獸不避高牆廣壍之難不計名聞德行破家亡國滅族傾宗禍延其身如術婆伽禍延其國如周敗襃姒淨住及禪經明多欲人有欲蟲男蟲淚出而青白女蟲吐血而紅赤又言有欲鬼嬈動其心令生倒惑如大經云若習近貪欲是報熟時此舉多欲相也若少欲人蟲鬼潛伏無過狂醉是少欲相瞋恚多者今世人不喜見如渴馬護水如射師子毋故遺教云劫功德賊無過瞋恚華嚴云一念瞋起障百法明門菩薩以瞋乖慈障道事重大集云一念起瞋一切魔鬼得便涅槃云習近瞋恚若例婬恚亦應有鬼如柰女經瞋則有蝎蟲是名多瞋相與上相違是瞋少相愚癡多者邪畫諸見撥無因果謗毀大乘如大經例前亦應有蟲鬼三毒過患如此欲離此故至心存念觀音即得離也有

人解云起伏相違稱之爲離非滅離也今謂經文説離何意言非若依請觀音者淨於三毒根成佛道無疑今作十番明救三毒三番是伏惑論離七番是斷惑論離也問離煩惱須智慧但念豈得離耶答經稱常念即是正念體達煩惱性無所有住貪欲際即是實際絕四句無能無所念性清淨如此正念非是智慧更何處覓智慧此慧不離煩惱其誰能離耶若如所難必須別用智慧破煩惱者此則有惑可斷有智能斷非唯惑不可斷慧還成惑豈得名斷惑之慧耶今此正念不以色念不以非色念如是四句亦以色念亦以非色念如是四句或次第論非念或不次第論非念或不次第論念或次第論念或次第論離或不次第論離次就觀解者七番例上可

解今但順逆兩意約界外作也不取分段三毒相今取善欲之心名貪大經云一切善法欲爲其本二乘欲樂涅槃名貪猒生死名瞋不達此理名癡開三毒即有八萬四千宛然具足淨名云結習未盡花則著身二乘未斷此三毒即變易三毒相也未斷別惑菩薩亦同有此三毒故云菩薩貪求佛法於恒沙劫未曾暫捨多學問無猒足即貪相惡賤二乘不喜聞其名故言寧起惡癩野干心不起二乘心如大樹折枝之譬豈非瞋相無明重數甚多佛菩提智之所能斷佛性未了了者皆是癡相欲除此三煩惱故常念觀音隨機應赴即得永離永離有兩種若此菩薩於生身中全未除別惑就變易論全未永離若生身中已侵別惑就變易中除殘論永離次明逆

說三毒觀者一切衆生名爲少欲瞋癡何以故止瞋三途之苦貪人天之樂二乘只瞋生死欲得涅槃樂皆名爲少菩薩不爾樂求佛法非但求一佛法徧求一切不可說佛法如海吞衆流猶自不滿非但不受生死亦不受涅槃故大品五不受此即大瞋無明力大佛智能斷菩薩於無明大力之惑尚在又癡如虛空不可盡乃至老死如虛空不可盡如此三毒即爲三法門一取二捨三不取不捨大慈大悲四攝十力無畏三昧解脫無上菩提淨佛國土化度衆生名爲取門即大貪也一切法空無所有不住不著般若如大火炎四邊不可取大涅槃空迦毗羅城空言語道斷心行處滅不以四句得菩提無得無證即是捨門名爲大瞋也中道非取非捨不憎不愛不斷不常無去無來無生無滅如鏡中像不可見而見見而不可見非可見非不可見遮二邊故不可言說淨名杜口名爲中道此即大癡故文殊云我是貪欲尸利瞋恚尸利邪見尸利此即其明證欲滿此三法門常念觀音即得滿願一切聖人自行化他無不從此三門而入離此更無有道故無行經云貪欲即是道恚癡亦如是如是三法中具足一切佛法一切佛法不出萬行波羅蜜不受三昧廣大之用中道實相此三法門不可宣示愍衆生故或作順說或作逆說互有去取此即四悉檀意赴緣利益如華嚴四十二明險難國寶莊嚴城婆須密多女說離欲際法門一切衆生隨類見我我皆爲其女像見我者得歡喜三昧共我語得無礙妙音三昧執我手

得詣諸佛刹三昧共我宿者得解脫光明三昧目視我者得寂靜法門見我頻伸得壞散外道法門阿棃宜我者得攝一切衆生三昧阿衆鞞我者得諸功德密藏住是離欲法門廣爲利益此豈非逆順欲法門導利群品耶又四十一滿幢城滿足王於正殿行王法其犯法者斬截燒煮劈裂屠膾瞋目呵責苦楚治罪善財生疑王斷事已執善財手入其宮見不可思議境界不可譬喻語善財云我知幻化法門化作衆生而苦治之以調一切其見聞者發菩提心此豈非瞋法門方便命婆羅門五熱炙身即是癡法門如前說次此應明別圓兩觀觀三毒慈悲機感例可知不具記第三從若有女人去明身業爲機亦爲三一貼文二引事證三觀解貼文爲二一求願滿二結歎求又爲二一求男二求女文云女人求男若是無子則絶嗣有子則父母俱欣云何獨標女人求男耶解者或云女猒女身非求子也又解女性多愛欣子偏重故標女人今解女人以無子爲苦夫之所棄並婦所輕旁人所笑又婦有七失六猶可忍無子最劇容惡性妬不能事公姑貪食無子拙無子既苦故以標女人求男也求男文爲三一立願二修行三德業願與行如文德業者明士有百行智居其首若但智而無福則位卑而財貧觸途壈坎智與福合彌相扶顯福則財位高昇慧則名聞博遠故言便生福德智慧之男也求女文中但明願與德業不明修行者行同禮拜故不重論願德既殊故須各辯女人端正七德之初但端正無相者或早孤

少寡相祿不佳今明貌與相相扶彌顯其德端正則招寵愛相則招於祿敬故文云衆人愛敬若愛帶慢何謂爲德愛而敬之故是相也有人解宿植德本是釋疑衆人咸謂觀音但能交會父母智慧端正兒之宿植若是觀音與其智慧端正則墮無因之過私難此語若言福慧是兒業觀音唯能會其受生兒無生緣觀音會生兒無福慧觀音亦能使有觀音遂不能令無福種福何能使無生而生論福畏墮無因論生何不畏墮無因若爾聖人全不能與福慧只能作媒人此不可解也難觀音不能令兒有福慧者上一人稱名多人皆脫羅刹之難此無因而不與彼無機那忽脫耶今明聖力甚大無所不與能使先世有福慧者託生也縱令先世不植善緣亦能令其於中陰中修福此義出中陰經也今不取此句爲釋疑之意若有禮拜福不唐捐此結成身業之機亦是釋疑之義結義可解釋疑者若言禮拜願滿自有禮拜不蒙願滿者何得云不唐捐唐者言徒捐者言棄由心不志即願未滿禮拜之功冥資不失此得是釋疑也問禮拜是身業機亦應脫水火等難不答此擧男女爲言端爾次引事證者應驗傳有人姓鬲四月八日生月氏國癡人次觀解者果報求男女者如阿含中地獄界已上乃至欲天皆有無子之苦禮拜求願亦能滿心次明修因論男女者先辯法門次明與願法門者無明爲父貪愛爲母六根男六塵女識爲媒嫁生出無量煩惱之子孫此男女不勞願求任運成眷屬也若外書以天陽地陰沉動

爲男女何況佛法而無此耶若就佛爲國王經教爲夫人出生一切菩薩佛子又善權方便父智度菩薩母一切諸導師無不由是生又慈悲爲女善心爲男或禪定靜細爲女觀慧分別爲男二乘定多慧少菩薩定少慧多大經云若聞大涅槃佛性之法當知是人有丈夫相正觀剛決爲男無緣慈悲含覆一切爲女今借世間男女以表法門爾問那得以男女表法門無男女故即無法門如大經永離十相名大涅槃大論云無男女相故名無相淨名云一切諸法非男非女如佛所説亦非男非女安樂行云亦不分別是男是女入不二法門云無聲聞心即無於定無菩薩心即無於慧小乘三藏緣諦理吾聞解脫之中無有言説成論入空平等亦無男女男女既無所表安在故知無定慧法門也答大乘實相不當有男女及無男女善巧方便以四悉檀説於有無天女云無離文字説解脫義文字性離即是解脫皆以文字有去來今非謂菩提實相亦爾非有非無非二而二明此二法未曾相離譬如一身有左右手定慧亦爾定靜慧照雖復二分不離法性言定即有慧言慧即有定譬如女人而有左手亦如男子而有右手定慧亦爾無緣之慈具正觀慧而以定當名中道種智具大慈定以智標目何但理然今文亦爾文云便生福德智慧之男此語自具二法門何勞有疑而稱男子也文云便生端正有相之女端正無邪醜表中道正觀離二邊之醜即慧義也相即三十二相慈心所種即表定義也雖具二而名女故知

此文若作男女二解即表定慧不二而二若作不二解即表定慧二而不二理實非二非不二赴縁爲二爲不二即是表二法門文義斯在次明應機滿願者果報滿願如前説修因者若就修五戒事論不殺是仁不盜是廉屬女表定法不妄語是質直不婬是貞良不飲酒是離邪昏此屬男表慧法若不得此五戒男女則失人天道孤獨墮在三途歸命求救五戒完全即男女願滿十善例可知修禪時方便修慧精進等三方便爲男念一心爲女若就支林覺觀喜爲男樂一心爲女乃至非想禪禪中細作可解次明聲聞男女者五停心觀治瞋用慈治散用數此二爲女治貪用不淨治癡用因縁治障道用念佛此三屬男又直縁諦理正智決斷名爲男出觀用法縁慈爲女若不得此兩法即當墮落凡夫爲火宅燒害貧窮孤露若蒙垂應五停心男女生即得入眞出觀男女生得入假二義既滿則不復畏二十五有也次支佛者縁方便道起慈觀名女慧觀爲男若發眞縁理名男出觀縁慈名女支佛譬鹿猶有迴顧之慈也若不得如此定慧何由速出慇懃求法若得願滿坦然快樂次明六度菩薩菩薩有慈悲不斷惑在生死利物名女行六度方便智慧名男女人法應生子慈悲法應受生死化物化於前人善心開發即是生子義前人生五度者是生女前人生智慧是生男若定慧義不成則菩薩行不立故求觀音而獲願滿次通菩薩既斷煩惱則有智斷縁諦理之慧爲男慈悲扶餘習入三界名女何以故如男法不

生表智慧決斷斷於煩惱不生三界而今還生者乃是慈扶餘習故得更生稱之爲女求願觀音蒙此願滿次明别教十信菩薩修福德莊嚴五波羅蜜爲女從一地二地智慧莊嚴爲男三十心名男女交處聖胎初地中道正智開發名爲男生無緣慈心發名爲女生此兩要在初地方得開發亦名男女雙生若不如此即墮二乘生死兩邊之過生此男女者生大歡喜故稱歡喜地慈悲被物物荷恩故稱爲大慈大悲大慈大悲能成佛道生出般若是諸佛之祖母故稱爲大女十力無畏等衆生不知故不名爲大也次圓教以無緣慈悲種三十二相業亦名爲女此女端正有相以中道智慧爲男此男質直福德十信六根清淨名爲處胎初住慈智男女雙生若得此男不畏愛見大悲順道法愛亦不畏無慧方便縛無方便慧縛方便與慧俱解者即男女具足二求願滿也變易兩番可解復次從五戒十善齊第六天已來皆無禪定沓沓悉是散心慧法狂男子也但慧無定四禪有支林一心名爲男女福慧備也從三界定慧男女男無破惑之功女無生出無漏之力此無用之男女從二乘通教等慧有斷惑之用則是幹事之男女有發生無漏紹繼之德也從二乘通教所有定慧不能破無明見佛性雖男而女定則不能懷於中道之子猶如石女雖女而男故大經云二乘之人定多慧少不見佛性通教菩薩之人慧多定少亦不見佛性自此之前我等皆名邪見人也唯有别教登地眞明慧發無緣慈成此乃名爲眞正男

女圓教初住見中道時定慧具足男女相滿方稱經文男則福德女則端正故知借事表法何得作媒嫁解觀音耶第三從是故衆生去是勸受持也即爲三一勸持二格量三結勸持者上說觀音得名因緣其力廣大既不辯形質相對正述名論德若欲歸崇宜奉持名號故舉持名爲勸也二格量爲四一格量本二問三答四正格量格量本者舉三多六十二億舉福田多盡形壽舉時節多四事具足舉種子多舊但三意今持名號多凡舉四多爲格量本也次問答如文次正格量者還舉四少以格四多也功德正等持名少田少時少種子少問何意以少敵多答佛眼稱量不增不減四多重倍功德正齊如此格量秋毫無謬問何意等舊解有五一云其福實殊引物論等此解乃是虛談觀音遂無實德可貴也二云田有高下薄瘠所致如供養百初果不如一二果乃至無學此亦非歎德之意乃是以下比高法應優劣爾三心有濃淡故令福不等四時得解不得解此二釋皆是前人心力致福何關觀音德高也五有緣無緣者如供毀路人罪福淺供毀父母罪福深也今明一多性不可得無有二相一則非一多則非多同入如實際實際正等無異一中解無量故說六十二億無量中解一故說觀音展轉生非實者則是一無一實一從無量生故多無多實多從一生故其理正均故言不異智者無所畏者照其事理既明不生疑畏故言正等也法華論云畢竟決定知法故法即法性眞如法身是故六十二億佛名與觀

音名功德無差別也又約觀解者二觀發中道二觀實不等而言等者以中道等故故言爲等如乞人等彼難勝如來故言等也三結成一時稱名福不可盡大品云一花散空乃至畢苦其福不盡如文第二問答從無盡意白佛言云何遊娑婆下前問何緣得名佛答衆生三業顯機爲境法身靈智冥應境智因緣名觀世音此義已竟今問云何遊此娑婆世界佛答以普門示現三業顯應應衆生冥機等十義一問二答問即爲三一云何遊是問身業云何說是問口業方便是問意業此是聖人三業無謀而偏應一切亦名三不失三輪不思議化也亦名三不護三不護者明觀音住不思議圓普法門實不作意計校籌量次第經營方施此應既無分別亦無前後

任運成就譬如明鏡隨對即現一時等應故言三業不護也三無失者衆生根機不同深淺有異觀音雖不作念逗機逗機無失契當前人冥會事理故言不失三輪不思議化者若示爲佛身亦示佛心佛口乃至示執金剛神身亦示金剛心口雖普現色身屈曲利物於法身智慧無所損減淨名云善能分別諸法相於第一義而不動不動而動此乃不思議化故也問意業云何可示答聖意無能測者若欲示之乃至昆蟲亦能得知也佛答爲三一別答二總答三勸供養初別答還答三問應以之言是答其方便之力意業問也何以故意地觀機見其所宜宜示何身宜說何法隨而化之故知應以是答意也現身是答身業說法是答口業故知具答三問也又但

作二答兼得於三論其現身不止色陰而已必具五陰即兼答意也口亦依身即兼答口若說法者不止如樹木無心欲知智在說巧運四悉檀方便即兼口以答意也二釋俱明答三問也從別答中凡現三十三身十九說法束爲十界身而文闕二界者或指上品云菩薩身或翻脱落或依古本正法華文或言觀音即是菩薩身何須更現若三解皆有難今所不用今依古本爲明菩薩義故然菩薩一界或權或實種種應化義不可闕故釋菩薩界也又無地獄界身者或指上品或言苦重不可度或言其形破壞人見驚畏故不現今明别釋雖無總答中有文云以種種形遊諸國土何得言無耶又請觀音云或遊戲地獄大悲代受苦或言止代受苦不論說法若依方等婆藪敎化即有說法釋論云菩薩化地獄多作佛身獄卒見不敢遮以此而推應有地獄界身說法也若爾十法界身則爲具足今通約十身四句料簡自有一界身度一界自有十界身度十界自有一界身度十界自有十界身度一界也若妙覺法身應實報土爲舍那佛受化之人純諸菩薩皆求佛道更無異身此一界度一界也若方便有餘土五人同生皆求大乘上文云而於彼土求佛智慧於此土爲佛亦是一界度一界也若同居土寂滅道場初成佛先開頓說禀教之徒皆有見思煩惱之人而是圓機同感佛身亦得是一界身度一界也若寂滅道場禀教之徒諸界不同或人或天龍神鬼等又根性圓别兩異雖諸界不同同見一佛身而爲說法

者即是一界度多界也若有一界之機但見一界身現則不得度則示種種之身眷屬圍繞共逗一緣是名多界身度一界也若佛身菩薩身徧作十法界身徧入諸道各令得見同其形像而爲說法此是多界度多界用此四句歷五味五時現身皆如此復次約說法多少者如善財從百一十知識聞諸法門則多法爲一人說如淨名云爲聲聞說四諦爲緣覺說十二因緣乃至爲梵王說勝慧爲帝釋說無常一人用一法爲一人說若如通教說般若三乘人同禀此則一法爲多人說也若是一切無礙人一道出生死開佛知見此則多法爲多人說復次因果相對明多少者五戒十善因少果亦少聲聞五停心煖頂等入二涅槃此因多果少支佛見花飛葉落即得道此因少果多諸菩薩萬行成就萬德果圓因多果亦多觀音明了衆生根之所趣或示現身多少或說法多少或修因多少或證果多少逗彼機宜必無有差有人云現因身說果法現果身說因法現一身說多法現多身說一法或現身而無說此比十法界機狹舊釋三十三身爲三初三乘人二四衆三八部各有枝末以人天爲聖末以其是受道器故童男童女爲四衆末可成四衆故執金剛爲八部末同有大力故若爾執金剛力大何意爲末答此最在後爲掩跡故也今明三十三身文爲八番一聖身二天身三人身四四衆身五婦女身六童男女身七八部身八金剛身明其次第出自人意爾一明聖人先明佛者爲是應佛爲是化佛但聖人逗物具有

二義若一時欻有爲化應同始終名應若尋此文明於應義也問何不以眞佛爲衆生説法而以應耶答佛身多種若應化非眞佛亦非説法人眞佛者據妙覺法身究竟極地毗盧遮那乃名眞佛眞佛淵遠不可説示云何能解如妙音所作文殊不知況下地凡夫爲示眞身耶如爲牛羊彈琴不如作蚊蝱之聲若從妙覺應爲實報圓滿相好光明無量同四十一地實報土衆生爲説一實諦正眞之法而教化之如此之應非餘界所堪也何以故此等諸地已分入地位不可以餘界身應亦不得以餘佛身應如此應者唯應彼土非餘土所堪也復次變易土明應佛者小乘經云三界外無生大乘五種意生身方生方便土此即三界外受生生變易土也釋論云法性身菩薩生三界外既有生寧無應佛法華云我於餘國作佛更有異名即是此義也此應佛即有兩相一示勝應身圓滿相海如前實報之應二示劣應令見者劣於前但爲二佛更不示爲種種諸身何故爾五種意生利鈍之別赴此根性故示二身但説次第不次第兩種大乘故不須餘身餘法化也若圓人無明未破及已分破別人於迴向中及分破無明者此人生於彼土則利別人未修未破及通教斷惑者三藏中斷惑者生彼皆鈍也凡聖同居土明應佛者土有二種一淨二穢如富樓那土西方等土其中衆生具三毒見思無三惡名果報嚴淨此名淨土如此娑婆三惡四趣荆棘丘墟是名穢土若淨若穢皆是凡聖同居土也二土衆生各有二種根利

濁重根鈍濁重根利濁輕根鈍濁輕濁重者若娑婆衆生身形醜惡矬短卑小命止八十或復中夭煩惱熾盛諸見心强時節麤險是爲五濁重也淨土不爾是爲五濁輕也何故爾不多修福德生重濁土多修福德生於輕土若穢土中生有戒乘俱緩有乘急戒緩有乘緩戒急有戒乘俱急戒急受人天身乘急有感聖之機機有二種一大二小小機則示三藏佛身說法大機應以舍那佛身說法是故降神母胎即示兩相頓機所感即見舍那菩薩與百千圍繞處胎說法十方衆聖皆在胎中出胎光明徧滿寂滅道場成盧舍那佛轉一實諦無量四諦等法輪譬如日出高山前照即聞頓教見佛性得度也故涅槃云雪山有草名曰忍辱牛若食者即得醍醐此之謂也若小機之人感佛正念入母胎出生王宮六年苦行樹下坐草成老比丘佛於鹿野苑轉生滅四諦法輪拘鄰五人初得甘露悟小乘道既非醍醐未名得度故云但離虛妄名爲解脫其實未得一切解脫未堪大教如聾如啞於其無益於大教中止有冥勳之力取譬如乳聞方便說三界斷見思時爾時轉乳名酪次聞方等四種四諦用大彈小恥權慕實起般重心名爲生酥次聞般若三種四諦轉教其心稍純名爲熟酥次聞法華捨三方便但說一實佛之知見聲聞疑除受記作佛菩薩迷去增道損生爾時名爲醍醐菩薩之人處處得去鈍者亦同二乘二乘之人始自於此得見佛性故云始見我身聞我所說即皆信受入如來慧證前大機人初得醍醐

也除先修習學小乘者我今亦令得聞此經入如來慧即證小機始於法華得入醍醐也若復有鈍根於法華不悟更於般若調熟至于涅槃說勝三修即明常住得見佛性乃是醍醐是爲同居穢國示現佛身說圓漸法或示種種身說圓漸法四句此開五味義穢國既爾淨國亦然既有利鈍兩機寧不頓漸二說以明應身及說法也此中應明別圓本觀所起慈悲令徧法界起應例前思之云云問經但言遊於娑婆不言實報方便等國答總答中云遊諸國土諸是不一豈止獨娑婆耶又如大本文云若能深觀見我在耆闍崛山共聲聞菩薩僧此即娑婆而是方便也又云即見我純諸菩薩無聲聞緣覺者即此是實報也故約二土明義無咎問二土同稱爲法性云何異答眞諦中道此則大異次明應以菩薩得度者或上地下地三藏通別圓等輔佛不同若佛於實報作佛觀音即爲實報菩薩形或作方便土菩薩形或作同居土菩薩形赴利鈍兩緣赴利緣者即如華嚴中法慧金剛藏等赴鈍緣者或如彌勒等若佛轉五味法門法門興廢輔佛菩薩亦節節興廢若權若實廣利衆生此中亦應明別圓本觀機應次明應以支佛者如文殊二萬億劫作支佛化衆生現身說法次明應以聲聞身者或作三藏或作通教聲聞或作隨五味轉聲聞内祕外現莊嚴四枯四榮引導衆生次引華嚴中諸菩薩比丘入法界所見住不思議法門者成此義也次引大經四種觀十二因緣觀別圓本地慈悲不取不捨今作四種聖人普

應一切問佛云何度佛答等覺菩薩作佛身度初地佛何意不得如人亦能度人云二明梵身者梵即色天主名爲尸棄此云頂髻瓔珞明四禪皆有王此言梵者應是初禪頂猶有覺觀語法得爲千界之主也觀音修白色三昧不取不捨不取故不隨禪生不捨故應爲梵王說出欲論四句現身以權引實應以帝釋身者此地居天主也具云釋迦提桓因陀羅釋迦言能桓只是提婆提婆即是天因陀羅名主能作天主菩薩修難伏三昧不取不捨說種種勝論四句現身以權引實自在天是欲界頂具云婆舍跋提此云他化自在假他所作以成已樂即是魔主也淨名云多是不思議解脫菩薩住赤色三昧不取不捨應爲魔王令諸魔界即是佛界四句現身以權引實大自在即色界頂魔醯首羅也樓炭稱爲阿迦尼吒華嚴稱爲色究竟或有人以爲第六天而諸經論多稱大自在是色界頂釋論云過淨居天有十住菩薩號大自在大千界主十住經云大自在天光明勝一切衆生涅槃獻供大自在天最勝故非第六天釋論云魔醯首羅此稱大自在騎白牛八臂三眼是諸天將未知此是同名爲即指三爲將天大將軍者如金光明即以散脂爲大將大經云八健提天中力士釋論稱魔醯首羅如前又稱鳩摩伽此云童子騎孔雀擎雞持鐸捉赤旛韋紐此稱徧聞四臂捉貝持輪騎金翅鳥皆是諸天大將未知此大將軍定是何等四句相對小王身者或云天王爲大人王爲小就人王中四種轉輪王自有大小如非

四輪王者名粟散王自有小大中國名大附庸名小傳傳相望今言小者小尚爲之何況其大耶此亦有四句何獨爲福業受報入同居土具足化他共修功德慈心利物是爲王也長者身者應釋十長人之德内合法門居士者多積賄貨居業豐盈以此爲名也宰官者宰主義官是功能義謂三台以功能能輔政於主故云宰官郡縣亦稱爲宰官宰政民下也婆羅門者稱爲淨行劫初種族山野自閑人以稱之也一一身皆有四句本觀次列四衆釋如舊次婦女者不明小王婦女者王家禁固不得遊散化物爲難故不作若如妙音即云於王後宫變爲女像也童男女者取妙莊嚴二子釋之華嚴童子筭砂嬉戲也七明八部者上列大威德天今更舉二十八天

等或可星宿掌人間者也龍有四種一守天宮殿持令不落人間屋上作龍像之爾二興雲致雨益人間者三地龍決江開瀆四伏藏守轉輪王大福人藏也肇師但出三不出天龍夜叉此云捷疾此有三處海島空中天上傳傳相持不得食人佛初成道及說法傳唱至天乾闥婆此云香陰帝釋樂神在須彌南金剛窟住天欲作樂其心動什師云在寶山中住身有異相即上奏樂也阿脩羅千頭二千手萬頭二萬手或三頭六手此云無酒一持不飲酒戒男醜女端在衆相山中住或言居海底風輪持水如雲居其下上文云居在大海邊有大力口訶日月日月爲之失光掌搏須彌須彌爲之跛蹴入海齊腰見天飲甘露而四天下採花置四海中釀海中衆生業

力持進失甘露退不成酒即斷酒故云無酒神不飲酒故得大力也迦樓羅者此云金翅翅頭金色因以名之此鳥與龍約汝逺須彌令斷我摶海見泥我不如輸子爲汝給使汝不如輸子與我噉天力持須彌不可斷故龍輸子卵生食卵龍不能食三生濕生食二胎生食三化生食四緊那羅者天帝絲竹樂神小不如乾闥婆形似人而頭有角亦呼爲疑神亦爲人非人令不取人非人釋緊那羅此乃是結八部數爾摩睺者什師云是地龍肇師云是大蟒腹行也八部皆能變本形在座聽法也金剛非八部數手執此寶護持佛法或言在欲色天中教化諸天即大權神也經云是吾之兄問上界身可化下下界身云何化上答菩薩所爲應以得度乃應之爾如王

聞蟻鬬第二從成就如是功德者是總答也此則結别開總成就如是功德是結别也以種種形遊諸國土是總答也諸名不一横則徧周十方竪則冠通三土隨機變現何止三十三身託化逐縁豈局在娑婆世界以種種形總明示現身廣遊諸國土總明所化處廣度脱衆生總明得益廣言雖略上義極廣前故稱爲總答也善財入法界文雖廣義未必該十法界地人見文廣判爲圓宗見法華文略判爲不眞宗若尋此意無不眞之義也三從是故汝等去是勸供養也佛答前問先總後别末勸受持而衆生仰荷冥益但可持名秉宇而已故前開三段始終開合於義相稱佛答後問前别後總末勸供養衆生既荷顯益見色聞聲故勸供養此則開合始終相稱

而總別前後者互舉爾有人以總答爲歎德此分文傷義問後勸供養受旨奉瓔珞前勸持名何得無耶答默念持名故不彰文供養事顯須脫瓔珞也又欲成冥顯義前是顯機更持名默念即成冥機後是冥機復更供養即成顯機合二義具足問亦應更成二應耶答二機既具必知有應故不更説初勸供養二奉旨初又二先稱美功德如文二出供養之意意者正由能施衆生無畏從德受名衆生於畏得脫爲作此名德既無量名亦應多不可説不可説也奉旨供養中爲六一奉命二不受三重奉四佛勸五受六結其德經文不定或衆寶瓔珞或珠或衆寶珠此翻譯減長爾衆寶者衆寶間珠共爲嚴飾也若依瓔珞經從初住銅寶瓔珞乃至等覺摩尼瓔珞

今無盡意位高那忽止直百千兩金答此略言百姓萬民爾實不啻堪此也若就觀解者將事表理何得一向事解耶頸者表中道一實之理以衆多無著法門莊嚴實相如瓔珞在頸解者表菩薩爲常捨行故一切願行功德乃至佛智菩提涅槃亦不住不著無依無倚故言解也大集云戒定慧陀羅尼以爲瓔珞莊嚴法身也百千是十萬此表一地有萬功德即十萬也法施者舊云如法施重法施求法施學法施皆名法施無盡意重法故施也今明如法施也正以財通於法名財即是法財即因緣生法即空即假即中三諦一心一切具足於法平等於財亦等如此施者即是法施不肯受者事解無盡意奉命供養我未奉命那忽輙受亦是事須遜讓觀解者不

受三昧廣大之用故無所受重白愍我者或可請上愍下或可地位相齊故相愍或可我爲四衆故施仁愍四衆故受以無所受而受諸受佛勸愍者即是愍一切衆生及四衆也正以菩薩爲物故施爲物故受二分者表事理二因奉二佛者將二因趣二果也理圓即法佛事圓即報佛二佛表二果也第三從持地説去歎聞品功德也文云聞是觀世音者是聞上冥益一段問答也普門品者是聞顯益一段問答也此中明自在業者若是凡夫之業爲愛所潤有漏因緣不得自在觀音爲調伏十法界示此三業慈悲力潤隨感受生不爲煩惱所累故言自在業爲中道第一義諦所攝於二諦中得自在無等等者二乘雖出三界猶有上法非是無等佛是極地故言無等發求佛心故言無等等等於佛也又約心心中具足八萬四千法門若發實相心即是等八萬四千法門也亦是八萬四千波羅蜜亦是八萬四千塵勞門爲如來種故經云發心畢竟二不別如是二心前心難令發初心等於後心初心難發故言是無等等於後心名無等等此即四悉檀意明發心也發心有三一名字發即五品弟子二相似發是六根清淨三分眞發即初住已上此發心是眞發心也

觀音義疏卷下

音釋

塹七豔切坑也　蠍香謁切毒蟲也　鞞騈迷切　劈匹歷切破也　壈坎壈盧感切坎苦感切壈坎屯蹇不得志也　瘠祥亦切瘦也　矬藏禾切知也　紐女九切韋紐天名　跛䟘跛布火切䟘音我　釀女亮切醞酒也　蟒母黨切大蛇也　啻施智切不啻謂不止如是也

觀音義疏記

宋四明沙門知禮述

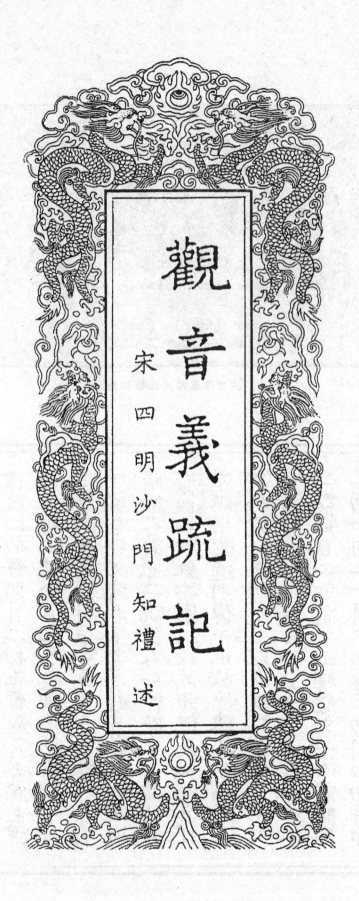

清刻龍藏佛說法變相圖

觀音義疏記卷第一

宋四明沙門知禮述

釋疏二初釋題目二初正釋題義者宜也謂解釋經文使合宜也又義理也斯蓋智者入法華三昧於觀行位中見第一義理以此義理解今經文疏者通意之辭又音疎即疏通疏條之義也二說記人二釋疏文二初預分章段二初敘二家三段此品既是讖師爲比涼沮渠蒙遜別傳于世故涼陳已來講者甚衆於是分節經文三段有異二今師下示天台多種二初泛明多種分文二若作下正依二段節目二就前下正釋經文二初前問答二初分科二一爾下隨釋二初問四初時節二初釋字義二即是下明悉檀二初別釋相四初世界東方西方隨機樂欲二或可下爲

人或有根性聞於前品已得世界故云喜竟今聞此品即生宿善三或可下對治疑破解事屬於對治疑破悟理屬第一義今從解事當第三悉四或可下第一義二土者謂淨光莊嚴土八萬四千隨妙音者此土華德及四萬二千天子因彼菩薩來往得道令八萬發心悟在觀音二諸佛下總明悉如來如鼓四機如桴擊之有聲聲不孤發今乃四機扣佛之時也二標人二初釋别名三初中道對小此菩薩名由證中立中必不偏今偏從無盡者爲對小乘是滅盡法特彰中道性無盡故小乘盡智者謂我見苦已斷集已證滅已修道已如是念時無漏智慧見明覺也無生智者謂我見苦已不復更見斷集已不復更斷盡證已不復更證修道已不復更修如是念時無漏智慧見明覺也二又云下三諦明圓二初總示二大品下别示三初圓空無盡揀析示體故云即色是空應知體空通衍三教通則但體生死即空此偏空也别圓能體涅槃亦空此中空也離邊屬别即邊屬圓今在圓也圓中名空此空無盡三又大下圓假無盡二初引經示相三初大集約八十明假二初本土所修此是妙假具於三觀不滅故假不生故空不出故中蓋不流出二邊故也此觀觀佛具觀三身至分證位名爲見佛一切佛法無不現前且舉六度耳二身子下依法立字二初身子問二菩薩答具彰願行願行無盡名於此立因緣果報即依苦集立誓因緣集也果報苦也爲一切等依滅立誓以一切智及五分等佛果法故衆生性下依道立

誓以順法性教化衆生知道法故皆云發心知是立誓又檀下依誓立行萬行皆爲檀等攝也稱波羅蜜行到果也若願若行皆無作故方得無盡凡八下結上願行皆即法界是故皆含一切佛法二又淨下淨名就二諦明假有爲是俗可盡之法無爲是眞不可盡法小乘智淺盡於有爲住於無爲故歸灰斷圓人觀俗即是妙有故行萬行觀眞能達不空之眞是故不住三無爲坑是故二諦皆是常住不思議假故名無盡三華嚴約十藏明假新經二十十無盡藏品云菩薩有十種藏三世諸佛皆說所謂信藏戒藏慙藏愧藏聞藏施藏慧藏念藏持藏辯藏乃至云此十種無盡藏有十種無盡令諸菩薩究竟菩提何等爲十饒益一切衆生故以本願善迴向故一切劫無斷絶故盡虛空界悉開悟心無限故迴向有爲而不著故一念境界一切法無盡故大願心無變異故善攝取諸陀羅尼故一切諸佛所護念故了一切法皆如幻故是爲十種無盡法能令一切世間所作皆得究竟無盡大藏二如此下結經明假三又如下圓中無盡二初引經示相四初勝鬘約佛法明中以一切法皆佛法故法無不中中故常住常住故無盡二大品約法界明中法界體是大總相故諸法皆趣如提綱領毛目悉歸造境皆中何法非總今特言意蓋爲釋經意爲法界理必雙非名無盡者名徧意圓故例眞常實無邊倒今釋無盡上下皆然三淨名示即邊是中空有當體皆是圓中中性不改豈可有盡此之無盡蕩二邊情是故能空盡與

不盡故知下結成圓中是眞無盡四大品明諸法皆中修惡全體是性惡故十二因緣及以五陰一一如空常住周徧非當宗義此文莫銷二如此下結經明中三通達下從德立名二初正立名能達之意從所達法得無盡名學者須了意即三諦無別所達能達亦無若其不然非無盡意二亦名下例諸法心智五陰及一切法既即三諦故皆得立無盡之名二菩薩下釋通名三初對梵翻名二約華釋義二初釋衆生二初通明因果能生實法所生假人始自凡人訖尊極人莫不從於衆法而生二別明菩薩從於無盡衆行而生故曰衆生二發心下釋餘字又約上求下化而釋前以衆行生已假人令以道法成他衆生三廣釋如別三敬儀二初分經二起者下隨

釋三初釋起二初事釋禮即曲禮彼云請業則起請益則起鄭氏注云尊師重道也起若今摳衣前請也業謂篇卷也益謂受說不了欲師更明說之今無盡意欲請觀音利他之業欲益巳心菩薩之行故從座而起二觀釋三初約空論起文有二意初明空觀不著諸法次明空觀自不著空故名爲起二又若下約假論起即不起滅定現諸威儀也三又中下約中論起中道遮照皆絕待對故起不起無非中實即遮之照名不起之起此起自能起發中實亦能令他起發中實二偏袒下釋袒二初事釋二初約西土二此方下約此方言須賈謝張儀者合云張祿字之誤也元是范雎魏人也初仕魏與中大夫須賈使於齊齊以雎爲賢私賞金璧及牛酒須賈嫉而怒

之使還讒睢於魏相魏齊云范睢以魏密事告齊魏齊大怒拉脅折齒遭簀卷棄之厠中睢不死求守園者出之睢既得免易姓名曰張祿隨秦使王稽入秦見昭王昭王悦之拜爲客卿稍遷左丞相後須賈爲秦使睢乃微服而出杖於路賈見而大驚問睢曰復説於秦乎睢曰逃亡之人免死而已何敢説秦乎又問睢曰秦相張君子知之乎睢曰主人公亦得接近賈曰今欲因子請謁張君於是同詣下車守門者驚起正色賈疑之睢入而不出賈問門人知是秦相失色戰懼脫冠肉袒請入謝罪睢乃數而恕之及賈使還睢曰爲我報魏君令斬魏齊不然我將圖魏矣魏齊後乃自縊魏王斬首送秦二觀解以事表理既成法門可以修觀故名觀解三釋合掌二

初釋合掌二初事釋二觀解二初表權實昔分今合順部表觀百界一念權實脗然二又五下表事理迷殊悟合法性五陰凡聖豈殊但聖出纏衆生在染染中性陰起生死陰以爲能感故使聖人出纏實陰起於權陰而爲能應感若復性應則歸真故以兩掌表今方合欲令行人即觀事陰合於性陰二釋向佛文唯觀解而有二意初直明向佛次兼合掌明向義四正發問二初分文立意三初帶緫分節二大經下問答功德三釋論下簡示今問二世尊下依文釋義三初釋稱歎二觀世下釋所問三何因下釋正問二初問能成因緣二初別取境智境是機感智即聖應感應名局因緣則通二若就下互通凡聖因親緣疎互論因發互論緣助二名觀下問所成名

號因緣是實法名號是假人攬實成假也二佛答二初分科二數者下隨釋三初總答二初貼文二初明機四初標人數二初舉多數三初牒經略示經文所舉百千萬億非謂十界共有此數蓋指一業有如許人二如一下同受一苦以苦驗人知同一業若不然者那得同受一品苦耶三將此下以例諸趣二所以下明多意凡地發心尚能徧攝果中濟物豈有所遺境衆等者機薪若多應火必盛二遭苦二初成上義顯無量二初以別業該同受上言百千是同業者共受一苦今言諸苦即是有諸百千萬億二用此下以此意歷十界界界有諸百千萬億華嚴明數極至不可說不可說二今言下對別答彰徧該二初明總答文略意廣上明諸苦實徧十界苦由惑

業即顯能脫十界三障廣豈過此二後別答文廣意狹別答七難約觀行解始通三乘今之總答文該十界三聞名二初遭苦聞名其作機由過現惡故遭諸苦復由二世之善而得聞名妙玄云從闡提起改悔心上至等覺皆有善惡相帶爲機二聞有下四聞三慧俱能感二初釋相二初別指四教四聞三藏能聞所聞皆是實有通教即空別教即假圓知能所皆是法界聞既有四思修亦然故大本疏解我聞有聞聞聞不聞不聞聞不聞不聞二若能下正示圓教三慧前三聞慧不得圓聞圓教聞慧四種徧達達四皆是不聞不聞即聞而思何依何著二慧導行一心稱名名圓修慧二此文下結示四稱號二初牒示事理二若用下各示稱念二初事二初明一心

有相續一心有數息一心二明稱名令文但稱所歸之名未稱能歸之辭故是略非廣二理二初明一心心有生滅不名爲一今達心性非四句生既本不生亦復無滅乃名一心然立一心對他成二若無一無心則無諸無法畢竟叵得名理一心言達此心者即是體達事中一心二知聲下明稱名既達心空從心所生一切皆空故令聲響能稱所稱皆非生滅故曰理稱事未必理理必具事以此爲因安不感聖二明應二初分科二應有下隨釋二初明應相二初判偏圓益相三教作意應不一時圓任運應一時普徧二衆機下明機應速相觀音應赴心内衆生衆生機感心内觀音若不然者不徧不速二皆得下明解脫二初約多機顯圓應故前釋人數云此舉

衆境機多以顯觀深應大二或時下約三速再貼文經云觀世音菩薩即時觀其音聲皆得解脫如何觀之能令衆苦普皆解脫說聽之者宜善思之三問十下料簡二初明十界機應俱時偏二初以多機差別難二答譬下以四事圓普答五初以四喻示二菩薩下約四法合三安樂下引此經證智慧寶藏證財智二四又如下又三喻顯五又是下示三昧力中道爲王統攝二諦一心圓入十益普霑觀音入此三昧即是徧入一切衆生心性常以三昧之力與其十番之益但由機感親踈致使利益深淺王三昧在妙玄第四十益在第六二問一下明一心事理立能感二初久稱無効問二散心乖法答若能一心稱於事理其猶形對影生聲騰響答第二別答二初

分科敘意二初分科二敘意二初敘他師意
三初立三機三初有人下定三業前後二通
論下論三機與拔免難是除果離毒是除因
得子是與樂三敘三番料揀三初問那忽與
樂者古以得子爲樂故也答云少分與樂不
礙悲門二問禮拜乞子示求樂果何不令求
戒善等業爲樂因邪答樂果稱意可引人求
修因勤苦非引接法其文在後者十九說法
廣示修因也三問并答可見二有人下立七
難二初明雙隻鬼開去來者去謂飄墮其國
來謂到此惱人王論輕重者被害則重檢繫
則輕體則是五開則成七二明次第鬼王相
間者三鬼國難四臨害難五來惱難六枷鎖
難三四相比鬼難在海國則重王難在城邑
似輕四五相比王難或死故重鬼惱或不死

故輕各論輕重故云相似乃相間也三有師
下立八難二初一師立二一師破二今明下
明今師意二初明三機二初斥他非二初斥
情下聖應二今不下斥悲門與樂二今言下
明今意二初隨世立次此娑婆國聲爲佛事
口機爲初意根冥密起必先身身業麤顯後
心而動三業之次豈不然乎二若尋下聖應
無謀且隨世俗立次如前據聖無謀即扣即
應二他既下明七難二初明次第二初且一
往立次從重至輕一往次第二至如下識不
可定執二問諸下明所表二初以難多唯七
責二答此下以七難表六答二初正示表意
二初通明七六經明七難不止在事故約觀
釋通亘三乘若無所表不能該深故約七難
以表六種外水火風表內三種刀鎖堅礙表

内地種王等有情可表識種大千世界雖非
正難是難所依可表内空二云何下別示空
識二初明表相二空爲下明爲難二初空雖
非正難而是難由若論觀行亦爲所觀二識
識起愛見必該通別二種愛見二所以下結
示唯七意二一火下依義釋文三初口機二
初明七難七初火難二初科意三初節經文
二上總下敘經意三釋諸下列義門二貼文
下隨釋三初貼文四初持名二初釋文義二
初釋持名秉持屬口者大論云出入息是身
行覺觀是口行受爲心行秉持之心旣是覺
觀故屬口業二釋若有挑字去聲不定貌也
二餘皆下明先後二初敘古謂是互出其義
不然二今釋三初約義釋二如慈下引事勸
二初引事證此是男子名慈童女鬻薪養母

督於孝誠後欲涉海母抱其足不欲兒去違
母掣身絶母一髮海上失伴入諸寶城多歲
受樂行孝報也後入鐵城火輪著頂絶髮之
報若專行孝不遭火輪二行人下勸憶持三
火難下約重結二遭苦三應四威神下結二
次約下舉事二初示二人著傳二其傳下舉
四人免難三就觀下觀釋三初通標列報是
事火眼見身覺業與煩惱但有燒義令世善
業及三觀壞故名爲火是以稱爲就觀行釋
問三觀所對唯在煩惱縱兼遠障只至於業
事相火等全不妨觀何得果報預觀釋邪答
經列七難止在人中智者深窮救難之功在
王三昧即二十五有眞常我性觀音證已乃
能徧拔衆生之苦於一一有十番破障令與
我性究竟冥一方盡大士拔苦之用然十番

破不出三障若盡理説於一一番皆破三障今欲易解從增勝説報且在事業屬有漏唯惑至極觀音修習王三昧時具有弘誓拔於法界三障之苦故令衆生三障苦逼一心稱名皆得解脱其義若此豈得不論果報火等應知吾祖説觀世音圓修三昧圓發僧那圓入法門圓救諸難意令行人倣之修入所列三障豈獨即今修觀之境亦是將來所拔之苦故知具示七難淺深正論觀行始末之相也二果報下示分劑報業煩惱始自博地終至等覺皆具此三故輔行明分段土至實報土各有三道分段三道謂見思惑爲煩惱道煩惱潤業名爲業道感界内生名爲苦道方便三道謂塵沙惑爲煩惱道以無漏業名爲業道變易生死名爲苦道實報三道謂無明惑爲煩惱道非漏非無漏業爲業道彼土變易名爲苦道今從增勝而説故約事火而爲果報只至初禪輪迴之因以爲業火故至有頂三觀所破方名煩惱故通三乘下去諸難其意準此三果報火難下隨次釋三初果報火二初遭難三初通明處二如阿下别示相三凡一下總結數四趣四洲六天初禪若加梵王合云十六同在初禪且云十五二持是下感應二初機成獲脱二直就下指數斥局直就果報地上清涼驗於舊解所失者衆因華已去九番破有他不聞名二次明下惡業火二初遭難二初明修因上之所明於現報上求免苦厄安其果身今所論者修行戒善及八地定求於未來人天樂果二多爲下明遭火三初釋相宿習破戒十惡業等於修持

時起作障難使戒定等善業不成名爲被燒有頂等者然有漏善極非想定非惡業火無所有下即爲惡業且欲示於惡通三界故引之耳二術婆下引證二初引事術婆伽婬欲熾盛火起燒身此即業火能生事火驗三種火其性不別二金光下引經三能破下被燒上升之善既爲所焚乃隨惡業牽墮於下二若能下感應三初成機得脫二故請下引消伏證梵行者淨行也謂大小諸戒是三乘之人清淨之行十惡是能破梵行是所破三由斯下用此文結三煩惱火二初就機應解釋二初明偏圓機感二初別釋二初約聲聞廣示見思之因分段之果四心流動三相遷移名爲火宅競共推排爭出此宅若非一心稱觀世音或當墮落爲火所燒此教觀音身在

此岸度人彼岸故令聲聞得二涅槃二次明下例餘位俱機劑於通教見思爲火別教正以塵沙爲火圓教初後無明爲火上之二土通名變易未能伏斷無明惑者名鈍根人若能伏斷稱利根人伏在方便斷窮實報二凡有下總示二初修觀被燒唯除求離果報火者戒善已上皆名修道故云九米並爲五住惑火燒者修因禪定亦被愛惑三住所燒况三毒業見思通攝二稱觀下稱名得脫各依本法而修一心及以稱號若成機者無不得脫二問菩下明漸頓慈悲二初問起如上所明二十五有三障苦難十番令脫未知大士修何方便證何法門得如是力二答菩下釋出二初略示二所以下廣釋二初明漸次二初修觀本誓三初果報慈悲既於元始發菩

提心凡曰見聞終期濟拔二受持下修因慈悲略云禁戒須兼根本十二門禪以其業火皆能壞故三修無下無漏慈悲二初事定若據根本味禪之外有根本淨禪謂六妙門十六特勝通明禪此等亦帶無漏能滅煩惱今但從觀骨光等爲無漏者蓋取出世事禪之中有火名者辯其觀相此乃以事禪之火滅見思之火然事禪有四即觀練熏修觀謂九想八背捨八勝處十一切處練謂九次第定熏謂師子奮迅三昧修謂超越三昧今於四中但舉觀禪中三不引八背者以八背中無火名故蓋隨便也初云白骨流光者即九想中於第八白骨修八色流光言八色者見地色如黄白淨潔之地見水色如深淵清澄之水見火色如無煙清淨之火見風色如無塵迥淨之風見青色如金精山見黄色如薝蔔華見赤色如春朝霞見白色如珂貝雪見色分明而無質礙八勝處者一內有色相外觀色少二內有色相外觀色多三內無色相內觀色少四內無色相外觀色多此四句末皆云若好若醜是名勝知勝見五地勝處六水勝處七火勝處八風勝處此於緣中轉變自在觀心淳熟勝前八色故也十一切處者一青一切處二黄一切處三赤一切處四白一切處五地一切處六水一切處七火一切處八風一切處九空一切處十識一切處此於所觀普徧即觀禪成就也二又觀下三觀諸火者報業煩惱及事定中火皆是三觀所觀境也此境緣生故先即空次假後中故成別觀節節慈悲誓拔報業及三惑火二今住下

熏心起應二初乘誓赴難三初眞悲妙力即是鄰極同體慈悲冥熏衆生令成機感垂應拔苦二若事下衆機闢誓衆生若起三種火時與本菩薩所起無殊故闢分果之悲以答因中之誓肇師云發僧那於始心終大悲以赴難三若衆下一時普救別教雖則修有次第證必圓融故十種機能一時應二如華下引經證成二初引經問今家判華嚴善財未見彌勒文殊已前皆是別教歷別法門今文既云此火山者名爲無盡法門若入此門能知諸法此門豈非圓融義邪答此唯於火法門中能知諸法不能於餘法門知諸法故以彼經云我唯知此一法門故知仍是教道之說若爾此之三昧住何諦理破何等惑答既云無盡法門又云能知諸法即是中道三昧破無明惑故釋籤明善財若於知識得實相三昧則破障中微細無明多分並約教道不融破無明惑上皆釋籤二舉彼下結示觀音若是別教救於煩惱火者即如方便命婆羅門所修之相也十番利益者乃是通結前來三番慈悲二次明下明圓頓二初明本修圓觀慈悲初心觀火不思議境即一火門具三千法雖皆互徧相相分明即於此境發菩提心誓拔衆生三障火難誓與衆生三種火樂二若法下明入位法界機應二初釋三初無謀而應圓修圓證以圓誓願熏圓力用不動一心救十火難二雖無下不分而分圓普之悲徹底而拔實非前後淺深應之但就機感三障分齊對二十五王三昧力自成多少免果報火當於十五王三昧力修有漏善免惡業火

當二十四王三昧力闢何一邪若除惡業不用非想若成善因不用地獄以地獄因無成就故非想之因無破除故故修因惡業極上極下互論不用一三昧也二乘已去至圓入中節節皆用二十五有王三昧力三雖應下入而不入雖入諸有三障之火以其體了即空假中故無相可得何有能燒及所燒邪二菩薩下結二常途下示已他得失如幻三昧破閻浮有具論十番他師唯知果報一益故云少分二水難二初列義門二貼文下隨門釋三初貼文二初科經二問何下釋義三初遭水二初問二答二初就水難答二火難下對火難答二稱名三水論下蒙應三引證三觀釋二初列三水從增勝意同前火難二如地下釋三水三初果報二初遭難二是時下機應二次惡下惡業二初遭難放捨浮囊等者大經云如人帶持浮囊欲度大海有一羅刹乞此浮囊初則全乞其人不與次乞其半次乞三分之一次次乞手許後乞微塵許其人念言若與塵許氣當漸出何由度海故悉不與護持禁戒亦復如是常有煩惱羅刹令人破戒若破根本如全與破僧殘如半與破捨墮如與三分之一破波夜提如與手許破突吉羅如與塵許所破雖少若不發露則不能度生死彼岸菩薩護持重禁及突吉羅等無差別令明惡業故言放捨二若能下機應三煩惱二初明機二初論惑水二初通明諸有水菩薩香象足雖到底若未達岸寧免被飄緣覺觀集而爲初門故云愛水增長諸有二二乘下別示四教機二初示聲聞二次支

下例諸位支佛修行不立分果深觀緣起火種三多福慧既隆預侵二習雖未發眞四流莫動名得淺處頓證極果名到彼岸通教菩薩正盡得淺習盡到岸變易二土同以別惑而爲中流上品寂光方爲彼岸二復次下示四流常途四流只是界内之惑今取別惑方名無明故知即與五住無異但合色愛及無色愛爲一有流耳二菩薩下明應前之十番各有修相皆所被機求脱之事今説本觀二種修相皆是觀音垂應之本二初通示二觀慈悲兼别觀者略有二意一者此教初心立行雖依漸次以知中實後心能證王三昧故二者欲以歷别之相顯於圓融一念具故摩訶止觀十乘之初先明次第顯不次故今釋此品本觀皆兩有茲二意二所以下別明三昧漸頓二初漸二初漸修元始發心上求下化水光三昧即觀白骨八色流光中一色也水勝處等例如火難中説二今成下頓應二初乘誓赴難漸修頓證常鑑法界十番機緣三障水漂對於因中節節誓願令彼一切皆得解脱二如華下引經證成二初證託於事海觀三障海十二年者十二緣也漸漸轉深見海十德十觀成也生大蓮華顯妙境也天龍莊嚴者具妙力用也有佛相好常見盧舍那也申右手者權智應也摩我頂者實智感也即以感應道交彰始本分合也説普眼經者分得果法也一日所受至不能得盡者一念心塵顯大千經卷也二當知下結既如阿字具一切義應知亦是中道法門但帶教道唯知此一耳二復次下頓二初頓修十界趣

水者水爲法界攝諸法盡故言趣也既立能趣及以所趣故當俗諦水尚等者所趣之水全體是性無相可得無所趣故那有能趣能所俱空名爲眞諦云何等者水尚叵得則無有趣有趣既絕不趣自忘即以雙非顯於中道此之三諦同一法性即一而三即三而一不思議諦也二如此下頓應二初明不應而應大經云慈若有無非有非無名如來慈豈非三諦起慈悲邪前總難中十界衆生受苦稱名菩薩即時觀其音聲皆得解脱不觀十界即空假中那得一時離於衆苦良以三諦是生本性亦聖果源無有二體故同體悲方能圓拔二明不分而分大意同前火難中說今以四流對諸位難四教入空離於有流等於見欲二流也假於有流無染濕者假雖破空亦不著有以雙流故應知假顯空亦彌著名平等觀義在於斯中破無明如常所說三羅刹難二初列義門二隨門釋三初貼文二初科經二人數下隨釋二初明難五初舉數二初釋人數若百若千或萬或億以其泛海必乘大舶故云結伴不可獨往二賢愚下明入海二次遭下難由三初正釋難由二初證風非證難以古師足風爲八難故據結文但成鬼難二難由下推風是難由若展轉推之皆是難由於諸由中風由最切是故經文特言風耳二七寶下追釋寶物二初分眞僞二示似眞三黑風下更釋風相二初他解三初舊師立二有人下他人彈三今還下今例難二請觀下今釋二初經明風色二風加下風黑怖甚三羅刹下遭苦羅刹鬼者本毗沙

門天王所管有其二部一曰夜叉捷疾鬼也二曰羅刹食人鬼也徧在諸處然其本居海外有國或人飄往其國或鬼來此惱人皆由惡因相關故也四一人下明機五明應二何意下結名二約事三觀釋二初明風義不局世界中風果報風也黑業名風至失人道善寶皆惡業風也失無漏財煩惱風也以下第五又明鬼難具明三障惡鬼之義故今觀行且從難由風義而示欲於六種明別圓觀即是一切觀境之式二從地下釋風通三障三初果報二初遭苦二初上至三禪二如僧下下徧諸趣僧護比丘明四阿含爲衆知識五百商人入海採寶來就世尊請此比丘船中說法佛知有益許之令去船還海岸登陸而行夜宿樹下商人早發忘喚比丘因茲失伴獨行山林見僧伽藍比丘住處若飲食若房舍若温室若園林若田地若受用皆是苦具日夜之間受種種苦有百餘條僧護問故皆答云當還問佛自當知之既至佛所具陳所見佛皆答之悉是比丘破諸禁戒毀壞常住侵用衆物於彼海山受地獄苦學者覽之足以自誡二當此下明機應二次明下惡業二初遭難三塗約果愛見約因皆由宿業令起愛見墮於三塗貪欲之心如羅刹婦破戒定善如隨食子失人天報如食其夫二急須下機應三次明下煩惱二初明機二初聲聞聖財不出七種一聞二信三戒四定五進六捨七慚愧慧行即無常析觀行即不淨慈心等二行約凡位所修七財約聖位所得二次明下諸位八倒風者支佛六度通別圓入空

之觀以常等爲倒假中變易以無常等爲倒用正觀一心稱觀世音即出二邊惡鬼境界即能達到中道寶渚鬼義合前後章前即此章貼文約事後即第五鬼難章也二法界下明應二初通示二觀慈悲别雖漸修果能圓應二菩薩下别明三昧漸頓二初漸二初修時逐行起誓二今入下明證時隨難相關二若作下頓二初修時三諦圓融風字門者如請觀音疏釋六字章句以六道等爲六字門良由六道體是法界能通實相故名爲門今以風字爲門其義亦爾字者召法之辭二若分下用時一念差别四刀杖難二初列門二解釋三初貼文二初科經二釋義三初遭難二稱名三今言下蒙應二初據文消釋二問下對前料簡二初門二答二約證三觀行二

初通示三障二從地下别釋三相三初果報二初明遭難娑伽龍王本宮安住興雲降雨六天四域修羅龍鬼感見不同天見華寶人得清水修見刀劒二若能下明機應二次明下惡業二初遭難惡業所感三毒熾然近障戒定遠妨三觀言思絶處即微妙心二起怖下機應三次明下煩惱二初機二初聲聞二初遭苦二初釋相二故大下引證彼經云譬如有王以四毒蛇盛之一篋令人養飴瞻視卧起若令一蛇生嗔恚者我當準法戮之都市其人聞已捨篋逃走王時復遣五旃陀羅拔刀隨之密遣一人詐爲親友而語之言汝可來還其人不信投一聚落都不見人求物不得即便坐地聞空中聲今夜當有六大賊來其人惶怖復捨之去乃至路值一河截流

而去云合云蛇若害人不墮惡道無三學力必為五陰旃陀羅害若不識愛為詐親誑觀於六入猶如空聚群賊住於六塵六入欲捨復值煩惱駛流應以道品船栰運手動足過分段河十住未免唯佛究竟經文本喻三乘始終今喻聲聞觀法十二因緣關禁如城黑白不動三種之業繫屬如館五欲為害如拔刀人魔境難出如門被守二爾時下得脱二次明下諸位各以本觀一心稱名即時解脱二復次下應二初漸二初明本誓隨見隨修皆起誓願拔於衆生三障刀杖二今住下明赴機三初赴機相三昧神力稱本諸誓一一能拔二刀杖下所住法以七種難表内六種對於觀門此地種門今修成也三如華下引經證六種徧收一切觀境刀杖堅礙屬地字門故引屋壁地種能現諸佛及能發明善財定慧一切功德當知地門能成普應二復次下頓二初圓修地為法界生佛依正無不趣入地字法門當知一塵無不具足三諦等者一塵即空一切皆空假中亦爾二圓起下頓應二初總示三諦慈悲無不徧攝故能一時徧拔衆苦二若欲下分別圓悲該亘不可別論若欲易知對機分別四洲四趣四王忉利此之十有有事刀杖能感一十王三昧力修有漏善遮惡刀杖感二十四王三昧力四教三觀一心稱名感二十五三昧之力第五鬼難二初列門二貼文下隨釋三初貼文二初科經二三千下釋義四初標處二初大千假設二對上料揀二遭難三稱名四鬼所下蒙應恩威即是折攝二門以恩攝故害心惡眼

二俱休歇以威折故惡害亦然二約事標而不釋合注云云上羅刹難已彰其事故不重說三觀解三初果報二初明難諸天等者嗔增諸惡助鬼之威慈爲善本消鬼之勢行者當知若多嗔恚常與惡鬼同其事業若常慈悲與佛菩薩同其出處二如是下明感二次明下明惡業二初明難二初鬼動三毒雖是惡鬼使人婬泆亦是婬業所召以其多起婬思致令婬鬼得便嗔恚邪見亦復如是又是宿業互相招集故於今日同造惡因破於善業二三毒下諸惡名鬼如前業火業水業風故令諸惡得名爲鬼皆以三毒而名惡業與煩惱何異任運起者名爲煩惱卒起決定能動身口名三毒業今既能破五戒十善必非任運貪嗔癡也人天散善名爲動業四禪四

定名不動業二若能下明感三次明下煩惱二初機二初明難二初所遭難二初明滿大千男性剛利如見推劃女性柔染如愛纏綿二何以下徧三界二此鬼下遭難人小草已上八番行人俱爲煩惱鬼之所害二若稱下明感見愛塵勞即染而淨是故淨名取譬侍者隨意所轉二次明下明應二初漸二初隨修立願如訖拏迦等即請觀音經緣起也毗舍離此翻廣嚴彼國人民遇大惡病眼赤如血兩耳出膿乃至六識閉塞猶如醉人有五夜叉名訖拏迦羅吸人精氣二於諸下乘誓普救三初示相漸修頓證法身自在法界衆生三障鬼難關於本誓一一救之能令諸鬼皆爲佛乘二如華下引經斯是菩薩住鬼法門能以鬼身廣作佛事三障之鬼或破或用

得自在故一切鬼難一時普救三故知下結益二若圓下頓二初明圓觀慈悲識種乃通今約鬼修別從愛見識種爲境一識一切識一切識一識非一非一切而一而一切此是鬼門十界三諦依此妙境眞正發心乃能徧應二若分下明隨機分別事鬼旣能惱於帝釋故地居天四洲四趣感於十種王三昧力餘義同前六枷鎖難二初列門二隨釋三初貼文二初節經二上臨下釋義四初標罪二在手下遭難三鳥死下稱名曾子云鳥之將死其鳴也哀人之將死其言也善四蒙應二約事三觀釋二初正明枷鎖三初果報二初明難事繫唯在四趣三洲二若能下明感二次明下惡業三初明難二若欲下明感三故經下引經廷尉檢繫可有散時妻子錢財繫無脫日望現在等者只今妻子及錢財等亦業亦報何者若從現說名之爲報從過去說名之爲業應知障善皆是宿惡此之宿惡或已成報乃附報爲障即今妻子及自身依報等也若未成報今在業道亦自有力令善不成又今妻等不定爲障若於往世同營善因今則能爲修道助緣如妙莊嚴王因妻子故見佛悟道現見有人妻子勸善畜財能施今從惡因所感妻等名鎖名獄若歸觀音則成報之業及未成者是惡皆息三次明下煩惱二初明機二初約聲聞二初約小釋二初明難凡夫見思全在初二三果思惑未盡皆名有罪羅漢思盡名爲無罪大品經指學無學名爲大龍故云摩訶那伽學人殘思名爲有罪無學斷盡名無罪俱未無餘名同在獄旣

有果身寧逃五陰及以三相乃名檢繫權實等者此約有罪示也礙於二智提拔名杻械於二行進趣名械小以斷常爲中道枷能障五分爲法身鎖只是見思對於所障得杻等名二稱名下明感二此復下明通大若就通惑論杻械等即藏通人若就別惑明杻械等即別圓人二次明下例諸位二若論下明應因中漸頓慈悲果上圓普與拔皆如上說二若三下兼明空識二初普應指前二論其下本觀今說二初漸二初本觀慈悲二初隨觀示一切煩惱是識所爲識最是難空雖非難能來難故空亦名難空爲業者亦是業由身內有空故能動作造於業因外空亦然空爲惑者於境迷悟成障成理一切法邪一切法正而於節節起誓與拔二故淨下引經證入

不二法門品明相菩薩曰四種異空種異爲二四種性即是空種性如前際後際空故中際亦空若能如是知諸種性者是爲入不二法門既云四種性即是空種性就性明空空是中理此以中理不於事二彼約五種即性故不二今明六種豈不即性得經意故加於識種彌顯不二若其空識不即中道將何以爲王三昧體二成王下乗誓應赴二初示相二華嚴下引證見空實相能於虚空立種種事利諸衆生二若作下頓二初空識圓修諸門觀法多推心識從近從要初心易故人根不等有宜觀外而得益者四念處中下界衆生多著於外故令攝境觀於內心上界衆生多著內心故令觀色奪於內著今觀空種亦是色類唯是一色空外無法故一切十界悉

趣空門空即三諦故一切法皆即三諦三諦慈悲無生不攝二起無下慈悲普應第七怨賊難二初列門二貼文下隨釋三初貼文二初正釋怨賊二初科經二難處下釋義四初標難處二初明處二次明下明難二初釋滿中二怨者下釋怨賊二二標下遭難人二初示四義二商者下釋四義四初釋商主二既有下釋商人三既涉遠下釋重寶以人衆路遠顯所賫寶貴四險路下釋險路以處以人二事釋險三機者下明有機二初示經四義二所以下通釋四義二初明前三助進二初釋二初明設三所以一心稱名爲計策者更無過此知德可憑其膽則定二若不下明無三不進二故知下結二三義下明後一能感二初明因三故唱二南無下翻梵就華四明

蒙應二次結下寄結口機二初舉經二今言下釋意二初約威力明二巍巍下約字義顯二約事證三觀釋三初果報二修善下惡業修善治惡若惡多善少惡即怨賊若善多惡少惡爲僕從冰炭之勢多能滅少繫念成機惡銷善立三次明下煩惱二初略明機二初通明四行遭賊以前六徧備明八番破惑感應故令怨賊但明四行遭煩惱賊將歷四教自攝八番言四行者一戒法受持二聽習教理三研修正觀四正助合行出世行人要先稟戒隨境護持持心習教憑教顯理稱理修觀以正導助若非此四入聖何期初商主下戒中三句明受一句明持五塵能殺持護之心名戒怨賊次或法下聽法中師徒説聽皆欲依教而顯至理此二俱得名重寶者以其

詮旨得則俱得失則俱失其猶識指方乃見月故知解教誡爲不易何況理乎而其徒主兩喜雜魔二寶俱失師爲利故説徒爲名故學斯之兩人皆成魔業或師嗔弟子或弟子恨師亦是二人值於魔事或心下修觀中心王若正心數亦正王數同求正智之寶三毒覺觀能劫此寶最爲怨賊或般下正助中正觀般若導五助行共顯理寶般若如知金藏五度如用功掘出六蔽之賊害此二因還令藏隱是名怨賊二將此下歷諸教明感四教行人一一須四若遇怨賊一心稱名四行皆就二例明應例前六種故略不説第二意業機二

初列門二貼文下隨釋二初貼文二初科經二釋義二初正明意機二初總示經文二通稱下通釋經義三初依經論釋三毒二初通釋二初明單複云貪嗔癡此三單也今從複列故云婬欲瞋恚愚癡大本疏云自愛爲欲愛他爲婬自忿爲恚忿他爲瞋自惑爲愚惑他爲癡二有人下明多少二初他明少二意謂下今明多二初立少乖經二今明下明多能感毒之多少由習重輕求之進不由機有無無機者毒多毒少俱不求離若其有機毒之多少俱能求離古人不解執多不求今明能念任多亦離二大論下別釋二初正別釋三初貪欲四初大論明宿因意同此經謗經之罪歷諸惡道縱得人身婬欲熾盛不擇禽獸若不求離復淪苦趣無解脱期二不擇下現事明過患術婆伽緣略如玄記褒姒者褒國之女也周幽王伐褒褒人以姒獻之王甚

惑之初幽王與諸侯約有寇即擊鼓舉烽諸侯來赴及惑褒姒褒姒無笑王欲其笑乃擊鼓舉烽諸侯皆至而無寇姒乃笑又好聞裂繒之聲發繒裂之以適其意及申侯與犬戎兵至擊鼓舉烽諸侯以爲如前見欺無復至者遂敗三淨住下二經明蟲鬼各是有情以共業故資人倒惑又阿含云婬亦有鬼鬼入心則使婬佚無度四如大下大經明多少習果若成報果在即故云熟也如人灾至合當王憲即有惡人獎助爲惡蟲鬼如助者地獄如王憲此多欲相也若反此者名爲少相二瞋恚四初約喻明瞋相二故遺下二經明障道慈是一切善法根本瞋既乖慈名劫名障百法明門者即障別圓地住所證之法也仁王云初地得百法明門二地得千法等地論云入百法明門增長智慧思惟種種法門義故百法者應如百法論所明三大集下二經明魔業佛以慈定能伏天魔是知瞋心爲魔所降習近瞋恚是報熟時四若例下例上有蟲鬼若蟲鬼潛伏是瞋少相三愚癡二初明過患三句明於邪癡之相如大經者合云習近愚癡是報熟時此乃邪癡習報二果癡心習成地獄報熟也二例前下例蟲鬼多少隨人二三毒下總結過二欲離下約伏斷明得離三初示念得離二有人下斥非顯正二初他解非滅離以由他師不解常念致令三毒不得滅離二今謂下二經明盡淨經直言離那專伏釋若以念故唯能伏者繫念六字能淨毒根至成佛道亦只伏邪三今作下正明伏斷果報修因三藏菩薩此三伏惑聲聞緣

覺通别圓菩薩方便土人實報土人此七斷惑三問離下約問答明常念二初約念非離惑難二答經下約念即智慧釋二初略明正念之德二初即念明慧之功念想觀智等諸名字有過有德有偏有圓須約六句定其法體故圓中念破偏小智圓中之智破偏小念偏小之念修圓中智偏小之智修圓中念圓中之念即圓中智圓中之智即圓中念以此六句評法是非方解一切經論名相問家昧此故使非念而是於智今此圓文既云常念顯非二邊有生滅念雙遮雙照中正之念也體煩惱性是觀音身不破煩惱不立觀音破立既忘能所斯絶是爲常念恭敬觀音不離三毒而離三毒若有觀音可生縁念若見三毒須滅離者此乃增毒非離毒也二若如下離念説慧之過二今此下委明修觀之相二初忘照各論四句此之正念染體既絶忘照不妨即照三諦即忘三觀雖約四句唯忘三觀以雙非雙亦只是中故不以色念忘俗也以色例於一切諸法不以非色念忘眞也合云不以非色非非色念忘雙遮中也不以亦色亦非色念忘雙照中也約照三諦復成四句亦以色念照俗也亦以非色念照眞也亦以非色非非色念照雙遮中也亦以亦色亦非色念照雙照中也應知善忘假者方善照假善忘空者方善照空善忘雙非方照雙非善忘雙亦方照雙亦不須以空忘假以假忘空雙非雙亦皆悉爾也此就圓論念即法界無德不備故作四句説之自在終日忘四終日照四如此方是常念觀音二惑次下漸頓

有諸四句次第非念忘四句也次第論念照四句也忘照本求離於三毒故次第離亦有四句若得别教三觀之意諸句可見何者如照空時必須忘空以遣著故忘照成者必離見思故此空觀有忘有照有離次觀假後觀中皆須論於忘照離三若不次第忘照及離斯是圓觀如向四句二次就下觀釋二初前七番指上果報巳上至通菩薩皆不能破無作之集别人雖破而在後心今從初心故同前指二今但下後三番當說二初三毒逆順委示二初約界外雙標二今取下依法相廣釋二初逆順各示二初順約煩惱釋初明毒害二初二乗三毒二初明毒相二初合明三毒二開三下開成八萬既有三毒須論等分四分各具二萬一千是故成於八萬四千界

内既爾界外亦然何者以大乗說諸法不滅云斷惑者但轉有漏而成無漏入假入中八萬四千隨觀而轉至果乃名八萬四千波羅蜜也二淨名下引經證觀衆生品天女以天華散諸菩薩大弟子上華至諸菩薩即皆墮落至大弟子便著不墮一切弟子神力去華不能令去爾時天女問舍利弗何故去華答曰此華不如法是以去之天曰勿謂此華爲不如法所以者何是華無所分别仁者自生分别想耳乃至云結習未盡華著身耳結習盡者華不著也彼疏解云華至菩薩皆隨落者表菩薩住不思議解脱生實報土巳離别惑彼妙五欲所不能動故華不著身皆自墮落至大弟子便著不墮者二乗但斷界内五欲故世間五欲所不能動别惑未除故爲界

外上妙色聲之所染汙故訶言結習未盡華則著身下文料簡云結習未盡華則著身何關别惑答大論云於聲聞經説爲習氣於摩訶衍説爲正使即是别惑二未斷下菩薩三毒同有此三毒者望前二乗名同義異前但貪空今貪俗中前瞋生死今瞋涅槃前不達眞即是中道爲癡今見中道未得了了爲癡如大樹折枝之譬者大論三十云譬如空澤有樹名奢摩黎枝觚廣大衆鳥集宿一鴿後至住一枝上枝觚即時爲之而折澤神問其故樹神答云此鳥從我怨家樹來食彼尼俱類樹子來棲我上或當放糞子墮地者惡樹復生爲害必大是故懷憂寧折一枝所全者大彼喻菩薩畏於二乗壞滅佛乗心也二欲除下明機應二初明正念機應二永離下明上土全分生身菩薩若未得入别圓地住生方便土故於變易論全未離無明之惑若在生身入地住者即生實報故於變易除殘别惑一變易土分於方便實報異者只由生身於無明惑有侵未侵不同故也二次明下逆約法門釋以煩惱名立觀法稱不順常塗故云逆説然若不知性惡之義云何三毒而爲三觀於中二初明毒觀欲成二初明凡小毒少法略於癡人略菩薩癡隨貪恚亦名爲少菩薩偏假三毒非多二菩薩下示圓人毒多二初就毒名論大語稍同前意則永異前在二諦偏論取捨是可離法今就三諦説貪瞋癡是究竟道理性之毒莫不徧周故皆名大五不受者謂受亦不受不受亦不受亦受亦不受亦不受非受非不受亦不受不受亦不

受皆言不受者即無生觀蕩於取著也前四即離四句也後一謂觀亦自亡也故大品第三身子問須菩提何故不受答云般若波羅蜜空故自性不受無明下明癡毒須論即性異前唯修又癡下明癡等若非即性豈皆如空不可盡邪二如此下約法門明妙三初標列三門理性之法德過一際或稱毒害或稱功用今明三毒是三法門則佛菩薩無不修證二大慈下解釋三相圓觀見思三毒之境即三法門攝一切德三初大貪法門大慈大悲者諸佛以無縁慈悲普熏三業於十方世界普現色身而作佛事慈悲之名雖同四無量中而體永異四攝一布施攝二愛語攝三利行攝四同事攝衆生情所愛者即是此之四法以四接引導以正道而度脫之十力者

一是處非處力二業力三定力四根力五欲力六性力七至處道力八宿命力九天眼力十漏盡力無畏者即四無所畏一一切智無所畏二漏盡無所畏三說障道無所畏四說盡苦道無所畏於八衆中廣說自他智斷既決定無失則無微致恐懼之相故稱無所畏三昧即百八三昧解釋並如法界次第也二大瞋門般若即三般若四邊不可取者觀照般若即寂而照不可以有取也方便般若即照而寂不可以空取也實相般若非寂非照不可以雙亦取也而寂而照不可以雙非取也迦毗羅城如玄記三大癡法門前取捨二門雖具中道而取門終以立法爲宗捨門終以蕩相爲主今兩捨門豈不具於二邊而終以雙非爲體不三而三三門宛然三而不三

門門絶妙初約無縁直示二舉鑑像難思三引淨名杜口三引人證結諸法無行經云諸天子白佛言世尊文殊師利名爲無礙尸利上尸利無上尸利文殊語諸天子言止止諸天子汝等勿取相分别我不見諸法是上中下如汝所説文殊義者我是貪欲尸利瞋恚尸利愚癡尸利是故我名文殊師利乃至云我是凡夫從貪欲起從瞋恚起從愚癡起我是外道是邪行人諸天子言以何事故自言我是凡夫等文殊言是貪欲瞋恚愚癡性十方求不可得我以不住是性中故説我是凡夫文殊汝云何名外道文殊言我終不到外道諸道性不可得故我於一切道爲外諸天子言汝云何是邪見行人文殊言我已知一切法皆是邪虚妄不實是故我是邪行人説

是法時萬天子得無生法忍二欲滿下常念感應四初明機成德滿二一切下明諸聖所依三故無下引無行經證四一切下結成佛法二此三下逆順合談二初被物雙示就三煩惱常念求離名爲順説約三法門常念求滿名爲逆説滿離俱時但約悉檀去取説耳二如華嚴下引經委證三初證貪欲逆順説離欲際順也隨類見女逆也欲是煩惱是故説離欲是法門是故説住即離即住唯離唯住離深住深離極住極今觀世音乃是際極住離貪欲故一切機求離求住皆須常念二又四下證瞋恚逆順以調一切順也若楚治罪逆也恚害煩惱是故須調瞋恚法門是故須行逆順無二調行不偏例前貪欲其義是同但欲是樂法故作實事接物令離恚害是

苦故以幻事調他令離若其機緣宜以實殺而得益者即如仙豫殺婆羅門為瞋法門此乃假實互現例於貪癡亦可幻設但得逆順相即之意不拘假實也三方便下證愚癡假實如前火難具引經文逆順滿離例前三毒其義不殊二次此下明二觀慈悲例前大士本修三毒滿離之觀復見衆生為三毒過之所惱害亦見欲滿三毒法門故起慈悲誓令衆生離三毒過滿三毒德令成補處鄰極三毒故能任運徧法界應普令衆生滿離成就然漸頓觀皆觀三毒頓則滿離不二而觀漸則初心但觀於離後乃滿離相即而照二結意機經文可見

觀音義疏記卷第一

音釋

桴 縛浮切擊鼓杖也 摳 驅侯切挈衣也 雎 千余切 拉脅 拉落合切摧也脅虛業切腋下也 簀 側革切棧也 廁 初吏切圊也 袒 徒旱切脫衣袖 縊 烏計切自經也 響 許兩切應聲也 鬻薪 鬻音育賣也 督 正作篤都毒切厚也 掣 尺制切曳也 分劑 分扶問切劑才詣切分劑限量也 篋 詰叶切箱屬 飴 以之切 駛 踈士切疾也 栰 房越切桴栰也 賷 牋西切持也 烽 敷容切烽燧也 觚 攻乎切與柝同

觀音義疏記卷第二

宋　四　明　沙　門　知　禮　述

第三身業機應二初列門二貼文下隨釋三初貼文二初分經料簡二初分經二文云下料簡二初獨女求男問二解者下女無子苦答二初他謬解二令解下令正釋二求男下依經解釋二初求願二初大師銷文二初釋求男二初唱經二釋義二初分經三義二願與下略二解一二初略願行二德業下釋德業二釋求女二初唱經二求女下解釋二初明存略意二女人下明相貌意二有人下章安斥謬二初斥非顯是二初敘他謬立宿植德本衆人愛敬此之二句據義猶是女之德業他師謬謂雙釋男女伏疑之文意恐人疑男之智慧女之端正皆由修種忍智之因非聖能與不修而得墮無因過故出彼意云衆人咸謂觀音但能交會父毋等也二私難下明今正義二初難破二初立義難福慧受生皆由緣辦觀音既能與其生緣何不能與福慧緣邪二難觀下引文難兒不修因聖不能令有福慧者衆不稱名何故得脫此以現文破無因執不用義解同心乞福也二今明下正立二初釋觀音用徧三千法界於諸衆生得大自在無生緣者令植生緣無福慧者亦能令種此等皆於中陰中作故中陰經云妙覺如來以神足力將於無量四衆八部入中陰中化作七寶講堂七寶座等彼中陰衆生七日至一日終者盡令住壽如來與化佛說法教化令七十八億百千那由他中陰衆生起無上正真道意經說甚廣尚能令彼中陰

衆生發菩提心豈不能令植福慧邪二令不下結二結歎二初兩向解釋四句經文雖是結句亦是釋疑則可兩向若宿植德本衆人愛敬兩句經文定屬生女德業句也二問禮下對前料簡二初問二答二引事三觀解二初明果報二初無子苦阿鼻地獄無求子念諸餘輕繫苦樂相間六欲諸天皆有親愛故無子者而生苦惱二禮拜下明機應二明修因有漏無漏一切善法不出定慧即男女義皆須修習並名修因不同諸難別以有漏之善名爲修因二初列章二法門下釋義二初辯法門二初以事表法二初正表法二初表世間法二初明苦集無始至今常爲癡愛及根塵識習熏資熏生於惑業無量男女此之眷屬一切衆生莫能捨離二若外下示外書易云乾道成男坤道成女禮云天子之與后猶陰之與陽天子修男教后修女順二若就下表出世法二初表能生父母佛於一切而得自在名爲國王尊嚴如父經教含理開發智慧養育如母佛法和合生三乘僧故經云從佛口生從法化生得佛法分又權智歷緣能成果用實智冥理能生果智故一切佛皆由此生初則果能生因次則因能生果共成一義也二又慈下表所生男女淨名云慈悲心爲女善心誠實男先據此文立於悲智名爲男女冥中道智即是誠實善心故也乃類此法立諸男女初以禪慧對於男女次分三乘以對男女後約佛性見對不見而分男女何者既以見性爲丈夫相即彰不見爲女人相復約照性自具男女佛性正觀決破無明

爲福德智慧之男中道慈悲含覆一切爲端正有相之女二今借下結表意二問那下釋難明表二初執無妨有難二初立無男女理二大經下引無男女文二初正引教文二初引大乘文大經二十八云涅槃無相謂色相聲相香味觸相生住壞相男相女相是名十相無如是相故名無相次大論淨名及安樂行皆列男女二名非之以顯無相若不二門云無定慧乃是男女所表之法也二小乘下引小乘文理無相故不可言說無相即非男女相也空平等故離男女等一切相也二男女下結無所表能表男女既無所表定慧安在二答大下即遮而照釋二初廣釋三初說默相即二初據理妙絶若論絶理尚不可說無男女相豈可被論有男女邪二善巧下被機有無若於衆生有四益者或說無男女或說有男女故引天女不離文字說解脫相性空即脫何妨文字眞無三世俗即有二諦既即說默無違二非有下明一二本融三初法中道雙非則無定慧當體雙照定慧宛然言未曾相離者即定慧不離法性也二譬如下喻豈因左右令一身異豈可一身而廢左右三合只一覺性有寂照德名爲定慧豈此二德暫離覺性三言定下明定慧互具二初約義明具三初法一覺靜明名爲定慧是故此二終不孤立二譬上以一身左右譬於二德不離一性猶恐謂其二德相離故以二人左右譬之此如修性不二門云二與一性如水爲波二亦無二亦如波水當以彼喻而尋此喻三定慧下合二何但下攄文證釋二初慧

具定男本表慧而兼福德即慧具定也二文云下定具慧慈心種相者經云清淨慈門刹塵數共生如來一妙相即無緣慈定而修其相也互具可知二故知下總結二初以一二相即結此文男女各具二德即表定慧二法互具若非體一何能互具故以互具顯乎體一故二不二舒卷自在二理實下以說默相即結理非一二赴緣兩說如此說者何異不說經示男女其德互具表於定慧一二無異說默不殊能此解者方得經文表法之義二次明下與願二初示義門二初明十番感應四初果報二修因下世善三初五戒二初表行法二若不下求願滿行人若爲五種惑業牽破持心當念未來感報苦樂歸命觀音障退戒貌二求即滿二十善若例五戒妄攝口四酒即意三並慧屬男若自細作不綺是眞實屬男不兩舌是和愛不惡口是柔善屬女不貪癡是無染智慧屬男不瞋是慈屬女餘同五戒三修禪下八定定即四禪四空各有修證且論初禪五法爲修五支爲證修以樂欲精進巧慧此三方便分別屬男憶念一心此二方便靜細屬女若證支林三支慧多屬男二支定多屬女若論二禪四支一內淨二喜屬男三樂四一心屬女三禪五支一捨二念三慧屬男四樂五一心屬女四禪四支一不苦不樂與第四一心屬女二捨三念清淨屬男若論四空一空處定二識處定三無所有處定四非有想非無想定此四雖無支林男女而有微細四陰通以四處受想爲女行識爲男若論四無量心慈悲屬女喜捨屬男

今且粗辯備在禪門須者應檢三四教四初三藏三初聲聞二初表行法略舉停心以爲所表念處乃至正道節節應明男女之義以諸道品不出定慧二法故也直緣諦理者即四諦十六行觀也出觀等者歷事之時愍物執常爲說四諦名法緣慈二若不下求願滿出觀男女者法緣即正智之男慈悲即柔和之女既帶空入假則歷事不染故不畏諸有也二支佛二初表行法緣方便等者即凡地修福種相之時名起慈觀慧觀者即觀十二因緣無常無我發眞約頓證之位出觀能用生法二緣之慈譬麁迴顧者大論譬三獸在獵圍求出不同聲聞如麞驚怖跳出都不顧羣緣覺如鹿雖顧眄羣怖不停待菩薩如大香象雖遭刀箭擁羣共出二若不下求願滿

三次明下菩薩二初表行法方便智慧或第六度分地世智或辯六度邪正之智或是事中伏惑之智此皆方便也此等猶是能生男女所被之機必修六度乃以五一而爲所生之男女也二若定下求願滿二通教二初表法小同三藏唯論菩薩凡亦同前唯於眞位以智爲男以慈爲女二求願下願滿三別教二初明男女生相此教外凡爲破見思所修正助作意趣空望中猶名有爲有漏五度福嚴故稱爲女而知地上無作智嚴在今心性乃緣此性通伏無明名之爲男雖緣無作爲偏修空尚違中理故男女相遙若入內凡見思破處心趣假中順於本性名男女交至迴向位正修中觀名懷聖胎證初地時即遮而照慈智合發名爲雙生得念不退無兩邊過

副本期故地名歡喜二慈悲下明男女有能所生初地慈智男女既是眞因任運能生上地男女上地復生極果男女是故諸佛皆以初地爲祖父母仍辯慈智得名所以慈悲稱大者以拔苦與樂物荷深恩故稱爲大十力無畏既唯自證物莫能知故不稱大四圓教二初表法此教頓修始心即用性德慈智以爲男女方稱經文雙具德業慈無偏緣故名端正慈即佛相故名有相女德備矣智離邊邪故名質直智含萬善故名福德男德備矣似位無明不覆而覆名曰處胎初住慈智不顯而顯名曰雙生眞慈出假愛見莫拘眞智趣果無似愛滯亦不畏者同體權實二皆無縛二方便下願滿四變易言兩番者方便實報同名變易乃以二土名爲兩番若實報人斷證雖分四十一品皆是破於障果無明唯求究竟慈智男女故於此土論一番益其方便人根雖利鈍法分漸頓而皆大乘俱求佛智此土唯望實報爲益唯求分眞慈智男女是故論益亦只一番二復次下作三差料簡三初明人天定散二初明有善禪之德空居四天因亦修定以散心强故但名男例此四空以定强故合云唯女四禪諸支既對定慧即名男女俱時而得故曰一心二從三下斥無動出之功三界功德雖名定慧而皆愛味或雜邪見都屬有漏是故男女無動出用二從二明藏通智斷二初明有無漏之德二從二下明無中道之失大經既以見佛性者名爲丈夫故不見性皆名女人無漏諸定不能發生中道之智故如石女二乘偏空名爲定

多菩薩偏假名爲慧多此之定慧俱不能見寂照平等三德之性迦葉菩薩涅槃之前豈是外道名邪見者蓋未出二邊望中名邪三唯有下明別圓地住修因雖異證道是同斯乃性德緣了顯爲果中定慧二故知下斥他局第三勸持二初科經二勸持下釋義三初勸持二格量二初科二格量下釋四初格量本經舉六十二億恒河沙不多不少者佛頂首楞嚴云此三千大千世界現住世間諸法王子有六十二億恒河沙數修法垂範教化衆生隨順衆生方便智慧各各不同既是現住娑婆菩薩是故特舉爲格量本二問三答四正格量二初約教釋二初約佛眼略示二初以少格多二問起答釋二初以人情問二答佛下約佛眼答佛眼所照稱法界量四多法界不增四少法界不減故云功德正齊二問何下對他解廣釋二初問雖示佛眼稱量不謬其意難明故須問起先引古釋方彰今義二舊解下答二初叙舊解非五初引物論等其福實殊者謂六十二億之福實勝觀音但是方便引物論等此解最謬破意可知二二云下田有高下對劣顯勝不見觀音證理之德何名爲歎三心有濃淡四時解不解意謂觀音雖少稱名之時解心現前六十雖多供養之時解心不發是故多少得福乃等此之二釋皆在持供心之優劣歎德遠矣五有緣無緣父母有生育之緣故供之福深毀之罪重路人無緣故淺文雖不斥理亦全踈豈可觀音但與衆生有緣而已二今明下明今義是二初明今立義二初約實際釋一多人

法皆無性相二空既顯一實斯彰存則假實暫分亡則一多齊致存亡不二方名正等二一中下以經偈釋舉華嚴偈釋令經意良由一與無量俱同實際故互能圓解也以實際之多生觀音之一故非是一以實際之一生河沙之多故非是多既其一多無決定性故互生非實也照其事理者事謂一多之相理謂融即之體慎勿以多爲事以一爲理二法華下引本論證論以持六十二億河沙佛名爲校量者古云論誤蓋不解論意也今具引論文并荆谿解釋方曉其義論云受持觀音名與六十二億恒沙諸佛名彼福平等者有二種義一信力故二畢竟知故信力復二一者求我如觀音畢竟信故二生恭敬心如彼功德我亦得故二畢竟知者決定知法界故

法界者名爲法性初地菩薩能證入一切諸佛平等身故平等身者謂眞如法身是故受持觀音與六十二億恒沙諸佛功德無差荆谿云以此驗知須依圓釋何者於二義中信力約事畢竟約理事理相資方成所念如信力二中既云求我身如觀音即指化身又云觀音功德我亦得之乃指報身願齊報應方乃成念但念果德者何必識理故次義云知法界等次引證位即是初地且引分證令人識之故知若念觀音三身須却以念佛校之若以念法身論之縱引十方諸佛其功亦等何但六十二邪所以論文雖似舉經乃是增句釋義亦如方便初加難解難知欲說大法乃增三句而爲申釋今六十二億菩薩加以佛釋二又約下約觀釋雖三種觀俱受修名

而中是性是故得云二觀發中二觀實不等者破立不等也雖乃不等而二皆是中道之德二與中道畢竟不異中道既等二豈不等是故言空三皆是空假則皆假中則皆中乞人難勝其實不等亦以此二同一法性是故等也三結成此但通云受持名號以正格中言一時故復引大品一華供佛以類一時持觀音名其善流入法性海故如海無盡言至畢苦者二死盡也蓋言成佛散華之福猶尚不盡大章第二問答二初標章述意二初標章二前問下述意二初述前科稱名常念及以禮拜三業現前故曰顯機菩薩以此爲所觀境法身靈智即始本二覺分合之眞身也望於衆生即能觀智乃以此知冥應拔苦即此境智而爲因緣亦名感應以此因緣名觀

世音當說已領二今問下示令意乃明觀音意業鑒機身業現相口業說法既令衆生知覺見聞故云顯應而且不說衆生三業修行之相此由宿善冥伏在懷乃能致感故曰冥機通釋十雙即當法慈福應珠顯權跡緣斷十隻之義二分科釋經二初分科二一云下釋經二初問二初示三業文方便問意者非是道前取理方便正當證後鑒機方便二此是下明三業德二初通釋三業二初標列三義二三不下解釋三義三初釋三不護二初法作意等十字是其護義實不兩字彰於任運然須不其三惑之護即能三業任運度生二譬如下諭二三無下釋三無失不護顯於思義寂絕無失彰其逗會稱宜得三悉益即會事也得第一義即冥理也三三輪下釋三

輪二初徧示三輪三業應機旋轉自在能爲衆生摧破三障故名爲輪二雖普下釋不思議化二初約義釋相心體離念即是法身本性智慧今雖垂應委悉被機而能稱本離於思念故於法身無所損減二淨名下引經證釋分別諸法證於垂化於義不動證不思議即理而事名不動而動二問意下別明示意二初問二答若隨自意無能測者若隨他意蜎蠕亦知又無機者不測有緣者令知二佛答下答二初分經二初別下釋義三初別答二初懸示經意三初明諸身皆答三業二初釋相二初以三答三二又但下約二答三二初現身具三二若說下說法具三不如樹木風吹作聲口兼身業其義易明故不言也二二釋下結示二從別下以諸身束對十界二初約義示若據身說理合齊等但約經中結說文少故云十九如八部四衆但結一說耳二而文下足闕文二初明菩薩二初叙他四解二若三下今取古本若指上品今品那闕若云脫落餘何不脫若言觀音即是菩薩不須更現妙音菩薩何故更現故云三解皆有難也若依古本即令品文菩薩一界爲化義廣最不可闕二又無下明地獄二初叙三釋若指上品亦可爲例其次二釋人之局情耳二今明下明今有義二初依總答明有總文既云現種種形豈可無於地獄形邪二又請下據二經明有請觀音經遊戲五道文先明地獄方等陀羅尼經說婆藪大權示爲商主堅執邪見殺羊祀天生陷地獄於地獄中說法教化九十億罪人來至佛會皆令得道那

言代苦不論說法況復論云多作佛身豈不說法三今通下約諸身對機四句二初釋相二初通示四句經云衆生應以佛身得度即現佛身爲獨現佛爲兼餘身同度彼生又爲一界獨感於佛爲兼餘界同感於佛諸身乃至執金剛神能應共獨能感共獨不可偏執故今通就十法界應對十界機一多相對立以四句方見經文感應之相二別對三相不唯感應多少成於四句人法因果亦有多少故須更立兩重四句初機應四句二初若妙下釋四句四初一界度一界三即下三土以現佛身必徧三處蓋等覺下至于凡夫皆能感佛故須三土以明其應初實報能度所度純一佛界二方便土就本而說故曰五人生彼土已沒其異稱以皆求佛是故感應亦純一界三同居土且明寂場圓機感佛不論形類及兼別機是故亦當第一句也二若寂下一界度多界更以寂場對於次句不唯形異亦乃根殊能感雖多能應唯一問何不二酥對於次句那將初乳配兩句邪答本論佛界度於多界二酥之佛勝劣相合鈍見劣身尚是偏空體非佛界故以寂場一中道佛度於圓別佛菩薩界及五道形方名一界度多界句三若有下多界度一界諸時諸會三乘八部翼從世尊共化一機或諸大權共成化事或佛自徧現而度一機若有一人應以十界身而得度者觀音即現十身而爲說法四若佛下多界度多界文中且約作十界身徧入諸道而爲此句若委論者或有多機同在一處應以十身而得度者亦隨彼現也用此下

歷五味若就根性爲能感機就所證體而爲能應則乳唯得一界度二界醍醐唯得一界度一界若就形相爲感應者則味味中各有四句既云應以何身得度知正約形爲感應也學者應知約土約味别對句者欲易解故若見一多四句相已一切時處應自在作二復次下人法四句上之四句以人對人今之四句以法對人此由經云而爲説法故須更論人法四句初句云善財從百一十者所歷之城也知識即五十三人也雖帶人辯意在所説法異二三兩句可見第四句云一道出生死而言多法者蓋於法法開佛知見以開十界十如皆是實相即不思議之多法此四能被多少之法雖引諸經皆顯觀音能應之德三復下因果四句上二四句對機説法法須修證從因至果自若不然他何所効如轉四諦滅我已證道我已修故諸身説一一皆有因果始終方能被物故四句中戒善麤略感報亦然故因果俱少聲聞因中凡分内外聖有見修證助行法徧於三藏而只證得二種涅槃故因多果少獨覺不禀三學行法但觀彫變頓成果已能具種種神通化事故因少果多菩薩修因時長行廣及成佛果二智萬德故因果俱多此等皆是悉檀示現修因證果大略如是三觀音下結示二初結歸聖能二有人下叙他斥局雖因果迭論一多互説不能顯於權實體相今以十界三重四句望彼之義壓嶽相殊二舊釋下科釋經文二初科經二初舊科二初分三枝末二若爾下釋疑問答二今明下今科二一明下釋義八

初聖身四初佛身三初垂應相狀二初約身簡定二初定應化化則變化欻然而有欻爾而無蓋是暫時益物相也應則應答同物始終如極樂人民壽不可數佛同無量此土壽促佛同八十有降生日有入滅時即八相佛也若尋等者摅列三乘八部四衆至金剛神究是一期化物之相知非欻爾也二問何下揀真應二初問因向文云妙覺法身應於三土說法被機既本是真佛何用垂應方說法耶二答雖云多種豈出四身法報應化法身則遠而難示應化則近而易御報身則亦遠亦近智同法身像屬勝應般若讚云應化非真等者此以真法而奪應化是則無相之相方名真佛無說之說方名說法據妙覺法身等者此據住上品寂光方是真法上地菩薩

亦莫能覩以等覺還皆住果報並依業識見佛若望妙覺俱是勝應故云真法淵遠如妙音等者問妙音東來先現八萬四千衆寶蓮華文殊見已而問於佛據此亦是不識應相那忽引證不知真身答斯乃見跡不識其本即是不知真身也故下問云是菩薩種何善本修何功德行何三昧即真法也二若從下就土分別三初實報二初示應相圓滿相好者如華嚴如來相海品及隨好光明品說十蓮華藏世界微塵數相一一皆以妙相莊嚴說一實諦者若約教道實報猶有別教根緣亦說無量四諦今約實論也二示機宜四十一地皆與妙覺分同體用故不可以九界之身并劣應應之二復次下有餘二初論有無二初大小有無方便實報二土俱受變易生

死偏目此者上土分破此中全在從强受稱也小乘不説常住佛性見思若盡果報永亡大乘談常故三界外更立三土無明全破則居寂光分破實報全在有餘五種意生身即全在者也楞伽但明三種意生身今家約義開爲五種且三種者一入三昧樂意成身此擬二乘入空意也二覺法自性意成身此擬通教菩薩出假意也三種類俱生無作意成身此擬别教菩薩修中意也若開爲五者於三昧開兩教二乘於覺法開别教十行或作七種兩教二乘各開爲二不云别教十住者義同二乘入空故也若論九人生方便土更取别教十住及取圓教十信攝入三種意生身中以未斷無明未生實報通言意者以未發眞皆是作意成之以生並從果説此依妙玄并輔行撮略而辯二釋論下經論定判二此應下明機應二初明但示兩應初示勝應者問前實報身而云此應非餘土甚至此那云圓滿相海如前實報答彼應眞機與應分合此應似機與應未合此猶作意彼則任眞能見既殊所見寧一但爲此機無明已伏或少分除故用報相引令入眞云如前者稍似實報非謂全同二示劣應者問此土一佛示於勝劣兩種相貌與同居土尊特丈六合身之相同異如何答方便兩應但説次第及不次第二種大乘五種意生其土稟教雖有利鈍既皆稟大學佛智慧俱知佛身是大覺性能修中觀伏無明者見相則勝若在二觀未伏無明見相則劣相雖勝劣只一尊特故非合身若同居土説通教時鈍但見空故感丈

六利見不空故感尊特大小二機於一佛身見解有異故名丈六尊特合身此純大見故不名合二何故下明唯被二機二初總示二若圓下別示言圓人無明未破者即七信已上言分破者仁王般若說十地惑有三十品既於一地自有三品是知圓聖四十二位皆有三品初住三品即第十信三心用觀而對破之初心用觀對於上品破則中心中心用觀對於中品破則後心後心用觀對於下品此品若破方名初住生實報土今云分破猶生方便即第十信中後心也如等覺人住於後心經歷多劫方破下品證入妙覺別九向位十向初心俱名未破第十迴向中後二心名爲分破此圓別人俱修中觀伏破無明雖生方便其根既利感佛勝身說圓頓法別第

七住至十行位及通菩薩偏觀於假藏通二乘偏在於空此等生在方便有餘雖已知常求佛智慧尚滯二邊並未觀伏無明之惑其根既鈍但感劣身說漸次法三凡聖同居土或稱淨穢同居土謂淨土穢土各有凡聖而同居之釋此爲二初釋相二初通明二土二根二初明所感二相三初二土淨穢論土淨穢有橫有竪若以分段對於變易爲淨穢者則約通惑盡不盡說即竪論也如釋論云出三界外有淨國土聲聞緣覺出生其中若於分段自說淨穢則約五濁輕重相對即橫論也今以極樂及善淨國對於堪忍是橫非竪故使淨土有見思毒無惡道名毒非苦因則見與煩惱二濁輕也果報嚴淨劫命輕也衆生居此有何鄙稱彌陀願行攝之故輕非是

斷惑方生其中以世慈善五逆稱佛亦能生故娑婆穢相目擊可知此是横論淨穢二土而此二土皆有凡聖凡如前說聖有二種謂應來聖有修得聖二土皆然二兩根利鈍濁重之土論悟道根自有利鈍濁輕土根亦有利鈍以土對根故成四句三五濁輕重身形至卑小即衆生濁時節麤險即刧濁餘三名顯淨土不爾者如大本疏問云既言五濁何者是五清答準例邪正三毒邪是五濁正是五清他方淨土無邪三毒則五障輕也二何故下明能感二行言福德者即三種福也如觀無量壽佛經云一者孝養父母奉事師長慈心不殺修十善業二者受持三歸具足衆戒不犯威儀三者發菩提深信因果讀誦大乘勸進行者此三種業三世諸佛淨土正因

彼疏云初業共凡夫第二共二乘第三是大乘不共之業彼經云欲生極樂國者當修三福故今云多修福德不多修福爲二土行就此福而論也二若穢下别示穢土二根二初示乘戒四句二初立句相戒論十戒唯取不缺不破不穿不雜此之四種前三事戒後一事定皆人天因不取隨道無著智所讚自在隨定具足以此六種雖名爲戒體是三觀自屬於乘乘論五乘不取人天以其二種雖名爲乘不動不出體是漏善事戒所攝唯取三乘以聲聞等該於四教是入理智雖分深淺皆能動出煩惱生死故得名乘今以四戒而對三乘論於緩急以成四句二戒急下判所感乘戒約過去機感約現在二機有下明大小二根二初通明大小感佛不問事戒有持

有毀但論習學理乘大小是故文中置戒明乘故涅槃云其戒緩者未名爲緩於乘緩者方名爲緩以戒緩者唯失人天若其乘緩無解脫路乘分大小昔爲偏眞修觀行者今作小機唯感劣應佛之形聲昔爲中道修觀行者今作大機能感勝應佛之形聲言降神等者如來昔於大通佛所覆講法華與無量衆生作一乘因中間退大涂著五塵佛恐墮苦遂以小乘而救拔之或用衍三而引導之如是大小種種成熟堪於今世悟入佛乘是故如來爲此一事出現於世然其機發復少差別故於一代而分五時有機堪能直入於實有機但能迂入於實雖此二類熟在一時故於華嚴頓談圓別被二種機此機從始即見勝相若於中間習小深者雖於今世入一佛乘而小先熟故爲此機示現劣身初說三藏諸味調熟來至法華方開佛慧此機於始唯見劣身故降母胎即示兩相問華嚴頓後方施小化譬如窮子急追不至徐語方來前頓後漸其義善成今那忽云降神母胎即示兩相答諸文所論初頓次漸蓋是化儀施設之語今此所說大小雙應終歸一乘方盡鑒機始末之事如方便品思無大機念欲息化諸佛勸諭方施小乘次文却云無量劫來讃涅槃法生死永盡我常是說是故思機然後施小此等之說皆是儀式不可據此以難今文預鑒羣機原始要終度物之意也二頓機下別示大小得益二初大機益相一類衆生大種先熟即感勝應入胎住胎出胎成佛其相皆勝轉一實諦即華嚴部頓說圓教既兼別

教故云無量彼經預叙一代始終故立譬云猶如日出先照高山次照幽谷後照平地今家義開平地爲三對於涅槃五種牛味高山大機能感頓教日光前照即有次第及不次第見佛性也若涅槃中譬從牛出乳次第五味則對一代五時教味次第相生今明頓機能見佛性是故兼用食草之譬乃以雪山譬舍那佛忍草譬十二部經牛食譬大機修觀即得醍醐譬見佛性

觀音義疏記卷第二

音釋

綺去倚切 獵力涉切田獵也 眄匹莧切顧視也 逗大透切合也 藪蘇后切 翼逸織切衛也 嶽逆角切山高而尊者 欻許勿切忽也

觀音義疏記卷第三

宋四明沙門知禮述

二若小下小機益相四初略益二初明小機應即是小種先熟之者初感劣應始從入胎至于成佛其相皆劣拘隣或鄰兒或憍陳如此五人首也其四人者即阿鞞跋提摩訶男拘利太子初於鹿園證四諦理名得甘露此乃佛日次照幽谷二既非下對大甄揀二初進對法華揀悟初教得道雖曰甘露既非第五醍醐之味豈得度於二種生死故未名得度故云等者引此經也但用一門解脫虛妄見思之縛其實未得一切境界解脫塵沙無明惑累其至靈山方證斯脫二未堪下退就華嚴辯機二初於大名乳此中乃以證小之後遇大不聞以驗在凡機不受大以聾啞文在經後分其時仍長義當方等般若之時亦可通在鹿苑之前是故迦葉却敘小機蒙大擬時迷悶躃地以後顯前機未堪大其意宛然雖有冥益其如見愛熾然現行故機在華嚴全生如乳二聞方下於小名酪急追付財稱慫大喚徐語除糞歡喜隨來乃施方便說三界苦以畏苦故斷見思集既革凡成聖名轉乳爲酪次聞下生酥四教俱演橫攝衆機小聞彈訶漸能慕大密得通益鈍根菩薩益同二乘調此等機得生酥味應知約教明五味者不取濃淡但語相生以其頓乳即醍醐故若約機者有濃淡義然就三乘極鈍者說爲此一類於彼華嚴全無顯益如鯉血乳說三藏時此機成酪次第漸濃至於極味次聞下熟酥不談三藏具示衍三利根之人入圓

者衆聲聞至此被加轉教既於眞空具談萬行故令鈍根冥得別益約調漸機名熟酥味四次聞下醍醐二初法華二初明三乘皆得成佛捨前三教方便四諦但説一實無上之道復開三教方便之門皆是一乘眞實之相乃是此經待絶二妙談茲妙故方令二乘焦穀更生三教菩薩權疑永息是故無一不成佛者二故云下證一代俱入醍醐若大機先熟華嚴初見即入佛慧若小機先熟即須漸引令聞開廢方得佛慧初得今得皆是佛慧俱譬醍醐但彼兼別至此純圓二若復下涅槃開顯之意法華具彰執權之機大陣已破更須涅槃收其餘黨故法華後復談般若調熟其心令於涅槃得醍醐味是故彼經就般若部後分結撮五味次第云從摩訶般若出大涅槃説勝三修者彼經明三種三修一邪二劣三勝邪即世門邪師所教常樂我也劣即依佛半教破於邪執謂無常無樂無我也勝即依佛勝教破於劣修謂常樂我也法身常恒無有變易遊諸覺華歡娛受樂具八自在無能遏絶如是修者入祕密藏名勝三修二是爲下結例三初結佛身二或示下例餘身佛身既能説五時教若示餘身亦於五時引諸實行隨味而轉復須論於示現多身度於一人或一度多或一度一或多度多約人既爾人法因果多少相對各成四句故初懸叙立三四句方盡身説感應之相三穢國下例淨土如安樂世界菩薩無數聲聞亦然良以法有頓漸是故人分大小具如九品生彼土後入大小位皆由聞法驗知應彼淨土度

生須論漸頓二種身說二此中下本觀慈悲如上所明三土垂形五時化物穢指釋迦淨約彌陀二佛化事教文備彰以顯觀音示現佛身與此不異分眞究竟體用同故果用若此豈無本因故今却尋本觀誓願是修別圓觀行之時起慈悲誓期徧法界現身說法度諸衆生令住寂光本誓所熏能徧三土形聲利益例前赴難本誓文中已備說也三問經下簡土名體二初辯土名二初問娑婆之名翻爲堪忍於同居中尚不通淨那得具約三土釋邪二答菩薩舉一以爲問端如來稱法周徧爲答故云以種種形遊諸國土橫亘十方豎徹三土故言諸也皆是觀音應身遊處此約如來答過於問據文釋也若更約義其相宛然何者經示方便及實報土不離娑婆故云若聞長壽深心信解則爲見佛常在耆闍崛山共大菩薩諸聲聞衆圍繞說法旣云常在耆山則劫火洞然此土安隱復以菩薩共諸聲聞而爲聽衆豈非娑婆即方便土復云又見娑婆世界其地瑠璃乃至樓觀皆悉寶成其菩薩衆咸處其中旣云又見即非前處唯有菩薩不共聲聞即純菩薩而爲僧也驗知娑婆即是實報此文皆是四信妙觀即於堪忍而見二土觀音深智遊於娑婆豈容獨應同居穢邪二問二下明土體二初問大論云出三界外有淨土聲聞辟支佛出生其中受法性身非分段生即方便土也大品云法身佛爲法性身菩薩說法其聽法衆非生死人但云菩薩不共二乘即實報土也二土不同皆稱法性云何分別二答小乘灰斷無

界外生論云出界復云受身此據大說大乘
法性體本常住即是一切色心之源何者小
謂色心因見思有故因縛斷其果永忘大說
色心因惑生滅不因惑有體是法性見思若
盡無明全在則當眞諦法性色心方便生滅
無明分破本性分顯義當中道法性色心實
報生滅無明究盡則復本性常住色心離生
滅相常寂光也今明方便及實報土法性名
同約斷惑論眞中大異二次明下菩薩二初
明應相二初輔佛不同橫論四教竪則三土
同居四教各有教主各有菩薩輔翊化機方
便二教實報一圓各須菩薩輔佛逗緣二赴
利下赴緣有異大略而分頓部根利漸教根
鈍若委論者頓中別鈍漸中圓利所說之法
隨機廢興輔佛菩薩亦隨改轉不可文備宜
準教思二此中下明本觀佛章略述二支佛
若論獨覺既不值佛稟教何能說法欲化衆
生但現神變今云說法乃論佛世稟因緣教
者也此明權示亦引其類隨味而轉同聲聞
也四次明下聲聞二初明所現二內祕下明
能現前列所現全同實行今明能現知是大
權此中有四初能現意外示權跡意在莊嚴
涅槃雙樹言雙樹者四方各雙東方一雙一
枯一榮南西北方亦復如是東方枯榮表常
無常南樂無樂西我無我北淨不淨如來於
中北首而卧入般涅槃則表雙非常無常等
經文略舉因中六人即是身子目連空生那
律迦葉阿難及果一人即如來是此皆善能
莊嚴雙樹斯蓋如來與身子等久證三德欲
令衆生得入祕藏雙非常等眞四德故初於

三藏主伴相與同諸實行殷勤修證無常無樂無我無淨成四枯也次於二酥褒圓折偏恥小慕大說菩薩法引諸衆生破於無常修學常等成四榮也至法華會及今涅槃引諸衆生皆同證入非枯非榮中道四德大般涅槃經示主伴一代化功今已成就乃於雙樹中間涅槃而表顯之故云六人及以如來能嚴雙樹觀音示現聲聞之身其意如是二次引下能現人善財所見諸善知識如海雲比丘善住比丘現聲聞身說別圓法二乘機扣即說藏通既住不思議法門何所不說此合令文人法四句三次引大下能現法上總約法彰能現人令此的示現小之術故引大經四種之智觀十二緣得四乘果觀音若修別觀則次第用四智觀緣若修圓觀則一心用

四因緣智而於一一皆起誓願度諸衆生不取四相不捨四法不取故非有不捨故非空雙遮二邊即無緣誓雙照生法即四慈悲令行願成故徧法界現四形聲普應一切今於四中的取下智爲能現法四問下寄料簡二初問因前分別以十界身應十界機一多交互雖成四句而終有佛度於佛界故有今問答中等覺度初地者約別教義也以圓六即佛義太寛別教登地佛界義顯何者別教三賢用於三乘所修觀法入地證中逈超九界始本分合體用同佛故然是分證惑必厚薄智論淺深是故上位現化他佛度於下位自行之佛取譬人中師度弟子須知能度之佛或現八相或坐華王所度之佛必作因身以佛威儀非稟法相故四教佛皆無師智又今

一往且云等覺度於初地若本下跡高可云初地度於等覺以示佛跡是妙覺身乃由極果加被故也二二明下天身六初梵王二初釋名相二觀音下明本觀此天依正多是白色觀音因時觀於白色即空假中住白法界即是此有真常我性名王三昧不取不捨者不取此禪有相謂見思也不取此禪空相塵沙也不取此禪亦有亦無相非有非無相無明也則不隨三惑生於此禪三土也以不捨故即能應爲凡夫梵王同居也復能應爲方便梵王即阿含云已證三果將入方便土也復能應爲實報梵王即仁王云證七地故說出欲論亦三惑欲也四句現身即是感應一多相對以成四句以權引實引三土實行人也具如佛章下去諸身皆應例此二帝釋三自在四大自在五天大將軍闕釋毗沙門以可見故三小王下人身五初小王二長者十長人之德如大本疏第五云世間長者備十種德一姓貴二位高三大富四威猛五智深六年耆七行淨八禮備九上歎十下歸姓則三皇五帝之裔左貂右揷之家位則輔弼丞相鹽梅阿衡富則銅陵金谷豐饒侈靡威則嚴霜隆重不肅而成智則胷如武庫權奇超拔年則蒼蒼稜稜物儀所伏行則白珪無玷所行如言禮則節度庠序世所式瞻上則一人所敬下則四海所歸內合如來十種功德及觀心十德具彰彼疏三居士四宰官五婆羅門四次列下四衆比丘者或言有翻或言無翻有翻者此云除饉衆生在因無法自資得報多所饉乏出家戒行是良福田能生物

善除因果之饉乏也無翻者名含三義一破惡二怖魔三乞云云比丘尼者比丘同前尼者此翻女也優婆塞此云近事男優婆夷此云近事女以受歸戒堪近事出家二衆又在家二衆或翻爲清信士清信女五婦女六童眞七八部八初天二龍三夜叉四乾闥婆五阿修羅六迦樓羅七緊那羅八摩睺羅伽八金剛二初釋相二問答二初問二答第二總答三初牒章示文意二初牒章二示文二初名下依文明義廣二初依文釋二初明垂應徧三土就同居說十方土異約上二土則無異域故同居對方便一異分之方便對實報融不融別實報對寂光相無相簡若同居中衆生種類塵沙莫喻觀音悉能示其三業而度脫之經文所列三十三身蓋略示也欲彰周徧故總示云以種種形遊諸國土度脫衆生也二以種下據總文示三廣不明三廣但依別答則成限局觀音應化矣二言雖下結義廣三善財下按義顯他狹二初明文廣義狹二斥違義立宗若尋今意一菩薩身能現十界復云以種種形遊諸國土度脫衆生三廣義彰不可思說經文明示普門示現佛意令知本性發明就何文義云夢幻不眞乃是剛然貶挫妙典故知此師但見文略不究理圓故作斯判矣第三勸供養二初標章立意二初標章二佛答下立意二初明始終相稱二初示今立章二初前後皆三二初敘前三二佛答後下示今三二而總下明總別互舉二有人下斥他傷義前三後三始終開合各得相稱若以總答爲歎德者則今後三義

不相稱佛以總答廣前別答若廢總答則令三廣義意不顯故云傷義二問後下問答釋疑二初畨二初疑前無奉旨二答默念成機二初明默念前勸持名唯令心念是故受旨但當冥默後勸供養必假外物以表內懷是故解瓔而爲法施二又欲下互成機前陳三業巳是顯機奉旨默念更成冥感今但宿善即是冥機奉旨解瓔即成顯感前後互現各有深致二畨二初問以機難應二答以機顯應二初勸下依文釋義二初分文二先稱下釋義二初勸供養二初稱美二出供下出意若佛頂首楞嚴經明十四種無畏功德即以救七難赴二求免三毒等爲施無畏今品既在第二問答之後明施無畏似用現身說法爲施無畏若據文云於怖畏急難之中能施

無畏亦可總該前畨問答是則眞應二身俱爲能施冥顯二益皆得無畏二奉旨二初科二經文下釋六初奉命二初釋解瓔二初事釋二初評衆寶文二若依下釋百千價二初問經以事瓔表於行瓔諸地功德莊嚴法身既有階差故以世寶貴賤爲表今無盡意入位既高瓔珞合用無價之寶豈可止直十萬兩金二答言百千者略舉多數如云百姓豈局一百萬民亦然約位辯瓔必無價也二若就下觀解所言百千乃以事數表於理觀豈專約事定其多少頸是所嚴故表中道此性德也全性起修故能嚴行皆無著也此行稱性如瓔在頸而言解者菩薩雖有上求下化一切功德未始不與常捨相應欲示衆生常捨行故乃解瓔珞而爲施也大集蓋明行瓔

嚴理一地成萬者了達一心十界百法百界千法千界萬法此之萬法性本具足全性起修轉名萬德即三學六度三昧總持神通智慧四等四攝三念八脫十力無畏十地悉能分證萬德即成十萬故知言數不專事也二法施下釋法施二初舊取重法施因重聖法故行財施是則財法分爲兩派理豈然乎二今明如法施法是三諦圓常理性今體財即性諸法趣財是趣不過財尚叵得云何當有趣與非趣故財與法無二無別財外無法法外無財豈唯財爾施及受者皆空假中無非法界如是乃名以法界心對法界境起法界施於財下引淨名經以一瓔珞分作二分一分施與最下乞人一分奉於難勝如來而作是言若施主等心施一最下乞人猶如如來

福田之相無所分別等于大悲不求果報是則名曰具足法施彼疏釋云此即觀所施田入平等法界無有二相成無緣悲具足一切佛法不求緣修之報即是具足法施之會如此明文諸師何得但約說法以明法施疏文彼經居士觀於悲田法界等佛今無盡意對於敬田既稱法施豈不等彼一切衆生邪二不肯下不受二初事釋二觀解不受三昧即畢竟空一心三觀破無不徧以即空故不受於有以即假故不受於空以即中故不受二邊照空假故不受中道如是不受在一心中方離次第及以但空以五不受義徧衍門應當料簡三重白下重奉三義解愍前二自行後一利他此猶事釋以無等者復約理觀求觀音受何者圓論不受則於諸法無所遺故

畢竟不受即畢竟受故云以無所受而受諸受四佛勸五受施觀音本地唯佛能知今現因身須求極果故雖受施迴奉敬田以一瓔珞作二分者表於一行必具二因理則正因事則緣了事理不二名曰妙因能成二身不思議果法無增減而能出纏性即修故報有斷證然匪功成修即性故若其然者方曰事理之因趣於法報之果不論應身者因人趣果合表二身法報若成應用自發六結德文後重頌什公不譯諸師皆謂梵本中有荆谿云此亦未測什公深意續高僧傳云偈是闍那崛多所譯智者出時此偈未行故無所解荆谿亦於輔行記中引還著於本人之文故知具釋理亦無妨近有天竺寺式法師分節其文對於長行二種問答宛如符契今依彼科略消此偈偈有二十六行分三初一行雙頌二問二初一句歎德世尊具相誠由萬德之所莊嚴是故歎相即是美德次我今下三句雙問二初一句含上二問長行先問得名因緣次問三業遊化之相今既重頌豈闕後問故知句中問彼兩字兼含次問也二佛子下兩句別頌初問文甚顯著二具足下二十二行雙頌二答二初二句經家叙緝綴之語合當直說今爲偈者或集經者乘便頌之或是崛多以偈翻之貫散無在二汝聽下正頌佛答二初一行半加頌總歎願行汝聽二字勑令審諦觀音行者一心三智觀彼類音令無量苦一時解脫即是已成利他行也不動眞心垂形三土方名善應處處現往故曰諸方此二句總歎所剋眞應二身次則總論能

成行願初明始心四弘願廣復示行行經劫難量以誓深故長時不退以時長故值佛唯多隨佛作爲方名侍佛修諸佛行也一一佛所皆發淨願後心別願也若不爾者安得眞智徧拔衆苦安能應身普度一切二我爲下別頌二答二初頌初答觀音得名二初一行頌總答舉要言之故云略說聞名故稱口業機也見身故禮身業機也心念正當意業機也上明冥應今云見身二應具也亦可見於妙智之身不虧冥應長行總答機但稱名而別答中機具三業至今重頌總中三業別但心念綺文互現頌之巧也二假使下頌別答二初十二行頌七難十二初一行頌第一火難如前疏釋下去諸難皆可例知問上長行中求離三毒常念觀音疏云常念乃是正念

體達煩惱即是實際無能無所今偈那云念彼觀音彼此既分豈忘能所答圓妙之教不可情求文似相違義歸一揆即於無差而說差故豈有差別異無差邪今文言彼義當兩向若就佛說觀音爲彼即是師弟而分彼此若就衆生念彼觀音此乃感應而分彼此師弟感應妙教詮之皆是法界一一圓融衆生乃感心中彼佛諸佛還應心内彼生此教行人或遭苦難念彼觀音豈謂能念異所念邪以知皆是法界故也達彼觀音即念而具既知即念有何能所故彼此雖分能所俱絶是故偈文雖云念彼與上正念全不相違問求脫苦難心念觀音一切機緣俱能感聖今釋念彼那但約圓豈果報等機全不能感答王三昧力救一一難皆論十番始離惡報終入

寂光十界衆機誰不蒙益疏釋前答此義備彰頌開七難而爲十二各合具明十番感應但以部意正在醍醐是故長行佛示意機唯令常念常念必須絕於破立今聞重頌念彼觀音必合疑云前令絕所令教念彼豈不相違故須約圓釋此伏難彼此即念能所豈存學者應知觀音應物雖無所遺今宗示人唯在妙觀是故前疏釋乎意機全廢餘塗一向圓解至今重頌念彼觀音豈可異前自從淺解違大師意勸今學人若說若行勿離圓觀一苦一樂常念觀音既成妙機何爽圓應一實事益念念常需二或漂下一行頌第二水難三或在下一行加頌墮須彌峯四或被下一行加頌墮金剛山五或值下一行超頌怨賊難六或遭下一行頌刀杖難七或囚下頌

幽執難八呪詛下加頌呪詛難還著本人者凡呪毒藥乃用鬼法欲害於人前人邪念方受其害若能正念還著本人如譬喻經中有清信士初持五戒後時衰老多有廢忘爾時山中有渴梵志從其乞飲田家事忙不暇看之遂恨而去梵志能起尸使鬼召得殺鬼勑曰彼辱我往殺之山中有羅漢知往詣田家語言汝今夜早然燈勤三自歸口誦守口身莫犯偈慈念衆生可得安隱主人如教通曉念佛誦戒鬼至曉求其微尤無能得害鬼神之法人令其殺即便欲殺但彼有不可殺之德法當却殺其使鬼者其鬼乃恚欲害梵志羅漢蔽之令鬼不見田家悟道梵志得活輔行引此云正是觀音經中還著於本人之文九或遇下追頌羅刹難十若惡下加頌惡獸

處名爲舌舌是四大造色亦爲十色所成謂四大四微身根微舌根微也

五身入

六分假合之體對觸能覺觸處皆名爲身身是四大造色但有九色所成謂四大四微身根微

六意入

心對一切法即有能知法之用名之爲意意者即心王也是中除諸心數法但取心王以爲意入

外六入者此六法踈故屬外識所遊涉故名爲入亦名塵者塵以染汙爲義以能染汙情識故通名爲塵也

一色入

一切對眼所見之色名爲色色有二種色攝一切色一正報可見色衆生身色青黃赤白黑色等二依報可見色外無知青黃赤白黑色等也

二聲入

一切對耳所聞之色曰聲聲有二種聲攝一切聲一從正報色出聲衆生語言音聲也二從依報色出聲也

三香入

一切對鼻所聞之色名香香有二種香攝一切香一正報色處香衆生身中香臭也二依報色出香外一切無知色中所有香臭

四味入

一切對舌所知之色曰味味有二種味攝一切味一正報色處味衆生身中之六味也二依報色處味外一切無知色中所有六味也

五觸入

一切對身所覺之色名觸觸有二種觸攝一切觸一正報色處觸衆生身中冷暖澁滑等十六觸也二依報色處觸外一切無知色中冷暖等一切十六觸也

六法入

一切對意所知之法名法法有二種法攝一切法一者心法是中除心王但取相應諸心數法也二者非心法即過去未外色法及心不相應諸行及三無爲法

十八界初門第四

內六根界

一眼界二耳界三鼻界四舌界五身界六意界

外六塵界

一色界二聲界三香界四味界五觸界六法界

六識界

一眼識界二耳識界三鼻識界四舌識界五身識界六意識界

次十二入而辨十八界者以惑者迷於名色俱重故開色爲十離名作八合爲十八界也通名界者以界別爲義此十八法各有別體義無渾濫故通受界名也

內六根界

此具如前明內六根入中分別其相乃更加以界之名義者欲使修觀之徒推折無謬不滯十六知見之妄計也

外六塵界

此具如前外六塵入中分別其相乃更加以界之名義者意同六根中立界名

六識界者若根塵相對即有識生識以識别爲義識依於根能識别於塵故此六通名識也若了識從緣生豈計有神使知謬取也

一眼識界眼根若對色塵即生眼識眼識生時即識色塵故名眼識界也二耳識界耳根若對聲塵即生耳識耳識生時即識聲塵故名耳識界也三鼻識界鼻根若對香塵即生鼻識鼻識生時即識香塵故名鼻識界也四舌識界舌根若對味塵即生舌識舌識生時即識味塵故名舌識界也五身識界身根若對觸塵即生身識身識生時即識觸塵故名身識界也六意識界五識生已即滅意爲意識此意識續生意識生時即識法塵若五識能生意識即以前五識爲根後意識爲意識比意識滅次識續生是則前意識生後意識如是亦脫傳受根識之名皆以能生爲根所生爲識今說所生之識爲意識界也

十六知見初門第五一我二衆生三壽者四命者五生者六養育七衆數八人九作者十使作者十一起者十二使起者十三受者十四使受者十五知者十六見者

次名色陰入界而辨十六知見者名色等法中神我本不可得而未見道者悉於名色等法中妄計有我我所計我之心歷緣略辨即有十六知見之别廣對諸緣則妄計不可稱數因此顛倒備起一切煩惱生死行業今爲欲於後明生法二空等一切觀門必須善識假實之法故略依傍大智度論釋之也

一我若於名色陰入界等法中無明不了若即若離中妄計有我我所之實故名爲我也二衆生於名色陰入界等法和合中妄計有我生故名衆生三壽者於名色陰入界等法中妄計有我受一期果報壽有長短故名壽者四命者於名色陰入界等法中妄計我命根成就連持不斷故名命者五生者於名色陰入界等法中妄計我能起衆事如父生子名爲生者亦計我來人中受生故名生者六養育於名色陰入界等法中妄計我能養育於他故名養育亦計我從生已來爲父母養育故名養育七衆數於名色陰入界等法中妄計我有名色五衆十二入十八界等諸因緣是衆法有數故名衆數八人於名色陰入界等法中妄計我是行人異於非行之人故名爲人亦計我生人道異於餘道故名爲人九作者於名色陰

入界等法中妄計我有身力手足能有所作故名作者十使作者於名色陰入界等法中妄計我能役他故名使作者十一起者於名色陰入界等法中妄計我能造後世罪福業故名起者十二使起者於名色陰入界等法中妄計我能令他起後世罪福業故名使起者十三受者於名色陰入界等法中妄計我當後身受罪福果報故名受者十四使受者於名色陰入界等法中妄計我當令他受苦樂果報故名使受者十五知者於名色陰入界等法中妄計有五根能知五塵故名知者十六見者於名色陰入界等法中妄計我有眼根故能見一切色亦計我能起邪見我起正見名見者

見愛二煩惱初門第六一見煩惱二愛煩惱

次名色陰入界及我等十六而辨見愛者若迷此假實二法則倒想紛然故三界流轉無際皆是煩惱使之然也若論煩惱根本不出見愛枝派分別則科目甚多所謂三毒五蓋十使九十八煩惱八萬四千乃至塵沙等數此諸科目雖數有多少而同是煩惱潤生之力體無殊別但教門善巧乃約增減之數而制立之故瓔珞經云見著二法迷法界色心廣起一切三界煩惱通名煩惱者煩以喧煩爲義惱以逼亂爲義能喧煩之法逼亂行者心神致使眞明不得開發故名煩惱也

一見煩惱邪心觀理名之爲見若於假實之理情迷而倒想邪求隨見偏理妄執爲實通名爲見見煩惱者謂五利使見諦所斷八十八使及六十二見等也二愛煩惱貪染之心名之爲愛若於假實二事情迷隨心所對一切事境染著纏綿通名爲愛愛煩惱者謂五鈍使思惟所斷十使及所斷結流愛扼纏蓋纏等也

三毒初門第七一貪毒二瞋毒三癡毒

次見愛而辨三毒者此二科既有合離之異事須分別若合但取癡一分爲見餘一分及貪恚並合爲愛也若離則見愛之中各有三毒如此歷三界五行則離出九十八使一切煩惱通名毒者毒以沉毒爲義惱壞之甚故

云沉毒以其能壞出世善心故名爲毒也

一貪毒引取之心名之爲貪若以迷心對一切順情之境引取無猒即是貪毒歷三界五行十五貪使並是貪毒但上二界煩惱既薄故別受愛名二瞋毒違忿之心名之爲瞋若以迷心對一切違情之境便起忿怒即是瞋毒歷欲界五行下即有五瞋使並是瞋毒數人義上二界無瞋也三癡毒迷惑之心名之爲癡若迷一切事理之法無明不了迷惑妄取起諸邪行即是癡毒亦名無明無明有二種一者相應無明即是與三界五行下八十八使相應共起二者不相應無明即是三界五行下十五癡使也

五蓋初門第八一貪欲蓋二瞋恚蓋三睡眠蓋四掉悔蓋五疑蓋

次三毒而辨五蓋者若論三毒之體豈異五蓋但科目不同名字增減有異故次分別所以然者若沒癡毒之名而離癡法爲睡眠掉悔疑三蓋足貪瞋爲五蓋也若開五蓋則煩惱無量通名蓋者蓋以覆蓋爲義能覆蓋行者清淨善心不得開發故名爲蓋而此五蓋既的爲在下所明諸禪正郭故須略辨其相

一貪欲蓋引取心無猒足爲貪欲分別體相具如貪毒中說二界五行中十五貪使即是貪欲蓋二瞋恚蓋忿怒之心名爲瞋恚分別體相具如前說欲界五行五種瞋使即是瞋蓋也三睡眠蓋意識惛熟曰睡五情暗冥名眠若心依無記則增長無明故意識惛惛而熟五情暗冥無所覺知謂之睡眠也數人說爲增心數法猶屬見思所斷十五癡使攝也四掉悔蓋邪心動念曰掉退思憂悴爲悔若縱無明謬取則戲論動掉心生既所爲乖失退思則有憂悔也亦是增心數法正屬見諦所斷三十二見使攝思惟斷亦有少分也五疑蓋癡心求理猶預不決名之爲疑若修道定等法無明暗鈍不別眞僞因生猶預心無決斷皆謂疑也世間通疑非一正論郭道之疑即是見諦所斷三界四行十二疑使也

十使初門第九五鈍使一貪使二瞋使三無明使四慢使五疑使五利使一身見使二邊見使三邪見使四戒取使五見取使

次五蓋而辨十使者豈有十使異於五蓋若教門但爲修定者說略立三毒五蓋之數若

爲修慧者說欲使明識所斷之惑無謬故須分別爲十使也所以然者貪瞋二蓋即是貪瞋二使睡蓋之本即是癡使離癡出慢即爲慢使疑蓋即疑使也是爲五鈍使掉悔即是邪思掉動之心若細分別其相則有五利五鈍使之別而此推之還是五蓋分別爲十使也若開十使則出一切煩惱此十通名使者使以驅役爲義能驅役行者心神流轉三界故通受使名亦名十煩惱煩惱義如前說

一貪欲使引取無猒名曰貪欲分別其相具如貪毒中說見思所斷三界五行中十五貪皆是貪使

二瞋恚使忿怒之心名之曰瞋分別其相具如瞋毒中說見思所斷欲界五行中五恚即是恚使也

三無明使迷惑不了之心名爲無明若以迷心緣境隨有所起則念念永失而不知慚愧者皆是癡也見思所斷三界五行下十五癡即是無明使

四慢使自恃輕他之心曰慢若自恃種姓富貴有德才能輕蔑於他即是慢也慢有八種在下別出乃至見思所斷三界五行下十五慢皆是慢使也

五疑使迷心乖理猶預不決曰疑分別其相具如疑蓋中說三界四行十二種疑並是疑使也

六身見使若於名色陰入界中妄計爲身名爲身見若以無明不了則於五陰中起二十種身見則身見有二十種見諦所斷一行中歷三界有二身見也

七邊見使執邊之心名爲邊見若於四邊不了隨一見一邊爲實餘邊悉爲妄語如其所見互執一邊悉墮邊見歷三世五陰即有六十二見並是見諦所斷合六十一見同是一邊見攝也又約見諦所斷一行中歷三界即有三邊見

八邪見使邪心取理故名邪見若無明不了四諦因果邪心推獲謂無此理因斷滅出世間善根乃至世間善根作闡提行是爲邪見見諦所斷三界四行中有十二邪見是也

九見取使於非真勝法中謬見涅槃生心而取故曰見取若行道之時雖入種種觀門而真明未發無明不了便謬計所得以爲真爲勝生心取著皆名見取也見諦所斷三界四行有十二見取是也

十戒取使於非戒中謬以爲戒取以進行故曰戒取若取雞狗牛戒乃至九十五種外道所行之戒爲真戒皆名戒取若人雖持佛戒見有戒相亦是戒取見諦所斷三界二行有六種戒取是也

九十八使初門第十

見諦門八十八使欲界有三十二使色界有二十八使無色界二十八使思惟門十八使欲界有四使色界有三

使無色界有三使

次十使而辨九十八使者正為見思兩道惑鄣不同欲使修觀之者精識所治之惑斷伏無濫故教門歷三界五行細分別十使則有九十八也亦名九十八煩惱通名為使名煩惱者類如前釋若離九十八使則出一切煩惱今依數人明九十八使也若成實論人所解則異也

見諦惑欲界三十二使苦諦下具有十使集諦下有七使除身見邊見戒取滅諦下有七使亦除身見邊見戒取道諦下有八使但除身見邊見故欲界四行下合有三十二使

見諦惑色界二十八使苦諦下有九使除瞋集諦下有六使除瞋及除身見邊見戒取滅諦下有六使亦除瞋及身見邊見戒取道諦下有七使亦除瞋使及身見邊見故色界四行下合有二十八使也

見諦惑無色界二十八使苦諦下有九使集諦下有六使滅諦下有六使道諦下有七使若取若除皆如色界中分別故無色界四行下合二十八使合三界四諦下有八十八使並是能鄣見諦之惑為須陀洹見道之所斷也分別使相畧說並如前十使章門辨也

思惟惑欲界四使一貪使二瞋使三癡使四慢使

此使從斯陀含向入修道斷乃至阿那含果九品方盡

思惟惑色界三使一貪使二癡使三慢使

此三使並是阿羅漢向用修道智斷也

思惟惑無色界三使一貪使二癡使三慢使

故三界思惟惑合有十使足前見諦合為九十八使但此三使亦是阿羅漢向斷至果方盡也

次此應廣出諸煩惱科目所謂三漏四流四縛八邪八倒九結九惱十纏乃至五百煩惱八萬四千諸塵勞門及恒沙等數煩惱皆從見愛九十八使離合而辨若具出科目云云今

略出數科足以顯教門明煩惱離合惑鄣潤生之法諸煩惱科目至第六卷中別當更隨要而出

十惡初門第十一

身有三惡一殺生二偷盜三邪婬 口有四惡一妄語二兩舌三惡口四綺語 意有三惡一貪欲二瞋恚三邪見

次諸煩惱結使而辨十惡者以煩惱既是惑亂之法能驅役行者心神乃令觸境顛倒若縱此惑情而起身口意者則動與理乖故於三業所起備有十惡也通名惡者惡以乖理爲義此十並是乖理而起故名爲惡亦名十不善道以其能通苦報故非善道也

一殺生斷一切眾生命故名爲殺生 二偷盜盜取他財物故名爲偷盜 三邪婬於非妻妾而行欲事故名邪婬 四妄語以言誑他故名妄語 五兩舌搆鬬之言間他令致得失分乖名爲兩舌 六惡口惡言加彼令他受惱名爲惡口 七綺語綺側語辭言乖道理名爲綺語 八貪欲引取順情塵境心無猒足名爲貪欲 九瞋恚若對違境心生忿怒名爲瞋恚 十邪見撥正因果僻信求福皆名邪見

次此應出四重五逆七逆謗方等經用僧鬘物作闡提行十六惡律儀等諸輕重惡業科目皆從十惡中離合分別而說者今欲論諸入道要門具出云云至後第六卷中別當更出

十善初門第十二

身三種善一不殺生二不偷盜三不邪婬 口四種善一不妄語二不兩舌三不惡口四不綺語 意三種善一不貪欲二不瞋恚三不邪見

次十惡而辨十善者若人能知惡是乖理之行故現在將來由斯招苦則必須息惡行善可以來世永致清升之樂果是以次十惡而明十善也但十善有二種一止二行止則但止前惡不惱於他行則修行勝德利安一切

此二通稱善者善以順理爲義息倒歸眞故云順理止則息於重倒之惡行則漸歸勝道之善故止行二種皆名爲善或加以道名以能通至樂果也

一不殺生（即是止善止前殺生之惡行善者當行放生之善也）二不偷盜（即是止善止前盜他財物之惡行善者當行布施之善）三不邪婬（即是止善止前於非妻妾婬欲之惡行善者當行恭敬之善）四不妄語（即是止善止前虛言誑他之惡行善者當行實語之善也）五不兩舌（即是止善止前構鬬兩邊之惡行善者當行和合之善）六不惡口（即是止善止前惡言加人之惡行善者當行軟語之善）七不綺語（即是止善止前綺側乖理之惡語行善者當行有義語饒益之善）八不貪欲（即是止善止前引取無厭之惡行善者當行不淨觀觀諸六塵皆欺誑不淨之觀行善）九不瞋恚（即是止善止前忿怒之惡行善者當行慈忍之善）十不邪見（即是止善止前撥正因果僻信邪心之惡行善者當行正信歸心正道生智慧之善）

三歸戒初門第十三（一歸佛二歸法三歸僧）

次十善而辨三歸者如來未興於世爾時巳有十善之化是爲世間舊善豈有三寶之可歸大聖初成正覺方因提謂長者開授三歸之戒翻邪歸正以爲入聖之根本三乘行者歸宗進行此爲初首也三歸之用正破三邪濟三塗接三乘出三有佛法以此三歸爲本通發一切戒品及諸出世善法豈同十善之舊法耶問曰十二門禪亦是舊法今何故不三歸前說答曰若依說教時節實如所問但今欲次論修行戒定之次則不得爾今次三歸之下備出諸戒科目並同此意

一歸依佛（佛陀秦言覺者自覺覺他故名爲佛歸者以反還爲義反邪師還事正師故名歸依者憑也憑心靈覺得出三塗及三界生死也故經云歸依於佛者終不更歸依其餘諸外天神也）

二歸依法（達磨秦言法法云可軌大聖所說若教若理可爲心軌故言法也歸

者反邪法還修正法故名歸依者憑佛所說法得出三塗及三界生死故經云歸依於法者永離於殺害

三歸依僧僧伽秦言衆衆名和合出家三乘行者心與佛所說事理法合故名爲僧歸者反九十五種邪行之侶歸心出家三乘正行之伴故名歸依者憑心出家三乘正行伴得出三塗及三界生死故經云歸依於僧者永不復更歸依其餘諸外道也

五戒初門第十四一不殺生戒二不偷盜戒三不邪婬戒四不妄語戒五不飲酒戒

次三歸而辨五戒者大智度論云念佛如醫王念法如服藥念僧如瞻病人念戒如藥禁忌今所以次三歸而明諸戒品意在此也故佛爲提謂等在家弟子受三歸已即授五戒爲優婆塞若在家佛弟子破此五戒則非清信士女故經云五戒者天下大禁忌若犯五戒在天則違五星在地則違五嶽在方則違五帝在身則違五藏如是等世間違犯無量若約出世犯五戒者則破五分法身一切佛法所以者何五戒是一切大小乘尸羅根本若犯五戒則不得更受大小乘戒也若能堅持即是五大施也此五通名戒者以防止爲義能防惡律儀無作之非止三業所起之惡故名防止

一不殺生戒云何名殺生若實知是衆生發心欲殺而奪其命起身業有作已是名殺罪若不作是事名不殺戒其餘繫閉鞭打等是殺方便非正罪

二不偷盜戒云何名盜知他物生盜心取物去離本處物屬我是名盜若不作是事名不偷盜戒其餘計校乃至手捉未離地等是盜方便非正罪

三不邪婬戒云何名邪婬若女人爲父母兄弟姊妹夫主兒子世間法王法守護若出家戒法護乃至自婦受一日戒法若有娠乳兒及非道處如是犯者名爲邪婬若不作是事名不邪婬戒其餘言戲以物相要乃至捉手觸身未遂婬事皆爲邪婬方便非正罪

四不妄語戒云何名妄語不淨心欲誑他隱覆實事出異語生口業是名妄語若不作是事名不妄語戒妄語之罪從言聲相解生若不相解雖不實語皆是妄語方便不謂正罪

五

不飲酒戒（云何名酒酒有三種一者穀酒二者果酒三者藥酒若乾若溼若濁若清如是等能令人心動放逸起三十六失若飲者是名不飲酒戒也）

次此應明在家優婆塞優婆夷一日一夜八戒出家沙彌沙彌尼十戒式叉摩那尼六法戒比丘比丘尼十種得戒五篇七聚相乃至菩薩十重四十八輕戒及三千威儀八萬律儀是中皆應次第略出科目辨大聖從麤至細制戒之意事轉繁多具列（云云）今欲且逐要出諸禪定智慧法門科目次第此諸戒中事數至下第六卷别更隨要者出之

四禪初門第十五（一初禪二二禪三三禪四四禪）

今次諸戒品而辨四禪者上所明戒相雖復麤細有殊終是同防欲界身口外惡既未除細亂豈能超出欲界之境若自尸羅皎潔志在禪門專修五法（五法在下别出科目）則色界清淨四大自現身中緣是以次第獲得根本四禪種種勝妙支林功德爾乃因超欲網果居色界通名禪者禪是西土之音此翻棄惡能棄欲界五蓋等一切諸惡故云棄惡或翻功德叢林或翻思惟修今不具釋而言根本者以無量心背捨勝處一切處神通變化及無漏觀慧等種種諸禪三昧悉從四禪中出故稱根本

初禪有五支（一覺支二觀支三喜支四樂支五一心支）

一覺支（初心在緣名爲覺行者依未到地發初禪色界清淨色法觸欲界身根心大驚悟爾時即生身識覺此色觸未曾有功德利益故名覺支）二觀支（細心分別名爲觀行者既證初禪功德即以細心分別此禪定中色法諸妙功德境界分明無諸蓋覆如是等功德欲界之所未有故名觀支）三喜支（欣慶之心名之爲喜行者初發禪時乃有喜生但分別未了故喜心未成若觀心分別所捨欲界之樂甚少今獲得初禪利益甚多如是思惟已則歡喜無量故名喜支）四樂支（怡悅之心名爲樂行者發

初禪時乃即有樂但分別喜動踊心息則恬然靜慮受於樂觸怡悅之安快故名樂支

五一心支 心與定法一故名曰一心行者初證禪時乃即著定而心猶依覺觀喜樂之法故有細微之散若受喜樂心自然與定法一故名一心支

二禪有四支 一內淨支二喜支三樂支四一心支

一內淨支 心無覺觀之渾濁故名內淨行者欲離初禪時種種訶責覺觀覺觀既滅則心內靜心與靜色法相應豁爾明淨故名內淨支也

二喜支 欣慶之心名之爲喜行者初得內淨時即與喜俱發而喜心未成次心自慶得免覺觀之患獲得勝定內淨之喜歡喜無量故名爲喜支

三樂支 怡悅之心名之爲樂行者喜踊之情既息則恬然靜慮受於內淨喜中之悅樂故名爲樂支也

四一心支 心與定法一謂之一心行者受樂心息則心與定一澄渟不動故名爲一心支

三禪有五支 一捨支二念支三慧支四樂支五一心支

一捨支 離喜不悔此心名捨行者欲離二禪時種種因緣訶責於喜喜既滅謝三禪即發若證三禪之樂則捨二禪之喜不生悔心故名爲捨亦名三禪樂初生時是樂三界第一能生心著心著則禪壞故須行捨

二念支 念名愛念行者既發三禪之樂樂從內起應須愛念將息則樂得增長乃至徧身如慈母念子愛念將養故名念支

三慧支 解知之心名慧行者既發三禪之樂此樂微妙難得增長徧身若非善巧之解慧則不能方便長養此樂得徧身

四樂支 怡悅之心名之爲樂行者發三禪樂已若能善用捨念慧將護此樂樂既無過則增長徧身怡悅受樂安快三禪之樂三禪爲最樂若離三禪餘地更無徧身之樂也

五一心支 心與定法一名曰一心行者受樂心息則心自與定法一澄渟不動名一心支

四禪四支 一不苦不樂支二捨支三念支四一心支

一不苦不樂支 中庸之心不苦不樂行者欲離三禪時種種因緣訶責於樂樂既謝滅則不動之定與捨俱發故內心湛然不苦不樂也

二捨支 離樂不悔此心名捨行者既得第四禪不動真定則捨三禪難捨之樂不生悔心故名捨支亦云證四禪不動定時不應取定起動念心若心行捨則無動念之乖也

三念清淨支 念者愛念也行者既得四禪真定當念下地之過念自功德方便將養令不退失進入勝品故名爲念亦云是四禪中有不動照了正念分明故名念支

四一心支 心與定法一名一心支行者既得四禪捨俱之定捨念將息則心無所依泯然凝寂一心在定猶如明鏡不動淨水無波湛然而照萬像皆現何故此四禪中獨名不動定也初禪覺觀動二禪喜所動三禪樂所動是四禪中先離憂喜今復除苦樂故名真定也三界勝

定無復過此若三乘行人善巧照了分明則因此定發眞無漏有漏外道無慧方便入此定時不壞身色直滅其心入無想定謂爲涅槃是爲邪倒非涅槃也從初禪而四禪有十八法皆名支者支派也從四禪中分派出十八功德故名支也

四無量心初門第十六

一慈無量心　二悲無量心　三喜無量心　四捨無量心

次四禪而辨四無量心者四禪但是自證禪定功德而未有利他之功故樂大功德者當憐愍一切衆生修慈悲喜捨四無量定此四通名無量心者從境以得名以所緣衆生無量故能緣之心亦隨境無量故悉受量心名

一慈無量心　能與他樂之心名之爲慈若行者於禪定中念衆生令得樂時心數法中生定名爲慈定是慈相應心無瞋無恨無怨無惱善修得解廣大無量徧滿十方名慈無量心

二悲無量心　能拔他苦之心名之爲悲若行者於禪定中念受苦衆生令得解脫時心數法中生定名爲悲定是悲相應心無瞋無恨無怨無惱善修得解廣大無量徧滿十方是爲悲無量心也

三喜無量心　慶他得樂生歡悅心名之爲善若行者於禪定中念衆生令離苦得樂歡善時心數法中生定名爲喜定是喜相應心無瞋無恨無怨無惱善修得解廣大無量徧滿十方是爲喜無量心

四捨無量心　若緣於他無憎無愛之心名之爲捨行者於禪定中念衆生悉念同得無憎無愛如證涅槃寂然清淨如是念時心數法中生定名爲捨定是捨相應心無瞋無恨無怨無惱善修得解廣大無量徧滿十方是爲捨無量心

四空定初門第十七

一虛空處定　二識處定　三無所有處定　四非有想非無想處定

次無量心而辨四空處定者四無量心中雖有大功德而未免形質之患累若行人厭色如牢獄者則心心樂欲出離色籠故次無量以明四空處定通言空者此四定體無形色故名爲空各依所證之境爲處境法持心心無分散故名定也

一空處定　若滅三種色緣空而入定者名空處定行者猒患色如牢獄心欲出離即修觀智破於色故過一切色相滅有對相不念種種相入無邊虛空處心與虛空之

法相應是爲虛空處定

二識處定若捨空緣識而入定者名識處定行者厭患虛空無邊緣多則散能破於定即捨虛空轉心緣識心與識法相應名爲識處定

三無所有處定若捨識處心依無所有法而入定者名無所有處定行者厭患於識三世之識無邊緣多則散能破於定故捨緣識轉心依無所有法心與無所有法相應名爲無所有處定有人解云捨多識取少識緣之入定名無所有處定也

四非有想非無想定若捨二邊之想而入定者名非有想非無想定行者厭患無所有處想如癡有想處如癰如瘡更有定名非有想非無想處即捨無所有處緣念非有非無想之法心與非有非無想法相應是爲非有想非無想處定亦云凡夫外道得此定謂證涅槃斷一切想故言非有想佛弟子如實知有細想依四衆而住故云非無想得失合而立名故云非有想非無想處定畧明三界十二門禪極在於此也

六妙門初門第十八一數二隨三止四觀五還六淨

次四空定而辨六妙門者前來所明禪定雖復深遠而並是世間舊法從初至後厭下攀上地地之中都未有觀慧照了出世方便故凡夫外道修得此十二門禪不能發眞悟道是以生死無絶意在此也今之六法前三是定後三是慧定愛慧察能發眞明出離生死豈同上也此六通言妙門者涅槃爲妙門謂能通六法次第相通能至眞妙泥洹故云妙門一家所明有十種六妙門今但略出次第相生一科六門以爲次者此六門既是亦有漏亦無漏禪於餘亦有漏亦無漏禪中淺而且局故以爲次也

一數息門攝心在息從一至十名之爲數行者爲修無漏眞法先須調心入定欲界麤散難攝非數不治故須善調身息從一至十則麤亂靜息心神停住是爲入定之要故以數息爲妙門也

二隨息門細心依息知入知出故曰爲隨行者雖因數息心住而禪定未發若猶存數則心有起念之失故須放數修隨心依於息入時知入出時知出長短冷暖皆悉知之若心安明淨因是則諸禪自發故以隨爲門也

三止門息心靜慮名之爲止行者雖因隨息心安明淨而定猶未發若心依隨則微有起想之亂澄渟安隱眞若於止故捨隨修止是中多用凝心止也凝心寂慮心無波動則諸禪

定自然開發故以止爲門 四觀門 分別推折之心名爲觀行者雖因止證諸禪定而解慧未發若住定心則有無明味著之乖故須推尋檢折所證禪定是中多用實觀四念處也若觀心分明則知五衆虛誑破四顛倒及我等十六知見顛倒既無無漏方便因此開發故以觀爲門 五還門 轉心反照名之爲還行者雖修觀照而眞明未發若計有我能觀折破於顛倒則計我之惑還附觀而生同於外道故云是諸外道計著觀空智慧不得解脫若覺此患即當轉心反照能觀之心若知能觀之心虛誑無實即附觀執我之倒自亡因是無漏方便自然而朗故以還爲門 六淨門 心無所依妄波不起名之爲淨行者修還之時雖能破觀若倒眞明未發而住無能所即是受念故令心智穢濁覺知此已不住不著泯然清淨因此眞明開發即斷三界結使證三乘道故云其清淨得一心者則萬邪滅矣以淨爲門意在此也

十六特勝初門第十九

一知息入二知息出三知息長短四知息徧身五除諸身行六受喜七受樂八受諸行心九心作喜十心作攝十一心作解脫十二觀無常十三觀出散十四觀離欲十五觀滅十六觀棄捨

次六妙門而辨十六特勝者此二種禪定大意雖同而六妙門一往豎淺橫廣十六特勝則豎長橫局長則位遠難窮次後而明也皆稱特勝者解釋別有因緣事具出云云但此禪始從調心終至非想地地皆有觀照能發無漏而無厭惡自害之失故受特勝之名諸師多以此十六對四念處觀若作此釋則進退約位但與六妙門齊分別二種對特勝之相豎橫不同畧如下辨適取意用之

一知息入 修習特勝之初正依隨息故以知息入爲門即代初數息調心之法所以然者數息則闇心而數故觀慧不明今知息入則照息分明故解慧易發是以用知息入爲調心法也若將十六特勝橫對四念處者從知息入去有五特並屬身念處觀

二知息出 修特勝者當以此知息出代數息初調心之法也意如前釋若對念處猶屬身念處觀也

三知息長短 修特勝者藉觀以調心心既靜細則照了漸明若得麤住細住及欲界定定中暗鄣薄即便覺息入出長短之相也若對念處猶屬身念處觀也

四知息徧身 修特勝者從欲界定與觀相扶入未到地故證

未到地定時即覺身及定法悉皆虛假息之入出徧身微微如有如無既於定中照了分明染著心薄也若對念處猶屬身念處也

五除諸身行

修特勝者從未到地欲入初禪時常應觀析因此若發初禪覺觀之法則身心豁然開朗如明眼人開倉即自了了見倉中所有分別所證境界皆虛假空無人我既無人我誰作諸事誰受禪定是則顛倒所起身業皆悉壞滅故云除諸身行若對念處齊此猶屬身念處觀

六受喜

修特勝者既常與觀慧相應若證初禪喜支即能照了因是喜生無過故云受喜若對念處從此有三特勝並屬受念處觀

七受樂

修特勝者既常與觀慧相應若證初禪得樂支時即能覺了便於樂支不起見著以無所受而受樂觸故云受樂若對念處猶屬受念處觀

八受諸心行

修特勝者既常與觀慧相扶若證初禪一心支時即能照了一心不起顛倒於一心中獲得正受故能示受諸心行若對念處齊此猶屬受念處觀也

九心作喜

修特勝者離初禪入二禪時常自照了因是若發二禪內淨喜則眞喜從觀慧而生故名心作喜若對念處從此有三特勝並屬心念處觀也

十心作攝

修特勝者既因觀慧得二禪一心支即照了一心因是倒想不起故云心作攝也若對念處猶屬心念處觀

十一心作解脫

修特勝者離二禪入三禪常有觀照是故若發三禪即能照了雖得妙樂心不耽著無累自在故云心作解脫若對念處齊此猶屬心念處觀

十二觀無常

修特勝者離三禪入四禪時常修觀照是故若發四禪不動定時即自觀達定中心識虛誑念念生滅故云觀無常也若對念處從此有五特勝皆屬法念處觀

十三觀出散

修特勝者從四禪入虛空處時加修觀智內外照了是故若證空定之時即知能離色界緣空之識自在逍散而虛誑不實心不愛著故云觀出散若對念處猶屬法念處觀

十四觀離欲

修特勝者離虛空處定入識處時常以觀慧內自推檢欲離虛空處離欲之心是故發識處定即能觀達識處虛誑不實心不愛著故云觀離欲若對念處猶屬法念處觀

十五觀滅

修特勝者離識處入無所有時以智照了所修之境能修之心是故若發無所有處定即自觀達無所有處虛誑不實心不住著故云觀滅若對念處猶屬法念處觀

十六觀棄捨

修特勝者離無所有修非有想非無想定時即自以智觀察所修之法能修之心是故若發非想定時即觀照分明知非想處兩捨之定猶有細想四衆和合而有虛誑不實非是涅槃安樂眞法則心不愛著特勝行者若於地地修觀照了則地地之中顛倒不起心不涂著隨其因緣會處即於是地發眞無漏證三乘道畧辨特勝竟言少則意難見讀者必須細心比類令知地地之中與根本禪四空證定一往雖同而觀慧有別也

通明禪初門第二十

初禪二禪三禪四禪虛空處識處少處非有想非無想處滅受想定

次十六特勝而辨通明禪此禪豎深橫細定觀精巧過於特勝故次後辨之而不次九想背捨後辨者此禪雖是實觀深細而未具無漏得解廣大對治之用於破煩惱義劣故不次背捨等安之亦以非其氣類今次十六之後正應從容得所也言通明者辨此禪相具出大集經中但經不別出名目而北國諸禪師坐證此法者欲以教人必須標名傳世若用根本禪說雖定名一往相似而行相迥異還用此名說者行人便作常解則大乖其妙若安十六特勝觀法雖小相似而名目都不相關若對背捨勝處等名之與觀條然併異既進退並不同餘禪豈可用餘禪名說故別爲立自名名曰通明所言通明者修此禪時必須三事通觀故云通明亦以能發六通三明故云通明但此禪境界繁多非可傳述今止列大集經中所出科目示知有此一法門異常所傳禪也

初禪六支大集經云言初禪者亦名爲具亦名爲離離者謂離五蓋具者謂具足五支言五支者覺觀喜樂安定一覺支者云何名覺如心覺大覺思惟大思惟觀於心性是名覺云何名觀心行大行徧行隨喜是名爲觀云何名喜如眞實知大知小心動其心是名爲喜云何名爲樂行於此法心悅受於樂觸是名爲樂云何名爲安謂心安身安受於樂觸是名爲安云何名爲定謂若心住大住不亂於緣不謬無有顛倒是名爲住

二禪三支大集經云言二禪者亦名爲離亦名爲具離者同離五蓋具者具足三支謂喜安定也

三禪五支大集經云言三禪者亦名爲離亦名爲具離者謂離五蓋具者具足五支謂念捨慧安定

四禪四支大集經云言四禪者亦名爲離亦名爲具離者同離五蓋具者具足四支謂念捨不苦不樂定

空處定大集經云若有比丘觀身厭患遠離身相一切身觸喜觸樂觸分別色相遠離色陰觀無量空

處是名比丘得空處定也

識處定大集經云若有比丘修奢摩他毗婆舍那觀心意識自知此身不受三受以得遠離是三種受是名比丘得識處定

少處定大集經云若有比丘觀三世空知一切行亦生亦滅空處識處亦生亦滅作是觀已次第觀識我今此識亦識非識若非識者名寂靜我云何求斷此識是名得少處定

非想定大集經云若有比丘有非想心作是思惟我今此想是苦是漏是瘡是癰是不寂靜若我能斷如是非想及非非想是名寂靜若有比丘能斷如是想非非想者是名獲得無想解脫門何以故法行比丘作是思惟若有受想若有識想若有觸想若有空想若有識想若非想非非想等皆名麤想我今若修無想無想三昧則能亦斷如是等想是故見於非想非非想爲寂靜如是見已入非非想定已不愛不著破無明破無明已名獲阿羅漢果前三種定二道所斷後第四定終不可以世俗道斷凡夫於非想處雖離麤煩惱而亦有十種細法以其無麤煩惱故一切凡夫謂是涅槃凡夫者外道鬱頭藍弗是也

滅盡定大集經云憍陳如若有比丘修習聖道厭離四禪四空處觀滅莊嚴之道而入滅盡定也

今此所述通明禪支並出大集經文是中未有一句私解讀者自具尋思

法界次第初門卷上

音釋

顗語豈切　邏魯可切　㭊先的切與析同　扼乙革切　惛呼昆切心不明也　渟唐丁切

法界次第初門卷中

陳隋國師智者大師撰

九想初門第二十一

一脹想二青瘀想三壞想四血塗漫想五膿爛想六噉想七散想八骨想九燒想

次通明禪而辯九想者上所明禪雖有定慧但是實觀未有得解之觀則對治力弱從九想已去所明禪定悉有得解之觀於對治重煩惱病中力用爲强如伐堅樹若用輭斧斵之不斷應更取强斧九想既是得解觀之初故次而辯之此九通名想者能轉心轉想故

名爲想所謂能轉不淨顛倒想故此九法皆言想也

一脹想若觀人死屍胮脹如韋囊盛風異於本相是爲脹想二青瘀想若觀死屍皮肉黃赤瘀黑青黯黮是爲青瘀想三壞想若觀死屍風吹日曝轉大裂壞在地是爲壞想四血塗漫想若觀死屍處處膿血流溢汙穢塗漫是爲血塗漫想五膿爛想若觀死屍蟲膿流出皮肉壞爛滂沲在地是爲膿爛想六噉想若觀死屍蟲蛆唼食鳥挑其眼狐狗咀嚼虎狼䀏裂是爲噉想七散想若觀死屍禽獸分裂身形破散筋斷骨離頭手交橫是爲散想八骨想若觀死屍皮肉已盡但見白骨筋連或分散狼藉如貝如珂是爲骨想也九燒想若觀死屍爲火所焚爆裂煙臭薪盡形滅同於灰上假令不燒亦歸磨滅是爲燒想

八念初門第二十二一念佛二念法三念僧四念戒五念捨六念天七念入出息八念死

次九想而辯八念者爲除恐怖也若修九想時思惟死屍可惡因此驚怖歘然毛竪及爲惡魔惱亂憂懼轉增若存心八念恐怖即除故以爲次也通言念者內心存憶之異名也專心存憶八種功德故名爲八念非但能除世間驚怖若能善修亦除世間三界生死一切鄣難也

一念佛若遭恐怖及衆鄣難之時應當念佛佛是多陀阿伽度阿羅訶三藐三佛陀神德無量如是念已恐怖鄣難即除二念法若有恐怖鄣難之時應當念法佛法巧出得今世果無熱惱不待時能到善處通達無礙是爲念法三念僧念僧者僧是佛弟子衆具足五分法身中有四雙八輩二乘得果應受供養禮事世間無上福田是爲念僧也四念戒念戒者戒是能遮諸惡安隱住處是中戒有三種所謂律儀戒定共戒道共戒律儀能除身口諸惡定共能遮煩惱惡覺道共能破無明得慧解脫是爲念戒五念捨念捨者有二種一者捨施二者捨煩惱捨捨施捨能生大功德捨煩惱捨因此得智慧入涅槃是爲念捨也六念天念天者謂四天王天乃至他化自在天復有四種天一名天二生天三淨天四生淨天如是等果報清淨利安一切是爲念天七念阿那念阿那般那者如十六特勝明出入息也如是念時能除心亂入於正道何況世間恐怖是爲念阿那般那也八念死念死者有二種死一

者自死二者他因緣死是二種死常隨此身無可避處是爲念死

十想初門第二十三

一無常想二苦想三無我想四食不淨想五世間不可樂想六死想七不淨想八斷想九離想十盡想

次八念而辯十想者大智度論云九想如縛賊十想如殺賊若爾即應次前九想而明但爲修九想時有恐怖等鄣故須說八念旣得離諸恐怖則心安無鄣故次說十想也通言想者能轉心轉想也能轉計常樂等諸顛倒等想故名爲想前三想爲斷見諦惑說中四想爲斷思惟惑說後三想爲修無學道者說是以壞法之人修此十想能斷三界結使證無漏之聖果也

一無常想觀一切有爲法無常智慧相應一想名無常想一切有爲法有二種一者衆生二者國土是二皆新新生滅故無常也

二苦想觀一切有爲法苦智慧相應想名苦想若有爲法無常者即是苦常爲三苦八苦之所遷逼故名苦也

三無我想觀一切法等無我智慧相應想名無我想若有爲法悉是苦者即無我以無自在故亦以苦從緣生無有自性無自性中我不可得也

四食不淨想觀諸飲食不淨智慧相應想名食不淨想世間飲食皆從不淨因緣故有如肉從精血水道中生酥酪等皆亦隨事觀之悉是不淨也

五世間不可樂想觀一切世間不可樂智慧相應想名爲世間不可樂想有二種世間一者衆生二者國土有過惡無可樂也

六死想觀死智慧相應想名爲死想若一期果報常爲二種死之所逐者則出息不報入息也

七不淨想觀自他身不淨智慧相應想名爲不淨想若觀此身內有三十六物外則九孔惡露常流從生至終無一淨也

八斷想觀涅般離生死智慧相應想名爲斷想行者思惟若涅槃清淨無煩惱者當斷結使證涅槃也

九離想觀涅槃離生死智慧相應想名爲離想行者思惟若涅槃清淨離生死者當離生死證涅槃也

十盡想觀涅槃結使及生死盡智慧相應想名爲盡想行者思惟若涅槃清淨結使及生死未盡結使及生死業證涅槃也

八背捨初門第二十四

一內有色相外觀色二內無色相外觀色三淨背捨身作證四虛空處背捨五識處背捨六無所有處背捨七非有想非無想背捨八滅受想背捨

次十想而辯八背捨者前九想十想既是壞法對治觀門則横局而竪短對治定觀諸禪皆未具足若證聖果則無三明八解脱等諸大功德也今欲具明一切無漏對治觀練熏修禪定故次而辯之若修此觀練諸禪定證聖果時則成大力羅漢具足六通三明及八解脱願智頂禪無諍三昧等諸功德也此八通名背捨者大智度論云背是淨潔五欲捨是著心故名背捨若發眞無漏慧斷三界結業盡即名解脱也

一內有色相外觀色內有色相者不壞內色不滅內色相也外觀色者不壞外色不滅外色相以是不淨心觀外色所以然者爲修流光故不應初背捨中壞滅內身骨人也欲界結使難斷故須以不淨心觀外色也此初背捨位在初禪能捨自他及下地故名背捨

二內無色相外觀色內無色相者壞內色滅內色相也外觀色者不壞外色不滅外色相以是不淨心觀外色所以然者行者爲入二禪內淨故壞滅內骨人欲界結使難斷故猶觀外不淨之相也

三淨背捨身作證淨者緣淨故名淨行者除外不淨相但於定中練八色光明清淨皎潔猶如妙寶之色故名緣淨身作證者以無受著心而受三禪中徧身樂故名身作證也

四虛空處背捨若滅根本四禪色及三背捨四勝處八一切處中色一心緣無邊虛空而入定即觀此定依陰入界故有無常苦空無我虛誑不實心生猒背而不受著深入一向不迴是爲虛空處背捨

五識處背捨若捨虛空一心緣識入定時即觀此定依陰入界故有無常苦空無我虛誑不實心生猒背而不受著深入一向不迴是爲五識處背捨

六無所有處背捨若捨識一心緣無所有入定時即觀此定依陰入界故有無常苦空無我虛誑不實心生猒背而不受著深入一向不迴是爲無所有處背捨也

七非有想非無想背捨若捨無所有處一心緣非有想非無想入定時即觀此定依陰入界故有無常苦空無我虛誑不實心生猒背而不受著深入一向不迴是爲非有想非無想背捨也

八滅受想背捨背滅受想諸心心數法是爲滅受想背捨所以者何諸佛弟子患猒散亂心欲入定休息以涅槃法安著身中故云身證而想受滅也

八勝處初門第二十五

一內有色相外觀色少若好若醜是名勝

知勝見二內有色相外觀色多若好若醜是名勝知勝見三內無色相外觀色少亦爾四內無色相外觀色多亦爾五青勝處六黃勝處七赤勝處八白勝處

次八背捨而辯八勝處者背捨雖能有背捨淨潔五欲之用既是初觀於緣中轉變未得自在隨心若欲得觀心純熟轉變自在必須進修勝處觀也故次而明之故大智度論作譬云如人乘馬能破前陣亦能自制其馬故名勝處也亦名八除入

一內有色相外觀色少若好若醜是名勝知勝見內有色相外觀色少初背捨而言少者緣少故名少若觀道未增故須觀少因緣觀多畏難攝轉變不得隨心若觀少好醜法中不淨轉變自在通達無礙心無取捨不起愛憎是名勝知勝見也

二內有色相外觀色多若好若醜是名勝知勝見內有色相外觀色知初背捨而言多者觀多因緣故名多觀心既調則觀多無妨故言多若於多好醜不淨境中轉變自在通達無礙心無取捨不起愛憎是名勝知勝見也

三內無色相外觀色少若好若醜是名勝知勝見內無色相如二背捨外觀色少若好若醜等皆如初勝處也

四內無色相外觀色多若好若醜是名勝知勝見內無色相如二背捨外觀色多若好若醜等皆如二勝處也

五青勝處若觀青色轉變自在少能多多能少光色照曜勝於背捨所見青相亦不起法愛是名青勝處也

六黃勝處類如青勝處中分別

七赤勝處類如青勝處中分別

八白勝處亦類如青勝處中分別令用四色爲勝處依大智度論也若瓔珞經中則以四大爲四勝處也

十一切處初門第二十六

一青一切處二黃一切處三赤一切處四白一切處五地一切處六水一切處七火一切處八風一切處九空一切處十識一切處

次八勝處而辯十一切處者勝處雖能少觀中轉變自在而未普徧今十一切處所觀普徧是以次而明之故大智度論云背捨爲初門勝處爲中行一切處爲成就也三種觀足

即是觀禪體成就通稱一切處者皆從所觀境徧滿得名也亦名十一切入

一青一切處還取前背捨勝處中少青色使徧一切處皆青也二黄一切處還取前背捨勝處中少黄色使徧一切處皆黄也三赤一切處還取前背捨勝處中少赤色使徧一切處皆赤也四白一切處還取前背捨勝處中少白色使一切處皆白也五地一切處還取前背捨勝處中少地色使一切處皆地色六水一切處還取前背捨勝處中少水色使一切處皆水色也七火一切處還取前背捨勝處中少火色使一切處皆火色也八風一切處還取前背捨勝處中少風色使一切處皆風色九空一切處還入前虛空背捨定使一切處皆空也十識一切處還入前識處背捨使一切處皆有識也

十四變化初門第二十七

初禪二變化二禪三變化三禪四變化四禪五變化合十四變化

次十一切處而辯十四變化者上所明觀禪正體雖備猶未辯其功用今欲學六通之用必須先修變化心也通言變化者能使無而欻有有而欻無故名爲變化也

一初禪二變化一初禪初禪化能變化自地也二初禪欲界化能變化下欲界地二禪三變化一二禪二禪化能變化自地也二二禪初禪化能變化下初禪地也三二禪欲界化能變化下欲界地也三禪四變化一三禪三禪化能變化自地也二三禪二禪化能變化下二禪地也三三禪初禪化能變化下初禪地也四三禪欲界化能變化下欲界地也四禪五變化一四禪四禪化能變化自地也二四禪三禪化能變化下二禪地也三四禪二禪化能變化下二禪地也四四禪初禪化能變化下初禪地也五四禪欲界化能變化下欲界地也

六神通初門第二十八

一天眼通二天耳通三知他心通四宿命通五身如意通六漏盡通

次變化而辯六神通者此有二意不同若依報得神通得神通方能變化若是修得神通則先修變化方得神通今此既約修得次第故次變化而辯神通此皆名通者瓔珞經云

神名天心通名慧性天然之慧徹照無礙故名神通

一天眼通修天眼者若於深禪定中發得色界四大清淨造色住眼根中即能見六道衆生死此生彼及見一切世間種種形色是爲天眼通

二天耳通修天耳者若於深禪定中發得色界四大清淨造色住耳根中即能聞六道衆生語言及世間種種音聲是爲天耳通

三知他心通修他心智者若於深禪定中發他心智即能知六道衆生心及數法種種所緣念事是爲他心通

四宿命通發宿命通者若於深禪定中發宿命智即能知自過去一世二世百千萬世乃至八萬大劫宿命及所行之事亦能知六道衆生所有宿命及所作之事是爲宿命智也

五身如意通修身通者若於深禪定中發得身通通有二種一者飛行速到山郭無礙二能轉變自身他身及世間所有隨心自在是爲身如意通

六漏盡通修漏盡通者若於深禪定中發見思眞智則三漏永盡是爲漏盡神通也

九次第定初門第二十九

一初禪二二禪三三禪四四禪五空處六識處七無所有處八非有想非無想處九滅受想次第定

次六通而辯九次第定者上所明禪雖體用具足而並是觀禪未明練熟調柔之相今欲修練觀禪體用令純熟入體及起時心無間念故次明也通言次第定者若入禪時深心智慧深利能從一禪入一禪心心相續無異念間雜故名次第定也

初禪次第定離諸欲惡不善法有覺有觀離生喜樂入初禪定時是中初禪定觀均齊自識其心其心次第而入無有刹那雜念間入初禪定是爲初禪次第定

二禪次第定若從初禪入二禪時是中二禪定觀均齊自識其心其心次第而入無有刹那雜念間入二禪定是爲二禪次第定

三禪次第定意類如初禪二禪中明

四禪次第定意亦類如初禪二禪中明

五虛空處次第定意亦類同初禪二禪中明

六識處次第定意亦類如初禪二禪中明

七無所有處次第定意亦類同初禪二禪中明

八非有想非無想處次第定意亦類同初禪二禪中明

九滅受想次第定若從非有想非無想入滅受想定時於是定前自識其心要期心利心心次第而入無有刹那雜念間入滅受想定是爲滅受想次第定也

三三昧初門第三十 一有覺有觀三昧二無覺有觀三昧三無覺無觀三昧

次九次第定而辯三三昧者九次第定體乃即是三三昧但有離合名數多少不同制立有異其意云云所以者何九次第定通練諸禪自無別體三三昧亦爾故知體無異法而無定名九定名數雖多不取中間三昧名數雖少而通中間合取九定一往從諸禪理事以得名三昧一往從諸禪事理而受稱是爲小異故次九定以明三三昧也通言三昧者三摩提秦言正心行處是心從無始已來常曲不端得是直故故名三昧

一有覺有觀三昧 若以空無相無作相應心入諸定觀初禪及方便中則一切覺觀具禪皆悉正直故名有覺有觀三昧

二無覺有觀三昧 若以空無相無作相應心入諸定觀中間禪則一切無覺有觀禪皆悉正直故名無覺有觀三昧

三無覺無觀三昧 若以空無相無作相應心入諸定觀無覺無觀禪中則從二禪乃至滅受想定一切定觀諸無覺無觀皆悉正直故名無覺無觀三昧也

師子奮迅三昧初門第三十一 有二種師子奮迅三昧一奮迅入二奮迅出

次三三昧而辯師子奮迅三昧者大品經中佛自誠言菩薩依九次第定入師子奮迅三昧三三昧與九定法相既同故次三三昧而明於義無乖也所言師子奮迅者借譬以顯法也如世師子奮迅爲二事故一爲奮却塵土二能前走却走捷疾異於諸獸此三昧亦爾一則奮除鄣定細微無知之惑二能入出捷疾無間異上所得諸禪定也故名師子奮迅三昧

一入禪奮迅 師子奮迅入三昧者離欲惡不善法有覺有觀入初禪如是次

第入二禪三禪四禪空處識處無所有處非有想非無想處滅受想定是爲奮迅入也

二出禪奮迅師子奮迅出者從滅受想定起還入非有想非無想非有想非無想起還入無所有處如是識處空處四三二禪初禪乃至出散心中是爲奮迅出

超越三昧初門第三十二一超入二超出

次師子奮迅而辯超越者大品經佛自誠言菩薩依師子奮迅三昧入超越三昧所以名超越者能超過諸地自在入出故名超越

一超入三昧云何名越入三昧離諸欲惡不善法有覺有觀離生善樂入初禪從初禪起超入非有想非無想處非有想非無想處起入滅受想定滅受想定起還入初禪從初禪起入滅受想定滅受想定起入二禪二禪起入滅受想定滅受想定起入三禪三禪起入滅受想定滅受想定起入四禪四禪起入滅受想定滅受想定起入空處空處起入滅受想定滅受想定起入識處識處起入滅受想定滅受想定起入不用處不用處起入滅受想定滅受想定起入非有想非無想非有想非無想處起入滅受想定是爲諸佛菩薩超入三昧相若聲聞人但能超入一而不能超二況能如上所明自在超也是中明超入有三種一順入超二逆入超三順逆入超也細心約義自作可解

二超出三昧云何名超出三昧從滅受想起入散心中散心中起入滅受想定滅受想定起還住散心中散心中起入非有想非無想處非有想非無想處起住散心中散心中起入無所有處無所有處起住散心中散心中起入識處識處起住散心中散心中起入空處空處起住散心中散心中起入四禪四禪起住散心中散心中起入三禪三禪起住散心中散心中起入二禪二禪起住散心中散心中起入初禪初禪起住散心中是爲諸佛菩薩超出三昧之相若聲聞人超出但能超一禪出而不能起二何況能自在超出也是中超出有三種一順超出二逆超出三順逆超出足前三種超入合爲六種超越三昧如來於此六三昧而入涅槃也齊此明三乘行行共禪竟也

四諦初門第三十三一苦諦二集諦三滅諦四道諦

次超越而辯四諦者但上來所說諸無漏禪中乃禪禪悉有四諦觀慧彼既明禪相則隱理顯事從事以立名是以雖有四諦觀法而不從諦得名如囊中有寶不探示人人無見者是以今更次諸禪後明四諦等八科慧行法門此四通言諦者諦以審實爲義此四諦

法門正爲聲聞人從聞生解故必須籍教詮理令明教理不虛故云審實也若由因感果則應先因而後果今悉先果而後因者教門引物爲便故皆先果而後因也

一苦諦

苦以逼惱爲義一切有爲心行常爲無常患累之所逼惱故名爲苦苦有三種一苦苦二壞苦三行苦今明三苦有別有通別者三苦即別對三受苦受從苦緣生情覺是苦即苦苦也樂受樂壞時生苦即是壞苦不苦不樂受常爲無常遷動即是行苦也若通論三苦則三受通有三苦也所以然者三受之心即是苦通從苦緣生故通是苦苦三受之心通爲壞相所壞故通是壞苦也三受之心通是起役運動不停之相故通是行苦也若三受心若別若通無非是苦者當知苦是審實而有故名諦也

二集諦

集以招聚爲義若心與結業相應未來定能招聚生死之苦故名爲集集有三種業攝一切業一不善業即十不善也二善業即十善也三不動業即十二門禪也具如前辯煩惱者二種煩惱攝一切煩惱一屬愛煩惱二屬見煩惱是二煩惱出一切三毒五蓋十使九十八煩惱等皆如前辯若此煩惱與前業合則未來定能招聚三界死生苦果即是集諦也

三滅諦

滅以滅無爲義結業既盡則無生死之患累故名爲滅若發見思無漏眞明具三十四心斷結者則三界九十八使皆滅以煩惱結使滅故三界業亦滅若三界業煩惱滅者即是滅諦有餘涅槃也因滅故果滅捨此報身時後世苦果永不相續名入無餘涅槃眞滅度也滅理不虛故名爲諦

四道諦

道以能通爲義正道及助道是二相扶能通至涅槃故名爲道正道者實觀三十七品三解脫門緣理慧行名爲正道次下當出科目助道者得解觀中種種諸對治法及諸禪定皆是助道具如上出復次正道者謂見諦八忍八智十六心思惟九無礙九解脫十八心眞無漏慧名爲正道其餘方便對治諸禪三昧及三十七品三解脫等皆是助道此二道相扶能通涅槃審實不虛即名道諦也

十六行初門第三十四

苦諦下四行　一無常二苦三空四無我

集諦下四行　一集二因三緣四生

滅諦下四行　一盡二滅三妙四離

道諦下四行　一道二正三跡四乘

次四諦而辯十六行者還離四諦開爲十六行也但教門既有總別之殊故諦有離合之

異欲使修觀之者取理無謬故次於四諦之下各以四行分別則審實之義意乃愈明通加以行名者行以往趣為義修此十六觀法能趣四實之理故名行也或時從理得名即十六諦也

苦諦下四行 一無常行者觀五受陰因緣生新新生滅故無常也二苦行者觀五受陰若無常即是苦為無常之所逼也三空行者觀五受陰一相異相無故空即是空四無我者觀五受陰中我我所法不可得故無相是為無我行也

集諦下四行 一集行者觀煩惱有漏累和合能招苦果故名集行二因行者觀六因生苦果故名因行三緣行者觀四緣生苦果故名緣行四生行者還受後有五陰故名生行

滅諦下四行 一盡行者觀涅槃種種苦盡故名盡二滅行者觀涅槃諸煩惱火滅故名滅三妙行者涅槃一切中第一故名妙四出行者觀涅槃離世間生死法故名為出也

道諦下四行 一道行者觀五不受陰三十七品等道能通至涅槃名道二正行者觀五不受陰三十七品等道非顛倒法故名正三跡行者觀三十七品等道是一切聖人去處故名跡四乘行者觀三十七品等道能運行人必主三解脫愛見等煩惱不能遮故名乘

生法二空初門第三十五 一衆生空 二法空

次四諦十六行而辯生法二空者正明聲聞之人雖云通於三藏教門入道而三藏教門既有二空不同故知修四諦十六行者亦應有別是以毗曇見有得道成實證空成聖此皆約二空教門有斯之異也今為分別修四諦十六行者不同故次而辯生法二空也通言空者空以無有為義無此生法二有故名為空

一衆生空 若觀生死苦果但見名色陰入界實法從因緣生新新生滅是實法中空無我人衆生壽者等十六知見如龜毛兔角畢竟不可得是為衆生空也

二法空 若觀生死苦果非但我人衆生等十六知見空如龜毛兔角不可得是中名色陰入界異法一一分別推析破壞乃至微塵刹那分分細檢皆悉空無所有即名法空是為聲聞人經明法空相若摩訶行中辯法空者諸法如夢幻本來自空不以推析破壞故空也

三十七品初門第三十六合七法門爲三十七品一四念處二四正勤三四如意足四五根五五力六七覺分七八正道

次生法二空而辯三十七品者若觀二空而入道並須善識道品之階級若依有門學聖必約衆生空觀以修三十七法若用平等斷惑則應歷法空行於道品之門故次二空而辯也通言道品者道義如前品者品類也此七科法門悉是入道淺深之氣類故云道品也

四念處一身念處二受念處三心念處四法念處

一身念處者頭等六分四大五根假合故名爲身是中觀身智慧爲念明見內身五種不淨破淨顛倒即是處也觀外身內外身亦如是是爲身念處也

二受念處者六觸因緣生六受從六受生三受名之爲受是中觀受智慧名爲念明達三受皆苦破樂顛倒即是處觀外受內外受亦如是是爲受念處也

三心念處者六識能識諸塵分別攀緣謂之爲心是中觀內心智慧名之爲念了知心從緣生剎那不住念念生滅破常顛倒即是處也觀外心內外心亦爾是爲心念處也

四法念處者想行二陰及三無爲法名之爲法是中觀法智慧名爲念通達一切法我我所畢竟不可得故無我破我顛倒即是處也觀外法內外法亦如是是爲法念處若聲聞經中明念處但說破四倒爲念處若摩訶衍中明念處即說破八倒爲念處也故大品經云若能深觀四念處是爲坐道場

四正勤一已生惡法爲除斷一心勤精進二未生惡法不令生一心勤精進三未生善法爲生一心勤精進四已生善法爲增長一心勤精進

一已生惡法爲除斷一心勤精進四念處觀時若懈怠心起五蓋等諸煩惱覆心離信等五種善根時如是等惡若已生爲斷故一心勤精進方便除斷令盡也

二未生惡法不令生一心勤精進四念處觀時若懈怠心及五蓋等諸煩惱惡法雖未生恐後應生遮信等五種善根令爲不令生故一心勤精進方便遮止不令得生也

三未生善法爲生一心勤精進四念處觀時信等五種善根未生爲令生故一心勤精進方便修習令信等善根生也

四已生善法爲增長一心勤精進若四念處觀時信等五種善根已生爲令增長故一心勤精進方便修習信等善根令不退失

增長成就此四通名正勤者破邪道於正道中勤行故名正勤也

四如意足　一欲如意足二精進如意足三心如意足四思惟如意足

一欲如意足　欲爲主得定斷行成就修如意分是爲欲如意足

二精進如意足　精進爲主得定斷行成就修如意分是爲精進如意足

三心如意足　心爲主得定斷行成就修如意足

四思惟如意足　思惟爲主得定斷行成就修如意分此通言如意者四念處中實智慧四正勤中正精進精進智慧增多定力小弱得四種定攝心故智定力等所願皆得故名如意足智定力等能斷結使故云斷行成就也

五根　一信根二精進根三念根四定根五慧根

一信根　信正道及助道法是名信根也

二精進根　行是正道及諸助道善法時勤求不息是名精進根

三念根　念正道及諸助道善法更無他念是名念根也

四定根　攝心在正道及諸助道善法中相應不散是爲定根也

五慧根　爲正道及諸助道善法觀無常等十六行是名慧根此五通名根者能生也行者既得四如意足智定安隱即信等五種善法若似若眞任運而生譬如陰陽調適一切種子悉有根生故名根也

五力　一信力二精進力三念力四定力五慧力

一信力　信正道及諸助道法時若信根增長能遮疑惑破諸邪信及煩惱故名信力

二精進力　行是正道及諸助道法時若精進根增長破種種身心懈怠成辦出世之事是爲精進力

三念力　念正道及諸助道法時若念根增長破諸邪念成就一切出世正念功德是爲念力

四定力　攝心在正道及諸助道法時若定根增長則能破諸亂想發諸事理禪定是爲定力

五慧力　爲正道及諸助道法觀無常十六行時若慧根增長則能遮三界見思之惑發眞無漏故名慧力此五通名力者能壞諸有漏不善成辦出世善事故名力也

七覺分　一擇法覺分二精進覺分三喜覺分四除覺分五捨覺分六定覺分七念覺分

一擇法覺分　智慧觀諸法時善能簡別眞僞不謬取諸虛僞法故名擇法覺分

二精進覺分　精進修諸道法時善能覺分不謬行於無益之苦行常勤心在眞法中行故名精進覺分

三喜覺分　若心得法喜善能覺了此喜不依顚倒之法而生歡喜住眞法喜故名喜覺分

四除覺分　若斷除諸見煩惱之時善能覺了除諸虛僞不損眞正善根故名除覺分

五捨覺分　若捨所見念著之境

時善能覺了所捨之境虛僞不實永不追憶是爲捨覺分

六定覺分

若發諸禪定之時善能覺了諸禪虛假不生見愛妄想是爲定覺分

七念覺分

若修出世道時善能覺了常使定慧均平若心沈沒當念用擇法精進喜等三覺分察起若心浮動當念用除捨定等三分攝故念覺常在二盈之間調和中適是念覺分此七通名覺分者無學實覺七事能到故通名覺分

八正道分

一正見二正思惟三正語四正業五正命六正精進七正念八正定

一正見

若修無漏十六行見四諦分明故名正見

二正思惟

見四諦時無漏心相應思惟動發覺知籌量爲令增長入涅槃故名正思惟

三正語

以無漏智慧除四種邪命攝口業住一切口正語中是名正語

四正業

以無漏智慧除身一切邪業住清淨正身業中是爲正業

五正命

以無漏智慧通除三業中五種邪命住清淨正命中是爲正命何等五種一爲利養故詐現異相奇特二爲利養故自說功德三爲利養故占相吉凶爲人說法四爲利養故高聲現威令人畏敬五爲利養故稱說所得供養以動人心邪因緣活命故是爲邪命

六正精進

以無漏智慧相應勤精進修涅槃道是爲正精進

七正念

以無漏智慧相應念正道及助道法故名正念

八正定

以無漏智慧相應入定故故名正定是八通名正道者正以不邪爲義今此八法不依偏邪而行皆名爲正能通至涅槃故名爲道

三解脫初門第三十七

一空解脫門二無相解脫門三無作解脫門

次三十七品而辯三解脫門者大智度論云三十七品是趣涅槃道行是道已到涅槃城有三門謂空無相無作既已說道故次應說到處門也此三通名解脫門者解脫即是涅槃門謂能通此三法能通行者得入涅槃故名解脫門也亦云三三昧三昧義如前說但三昧即是當體得名解脫從能通之用以受稱也此無別法有師解云因時名三昧證果則變名解脫此類如八背捨八解脫也

一空解脫門

云何名空解脫門觀諸法無我我所故空所以者何諸法從因緣和合生無有作者無有受者能如是通達者是名空解脫門是空解脫門緣二行謂空無我

二無相解脫門

云何名無相解脫門觀男女相一異相等是相中求

實皆不可得故無相所以者何若諸法無我我所故空空故無男無女一異等法我我所中名字是異以是故男女一異等相實不可得能如是通達者是爲無相解脫門是解脫緣四行謂盡滅妙出

三無作解脫門云何名無作解脫門若知一切法無相即都無所作是名無作所以者何若於法有所得者即於三界而有願求因是造作三有之業令一切相皆不可得故則於三界無所願求不造一切三有生死之業無業故無報是爲無作解脫門是無作解脫門緣十行謂無常苦集因緣生道正進乘也

三無漏根初門第三十八一未知欲知根二知根三知已根

次三解脫門而辯三無漏根者解脫既是涅槃之門若善修三解脫必定發眞無漏證有餘涅槃得有餘涅槃自有三道不同謂見道修道無學道也證三道時必發三根故次三解脫而辯之通名根者根以住立能生爲義得此三法住立不退生眞智照故名根也

一未知欲知根無漏九根和合信行法行人於見諦道中名未知欲知根所謂九根者信根精進根念根定根慧根喜根樂根捨根意根也

二知根信解見得人思惟道中是九根轉名知根九根如未知欲知根中分別

三知已根若至無學道中是九根轉名知已根九亦如未知欲知根中分別也

十一智初門第三十九一法智二比智三他心智四世智五苦智六集智七滅智八道智九盡智十無生智十一如實智

次三無漏根而辯十一智者以三根能生十一智故所以者何未知欲知根生法智比智知根生苦智集智滅智道智及他心智世智知已根生盡智無生智及如實智是以次三根而辯十一智也通名智者決定了知故名爲智若發此十一智時各齊位照了分明故通名爲智也

一法智欲界繫法中無漏智欲界繫因中無漏智欲界法智滅中無漏智爲斷欲界繫法道中無漏智及法智品中無漏智也

二比智於色界無色界中約四諦辯四種無漏智亦如法智中所明但有法比之殊也

三他心智知欲界色界繫現在心心數法及無漏心心數法少分是爲他心智也

四世智諸世間有漏智

慧亦名等智凡夫聖人同有此智故名等智亦云名字智是智但有名而無理五苦智五陰無常苦空無我觀時得無漏智六集智知諸法因因集生緣觀無漏智也七滅智滅止妙出觀時無漏智也八道智道正行遠觀時無漏智也九盡智我見苦已斷集已證滅已修道已如是念時無漏智慧見明覺也十無生智我見苦已不復更見斷集已不復更斷盡證已不復更證修道已不復更修如是念時無漏智慧見明覺也十一如實智一切法總相別相如實正智無有罣礙是爲如實智此智獨在佛心中有二乘之所無也

十二因緣初門第四十一無明二行三識四名色五六入六觸七受八愛九取十有十一生十二老死

次十一智而辯十二因緣者除如實智其餘十智皆是二乘共得今一往明若聲聞人但約一世總觀四諦成十智則智劣智劣故不能侵除習氣功德神用亦減少若緣覺人通約三世細分別觀十二因緣若成十智則智强智强故能侵除習氣功德神用亦廣是以大聖教門別開出中乘之道意在此也通稱因緣者是十二法展轉能感果故名因互相由藉而有謂之緣也因緣相續則生死往還無際若知無明不起取有則三界二十五有生死皆息是爲出世之要術也教門十二因緣有三種不同一者約三世明十二因緣二者約果報二世辯十二因緣三者約一念一世辯十二因緣今無明三世十二因緣者初二過去世攝後二未來世攝中八現在世攝是中略說三事煩惱業苦是三事展轉更互爲因緣是煩惱業因緣業苦因緣苦苦因緣苦煩惱因緣煩惱業因緣業苦因緣苦苦因緣是爲展轉更互爲因緣故云三世十二因緣也

一無明過去世一切煩惱通是無明以過去未有智慧光明故則一切煩惱得起

故是以過去煩惱悉是無明也

二行 從無明生業業即是行以善不善業能作世界果故故名為行也

三識 從行生垢心初身因如犢子識毋自相識故名識即是父毋交會初欲託胎時之名

四名色 從識生非色四陰及所任色陰是名名色即是歌羅邏時之名也

五六入 從名色中生眼等六情是名六入從五皰初開已來即是六入名也

六觸 由入對塵情塵識合是名為觸以六塵觸六根故即有六識生故名情塵識合也

七受 從觸生受故名為受即是因六觸觸六根即領受六塵為六受也

八愛 從受中心著名之為愛謂於所領受六塵中心生渴愛也

九取 從渴愛因緣求是名為取謂求取所愛之塵也

十有 從取則後世業因成是名為有以能有果故名為有

十一生 從有還受後世五眾之身是名生所謂四生六道中受生也

十二老死 從生五眾身熟壞是為老死老死則生憂悲哭泣種種愁苦眾惱合集若正觀諸法實相清淨則無明盡無明盡故行盡乃至眾苦和合皆盡若能如是正觀三世十二因緣發眞無漏成辟支佛

次明從果報約二世觀十二因緣相具出大集經今略出經文是十二因緣從歌羅邏而辯無明故云果報也約二世明者前十因緣屬現在後二因緣屬未來二世合為十二也

一無明 大集經言云何名為觀於無明先觀中陰於父毋所生貪愛心愛因緣故四大和合精血二渧合成一渧大如豆十名歌羅邏是歌羅邏有三事一命二識三燸過去世中業緣果報無有作者及以受者初息出入是名無明歌羅邏時氣息入出者有二種道所謂隨毋氣息上下七日一變息入出者名為壽命是名風道不臭不爛是名為燸是中心意名之為識善男子若有欲得辟支佛當觀如是十二因緣

二行 復觀三受因緣五陰十二入十八界云何為觀隨心念觀息出入觀於內身皮膚肌肉筋骨髓腦於如空中雲是身中風亦復如是有風能上有風能下有風能滿有風能焦有風能增長是故息之出入名為身行息從覺觀生故名意行和合出聲是名口行

三識 以如是三行因緣故有識生故名為識

四名色 識因緣故則有四陰及以色陰故名名色

五六入 五陰因緣識行六處故名六入

六觸 眼色相對故名為觸乃至意法亦如是

七受 觸因緣故念色乃至法是名為受

八愛 貪著於色乃至於法是名為愛

九取 愛因緣故四方求覓故名為取

十有 取因緣故受於後身故名為有

十一生 有因緣故有生是為生也

十二老死 生因緣故則有老死種種諸苦是名五陰十二入十八界十二因緣之大樹也此並是略出經文辯從初受報

來約二世明十二因緣相尋然無一句私語讀者善尋自知與前來約三世明十二因緣有異也

次明一念十二因緣但約一世中隨一念心起即具十二因緣亦出大集經中今略出經文明一念十二因緣相

一無明（因眼見色而生愛心即是無明）二行（爲愛造業即名爲行）三識（至心專念故名爲識）四名色（識共色行是名名色）五六入（六處生貪是名六入）六觸（因入求愛名之爲觸）七受（貪著心者名之爲受）八愛（經中脫落不釋愛相今私作義釋云纏綿不捨名之爲愛）九取（求是等法名之爲取）十有（如是法生是名爲有）十一生（次第不斷是名爲生）十二老死（次第斷故名之爲死生死因緣衆苦所逼名之爲惱乃至意法因緣生貪亦復如是是十二因緣一人一念皆悉具足並出大集經文未有一句私語讀者善尋此與常所說三世因緣迴異若有欲學因緣佛道者上來至此三種辯因緣相隨用一門修學即證緣覺智也）

法界次第初門卷中

音釋

瘀（依據切）歔（所力切小怖也）邏（郎佐切）皰（普教切）燸（奴管切與煖同）

法界次第初門卷下

陳隋國師智者大師撰

四弘誓願初門第四十一

（一未度者令度二未解者令解三未安者令安四未涅槃者令得涅槃）

次十二因緣而辯四弘誓願者上二卷所出法門或是凡夫共法或與二乘同有並未明菩薩諸佛不共之道故今此一卷略出二十科法門皆是別明菩薩所行諸佛證法故從弘誓而辯也所以凡夫二乘法中雖有慈悲而並無弘誓之德者若凡夫人既不識四諦

十二因緣雖修慈悲止是爲大福德生梵天中受梵王果報此於衆生無出世利益豈能因慈悲樹立弘誓之功若是二乘雖知四諦十二因緣所修慈悲但爲自調其心欲於一世盡苦獨入無餘既不能久處生死荷負一切豈能因慈悲而起弘誓之德今菩薩善達四諦十二因緣憐愍一切同於子想故能爲衆生久處生死發心荷負一切共入涅槃是以必須大誓莊嚴要心不退也此四通言弘誓願者廣普之緣謂之爲弘自制其心名之曰誓志求滿足故云願也菩薩摩訶薩以慈悲緣四眞諦運懷曠闊自要其心志令一切衆生同證四眞實究竟之道故云四弘誓願也菩薩若以諸法實相之慧發此四願即是發菩提心萬行之本靈覺之源是以一切大士由斯弘誓曩劫修因十方大聖緣此四願常處生死廣度衆生而不永滅令明不共之法先從弘誓爲始意在此也

一未度者令度此弘誓緣苦諦而起故瓔珞經云未度苦諦令度苦諦令明苦者即是生死也生死有二種一分段生死謂六道衆生所稟陰界入身果報既麤有形質分段之成壞也二變易生死謂羅漢辟支及大力菩薩三種意生身雖無分段麤報猶有細微因轉果移變易生滅之所遷也若一切未度一種生死苦者菩薩發心願合得度故云未度者令度

二未解者令解此弘誓緣集諦而起故瓔珞經云未解集諦者令解集諦令明集者即是煩惱潤業能招聚生死煩惱潤業有二種一四住地煩惱者潤分段生死業能招集分段生死苦果也二無明住地煩惱潤變易生死業能招聚變易生死苦果也若一切未解此二種集者菩薩發心願令得解故云未解者令解

三未安者令安此弘誓緣道諦而起故瓔珞經云未安道諦令安道諦令明即是能通涅槃之正助道也有二種正助道一偏緣眞諦修正助道此道但得至小乘盡苦涅槃二正緣中道實相修正助道此道能到大乘大般涅槃若一切未安此二種道者菩薩發心願令得安故云未安道者令安也

四未涅槃者令得涅

般此弘誓緣滅諦而起故瓔珞經云未得滅諦令得滅諦令明滅諦者即是業煩惱滅生死苦果滅也有二種業煩惱生死一分段生死業四住地煩惱滅則分段生死苦果滅即二乘所得滅諦也二變易生死業無明住地煩惱滅即變易生死苦果滅諸佛及大善薩所得不共究竟滅諦也若一切未得此二種滅諦者菩薩發心願令得滅故云未得涅槃者令得涅槃令四種弘誓所緣四諦與前聲聞中明四諦有半滿異前但明半字有作四聖諦令明滿字無作四聖諦所以二種四聖諦合明者菩薩之道教門不同若是三藏教通教所明弘誓但緣有作四聖諦而起若是別教圓教所明弘誓通緣有作無作二種四聖諦而起故約弘誓分別四諦半滿異於前也

六波羅蜜初門第四十二一檀波羅蜜二尸羅波羅蜜三羼提波羅蜜四毗梨耶波羅蜜五禪波羅蜜六般若波羅蜜

次四弘誓願而辯六波羅蜜者菩薩之道願行相扶既發大願必須修行令六波羅蜜即是菩薩正行之本是以法華經云為求菩薩道者說應六波羅蜜故次弘誓而辯之也檀尸乃至般若並是外國語至下別釋中當各翻名此六通云波羅蜜者並是西土之言秦翻經論多不同今略出三翻或翻云事究竟或翻云到彼岸或翻云度無極菩薩修此六法能究竟通別二種因果一切自行化他之事故云事究竟乘此六法能從二種生死此岸到二種涅槃彼岸謂之到彼岸因此六法能度通別二種事理諸法之曠遠故云度無極也若依別釋三翻各有所主若依通解則三翻雖異意同無別也

一檀波羅蜜檀那秦言布施若內有信心外有福田有財物三事和合時心生捨法能破慳貪是為檀布施者有二種一者財施二者法施財施者所謂飲食衣服田宅六畜奴婢珍寶一切已之所有資身之具及妻子乃至身命屬他為他財物故云捨身備屬財施隨有所須者悉能施與皆名財施也法施者若從諸佛及善知識聞說世間出世間善法若從經論中聞若自以觀行故知以清淨心為人演說皆名法施菩薩以質直清淨心行此二種施故名為檀波羅蜜者翻名如前若菩薩於檀中能具修五種心者是

時布施名波羅蜜何等五一者知施實相二者起慈悲心三者發願四者迴向五者具足方便一云何名知施實相若布施時施人受人及財物三事皆空不可得入實相正觀以無所捨法而隨他有所須者能捨不慳是爲知施實相二云何名起慈悲心若菩薩雖知布施實相無所有而起大慈大悲欲因此施與一切樂拔一切苦是爲起慈悲心三云何名發願施時願因此施得無上佛果不求凡夫二乘果報是爲發願四者云何名迴向隨所施時迴此施功德向薩婆若及施一切衆生是爲迴向五云何名具足方便所謂能於布施一法旋轉通達一切佛法遍修諸行是爲具足方便菩薩若能具足此五心者是時隨有所施因中說果亦名事究竟亦名到彼岸亦名度無極也是以菩薩所行布施者名爲行檀波羅蜜若至無上菩提佛果方是檀波羅蜜具足成就

二尸羅波羅蜜

尸羅秦言好善好行善道不自放逸是名尸羅或受戒行善或不受戒行善皆名尸羅略說有二種一者在家尸羅二者出家尸羅在家尸羅者所謂三歸五戒八齋戒也二出家尸羅所謂出家沙彌沙彌尼十戒式又摩那尼六法戒大比丘比丘尼具足戒乃至三千威儀八萬律行若菩薩十重四十八輕則通在家出家共戒也若菩薩以質直清淨心持如是等戒皆名尸羅波羅蜜者翻名如前若菩薩住二種尸羅中能具足修行五種心若是時尸羅名波羅蜜何等爲五一知尸羅實相罪不可得而好行善道不自放逸餘四類如檀中分別菩薩若能具修此五心者隨所持戒行善因中說果皆具三義是以菩薩持戒名爲行尸羅波羅蜜若至無上菩提佛果方是尸羅波羅蜜具足成就也

三羼提波羅蜜

羼提秦言忍辱內心能安忍外所辱境故名忍辱忍辱有二種一者生忍二者法忍云何名生忍生忍有二種一於恭敬供養中能忍不著不生憍逸二於瞋罵打害中能忍不生瞋恨怨惱是爲生忍云何法忍法忍有二種一者非心法謂寒熱風雨飢渴老病死等二心法謂瞋恚憂愁疑婬欲憍慢諸邪見等菩薩於此二法能忍不動是名法忍菩薩以質直清淨心修此二忍爲羼提波羅蜜者翻名如前若菩薩住羼提中能具修五種心是時羼提名波羅蜜何等爲五一知忍實相雖不得能忍之心所辱之事而隨對生法二種所辱之境心能安忍不動餘四心類如檀中分別菩薩若能具足修此五種心隨所忍事因中說果皆具三義是以菩薩修忍名爲行羼提波羅蜜若至無上菩提佛果方是羼提波羅蜜具足成就

四毗梨耶波羅蜜

毗梨耶秦言精進欲樂勤行善法不自放逸謂之精進精進有二種一者身精進二者心精進若身勤修善法行道禮誦講說勸助開化是爲身精進若心勤行善道心心相續是爲心精進復次勤修施戒善法是爲身精進勤修忍辱禪定智慧是爲心精進如是等種種分別身心精進之相不同今不具辯若菩薩以質直清淨心修是二種精進故名爲毗梨耶

波羅蜜者翻名如前若菩薩能於精進具足修五種心者是時毗梨耶名波羅蜜何等爲五一者菩薩知精進實相身心雖不可得而能勤修一切善法餘四心類如檀中分別菩薩若能於精進中具此五心者隨所勤修善法因中說果皆具三義是以菩薩精進名爲行毗梨耶波羅蜜若至無上菩提佛果方是毗梨耶波羅蜜具足成就

五禪波羅蜜

禪秦言思惟修一切攝心繫念學諸三眛皆名思惟修也禪有二種一者世間禪二者出世間禪世間禪者謂根本四禪四無量心四無色定即是凡夫所行禪出世間禪復有二種一出世間禪二出世間上上禪出世間禪者謂六妙門十六特勝通明九想八念十想八背捨八勝處十一切處練禪十四變化願智頂禪無諍三眛三三眛師子奮迅起越三眛乃至三明六通如是等禪皆是出世間禪亦名二乘共禪二出世間上上禪者謂自性禪等九種大禪首楞嚴等百八三眛諸佛不動等百二十三眛皆出世間上上禪亦名不共禪不與凡夫二乘共也若菩薩以質直清淨心修如是等禪名之爲禪波羅蜜者翻名如前若菩薩能於諸禪中具修五種心者是時禪定名波羅蜜何等爲五一者知禪實相不亂不味而能徧修諸禪餘四心類如檀中分別菩薩若能如是於所得禪中具修此五心者隨所入禪因中說果皆具三義是以菩薩所修禪定皆名行禪波羅蜜若至無上菩提佛果方是禪波羅蜜具足成就也

六般若波羅蜜

般若秦言智慧照了一切諸法皆不可得而能通達一切無礙名爲智慧智慧有三種一者聲聞智慧二者辟支佛智慧三者佛智慧一求聲聞智慧有三種學智慧無學智慧非學非無學智慧者如乾慧地不淨觀安那般那欲界繫四念處煖法頂法忍法世第一法等學智者苦法忍慧乃至阿羅漢第九無間中金剛三眛慧無學智者阿羅漢第九解脫智從是巳後一切無學如盡智無生智等是爲聲聞智慧求辟支佛道智慧亦如是但以是人無漏善根純熟雖生無佛之世不從他聞自然覺悟得禪定三界漏盡所得三明六通等爲德小勝聲聞是爲辟支佛智慧又以觀十二因緣智慧深利能侵除習氣勝於聲聞從四諦觀門斷結此爲異也求佛道智慧者菩薩從初發心巳來行六波羅蜜破魔軍衆及諸煩惱得一切智成佛道乃至入無餘涅槃隨本願力從是中間所有智慧總相別相一切盡知是爲佛智若菩薩以質直清淨心修此二種智慧故名爲般若波羅蜜者翻名如前若菩薩隨所修智慧中能具足五種心者是時般若名波羅蜜也何等爲五一者了知慧實相非境非智心無所得而能徧學三乘智慧及一切世間知見餘四心類如檀中分別菩薩能如是於所修智慧中具此五心者隨所得智慧因中說果皆具三義是以菩薩所修智慧皆名行般若波羅蜜若至無上菩提佛果方共般若波羅蜜具足成就也

四依初門第四十三

一依法不依人二依了義經不依不了義經三了

依義不依語四 依智不依識

次六波羅蜜而辯四依者菩薩既欲學六波羅蜜之正行而行不孤立必有所依而得成就依憑若正則具正行能至菩提依憑若邪則墮邪道故次六度而明四依也此四通名依者依憑也依憑此四法能成諸波羅蜜萬行之因滿足菩提佛果故云依也

一依法不依人

依法者實相及一切隨順實相善法通名爲法亦名法身若依實相法身而修諸波羅蜜萬行功德皆悉具足一切清淨能至菩提故云依法不依人者人是攬五陰所成假名相好之身若依相好之身而修諸波羅蜜萬行功德則皆墮顛倒終不得見眞實法身故云不依人也所以者何如涅槃說魔王波旬尚能作佛況不能作四依之人是故雖是凡夫若所說行與實相相應則可依信雖現佛身相好若所說行乖實相法者則不應依況餘人也

二依了義經不依不了義經

依了義經者謂諸大乘方等十二部經中皆明中道佛性實相如如之理若依此教而修諸波羅蜜萬行功德則心與中道相應能見佛性如來藏理故云依了義經不依不了義經者所謂聲聞所應行九部中不修中道佛性如來藏理若依此教而修諸波羅蜜萬行功德則隨二邊不見佛性如來藏理故云不依不了義經也

三依義不依語

依義者義是中道第一義諦若依中道第一義諦而修諸波羅蜜萬行功德則言語道斷心行處滅破諸顛倒心心寂滅自然流入無量禪定故云依義不依語者語是世間語文字章句虛誑無實乃至二乘所見眞諦涅槃亦有文字故法華經以化城喩若依如是文字言語而修諸波羅蜜萬行功德則增長諍訟妄想煩惱或墮二乘之地不到大乘大般涅槃故云不依語也

四依智不依識

依智者照了之心名之爲智若於正觀智慧心無所著而修諸波羅蜜萬行功德則能破散五住煩惱及無邊生死之業必獲大乘涅槃常樂我淨故云依智不依識者妄想之心名之爲識若依妄識而修諸波羅蜜萬行功德則構集五住煩惱二邊生死之業是以流轉無際衆苦不息故云不依識

九種大禪初門第四十四

一自性禪 二一切禪 三難禪 四一切門禪 五善人禪 六一切行禪 七除煩惱禪 八此世他世禪 九清淨淨禪

次四依而辯九種禪者菩薩既得正依憑處

則能進修深廣之大行也至論深廣之内行莫若禪定故大智度論云禪最大如王言禪則一切皆攝所謂若諸菩薩成道起轉法輪入涅槃所有勝妙功德悉在禪中令明别觀菩薩成道起轉法輪入涅槃勝妙功德思惟修法並在九種禪中故次四依而辯也此九種禪瓔珞經中雖有其意而不列名解釋彌勒菩薩造地持處明六波羅蜜方乃辯出九種相並是菩薩不共之禪從自性禪乃至清淨不與二乘人共今爲明菩薩不共次第深廣内行思惟修法於六波羅蜜中的别出此九種大禪此九通名禪者翻釋名同前是則名同而法相有别

一自性禪

云何名自性禪於菩薩藏聞思前行世間出世間善一心安住或止分或觀分或此二同類或俱分是自性禪

二一切禪

云何名菩薩一切禪略說二種一者世間二者出世間又隨其所應各有三種一者現法樂住禪二者出生三昧功德禪三者利益衆生禪菩薩禪定離一切妄想身心止息第一寂滅自舉心息捨離味著及一切想是名現法樂住禪菩薩禪定出生種種不可思議無量無邊十力種性所攝三昧彼諸三昧一切聲聞辟支佛不知其名況復能知起及所出生二乘解脫除入一切無礙慧無諍願智勝妙功德是名菩薩出生三昧功德禪利益衆生禪者十一種如前釋菩薩依布施衆生所作以義饒益皆與同事爲除衆苦知所應說知恩報恩護諸恐怖諸難憂苦能爲開解資生不具給施所須如法畜衆善能隨順見實功德歡喜讚歎等心折伏神力恐怖或令歡喜是名略說一切禪無餘無上

三難禪

云何菩薩難禪略說三種菩薩久習勝妙禪定於諸三昧心得自在哀愍衆生欲令成熟捨第一禪樂而生欲界是名菩薩第一難禪菩薩依禪出生無量無數不可思議諸深三昧出過一切聲聞辟支佛上是名第二難禪菩薩依禪得無上菩提是名第三難禪也

四一切門禪

云何菩薩一切門禪略說四種一者有覺有觀俱禪二者喜俱禪三者樂俱禪四者捨俱禪

五善人禪

云何菩薩善人禪略說五種一者不味著二者慈心俱三者悲心俱四者喜心俱五者捨心俱

六一切行禪

云何菩薩一切行禪謂六種七種略說十三種善禪無記化化禪止分觀分自他利正念禪出生神通力功德禪名

緣義緣止相緣舉相緣捨相緣現法樂住七
第一義禪是十三種菩薩一切行禪也
除惱禪云何菩薩除惱禪略說八種一者菩薩入定除諸苦患毒害霜雹熱病鬼
是名呪術所依禪二者菩薩入定能除四大
所起衆病是名除病禪三者菩薩入定與致
甘雨能消災旱救諸飢饉是名雲雨禪四者
菩薩入定濟諸恐難一切水陸人非人怖是
名等度禪五者菩薩入定能以飲食饒益曠
野飢渴衆生是名饒益禪六者菩薩入定能
以財物調伏衆生是名調伏禪七者菩薩入
定覺諸迷醉迷十方者等開覺之是名開覺
禪八者菩薩入定衆生所作悉令成就是名等作禪八此世他世樂禪
略說九種一者神足變現調伏衆生禪二者
隨說調伏衆生禪三者教誡變現調伏衆生
禪四者爲惡衆生示惡趣禪五者失辯衆生
以辯饒益禪六者失念衆生以念饒益禪七
者造不顛倒論微妙讚頌摩得勒伽爲令正
法久住世禪八者世間技術義饒益攝取衆
生所謂書數筭計資生方便法如是等種種衆具禪九者暫息惡趣放光明禪九清
淨淨禪云何菩薩清淨淨禪略說十種一者世間清淨不味不染汙禪二者出
世間清淨淨禪三者方便清淨淨禪四者得
根本清淨淨禪五者得根本上勝進清淨淨
禪六者住起力清淨淨禪七者捨復入力清
淨淨禪八者神通所作力清淨淨禪九者離
一切見清淨淨禪十者煩惱智鄣斷清淨淨
禪如是菩薩無量禪得大菩提果菩薩依是

得阿耨多羅三藐三菩提已得當得是中所明九種禪從始至
終並是出地持處彌勒菩薩之所說未有一
句私言讀者自思取其意也

十八空初門第四十五一內空二外空三內外空四空空五大空六第一義空七有爲空八無爲空九畢竟空十無始空十一散空十二性空十三自相空十四諸法空十五不可得空十六無法空十七有法空十八無法有法空

次九種禪而辯十八空者前九種正爲重顯
禪波羅蜜深廣之階級今十八空次成般若
波羅蜜智慧照了無得無著之妙絕也故次
而明之此十八通言空者無也無此十八種
有故名爲空若菩薩始從初修自性禪終至
清淨淨禪雖有大功德神通智慧之用而禪
定是門戶詮次階級之法若不善以十八空
慧照了遣蕩或於所證諸禪三昧中十八有

法隨滯一有則不得無礙解脱縱任自在故須修十八空照了無住無著也經論明空開合名數不同或以略故合十八空但爲十四空或爲十一空或爲七空乃至三空二空一空或以廣故開十八空爲二十空二十五空乃至無量空今處中用十八空遣蕩諸有罄無不盡則諸波羅蜜禪定三昧萬行悉皆清淨也

一內空

內空者內法空內法者所謂內六入眼耳鼻舌身意眼空無我無我所無眼耳鼻舌身意亦如是是爲內空也

二外空

外空者外法空外法者謂外六入色聲香味觸法色空無我無我所無色聲香味觸法亦如是是爲外空也

三內外空

內外空者內外法空內外法者所謂內外十二入十二入中無我無我所無內外法是爲內外空也

四空空

空空者以空破內外空內外空破是三空故名爲空空也故維摩經云得此法已無有餘病唯有空病空病亦空故名空空

五大空

大空者十方相空故名大空所以者何東方無邊故名爲大亦一切處有故名爲大徧一切色故名爲大如是大方能破故名爲大空乃至南西北方四維上下亦如是

六第一義空

第一義空者諸法中第一者名爲涅槃涅槃中亦無涅槃相涅槃空即第一義空

七有爲空

有爲空者有爲法名因緣和合生所謂五衆十二入十八界等今有爲法二因緣故空一者無我無我所及常相不變易不可得故空二者有爲法有爲法相空不生不滅無所有故是爲有爲空也

八無爲空

無爲空者無爲法名無因緣常不生不滅如虛空今待有爲故說無爲若有爲法不可得則無無爲之可著故即是無爲空

九畢竟空

畢竟空者以前八空破諸法畢竟盡淨名爲畢竟若無諸法亦無畢竟之可著故名畢竟空又解畢竟名爲終竟觀是終竟之法亦不可得則不執有究竟之法名爲畢竟空故法華經云乃至究竟涅槃常寂滅相終歸於空

十無始空

無始空者一切世間若衆生若法皆無有始如佛告諸比丘衆生無始無明覆愛所繫往來生死無始可得可破是無始於無始中無執著故名無始空也

十一散空

散空者五衆和合故有人若以智慧一一分別破散人與五衆及所破散法皆空無所有如佛告羅那此色破散滅令無所有餘衆亦如是是名散空

十二性空

性空者性名自有不待因緣若待因緣則是作法不名爲性今諸法中皆無性何以故一切有爲法皆從因緣生因緣生則是作法若不從因緣和合則是無法如是一

切諸法性不可得故名爲性空

十三自相空

自相空者一切法有二種相一總相二別相總相者如無常等別相者諸法雖無常而各有別相如地有堅相火有熱相如是二種相皆空故名相空分別性相不同或言名異體同或云名體俱異所以者何性言其體相言其識性以據内相以據外相如見黄色爲金相而内是銅火燒石磨知非金相性故別明相空

十四諸法空

諸法空者一切法名五衆十二入十八界等是諸法空皆入種種門所謂一切法有相知相識相緣增上相因相果相總相別相依相是等一切皆空空無實故名諸法空

十五不可得空

不可得空者一切法及因緣畢竟不可得故名爲不可得空又解云上以諸泆空空一切法皆不可得若作可得則爲斷滅若知是不可得亦不可得則於不可得中心不没故名不可得空也

十六無法空

無法空者無法名法已滅是滅無故名無法空有人解云過去未來法名無法是無法不可得故名無法空也

十七有法空

有法空者有法名諸因緣和合生故有二法無故名有法空有人解云現在一切法及無爲法名爲有法如是有法皆空故名有法空

十八無法有法空

無法有法空者取無法有法相不可得故名無法有法空亦以觀無法有法空故名無法有法空有人解云過去未來現在一切皆空故名無法有法空也

十喻初門第四十六

一如幻二如炎三如水中月四如虛空五如響六如揵闥婆城七如夢八如影九如鏡中像十如化

次十八空而辯十喻者此十喻既爲易解空故說若修十八空觀者不善用十喻曉其迷執滯有之情體法眞空正解發則無由故次十八空而辯十喻爲成觀空之易悟亦以異於二乘壞法而修空也此十通名喻者借事匹理以曉迷情故名爲喻今以世間幻夢易解之空以譬迷心永執難解之空令同易解故此十事爲喻也

一如幻

如幻者譬如幻師幻作象馬及種種諸物體雖無實然有幻色可見幻聲可聞與情相對而不錯亂無智不了謂之爲實諸法亦如是皆是無明幻作雖空而可見聞不相錯亂迷心不了妄執爲實修空觀者若知諸法同如幻相則心無所得豁然開解悟一切法皆悉空寂故說如幻

二如炎

如炎者炎以日光風動塵故曠野中如野馬無智之人初見謂爲水男相女相及一切法相亦如是結使煩惱光諸行塵邪憶念風

生死曠野中轉無智慧者謂爲一相爲男爲女是名爲炎復次若遠見炎想爲水近則無水相無智之者亦如是若遠聖法不知無我不知諸法空於陰入界性空法中生人想男想女想近聖法則知諸法實相是時虛誑種種妄想盡除以是故說如炎

三如水中月

如水中月者月在虛空中影現於水實法相在如法性實際虛空中凡夫心水中有我我所相現以是故如水中月如小兒見水中月歡喜欲取大人見之則笑無智人亦如是身見故見有吾我無實智故見種種法見已歡喜欲取諸相男相女相等諸得道聖人愍之而笑也

四如虛空

如虛空者虛空但爲有名而無實法虛空非可見遠視故眼光轉見影色諸法亦如是空無所有人遠無漏實智慧故棄實見彼我男女屋舍種種物若修空觀入實相理則一切皆無所有故說如虛空也

五如響

如響者若深山溪谷中及空大舍中若語聲若打聲從聲有聲無智者謂爲有人語聲智者了是聲無人作但以聲觸故名爲響響事空而能誑耳根一切音聲言語亦如是人欲語時口中出風名憂陀那還入至臍響出時觸七處退還是名語言如響無智者不識語之因緣謂爲實心取生憂喜智者知語因緣無實如響聞之心不生著諸法如是故說如響

六如揵闥婆城

如揵闥婆城者日初出時見城門樓櫓宮殿行人出入日轉高轉轉滅但可眼見而無有實無智人不識謂之爲實智者見之即知無實諸法亦如是無智不了妄計有假名吾我陰入界之實智者了達皆無所有故說如揵闥婆城

七如夢

如夢者夢中無實事謂之有實覺已而還自笑人亦如是是諸結使眠中實無而著得道覺時乃知無實亦復自笑以是故說如夢又夢以眠力故無法而見有人亦如是無明眠力故種種無而見有所謂我我所男女等也

八如影

如影者但可見而不可捉諸法亦如是雖眼根等見聞覺知實不可得又如影映光則現不映則無諸結使煩惱遮正見光則有我相法相影若結使煩惱滅則我相法相皆無又如影人去則去人住則住善惡業影亦如是後世去時亦去今世住時亦住報不斷故也

九如鏡中像

如鏡中像者鏡中之像非鏡作非面作非鏡面和合作亦非無因緣作雖無定有而亦可見分別諸法亦如是非是自有非他有非共有亦非無因緣有雖有不可得但以名字而有分別如鏡中像實無所有而誑惑小兒令生憂喜智者雖見即知非實故無憂喜諸法亦如是誑惑凡夫生諸煩惱實智慧者雖復見聞既知無實不生結業故說如鏡中像

十如化

如化者若諸天仙聖得神通者能有變化諸物如化人無生老病死無苦無樂亦異於人生以是故空無實一切諸法亦如是皆無生滅又如化主無定物但以心生便有所作皆無有實人生亦如是本無所因但從先世心生今世身皆無有實以是故說諸法如化

百八三昧初門第四十七百八之數既多非可具列於後

次十喻而辯百八三昧者菩薩若善以十喻開曉其心則所修十八空觀自然明了以是空慧照諸禪定種種法門無染無著則能出生諸菩薩百八三昧諸佛三昧不動等百則有二十如是乃至無量三昧於諸三昧遊戲自在是諸三昧不可思議不與二乘之所共也今此百八乃至無量通名三昧者三昧名通猶同前翻釋但首楞嚴等百八境界體用微妙深廣故次而辯之今於百八中略出初三後一以成次第章門百八等名相既多豈可具辯若欲徧知當尋大智度論

一首楞嚴三昧首楞嚴三昧者首楞嚴秦言健相分別知諸三昧行相多少深淺如大將知諸兵力多少也菩薩得是三昧諸煩惱魔及魔人無能壞者譬如轉輪聖王主兵寶將所住至處無能壞伏故名健相三昧也

二寶印三昧寶印三昧者能印諸三昧於諸寶中法寶是實今世後世乃至涅槃能爲利益如佛語比丘爲汝說法所謂法印法即是實印即是解脫門若三藏教門以三法印爲法印若摩訶衍教門但有諸法實相一法印與實相般若相應三昧名爲寶印三昧也

三師子遊步三昧師子遊步三昧者菩薩得是三昧於一切三昧中出入遲速皆得自在譬如衆獸戲時若見師子率皆怖懾師子戲時於諸羣獸强者則殺伏者則放菩薩亦如是得是三昧於諸外道强者破之信者度之故名師子遊步三昧下一百四三昧亦應如是具出大智度論若欲知之自當尋彼論

一百八離著虛空不染三昧離著虛空不染三昧者菩薩行般若波羅蜜觀諸法畢竟空不生不滅如虛空無物可喻鈍根菩薩著此虛空得此三昧故離著虛空等諸法亦不染著是三昧如沒在泥中有人挽出鎖脚爲奴有三昧離著虛空而復著此三昧亦如是今是三昧能離著虛空亦自離著故名離著虛空不染三昧也如是諸佛菩薩無量不可思議諸三昧是中應具列其名目略釋其相是事云云廣出餘法門也下也

五百陀羅尼初門第四十八五百之數既多非可具列於第

次諸三昧而辯陀羅尼門者若依論解三昧

但是心相應法陀羅尼或心相應或不相應故異於三昧若法華所明普現色身三昧猶是解一切衆生語言陀羅尼以三昧陀羅尼既是相成之法故次而辯之此五百通名陀羅尼者陀羅尼是西土之言此土翻云能持或言能遮言能持者集種種善法持令不散不失譬如完器盛水水不漏散能遮者惡不善根生能遮不令起故云能遮又翻爲總持隨有若名若義若行地功德皆悉能持故名總持令此五百並有持遮總持之義故通名陀羅尼陀羅尼者略說則有五百廣明則有八萬四千乃至無量悉是菩薩諸佛所得法門名義皆不與二乘人共也今依大智度論略辯三陀羅尼以成次第章門五百之數名義既多豈可具辯

一聞持陀羅尼 得此陀羅尼者一切語言諸法耳所聞者皆不忘失所謂十方諸佛及弟子衆有所演說一時能聞憶持不忘故名聞持陀羅尼即是名持

二分別陀羅尼 得是陀羅尼諸衆生諸法大小好惡分別悉知故分別陀羅尼即是義持

三入音聲陀羅尼 得此陀羅尼者聞一切語言音聲不喜不瞋一切衆生如恒沙等劫壽惡言罵詈心不增恨一切衆生如恒沙等劫讚歎供養其心不動不喜不著是爲入音聲陀羅尼即是行持也復有寂滅陀羅尼無邊陀羅尼威德陀羅尼隨地觀陀羅尼華嚴陀羅尼虛空藏陀羅尼海藏陀羅尼分別諸陀羅尼明諸法義陀羅尼如是等略說乃至五百陀羅尼廣明則無量陀羅尼

四攝初門第四十九 一布施二愛語三利行四同事

次諸陀羅尼而辯四攝者菩薩若內具諸三昧陀羅尼自行既充必須外引含識同已所行之道然大士利物廣濟莫若四無量心與四攝法但四無量心名目既已先辯豈繁重出四攝善巧接引之要故次而明之此四通言攝者衆生情所愛者即是此之四法若大

士用此四法同情接引則物之所歸焉若衆生依附方乃導以大乘正道而度脫之故云先以欲鉤牽後令入佛道

一布施攝 菩薩以無所捨心行於二種布施能攝衆生一者財施二者法施若爲樂財衆生即以財施而攝取之若以樂法衆生即以法施而攝取之以此二施能利益一切衆生既蒙恩利因是生親愛心而隨受道得住眞理故名檀布施攝也二者施相略如前檀波羅蜜中分別

二愛語攝 菩薩若以善軟之言隨順一切根情安慰開諭則一切衆生之所樂聞因是生親愛心依附菩薩而隨受道得住眞理故名愛語攝

三利行攝 菩薩隨起身口意行能令一切各霑利益衆生既蒙勝利以欣所得利故因是生親愛心依附受道得眞理故名利行攝

四同事攝 菩薩用法眼明見衆生根緣故一切隨有同欣之者即分形散影普和其光同彼事業各使霑益既巧同其事因是生親愛心依附受道得住涅槃故同事益物名爲攝也

六和敬初門第五十

一同戒二同見三同行四身慈五口慈六意慈

次四攝而辯六和敬者菩薩既能善用四種同情之法攝得衆生爲成就故必須久處若不和同愛敬則兩不和合不得盡成般若是爲魔事若善用六和則與一切冥同必得善始令終則能安立一切於菩提大道故次四攝而明之也此六通名和敬者外同他善謂之爲和內自謙卑名之爲敬菩薩與物共事外則同物行善內則常自謙卑故名和敬

一同戒和敬 菩薩通達實相知罪不可得爲欲安立衆生於實相理以戒方便巧同一切持諸戒品無有乖諍亦知衆生同此戒善不斷不常未來必得菩提大果是以敬之如佛故說同戒爲和敬

二同見和敬 菩薩通達實相不得諸法不實知見爲欲安立衆生於實相正見方便巧同一切種種知見無有乖諍亦知衆生因此知見分別增進開解必得種智圓明是以敬之如佛故說同見爲和敬

三同行和敬 菩薩通達實相無念無行爲欲安立衆生於實相正行方便巧同一切修種種行無有乖諍亦知衆生同此諸行漸漸積功德皆當成佛道是以敬之如佛故說同行爲和敬

四身慈和敬 菩薩住無緣平等大慈以修其身慈善根力能不起滅定現諸威儀與一切樂故身與九道和同亦知前得樂衆生悉有佛性未來必定當得金剛之身

是以敬之如佛故說身慈爲和敬

五口慈和敬菩薩以無緣平等大慈以修其口慈善根力能不起滅定普出一切音聲語言與一切樂故口與九道和同亦知前所得樂衆生悉有佛性未來必定當得無上口業是以敬之如佛故說口慈爲和敬

六意慈和敬菩薩心常在無緣慈三昧以修於意慈善根力能不起慈定現諸心意與衆生樂故意與九道和同亦知前所得樂衆生悉有佛性如來藏理未來必定當得心如佛心是以敬之如佛故說意慈爲和敬

八種變化初門第五十一

一能作小二能作大三能作輕四能作自在五能有主六能遠到七能動地八隨意所作

次六和敬而辯八種變化者菩薩善住和敬之法則與一切猶如水乳衆生心既親愛故易可化度若欲生物希有之信必須現大神通大神通者即六通也六通名目並巳前列今不重出但八種變化自在之用利物功深二乘所不能測故次和敬而辯之也此八種通名變化者變化之名一往既與前十四是同無勞重釋而八種力用自在巧妙非二乘所得是以別出故大涅槃經中以此八法釋於我義

一能作小以變化力能自作巳之小身亦化作他之小身或化作世界所有小物乃至皆如微塵是爲能作小

二能作大以變化力自化作巳之大身亦化作他之大身或化作世界所有大物乃至滿虛空是爲能作大

三能作輕以變化力能自輕巳身亦輕他身或輕世界及所有乃至令如鴻毛是爲能作輕

四能作自在以變化力能以大爲小以小爲大以長爲短以短爲長如是等種種中能作自在也

五能有主以變化力能化爲大人心無所下降伏一切攝受一切於一切衆生而得自在故名爲有主

六能遠到以變化力故能遠到有四種一飛行遠到二此沒彼出三移遠令近不往而到四一念徧到十方是爲遠到

七能動地以變化力能令大地六種震動及十八種震動故名能動

八隨意所欲盡能得以變化力能得一身能作多身多身能作一身石壁皆過履水蹈虛手捫日月能轉四大地作水水作地火作風風作火石作金金作石是爲隨意所欲盡能得若涅槃明八自在雖小異而大同耳

四無礙辯初門第五十二

一義無礙智二法無礙智三辭無礙智四樂說無礙智

次八變化而辯四無礙智者菩薩若能現種種神通變化則一切見者無不信伏衆生既起敬信若欲闡揚大道必須無礙辯才故次八種變化以明四無礙智此四通名無礙智者菩薩於此四法智慧捷疾分別了了通達無滯故通名無礙智也

一義無礙智 知諸法義了了通達無滯是名義無礙智又能知一切義皆入實相義亦名義無礙智

二法無礙智 法名一切義名字爲知一切義故智慧通達諸法名字分別無滯故名法無礙智又能以是法無礙智分別三乘而不壞法性於所說名字語言中無著無滯亦是法無礙智也

三辭無礙智 以語言說名字義種種莊嚴言語隨其所應能令得解所謂一切衆生殊方異語若一語二語多語略語廣語女語男語過去未來現在語如是等語言能令各各得解辯說無礙一切聞者悉解其言說是爲辭無礙智

四樂說無礙智 菩薩於一字中能說一切字一語中能說一切語一法中能說一切法於所說法皆是眞實皆隨可度者而有所益所謂十二部經八萬四千法藏隨一切衆生根性所樂聞法而爲說之善赴機緣言方無滯聞者無厭足菩薩以樂說辯力能住世半劫一劫乃至無量劫辯說無盡廣利益一切無有一句差機之過故名樂說無礙智也

十力初門第五十三

一是處非處力二業力三定力四根力五欲力六性力七至處道力八宿命力九天眼力十漏盡力

次四無礙智而辯十力者上之所明多是菩薩所得自行化他之法今欲明諸佛所得自行化他法門故次明十力不共等法也此十通名力者即諸佛所得如實智用通達一切了了分明無能壞無能勝故名力也大菩薩亦分得此智力但比佛小劣故沒不受名

一是處非處力 佛知一切諸法因緣果報定相從是因緣生如是果報從是因緣不生如是果報如惡業得受樂報無有是處惡業尚不得世間樂何況出世間樂惡行生天無有是處惡行尚不能得生天何況涅槃五蓋覆心散亂雖修七覺而得涅槃

無有是處五蓋覆心雖修七覺尚不能得聲聞道心無覆蓋佛道可得況聲聞道如是等種種是處不是處佛悉徧知無能壞無能勝是初力也

二業智力　佛知一切衆生過去未來現在諸業諸受知造業處知因緣知果報皆悉徧知無能壞無能勝二力也

三定力　佛知一切諸禪解脫三昧定垢淨分別相如實徧知無能壞無能勝三力也

四根力　佛知他衆生諸根上下相如實徧知無能壞無能勝四力也

五欲力　佛知他衆生種種欲如實徧知無能壞無能勝五力也

六性力　佛知世間種種無數性如實徧知無能壞無能勝六力也

七至處道力　佛知一切道至處相如實徧知無能壞無能勝七力也

八宿命力　佛知種種宿命共相共因緣一世二世乃至百千世劫初盡我在彼衆生中如是姓名飲食苦樂壽命長短彼中死是間生是間死還生是間此間生名姓飲食苦樂壽命長短亦如是如實徧知無能壞無能勝八力也

九天眼力　佛天眼淨過諸人眼見衆生死時生時端正醜陋若大若小若墮惡道若生善道如是業因緣受報是諸衆生惡身口意成就謗毀聖人邪見業成就是因緣故身壞死時入惡道生地獄中是諸衆生善身口意業成就不謗聖人正見正業成就是因緣故身壞死時入善道生天上如實徧知無能壞無能勝九力也

十漏盡力　佛諸漏盡故無漏心解脫無漏智慧解脫現在法中自識知我生已盡持戒已立不作後有盡如實徧知無能壞無能勝十力也

四無所畏初門第五十四

一一切智無所畏　二漏盡無所畏　三說鄣道無所畏　四說盡苦道無所畏

次十力而辯四無所畏者諸佛十力之智內充明了決定故對外緣而無恐也故次十力辯之意在易見此四通名無所畏者於八衆中廣說自他智斷既決定無失則無微致恐懼之相故稱無所畏

一一切智無所畏　佛作誠言我是一切正智人若有沙門婆羅門若天若魔若梵若復餘衆如實言是法不知乃至不見是微畏相以是故我得安隱得無所畏安住聖主處如牛王在大衆中師子吼能轉梵輪諸沙門婆羅門若天若魔若梵若復餘衆實不能轉一無所畏也

二漏盡無所畏　佛作誠言我一切漏盡若有沙門婆羅門若天若魔若梵若復餘衆如實言是漏不盡乃至不見微畏相以是故我得安隱得無所畏安住聖主處如牛王在大衆中師子吼能轉梵輪諸沙門婆羅門若天若魔若梵若復餘衆實不能轉二無所畏

三說鄣道無所畏　佛作誠言我說

鄣法若有沙門婆羅門若天若魔若梵若復餘衆如實言受是鄣法不鄣道乃至不見是微畏相以是故我得安隱得無所畏安住聖主處如牛王在大衆中師子吼能轉梵輪諸沙門婆羅門若天若魔若梵若復餘衆實不能轉三無所畏

四說盡苦道無所畏佛作誠言我所說聖道能出世間隨是行能盡諸苦若有沙門婆羅門若天若魔若梵若復餘衆如實言行是道不能出世間不能盡苦乃至不見是微畏相以是故我得安隱得無所畏安住聖主處如牛王在大衆中師子吼能轉梵輪諸沙門婆羅門若天若魔若梵若復餘衆實不能轉四無所畏也

十八不共法初門第五十五

一身無失二口無失三念無失四無異想五無不定心六無不知已捨七欲無減八精進無減九念無減十慧無減十一解脫無減十二解脫知見無減十三一切身業隨智慧行十四一切口業隨智慧行十五一切意業隨智慧行十六智慧知過去世無礙十七智慧知未來世無礙十八智慧知現在世無礙

次四無所畏而辯十八不共法者諸佛十力之智內充無畏之德外顯故所有一切功德智慧超過物表不與世共欲簡異一切凡聖所得是以次而明之此十八通名不共者極地之法不與凡夫二乘及諸菩薩共有故云不共也

一身無失佛無量劫來常用戒定智慧慈悲以修於身比諸功德滿足故諸罪根本拔故所謂一切不善五住煩惱及習氣俱盡也一切身業隨智慧行故身無畏**二口無失**無失因緣類如身無失中說也**三念無失**佛四念處心長夜善修故善修諸深禪定心不散亂故善斷欲愛及法愛故於諸法中心無著故得第一安隱處故一切意業隨智慧行故念無失**四無異想**佛於一切衆生無分別無遠近異想平等普度心無簡擇知日出普照萬物是爲無異想**五無不定心**佛心一切細微亂盡離常在禪定故無不定心**六無不知已捨**佛於一切法悉皆照知方捨無有一法不經心知而捨者故名無不知巳捨**七欲無減**佛知善法恩故雖具衆善而常欲習諸善法欲度一切故欲無減心無猒足故欲無減譬如轉輪王馬寶雖復一日周行四天下徧意遊不足**八精進無減**佛身心二種精進滿足常度一切未曾休息故名精進無減**九念無減**佛於三世諸佛法一

切智慧相應故滿足無減故名念無減十慧無減佛得一切智慧十力四無所畏四無礙智成就圓極故名慧無減十一解脫無減佛具二種解脫故名解脫無減何等為二一有為解脫謂無漏智慧相應解脫也二無為解脫謂一切煩惱都盡無餘也十二解脫知見無減佛於一切解脫中知見了了分明故名解脫知見無減所謂有為解脫無為解脫時解脫不時解脫慧解脫俱解脫不壞解脫八解脫不思議解脫無礙解脫等分別諸解脫相牢固是解脫知見無減十三一切身業隨智慧行佛先知然後隨知起一切身業故有所現處無非佛事利益一切故名身業隨智慧行十四一切口業隨智慧行類如身業中分別十五一切意業隨智慧行類如身業中分別十六智慧知過去世無礙佛智慧照知過去世盡過天際所有一切若衆生法若非衆生法悉徧知無礙也十七智慧知未來世無礙佛智慧照未來世盡未來際所有一切若衆生法若非衆生法悉徧知無礙也十八智慧知現在世無礙佛智慧照現在世盡現在際所有一切若衆生法若非衆生法悉徧知無礙也

大慈大悲初門第五十六一大慈二大悲

次十八不共法而辯大慈大悲者諸佛得十八不共法等法常在大慈悲住故慈善根力普熏三業於十方世界普現而作佛事利益一切故次而辯之釋慈悲之名雖同四無量中而體殊別非可為類故至極果方得受於大名也

一大慈佛住大慈心中以大慈善根力故能實與一切衆生世間樂及出世間樂故云慈能與樂若四無量中慈雖心念與樂而衆生實未得樂故不名大也有二種與樂一住大慈三昧慈力冥熏隨所應得樂衆生各得安樂二慈三昧力普現三業隨有應得樂衆生見聞知者各獲安樂故名大慈即是如意珠王身也

二大悲佛住大悲心中以大悲善根力故能實拔一切衆生世間苦分段生死苦及變易生死苦故云悲能拔苦前四無量中悲雖心念救苦而衆生實未得脫苦不名大悲也有二種拔苦意同慈中分別但有拔苦之異故名大即是藥樹王身也

三十二相初門第五十七三十二相名目既多非可具列第下

次大慈大悲而辯三十二相八十種好八音

三念處等四科者至論法身虛寂豈有形聲心識之可見聞知乎但以慈悲之力隨有應見清淨三業之機而得樂免苦者即便爲現端嚴相好及妙音聲平等三念與樂拔苦之緣故次慈悲而辯相好八音三念處也今此三十二通云相者相名有所表發攬而可別名之爲相如來應化之體現此三十二相以表法身衆德圓極使見者愛敬知有勝德可崇人天中尊衆聖之王故現三十二相也

一足下安平如奩底二足下千輻輪相三手足指長勝餘人四手足柔輭勝餘身分五手足指合縵網勝餘人六足跟具足滿好七足趺高好根相稱八如伊尼延鹿王腨纖好九立手摩膝十陰藏相如馬王十一身縱廣等十二一一毛孔生青色柔輭十三毛上向青色柔輭右旋十四金色光其相微妙十五身光面各一丈十六皮膚薄細滑不受塵水不停蚊蚋十七兩足下兩手兩肩項中七處滿十八兩腋下滿十九身上如師子二十身端直二十一肩圓好二十二四十齒具足二十三齒白淨齊密而根深二十四四牙最白而大二十五頰車如師子二十六咽中津液得味中上味二十七舌大薄覆面至髮際二十八梵音深遠如迦陵頻伽聲二十九眼色如金精三十眼睫如牛王三十一眉間白毫相如兜羅綿三十二頂肉髻成

八十種好初門第五十八（八十種好名目既多非可具列第下）

次三十二相而辯八十種好者相好乃同是色法皆爲莊嚴顯發佛身但相總而好別相若無好則不圓滿輪王釋梵亦有相以無好

故相不微妙故次相而辯好也通云好者可愛樂也以八十種好莊嚴身故天人一切之所愛樂故云好也即是以慈修身故有此清淨相好之身業也

一無見頂相二鼻高好孔不現三眉如初月紺瑠璃色四耳輪輻相埵成五身堅實如那羅延六骨際如鉤鏁七身一時迴如象王八行時足去地四寸而印文現九爪如赤銅色薄而細澤十膝骨堅著圓好十一身清潔十二身柔輭十三身不曲十四指長纖圓十五指文藏覆十六脉深不現十七踝不現十八身潤澤十九身自持不逶迤二十身滿足二十一容儀備足二十二容儀滿足二十三住處安無能動者二十四威振一切二十五一切樂觀二十六面不長大二十七正容貌不撓色二十八面具滿足二十九脣如頻婆果色三十言音深遠三十一臍深圓好三十二毛右旋三十三手足滿三十四手足如意三十五手文明直三十六手文長三十七手文不斷三十八一切惡心衆生見者和悅三十九面廣姝好四十面淨滿如月四十一隨衆生意和悅與語四十二毛孔出香氣四十三口出無上香四十四儀容如師子四十五進止如象王四十六行法如鵝王四十七頭如摩陁那果四十八一切聲分具足四十九四牙白利五十舌色赤五十一舌薄五十二毛紅色五十三毛輭淨五十四廣長眼五十五孔門相具五十六手足赤白如蓮華色五十七臍不出五十八腹不現五十九細腹六十身不傾動六十一身持重六十二其身大六

十三身長六十四手足輭淨滑澤六十五四邊光各一丈長六十六光照身而行六十七等視衆生六十八不輕衆生六十九隨衆生音聲不增不減七十說法不著七十一隨衆生語言而說法七十二發音報衆聲七十三次第有因緣說法七十四一切衆生不能盡觀相七十五觀無猒足七十六髮長好七十七髮不亂七十八髮旋好七十九髮色青珠八十手足有德相（出禪三昧經云胷有德字手足有吉字）

八音初門第五十九（一極好二柔輭三和適四尊慧五不女六不誤七深遠八不竭）

次相好而辯八音者若佛以相好端嚴發見者之善心音聲理當清妙起聞者之信敬故次相好而明八音也此八通云音者詮理之聲謂之爲音佛所出聲凡有詮辯言辭清雅聞者無猒聽之無足能爲一切作與樂拔苦因緣莫若聞聲之益即是以慈修口故有八音清淨之口業

一極好音（一切諸天賢聖雖各有好音好之未極佛報圓極故出音聲清雅能令聞者無猒皆入好道好中之最好故名極好音也）二柔輭音（佛德慈善故所出音聲巧順物情能令聞者喜悅聽之無足皆捨剛强之心自然入律行故名柔輭音）三和適音（佛居中道之理巧解從容故所出音聲調和中適能令聞者心皆和融因聲會理故名和適音）四尊慧音（佛德尊高慧心明徹故所出音聲能令聞者尊重解慧開明故名尊慧音）五不女音（佛住首楞嚴定常有世雄之德久巳離於雌輭之心故所出音聲能令一切聞者敬畏天魔外道莫不歸伏故名不女音）六不誤音（佛智圓明照了無謬故所出音聲詮論無失能令聞者各獲正見離於九十五種之邪非故名不誤音）七深遠音（佛智照窮如如實際之底行位高極故所出音聲從臍而起徹至十方令近聞非大遠聞不小皆悟甚深之理梵行高遠故名深遠音也）八不竭音（如來極果願行無盡是以住於無盡法藏故出音聲洺洺無窮其響不竭能令聞者尋其語義無盡無遺至成無盡常住之果故名不竭音也）

三念處初門第六十一不一心聽法不以爲憂去二一心聽者不以爲喜三常行捨心行

次八音而辯三念處者既八音爲物開演正法聽者善惡不同必有信毀違順之別若無三念之德豈能心地坦若虛空泯無憂喜之相故次八音而辯三念處也此三通名念處者慧心能緣名之爲念平等之理不增不減謂之爲處佛以慧心緣於平等不增不減之理是以違順學者心無憂喜之相故三通名念處即是以慈修意能現平等清淨之意業也

一不一心聽法不以爲憂佛智了達不一心聽法之人平等法界中減退相畢竟不不得故無憂相也

二聽者一心不以爲喜佛智了達聽者平等法界中增進相畢竟不可得故無喜相也

三常行捨心佛智了達一切衆生即大涅槃不可復滅故於一切言說利益衆生中常行捨心也故金剛般若經云如是滅度無量衆生實無衆生得滅度

法界次第初門卷下

音釋

羼楚限切　薩婆若若爾者切梵語薩婆若此云一切智　乾慧乾音干　捫音門捫摸也　鄣之亮切與障同　奩音廉鏡匣也　跟古痕切足踵也　腨市兖切與膞同　睫即涉切目旁毛也　鏁蘇果切與鎖同　髁戶尾切腿兩旁曰內外髁　逶迤逶於危切迤余支切逶迤斜去貌　撓奴巧切動亂也